塞上剿匪记

SAI SHANG JIAO FEI JI

吕振山 著

内蒙古出版集团
内蒙古人民出版社

图书在版编目(CIP)数据

塞上剿匪记 / 吕振山著. -呼和浩特 : 内蒙古人民出版社,2015.4

ISBN 978-7-204-13406-9

Ⅰ.①塞… Ⅱ.①吕… Ⅲ.①长篇小说-中国-当代 Ⅳ.①I247.5

中国版本图书馆 CIP 数据核字(2015)第 084700 号

塞上剿匪记

作　　者	吕振山
责任编辑	侯海燕
责任校对	杜慧婧
责任监印	和　平
封面设计	那日苏
出版发行	内蒙古人民出版社
地　　址	呼和浩特市新城区中山东路 8 号波士名人国际 B 座 5 楼
网　　址	http://www.nmgrmcbs.com
印　　刷	内蒙古爱信达教育印务有限责任公司
开　　本	787mm×1092mm　1/16
印　　张	23.25
字　　数	530 千
版　　次	2015 年 6 月第 1 版
印　　次	2015 年 6 月第 1 次印刷
印　　数	1—4000 册
书　　号	ISBN 978-7-204-13406-9/I・2613
定　　价	38.00 元

如发现印装质量问题,请与我社联系。联系电话:(0471)3946120　3946169

目 录

第三章　血仇

第四章　夺宝

第五章　铁骑兵

第六章 碧血丹心

第七章 浴血柴胡栏子

第八章 解放多伦

第一章　山雨欲来

一　日本投降了

公元1945年的北国塞外草原，从春天开始就预兆着是一个丰收好年景。春雪扑扑拉拉下了二尺多厚，夏季雨水一场接一场，整个七月至八月上旬，淫雨连绵，下得天地都是水淋淋、雾腾腾的，都成了绿色的海洋。草原上的草都没过了大腿根，阴坡和沟塘的草长得齐腰深甚至没人头顶。农区的庄稼可劲儿疯长，只是麦子还未来得及收割，就在麦穗上生了芽。一片片的大烟开着粉红或粉黄的花，绽放着妖冶放荡的姿容。

整个夏秋季，淫雨连绵，雷雨天更频繁，一片黑云压下来，几道瘆人的闪电像火镰一般扫下来，带着一串串深沉的或脆生生的雷声，惊天动地，顷刻便震落满天大雨。大雨点子打得地上冒白烟，水面蹦起一串水泡，鸦雀躲在岩石下或树洞里大气不敢喘。千山万壑没有一条沟不出水，达里湖水涨潮漫上了草原，西拉沐沦河、百岔河、木希嘎河惊涛拍岸，水都涨出了槽。人们议论纷纷，多少年不见这样的天象了。变天了！要出大事了哟。

八月十五日这天，一大早，百岔川的地主老财们忙乎着支使长工、雇工们晾晒麦子、割大烟，突然从东南面天际传来轰轰隆隆的巨响，怎么一大早又打雷了？人们停下手里的活计，伸着脖子漫天扫瞄。突然从一大团云絮里蹿出几只大鸟，搅成一团朝大川扑下来。近了又近了，前面是两架白色身子红脑袋的飞机，后面是两架绿色身子的飞机，互相追逐着、缠斗着，像两对斗架的老鹰。人们从没见过这样的阵仗，在轰鸣声和飞机打出的枪炮声中呆傻着，看直了眼。直到一架红头身上涂了一个红圆圈的飞机被一架身上涂着红星的飞机从天上追到大川中，又撵兔子似的追到羊角山巅，在一串串“咕咕咕”的啸叫中，红头飞机抖了抖翅膀，尾巴后拖出一条黑烟，发出一阵阵尖啸向塞罕坝方向飞去。另一架红头飞机也在云烟中翻滚着落荒而逃。天啊，这是哪跟哪，谁跟谁在天上打起来了？

下午，两名百岔村警察所的伪警察急慌慌从经棚街赶回，两人一跑进村公所，滚鞍下马气喘吁吁地对等候在村公所的村长白金辉和一群前来打探消息的地主老财们说：“出大事了，苏联大鼻子打过来了，日本人跑了，满洲国垮台了！”

“啊！我说怎么天上的飞机在干仗，电闪雷鸣的，日本勘察探队也蹽道了呢，小日本真的要完蛋了？”白金辉惊愕地说。

“真的，一点也不敢糊弄您老，头晌日本人就点火烧了旗公署，用好几十辆大车，装了武器文书、贵重物资，挟持旗长和别的官员跑了。经棚街全乱了套了，街民们乘乱捣毁了兴农合作社，抢了烟政科，把布匹、粮食、火油和大烟都分了，警察局的人也跑光了，老远就能听见打闷雷似的大炮声，眼见着苏联红军就打过来了。白大村长，你看可咋办哪？"

"慌什么，天狗吞不了日头，甭管民国还是满洲国，甭说日本人还是苏联人，这地场是中国的，外国人是没根的扎不楞，早晚得滚蛋，咱们守土保家，怕啥！"白大村长在一阵愣神后，挺起胸握住腰中的盒子枪把，扫视着六神无主的乡绅财主们很镇定地说。

"也是啊，咱百岔川没有日本人，只有警察所，让他们赶紧蹽道，咱这就算光复了。"

"满洲国垮台了，咱这地方该谁管哪，山贼、土匪又要害人呢，得想法子啊！"

……

一时间，村公所大院乱哄哄的，谁也不知道该怎么办好了。不少人又急慌慌地到村公所打探消息，两个伪警察还横枪不让进院，人们一下把他们拨拉到一边："满洲国完蛋了，你还扎呼啥，滚一边去。"

村公所烟政科科长康海庭忙招呼大家："各位，来了就进屋，天塌不下来，咱们进屋议事。"他吩咐村公所差人烧水泡茶，在大堂里摆了凳子、桌子，让大伙坐下歇脚。边拽着大村长白金辉到里屋边说："村长，这小日本完了，满洲国垮了，地方上没人管可不行，甭管谁当家，地方上也得有人支应，你还得掌起舵来，领着大伙保田保畜保财产啊。"

"这世道乱了，谁还听你的，还是自保要紧。"白金辉一抖擞手说道。

康海庭急忙说："哎哟喂，我的兄弟，自保也得有挑头的，眼下这光景，只有你才能撑起这个门面。你看大伙都跟没了魂似的，你总得说句话啊！"

康海庭的话，既说出了大伙的意思，也道出了白金辉的心思，他鼻子哼了几声，挺了挺胸脯，心说，关键时刻还得我老白拿主意，挑大梁！他回到外间屋，干咳了一声，熙熙攘攘乱哄哄的声音停息了，大伙都大眼瞪小眼地盯住白金辉。随后进屋的康海庭站在白金辉身边摆摆手说："大家伙儿别乱嚷嚷了，刚才我和白大村长合计了一下，虽说满洲国垮了，但咱地方上不能乱，咱们的土地、牲口、财产都要保住。请白大村长先把眼前的事安排一下，听白大村长讲话。"

白金辉习惯性地挺挺腰杆，清清嗓子不紧不慢地说："苏联老毛子打过来了，日本人也不一定垮得那么快，咱不能忙着打欢迎苏联人的旗子，也不能忙着拔满洲国的旗子，先定住神看几天再说，我先打发几个人再到经棚街和林西街打探一下再做定夺不迟。大伙现在回去，先拢住人心，把看家护院的组织好，别让山贼、马匪和吃大户的趁乱抢劫。回头咱们再说。"

康海庭把话接住："大家伙儿都听清了吗？就按白大村长说的办，天塌不下来，再乱总得过日子。都回去吧，有看家护院家伙什的都拢一块了，随时听候调用，各家都稳住盘子，有事麻溜告诉村公所。"

大家听白金辉和康海庭这么一安排，觉得心里托点儿底了，都各奔东西回家料理自己的事去了。白金辉打招呼留下康海庭和俩小舅子柳春福、柳春禄，又打发人找财主——也是他的磕头把兄弟王克礼来议事。他这时又想到了伪满警察所，忙问康海庭："警察所的人呢？鲍玉林在不在？”“早跑没影了。”康海庭说。

“不行，警察所十来个人十来杆枪呢，咱们得收拢住，不然落到土匪、山贼的手里可了不得。”白金辉把儿子白景春喊出来交代说：“你骑马到三姓庄把你鲍叔找来，说我有要事相商，另外让他务必把警察们拢住别散了，还有用途呢。”

白景春听罢老子的吩咐，骑上大白马就窜出大门，顺百岔川沟奔三姓庄伪警察所去了。

白金辉目送人们出了村公所大门，他心里空落落的，日本人说垮就垮了，没了靠山，以后怎么办，他还真没想过。他哼哼叽叽地对康海庭说：“这个乱世，还是抓枪杆子托底哟！”康海庭点头称是。

天擦黑时，白景春与伪满警察所所长鲍玉林到了村公所，鲍玉林这回没挂东洋刀，也没领他那两条东洋大狼狗，大概是因为日本人和满洲国完蛋了，他如丧考妣，收敛了许多，但马鞍上依然挂着马枪，腰里挂着盒子枪。他进门后把马缰绳递给白景春，快步奔向台阶迎接白金辉：“大哥，景春大侄子一传唤我，就急忙忙地来了。哎呀！听说满洲国让大鼻子打趴下了，我就成了丧家犬，正琢磨着往山上去干老本行，占山为王打家劫舍呢，大哥你可得搭救兄弟啊！”

身体粗壮、满脸横肉、面目狰狞、拉着肿眼泡、平日凶光四射的鲍三疯子鲍玉林，此时却躬腰抱拳，泪水涟涟，一副可怜相。白金辉拉住鲍玉林的手抚慰道：“三弟别难过，百岔川有咱哥几个在就塌不了天，就有你的好日子过。我估摸着老四克礼也快到了，今晚咱们好好商量一下该怎么着，共同拿个主意。”

进屋还没落座，有人又报：“王先生来了。”

大家又忙把王克礼迎进村公所大堂，寒暄一阵。王克礼是南店大院上的财主，中等个，精瘦，单眼皮，常把眼睛眯成一条缝儿。他既种地又做生意，经得多见得广，脑瓜子特好使，没少为白金辉出主意和跑腿办事，是白金辉信得过的人。

康海庭走近白金辉：“二弟，按你的吩咐，伙房宰了一只羊，大家先吃手把肉喝两盅再议事不迟，中不中？”

“就照大哥安排的办。”白金辉一挥手道。

“那行，三弟四弟，今儿个咱哥四个一块好好乐和乐和，再把人事议妥当了。春福、春禄、白大少爷你们也一块儿来。”康海庭忙不迭地支应开了，一时间村公所灯明瓦亮，飘满了炖羊肉的膻香味。

村公所位于百岔川的吕家沟门村，处于百岔大川与三道沟交汇处，这里地域开阔，一座很高的黄土山下，逦逦排列着几排农舍。村公所坐落在村子中间，房屋是黄土墙、青瓦盖，四合院式，正房是村公所办公室，西边厢房是库房、马厩和值更人员住宿的地方。大门口是大青石砌座，土夯黄土墙，松木门框、榆木做的两扇大门非常结实。院墙厚三尺高八尺，榛柴和沙棘做墙头帽，大院四角用黄土夯筑有炮楼，高三层。正房后有暗沟从炮楼连通到后山，后山梁脊的暗沟又通连到山头的一座大炮楼，使村公所大院防卫森严，能攻能守又能溜。这是日本关东军侵占热河省后，为了统治克什克腾百岔川而设计建造的一座军事要塞。伪满统治时期，除了设置大村公所管理百岔川，还阶段性驻扎日本宪兵班、伪满骑兵队。常驻伪满警察分驻所，将百岔川当成其兵站基地，疯狂征粮、征畜、征大烟、征兵，特别是对本地产的良马——百岔铁蹄马，更是严格控制，成了伪满洲国和日本关东军的军马场。

白金辉时年不到五十岁，生于1901年，他家从祖上算起就是百岔川的大户人家。白金辉年幼时在经棚私塾读书四年，从伪满康德七年（1940年）起被伪旗公署和日本参事官武冈信夫任命为百岔大村村长，他尽心尽力为侵略者办事，被伪旗公署多次评为“出荷模范村”，白金辉本人被伪兴安省和日本参事官推选为“满洲国优秀地方官”，受到过满洲国内政部和日本关东军司令部的嘉奖，并奖赠给白金辉日本战刀一把、手枪一支、白色军马一匹、狼狗两条，国内政部批复白金辉为伪兴安军预备役少佐军官，配发军官服一套。一时间，白金辉成了热北地区的风云人物，是日伪统治者的红人。他不遗余力地效忠伪满洲国，为日本人办事，剥削和搜刮百姓。他在南店的白家庄院有房屋几十间，有良田上千亩，在塞罕坝有夏牧场，有马群、牛群和上千只羊，在伪满株式会社合作社有股份，在经棚镇开有客栈和烟馆，通过合伙人在赤峰、承德都有产业。除了常年有长工种地养畜外，还有被称为自卫队的看家护院的家丁十多人。

白金辉奉行“做好人不要做过头，做坏人不要做过分”的信条，日本人和满洲国官吏来了，他远接近迎，极尽阿谀奉承之能事，要钱给钱，要粮给粮，要大烟膏给大烟膏，要牲畜给牲畜，杀鸡宰羊，侍候得舒舒服服地，但这些东西都不是他个人掏腰包，过后全摊到贫雇农和中小富户身上了。对穷人，青黄不接时，他借给粮食，但是借二斗还三斗，谁家求借，借一元年末还二元。对逃荒要饭打短工的，他能用则用，不用的管一顿饱饭再送点干粮打发走。白金辉善于交际，在江湖上广交朋友，上至日本参事官、满洲国军政要员和蒙旗王公贵族，下至土匪山贼、流氓兵痞、伪满警察、地主老财、拉皮条的人贩子、拉骆驼贩盐的、挑担子的货郎，他都乐意结识。请客送礼，搭顿饭住一宿，客客气气的，日本人竖着大拇指夸他是“大大的良民，好好的朋友”，地主豪绅说他是“铁哥们儿”，穷百姓称他是“白大善人”。山贼、土匪作恶也不动白家，既是感谢白大财主的施舍，也忌惮白家大院人多枪多。白金辉与热北地区许多大地主、大牧主互通往来，订立相互保护的盟约，土城子的于秀成、红山子的陈玉贵以及栾相臣、王文焕、陈宝珠、瞿顺庭、庄庆玉等大地主都听命于白金辉的调度。惯匪侯扒杆儿等是他的座上宾，他和康家敖包的大财主康海庭，任家大院的王克礼，伪满警察所所长、惯匪鲍玉林等磕头拜把子，形成了一股强大的封建恶势力，依仗日本关东军和满洲国的支持，把持一方，成了热北地区很有影响力的地头蛇。

白金辉与几位把兄弟边吃喝边谋划着时局对策，闹腾了大半夜才都歇下。第二天天刚放亮，康海庭便吆喝大师傅熬好了羊肉粥，整好了白面羊肉包子，大家吃饱喝足了，便相互道别跨上马各奔东西。白金辉拉住王克礼的手说：“四弟，到了经棚街先到西河沿客栈住下，再约宝中三兄弟，他在旗公署做事，消息灵通，咱哥们下一步咋办，就看你带回的消息了。”

“放心吧，二哥，咱办这事不是一两回了，没问题。”

白金辉回身又吩咐康海庭：“大哥，你把煮好的羊肉、蒸好的肉包子多给三弟拿些，他这回少跑不了道呢。”

“放心吧，早都拴在三弟马鞍上了。”

白金辉对刚吃完饭又撒完尿，边系腰带边打饱嗝的鲍玉林说：“三弟，你这次回去责任重大，千万把弟兄们都笼络到一块，在夏营盘暂避风头，只要有人有枪，谁得势也不能轻看了咱们。至于吃的喝的用的，坝上夏营盘都预备着呢，你们可劲儿造，一切听我的安排。”

鲍三疯子一挺肚子说道：“二哥放心，咱不但把这边的事办好喽，就是草地的额仁钦几个兄弟也联络好了，都听你的。走咧！”说完，一个蹿子骑上铁青马，一溜蹦子朝百岔沟脑奔去。

白景春搓着手羡慕地说：“鲍三叔好英武哟！”

康海庭撇了下嘴说：“英武？他的英武可没用到正地方，这些年，他的马刀下有多少冤魂？他的狼狗吃了多少人？眼下满洲国垮了，他不投靠白村长他投靠谁去？对这号人，二弟你也得防着点才是。”

白金辉说：“狡兔三窟，眼下正是用人之际，在这个节骨眼上，还得靠他把那帮满洲国警察和国兵收拢住，再让他和侯扒杆儿把山头上的弟兄收拢住，咱就能立于不败之地，冲锋陷阵的活儿还得靠他们。”

二 塞外经棚

王克礼骑马直奔经棚街。他是马快人急，从百岔川到经棚街一百六十里地，王克礼中途在河南店打尖吃饭，太阳没压山便到了经棚街河西大前街徐家浴池。这个时节正是农忙季节，又由于兵荒马乱，商业也很萧条，来浴池洗澡的人也不多。王克礼要了正房雅间，点了饭菜备着，自己又拾掇了一番，让店家派人到县维持会去请宝中三。

宝中三，三十来岁，蒙古族人，此人聪明伶俐，从小跟从经棚荟祥寺喇嘛学经，因而会说蒙汉两种语言，会写蒙汉两种文字，加之其头脑精明，思维敏捷，会办事，被伪经棚县长相中，遂还俗在伪县政府当差。他先是在治安科当文书，后任治安科副科长，在经棚地面上是个八面玲珑的人物，地主豪绅们都跟他交往密切，当然也少不了好处，他在县府也给朋友们照应。对于白金辉，他自然会结交，而且过从甚密，白金辉与日本参事官武岗信夫的勾结就是通过宝中三牵线搭桥认识的，因此，上面有什么大变故，都是宝中三给白金辉传递信息，通风报信。

宝中三这两天特别忙，一是日本人跑了，镇中百姓砸了旗公署和兴农合作社、烟政科，分了布匹、粮食、火油等物资。宝中三从日本人火焚旗公署的仓库中，趁乱抢了不少物资，着实发了一笔财。二是他设法摆脱了日本参事官前田的挟持，与攻入经棚的苏联红军建立了联系，因为他有文化，与充当苏军翻译的外蒙古红军好交流。苏蒙联军人生地不熟，正想着找当地人帮助沟通联系，维持地方秩序，非常需要宝中三这样的人。

经棚街地处大兴安岭南麓黄岗梁山下，地理位置扼控广大农牧区交汇点，为关东、赤峰、多伦、张家口通往大库仑（今乌兰巴托）要冲，敖包山雄踞正北，摩天岭虎视西南，字山雾列于东，碧柳河从东北川、多伦河从西北川奔泻而下，在敖包山南汇合拐过字山隘口流入西拉沐沦河，形成了山环水绕的盆地。从这里向东北越大坝梁通林西，向东南逾鹅蛋梁过西拉沐沦罗锅桥到双合、土城子，向西北经达里湖到锡林郭勒通外蒙古，向西南经好鲁库到多伦、张家口，向南经广兴源、百岔川，过塞罕坝通围场、承德，还可到赤峰等地，是连接东北、华北、西北的战略枢纽之地。

经棚商业源于旅蒙商。清朝初期，朝廷实行禁边政策，限制蒙汉间民族贸易往来。康熙年间，在康熙大帝指挥清军经过乌兰布统之战和昭莫多之战后打败了蒙古枭雄噶尔丹，废除了明朝的马市，开辟了归化城、张家口、多伦诺尔、赤峰、洮南几个贸易市场，南北蒙汉方才通商。但是，清朝廷对通商限制极严，颁布了许多禁令，如关内商贾来蒙地做买卖，必须领取票照，在蒙地逗留期间不得超过一年，不准同蒙古族妇女结婚，不准将大量白银货给蒙古人等等，一旦有违犯者，严惩不贷。到雍正乾隆年间，由于关内荒旱，清政府实行了“借地养民”“移民实边”政策，取消禁令，出荒放垦，山东、河北、山西大量灾民涌入，从南向北逐步推进，大片森林、草原、荒滩、荒坡被开垦种地，形成了以西拉沐沦河为界线、河南为山区农耕地域、河北基本上为牧区的格局。

经棚街到了嘉庆、道光年间，已初步形成规模，成为仅次于赤峰、多伦的塞外商业重镇，到光绪十九年，经棚已达万余人，商铺五百余家。旅蒙商们最初以经棚为集散地，在敖包山下搭置简易房屋，或住在“出拔子店”，从此派出商车、骆驼队，深入到克什克腾农牧区和延伸到锡林郭勒盟的阿巴嘎、东西乌珠穆沁及尤格吉庙、大库仑等地推销从关内运来的砖茶、布匹、红白糖、烟酒、铜铁器、面粉、炒米、糕点等“上至绸缎，下至葱蒜”应有尽有的货物，再从那里收购牲畜、皮毛运回。因经棚北连草地，南接关内，牲畜市场四季不衰，盛极一时。只是在日本侵略军侵占热河省后，为进行侵略战争需要，侵占经棚的日本关东军和伪满洲国成立兴农合作社对牲畜、皮毛、粮食进行垄断，对百姓包括商户进行疯狂掠夺，使经棚街凋敝不堪。

经棚街的繁荣还与佛教有缘。民国 19 年西藏活佛班禅九世因与前藏达赖喇嘛政见不和被迫出走奉天，途经内蒙古抵经棚，克什克腾札萨克蒙汉官吏贵族及经棚县长率百姓在西门外跪接。翌日，班禅应僧俗百姓邀请在庆宁寺诵经布道三日，第四天到热水塘沐浴，才前往奉天，一时成为克什克腾草原的佳话。

克什克腾草原按农区牧区实行蒙汉分治，蒙古族地区成立克什克腾旗，设札萨克府管辖。汉地农区则设置经棚县施政，至日伪统治时期撤县并入克什克腾旗，日本人设参事官，建宪兵队，设警察署，实行殖民统治，使蒙、汉、回各族人民陷入法西斯式的殖民统治，过着贫困的日子。

苏联红军对日宣战，百万红军摧枯拉朽般迅速歼灭了号称“皇军之花”的日本关东军，伪满洲国也树倒猢狲散，克什克腾草原各族百姓终于结束了亡国奴的生活。但是，这块土地目前暂由苏联红军占领着，下一步是由国民党的国民政府统治还是为共产党所领导的人民政权所管辖，目前还是个未知数。

由于它特殊的地理位置，以及复杂的地理环境，以及重要的军事价值，国民党、共产党将很快争夺这个地方。克什克腾旗北面是大兴安岭南麓的黄岗梁山脉，南面是努鲁儿虎山脉，西面是西沙窝，西拉沐沦河横贯东西，构成了河川、山脉、高原漫甸纵横交错的复杂地理环境，高山峡谷、沙地丘陵、河湖、森林草地形成了令人眼花缭乱的地形地貌，历来为兵匪征战盘踞之所。因此，在农区的地主富农们都把自己的宅院建成了壕深墙厚的土围子，构建了炮台暗道，地主牧主们花钱雇炮手，买枪械看家护院，形成了规模大小不一的封建地主武装割据。日伪统治时期，这些地主武装被改造成伪自卫团，与伪满警察、宪兵沆瀣一气，对贫苦百姓残暴统治，抗日武装力量几次试图进军这一地区，都未能站住脚。现在，这些封建地主阶级又开始谋划维护其反动统治，试图继续过花天酒地、称王称霸的生活。

进到克什克腾草原的苏联红军是后贝加尔方面军第十七集团军左翼保障部队蒙古机械

化骑兵集群，从锡林郭勒盟贝子庙沿经锡公路进入经棚，为数不多的日本人和伪满军警哪见过坦克、装甲车、汽车、骑兵组成的钢铁洪流，未交战便落荒而逃了。经棚光复了，镇里的蒙、回、汉百姓被告知今后可以光明正大地说自己是中国人，而不是满洲国民了。

为了稳定地方、恢复秩序，在苏军参与支持下，经棚镇成立了维持会，各商户和街民代表推选富商任承业任会长，刘魁山任副会长。维持会下设总务、政务、农业、财务、教育、治安六部，并下令各大村建立维持分会。宝中三任经棚县维持会治安部长兼苏蒙军联系人，成了维持会的重要人物，这几天忙得不可开交。听说王克礼有事相约，知道是白金辉派来打听事的，他特意穿上从苏军那里讨来的军大衣，套上军靴，腰挂牛皮武装带，斜挂日本王八盒子，在石板路上背着手迈着“咯噔、咯噔”的正步进了徐家浴池大门。

领道的下人忙不迭地喊：“宝队长到了！”

浴池老板打着哈哈躬身掀开竹帘把宝中三让进正房。王克礼正在屋里迎着：“兄弟一向可好，克礼这厢有礼了！”

宝中三一抱拳：“免礼，免礼，都是自家兄弟，不用客气。”

老板吩咐看茶，然后躬身说：“二位先用茶，洗澡水已放好，正热乎着哪，待会儿洗洗身子，再到饭厅单间用饭，我就不打扰了。”

王克礼送走徐老板，回身端详宝中三：“哎哟！看模样兄弟发财了，这身披挂可够威风的。”

“哪里哪里，这不是满洲国垮了，日本人完了，苏联大鼻子来了，成立了维持会，兄弟我现在是维持会的治安部长，还负责与苏联人的联系，官身不得自由，这几天，可把我给忙乎坏了。哎，身为经棚人，得为父老乡亲负责任啊！四哥大老远地来经棚，不知有啥事啊？”

“啥事？大事！”王克礼看着宝中三趾高气扬的样子，撇了撇嘴说：“你在街里春风得意，可别忘了咱的那些好兄弟啊！眼下这乱世，白二哥他们打发我来找你，给弟兄们指条出路哩。”

王克礼说着从桌案上的褡裢里取出一块用油纸包的大烟土和现大洋推送到宝三面前：“哥几个想你了，别嫌乎少，收下吧。”

宝中三忙站起身来，嘴里说：“都是自家兄弟，这是干啥。”眼里却放出贪婪的光芒。他忙说：“四哥，你来得正好，我这正有要事找白二哥呢，你来了，我可省了事了。”

“那好那好，咱哥俩边洗澡边合计吧。”两人拉着手进了澡堂子，半池子水正热乎儿，冒着热气儿，两人在池子里互相搓着背，宝中三把成立维持会的事一说，王克礼拍着手道：“这下可好了，成立维持会，咱们保家保财产，照常过咱的好日子，白二哥知道这信儿，得多高兴啊！”

宝中三说：“明天我就领您到维持会，给您讨上百岔大村维持会的委任状，给白二哥送上一份大礼。”

两人洗完澡，在炕上抽了一阵大烟，过足了烟瘾，又就着一桌好菜，“滋拉”地喝了两壶经棚老烧酒，宝中三挟着烟土、揣上大洋晃晃荡荡地走了。

第二天一早，宝中三来到徐家浴池，吩咐伙房包了羊肉馅水饺，就着羊肉炸辣椒、捣蒜末，二人饱餐一顿，急忙奔后街原旗公署所在地，就是现在的维持会。宝中三先进会长办公室禀报后，引王克礼进屋与任、刘二位会长见面，直接任命白金辉任百岔大村维持会长，其他人的任用由白金辉提出人选报县维持会备案即可，并当场颁布了任命状。王克礼大喜，捧起任命状看了又看，然后小心折好揣进贴胸的怀中，向会长鞠躬行礼后退出。王克礼拉着宝中三的袖口说："这下好了，这下好了，有了委任状，就是正儿八经的官员啦，咱弟兄没白交一回呀！"

宝中三挽留王克礼在经棚休息一天，王克礼怀中揣着任命状，就像怀揣个兔子，心里着急的哪里待得住，回到徐家浴池让店家给马喂上豆料，未等马吃完便急忙忙地往回赶。他策马到了字山下，勒马回头望着敖包山下的经棚街，自言自语道："到啥时咱弟兄都是这地方的主啊！"

三　塞罕坝上

王克礼一路马不停蹄淌过西拉沐沦河，溯广兴源大川，翻越莲花山，从三道沟隘口进入百岔川，天黑后到了百岔川吕家沟门村之所。一进院，他就冲人喊："快他妈累死我了，来人呀！"

有人跑过来接过马缰绳，那马也累得嘟噜白沫了。

王克礼兴冲冲地嚷嚷着，摸摸前胸装的东西，屁颠屁颠地在院内踱步。

王克礼听说白金辉在上屋，便边往上房走边喊："二哥，我回来了！二哥，我回来了！有好事啊！有好事啊！……"

一直守候在村公所的白金辉、康海庭等人听到王克礼的喊叫急忙迎出来，见王克礼跑得汗毛流水的急切样子，问道："好事还是坏事？"

"好事，大好事！"

王克礼进屋喘息了一阵儿，端起大碗喝了几口凉开水，才一五一十地把事情说了一遍，完了从贴身口袋里拿出任命状来。白金辉听着听着脸色由急切转而激动，见王克礼展开了任命状，急忙从椅子上站起来，提了提裤子，抻了抻袖子，挺了挺腰杆子，清了清嗓子，之后对王克礼说："兄弟慢点念，慢点念。"

王克礼一字一句地宣读了委任白金辉为百岔大村维持会长的任命书，又毕恭毕敬地交到白金辉手上。白金辉双手捧着委任状端详了一会儿放在桌上，然后一仰头"嘿嘿嘿"地笑了一阵儿说："我白某人吉人自有天相，天怎么变咱的身价不变，各位兄弟，明天就召集人开会公布任命，成立维持会。"

这一夜，白金辉辗转反侧睡不着觉，他把任命状放在头上，才进入梦乡。

第二天，鸡刚叫三遍，村公所便灯火明亮，伙房便点灶做饭，白金辉安排好几拨人骑马通知十里八方的地主老财们到吕家沟门开会。康海庭等人忙着布置会场，在大伙房挂上了一道横幅，上面写着"百岔大村维持会成立大会"。一些自卫团丁忙乎着杀鸡宰羊，摆布桌凳。院里的一口大锅烧上了水，准备熬砖茶。白金辉和康海庭都穿得长袍马褂，整齐一新，二人在院里转了一圈，又商量了一番开会的细节。

临到中午时，近处的一些地主豪绅陆续到来了，因为预先得到了口信，所以都没空手来，有带一包大烟膏的，有带些洋钱的，一些蒙古族牧主则用花轱辘车拉着一只大肥羊。他们到村公所大门口，见白金辉等人迎候，都甩镫离鞍下马，向白金辉抱拳行礼，一阵问候寒暄后让进村公所喝茶唠嗑。

正热闹时，门外传来一声粗野的叫喊："都他妈的来了啊！都是他妈的闻着鱼腥味的猫啊。"话到人到，鲍玉林手里摔打着马鞭子，马靴上的马刺磕碰着门槛子进了屋。坐着说话的地主老财们见了鲍三疯子，都不约而同地站起来，脸上露出不自然的讪笑："啊，啊啊！鲍警官来了！失敬失敬！"

康海庭见这场景，心说，鲍三疯子呀，满洲国都完蛋了，你还摆什么威风，得打发他躲开，不然今个这会开不利落。于是康海庭转身拉白金辉进里屋，耳语了一阵子，白金辉点头称是。待康海庭出去后，他招手把鲍玉林叫进里屋，从腰里抻出烟袋装上烟点火吧嗒了几口，递给鲍玉林："抽几口吧，事情办得怎么样了？"鲍三疯子在别人面前穷凶极恶的样子，在白金辉面前可是顺顺溜溜的，这么多年他从来没看透白金辉那深沉阴鸷的眼睛里到底隐藏着多少鬼八卦，阴的阳的他挨了不少拳脚，从来没占着便宜，对白金辉产生了很大的敬畏心理。白金辉一问，他连嘴角的白沫都没擦就忙着回答："二哥，这两天没白忙活，我把警察所里除了跑回家道远的没找回来，剩下十二个弟兄，还有经棚街跑出来的几个，围场跑过来的几个，还有兴安军国兵骑兵队几个老哥们都划拉到一起了，一共有二十六个人，都安排到坝上夏场住下了，他们手里都有马有枪。二哥你当了维持会长，咱这队伍也有了。"

白金辉听了很高兴："三弟，活干得不赖，生逢乱世，只要有枪有队伍，咱心里就托底。三弟呀，眼下要成立维持会，我寻思怎么着也得给你安排个一官半职的，只是你这几年为日本人办事，积怨甚多，这个时候不宜过多抛头露面，你还得去给我抓枪杆子，回坝上去让弟兄们把他的人都归拢到咱们的旗下，招兵买马积草屯粮，看形势变化，你呀，得替你二哥我干点实惠的，你看中不中？"

鲍三疯子一开始老大的不乐意，听白金辉往下这么一说，明白了，便说道："二哥，没说的，咱马上就回坝上，按你说的办，只是……"

白金辉一摆手："三弟甭说了，我让白景春——你大侄子和你一块去，先到二哥家里拿些烟土、现大洋，吃的穿的用的都备齐了，把弟兄们安排妥帖的，我忙完了这里的事，就去看望弟兄们。"

白景春安排伙房把炖好的鸡和羊肉先整好一桌，招待鲍三疯子胡乱吃了一顿，然后两人骑马上梁回白家大院去了。

村公所的中午饭吃成了流水席，因为来开会的人最远的一百多里路，早到的不是抽大烟，就是聚会赌博，乱哄哄得挺热闹，到太阳压山该请到的总算齐了。

康海庭让人在院里高高地挂起了汽灯，白晃晃的灯光吸引了不少干活收工的长工、短工看热闹，以为有戏班子唱戏哩。打听到是东家们开什么会，都急忙回去忙自己的事去了。财主们开会，哪有穷人的事呢。只是那温馨的酒肉香味闻着挺馋人的。

人齐了后，康海庭支应着派好了座位，请白金辉在主席台上讲清了开会的意思，王克礼捧着任命状宣读了一遍，又问大伙儿有没有异议，财主们异口同声地说："没意见，就是白大村长了。"

白金辉又提出了管理维持会的其他人选，主要是康海庭负责财粮，王克礼负责政务，王魁负责治安，原村自卫团二十多人不变，原来规定的税和公粮先减半计收以充维持会费用，其余的由各大户财主自己用于雇用炮手看家护院。同时，白金辉可以用征缴的烟干税金去赤峰承德买枪以扩充自卫队。

财主东家们在满洲国垮台失去了靠山后，因为白金辉树立了维持会大旗顿时有了主心骨，热热闹闹折腾了大半宿才散席，因为正是割大烟膏的季节，第二天一大早都急急忙忙地回家了。

白金辉忙乎了一宿，到早晨也没一点睡意。他溜达到后山炮台上，叉着腰眺望百岔川。初升的太阳火辣辣的，把百岔川晒得雾气腾腾，大川西面坡梁树木葱郁，大川中的麦田已泛黄，大烟地正开着腥红妖艳的花，百岔河犹如一条银练飘荡在百岔川中……白金辉眯缝着眼端详了一阵子风景，自言自语地说："三弟呀，你可得把弟兄们安顿好了呀！"

白景春和鲍三疯子骑马从村公所出发，趟过百岔河从麻绳铺上了南梁，直奔南店二地白家大院。因为二人的马都是有名的百岔铁蹄马，惯于爬山上坡，又稳又快，如履平地，所以并不感到紧张，天刚擦黑便进了白家大院。

白家大院坐落在群山环抱的小凹里，黄土夯垛的高墙，高大的门楼子，围护着占地好几十亩的大院，院内正房十几间，青砖青瓦十分气派，两边厢房都是土墙草苫房，是供长工、短工住的，房后一溜大圆仓，还有马棚羊圈等。白家在经棚县是数得上的大户，光长工就有十多人，农忙季雇短工像耪青的、割大烟的十几人，白家看家护院的炮手六个人，都和白家大少爷白景春拜了把子。

因为白金辉平时多在村公所上班，家里主事的是他的大老婆柳氏，柳氏为白金辉生了两个儿女，一个是大少爷白景春，一个是女儿白玉莲。白景春活脱就是其父的翻版，也是高个子、白净脸，长相挺清秀的。女儿白玉莲十八九岁妙龄，身材苗条，面色桃红，大辫子、毛毛眼，一笑双腮俩酒窝，是远近闻名的美人。白金辉的小老婆，是他从赤峰街花大价钱买来的戏子，外号一枝梅，她和大老婆柳氏不同，通文墨，赶新潮，平时爱打扮，穿旗袍时将腰衬得细细的，屁股圆滚滚的，一对奶子鼓鼓的，浓妆艳抹，一双顾盼左右的眼睛像一对金钩让人春心荡漾。一枝梅和白玉莲倒也对脾气，白金辉待人接物场面上的事，还有贩大烟、卖牲口、谈价钱都是一枝梅出面。那些土财主们、大烟贩子们和满洲国的警察们，一见一枝梅、白玉莲娘俩，都是抓耳挠腮，嘴角流哈喇子，两眼直勾勾地瞅一枝梅腥红的嘴唇、凸突的双乳、翘起的屁股，喘着粗气看白玉莲美艳的脸、柔细的腰肢。一枝梅只是把色相喂给臭男人们，但哪个也不敢动手动脚，因为她腰上别着一支日本王八盒子，抬枪打鸟，顺枪打葫芦，枪法十分了得。白玉莲从小有私塾先生教书，识文断字，绣花做针线也很利索，是白家的掌上明珠。玉莲姑娘心眼也挺好，对长工、短工们很和气，白家的产业越做越大。人们说老白家坟地好，家业旺相。

白景春和鲍三疯子进院把马交给下人，直奔正房。白景春把鲍三疯子安排在客厅喝茶，自己到东屋见母亲柳氏。屋里柳氏正和一枝梅一起缠毛线，白玉莲趴在炕上拆装一枝梅的王八盒子。她们见到白景春都很高兴，忙下地喊来伙房大师傅做饭，并到客厅与鲍三疯子打招呼。鲍三疯子一见一枝梅，眼睛就直勾勾地盯着，忘了接一枝梅递给的水，白玉莲见了一甩大辫子扭身又回了东屋。

一枝梅满目含春地说："三弟什么大世面没见过，快把魂收回来吧！"

"啊，是是是，我这真他妈没出息，让嫂子见笑了，见笑了。"他说着并"咕咚"一声咽下一口吐沫。一枝梅伸出粉嫩的手拍了拍鲍三疯子的肩头，妩媚地笑了几声。鲍三疯子顺势在一枝梅的奶子上摸了一把。

这一夜，白景春与家人张罗了半宿，装好了大车，准备一大早就去坝上的夏营盘。

这一夜，鲍三疯子大半宿想入非非，满脑子全是一枝梅的身影。

从白家大院到塞罕坝夏营盘四十多里地，白景春与鲍三疯子押运着一大车物资经马家店上了塞罕坝，路过跌蛋沟、一棵松，经奔四淇波而去。

塞罕坝古称蹛林，是横亘于内蒙古与河北省之间的高山大岭，在唐朝时称松漠，清朝时名为兴安大岭，亦被称为塞罕坝，它呈东西走向绵延上百公里，宛如苍龙卧波，其奇峰连绵，山岭逶迤，主峰大光顶子山海拔 2067 米，为赤峰地区最高峰。坝上西端连接西沙窝和红山子桦木沟原始林海，中部沟壑纵横，林深草高，流水淙淙，坝上则相对平坦，属典型的高原草甸草原。塞罕坝是内蒙古牧区与热河省农区的分界线，坝南由西向东为锡林郭勒盟多伦和正蓝旗，属热河管辖的围场县，昭乌达盟管辖的赤峰县和翁牛特旗。

古代诗人称塞罕坝：垄垄碛陵，托起一脉大岭。岭之阳，松桦弥漫，夏墨绿，秋褐红；岭之阴，横川纵谷，溪流通道。滦河、英金河、百岔河皆发源于此，西拉沐沦河亦发源于坝西北沙漠里的白槽沟。坝西北林海连绵，沙地疏林灌丛星罗棋布，地形极为复杂；东南群峰连绵，坝顶开阔辽远，天低地举，奇幻空蒙，如履云端。在古代黑松蓊郁，竞向参天，为千里"平地松林"核心地带。辽天赞三年之年，辽太祖耶律阿保机曾在此行拜日大礼；元朝时，皇家封塞罕敖包为"道图喀拉莫多"（敦仁镇远山神）；清代康熙、乾隆、嘉庆皇帝都曾登临坝上围猎观景，主持会盟大会，并有诗赋传世。历代骚人墨客登坝上越平地松林，无不感其高拔险峻雄奇，吟咏盛赞遗墨颇多。因塞罕坝在清代被划为皇家猎苑的"木兰围场"，主体部分，自然植被保护良好，林深草茂，人烟稀少，是飞禽走兽的乐园，老虎、豹子、猞猁、狼隐伏于林海草原，马鹿、野猪、狍子、黄羊成帮结队，河湖泡子中野鸭、鸿雁、天鹅驻足嬉戏，鱼类繁盛。百灵鸟在草海中歌唱，雀鹰和金雕在长空中逡巡。坝上蒙古人堆砌的塞罕敖包，规模庞大，为克什克腾草原五大"海尔罕"神山之一。离敖包不远的镇远山神庙香火很旺，门楣上"镇远山神"四字为康熙手迹。每年阴历六月十三，坝前坝后蒙、满、汉各族百姓官绅齐集塞罕敖包三天，行祭敖包大礼，非常隆重热闹。日本人侵占组织伪满洲国傀儡政权后，实行残酷的殖民统治，肆意砍伐山林，开垦荒地种植大烟，致使塞罕坝自然环境受到巨大破坏。

塞罕坝因其特殊的地理位置，成为关内通往草原的咽喉要隘，清朝康熙皇帝率大军在坝西北乌兰布统大败噶尔丹，捍卫了大清王朝三百年基业。坝北就是著名的百岔川，被称为米粮川的百岔川方圆三百多华里，白岔河自坝上四淇波起源蜿蜒向东与西拉沐沦河相汇，川宽处四五里，最窄处几百米，百岔河西岸阡陌纵横、榆柳婆娑、高崖峭壁、危峰耸峙。南接塞罕坝过隘口直达承德、北京，东北经连塞北重镇林西直达西乌珠穆沁旗到外蒙古。百岔川有乌兰坝、敖包梁和大柳条沟等许多隘口连接外地，是承德、北京与蒙古草原和东北地区、西北地区的重要通道，历来为兵家必争之地。

正值金秋八月，坝上森林滴翠，花草繁盛，百鸟鸣啭，河水潺潺，牛马羊群飘游在草海中，膘肥体壮，真是好一处藏龙卧虎、欣欣向荣之风水宝地。然而，眼下在坝上草原深处隐伏着的却是一股以后给坝前坝后各族百姓造成深重灾难的祸水。

白金辉的夏牧场在离百岔河源头不远的山窝子里，三间干打垒的土房和靠山坡一溜地窨子，一个用石头垒成围墙的大羊圈，房前栽着七八根粗桦木拴马桩子。这个地方方圆近百里，除了出夏场放牧的和打猎的少有人来，加之兵荒马乱，土匪、马贼、劫道、绑票之人都以坝上为老巢，烧杀抢掠，人们都不敢随意过坝。

白景春一行在离夏场不远的塔拉里，被一伙骑兵大呼小叫地围住了，这伙人有的穿着满洲国国兵或伪警察的服装，有的穿着日东关东军的军服，有的穿蒙古袍或汉人的青衣短袍，个个舞刀弄枪，凶悍狂暴。领头的两个下马上前迎候，一个黑胖子，黄胡子、金鱼眼，手提着一把宽背大刀，腰带上别着短枪，马鞍上挂着一支长枪。另一个精瘦、短小，老鼠眼、山羊胡，腰中双枪，皮绑腿上插着两把匕首，脚穿日本胶鞋。这两人是热北地区有名的惯匪，胖子叫栾相臣，早年是马匪，劫掠了钱财后在前漫甸买地置家，扎下窝，他自己却以匪为乐，先当了几天治安军，后干脆重操旧业，在坝前坝后无恶不作，他马上的功夫十分了得，打枪劈刺有准头，几日不见血就憋得慌。瘦子叫侯扒杆，此人有武功，尤其擅轻功，上树扒墙，窜房跳涧如猿猴一般轻灵，是热河地区有名的飞贼。他们都是白金辉的朋友，也是鲍玉林的把兄弟。

白景春见了忙下马抱拳：“二位叔叔好，我爹让我和三叔来看望你们了！”

“哈哈哈，到底是白大村长够义气，收揽弟兄们在这世外桃源，吃喝不愁，还有娘们赔着。”栾相臣大嘴一咧，唾沫星子横飞，“砰砰砰”在白景春的肩膀头拍了几下。

鲍玉林鲍三疯子忙问：“兄弟，哪里来的娘们？”

“前几天弟兄们下了一趟阴河川，捞了一把，顺手抄了三个小媳妇，弟兄们玩得好不快活，待会儿三哥也开开浑！”

“承让、承让，谢谢兄弟啊！”

众人淫笑着簇拥着车辆来到营盘。

夏营盘成了淫窝狼穴，匪徒们有的骑马练劈砍，有的擦拭枪支，有的像大虾一样蜷拢在炕上抽大烟哼小曲儿，有的搂抱着抢来的女人折腾，营地里充斥着男人的粗声大嗓和女人的呻吟。

“果然是神仙过的日子！”鲍三疯子一进屋就从一个匪徒怀里扳过一个女人，龇着大黄牙在女人脸上忙乎了一顿，“今晚上哥们开开斋，侯老弟舍得不？”

“随便挑，咱哥们谁跟谁啊。来，三哥，抽一口。”侯扒杆从灯台上挑一火头，在大烟枪上“刺啦”点着了，一股白烟带着异样的香气飘来，两个人连嘴带鼻子一顿忙乎。

抽了几口烟，一伙人聚集在一起，白景春把车上的东西卸下来，一些青菜萝卜和日用品送到伙房，又给每人一块大烟，一包洋钱，还有被褥行里等等，众人皆大欢喜。

鲍三疯子说：“白二哥惦记着弟兄们，只是现在咱们不适宜出山，让咱们先在这委屈几天，招兵买马，集草屯粮，拉起一竿子人马来，只要白大村长一声令下，咱们就杀下山去，想怎的就怎的。”

白景春接着说："我爹说了，眼下形势不明朗，日本人走了，国民政府还没来，共产党八路军却可能要来，所以，咱们先看看再说，只要有人有枪，谁来了也不敢轻看咱们。我爹已经托人到赤峰、承德买枪了，这里的羊你们想吃就宰，马想骑就骑，特别是马，我爹说了，二岁以上生个子最好都骑出来，以备军用。"

众匪徒听了大喊大叫："好啊！仗义！够朋友！"

白景春、鲍玉林、侯扒杆等一干匪徒按照白金辉的指令，明确了招兵买马集草屯粮的任务，在短期内不在经棚县境内尤其是不到百岔川抢劫，专注于到河北围场、热河赤峰一带抢掠，并撒出一些人到各地联络被打散的满洲国兵和伪满警察、流氓、惯匪，集合到坝上，以备起事。

晚上，众人七手八脚杀了一只大肥羊，这些土匪们吃手扒羊肉喝大碗酒又造了半宿。

为了显摆能耐，第二天上午，众匪徒还为白大公子表演了杀人的本领。在草地上一拉溜竖起两排木桩，桩头放着一个西瓜，一匪骑兵戴着满洲国兵大盖帽，挥着一把明光闪烁的马刀，疾驰而来。马肚皮下是开满鲜花的草地，马如同小船劈开草浪卷袭而来。进入两排木杆胡同后，匪骑兵左右翻飞，刀光逼人，在一声声闷喝中，只见杆头的西瓜有的被砍得纷纷扬扬，有的上半部分斩落马下，下半部分还端坐于杆头。骑手砍落最后一个西瓜，猛一勒马头，战马一声嘶鸣，前肢扬起旋转回身，骑手伸出马刀，从杆头将另一半西瓜扎在刀头，又一抖手腕，将刀面放平，向空中一斜，西瓜顺着刀面滑向手中，骑手一伸嘴叼住西瓜，马刀顺势向空中一指，又一转胳膊一翻腕子，将马刀插入刀鞘，众人一阵喝彩。

接着几个人又把几个疙瘩白菜放在木桩上，几名匪骑兵从远处放开马鱼贯而来，在百步开外用长枪"呯、呯、呯"一阵射击，木桩头上的疙瘩白菜有的被打碎，有的被打落于地，众人又是一阵喝彩。

侯扒杆到鲍玉林跟前说："兄弟，手痒了吧？来一个，只是你玩娘们忙乎了一夜，手发颤了吧？"

鲍三疯子鼻子哼了一声，从腰里拽出盒子枪一甩手"啪"的一枪，十几步开外一匪徒正在往嘴里塞的黄瓜被打飞了，吓得那家伙嘴张得老大待在那里。鲍三疯子又"哗啦"抽出日本战刀说："哥们，把那娘们绑在桩子上，给你来个刀劈活人。"

侯扒杆知道鲍三疯子的邪魔劲上来了，忙按住鲍三疯子的刀，"兄弟，兄弟，那娘们白天做饭烧水，晚上陪弟兄们睡觉，有用处的，都知道兄弟是盖世的英雄，杀人的高手，大家伙儿都服你，都服你。"说完把鲍三疯子拽出半截的战刀按回刀鞘。

鲍玉林鲍三疯子原来是克什克腾札萨克府里的护兵，后因调戏王爷的公主负罪逃跑上山为匪。日本关东军侵占热河后，鲍玉林被日本人招降，任百岔伪满警察所所长。他横行乡里、鱼肉百姓，骑着快马挎着东洋刀，腰中盒子枪，马鞍上挂着长枪和马棒，马前马后奔跑着五只狼狗，到了哪个村屯都是鸡飞狗跳。鲍三疯子看谁不顺眼，轻的拳打脚踢外加一顿耳光，他说是日本大逼兜，重得放狼狗一阵撕咬，或咬得皮破肉烂，或当场咬死被狼狗吃掉。人们对他又恨又怕，小孩哭闹，只要一说"鲍三疯子来了"，立马吓得鸦雀无声，麻溜藏起来。日本人欣赏他，他更加狂傲无比，一次他到白家大院敲诈勒索，被白金辉打了两耳光，又拔刀剁了一条狼狗，鲍玉林未及反抗，便被绑送到日本参事官面前，白金辉与参事官密谋一番，日本宪兵把鲍玉林一顿胖揍，打入大牢。三天后，白金辉到宪兵队赎出鲍三疯子，并摆酒压惊，请来日本参事官和克旗的名人作陪。日本参事官当面告诫鲍玉林：“别人的可以欺负，白大村长的不能欺负，他是满洲国的官员，皇军的朋友。”白金辉说：“鲍所长是我兄弟，我们大大的误会，我向兄弟赔不是。”这一打一拉，鲍玉林成了白金辉的铁杆兄弟，死心塌地为白金辉办事。

四　八路军来了

秋天的百岔川，简直就是一幅立体画卷，景色绮丽秀美。高原漫甸夹峙的百岔川，千山万壑郁郁葱葱，阴坡多灌丛森林，一片片都是山杨白桦混交林，沟谷里则有成片的榆树林和柳树林。灌木林大都是虎榛子、冬青，也是当地百姓的烧柴。大川里百岔河两岸是密匝匝的河柳，遮蔽得百岔河只闻其声不见其影。柳荡里鸟飞兔跳，生机勃勃。榆树是百岔川林木的主宰，沟谷里成片的榆树林老成的绿意蒸腾着雾气，阴森森的，白天里小孩子都不敢进去。而那些零散分布于田间地头、坡上坝下、村头院里、河畔泉边的榆树，或如青皮后生，嫩嫩的枝条绿绿的叶，无拘无束地生长，或老干虬枝，屈曲盘绕，历尽岁月风霜，顽强地生存。有的躯干两三个人才能抱过来，有的大树老远看就是一座绿色的大山，有的枝干折断了，留下一个大黑洞，黑洞成了鸟窗蛇窝，但其他枝杈仍青枝绿叶。

百岔川土地肥沃，河两岸的平川地及大川的山坡地无论黑土地、黄大板地长出的麦子、莜麦、荞麦、豌豆、大蚕豆都颗粒饱满，筋道喷香。现在川里的一片片大烟正在采割期。这里原来是不准种大烟的，日伪占领后，为其侵略战争需要，强迫百姓种植大烟，设置烟政科负责收购大烟膏，开设烟馆蛊惑和吸引百姓抽大烟，不知有多少财富被榨取，不知有多少人倾家荡产、卖儿卖女卖老婆，大烟鬼们青面乌眼，死气沉沉，真成了鬼，大烟成了毒化中国人民的罪恶之花。

初秋正是收割麦子的季节，百岔川一块块麦田金黄黄的，令人爽心悦目，满川里弥漫着麦子的馨香。这是一个少有的丰收年，但是生活在百岔川的人们，心里却是没着没落的。

这天，不知谁在村头大喊大叫了一声："过兵了，来八路军喽！"正在农田里干活的人们发现一支部队从塞罕坝逾过顺百岔川而下，他们穿着灰蓝色的制服，扎着绑腿，有穿布鞋的，还有的穿着牛皮鞋，有的伤病号骑在马上或者坐在单架上。他们虽然穿戴不那么整洁，却个个气宇轩昂、威风赫赫。显然，这支队伍是一路长途跋涉还打着仗过来的。

队伍前锋到了百岔大村吕家沟门村里停下，后面的络绎不绝赶奔上来，他们看见村庄见到了老百姓，便抖擞精神唱起了嘹亮的军歌。好几千号人集合在一起，把一条土街都占满了，但没有人进老百姓的院子，只把伤病员的马匹单架放在大榆树荫下，有一部分士兵在村前水泉接水喝，到小河边饮马洗漱。过去见惯了日本关东军满洲国兵和土匪的人们乍一见这么多兵进川，都吓得赶紧往山上跑，妇女们急慌慌地抠一把锅底灰把脸抹得黑黝黝的，乱糟糟地往外跑，或者藏在庄稼地里惊恐地看村里的动静。

在村维持会门前，有几位挂短枪的八路军在村自卫队员的引导下，与正在村里的白金辉、康海庭见了面。康海庭正忙着征收大烟税，白金辉则是张罗筹款派人到承德去买枪，谁也没想到来了队伍，忙不迭地把部队长官们迎进客厅，听介绍说是八路军晋察冀军区部队奉党中央命令开赴东北接收日本人投降，路过百岔川，后面还会有不少部队路过。康海庭向部队首长抱拳拱手说："咱们被满洲国统治了十多年，就是当了十多年亡国奴啊，这日本投降了，满洲国完蛋了，国民政府的军队终于来了，喜事啊！""那是，那是，国民政府派兵来了，咱们就光复了，欢迎欢迎！"白金辉也一连声地说。

白金辉、康海庭二人不习惯八路军首长的握手礼，对八路军战士行军礼也受宠若惊，忙张罗生火做饭。部队首长安排一部分人借用老百姓和村维持会的锅灶做饭，用边区票或白洋买粮食和草料，老百姓没见过边区币，不敢收，康海庭忙接过来，说他收，叫各卖粮东家到时找他结算。康海庭还征得白会长同意，把维持会贮存的一些麻油和腊肉献出来，到村前菜地砍了一些大白菜，给部队熬白菜汤喝。

老百姓起初对八路军部队很害怕，现在见部队官兵和颜悦色，不抢不夺，公买公卖，还帮助各家各户扫院子挑水，自己割草喂马，心说从来没见过这样的兵呢，慢慢地和八路们近乎起来了。吃饭时，大伙看部队官兵在一阵军号声中集合听首长训话，又唱了一阵歌，才分散开吃饭，有的用饭盒饭缸，有的用从老百姓家借来的碗筷，他们虽然衣衫不整、面黄肌瘦，却纪律严明，精神焕发，正气凛然，让老百姓看了心情别样的激动。

从那天起到入冬，共产党、八路军的部队和地方工作人员隔三岔五过境向东北进军，川中百姓议论，八路军有多少兵啊，长流水似的过。

苏蒙红军攻占东北和热河，消灭了百万日本关东军和满洲国军队，由于国民党军队在1931年"九一八"事变后就逐步退出了东北三省和热河省，只有共产党领导的东北抗联在东北进行了十四年艰苦卓绝的抗日战争，后在日本关东军的残酷镇压下抗联余部退入苏联整训，一部分经热河退入关内。抗日战争爆发后，八路军挺进华北，开辟了冀晋热辽根据地，抗日烽火在长城线燃烧，热北地区也曾有共产党八路军干部做工作，但由于日伪统治严酷，未能建立起根据地，但共产党八路军抗日救国的名声早已传播开来。

党中央做出进军东北建立巩固的东北根据地的决策使我党在苏联红军的配合下赢得了先机。进军东北有三条路线，第一条是从山东半岛的烟台横渡渤海海峡在辽东半岛的营口或大连等地登陆，八路军山东解放区的部队都是从海路进入东北的，后来随着国民党军队在美国海军支持下进攻东北，海上航线被国民党海空军控制，我军大规模渡海行动大受限制。第二条路线是经陆路从华北冀东山海关等长城线出关，起初我新四军华中地区部队，从陕甘宁边区和冀察晋等抗日根据地抽调进军东北的部队都是从这条路线出关进入东北的。第三条路线是晋绥、晋察冀和陕甘宁根据地出发出长城线向东北进军，这条线经热河省和察哈尔省，行军通过高山峡谷，条件艰苦，但相对比较安全，前期经热河省会承德，从北平（现北京）外围出关奔辽宁锦州一线，后期从赤峰、朝阳直奔通辽和沈阳以北地区。在国民党军占领北平、天津、山海关、锦州、营口一些地区后，从热河联系东北这条线就成了我党关内各根据地联系东北解放区的桥梁和枢纽，战略地位十分重要，因此，从

1945年10月起到东北地区解放这几年期间，建立和经营冀察热辽根据地便成为我党东北局、华北局共同的战略任务，尤其是张家口、承德、赤峰被国民党军占领后，国共两党两军争夺热河地区控制权的斗争更加激烈。由于我党在日本投降后抢占先机，强有力地控制了热河和察哈尔两省，建立了华北联结东北的战略通道，并在地方民主政权建设、减租减息、扩大人民武装等方面卓有成效地展开工作。

我党冀察热辽军区和中央分局迁移到林西后，迅速派出部队控制了经棚县（克什克腾旗），建立了蒙汉合一建置的经棚县委，取消了经棚县维持会，同时向农村牧区派出武装工作队，取消各地维持会，组建区乡民主政权。

在秋风飒爽、艳阳高照的一天，一支小型骑兵队从经棚镇出发，渡西拉沐沦河，翻越莲花山进入百岔川，径奔百岔村公所所在地吕家沟门而来。

吕家沟门是百岔川的一个大村，村子有五十多户人家，百岔村公所处于村中心，背靠黄土大梁，三道沟与百岔川交汇，川道宽有三四里，一条小河与百岔河相汇，使吕家沟门与回子营、老爷庙三个自然营子呈品字形。这里川平地阔，土地肥沃，是百岔川的核心地带。从三道沟大道而来的一小队人马拉开距离到了村头，他们都穿着灰色军服，都是背着长枪，腰间挂着短枪，都是年轻威武，气宇轩昂。领头的一位骑着枣红马，勒住马头，从鞍鞯上抬起身子向营子里观望了一会儿，一挥手领队进营子，直接奔村公所而来。

因为这几天正是割大烟季节，康海庭忙乎着同县维持会来的人共同收大烟膏，白金辉回下二地老家张罗收烟膏不在村公所。当村维持会自卫队员向康海庭报告，康海庭知道准又是共产党八路军来了，忙出门把这一小队八路军迎进村公所。他满脸堆笑又是敬烟又是奉茶，说不知道大军来此，有失远迎，失敬失敬。

来人中一个大个子红脸膛的人“咕咚咕咚”喝了一碗水，抹抹嘴说：“康大财主，你不太认识我了吧？我叫韩星，是咱经棚街人。”韩星引着康海庭走到一位中等个、面皮微黑、大眼睛的年轻人面前，“这位是经棚县委派到百岔，就是划分为五区任区委书记的梁敬同志。”

韩星又拉过一个大汉来说：“这位康大财主想必也认识吧？他是我们即将成立的区小队队长张东阳同志，他在百岔川扛长活耪过青哩。”

康海庭原以为又是八路军过境歇歇脚，一听介绍是来建设政权的，他心里不禁有些紧张，心说终于来了。他乍一见梁敬相貌堂堂，英气逼人，觉得有几分亲切感，忙向梁敬抱拳行礼：“欢迎欢迎，先前康某人见识了许多八路军将士，你们打日本救中国劳苦功高，大军到了百岔川，秋毫无犯，公买公卖，从不扰民，真是仁义之师，你们来百岔建设政府，实在是百姓之福啊！”

康海庭抬脸见张东阳，端详了半刻一拍巴掌：“噢，想起来了，你不是在康家敖包耪过青在兴盛永东西两院扛过长活的张大个子吗？前年你宣传反满抗日，警察所鲍三疯子抓你，你连夜逃跑了，原来投了八路了，好啊好啊！你回来了，人熟为宝，事就好办了。”

康海庭一阵寒暄，很近乎很热情，他真诚地欢迎梁敬一行人的到来。

梁敬对康海庭说：“我们这次来，一不是过境，二不是征粮，而是按照我党经棚县委的指示，来百岔川组建五区区政府，这个政府是由区委领导下的民主政府，我们要求百岔维持会解散，请白会长和你等参加民主政府的工作，还望康先生请白金辉回来共同商量这个事情。”

“你们共产党要建政府，能用得着我们这些前朝的人吗？”康海庭小心地问道。

“抗日战争胜利了，我们共产党要继续坚持与国民党的统一战线政策，争取建设和平统一的民主国家，我们争取各阶层爱国人士参加新政权建设。”梁敬操着一口河北口音，和颜悦色地向康海庭解释。

康海庭很高兴，表示坚决拥护共产党的领导，只要共产党信任，就不遗余力地参加区政府工作。同时，打发一名自卫队员给白金辉送信，请白金辉回村里来。

晚上，在村公所门前挂起了一盏大汽灯，照得远近一片光明，康海庭和张东阳把老爷庙回子营和吕家沟门三个营子男女老幼三百多口人都招呼到村公所，说共产党八路军来了大干部，有大事要打招呼，平时受地主老财盘剥，满洲国警察兵欺压，大气都不敢出的贫雇农、扛长活的、打短工的穷苦人，平时只有日本人办良民证照相时允许聚会，交租合粮纳大烟干时到村公所，百依百顺低眉顺眼的叫“良民”，稍有反抗的则诬称为“刁民”，除了受皮肉之苦，还有性命之忧。这回都被喊来叫“开会”，真是“大姑娘上轿，头一遭的事”，大家既好奇又胆怯地聚集在村公所门口，见康海庭等人陪着一位年轻英武的八路军干部站在台阶上，张东阳与认识的穷哥们热情寒暄，一些胆子大的孩子抚摸战士们手中的钢枪和子弹袋，他们因为与先前过境的八路军有过接触，有的还在他们家里住过，八路军战士临走赠送给他们子弹壳等小礼物，因此，一见到八路军他们和大人们一样有一种亲近感。

韩星见人来得差不多了，对康海庭说：“康先生，我看差不多了，开会吧。”

“好好好，开会开会。”康海庭清了清嗓子，大声说道：“父老乡亲们，今儿个晚上奉八路军梁政委命令召集大家开个会，大家都少安毋躁，注意听官长训话。”他一哈腰向大伙介绍：“这位是共产党八路军经棚县委、县府派到咱百岔川作区委书记的梁敬梁长官，这位是县公安局韩星韩长官，这位是咱们的乡亲，百岔区小队队长张东阳张长官，大家别嚷嚷，请梁书记训话。”

梁敬从台阶上又下了几级，与大伙更近了一些，向乡亲们行了一个标准的军礼，朗声说道：“父老乡亲们，我们共产党八路军不称长官，称同志，什么叫同志呢？就是志同道合翻身求解放的意思。现在，日本鬼子投降了，日本法西斯扶植的满洲国也垮台了，咱们老百姓结束了亡国奴的生活。我们共产党八路军进军东北，解放华北，占领热河，就是要建立人民当家做主的民主政府，消灭欺压百姓的土匪恶霸，减租减息，让老百姓过上太平日子，过上人人有饭吃、有地种、有衣穿的生活。我们这次来，就是要扎下根来，建设区政府，团结支持同情革命的人士，组织贫雇农，建立人民武装，保卫胜利果实……”

大家伙儿听梁敬的演说，先是小声嘀咕，后来喊喊喳喳议论起来，有的人大声问：“书记，真的减租子吗？”有的人问：“书记，真的给地种吗？”“书记，真的建区小队，发枪吗？”

一些地主富农听了都很紧张，有的扯过康海庭小声问：“康财主，减租减息是什么意思？新政府怎么对待咱们啊？”

康海庭手抚着大烟袋“咕嘟嘟”抽了一口说：“各位不要心慌，据我了解，共产党是建立民主政府，现在是国共合作时期，讲求和平民主，让富的匀给穷的，收的租子高的减少一些，让大伙都能过得去，人家共产党是穷人党，当然要为穷人说话了，可也没说不让咱富裕人家活啊，大家少安毋躁慢慢听梁书记讲就是了。”

全场的人都伸长脖颈听梁敬讲话，生怕落下哪一句。梁敬最后说明，明天把白金辉请回来，与各位乡绅财主讲明事理，还要组织贫农团，选出有一定组织能力、苦大仇深的贫雇农参加农会，参加区政府工作。

一辈子低眉顺眼的穷百姓们，今天晚上算是开了眼了，他们对别的新词新话听不明白，但对于给地种给房住给衣穿打土匪求太平这些话，却牢牢地记在心里，觉得这苦日子好像有了盼头，尤其是年轻小伙子们，他们是多么盼望能穿上八路军军装，扛上钢枪，威风八面地站在人面前，也活出个尊严来。

天很晚了，大伙才恋恋不舍地散去。

康海庭吩咐伙房熬了一大锅小米粥，大家小米粥加莜面大王就咸菜条又吃了一顿夜宵，然后安顿战士们休息。康海庭请梁敬在客房休息，自己到伙房炒了一盘鸡蛋，炸了一盘牛肉干，又端了一铜壶烧酒进了梁敬住的屋子。他乐乐呵呵地说：“梁书记，见面说话，我就觉得你可敬可信，你这么年轻就这么大能耐，我实在是佩服，共产党八路军的主张我信服，你刚才说的我还没听够呢，咱俩喝两盅，你再给我唠扯唠扯，长学问哩。”

梁敬在县委时就听县委陆书记介绍过康海庭，县委认为康海庭虽是地主，但不是恶霸，比较开明，是可以争取的统战对象。从一见面这一天的情势看，康海庭对共产党八路军以及对建设区政府持欢迎的积极态度，挺实在，不虚伪，为了在百岔川站稳脚跟，从根本上必须依靠广大贫雇农，争取一些开明的爱国民主人士站在人民的立场上，减少工作阻力，团结大多数人民群众，尽快建立起革命根据地，也是必要的。对于康海庭的热情相邀，梁敬客气地接受了邀请。他吩咐韩星和张东阳二人布岗查哨后也到上屋客房里一起谈心聊天。

九月的星空，繁星灿烂，秋风微徐，吹送着五谷的馨香，使百岔川沐浴在温柔的气氛中，即使偶尔传来的几声狗吠，也带有几分温情。在客房大炕上，摆着一个方炕桌，桌上摆着一盘炒鸡蛋，一盘炸肉干，两盘咸菜，还有一把大葱一碗酱，一铜壶老白干酒，梁敬和康海庭在桌两边盘腿对坐着，韩星和张东阳跨在炕沿帮上作陪。康海庭向白瓷小酒盅斟满酒，然后双手举起酒盅，祝福几句，一仰头“吱拉”一声一饮而尽。梁敬与康海庭共同喝了两杯，梁敬推说不胜酒力，每次只饮一点陪康海庭喝了几杯。康海庭几杯老酒下肚，面孔微红，笑眯眯地与梁敬拉家常，他先把自己在康家敖包从做小买卖开始，攒钱买地买牲畜置办家业，到被伪经棚县政府指令参加伪村公所管财粮，检讨说自己这些年未做过伤天害理的缺德事，但也为日伪收粮收税剥削百姓，想到这些心里也不踏实。他向梁敬表示，共产党八路军为国为民抗日救国，从不祸害老百姓，为大多数人说话，康某人心服口服，愿意为新政府办事。他还从内衣口袋里拿出毛主席的《论联合政府》的小册子，说这是一位八路军长官送给他的，他读了好几遍了，对共产党的主张了解了不少，但有些问题还弄不太明白，还要向梁书记讨教哩。

梁敬看出康海庭出于真心要向人民政府靠拢，但又担心自己是地主将来被清算，于是就耐心细致地介绍共产党在抗日民族统一战线阶段和和平民主阶段的政策策略。在油灯下，梁敬侃侃而谈，康海庭先是捏着酒盅直眉瞪眼听，后来点上大烟袋，快一寸长的长寿白眉一奓一奓的，眯缝着眼津津有味地听。梁敬从共产党一成立就把解放劳苦大众建设民主富强国家作为党的奋斗目标说起，讲第一次国共合作赢得北伐胜利，国民党反动派发动“四·一二”反革命政变，疯狂屠杀中国共产党人和革命群众，共产党被迫拿起武器，动员和组织穷苦百姓举行革命暴动，建立革命根据地，进行艰苦卓绝的两万五千里长征，在陕甘宁建立革命根据地，通过和平解决“西安事变”，促成抗日民族统一战线的建立，经过八年抗日战争，在全世界反法西斯阵线，特别是苏联红军的帮助下，终于打败日本侵略者的辉煌历史，就连在旁边的韩星和张东阳都听入了迷。梁敬又讲我党为什么要建设热河革命根据地，讲具体的政策，他还介绍了陕甘宁边区政府副主席李鼎铭先生的事迹，说明革命在于自觉，不管你是什么阶级，什么身份，只要赞成革命拥护革命，共产党和人民政府都热烈欢迎，并给予相应的地位。

长夜连绵，一灯如豆，星空璀璨。在寂静的山村，一位地主绅士聚精会神地听一位共产党人讲述共产党的光辉历史，唤醒了一位良心未泯的人。康海庭听得如痴如醉，听君一席话，胜读十年书，大道理不用细讲，明白事理的人自然听得明白，他对共产党尊重而敬慕，觉得可亲可敬可靠。他终于明白了一些共产党号称“穷人党”，为穷人闹革命的道理，虽然只是表象，但他知道，天下是穷人多啊，得人心者得天下，这些共产党八路军质朴的心里装着天下哩！

从这一夜起，康海庭开始走上新的人生旅途。

第二天一大早，韩星就带领战士们下地帮着乡亲们收秋，梁敬则带着张东阳，在康海庭的引导下，视察了将作为区政府的村公所大院及四角炮台和通往后山的盖沟、炮台等军事设施。炮台都是用黄土夯筑的四尺厚的围墙，上下三层圆柱形，砌有枪眼，莜麦秸罩顶，十分坚固。梁敬详细了解了白金辉的为人处事、性格等，了解了百岔大川的地理形势、风土人情以及经济发展情况，了解了土匪、山贼的活动情况等，康海庭都一一详细介绍，并提出个人的见解，梁敬都记在心里。

中午时，去给白金辉报信的自卫队员回来了，对康海庭说，白会长回来了，让他先回村知会一声，梁敬微微一笑对康海庭说：“康先生，白会长回来了，咱们去迎接一下吧。”

“还是我自己去吧，不劳您了。”

“不，我也去吧。”

大家一齐到了村公所大门口，一会儿，从村南回子营大道上走来一小队人马。打头骑一匹高大漂亮白马的正是白金辉，后面跟着王克礼、柳春福、柳春禄和白金辉的儿子白景春。白金辉之所以带着亲随都来了，一是向共产党显摆显摆威风，二是显示对梁敬一行人的尊重，也好从中捞取到好处。因为他从王克礼、宝中三等人提供的消息中了解到，目前热河省国民党军队鞭长莫及，已经被共产党全控制了，承德、赤峰、张家口都在共产党手里，只有顺着共产党才能保住自己的地位，加之前段时间八路军大部队络绎不绝地过境，使他看到共产党八路军是一支强大的部队，本着投机心理，他对共产党工作队的到来，是持欢迎态度的。

白金辉老远看见康海庭陪着几位八路军干部在大门口迎接他，忙甩蹬离鞍下马，紧走几步到梁敬等人面前说："想必这位就是县里派来的梁长官吧？白某人失敬失敬，这时才来，真是不好意思。"

梁敬上前一步行了一个标准的军礼说："我叫梁敬，被经棚县委派到百岔五区任区委书记，早就听说白先生是热北地区的名流，对我们共产党八路军持欢迎态度，我们感到很欣慰，县委派我们来开展建政工作，与白先生合作共事，希望我们能愉快地合作共事。"梁敬开宗明义，言简意赅讲明了事理，白金辉也是明白人，从中听出了他所需要的东西，心中暗喜，说："白某乃山野村夫，才疏学浅，对共产党八路军早有耳闻，今日一见真是仁义之师，白某佩服得很，愿意为你们效犬马之劳。"

梁敬等人对白金辉的态度很满意，相互谦让着进了村公所。白金辉坐在椅子上，对面坐着梁敬等人，白金辉身后站着柳家兄弟和白景春，梁敬笑了笑说："既然咱们是朋友了，还有什么可紧张的?"

"是啊，是啊，你们出去吧，我们谈正事呢。"

白金辉摆手让儿子出去，回头讪笑着对梁敬说："梁长官如此年轻就当了大官，了不得哟，白某愿与共产党合作，为保百岔川一方太平效劳。"

梁敬从皮包里拿出一页纸，朗声说道："我中共热北军分区党委经棚县委任命梁敬任五区区委书记，任命白金辉任五区区长，张东阳任区小队队长，康海庭等由区委区政府酌情任用。白区长，这是任命书，请过目。"

白金辉站起来，双手接过任命书，仔细看了一遍，交给康海庭，他很惬意地对梁敬说："梁长官，噢，不，该叫梁书记对不？白某承蒙贵党信任，愿意就任区长一职，有不到之处，还要您多多指教，多多指教。"

梁敬也热情地祝贺白金辉就任区长，对他拥护共产党的言行表示赞赏，并把区委区政府当前应做的几项工作一五一十地安排开来，白金辉都点头答应。

事情进行得很顺利，白金辉又一转身担任了共产党的区长，康海庭任财粮科长，原维持会的自卫队二十多人与梁敬带来的一个班的战士合编为区小队，张东阳任区小队队长，百岔村维持会自然解散，代之以五区区政府。

架子搭起来了，牌子也挂出去了，但是梁敬心里明白，艰苦工作还在后头。一是对白金辉、康海庭等人还要继续做工作，最主要的是要发动群众，这才是区委区政府依靠的根本力量。二是区小队成分复杂，原自卫队员大多是伪国兵、流氓无产者还有土匪变身潜伏，与白金辉的关系非常密切，这些人如果不搞好甄别教育改造，是不会成为可信任的人民战士的，要建立人民武装，还要从贫雇农中发展。三是要尽快发动群众，组织群众，建立农会，才能真正建立革命根据地，对于白金辉等人，必须做艰苦细致工作，使之成我们的同路人，这在当前形势下，也是斗争的需要，革命的需要。

白金辉就任五区区长，志得意满，上任后工作还蛮卖力气的，他把区里的其他工作交给张东阳、康海庭等张罗，他本人陪着梁敬、韩星深入到各村屯营子组织召开群众大会，发动群众，调查摸底，区小队缺少枪支，他主动献出了十支大枪和一百多发子弹，自家献出上千斤马料、几百斤白面和莜麦，说这是给区委区政府的见面礼。他对白景春说：“共产党还是看得起咱爷们儿，那就干几天再说。”

但是，城府极深的白金辉还是留了几手，他有三十多条枪上千发子弹，还有几十个手榴弹，他只献出了十条枪，他安排鲍玉林、侯扒杆等在坝上积蓄人马的事一点都没说。

康海庭知道些底细，但他见白金辉不讲，他也不好说出口。

经过一个多月的宣传发动工作，百岔川的老百姓基本组织发动起来了。首先，大伙知道共产党是穷人的党，是为穷人撑腰打天下的，共产党的区委区政府不同于过去的村公所、警察所、维持会，是为穷人说话办事的衙门。尽管他们见白金辉当区长心里别扭，心有余悸，但大伙对梁敬梁书记可近乎着哩，都说梁书记是好人。

梁敬今年 23 岁，是河北人，从 1940 年那年就参加八路军，给首长当勤务员，又下连队当战士，当班长、排长、连长，在部队学习文化，在晋察冀中央党校分校学习，在艰苦斗争中成长为一名优秀的革命战士，这次随部队进军东北，被选调到干部团，转到地方，派到热北军分区经棚县工作，他尽管万分留恋野战部队火热的生活，但坚决听从党组织分配，到百岔川做地方工作。他了解到，热北地区尤其是经棚县南部山高林密，地形复杂，历来是匪患严重的地区，封建地主阶级与其他反动势力盘根错节，非常猖獗，开辟根据地斗争是非常艰苦的，但他毫不畏惧，在短时间内，就初步打开了工作局面。

五 冰与火

这些日子，白金辉的心里乱糟糟的，当了区长的热乎劲儿过了，他对共产党的做法从不以为然，到很不理解，甚至现在觉得十分地反感。他先是对发动组织贫雇农成立农会反感，认为穷棒子说了算，还要我们财主做什么！后又对实行的减租减息政策和清算汉奸、恶霸、大地主的政策产生强烈抵触情绪。

梁敬多次耐心地做白金辉的思想工作，解释党的政策，指出减租减息是为适应抗日民族统一战线和和平民主建国需要，在不动摇地主土地所有制的情况下，地主降低地租和借款利息，农民还要交租交息。清算是对大地主、汉奸、恶霸在过去对农民的各种剥削数量，使地主在偿还积债、交纳罚款、退还霸占、赔偿损失等合法名义下，转移到农民手中，是一项比较温和的政策。减租减息是一开始建政时执行的，过了年后到6月份，开始执行清算政策，阻力开始大起来。

在梁敬带区小队和工作队员对大土匪大汉奸鲍玉林和大地主孙洪业进行清算后，白金辉明确提出反对清算，说共产党杀富济贫不够朋友，借养病名义回家，一个多月不到区政府工作。

康海庭的表现与白金辉截然相反，他是一位有头脑识时务的人，在与梁敬等人的相处中，日益觉得共产党与国民党和满洲国不一样，最大的不同是共产党会联合人、组织人，从天下穷人多富人少的简单现象，找到了共产党为天下穷人打江山的深刻道理，他的工作都是热心诚意的，又是自觉自愿的，他看见白金辉表露出的不满和抵触情绪，苦口婆心、和颜悦色地劝导，对白金辉的言行表现愈发不安起来。

白金辉回到白家大院，他可是没闲着。9月份赤西巨匪张桐轩，以“国民党热察绥边防区先遣军骑兵第一旅”的名义来接管经棚，派人找白金辉联络，白金辉听了来人的讲话，觉得国民党才符合自己的胃口，他对张桐轩提出打下经棚请他出山相助支持的邀请非常感兴趣，不但赠送给张桐轩许多大烟土，为张桐轩出了不少主意，还派柳春福兄弟、戴鹤鸣、鲍玉林十几人暗中做向导。只是由于张桐轩打下经棚时间不长，就被我军击溃并收复了经棚，白金辉才没再动作，他派王克礼等人到围场用大烟换取了一批枪支弹药，用来武装在坝上夏场隐伏的鲍玉林一伙匪徒。同时，他又以区长身份将心腹安插进区小队，而对于工作，他能推就推该拖就拖，对自己有利的事就干，不利的就不干。

梁敬为了大局需要，几次苦口婆心上门做白金辉的思想工作。腊月二十三过小年了，梁敬与康海庭、张东阳又带着通讯员，带了点礼物，专程去白家大院拜访白金辉，去做思想工作。

白家大院此时已沉浸在过年的浓厚气氛中。头一天杀了一口大肥猪，猪头还挂在院内木桩上，木架上的大箩筐里冻着肥猪肉，逗引得喜鹊叽叽喳喳喧闹不休。院子被长工打扫得干干净净，正房里热气腾腾，锅里炖着肉、煮着小鸡，满屋香气扑鼻。白家老少都穿戴一新，白金辉穿着一件藏青色皮袍，手里抚弄着一顶火狐狸帽子，偶尔低头“哧溜”喝一口熬成古铜色的砖茶水，墙上挂着一幅下山虎的年画，那老虎凶神恶煞，龇着牙咆哮着，眼睛露着凶光，白金辉坐在长条春凳上，眯着眼寻思着什么。白金辉的大老婆柳氏是管家婆，吆五喝六地支使家人和长工们干活，系在胸前袄大襟上的一嘟噜钥匙稀里哗啦地响着。白金辉的小老婆一枝梅专心打扮，她脸上涂着厚厚的脂粉，描着弯弯的细眉，涂着猩红的口红，头发用烤热的竹筷烫出了几道卷，穿着粉缎衣料做的棉旗袍，穿着大红绣花棉鞋，走路风摆柳似的，浪声浪气地与柳家兄弟打情骂俏。

白金辉的掌上明珠白玉莲是大老婆生的，别看柳氏生得满脸横肉，可她生养的姑娘白玉莲却是天生丽质，身腰随其父亲，身材高挑，漆黑的秀发束成一扎粗的大辫子搭在细腰间，皮肤白嫩，瓜子脸，杏核眼，一笑俩酒窝，说话跟金铃似的。白金辉非常疼爱他的宝贝闺女，请私塾先生教她读书识字，学女红做针线，学啥像啥。这些日子，她又迷上了骑马打枪，白金辉特意挑了一匹二岁小红马，让柳春福调教好给丫头骑，又送给她一支日本王八盒子。白玉莲这几天骑马玩枪，不亦乐乎，大老婆柳氏嗔怪白金辉不该让个姑娘家骑马玩枪，疯疯癫癫不像个样子，白金辉却说在这个世道不会骑马打枪不保险，这年头有防身的本事才能过日子。一枝梅笑哈哈地说：“老爷呀，是不是我也该学学骑马打枪呀?”

白金辉说：“你也得学，再说你原来就会打枪，这是保家护身的把式，以后都用得上的。”

“哟，你想让我这个女人身子上山当响马，还是上经棚街当八路啊？我这身子骨可经不住颠扑啊！”

柳春福谄笑道：“嫂子的身子骨能干那个吗，有我们爷们护着呢。”

一枝梅一甩花手帕拂在柳春福鼻子尖上，柳春福的鼻腔立刻吸进一股香味，他心中一阵发痒，眼里放出一股淫邪的光，一枝梅笑吟吟地小声骂道：“色狼。”

白金辉哼了两声说：“今儿个梁书记来看我，他是无事不登三宝殿，你们该说的说，不该说的别吱声，我还是共产党的区长呢，是大干部，得像个干部样，要好好招待，至于别的，我心里有数，你们别他妈瞎吵吵。”

“知道了，你是当家的，都听你的。”大老婆一扭胖腚一撇嘴回答道。

一枝梅笑嘻嘻地说：“听说那个梁书记一表人才，我倒想看看他长啥样哩。”白金辉狠狠瞪了她一眼，刚要发作，这时，外面有人大声喊：“客人到了，客人到了！”

白金辉急忙出大门向西面道上观望，见梁敬一行人已乘马徐行而来。梁敬见白金辉在大门口迎候，便下马向白金辉打招呼，白金辉满脸堆笑，一迭声讲着客套话，把梁敬一行人迎进家里，白家男女老少都聚集一起在白金辉的介绍下与梁敬见面问好。实实在在地讲，白金辉对共产党存有不满和戒备心理，但是对梁敬本人则很尊重，认为梁敬年纪轻轻的，沉着冷静，胆大心细，办事稳健，有大将之才，心里比较佩服，颇有好感，觉得梁敬登门拜访，也是给他面子。因此，他安排白家合府上下，认真细致地做好接待，也是遮人耳目。

梁敬对白金辉早有领教，白金辉狡诈、深沉，善于逢场作戏，以隐藏心中的真正用意。与他打交道，既要真诚又要大义凛然，不能让他耍了。白景春的脸上总带着虚伪，眼里带着杀气，不是善类，而白金辉的俩小舅子柳春福、柳春禄贼眉鼠眼的更不是一对好鸟。王克礼戴着瓜皮帽，水泡眼眨巴眨巴的不知肚子里有几根花花肠子，有这么几根葱在白金辉周围，能给他出什么好主意啊！

梁敬刚坐下与白金辉寒暄几句，一枝梅双手托着一支木茶盘，白金莲双手捧着一个青瓷茶壶进屋里来。一枝梅莺声浪语，扭着莲花步走近梁敬："哎哟哟，早听说梁书记一表人才，能文能武，今日一见，真是潘安再世，罗成临凡哪！请您品尝我们娘俩亲自给您沏的香茶啰！玉莲，快上来，见过梁书记，敬茶侍候啊！"说着顺手掸了掸梁敬的肩头，向前倾下身体，鼓得高耸的奶子要撞向梁敬的脸。梁敬"忽"地站起来，伸手接过白玉莲递过的茶杯，说："多谢白夫人、白姑娘。"弄得一枝梅十分尴尬，白玉莲脸"腾"地红了，急忙收回目光，闪到一边。一枝梅一扬手里的花手帕说："不是外人，别客气，我是真乐意侍候梁书记，你说是吧，玉莲？"

康海庭见一枝梅越闹越不像话，忙打岔说："白区长啊，梁书记听说你闹点小病，不能到区上理事，今儿个特意备薄礼登门探望，顺便把区里的工作与你商量商量，看你满面红光的，肯定是身子骨恢复得很好，这区里的事啊，真等你回去做主呢。"

白金辉怕康海庭接下去说出让他尴尬的话来，忙说："大哥呀，我这些日子得了寒症，一阵高烧跟吞了木炭似的，一阵儿心寒跟掉到冰窟窿似的，可把我折腾苦了。这几天吃了几副药刚好些，正赶上家里秋收冬贮，家务繁忙，没到区上工作，真不够意思，抱歉抱歉。梁书记，让您受累了，大老远的还来看我。"边说边忙不迭地接过梁敬、张东阳递过来的几盒点心，白玉莲赶上前来接过礼物，粉面含春地对梁敬说："谢谢梁书记，我最爱吃经棚街的馃子了！"

一枝梅在旁边一拍手道："哟！玉莲今儿一见梁书记咋这么乐呵啊，思春了？"

白玉莲怀里抱着礼盒，一跺脚说："你、你咋这么说啊！"一甩大辫子跑出去了。

几个人轻笑几声，看见梁敬脸色红红的不说话。

白金辉一摆手叱责一枝梅："老娘们家家的，别他妈胡说八道，快去准备饭，我们有正经事要说。"

梁敬理了理思绪，恢复了平静，和颜悦色地对白金辉介绍了这些日子区里的工作，又把国内的形势介绍了一番，说现在国共和谈，签订了和平民主建国的协议，我党我军在东北、热河都建立了根据地、政权建设和减租减息工作，清匪反霸工作初步打开了局面，还希望白区长认清形势，坚持与共产党和人民政府站在一起做好工作，对于政策上有看法，可以慢慢理解，也可以保留，但我们党的政策是板上钉钉，必须坚决执行。

康海庭也婉转地表达自己对共产党建政工作的支持与肯定态度，说服白金辉打消顾虑，坚定决心跟共产党办事，不要徘徊犹豫了。

白金辉说："梁书记，我对你们共产党八路军打日本救中国是敬佩得很，对你们任命我当区长也很感谢，但是，你们搞减租减息和清算我想不通，我们这些财主也包括康大哥你的日子，都是苦熬硬攒一点一点过起来的，和穷棒子们有啥干系，我们用他们种地扛活，也给工钱粮食的，跟你们干革命，怎么革到自己头上了，真是他妈的怪事。”

梁敬耐心地向白金辉等人介绍党的土地政策和建设根据地的大政方针，并介绍关内的新老解放区中一些开明的地主、绅士拥护革命的事，指出我党团结开明绅士的一贯政策，希望白区长体会和理解。不过，梁敬听白金辉刚才的狂言乱语，心中升腾起一股怒火，白金辉的话暴露出了封建地主恶霸的丑恶嘴脸，这是梁敬绝不能容忍的，他也义正词严地驳斥了白金辉的一派胡言。白金辉见梁敬如此诚恳又严厉地批评他，他心中有鬼，也不好再发作，便表示接受梁敬的教诲，一定回区里继续干好工作，接着，忙安排上菜上饭，热情款待梁敬一行。

当晚，梁敬一行便住在白家大院里。

寒夜凄清，天上繁星点点，惨白的月牙钩挂在村前的大榆树梢上，偶有夜鸟从树上屋檐下扑愣愣地飞出。夜显得很深沉静谧。

梁敬住在客房的一个单间，外面是张东阳，里间是康海庭，其他同志住在大通铺上。梁敬与张东阳唠了一会儿，让大家除了轮流值宿都好好休息，但张东阳警惕性很高，让大家不要脱内衣，把枪都顺在身边睡觉。梁敬说不用太紧张，不会有事的，张东阳说小心无大事，还是仔细点好。

梁敬在炕桌的煤油灯下，把白天的事情思考了一阵，又看了一会书，之后拿起笔给县委写汇报材料。

这时，有一个人没有睡着，她就是白玉莲。这一天里，白玉莲始终被一种从没有过的情感支配着，内心里充溢着兴奋和激动，感觉到胸腔里那颗心“咚咚咚”跳着像打鼓，一股甜丝丝热辣辣的滋味直冲嗓子，这是见了梁敬之后涌现出来的感受，尤其是在一枝梅挑逗一番之后，有意无意地讲出了玉莲的心中所想，这种感受日益强烈起来。白天，她不断地从门帘缝偷着打量梁敬，愈看愈喜欢这位稳健持重的年轻区委书记。其间，一枝梅在厨房与她还打哈哈，说：“玉莲你看人家梁书记多帅气多精神，我可真喜欢上他了，你要是喜欢我就让给你，让你康大爷保个媒咋样！这小伙要不搭上，可要后悔一辈子呢!”

白玉莲说：“你怎么能这么说，人家可是正人君子哩，又是共产党大干部，能看上咱这样的毛丫头。”一枝梅一扭腚说：“咱家玉莲脸好看，腰一拃粗，奶子圆，眉眼好，哪个爷们见了不流哈喇子咽唾沫，我看你呀，该托人就托人，该上前搭讪就搭讪，过了这个村就没这个店喽，你爹在家呢，要不然我就去会情郎去了。”白玉莲“呸”地吐她说，好不知廉耻的骚狐狸!

一枝梅的话，让白玉莲更加想入非非，她一闭眼，眼前就闪现出梁敬的形象，那眉眼那神态让她心潮澎湃，她呆愣着想默默地寻思，“忽”地从炕上坐起来，掀掉被子，只穿着粉红的小夹袄和绿绸小绵裤就下了地，从柜里找出一包从赤峰街买回的块糖和大枣，趿拉上鞋就开门往外走。一阵冷风袭来她一哆嗦，发觉没穿外衣，扯过一件皮大氅披上就奔向梁敬住的客房蹑手蹑脚地走去。

梁敬正在专心致志地写报告，听见外面轻而柔的走路声，警觉地问：“谁在外面?”张东阳听见问话，从炕上坐起来，抄枪监视外面。

白玉莲手里捧着糖果，正踯躅着不知怎么进屋，听梁敬询问，便毫不犹豫地推门而进，回手把门关上，面孔红红地喘着粗气立愣着眼呆呆地瞅着梁敬。

梁敬见是白姑娘，忙系上棉袄扣子下地，和气地问："哦！是白姑娘，这么晚了还没歇息呀？您有事吗？"

白玉莲这才回过神来，脸低下去，喃喃地说："我、我、我睡不着，见你还忙着看书写字，挺累的，给你送点点心吃。"

"谢谢白姑娘，我不饿，夜深了，请白姑娘回去休息吧！"

"不，你吃吧，这是我的。"白玉莲把点心塞进梁敬手里，眼睛忘情地看着梁敬。

梁敬被白玉莲的眼神看得愣了一下，轻声说："别这样，这不好，天这么晚了，请您回去吧。"

白玉莲此时已没有了刚才的矜持和胆怯，身上披的大氅已从肩上滑到地上，她悄悄地站在梁敬面前，发着颤音说："梁大哥，你别骂我没脸没皮，我是真心实意地给你说实诚话，我好喜欢你，打一见你，我就丢不下你了，我想和你搞对象，你能娶我不？"话说完了，玉莲为自己的话感到吃惊，她身体战栗着，呆呆地盯着梁敬。

张东阳听清了是白玉莲和梁敬说话，他笑了笑又躺下了。

梁敬从刚才的惊愕中清醒过来，他强烈地感受到一个姑娘家对异性的痴情挚爱。白玉莲吹气若兰，胸脯高挺着，显示着成熟少女的美丽曼妙，两只黑亮的大眼睛痴情热切地看着梁敬。但是，梁敬是清醒的，他的理智使他克服着对美丽追求的激动，他弯腰从地上拣起大氅，披在白玉莲身上说："你看这天挺冷的，别冻坏了身子，我现在工作很忙，我们组织上又有纪律，我不能做谈对象的事，您请回吧。"

白玉莲痴痴地看着梁敬说："我知道我配不上你，我喜欢你，支持我爹为你们办事，我跟你们工作还不行吗？"

梁敬说："我们的工作很艰苦，也很危险，你能支持白区长工作，这很好，但现在谈对象的事，这时候万万不可以的。"

"那以后，你能答应吗，以后你能喜欢我吗？"

"以后？以后如果你和你爹能积极参加革命，我会考虑的……"

白玉莲没等梁敬说完，就抢过话头："你答应了吗？我听准了。我可不是没脸没皮的女人，我会把你的话牢记在心里的。"

说着，白玉莲把大氅顺过来盖在梁敬的被子上，"夜里冷，你盖上吧，可暖和哩！"她没容梁敬拒绝，像一只小猫悄无声息地走了。

梁敬想拒绝都来不及了。

他看着桌上的点心和被子上的大氅，被白姑娘的炽热深情冲击得一时不知所措。他回过神来，凝神思考，他感觉到白玉莲对他是一往情深，那份爱意是纯真的，没有一点恶意。但是她的这个家庭，她的父亲虽然是区长，种种迹象表明，白金辉不是真心实意为共产党政府办事，他犹豫、抵触，甚至留了一手，他暗中笼络土匪、恶霸和伪满军警，购买枪支，其目的不言而喻。我们现在千方百计地争取他、感化他，但不知他能走到哪一步。

自己是共产党员、革命军人，与这样家庭背景的人搞对象，自己的阶级立场何在？党性何在？想到这里，梁敬狠狠地朝自己的脑袋捶了一拳，心中责备自己：梁敬啊梁敬，亏你还是个革命战士，怎么这么脆弱哪！要清醒啊！

他轻叹了一口气，把桌上的点心推到一边，合上笔记本，和衣而卧。

白玉莲像一阵轻风似的回到自己的房间，不知是冷的还是激动的，身子直打哆嗦。她钻进被窝，暖了一会儿，才逐渐平和了下来。她为自己刚才的举动感到吃惊，也感到无尽的甜蜜，她以巨大的勇气向自己倾慕的人表白了自己的心情，心中好痛快啊！她打定主意，明天一定找康海庭大爷为她提媒，下定决心要成为梁敬的女人。

她手捧自己的热脸，又平抚着自己激动的胸口，带着少女的美妙遐想睡着了。

初恋是那样的折磨人，又是那么的吸引人，就如喝第一口经棚白干酒，火辣辣香喷喷的，让人要着火一般迷醉于美好憧憬中。

单相思的滋味最不好受。

第二天，早饭前梁敬又与白金辉恳谈一次，白金辉答允过了年就回区里上班，并表示一定遣散收拢的土匪和闲散的满洲国军警人员，将枪支交给区里支配使用，信誓旦旦地表态一心一意为共产党办事，绝无二心。梁敬说革命靠自觉，希望白区长认清形势，站稳立场，站在人民一边，我们欢迎白区长回去履行职责。

这时候，在外面的康海庭被白玉莲拽到闺房里说话，出来时，康海庭笑呵呵的，白玉莲的脸红扑扑的。

梁敬一行告别白金辉后回到区里，白金辉特意装了一车粮食和二十多张牛羊皮及上百斤猪肉、牛肉随队送回区里，说是给区里公务人员过年送的礼。梁敬说那就收下了，好给过不了年的乡亲用。白金辉不自然地说，合理合理，客客气气地送梁敬等人出村。

梁敬等人刚转过山脚，听后面马蹄声急驰而来，是白玉莲骑着小红马追上来，她把一个布包塞给康海庭说："这是猪肉酸菜馅的冻饺子，还有黏豆包，年三十给他煮了吃。"又从怀里拿出一块白底绣了几朵莲花的手帕递给梁敬，"呶，这是我连夜绣的，拿着擦汗用。别忘了常来呀！"

白玉莲不等梁敬推辞，转身对康海庭说："大爷，别忘了你答应我的事啊！"说着，勒转马头，小红马一溜碎步返回去了。

张东阳看着红了脸的梁敬打趣道："咦，这丫头又送饺子又送手绢，啥意思啊？"

康海庭笑笑说："梁书记啊，今儿早上玉莲姑娘找我给她保媒哩，人家姑娘相中你了，要把终身相托，跟你一块干革命哩，不知梁书记你意下如何呀？"

张东阳抢话说："真个是郎才女貌哎！老白家一窝子没正形的，就是这白姑娘像个人样，乡亲们都挺待见她。平时，她看见穷人有揭不开锅的，有讨饭的，她都偷着一斗二簸箕的给米给面，经常受她爹妈的责骂。"

康海庭说："这孩子心眼好，要是能引到正道上，还真赖不了呐。"

梁敬慢悠悠地说："的确是位好姑娘，应该把她引到革命道路上。"

康海庭笑眯眯地看着梁敬："那我这个媒人还有得一当噢！"

梁敬一挥手说："来日方长，走着看吧。"

六 暗度陈仓

由于内战尚未大规模打起来，热河省的赤峰、承德以及毗邻的张家口、朝阳等地区和城市都在我党我军控制之下，热河尤其是经棚县、林西县比较安定。经过一段时间的努力，经棚县所辖各区都完成了建政工作，成立了区委区政府，组建了区小队或民兵自卫队，有的区还成立了农会和妇救会，县里成立了县支队，冀热辽军区从正规军和干部队中抽调了一部分军政素质优秀的干部充实到县区基层政权中担任领导工作。三区的潘书声、五区的梁敬、六区的于海潮、七区的初殿贵、八区的乔凤山、十区的王岩等区领导，都是政治坚定、军事过硬的优秀干部，在县委的领导和军区部队的支持下，初步打开了工作局面。

为了让群众过个太平年，军区部队在经棚县各关键地方都有驻军。县委工作组深入到区乡访贫问苦，为贫苦群众送寒衣，送米面，为没有房子住的调剂房屋，保证不让乡亲们冻着饿着。梁敬把自己的棉袄、被子和一双毡疙瘩都送给了穷乡亲，自己穿夹袄和军大衣御寒。康海庭见了，让老伴给梁敬做了一件棉袄，梁敬说啥也不要，直到康海庭说算借的还不行吗，梁敬才穿上，但在赶集时用津贴买了二斤葵花烟叶送给康海庭，才心安理得地穿上棉袄。

这年正月，穷百姓们都吃上了饺子，贴上了春联，有的还放了几挂炮仗，人们露出了笑脸，都盼着太平日子日久天长。

二月二，龙抬头，家家户户炒豆子，暴龙眼。白家大院仍沉浸在年味中，白家合府上下各忙各的，白景春教一枝梅学骑马打枪，白玉莲除了骑小红马兜风外，就是在屋里呆坐一会儿或绣一会儿花，心事重重的。她还为梁敬做了一双黑趟子绒棉鞋，白姑娘这个年过得呀，真是甜丝丝像喝了糖浆似的。

白金辉从一枝梅口中和他自己的观察发现了白玉莲对梁敬的情意，他既高兴又烦躁，高兴的是丫头没看错人，梁敬是个好小伙子，烦躁的是，自己与共产党格格不入，一旦反目成仇，这段姻缘还是姻缘吗？他又不忍心让丫头伤感难受，装着啥也不知道，由着白玉莲编织自己的美丽梦想。

白金辉现在焦心的，是自己走哪条道路的艰难选择。从眼下看，他仇视和反对共产党的政策，早就留了一手。年前他头脚送走梁敬，马上装了一车年货让白景春和柳氏兄弟送到坝上冬窝子鲍玉林那伙土匪那里，让他们吃好喝好玩好过好年，每人还发了一块烟膏及几块现大洋，让他们躲开百岔川的八路军部队，到围场县的新波一带抢劫一番，包括抢了几个女人，供他们淫乐。

另一方面，他把王克礼打发到承德、北平一带想方设法打探国民党军队的动静，并找他们在承德、北平的朋友讨个风，好决定今后的走向。王克礼走了快半个月了，按道理说，再有个三五天，也该回来了。

这天下午，白金辉正在屋里用毛巾擦拭日本参事官赠给他的东洋刀，白景春一步蹦进屋里说："爹啊，我王叔回来了，还领着两个生人。"

白金辉"咣朗"一声把刀送回刀鞘，提起刀来就到了二门口。这时，王克礼也领着两个人到了门口。

"二哥，我回来了。"

"啊，回来了，好好，这两位是……"

"二哥，到屋里说话吧。"王克礼把来人让进屋里，这两个人一位穿着黑色锦袍，戴着黑羊羔皮帽，戴着黑色眼镜，上唇蓄着修剪整齐的胡子。另一人显然是这个人的跟班，一身短打扮，戴着狗皮帽子。穿长袍的人进屋看了几眼墙上的下山虎中堂，回过身来自我介绍说："白区长，您好！鄙人姓郭名璞，赤峰县人氏，国民党北平市党部训练班毕业，现就任国民政府经棚县长，久闻白先生乃热北名士，特来拜访。"

白金辉有些惊愕，心想：王克礼呀，我让你扫风，你打哪请来这么一尊神仙。他不冷不热地打了招呼，坐在那里冷冷地打量这位姓郭的不速之客。

郭璞见白金辉爱搭不理的样子，反而笑嘻嘻地又递上名片，并从怀中掏出一个红绸布包的东西，放在桌上说："初来乍到，略备薄礼，请收下吧。"说着展开布包，两根金条黄澄澄地露出来。

白金辉见了忙说："我与郭先生初次见面便收此厚礼，不得劲吧！"

"哪里，哪里！白先生在共匪敌后，忍辱负重，对国民政府一片深情，郭某和省党部都早已知晓。鄙人此次来，正是奉命前来表示嘉勉，并商筹下一步活动计划。"郭璞边说边观察白金辉的反应，发现他并未反对，心便撂下了一大半。

"这么说，郭先生是代表国民政府和国军到这来的？俺们这山旮旯子，国军怎么能看得上啊？我这一乡野村夫，政府相中我哪块了？"白金辉分明是在投石问路。

郭璞凑前一步说："不然，经棚县和热河地区东连东北九省，西接西北绥远包头，西南毗邻张垣，南靠承德、北平，北接内蒙古大草原，其战略地位可想而知，国军若占领之，则彻底切断了共产党东北、华北的联系，对戡乱救国有战略价值。共产党的冀热辽军区如果控制了这里，成了连接关内外的桥梁，国民政府北平行辕和东北行辕都十分重视，已经制定了收复计划，不久就会出兵收复热河，消灭共党。白先生是热北地区著名人士，影响深远，名声很响。郭某此来，便是奉命前来接洽联系，请白先生早做准备，一旦国军进入，做好内应，国民政府一定论功行赏，绝不亏待。"

白金辉问道："现在不是国共合作、和平建国吗？"

"那是蒋委员长的缓兵之计，共产党与国民党不共戴天，早晚要决裂的。简单地说，共产党是替穷棒子说话，分富人的田地财产，国民党保护富人的田地财产，自古冰炭不同炉，能合在一块吗?”

白金辉沉吟道：“是这个理呀，我他妈最反感共产党搞的减租减息和清算了。”

郭璞冷笑几声说：“这是国共合作时期，将来共产党要像闹红军时打土豪分田地，要你们的全部田产和性命呢!”

白金辉一听跳起来：“狗日的，还有这么一说？他妈的，要是那样，老子非反了不可。”

“真是那样的。”郭璞添油加醋地一番说教，勾起白金辉的一腔邪火，他站起来提着战刀转了几圈问郭璞：“那么，国军什么时候打到这里?”

“快了，国军现在正调动人马，一旦时机成熟，就向共产党大打出手，要在半年内消除共党，荡平解放区，国民政府建设政权，本人已被任命为经棚县长和县党部书记长，白先生是县保安大队长，到时公告四方，不会有假。”

“真的，二哥，这国军呀，真是了不得，飞机大炮加坦克，那炮筒子能钻进小孩子，国军那穿戴，铁帽子、连发枪，正牌厉害呀！你看这穷八路，破衣烂枪，子弹没几颗，高粱秆充数，能打得过国军吗？好汉不吃眼前亏，现在紧麻溜儿地跟国军挂上钩，将来咱沾个光，有好处哇。你以后当了保安大队长，在经棚县一跺脚晃三晃，多威风啊！二哥，这个事，你得早做主。”王克礼跟着又是一通白话。

白金辉真动了心，他挥手让老婆准备好酒好菜，款待郭璞一行。饭后，几个人又密谋了大半宿。

第二天，郭璞已然是白家的座上宾了。

一枝梅又活跃起来了，她按照白金辉的意思，精心打扮一番，带着一身的脂粉气给郭璞倒水点烟，扭着圆滚滚的屁股逗弄郭璞，一口一个“郭县长”的，吃饭夹菜挑肉，点烟倒酒，风情万种。郭璞本是浮浪地主子弟，自然深谙风月之事，见一枝梅投怀送抱，白金辉投桃报李，有意巴结，自是乐不可支。晚宴之后，白金辉推说有事外出，让一枝梅安排郭璞上房休息。

一枝梅心领神会，心中感谢当家的给了她释放骚情的机会，忙搀扶佯装酒醉的郭璞到房间歇息。二人假戏真做，磕磕绊绊地进了房间，一枝梅回手插上门闩，二人进了里屋便迫不及待地抱在一起。

窗外，白景春见窗户上二人搂抱的影子，半天不分开，无声地冷笑几声，转身走开。

这边房里，白景春来到白金辉身边，轻声说：“爹，都妥当了。”

白金辉轻叹一口气说：“舍不得孩子套不住狼，不下点注，拿不住这个宝贝，让这个骚娘们儿哄他玩儿去吧。”

这边，王克礼干笑了两声说：“二哥，看起来，你是决定了!”

“唔，郭县长看起来是个实诚人，没骗我。共产党挺实在，但为穷棒子撑腰做主，共富人的产，跟咱们不是同路人呀！跟上国军正牌，名正言顺，将来主持全县军权，这正是我朝思暮想的好事。现在，咱们就按郭县长商量的，我们先身在曹营心在汉，明着给共产党当区长，暗里继续招兵买马，集草屯粮，当回孙悟空，在铁扇公主肚子里闹腾一番，把能拢过来的人都拉过来，一旦国军开战打起来，咱们就来个中心开花，反他娘的，迎接国军，咱也好立功受赏，到经棚街走马上任。”

王克礼谄媚地说："到那时咱们戏园子包唱三天大戏，这几个老兄弟也该显摆显摆了吧，是不是也该封个一官半职的？"

"那当然，打仗亲兄弟，上阵父子兵，啥时候也忘不了弟兄们，只是康大哥跟八路走得太近了。"

"大哥让共产党给赤化了，到时有他的好罪受。"

"康大哥办事地道，对咱们哥们儿都不赖，到时也别亏了他。"白金辉搓了搓手说。

白金辉与王克礼、白景春谋划到下半夜才歇息。

第二天天刚放亮，忙乎了半宿累得像死狗一样的郭璞激灵一下醒了，他先是摸摸枕头下的手枪，又抚摸一阵熟睡的一枝梅。这个骚货的两条胖腿还绞在郭璞的身上，赤裸的身子白光光的，一对双乳紧贴在郭璞的胸口，脸上带着淫荡的笑靥。郭璞尽情地欣赏这个尤物，他知道这是白金辉送给他的见面礼，也意味着白金辉从此听信他的话，上了他的船，但反过来，他也要为白金辉办事着想了。想到这他的脑海中显现出白金辉那阴鸷的眼睛，他又一激灵，忙推一枝梅，一枝梅哼哼着反而抱紧了他："我还要，我还要……"郭璞说："小可爱呀，天亮了，你该回你屋去睡了，要不让白先生撞见不好办呢！"一枝梅"扑哧"一笑："你个熊包，当家的不放口，我敢跟你睡觉吗？""噢噢噢，这我就放心了。""放心了？那就再来个亮天炮吧！"说着，两个狗男女又翻滚在一起。

早饭是肉丸羊肉水饺。白金辉说："郭县长，咱这地方不肃静，区干部说来就来，让撞见不好，我让克礼和景春陪你到坝上冬窝子去看看我的弟兄们，捎带也讲讲话，给大家长长见识。常言道，上马饺子下马面，没啥招待你的，尝尝这一个肉丸的饺子吧。还有，送你一块大烟膏和一百块大洋，算是咱哥们的结交礼，别的，你该尝受的都尝受了，白某人把最宝贝的都送你尝了，掏心窝子的话也说了，但愿你的诺言到时别突噜了，请！"

郭璞忙抱拳表态："白大哥，够交情，没说的，我一定按咱们商量的办。"说着，他从衣袋里拿出一把小手枪，推送到桌旁的一枝梅，又拿出一对绿翡翠镯子送给大老婆柳氏，说："没带别的，这点小礼送两位夫人算是见面礼。"柳氏戴在胖手腕上很高兴，一枝梅抚弄着手枪，娇滴滴地说："都说宝剑赠给壮士，红粉赠予佳人，你怎么送我这玩意呀！"郭璞赔笑道："生逢乱事，有个防身的家伙好。"一枝梅咯咯笑着说："好哩，那我就用这个玩意儿为你们守护我的身子。"

白金辉一瞪眼说："哪那么多废话，快收起来吧。"一枝梅忙住嘴向后退去。

白玉莲始终躲在一边，这时被白金辉喊着来见郭叔叔，只好到跟前问候。郭璞一见白玉莲，立时两眼放光，心说白家还有这等美人啊！一枝梅早看出来了，心说你小子怎么吃着碗里看着锅里的，就凭你在女人身上玩的花活，也是一个采花老手。她忙上前说："郭县长啊，我家玉莲可是恋上这区里的大干部梁敬啦！"郭璞忙说："白小姐花容月貌，好哇好哇！"

白玉莲忙退到门口，走了。

从这时起，郭璞这个道貌岸然的伪君子便惦记上了白玉莲。

七　阴风四起

草原进入了四月，和煦的春风早已吹化了冰冻的西拉沐沦河、百岔河，山上的积雪化成了黑色的水流，从千沟万壑汇入河流，河里融化的水流把厚厚的冰拉开了冰槽，切成了冰块，轰轰隆隆地撞击着、吼叫着向东流去。沟谷河边的柳丛已泛红打狗儿了，榆树已凝结了紫红的骨朵，即将吐出嫩绿的榆钱儿了。川中阳坡河畔青草已长出一拃来高，布谷鸟和花喜鹊欢快地鸣叫，督促庄稼人开始年复一年地耕耘稼穑。

由于施行减租减息政策，贫雇农们减轻了负担，区里又给他们从大户那里调剂或抵借种子，他们老早就开犁下种了。那些无地的长工家或常年扛活的外地穷人，区政府也把清算汉奸恶霸没收的土地转分给他们耕种，并借给种子和牲畜使用，只负担交一些公粮。庄稼人有了梦寐以求的土地，比拾了金元宝都珍惜。因此，今年的春耕热火朝天，有共产党关怀着，有八路军驻军和区小队保护着，大伙安心生产，心情都很愉快。

白金辉安排了自己家的春播后，也拉着一车麦子、莜麦和大豆回到了村里，他出人意料的热情，让张东阳、康海庭等人把粮食分给缺种子的群众，又牵来几匹耕马、几头耕牛，让区里组织区小队的人下去帮助群众种地。接下来他主动找梁敬商量区里的工作，并检讨自己不来上班影响了区里的工作。梁敬客气地欢迎白金辉回来上班，表示将不遗余力支持白金辉做好区长工作，还和他一起下去走了几个村。白金辉对几户地主消极对抗区里的春耕生产安排严加训斥，吓唬说再搞破坏将严惩不贷，吓得地主老财们唯唯诺诺不敢吱声，私下说："白区长真的被共产党赤化了。"

到了六月份，山绿了，草原上、山沟里野花绽放，百岔河碧波清流，正是柳绿花红的季节，地里的麦子长得旺相齐整刚没脚面子，人们忙着剪羊毛了，牲畜也吃饱青开始上膘。青黄不接的季节，往年逃荒要饭的、贫雇农断粮的就多了，今年有区政府按户按人计口从大户借粮，保证了解放区没有逃荒要饭的，又动员大户开粥场，救济外地逃荒要饭的，保证了社会稳定，解放区秩序井然。

但是形势却一天天紧张起来，天上不断有国民党的飞机飞过，地上八路军部队调动频繁，白金辉从郭璞传来的情报和县内防队长宝中三传来的消息得知，国民党蒋介石撕毁"停战协定"开始全面向解放区进攻，热河省的西、东、南三面受到国民党军队的进攻，白金辉觉得时机到了，开始了他蓄谋已久的一系列破坏活动。

叛乱（一）

冀热辽军区按照中共中央华北局指示精神，系统地加强地方武装建设，在加强县区政权建设的同时，普遍组建了各级地方武装。一开始普遍收编伪军、地方伪自卫团和土匪武装，但是这些武装素质极差，成事不足败事有余，一有风吹草动便叛乱成风。五区区小队是在原伪自卫团的基础上，吸收十几名贫雇农，加上梁敬、张东阳带来的几名战斗骨干组建起来的，共有队员三十多名，有长枪三十多枝，都是些三八式、“七·九”、老套筒等老旧枪，子弹也很少，每人不到十发。有短枪，主要是配给区委政府、区小队排长以上干部使用。区小队的任务是防匪、除奸、站岗、放哨、捉土匪、查户口，巩固后方，支援前线，半脱产，逐渐升级为地方武装。

区小队长张东阳1943年参加八路军，打鬼子汉奸立下战功并光荣入党，在随部队开辟热河根据地时，从部队选调到地方工作，他和副区长冯愉等十二名同志在五区政府和区小队，成为区武装的核心力量。他通过观察了解剔除了戴鹤鸣、张大疤等几名流氓、地主分子，吸收了齐永发、赵永珠、宫发等十几名贫农青年参加区小队，改善了队伍结构，但队里仍有十多名原伪自卫队成员。张东阳很注重对区小队的政治思想教育和军事训练，把参加和执行任务与军事训练和文化学习、政治教育结合起来。队里的大多数队员对此感到新鲜，训练得刻苦，学习也很认真，他们从简单的识字和听讲人民军队斗争史中认识到自己正在成为一个光荣的革命战士，要用手中的武器争取自己的社会地位，保卫共产党给予自己的土地、牲畜和做人的尊严。

每天清晨，区小队都在清脆的哨声中集合上早操，在张东阳的指挥下，队员们跑步、做军人操、练习瞄准、拼刺刀和用自己制的教练弹练习投弹。队员们在场院里席地而坐，听老八路们上政治课，在自制的黑板上写字学文化，或者列队喊口号唱歌，每次都引得乡亲们尤其是孩子们跟着看热闹。虽然区小队的伙食比较简单，成天莜面苦力、小米干饭，偶尔做一顿白面饭，油水也不大，但大多数队员都没有怨言。

但是原来在伪自卫队干过的栾春林等人却怨声载道，他们原来或是无业游民，或是榜青割大烟的，或者就是混混二流子，当自卫队员下乡可敲诈勒索百姓，可以从大户老财捞点好处，可以抽大烟、逛窑子、耍钱、蒙吃蒙喝，现在被八路军的清规戒律束缚着，能不产生抵触情绪吗？起早上操训练，天天早晨班长大声吆喝才扒皮抽筋似的起炕，训练也敷衍了事，至于参加生产劳动更是投机取巧，张东阳不止一次地批评，队里开军事民主会也帮助他们，但这几个人说皮说不了瓤，当时低头承认错误，甚至指天发誓悔改，过后依然我行我素。张东阳向梁敬反映，要求把栾春林几个人开除出区小队，梁敬觉得现在正在争取白金辉，如果把他的这几个人清理出去，不利于做白金辉的工作，便要求张东阳多做工作，加强管理，慢慢做好转化工作。

这天，区小队的一部分同志跟着梁敬下乡，一部分随张东阳征收军粮，留栾春林几个人在家炒莜麦推碾子。这几个人懒洋洋地干着活，时不时骂几声娘撒怨气。栾春林的老子栾相臣和柳春福骑马来了，他俩打探到今天梁敬等人不在区政府，便赶紧打马赶来，见栾春林几个人炒莜麦、筛粮食，便阴阳怪气地挖苦道：“呀呵！平日里支使别人的手，吃香喝辣的口，今个也烧火炒莜麦，自食其力了，莜麦毛子蜇脖梗的滋味不好受吧？这当八路就是出息人啊！”

栾春林等一听这话，“扑通”便把手中的簸箕扔在地上，把灶膛里的火发出来了。“妈的，老子都是让别人侍候的人，现在倒侍候起别人来了，不干了，爱咋的咋的。”

其余几个人也扔了手里的家什，随声附合着骂骂咧咧地坐在那了。区政府做饭的大师傅也知道这几块料不好惹，只好自己干。

栾相臣问：“这些日子伙食怎么样？”

“别提了，比要饭扛活的强不了多少，一没酒二没肉，顿顿苦力米粥，肠子都吃青了。过去咱们不说顿顿有酒有肉，也是精米白面侍候着，现在跟着穷八路，这是过的什么日子唉！”

“行了，行了，别唉声叹气了，走吧，今儿个我让你们开开荤去。”边说边领着几个人奔回子营小酒馆。一干人等一进屋，见炕上八仙桌正摆好了盘子碗，蘑菇炖小鸡、羊肉炒瓜片、干炸泥鳅鱼等等，热热腾腾一桌子。一个大铜酒壶冒着热气透出诱人的酒香。几个人一闻到酒肉的香气，忽忽喇喇上了炕，围着桌子抄家伙一阵狂饮大嚼。栾相臣在旁边还直磨叽：“吃吃吃，看把你们靠炼的都成啥样了，不愿白区长打发我俩来犒劳你们，这样下去不把人折磨死啊！”

栾春林伸脖咽下一口羊肉，骂道：“把咱爷们当和尚对待了，不给肉吃不给酒喝，不让睡女人，还成天他妈的训练学习，提高什么思想觉悟，这碗饭还能端吗？”

“就是，就是，快靠炼死人啦。”几个人随声附和。

“我听说，国民党和共产党已经撕破脸皮，打起来了，国军可是正牌，有飞机大炮坦克，枪也好，都是美国造的家伙，可厉害了。共产党八路军根本不是个儿，快打到热河了，你们训练，是让你们上战场打仗去，那可是要命的活啊！”栾相臣一阵又一阵“王八钻灶膛——拱火”。

“是吗，那可怎么办啊？”

“我他妈不干了，还不如上山找鲍三疯子当胡子去呢。”

栾相臣、柳春福见几个人吃喝差不多了，火也挑起来了，便把饭馆掌柜打发到外面望风，把几个人拢在一起，低声说：“我们哥俩这次来，就是因为白区长惦记着你们几个，特来慰劳的。”说着，从怀里拿出一包大烟土，每人一块，又拿出一包现大洋，故意掂得“叮当”响，每人发了五块现大洋。栾相臣说：“区小队不给你们发饷，白区长给你们发饷，只要你们按白区长说的做，保证你们有享不尽的荣华富贵。”

“放心吧，老子早就不想跟八路干了，白区长让咋的就咋的，我们都听他的。”几个家伙都一连声地表态。

柳春福说：“你们几个回来不行，白区长的意思是把区小队的几十匹全鞍马、几十杆枪和能拉过来的人都拉过来，搞垮区小队，砸烂区政府，壮大咱们的队伍。”

“那可不好整啊，梁敬、张东阳可不好惹，还有那几个老八路，打枪劈刀都挺厉害的。”

“别怕，白区长已定下了妙计，只要你们这么办就成……到时候，鲍三疯子领着山上的弟兄们接应你们。”

一伙人脑瓜子扎一块儿，低声商量一阵子，谈妥后，栾相臣、柳春福与众人告别后骑马回去向白金辉报信去栾春林几个人酒足饭饱，手里攥着大洋回区小队驻地。

三天后，白金辉派人给梁敬送信，梁敬到县里开会去了，张东阳打开书信，信中白金辉写道：“柳春福兄弟家和戴鹤鸣家种了二十多亩大烟，按政府禁烟令，理当没收充公，现在正是割大烟季节，栾、戴两家对抗政府法令，拒不执行，还要抢割大烟，请派区小队来协助执行。”

张东阳这边刚收上几万斤公粮马料要往县里押运，便安排农会主席赵永珠、区小队班长齐永发率二十多名区小队员去下二地执行没收栾相臣、戴鹤鸣大烟地的任务。

赵永珠、齐永发率区小队乘马出发，一队人马从敖包前梁上山，经小井漫甸下到南店西沟，送信的人对赵永珠说，先去给白区长报信，赵永珠未加怀疑让送信人传话给白区长，在上二地会合。

区小队行进在四沟道里，刚拐过山嘴，只听“啪”的一声枪响，大伙一愣神的功夫，只见前面干河沟里呼啦啦冲出一队骑兵，领头的正是鲍玉林鲍三疯子，还有栾相臣和戴鹤鸣等人。鲍三疯子在山头上勒紧花豹马，单手举着马枪，大声喝喊：“唉！到这你们就到地方了，赶快下马缴枪投降，不然老子枪子不认人！”

“完了，碰上鲍三疯子啦！”

区小队员们没有一个不知道杀人恶魔鲍三疯子的，一时惊慌失措，谁也不敢动弹。栾春林等几个人悄悄挪蹭到赵永珠、齐永发等几个骨干队员跟前。

“打吧，跟土匪拼了！”

赵永珠、齐永发对革命忠心耿耿，但没打过仗，一时愣在那了。旁边两位老八路战士将枪从肩上一顺，“哗啦”推上子弹瞄准。

“当、当”两声枪响，两位八路军战士一位趴在马鞍上，一位被打落马下，鲜血四溢。

栾春林和另一个家伙高声大叫：“都别动，动就打死他。”

这边，两个家伙把枪口对准了赵永珠、齐永发，二人从刚才的惊愕中清醒过来，待要反抗，已经晚了，鲍玉林率土匪已奔到跟前，下了区小队员们的枪，把人从马上揪了下来。

一切都来得这么突然。

鲍三疯子一手把马枪扛在肩上，一手提着快慢机盒子炮，裂着胡子拉碴的大嘴，龇着大黄牙踱到被俘者跟前，大声喊道：“春林侄子，你们到家了，别掖着藏着了。”

栾春林几个人从区小队员中走出来，与土匪们站在一起，栾春林对区小队员说：“弟兄们，国军快打过来了，你们别为穷八路卖命了，咱们投奔国军，以后才有好前程，都跟我上山吧，我保你们荣华富贵。”

戴鹤鸣说：“只要跟我们走，要地给地，要牲口给牲口，要大烟给大烟，每人发五块现大洋，将来就是国军，怎么样？”

“说话呀！都他妈哑巴啦？”鲍三疯子一阵吼叫。

赵永珠、齐永发两人明白了，他们上了敌人的当，中了敌人的计，二人愤怒得一声闷吼："老子跟你们拼了！"一齐窜上前去，一个抱住了鲍三疯子，一个掐住了戴鹤鸣的脖子，扭打在一起。

没经过战阵的区小队员们都呆愣在那没人动弹。

赵永珠抱着五大三粗的鲍三疯子摔了几个来回也没摁倒他，鲍三疯子却挣脱出来，顺手从皮靴筒里拽出匕首，一刀插进赵永珠的胸膛，赵永珠的手也挠破了鲍三疯子的脸，他怒目圆睁，嘴里涌出了鲜血，半天才松开双手，倒在地上。

那边戴鹤鸣被齐永发掐个半死，两人翻滚在地，栾相臣端着上刺刀的枪左比画右比画，就是不敢下手，怕伤着戴鹤鸣，在齐永发翻到戴匪上边，挥起拳头猛击他的脑袋时，栾相臣看准机会，抡起枪托把齐永发打翻到一旁。

戴鹤鸣翻了几下白眼，爬起来从栾相臣手中抢过枪来，对着齐永发开了一枪，又开了一枪，齐永发含恨牺牲。鲍三疯子凶相毕露，提着滴血的匕首叫道："谁他妈的反抗，这就是下场，降不降？"

二十名区小队员被血腥的屠杀吓熊了，急忙说："愿意归顺，愿意归顺。"

十七条步枪、一只匣枪、三十四战马成了土匪的战利品。

鲍三疯子一声呼哨，一百多土匪押解着投降的区小队向塞罕坝密营绝尘而去。

当张东阳得到消息已是第二天上午了，他到唐房营子驻军内蒙古骑兵师独立二团搬请救兵赶奔现场，只有赵永珠等四位烈士遗体横陈在沟道上，烈士们都是满脸悲愤之情，鲜血染红了衣服。

白金辉也从离此不到十里路的白家大院骑马赶来，他看了看刚从县里赶回来的梁敬，又蹲下身子看了看牺牲的烈士，号啕大哭："这是怎么了？这是哪个王八蛋干的？抓住凶手，应该枪毙了他！"

白金辉边说边到梁敬跟前，呜咽几声，控制住悲声道："梁书记呀，我在下面查禁大烟，没收了栾相臣、戴鹤鸣的二十多亩大烟，我一人控制不了局势，就写信给你，让区小队过来帮助执行公务，左等不来右等不来，谁承想让土匪钻了空子打了埋伏，牺牲了好几个弟兄，区小队也给掠走了，这这这，这可怎么办啊！"

梁敬走到烈士跟前，把他们的双眼抿合上，把衣服整理好，流着热泪，颤声说："赵主席，齐班长，你们的大仇一定要报，你们不会白死，杀人凶手一定会绳之以法。"他忍住悲痛，安排人用门板把烈士遗体带回区里公祭。

五区区小队叛乱的案件震惊了县委县政府，县委特派县委副书记、组织部长赵芝瑞，携县公安局长韩星、县政府内卫队长宝中三等到五区处理善后事宜，并着手侦破案件。

梁敬深表内疚，他向赵芝瑞书记洒泪检讨，请求处分。

赵书记一方面批评区委麻痹大意，敌情观念淡薄，给党和人民造成重大损失；一方面帮助区委认真梳理和分析事件的经过，确定白金辉有重大嫌疑。另外，又从县支队调配部分枪支，在原区小队还有十多名骨干的基础上，吸收十几名出身贫雇农、思想意志坚定的民兵加入区小队，重新组建起五区区小队。

赵芝瑞书记鉴于白金辉通匪证据尚不充分，部署暂时不要惊动他，只让韩星、宝中三协助区委调查案件。他专门把白金辉请来，给他做了一番工作，提醒白金辉不要看错形势，如果走差道，将来的下场是可悲的，如果跟着共产党走的信念不动摇，以前犯下的罪恶也可以被原谅，县委也会按政策优待他。

白金辉唯唯诺诺，极诚恳的样子，向赵书记起誓发愿，一定跟共产党走，坚决不变心，不然的话，天打五雷轰。

赵芝瑞说："好吧，我们听其言观其行，拭目以待。"

梁敬等人化悲痛为力量，在极短时间内重建区小队，区里的工作又恢复了正常，他这时候开始用第三只眼盯上了白金辉。

白金辉挺过了这一关，暗自庆幸，但他也明白，共产党已怀疑他了，出了这么大的事，纸包不住火，早晚得露馅。他在区里忙忙乎乎张罗了一阵子，便借故回家。临走时，他皮笑肉不笑地对梁敬说："玉莲可念叨你哩，能抽空去看看她不？"梁敬心中一热，脸上沉沉地说："现在工作忙，没那个时间。"

"那好，那好，我回去让玉莲来区上看你。"

"没那个必要。"

"有必要，有必要，应该来，应该来。"白金辉忙不迭地说。

白金辉急忙忙地乘马回家了。

叛乱（二）

白金辉设计策反并搞垮了区小队，得意之余，内心也紧张得很，他知道，这事肯定要暴露，他在郭璞的参赞下加快了反叛的步伐。

他从这件事上尝到了甜头，又安排手下和一些地主老财们像绿豆蝇一样，寻找有缝的鸡蛋。他把几个得力的手下分派到早有联络的几个区乡，内外勾结，在郭璞的设计下，在经棚县掀起了一股反叛的恶浪。

郭璞和王克礼早在二三月间便到八区、十区拜访分住八区区长的大地主田明良、十区区长的财主崔源，通报消息，密谋叛乱，并通过田明良、崔源同新井的红枪会会首田兆瑞、候金福、宋开国及热水汤红枪会会首陈喜珠、刘会明等人挂上联系，真是鱼找鱼，虾找虾，一伙人臭味相投，郭璞鼓动三寸不烂之舌，把这些家伙忽悠得气血贲张，摩拳擦掌决心大干一场，成为将来国军到来时邀功请赏的资本。

郭璞说："我最感兴趣的是红枪会，共产党能发动群众组织农会，我们也发动群众组织红枪会，白区长说了，他可以提供一些粮食、大烟给会众，也派人支援你们起事，红枪会历史久远，吸引人，能公开设坛练功，共产党惹不起，你们就大胆干吧。"

田明良和崔源也表示为红枪会提供支持，发展红枪会信徒，暗中打造枪械，择日起事。田兆瑞、陈喜珠还把红枪会的毛兴云、曹志兴以请年茶的明义请到家中，把白金辉、田明良和崔源等人的意图告诉他们，又把一些红枪会头目找到家里与毛兴云、曹志兴见面。这些家伙一见桌上的大烟土、现大洋和酒肉，一个个都如红眼狼一般，又听到有白金辉等人撑腰做后台，一个个如同鼓肚的蛤蟆，气势汹汹的，说要用神功灭了共产党区政府，像当年黑佛那样改进经棚街，执政县政府。

说起红枪会，它的历史比较久远，最初在清代中期为中原地区反清复明的民间宗教团体，后发展成为帮会性质的会道门组织。民国十四年（1925 年），克什克腾草原大旱，饥荒严重，盗匪蜂起，搅得热河地区不得安宁。来源于白莲教的红枪会被经棚大地主从山东德州请来红枪会传教师赵华阳、刘心清，同时在林西和经棚设坛传法，训练出骨干二十余人，就像病毒一样逐渐在草原上传播开来。

在贫穷封建愚昧环境下艰难生存的百姓，无以寄托和排解心中的疾苦和忧愤，于是在会徒的蛊惑下纷纷加入红枪会。入会，有一套成形的入会仪式和会规。入道者先要参加入会仪式，以清水净身，跪于用土堆或石头砌的神坛前，或者在场院里戏台上摆上八仙桌充作神坛，坛桌上供奉着儒、道、释三教神牌，神牌前燃着松香，两边站着会徒，手执皂角旗和绣着龙虎、奇形怪状图案的旗帜，已入会的会众头扎红布或蓝布方巾，脚穿皂靴或黑布鞋，腿扎缠到膝盖的黑裹腿，上身穿白上衣外罩黑色或蓝色坎肩，腰系红带，内扎红兜肚，红兜肚内藏朱砂书写黄表纸咒等，手执红缨枪，煞是威风。入会者跪在坛前，手持师父交给的朱书黄纸，口中念念有词："师祖在上，因弟子身小力薄，恳请在神师老爷案下学神诀神法，尊师重教，永不变心，定做到年使年应，月使月应，日使日应，急使急应。若有虚言情愿在灵官老爷鞭下做鬼。弟子×××敬上！"然后大师兄把黄纸在神坛前焚烧后令入会者把纸灰放入水碗中喝下，再用灯火朝入会人喷三口，即为入会。入会后开始授法练功，在学习简单的步法和拳脚后，再练"排砖"，传授功夫的师父脱了上衣，光着身子或头顶砖头让人用锤砸，或用手砍砖头，或用砖头拍击胸腹。略会些功夫的人还能忍受，但初学乍练者却经常被打得头破血流，鼻青脸肿，有的还被砸脱臼打断胳膊。练"排刀"的是所谓道法入门的信徒，就是以刀砍肚腹，用红缨枪互相扎，流血受伤的就是功夫不入门，神灵未附体，心不诚。练功期间不近女人，不传六耳，带有极深的迷信色彩，因为红枪会多发展穷人入教，所以有一定的社会基础。

1926 年 4 月，二区小沱河地主宋学诗，请来号称黑佛的魏某和红枪会传道师赵风岚在家设坛传道，练功保家，数日间发展会徒千余人，在全经棚县引起轰动。为防止出事，经棚县政府和驻军派员令其撤坛解散红枪会，红枪会依仗人多势众，竟刺杀一名军官，纠集千余名红枪会徒，兵分两路向林西和经棚进犯。其中进攻经棚的黑佛带七百多名红枪会徒，于 12 月 12 日晚到达经棚东鹅蛋梁，稍事休整后，便设坛画符念咒喝神水，然后兵分两路夜袭经棚，与驻军和警察恶战一夜，互有死伤。其中红枪会被击毙近百人，后在林西驻军支援下，打垮了红枪会，黑佛逃到百岔川，被捕获，与另一会首在经棚小南门外枭首示众。这一事件，惊动了热河省和北洋政府。

在白金辉等人的鼓动下，八区、十区的红枪会活动死灰复燃，不久两区红枪会发展到十余处一百七十多人，到五六月份，蔓延发展到四百余人。白金辉、田明良、崔源与郭璞在红枪会会首陈喜珠家开会，还特别邀请法师毛兴云、曹志兴参加，商定在近期合适时机起事，发动反革命暴乱，以陈喜珠、曹志星任热水汤区总指挥，王才、毛兴云任新井区总指挥，白金辉等人幕后调动指挥，先攻打两区区政府，捕杀区干部，砸烂区政府，然后合兵一处，向经棚进攻。事成后白金辉等人进驻，保郭璞就任经棚县长，迎接国民党接管经棚县。

6月26日，经棚县长陆棣与热北地委组织部科长乔凤山等率工作组到八区热水汤工作，消息被已加入红枪会的区小队班长王山透露给红枪会，于是，暴徒们便很快纠集起红枪会徒按计划杀向新井区和热水汤区。

28日一大早，天还朦朦胧胧的，王才、毛兴云带领三十多名红枪会匪徒，蹑手蹑脚贴着墙根来到新井区政府大门口，王才拍了三下巴掌，区政府大门打开了，已被收买的一名区小队员悄然打开大门，把匪徒们引进区政府大院。他们主要目的是抓县支队政委杨兴和、区委书记王岩，但杨政委已于昨日返回经棚，暴徒们于是把区委书记王岩、助理员孙继英和部分工作人员包围后困在屋里。几名区小队员欲反抗，但枪支已被叛徒收走，他们在刀枪下束手就擒，没有反抗。王才和毛兴云气焰熏天，腰间别着短枪，手里握着红缨枪，上蹿下跳狂话连声，那些揣了咒符喝了神水的红枪会徒也是大呼小叫的。区委书记王岩刚刚到任不久，他见叛乱者中大多是贫穷百姓，就把手中短枪放回枪套，走出屋门大声喊道："乡亲们，不要受坏人指使……"

王才见状，怕乱了红枪会军心，便向身边的一名红枪会头目叫王子发的说："快动手。"

王子发双手挺起红缨枪便窜上前去，"扑"的一声，红缨枪扎进王岩的肚子，王岩双手攥住枪杆退到屋门口，向屋里的人喊："快走，快走!"

红枪会匪徒大喊一声，冲上前来，王岩挡住众匪，掩护屋里的同志夺门而走，又被扎了好几枪，鲜血直流。助理员孙继英冲上前去救王岩，也被乱枪捅倒在地，还有两名区干部被堵在屋里捆绑起来。

王岩在生命的最后一刻，从身上拔出红缨枪，一手捂着已流出肠子的伤口，一手用枪拄着地，怒目圆睁，吓得匪徒们纷纷后退。

毛兴云挺直红缨枪，"呀呀"叫着冲上前，枪头从后背扎进王岩的身体，王岩反身抓住红缨枪，怒目而视凶恶的暴徒，鲜血从嘴里溢出，他说："你们这么干，是自寻死路……"匪首王子发又窜上前把扎枪猛地刺进王岩后背，区委书记王岩像一座山轰然倒地。

红枪会会徒们被王岩大义凛然的形象震慑住了，有的呆若木鸡，有的把红缨枪丢在地上，瑟瑟发抖。王才、毛兴云招呼王子发等歹徒把红枪会徒都叫进院来，洗劫区政府，把粮食、枪械、财物抢劫一空，又喝令红枪会徒挨个排队，每人扎已咽气的王岩和孙继英一枪，而且必须枪枪见血，这叫"祭枪"，让每个入会的人都双手沾上共产党人的血，死心塌地地走叛乱的不归路。

与此同时，陈喜珠、曹志星带领二百多名红枪会暴徒，在已叛变的部分区小队队员的配合下，在28日夜包围了八区热水汤区政府大院。

区政府工作人员刘会明、区小队班长王山早就成了红枪会内应，他们伙同结成拜把子兄弟的另外两名区小队员，在半夜里把区小队的十多支枪都偷走了。

县长陆棣是我党为开辟东北根据地，从陕北延安中央党校报名参加进军东北首批干部工作团成员，被热河省委任命为经棚县长。他这次亲自带工作队下乡，任务之一就是调查红枪会问题，因为风声很紧，他警惕性很高，在半夜里起来查岗，黎明时分就收拾妥当出屋门巡视。他忽然发现大门口人影憧憧，便警惕地拔枪在手，贴在墙根喝问："什么人？干什么哪？"对面的人唰啦啦地向黑暗处躲藏，这时，陆县长的警卫员也赶过来，陆棣忙下令："有情况，快让大家起床准备战斗。"

警卫员回身奔进屋里，向正在熟睡的工作队员和区小队员喊："有情况，快起来，首长命令准备战斗！"

大家连忙掀开被子，麻溜穿衣穿鞋，习惯地向放枪的位置摸去，"咦！我的枪呢？""我的枪也不见了！"

大家一阵忙乱，几名工作队员从枕头底下抻出短枪冲出屋子，而使长枪的人们却抓了瞎。

这时，外面"砰"的一声枪响，接着"啪、啪、啪"枪声响成一片。

陆棣和警卫员两支短枪与红枪会和叛变的区小队员以及混在暴徒里的土匪展开了枪战，但是，两支短枪无论如何也难以对抗人多势众的匪徒，而乔凤山等人已被封锁在屋里出不来了。

危急时刻，警卫员大声催促陆棣："首长，我们的子弹要没了，快撤吧！"屋里的乔凤山等人边向外射击边喊："首长，快走快走！"

陆棣和警卫员一齐开枪打倒了几个冲上来的红枪会匪徒，转身向院里跑去，匪徒们开着枪大呼小叫地追赶上来。

跑到一段较矮的院墙下，陆棣不由分说，抱起警卫员大腿托上墙头，警卫员骑上墙头，扭身伸手拽陆棣，就在陆棣翻上墙头时，一条红缨枪"扑"地扎进陆棣的屁股，陆棣顺手一枪，打中匪徒，那家伙"妈呀"一声，撤回红缨枪，陆棣顺势翻过墙头，与警卫员冲进河套，钻进柳树丛中，向东面林西方向突围而去。

后面的土匪放了一阵枪，见陆县长跑没影了，他们不敢再追赶，随后转回院里。

这时，被困在屋里的工作队员和区小队战士除几个人冲出包围外，大多数人仍被围在屋里，有好几个人已受了伤。暴徒们团团包围了屋子，向屋里打枪扔火把，同志们子弹打光了，就随手抄起木棍等同涌进屋的暴徒搏斗。在一阵拼死搏斗后，热北地委组织部科长乔凤山、经棚县公安局局长呼延平、热水汤区（八区）区长土炳耀、经棚县武装部科长刘韧、区政府助理员韩维俊等六名同志英勇牺牲。

暴徒们在一阵大肆劫掠后，对烈士们的遗体逐个用红缨枪扎烂"祭枪"。待中午时，血洗新井区（十区）政府的暴徒过梁与热水的暴徒会合，聚集了数百人。这时，暗中助阵的鲍三疯子、柳春福簇拥着郭璞现身了，红枪会头领陈喜珠、王才、毛兴云等人得意扬扬地向郭璞表功，郭璞称赞说，一定向上级报告，重赏红枪会有功人员。他向暴徒们鼓劲说："林西已被红枪会占领了，我们现在就要集结起来去攻打经棚，等待中央军来接收，打下经棚，人人有官做，有钱花。"

暴徒们听了嗷嗷怪叫，于是杀鸡宰羊，准备吃饱喝足了第二天翻过大坝梁进攻经棚。

热水汤区位于大兴安岭南黄岗梁山脚下，嘎拉德斯汰河自西向东与大川峡谷并行，是热河北部五旗县沟通锡盟的重要战略通道，也是连接林西与经棚的枢纽，东西距离各三十公里。热水汤除了地理位置重要，还有名闻天下的神泉热水，在峡谷北坡一条公路两边，各有一处天然热泉，经年累月“咕嘟嘟”地喷涌烫手的热水，形成两个蓝色水体、热气腾腾的温泉浴池。据传自秦汉时人们便利用汤泉洗浴，至辽宋时，便记述于史书中，清代康熙皇帝巡狩北方曾在温泉洗浴，并赞曰：“此为圣水，宝似金汤。”清末西藏十世班禅喇嘛在经棚镇讲经布道三日后，到热水汤沐浴，对神泉圣水赞美不绝。热水汤温泉富含各种微量元素，对人体的皮肤病、关节炎、肠胃炎有特殊疗效，每年锡林郭勒草原和热河地区官民慕名而来，洗浴疗疾，冠盖如云，幕帐连天，人头攒动，热闹异常，是塞外著名的疗养商贸场所。而现今，美丽神奇的热水汤，却是牛鬼蛇神，群魔乱舞，成了暴徒杀人放火的屠场。

陆棣县长和警卫员一阵狂奔，陆县长被扎了一枪，所幸伤口不太深，他挣扎着跑了一阵子，警卫员后来搀扶着他，又背着陆县长往林西搬救兵。趟过木石匣河跑到马莲滩，遇上驻林西的热北军分区巡逻的骑兵战士，将二人护送到林西街。

陆棣一边接受包扎治疗，一边向军分区和地委领导汇报了红枪会暴乱的情况。军分区和地委领导立刻传令部队做好战斗准备。

首先派二十多名干部在一个排战士保卫下，先行赶到热水做宣传工作，以稳定人心。后面派军分区政治部主任邱仁华、县支队长崔同喜率两个步兵连一个骑兵连四百余人赶赴热水汤平叛。

早晨八点多钟，先行而至的工作队到了热水汤东山嘴，放哨的红枪会发现后连忙吹响牛角号，敲起铜锣，暴徒慌忙从老百姓家里、从热水汤池子里跳出来，集会扎堆，与工作队对峙。

工作队先对暴徒喊话，要求他们不要受坏人蛊惑，不要相信红枪会的妖言惑众，马上解散回家，政府既往不咎，否则严惩不贷。

一些会众害怕了，向后撤步，要溜号。郭璞对王才等人说：“共产党不敢向老百姓开枪，别怕，赶紧把人拢住，念符咒喝神水做法，把对面的共匪灭了。”

这时，邱仁华主任带领部队也赶到了，指挥部队占领阵地，架起了机枪，让干部战士继续喊话。

这边，匪首们已经给红枪会暴徒烧了符咒喝了神水，念着咒语，呀呀怪叫，端着扎枪、挥着大刀、打着枪呼呼啦啦打着黑旗红幡冲了上来。队伍里还裹挟着许多百姓，相信刀枪不入的匪徒们抽了大烟喝了神水，蜂拥上前。战士们见冲上来的人里有老百姓，机枪手抱着枪无法开枪，有的战士见暴徒们狼嚎鬼叫、鬼头鬼脸的装束还真有些紧张。

有恃无恐的暴徒见八路不敢开枪，更加猖狂，连连开枪打伤了好几名战士。

迫不得已的情况下，邱仁华主任下令朝天鸣枪警告，“哒哒哒”一阵枪声响过，冲过来的匪徒们愣了一下，见我军朝天开枪，更加疯狂地哇哇叫着冲上来。

邱主任大声命令战士们，瞄准带头冲锋的红枪会和打旗开枪的匪徒开枪射击。战士们早就恨得咬牙切齿，一阵猛烈的射击，立时，二十多个暴徒被打倒在地，还有不少受伤的哭爹叫娘哀号不止，众人一见符咒挡不住子弹，神灵不灵了，像受惊吓的兔子向后溃散。在后面的柳春福、毛兴云见势不妙，忙簇拥着郭璞退到一段墙后，骑上早准备好的快马，钻进了榆树林子。

这时，战场已经成了围歼战，邱主任和崔同喜支队长指挥步兵正面返击，骑兵两翼兜剿，将红枪会暴徒包围在野地里，除一部分乘乱逃跑外，大部分被俘。

指战员们命令红枪会徒蹲在地上，这些家伙刚才的邪魔劲泄了，一个个抱着脑袋蹲在地上打哆嗦，战士们恨不得把他们一个个都枪毙了，他们对待革命战士的手段太残暴了。邱主任与指挥员们坚持按政策办事，逐个甄别放走了被裹挟在内的老百姓和一般红枪会众，抓住了会首王山、曹志星、刘会明等头目，战斗中击毙了王才、陈喜珠等匪首，郭璞等人逃跑了，红枪会教师毛兴云也逃掉了。

邱仁华主任安排部队战士和地方干部收敛烈士们的遗体，摆在区政府院里，陆棣县长坐担架赶到，看到乔凤山等六位烈士破碎的躯体，义愤填膺。乔凤山等人都是久经考验的优秀共产党员，他们没倒在抗日杀敌的战场上，却被红枪会暴徒夺去了生命。在战士们对空鸣枪的脆响中，将烈士埋在热水汤的后山坡上。之后，邱仁华安排新井区和热水汤区的重建工作。

热北地委和军分区除奸部门经过认真侦查，确定这是一场由国民党特务操纵、反动会道六首领组织的反革命暴乱，并确定了白金辉、田明良、崔源三人是幕后组织者，田明良被抓捕在案，崔源逃上山当了土匪，白金辉证据不足，有待深入调查，但可引起县委的特别注意。

一个月后，热北地委在林西县召开公审大会，镇压了幕后操纵者田明良及罪大恶极分子王山、曹志星和刘会明，为牺牲的王岩、乔凤山等死难烈士报了仇。

叛乱（三）

郭璞和柳春福等人见红枪会在共军火力严厉打击下，死伤不少，见势不妙，赶紧凉锅贴饼——蔫溜了。他们借着沟里的柳丛及榆树林子掩护，顺着小东沟翻过大梁到西拉沐沦河，在河边招纳了二十几个漏网的红枪会暴徒，连夜渡过西拉沐沦河奔向百岔川。

白金辉听郭璞汇报述说红枪会起事砸了新井、热水汤两个区政府，杀了王岩、乔凤山等县区干部，高兴得如同磨道里的老驴，边转圈边搓手，连声说："痛快，真他妈的痛快！干得太漂亮了！"

他听说红枪会被八路军打得尸横遍野、抱头鼠窜时，咬牙切齿地说："等下一步我白某人给红枪会的弟兄们报仇雪恨，杀共产党一个鸡犬不留！"他让柳春福把收容的红枪会匪徒编入他的匪队中，送到坝上匪巢中。

郭璞惊魂稍定，便向白金辉献计，说共产党那里出了这么大乱子，肯定不肯罢休，早晚得怀疑到咱们头上，要做好应变准备。白金辉说："准备个球啊，这房子这地能搬走吗？咱就准备跟共产党拼命了。"

郭璞说："白区长此言差矣，眼下国军尚未打到这里，我们只有配合国军进攻，与共产党准备打游击战，破坏他们的根据地建设，和国军里应外合，消灭共产党八路军。为了应付不测，还是提早把贵重财产该转移的转移，该埋藏的埋藏起来，一旦起事，轻手利脚的没麻烦。”白金辉点头称是，让柳氏和白景春娘俩清理拾掇贵重财产，打包装箱，准备运到隐蔽处藏起来。

正在白金辉紧锣密鼓准备叛乱时，他的把兄弟双合区大地主孙洪业与庄庆品、郭荣三人急慌慌地来到白家大院，一见白金辉的面，三人便号啕大哭，说区政府搞清算，没收了他们的大部分土地和牲畜，还有房产、粮食，连衣物都没收了不少，这日子没法过了，请白大哥帮忙做主，把清算的东西抢回来。

白金辉说：“抢走的东西有那么容易要回来的吗？要想有好日子过，只有准备拉杆子成队伍，和共产党刀枪相见，迎接国民党才有好日子过。”

孙洪业道：“白大哥说得是，有穷棒子的好日子过，就没咱们的好日子过，只有抄家伙灭了他们，才能咱们说了算。”

郭璞在一边听了半天，这时问孙洪业：“你们要起事，现在有多少人枪？”

“有二十多人，十多杆枪，再鼓动鼓动还能拉出二三十人。”孙洪业道。

“那么，区小队有多少人？有多少老八路？有多少咱们当地人？”

“区政府干部六七个人，区小队二十来人，里面有五六个外地来的老八路，区小队领头的叫王义，是个老八路，和我关系不错。”郭荣接过话头回答。

白金辉说：“区政府的人不可怕，可怕的是区小队，要想顺利起事，还得从区小队身上打主意，新井区和热水汤区红枪会起事成功，就是把他们区小队的人拉过来了，里应外合，才打共产党一个措手不及。”

“对，就这样，你们回去后，先想办法找区小队里的当地人，拉上关系，花点钱财，再把国军马上打过来的消息告诉他们，让他们早日弃暗投明，为国军立功，将来一定会有好处，只要搞垮了区小队，杀那几个区干部易如反掌。”郭璞出主意道。

孙洪业朝郭荣说：“我现在是老鼠过街，人人喊打，不好使了。你现在在区政府还能递上话了，你看能拉几个人过来么？”

“我表兄弟薛存玉他们几个和我挺对脾气，隔三差五地到我家喝几盅，他们抱怨在区小队日子过得清苦，没啥好处可捞。”郭荣是二地村的地主，他歪着脖子思谋道。

“这就是条好线索。”白金辉拍手说，“你们马上回去张罗，不要怕花钱，不把区小队拉过来，财产再多，还不让穷棒子们分了去。”

白金辉、郭璞、孙洪业和庄庆品、郭荣几个人脑袋扎在一堆，又密谋了一番，然后才各自散去。

却说孙洪业和郭荣三个人回到双合后，一面偷着用大烟和金钱买枪支子弹，一面千方百计接近区小队，打探区政府内部消息。这天，郭荣听说区小队班长薛存玉带人到村里征收公粮来了，就急忙到区小队收粮的地方找薛存玉。薛存玉他们六人刚把粮食装上大车，还没地方吃饭呢，见郭荣来了，忙打招呼。

郭荣热情地说：“哎哟哟，我说早晨门前树上喜鹊叫，原来是表弟你来了，快快快，领着弟兄们到家里坐，吃饭去。”

“大哥，来了就上你那吃喝，老让你破费，不好意思。”

“这话说哪去了，表兄表弟的怎么说两家话呢，再说，弟兄们都不是外人，十里八村沾亲带故的，别外道了，走走走，家里酒都要烫窜了。”郭荣连拉带劝的把薛存玉等六名区小队员请到家中。

一进院，见郭家又是杀鸡又是捉鸭子的，饭房里传出炒菜的香味。

在屋门口，郭荣老婆拿着小笤帚踮着小脚挨个扑打区小队员身上的尘土。进屋脱鞋上炕后，又倒上八宝盖碗茶，边敬茶边说：“这是在经棚街回回铺买的正宗的八宝茶，香着哪！快喝点解解渴。”

“还是郭财东仗义，真够仗义的。”六个人盘腿大坐，先品茶后又吃了几盘果子，接着郭荣吩咐上菜。

小鸡炖蘑菇，炒鸡蛋，腊肉炖豆角，羊肉炒芹菜，猪肉炒粉条……满满登登上了一桌子菜，郭荣又端上一铜壶酒，酒烫得正好，冒着醇香，他边给每个人斟上酒边说：“表弟呀，这是我从土城子巴什营子打的原浆酒，劲大没邪味，好喝着呢！该着你们哥几个有口福，就剩半坛子了，今儿个都拿出来犒赏八路了。”

薛存玉等六人逮着好酒好菜一阵狼吞虎咽，吃得脸红脖子粗，郭荣一边劝酒一边说：“吃吃吃，喝喝喝，看弟兄们靠炼成啥样了，成天站岗放哨搞清算，也不好好给弟兄们搞伙食。”

薛存玉伸脖子咽下一口鸡肉说：“表哥，也就是你这么好吃好喝招待我们，在区里那是成天莜面苦力、二大王、小米稀粥黑面馒头就着咸菜条子吃饭，哪有那么多油水，跟着共产党干算倒了八辈子霉！”其他几个人也随声附和，抱怨不已。

“我听说，国民党和共产党撕破脸皮开战了，国民党是正牌，国军那可厉害了，共产党能打得过吗？”郭荣试探着问。

“打得过打不过，和咱有啥关系，国军来了，咱就拖枪蹽道，谁玩那命去！”薛存玉眼一斜溜说。

“可听说，国军来了如果不投奔国军，凡是给共产党八路干过的都要杀头呢。”郭荣越说越往前凑手。

“有奶便是娘，投国军又咋的！活人不能让尿憋死。你们哥几个听着，都听我的，保证吃香的喝辣的，咱们手里有枪，跟谁干都熊不了。”薛存玉这么一说，众人都点头称是：“听薛哥的。”

薛存玉转脸对郭荣说：“我们都听你的，你说以后咋办？”

郭荣俯身小声说：“国军派人来了，在白金辉白大区长那，招兵买马，集草屯粮，准备起事，五区区小队都拉出去了，热水和新井红枪会起事杀了好多区干部，听说国军快打到承德、赤峰了，咱们不能跟共产党瞎眼走黑道了，要不国军来了，可就后悔都来不及了。弟兄们，我可是向着你们为你们好，你们看着办吧。”说着一撩袄大襟露出腰中插的短枪，瞪着眼睛瞅着薛存玉等六人。

薛存玉急忙说：“表哥，没说的，我们跟你投奔白区长去，谁他妈反悔，老子先崩了他。”

几个人都是铁杆的狐朋狗友，异口同声地表示愿意跟着拉杆子。

郭荣见事情这么顺利，回身从大柜里拿出一个包袱，取出一块大烟土交给薛存玉，又每人给了十块现大洋，说这是白区长预支的赏钱，把事办成了，多多有赏。众人哪见过这么多钱，个个眉开眼笑，说这可比区政府发的那几斗粮食实惠多了。

郭荣说："一旦起事，白区长派人接应，但光你们几个不行，还得想办法多拉过点人来。"

薛存玉说："只要有烟土和大洋，保证能拉过人来，有的不用太费劲就能拉过来。"

"那好，事成之后，你们都是功臣，国军来了，论功行赏。你们回去后，立马办，我把烟土和大洋给你们带上，十块大洋一个人，不够上我这来拿。"郭荣叮嘱道。

薛存玉六人回到区小队，便以拜把子、攀亲戚、论老乡等手段千方百计拉拢区小队其他队员，拉过一个发一块大烟土，给十块大洋，不到一个月，便拉过十九名区小队员和社会无赖等人，同时规定，拖过一条枪赏十五块大洋，牵过一匹全鞍马赏五十块大洋。匪徒们利欲熏心，跃跃欲试，等待机会兴风作浪。

区委书记席学信、区长刘万恒却还蒙在鼓里，他们发现薛存玉等人背后嘀嘀咕咕，便开了几次会议，进行思想教育，没发觉其他异动。热水汤区和新井区连续发生暴乱事件，县委县政府召开会议，研究部署应变措施，因席学信书记正在二地村抓清算搞土地试点，抽不出身来，便派区长刘万恒带几名区小队员去县里开会。薛存玉见有机可乘，便给郭荣报信，郭荣立马跑到百岔川白金辉家，白金辉立刻派鲍三疯子、柳春福、柳春禄带二十几人快马加鞭连夜顺百岔川赶到二地郭荣家，隐伏起来，配合进行叛乱行动。

区小队负责人王义是1942年参加八路军的老革命了，他战斗勇敢、忠诚实在，但有一个毛病，就是好喝两口，过去在战斗中屡立战功，就是一到休整时期好酒贪杯误了军机，被撤了排长职务。这次开辟热河根据地，鉴于王义同志旧伤复发，遂留在地方工作，王义二话不说，留在地方干就干好，他一向都是听党的话不走样的。春天，组织上安排他到双合区工作，担负组建区小队的任务，他很上心，很快便在原自卫队的基础上，又动员十几个青年参加区小队，又通过征用大户地主的私枪，并向县里请求援助和修理旧枪，好歹凑齐了枪械，保证了人手一把家伙，像个队伍样了。为了区小队建设，王义可耗费了心机，但他却犯了一个致命的错误，就是疏于对战士们进行思想政治教育，特别是对薛存玉等人拉帮结伙、拜把子论哥们的封建帮会做法没有明察秋毫，加以禁止，却对薛存玉等人假装进步夸奖是团结同志，值得表扬。他隔三岔五地还与薛存玉等人到郭荣等一些地主大户家喝酒，认为是团结和争取他们的机会。殊不知，善良的王义已中了阴险坏人的圈套。

薛存玉见刘万恒区长带着几名区小队员到县里开会，席学信书记在二地村搞土改，叛乱时机已到。他见王义一个人在区里，便进屋搭讪道："王队长，前两天我到郭荣家，嘿！你说怎么着，他刚从土城子巴什营子换回几桶玉米老烧酒，那酒打老远味就钻鼻子，真香呢！"

王义听了说："真的？哪天下乡，顺便去尝尝。"

"还哪天，今天就是良辰吉日，今天没事咱哥几个去呗？"

"不行，区领导都不在家，我得带班呢，再说，现在形势比较紧，席书记批评我了，不许我喝酒，怕误了事。"

"能误啥事嘛，咱们去把区里没收上来的公粮和马料都收上来，顺便到老郭那喝两盅，再买两酒葫芦提回来慢慢喝，一屁时功夫，公私两不误嘛。”

“这、这，中吗？”

“中、中、中，我安排。”薛存玉喊区小队的两个班长，一个安排人在家值班，一个集合队伍，套大车，准备到二地广发昌征收公粮和马料，又暗中派一个心腹弟兄提前快马加鞭到郭荣家通知做好准备。

王义在薛存玉等人撺掇下上了马，一行人疾奔二地广发昌而来，这边，郭荣得信后马上把隐藏在后沟羊圈屋里的鲍三疯子的人马安排在后院粮仓里待命，这里杀了一只羊，宰了两只鸡，准备了三桌丰盛的酒席，等待区小队的人。

十几里的道，不远。天不黑，王义领着区小队的人就到了。郭荣在村口迎着，老远就打招呼：“哎呀呀，王队长哎！听说你要来工作，我这老早就候着呢。真是来得早不如来得巧，刚从巴什营子换回好酒，您就来办公务，这好酒不就是给您准备的吗？”

“郭大财主，我是来收公粮的，可不是专门来喝你的酒的。”王义勒马停住说。

“那是那是，公务要紧，公务要紧，但是到了饭口，饭总得吃吧！”郭荣笑嘻嘻地躬身上前抓住马嚼子说。

薛存玉接过话头说：“老郭啊，我们是来收公粮的，这么着吧，我带人把粮食和马料收上来，你陪王队长到你家歇脚喝茶，一会儿咱们到你家会齐吃点饭，你看，王队长这样行不？”

“那好吧，给郭财主添麻烦了。”

“无妨事，无妨事，都是为了革命工作嘛。”郭荣点头哈腰地说。

王义骑马往郭荣家走，郭荣屁颠屁颠地牵着马引着众人进了郭家大院。那里早有人接过马缰绳把马牵到马棚喂上了。王义几个人进了屋，一见饭桌上菜已上了好几个，厨房里吱吱拉拉还在炒菜，王义说：“老郭，这么破费干啥，随便弄点就行了。”

“那可不行，您是老八路，又是区领导，能在我家吃饭，真是蓬荜生辉啊，说啥也得好好闹闹，您看，刚宰的羊，刚杀的鸡，新烫的酒，大伙好好吃点喝点，别客气。”

王义闻闻酒说：“果然是好酒，纯粮白干，这酒有劲，不上头。”

郭荣忙倒上一盅，端给王义说：“那您就先喝着，先别等薛班长他们了。”

“那也行，他们的活也快。”王义抄起筷子，吃一块鸡肉，喝一盅酒，夹一块羊肉，喝一盅酒，很快，二两壶，郭荣给王义就劝进了两壶。

这时，鲍三疯子等人已经在院里埋伏好了，连房上都压上了人。他手里提着匣子枪，在窗外听郭荣还在劝王义喝第三壶酒。王义喝得说话时舌头有些大了，他把酒盅一推说：“不、不能喝了，这酒劲大，收粮的怎么还没回来？我得看看去。”说着，王义站起来晃悠着身子往外走。郭荣大声说：“王队长，您慢走，没事，他们一会儿就回来。”

鲍三疯子给其他人一挥手，几个家伙刷地分散在屋门两侧，王义开门下台阶，天刚黑，他见外面有人影闪过，他脑子一激灵问：“谁！”

就在他还没醒过味来时，一柄闪着寒光的刀与一团黑影疾奔身边，“扑”的一声，一把利刃扎进了王义的胸口。

王义“啊”了一声，伸手抓住持刀人的手腕，持刀人一手握刀使劲往前送刀，一手捂住王义的嘴巴，把王义掭在墙上，王义挣扎了一阵瘫倒在地上。他身后的两名区小队员还没看清咋回事，就被枪口顶着胸口把枪给下了。

郭荣问："完事了？"

鲍三疯子拔出短刀，在王义身上擦擦刀又把手上的血擦了几下："完事了，先拖到一边去，准备接大帮客人。"

这时，外边有人大声喊："郭财主啊，饭准备好了嘛？我们可来了。"是薛存玉的破锣嗓子声音。

鲍三疯子拍了郭荣一巴掌，郭荣忙跑到院门口说："哎呀，可算都来了，饭菜早准备好了，王队长都吃差不多了，你们快进屋，快进屋。"他把人和车都引进院里，薛存玉说："大伙都进屋吧，外边放哨的，也回来一块吃饭吧，吃完好早点回区里。"

二十来人都进了屋，见已摆好了酒菜，都纷纷坐下，薛存玉朝他的几个心腹一努嘴说："弟兄们这一阵子累够呛，吃饭喝酒，把枪都放到一边去。"除了薛存玉几个人，其他人的枪都放在一口大柜上了。

薛存玉见枪已收起，朝外面喊："上酒喽！"

门帘"唰"地一掀，鲍三疯子带头冲进屋里，端着匣子枪，身后的一个家伙端着机关枪，窗户纸"噗"地响了一下，一管黑洞洞的枪口伸进来。鲍三疯子对惊呆了的人们说："弟兄们，认识我鲍大爷吧！奉白区长命令，前来接应大伙入伙，谁要是不服，你们的队长就是模子。"说着，他命两个匪徒把王义的尸体拖进屋子。

薛存玉和几个家伙说："我们跟白区长干，跟国军走。"

几个区小队员想要反抗，但枪已被收了，在刀枪威胁下，谁也动不了。

郭荣上前来说："弟兄们，国军快打到赤峰、承德了，共产党在热河待不了几天了，共产党是乱党，他们破枪烂炮，是打不过国军的，我劝大伙跟着白区长干，跟我干，消灭区政府，拉杆子投奔国军，将来都有个好前程，谁要是执迷不悟，王义就是你的下场。"郭荣手提着抢来的王义的手枪，指着王义的尸体说。

本来薛存玉已把大多数人都基本拉过来了，又碰上这个阵仗，谁敢说"不"字，于是，纷纷说听郭财主的，听鲍爷的。

"那好，为了表示你们的决心，咱们喝几盅酒。"鲍三疯子让郭荣倒上酒，他弯腰伸手从王义胸口受伤处揩了一些血，用手指一滴滴点在酒盅里，他眼里冒着凶光，让大家每人端起一盅血酒，说："喝了这盅血酒，咱们就算是一条道的人啦，这个共党是我们大伙杀的，我们喝了他的血，就跟共产党有不共戴天的血债了，谁也不能反悔，来，干了！"

众匪徒吃喝一阵，薛存玉对郭荣说："席书记就在上营子抓土改呢，何不顺手把他也干掉呢！"

郭荣对鲍三疯子说："一不做，二不休，干掉席学信，也算是送给白区长的一份见面礼。"

鲍三疯子说："好嘞！老子今天过过杀人瘾。"他让薛存玉带几个区小队叛徒当掩护，让郭荣等人收拾人马准备开拔，他领着众匪奔上营子席学信书记工作的地方，悄悄地包围了席书记休息的院落。

这是一户中农家，席书记在开完土改动员会后，和几位贫雇农积极分子谈完话，安排两名区小队员轮班站岗，就和两名区干部睡了。

这时，薛存玉领着两名叛变的区小队员到了院门口。“谁，干什么的？”哨兵掩伏在畜棚里，“哗啦”推弹上膛喝问。

“我，薛存玉，连我都听不出来吗？”

“噢，薛班长，这么晚了，干啥呀？”

“我有一封县里来的紧急公文送交席书记。”

“噢，进来吧！”哨兵看清是自己人，枪放上肩头从掩蔽外出来。黑暗中，忽地窜出一人，一手捂过哨兵嘴巴，一手持短刀从后腰扎进哨兵腰部，跟着拖进了畜棚。

薛存玉拔出短枪，推开屋门说：“席书记，我是薛存玉，王队长让我送来县里来的紧急公文。”

屋里的油灯亮了，席学信说：“进来吧。”

薛存玉和鲍三疯子几个人一挑门帘进了屋，见席书记正从被窝里坐起来穿外衣，另外两名区干部都睡在被窝里。

席学信边穿边问：“什么信，这么急？”一抬头，见几个家伙凶神恶煞的样子，情知有变，伸手就去枕头下摸枪。

鲍三疯子一见他抬手“啪啪”就是两枪，一弹打在席学信前胸，一弹打在手上。接着薛存玉又是一枪，席学信哼了几声倒在血泊中。

两名区干部惊醒，还没坐起来，就被一阵乱枪打死在炕上。

鲍三疯子从枕头下抄出席学信的短枪，掂了掂说：“好枪，还上着顶门火呢！老郭，你为党国立了一功，我就替白区长把这把枪赏了你吧。”

郭荣接过来，说：“三哥够爽快的，不客气啦。”

狗地主郭荣、叛徒薛存玉等，在鲍三疯子的配合下，残酷杀害了区委书记席学信、区小队负责人王义等多名同志，抢走步枪十六支，短枪两支，全鞍马二十五匹，以及大批粮食财物，连夜投奔白金辉而去。

同时，白金辉又指使地主高庆岚、惯匪侯扒杆趁内蒙古骑兵师独立二团二连在白岔塘坊营子驻防，战士王景林、郭凤宝、牛德清等下村催草料时，热情邀往家中吃饭，一来二去，成了好朋友。

白金辉听说后，高兴地对高庆岚、侯扒杆说：“能在八路正规军中拉出一竿子人来，那可是为党国立功的大事。”郭璞也说：“赶紧做工作，能拉多少算多少，这事办成了，动静太大了。”

于是白金辉亲自出马，让高庆岚把王景林等人约出来，又是送现大洋又是封官许愿，说：“共产党打不过国民党，你们应早点拉出来投奔国民党，不然后悔都来不及。”王景林等人原来在伪满洲国治安军当兵，早就心怀二心，至此便一头扎进白金辉怀抱。

白金辉便与王景林等人共同策划了叛变计划，并答应事变时，白金辉安排人马接应。

7 月 22 日上午，二连指导员尹洪生安排六班长邓连臣带六班随他下乡协助区政府没收地主大烟，王景林见有机可乘，便乘遛马的空当送出了消息，白金辉派柳春福带十几个人在尹指导员回来的路上——下田营子隘口设下了埋伏。

傍下午太阳压山时，一小队骑兵顺川而下，尹指导员一行往回返。突然，他听见路边榆树林子有动静，便警觉地一勒马站住，“啪”一声枪响，一发子弹从林中射出，把尹指导员的马打栽倒了，尹指导员重重地摔在地上。他爬起来伸手拔枪，这时，王景林把马枪对准尹指导员“啪”的一枪，将尹指导员打倒在地。郭凤宝也举枪将班长邓连臣打下马去。

林子中窜出十几个人，将剩余的骑兵围在核心，王景林、郭凤宝、牛德青三人用枪顶着几名骑兵战士，说：“弟兄们，我们要投国军去，愿意走的欢迎，不愿走的吃枪子。”副班长冯青斌说：“同志们，不能当叛徒。”举枪便要打王景林。旁边柳春福“啪”一枪打来，冯班长负伤掉下马，王景林顺过枪对着冯班长说：“你他妈的不投降还敢打我!”“啪”的一枪，打在冯班长胸口上。

冯班长痛苦地在地上翻滚几下，指着众匪痛骂：“叛徒，没有好下场。”英勇牺牲了。

其余几人，被叛匪们裹挟而去。

几次叛乱，白金辉积聚了二百多号人，加上原来几十号人马，白金辉觉得羽翼已丰，他对郭璞说：“动静闹大了，共产党很快就会找上门来，我要准备起事拉杆子啦。郭县长，请你到国军那给我挂号联络，得给我的人马闹个名头，给个番号，给些枪炮子弹，要干，咱就干大的。”

郭璞表示，马上动身到赤峰或锦州找国军联系。

就这样，白金辉完成了从一个地主豪绅到土匪头子的蜕变，从此走上了与人民为敌的不归路。

热北地区经棚县和克什克腾旗草原从此在白金辉这个恶魔的肆虐下，老百姓开始了血雨腥风、艰难痛苦的日子。

第二章 较 量

一 玉莲的心事

1946年6月，蒋介石悍然撕毁《停战协定》，向我解放区发动全面进攻，克什克腾草原打破了短暂的宁静，开始躁动不安起来。进入秋季以后，中央冀热辽解放区三面受国民党军队的压缩攻击，敌人相继侵占了围场、多伦、赤峰。10月间，冀热辽中央分局和热河省政府由围场迁至林西，经棚县所处的克什克腾草原已成为根据地战略前哨。

大地主大牧主、汉奸恶霸、流氓惯匪和伪满洲国军警宪特残余势力，像闻着腥味的恶狼，带着对共产党所领导的人民政府的刻骨仇恨，纷纷从阴暗角落里爬出来，结成大小不一的杆子，向新生的人民政权疯狂进攻。从春季到秋季，相继发生了热水汤区、新井区的红枪会暴乱事件，百岔区区小队和驻军叛乱事件，双合区区小队叛乱事件等。一些混入区乡政府的地主、富农和其他坏分子与土匪里应外合，连续作乱，杀害了一大批我党地方和军队干部战士，疯狂残害基本群众和贫雇农积极分子，使城乡陷入恐怖不安之中。

经棚县委在冀热辽中央分局的领导下，及时把中心工作转入战争状态。八月中旬，县委召开了干部会议，重点研究和部署加强军事建设，加强战备，搞好战争动员，扩大人民军队和地方武装，清匪反霸，准备开展剿匪斗争。

会议在经棚镇庆宁寺召开，县区乡各级干部和热北地委领导，以及驻军首长参加了会议。会议上，县委书记陆棣同志代表县委县政府，回顾和总结了半年多以来的土改和建政工作，安排部署当前加紧战争动员和扩军工作，提出“八路军是人民子弟兵，参加八路军光荣，保卫家乡，保卫胜利果实”的动员口号。动员全县人力物力支援前线，保障军事需要，这是地方政权和广大翻身农牧民应尽的光荣任务，要在近期完成征集军马三百匹、活羊三千只等任务。加强县支队、区小队地方武装建设，清除变节分子，吸收贫雇农，建设人民武装，清剿土匪，保卫人民政权和老百姓的安宁，要敢于斗争，不怕牺牲，干部县不离县，区不离区，同人民群众战斗在一起，胜利在一起。各区成立武装委员会，党支部书记兼民兵自卫队指导员，区委书记兼区小队教导员，每个区小队扩充到三十至五十名，热北军分区拨发了一部分枪支弹药，并派部队干部帮助组织军训，学习射击、投弹及埋设地雷炸药等技术，在短期内基本完成扩大人民武装工作任务。

陆棣郑重申明，隶清土匪是建设根据地的紧要任务。到8月份，不算还未公开的，经棚县、林西县境内现在已拉杆子为匪的有二十余伙两千余人，多数是汉奸、官僚、地主与土匪勾结在一起的地主反动武装，他们已公开投入国民党反动派怀抱，喊出了“土匪不抢，军队不管饷，专打八路穷人党”口号，气焰非常嚣张。陆书记特别指出，种种迹象表明，五区区长白金辉与国民党特务相勾结，网罗了一大批反动惯匪、汉奸、伪满洲国兵、警察、特务，直接策划和参与了红枪会暴乱和区小队叛乱事件。他暗中购买枪支，拉拢收买区小队和区乡人民政府意志不坚定分子，图谋叛乱，必须及时予以平息处置。

热北军分区的首长介绍了军区的军事部署，就是坚持毛主席人民战争的军事思想，动员和组织各解放区军民，大打人民自卫战争，消灭敌人有生力量，坚决打击敌人，树立敢打必胜的信心。军分区将抽调部分主力部队，支援地方剿匪斗争。

领导的讲话，极大地振奋了参加会议的区乡干部的精神，大家说，有毛主席、党中央的英明领导，有人民军队的支持，有广大人民群众的拥护，一定能够完成土改建政任务，消灭土匪，保卫革命胜利果实。

县委把军分区调拨的枪械分发给大家，把干部们都武装起来了。大伙高兴地摆弄着长枪短枪，爱不释手，说咱手里有了家伙，就不怕土匪折腾，来了咱就开打，非把敌人的气势打掉不可。

陆棣在会后特意把百岔区（五区）区委书记梁敬、区小队队长张东阳叫到办公室，与县委副书记、组织部长赵芝瑞及刚接任县公安局局长的韩星和县政府内防队队长宝中三一起研究白金辉问题。

梁敬汇报说：“白金辉已经快三个月不到区里工作了，据康海庭汇报，白金辉在塞罕坝四淇波夏场，从去年就把伪警察所长鲍三疯子和惯匪侯扒杆安顿在那里了。他用大烟和银圆到围场和赤峰换了不少枪支，为了应付区里收枪工作，他只上缴了五支破枪，他还可能接纳了国民党派遣的特务，据调查，双合区席学信书记和王义同志就是鲍三疯子带人杀害的。现在看起来，白金辉叛乱是早晚的事，应该马上想办法解决。”

县委副书记、组织部长赵芝瑞深思着说：“白金辉在经棚县，乃至热北地区也是较有影响的人物，解决白金辉的问题，一要慎重，还要尽量争取，即使他本人争取不过来，也要争取其他人尽可能多地站在革命队伍中来，像康海庭这样的人是可以争取的对象。第二一旦证据确凿，发现他有异动，就要果断处理，不留祸患，否则，对我们的根据地建设会带来很大麻烦。”

梁敬说：“陆书记、赵部长，我们回去后，一方面加强区里的工作，一方面通过各种渠道继续做白金辉的工作，争取让他解散私人武装，上缴枪支，争取最好的结果，可不可以请康海庭去做白金辉的工作，对白金辉可暂不列入清算名单，如果他能响应我们的工作，他的身份可暂按开明绅士对待，对他在日伪统治时期所犯的罪恶既往不咎。”

陆书记说：“可以，我们给他优待条件，给他一定的社会地位，只要他站在人民这一边来。但是党的根本原则不能变，重大原则问题不容商量，如果我们做到仁至义尽，他仍坚持地主阶级反动立场执迷不悟，坚持与人民为敌，那么只能用人民的武力将其消灭掉。”

赵部长说：“陆书记说得对，我们既要坚持根本立场不动摇，又坚持斗争的灵活性。韩星同志、宝中三同志，你们加紧对这几起叛乱事件的调查取证工作，一旦白金辉策动叛乱事件证据充分，立即报告县委，断然采取措施，解决掉暗藏的敌人。”

“是!”梁敬、张东阳、韩星、宝中三几个人立正领令。

第二天，梁敬等人收拾好行李，骑马要回百岔区，听外面有男女说话的声音传来，一转身，韩星和宝中三牵着马陪着一位干部装束的女同志进院里来了。韩星对梁敬说：“老梁，这位是县妇联主任江波同志，她和县委几位同志一起到百岔区、广兴源区搞土改工作，想和你们一块走。”他又悄声对梁敬说：“江波同志是赵书记的爱人，也是一位老八路哩!”

“欢迎、欢迎，江波同志!”梁敬热情地同江波等握手表示欢迎。

“噢，还有，”韩星接着说，“我和宝队长到你那调查案子，陆书记、赵部长指示，让我们顺便帮你们工作几天。”

“那太好了，太好了。”梁敬很高兴，他知道韩星心思敏锐，办事机敏，有他帮助，心里更托底了。

“老梁，这回去你那，百岔河小泥鳅鱼就烧酒，你可得好好犒劳我们几回。”宝中三肿眼泡噜嘟着，阴阳怪气地说。

“中啊，宝队长，没问题。”梁敬边说边凑到宝中三面前小声说：“伙计，有一条，把你的子弹多给我带点。”

“好啊！我知道你就有这事，瞧瞧，给你带着哪。”宝中三拍了拍马鞍韂上挂着的哨马子。

“好哩！有了枪和子弹，我梁敬就不怕土匪横行霸道。”梁敬豪气干云，正身上马，喊道：“出发!”

一支马队出了县政府大院，渡过碧柳河，转过字山，过西拉沐沦河，溯广兴源川向百岔川驰去。

这些日子，白金辉家白天还算正常，可一到晚上，就有一些不三不四的人贼头贼脑地出出进进，白金辉与这些人成宿半夜在一起策划密谋。郭璞已让他打发走去找国军联络，到现在还不见人影。白金辉心里明镜似的，他制造了这么多案子，败露是早晚的事，他幻想等国军打到跟前时再反，与国军内外夹击，干掉区政府，再打到经棚镇端了县委县政府，也算是给国军一个见面礼。他东划拉西捡捞，人马达到三百多人了，又与十秀成、庄庆玉等几伙土匪杆子联络好了，大量的粮食牲畜和财产都已转移到红山子乌牛吐深山老林密营中，剩下的就是等国军的消息了。

一枝梅现在成了大忙人，她替白金辉招待他那些信徒死党，这些流氓恶棍大烟鬼们，一见一枝梅个个心花怒放，但慑于白金辉的威仪，都不敢太造次。倒是一枝梅甩着花手帕，像个采花儿的蜜蜂东飞西走，与一帮老爷们儿打情骂俏，有酒后胆肥的，悄悄摸一把一枝梅的身子，她“咯咯咯”浪笑着逗弄：“老娘我当年在赤峰四道街走红时，连日本参事官都得鞠躬行礼，现在把白大当家的侍候得神魂颠倒。你们啊，摸一把吃吃豆腐也是艳福，好好跟我们当家的干，到时把赤峰窑子里的姐妹们都请来，让你们玩个够!”

一枝梅一通白话，让匪徒个个心花怒放，乐不可支。

白金辉尽管不太自在，但他心里说，算了，女人嘛，戳不掉底磨不没帮，只要能把人给我笼络住，舍了也无妨，反正也收不住她的心。

一枝梅是白金辉在赤峰街怡红院用大洋和烟土换出来的窑姐，这个淫荡的女人情欲特别旺盛，成天缠着白金辉，甚至在大白天也要与白金辉寻欢作乐，累得他紧喝参汤大枣补身子。他实在应付不了一枝梅，直劲骂："这个骚娘们，乍这么大的骚情！"白金辉出门或到村公所办公，她耐不住寂寞，与大少爷白景春勾搭上了。白景春是柳氏所生，年方二十有三，正是血旺精足的年龄，他被一枝梅的妖冶所迷，二人勾搭成奸，行起乱伦之事，二人如鱼得水，一有空就颠鸾倒凤，丑态百出，白景春媳妇与他大闹几场，挨了白景春几次胖揍，倒也想得开，竟也从一枝梅那学了一些淫欲技巧，时常与护院的炮手行苟且之事。这一家子狗男女倒互相想得开，互相包庇，互不干扰，引以为乐了。

但是这么一个肮脏的地主大院，也有一位心地善良、心里干净的人儿，她就是白金辉的女儿白玉莲。十九岁的白玉莲可以说是花容月貌、豆蔻年华，洋溢着青春少女的气质和风韵。由于她在伪满洲国办的小学读过几年书，私塾老师又教授了不少儒学文化，使白玉莲这个大家闺秀既有封建地主家庭的保守、愚钝、贪婪的本性，又有对新知识新事物的强烈求知欲和好奇心，同时保留着纯情女孩的善良、温情。她平时喜欢穿念国高时的洋学生服，也喜欢穿上海、天津当时女孩子穿的衣裙或旗袍。每当她穿着这些衣服进出白家大院时，都给人们带来青春盎然、耳目一新的感觉。她同情穷人，看不惯恶霸地主们盘剥、欺压百姓的丑恶行径，对穷人受穷认为这既是命运使然，自己没办法改变这一状况，只有同情而已。她看着鲍三疯子、于秀成等人不顺眼，认为他们是恶人，是他们让这个世界有了这么多凄凉和不平等，同时又十分的敬畏父亲白金辉，认为父亲是有抱负有眼光、办事果断经营有方的人。在家里她对别人的话可听可不听，但父亲一言九鼎，她百依百顺，白金辉也十分疼爱这个宝贝女儿，要地不给天，要星不摘月，啥都依着女儿。

自从那天白玉莲见到梁敬，她的内心从此便打破了少女的矜持和宁静，心里如百岔河般春水泛波，再也平静不下来了。她喜欢上了梁敬，一种自己从未感受过的情绪，成天像敲牛皮鼓一样"咚咚咚"敲击心房，激动、紧张、甜蜜和莫名的羞涩时常烧得她脸红扑扑的。天哪！一个男人，一个精神抖擞的小伙子被装进了少女的胸怀，像一块磁石强烈地吸引着她。她从此便觉得活着好幸福，天空那么深远，大地那么斑斓，空气那么香甜。她每天都盼望着那个男人到她家里来，她能够扑到他身边，嗅那浓郁的男人所特有的阳刚气息，与他说上几句话，听他那略微沙哑的深沉的河北口音的话语，谈吐着她听了新鲜而又吸引人的时事，以至于有时在母亲面前竟无端地哽咽流泪。

有时候，她骑上小红马，沿着山道攀上后漫甸，她在马上翘首北望羊角山下的区政府方向，梁敬梁书记他在干什么呢？他知道不知道有一个女孩挂念着他？白玉莲真想拍马下到百岔川，飞奔到心上人身边，把她的所思所想、所慕所怨尽情地倾诉给梁敬。她每每闭上眼睛，回味与梁敬初次见面的情景，她从梁敬的眼神里看到了他喜欢她，心里有她，她心里的那股甜蜜，让她觉得要长上一双翅膀轻飘飘地飞升起来。

她悄悄地把哥哥白景春送给她的一张狼皮衬上一块紫花布做成一床皮褥子，四角精心绣上金色的莲花，边沿缝镶上金边，用剪刀将硬毛莛一根根齐根剪掉。她想，梁敬骑马工作，居无定所，有了狼皮褥子，睡觉时隔潮保暖，骑马垫在鞍上舒服软和，睡觉铺着，骑马垫着，心里就想着她。她用熟好的绵羊羔皮做了一个皮坎肩，青布面，她一针一线地制作，她娘要帮她做都不允许，一枝梅要帮把手她更不答应。皮子韧性强，几次针扎破了手指头，她吮一下继续做，并且在坎肩前胸处绣一个大拇指肚般大的红心。坎肩做好后，她好几晚都是抱着这件衣物睡觉。少女的心，纯洁的爱，冲破樊篱，没有任何界限，在一位纯情儿女心中孕育萌发，丝毫不计较成败得失，也不在乎未来的结局，爱情是无辜的。

梁敬与韩星、宝中三等人回到区里，立即按照县委的指示精神展开工作，由韩星帮助张东阳对区小队重新审查编队，吸收了二十多名贫雇农青年，其中有六名是炮手（猎户），这些人对共产党八路军真诚拥护，服从命令，听从指挥，而且都在清算运动中分得了土地、牲畜，政治立场坚定，经过一段时间的军事训练很快就成了骨干。

梁敬和康海庭、宝中三等人对区政府的防御工事做了认真的调查研究，加固了炮台、盖沟和围墙，并对院内水井、粮仓和草料房进行了修缮，按照抗打击、能防御、能坚守至少三个月的要求，把区政府大院打造成防守要塞。

梁敬为了尽力争取白金辉，打算再去一趟白家大院，劝导白金辉交枪并解散啸聚的人马，向人民政府靠拢。康海庭深为把兄弟白金辉的行为所担忧，他通过一年来的观察和比较，在梁敬和其他共产党干部的影响和教育下，在一连数遍读了梁敬送给他的毛主席的一些著作后，康海庭逐渐深化了对共产党和八路军的认识，他深有感触地对梁敬说："得人心者得天下，共产党的主张为天下穷人着想，顺天理，得人心，老百姓拥护，这天下非共产党执掌不可。"他对区里的工作勤勤恳恳，认认真真去做，成为区委区政府信赖的人。他知道白金辉由过去首鼠两端观望时局变化，现在已经走到与共产党分道扬镳的边缘了。一步对步步对，一步错步步错，真要走向歧途，那就是万劫不复之路啊！他觉得白金辉还不是糊涂人，他人虽奸猾，但还不犯糊涂，从把兄弟这个角度说，他不愿意看到白金辉与共产党刀枪相见的后果。因此，他听梁敬说要再去见白金辉，就主动提出他去见白金辉，以老大哥老朋友的身份去规劝白金辉，也防止白金辉及其手下人加害梁敬。宝中三也说，梁书记此时去见白金辉，确实有一定风险，另据情报，好多叛乱分子都投奔了白金辉，还是他和康海庭去见一下白金辉为好，他和白金辉过去有交往，谅白金辉不会对康海庭他们两人下毒手的。

梁敬沉思了一会儿，点点头说："也可以，我们除了对白金辉做正面工作外，还要通过其亲朋好友做工作，如果能让白金辉幡然悔过，解散队伍，交出叛匪和枪械，我们可以既往不咎，继续请白金辉在区里工作。如果他能做到这一点，使百岔川免受兵匪之乱的祸害，也是白金辉为人民积了一份功德。"

江波听说康海庭、宝中三二人去白家大院，她也主动请缨。梁敬说去白家大院有一定的危险，江波说多一个人多一分力量，说她过去做统战工作有些经验，没什么问题。梁敬说去也行，但是跟上几个人带上武器保护。江波说，不能带人保护，白金辉生性多疑，人多了还带上武器，反而不安全。

康海庭见劝不动江波，便对梁敬说："江主任要去也中，我觉得白区长还不会翻脸无情，我用老命担保江主任、宝队长不会出事。"

商议已定，众人分头把准备工作办妥当了。

第二天，几个人骑马奔白家大院。早有人望风报给了白金辉。白金辉做贼心虚，听说区里来人一阵紧张，但听说是康海庭等人来访，心里一块石头落地，赶紧把众人迎进白家大院。见了宝中三，白金辉微微一笑说："宝队长大老远来到舍下，不胜荣幸啊！"宝中三向白金辉伸出双手握住白金辉的一只手，用力握了几握，眼睛朝白金辉闪了几闪说："白区长劳苦功高，理当探望，理当探望，这也是县委和区委梁书记的意思。"

说着话，宝中三把江波介绍给白金辉："这位是经棚县委妇联会主任江波同志，这次到百岔区工作，特来探望白区长。"

"你好，白区长。"江波上前握住白金辉的手，落落大方地说："白区长过去为人民政府和我们八路军部队做过不少工作，我们都是记着的，现在我党和人民政府面临新的工作任务，我们要团结一切可以团结的力量，和我们共同奋斗。白区长是明白人，我们非常欢迎白区长认清形势，站在人民这边来，成为我们的朋友。"

白金辉被这位共产党女干部含蓄而严肃的一番话敲击得很不自在，他忙弯腰抱拳道："白某何德何能，承蒙江主任、宝队长风尘仆仆来探望。白某人既为共产党爱民利国之举所感动，舍财献身为共产党效劳，就会义不容辞，永不变心，你们不要听信谣传。诸位来了，我真高兴，快请进屋，进屋喝茶！"

白景春在旁边冷眼观望，见几个人既没带保镖又没带家伙，就溜到后院，与柳春福、柳春禄、王克礼等人商议，要把几个人扣下来。王克礼摇摇头说："不可乱来，康海庭与白区长我们是把兄弟，有过命的交情。宝中三那是咱们的人更不能动，至于那个女八路，说话不卑不亢、绵里藏针，对白区长说话有理有节，不像是来兴师问罪的，咱们千万不能乱阵脚，等等看再说。"

江波等人与白金辉交谈了很长一段时间，白金辉对江波等人连连赔罪，说自己才疏学浅，对形势看不清，以至于工作懒惰，误了公事，实在对不起。至于说自己招兵买马之事，纯属谣言，自己已把原来看家护院的几杆枪收拾好了，改日上交区政府。白金辉连连表态，起誓发愿极尽辩白之能事，宝中三在旁边敲锣打鼓，替白金辉说好话，让人觉得白金辉真是一个顾大局、识大体的人。

康海庭在旁边"吧嗒、吧嗒"抽了一袋旱烟，把烟袋锅在炕沿上敲了几下，朗声对白金辉说："我说兄弟啊，在家里我不叫你白区长，叫你一声兄弟，咱哥俩几十年的过命交情了，今儿个我说几句掏心窝子的话。你是共产党任命的区长，却长时间不履行区长的职务，这是不应该的，如果还掺和上那几件叛乱事件，就更不应该了。兄弟你做事一向是光明磊落，从不拖泥带水，会明辨是非好歹的。眼下这时局，国民党、共产党争天下，天下大乱，终归要天下统一，谁来统啊，我观察了这二年，我觉得共产党的政策更得人心啊，兄弟，咱们可得看准了，真要投错了人，那不单是倾家荡产的问题喽！"

江波也语重心长地开导了一阵白金辉，气氛很融洽。

这时，门口一个女孩的身影一闪，白玉莲笑吟吟地进屋里来，一头扑在康海庭怀里，揪着康海庭的胡子笑闹道："大爷哟，可想死莲儿了，你咋不来哪？"

康海庭呵呵笑着，用手捋捋玉莲姑娘的秀发说："哎呀，我的好侄女哟，真是女大十八变，越变越好看，我们的莲儿，成了天上的仙女临凡了。来来来，快来见过江主任。"

康海庭最疼爱白玉莲了，他笑眯眯地拉着白玉莲的手送到江波跟前道："江主任啊，这丫头就是在道上我给你说的白区长的宝贝千金小玉莲啊，这孩子心地善良，知书达理，是个好孩子。"

江波见白玉莲穿着学生装，梳着两根油乌乌的大辫子，眉清目秀，面如敷粉，清纯自然的模样，已经有了几分喜欢。白玉莲到江波面前，鞠躬行礼问好，小脸飞起了红霞般的娇羞样，更加喜欢地拉着玉莲的小手说："早听说白区长有一个好女儿，真是不假，跟一朵花似的，噢，不，跟粉团似的，好漂亮哟！白区长，你真好命噢！"

白金辉见女儿进屋冲淡了刚才略显尴尬的气氛，心情自然也好起来。宝中三见状，对江波、康海庭说："你们聊着，我去点验一下白区长交的枪去。"

江波搂着白玉莲亲切地说笑，宝中三和白金辉出屋到了后院，白金辉一挥手，白景春忙站在胡同口望风。白金辉与宝中三进了后院一间屋子，关上门，回身急切地问宝中三："宝兄弟呀，这阵子可急死二哥了，上头有啥消息？现在是啥形势呀？下一步我怎么办才好呀？我的好兄弟。"

宝中三说："我这回是主动要求下乡查办区小队叛变案子的，目的就是要见你，给你透信的。哥呀，你已经暴露了，红枪会事件，双合区事件，还有五区区小队叛变事件，县里已掌握了你参与策划的证据，你收留叛乱者的事县里也基本掌握了，现在派我们来，一是劝告你别反水，二是探明你的态度，估计早晚要对你下手了。"

白金辉一听急了："我的天哪！我该怎么办啊？"

"你不是已经和国民党挂上钩了吗？还怕啥！"

"我怕现在反了，人单势孤成不了气候，再说了，我这万贯家财也带不走啊！"

"我说二哥呀，现在国共两党内战已经爆发，国军几百万大军进攻，说要在六个月内荡平共匪。现在承德、赤峰、张家口都已落入国军之手，这共产党八路军的根据地岌岌可危了，此时不反何时反啊！现在反，破坏他们的根据地，与国军里应外合，国军打过来，你功不可没。现在共产党已发动百姓实行土改，凡是有地有牲畜有财产的东家们都成为土改斗争对象，你的财产能保住吗？干脆拉杆子上山，扯旗造反，联络财主们一齐干，才能保住财产啊。再者说，共产党已经不信任你了，要多加小心，别让区里把你提了去。"

白金辉恨恨地说："妈拉个疤子，我早看出来了，共产党杀富济贫，就是不让我们过好日子，什么他妈的清算，就是要夺我们的衣食给穷棒子，什么他妈的翻身，穷棒子闹翻身，我们这些财主们还过日子不！只盼国军早日打过来，安定天下。我只是犯愁，我反了上山拉杆子不要紧，可玉莲和她娘、她姨娘怎么办，一家老小怎么办？总不能和我一齐骑马打仗吧？"

"二哥，不中就先安排到坝上密营，再想法把她们送到北平或者包头的把兄弟那去？"

"再说吧，现在外面兵荒马乱的，送到哪也不太平，这头能不明反拉杆子就将就些日子，等收完大秋再说。"

宝中三说："既然这样，你就把一些旧枪和坏枪拿出几条来，再拿出些子弹由我带回交上去，糊弄一时算一时，好歹把这关混过去，我回去也好交差了。"

白金辉说："行，就把咱们的破旧枪交上去。你在县上是咱们的暗线，关键时候才能发挥作用，我安排侯扒杆和二赖子定期到经棚街徐家浴池和你交换情报，一有风吹草动，千万把情报送出来。”

“错不了，你放心吧。”宝中三接着告诉白金辉，“这个江波可不是善茬，她是个老八路，从延安来的，是县委副书记赵芝瑞的媳妇，在县里是大官。”

“你的意思把她做了？”白金辉作砍头手势。

“那可不行，你别看她笑嘻嘻的样，她早有准备，枪打得可准了。你做了她，可就暴露了，一定要好吃好喝侍候着，她说啥你应啥，混过这关再说。”

“唔，那好吧。”白金辉答道。

白玉莲算是找到了知音，拉住江波的手不撒开。她真羡慕江波，穿军装、挎手枪、骑战马，飒爽英姿，连那齐耳短发都显得那么潇洒自如。她把江波请到她的闺房住宿，把江波脱下的外衣——灰色列宁装穿在身上，戴上她的灰色军帽，说她也成八路干部了。她问江波：“女人也能当兵吗？”江波说：“是的，我们八路军里有好多女兵，主要从事战场救护和宣传队工作。”“当兵很苦吧？”“是的，很苦也很累，但是为了我们所追求的中国人民的解放，为了使全国人民都过上好日子，我们甘愿吃苦受累，甚至流血牺牲。”

白玉莲看着江波心事重重地说：“我好羡慕你们，你们活着多有意思啊！要是我也像你们一样当八路多好，还能天天和他在一起。”

“白姑娘，你想和谁在一起？”江波诧异地问道。

白玉莲突然回过神来发觉自己说走了嘴，脸“腾”地红了，忙不迭地说：“啊！不不，我没说谁，没说谁。”说着，把脸扎进江波的怀里，竟嘤嘤地啜泣起来。

江波感觉到了这个白姑娘的纯洁善良，以及燃烧在心房里的爱情火焰，她听康海庭先生说过白玉莲对梁敬一往情深。今天，她强烈地感受到了白姑娘的心情。她伸手搂抱住白玉莲，温柔地说：“好姑娘，你有了心上人，是不是？我是过来人，我理解你的心情，一个女人一旦心里装下了一个男人，那是一种幸福，也是一种煎熬，给大姐说出来他是谁，说不定我还能帮上忙哪。”

“大姐，”玉莲姑娘眼泪像断线的珠子掉下来，她带着哭腔低声倾诉道：“他是梁敬梁书记，从那天见到他，我的心便乱了，我好喜欢他，我能喜欢他吗？他是共产党的干部，我有资格喜欢他吗？他能喜欢我吗？我快惦记死了，大姐，你帮帮我吧，我想跟你们走，去找他。”

江波边用手擦拭玉莲的眼泪边说：“好玉莲，你有决定自己命运的权利，有爱你喜欢的人的权利，只要愿意参加革命，我们就欢迎你，我想梁书记也会欢迎你、喜欢你的，别哭啊！”

“真的吗？他真的可以喜欢我，我也可以喜欢他吗？”玉莲拉着江波的手欣喜地问。

“真的，一个人的家庭出身无法选择，但走革命道路可以选择，自由恋爱也可以选择。”

白玉莲脸上带着泪，却笑成了一朵花……

第二天一大早，习惯于早起的康海庭帮助长工收拾马棚里的粪便，他熟练地用平头铁锹铲除马粪，装在推车里，“吱吱扭扭”地推到大门外的粪场。这时，白玉莲灵巧地闪现在康海庭身后，用一双小手捂住他的眼睛。康海庭笑呵呵地说：“唔，谁这么调皮啊！这手有脂粉味，又这么小这么嫩，一准是我的莲姑娘。”

“咯咯咯”，白玉莲一阵娇笑撒开手。

康海庭说：“一大早喜鹊叫唤，我们莲儿又有啥喜事了？”

白玉莲踮起脚扒在康海庭耳边说：“大爷，江主任答应我了。”

“答应你什么呀！”

“我不告诉你。”

“你不告诉我，好，我也不帮你忙。”

“别价别价，好大爷，我告诉你了，你可别给别人说啊！”

“中中中，大爷不说，不说。”

“江主任答应带我参加革命了，她还答应我给梁书记带信儿……”

“带信儿，带什么信儿？”

“大爷你真坏，问这么多干吗。”

“你这丫头，有胆喜欢人家，就没胆去跟人家当面说，我看梁书记，也是挺喜欢你的。”

“你怎么知道？”

“大爷是过来人，一大把年纪，什么事没经着过啊！”

“大爷，那你要是愿意帮我，就把我给梁书记做的衣服交给他行不？”

“你这丫头，还绕这么多弯子干啥，你不会自个给他吗？”

“我怕我爹不让我去。再说当面交给他，多难为情啊！”

“哎唷，还难为情，那你还给他捎东西干啥！这么着，你康大娘也想你了，你跟我到康家敖包住几天吧，梁书记可是常去我那的。”

“真的！”

“可不是咋地。”

“那好，我这就跟我娘说去。”玉莲一阵风似的回上屋去了。

“这孩子！”康海庭笑着又推起了粪车。

吃完早饭，阳光已洒满川道。江波、宝中二等人向白金辉告辞，白金辉满面笑容地对江波说：“江主任，你的话都是为了我好，白某人谨记于心，绝不做对不起共产党和人民政府的坏事，我保证按照政府的土改政策办，不扯后腿，保证帮助政府缉拿叛乱分子，绝不包庇掩护，保证把自卫所用枪支交给政府。我先把家里的事安顿安顿，过几天就去区里上班工作。”

江波说：“我们对白区长的积极态度非常赞赏，识时务者为俊杰，别看国民党反动派现在十分嚣张，但人民一定能取得最后的胜利，在这个关键时期，是考验一个人的生死抉择时刻，立场要站稳，眼光要看远点。”

“那是，那是。”白金辉点头应道。

几个人跨上马告辞要走，听院里有人喊：“等等我，等等我。”只见白玉莲牵着小红马急切切地奔出来，她娘柳氏抱着一个大包袱跟在后面。

“你这是干什么?”白金辉一皱眉问。

“爹，我想跟康大爷看看康大娘去，在家里闷死我了。”

“你添什么乱!”

“她爹，莲儿想看她大娘，你就让她去吧，玩几天就回来。”柳氏替女儿求情。

康海庭走上前，从柳氏手中接过包袱绑在玉莲的小红马鞍鞯上，回转脸对白金辉说：“孩子要去看她大娘，就让她去吧。”

白金辉不好说什么，虎着脸对玉莲说：“早去早回，不要乱跑要听话，别给我惹祸!”

柳氏不满地白了一眼白金辉：“一个女孩子懂事啦，给你惹什么祸。”

江波很喜欢玉莲，高兴地说：“玉莲，上马，咱们有伴了。”

康海庭临上马，拉着白金辉的手说：“兄弟呀，你英雄盖世，这回可千万别做傻事，咱们跟共产党走，准有好前程。兄弟你可机敏着点啊!”

“大哥放心，我心里有谱。”白金辉阴气沉沉地说。

众人上马，顺川道奔西山口上了后漫甸。

路上，白玉莲如同一只百灵，“咯咯咯”地与众人笑闹，一行人一点也不觉得寂寞。

到了敖包梁头，低头已望见康家敖包村掩映在百岔川大榆树林中，康海庭回头对江波、宝中三等人说：“到了家门口了，各位到舍下吃顿饭，再走不迟，也好把玉莲姑娘送到家去。听说区里土改工作队在凤树乡做试点，也在羊圈房子和康家敖包几个营子，正好碰一块了。”

江波含笑道：“行啊，我正想登门拜访您哪。”

宝中三说：“康老先生，那可得上手把羊肉和小烧酒啊!”

“中，错不了。”康海庭高兴地回答。

马队顺着盘山道曲曲折折地下了大川，趟过百岔河，拨开密匝匝的河柳丛，进了康家敖包营子。

二 斗争见真情

康家敖包地理位置很重要，这个小村庄地处百岔川中段，前山挖扼到赤峰的隘口，后山连接莲花山至经棚街，控制了康家敖包，便卡住了百岔川中上游的脖子。老康家自清代中叶从口里到口外，落户于百岔川敖包，苦心经营好几代，到康海庭这一代，由于康氏宗族吃苦耐劳，精打细算，诗礼传家，门风正派，日子过得日益兴旺，在百岔川与庄姓、吕姓、田姓、杨姓齐名，田产、牲畜、店铺甚多，可以说是日进斗金。康海庭与其他财主不同的是，他乐善好施，广结人缘，无论军阀买办、山林土匪、平头百姓还是扛长活打短工的，即使是流浪汉乞丐，只要求到门上，都有求必应，因此社会声望很高，人们都很敬服他。他在敖包及上下营子有田地数百亩，在敖包后沟有羊场和牛马场，在吕家沟门和经棚街有店铺商铺。他把地都租种给康姓人家，或者其他姓氏的贫雇农，租子与其他地主比明显低一块，遇有灾年还主动减租或免租。因此，佃农们都很拥戴他。康家大院处于康家敖包营子中间，背靠后山，前面是百岔川官道，大院内几十间房屋，四面又高又厚的土墙，榛柴压的墙头帽子，大院后梁头有一土炮台，院子四角也有土炮台，大门是用长条青石砌基、黄土夯砸的门楼、沙榆木做的大门，有康家人和炮手、长工组成的看家护院的守着，康家这么多年没被土匪山贼打劫过，这一是康海庭人缘好，二是康家大院防卫牢固使然。

康海庭虽然五十多岁了，读书不多但也粗通文墨，他头脑聪慧，擅长袖里神算，大账小账，他双手抄在袖筒里，那头念完流水账，算盘子没打出数来，他已报出数来了，分毫不差。他喜欢读书听书，案头上摆着中国古代四大名著、《小五义》《隋唐演义》等书籍，甚至《天演论》和《资本论》都是他常读的书，都是他到承德、北平做生意购买的。他思想比较开明，自己掏腰包请了先生，在康家大院办了私塾，让康家子弟和周边村子的穷孩子免费读书，中午还管一顿饭。一次，伪满警察所长鲍三疯子到康家大院，发现了《资本论》，便威胁说，你读禁书犯了文化罪，康海庭说，屁话，我这是经商做买卖用的，你再看书皮，是禁书吗？鲍三疯子一翻书皮，是《封神榜》，才不吱声了，康海庭又塞给他一块大烟土，才免了一场灾祸。

康海庭对日本人虚与委蛇，巧妙应付，保护了不少穷人，他说："口里抗日队伍打得邪乎，日本人疲于应付，中国人口这么多，地盘这么大，东瀛小国蛇吞象那不是痴心妄想吗？一人一口唾沫也把小日本淹死了，日本人早晚得从中国滚蛋，咱可不能当汉奸，到时连个退路都没有。"日本人一投降，满洲国一完蛋，他参与地方维持会，对八路军开赴东北和建设热河根据地持热烈欢迎和积极支持态度，做了不少有益工作，这和他思想开明能看清形势有直接关系。他在区政府工作也是比较积极的，很敬重梁敬等共产党干部，他经常找梁敬等唠嗑谈心，了解共产党的政策，对共产党八路军增进了了解，也更加钦佩共产党人志向远大，政策深入人心。有些虽然他似懂非懂，但在生活中他观察体验，觉得共产党不简单，有奋斗方向，有行动，有效果，也坚定了跟共产党走、为人民政府办事的信心。

1947 年，中国共产党对国民党的战争进入艰苦的攻坚阶段，为了更彻底地争取占中国人口绝大多数的农民支持人民解放战争，战胜代表帝国主义、大地主、大资产阶级的国民党反动派，已成为中国共产党面临的首要任务。为此，中国共产党在其所控制的区域内改变了过去的比较温和的减租减息政策，实行早在第二次国内革命战争时期就已实行过的土地改革政策。各解放区各级党政府机关派出大批土改工作队，同地方政权工作人员深入农村，发动农民群众，组织贫农团和农会、妇女联合会、民兵和儿童团等，划分阶级，控诉地主，惩办恶霸，没收和分配地主的土地、牲畜及其他财产，百岔区（五区）与相邻的四区、六区、七区、二区相继展开土改工作，百岔区（五区）区委书记梁敬率土改工作队就近在凤树乡吕家沟门、兴盛永、老爷庙、羊圈房子、树林、康家敖包、孙营子、梅林营子等十几个村子做土地改革试点工作，展开了轰轰烈烈的土改运动。

借鉴老解放区土改工作经验，梁敬和土改工作队分步骤开展土改工作，首先选择群众基础比较好、社会治安环境相对比较太平的凤树乡做试点，也就是前面说的康海庭所在的乡，以期先打开工作局面，取得经验后再大范围推开。梁敬率领土改工作队到达凤树乡后，首先分派工作队员深入到贫雇农家访贫问苦，要求“谁家穷到谁家，谁家苦到谁家”，通过访贫问苦，发现苦大仇深的贫苦农民，不怕冷漠，不厌其烦，不耻下问，用通俗的实实在在的话诱导启发，使贫雇农认识到其贫苦根源在于地主阶级的压榨和剥削，认识到只有跟着共产党跟着人民政府才能扫除地主恶霸的欺凌和压迫。长期以来，穷苦人受尽了地主恶霸、伪满洲国的残暴统治，广大穷苦群众苦苦挣扎在死亡线上，世世代代的痛苦，世世代代的饥饿，使他们看不到未来，他们悲伤、麻木、认命，失去了生活的希望。土改工作队一进各村，开始群众由于对党的政策不了解，害怕地主恶霸的淫威和恐吓，害怕报复打击，害怕被地主土匪打黑枪、砸闷棍，更主要的是害怕工作队搞一阵就走了，分到手的土地财产又让地主要回去，还要受迫害。他们从心里拥护共产党的土改政策，觉得穷人党是为穷人当家做主的，但非常害怕共产党站不住脚，失去保护伞。工作队因势利导，发现和培养积极分子，让大伙参加土改有挑头的，广大群众就积极踊跃参加到贫农团中，胆气壮起来，在斗争中找回自尊和热情。凤树乡在短期内建起了贫农团、妇联和儿童团组织，涌现出了于凤宝等一大批积极分子。

于凤宝家住凤树乡羊圈房子村，二十多岁的于凤宝与兄弟几个从小就给大地主孙洪业扛长活，日子过得非常艰辛。大地主孙洪业是个阴毒、吝啬的恶霸，他仗着儿子是满洲国军官，与官府有联系，与白金辉、于秀成、鲍三疯子等是把兄弟，用各种手段霸占田地近千亩，牛羊成群。这小子腰挎盒子炮，手提柳木棒子，成天骂骂咧咧的，说穷人穷，富人富，那是命，你穷棒子就认命吧。一次于凤宝给他种地打滚子，马不认套，趟了滚子，石滚子飞起来砸断了马的一条后腿，孙洪业竟上前一顿马棒子，将于凤宝打翻在地，用绳子在村头大榆树上吊了一天一宿，于凤宝一家人白给孙洪业干两个月活顶赔偿钱，才算了事。

八路军进入百岔川，成立人民政府后，孙洪业听从伪满兴安军逃跑回来的儿子鼓惑，说共产党共产共妻，是匪，八路军是穷八路，早晚要被国军消灭，处处与人民政府对着干，抗粮抗税，威胁恐吓贫农积极分子。对此，在于凤宝的引领下，梁敬率领土改工作队进驻羊圈房子村，首先逮捕了孙洪业的儿子，以汉奸罪判了刑。又将孙洪业带到全村百姓面前，历数孙洪业勾结日伪、欺压良善、盘剥百姓的罪行。于凤宝当众砸断了孙洪业用来打人的马棒。梁敬逼迫孙洪业补交了公粮和税款，并对孙洪业提出了严重警告。孙洪业战战兢兢，磕头连连表示谢罪，心里却对工作队充满了怨毒，对于凤宝恨得咬牙切齿。

其他一些地主见孙洪业被灭了威风，也都不敢扎刺了，都乖乖地到工作队登记，听候处置，但眼里都盯着一个人——康海庭。心说，论家业，属你康海庭最大，又给满洲国做过事，看共产党怎么对待你。

康海庭一行一回到康家大院，白玉莲蹦下小红马，一阵风似的扑进康海庭老伴怀里，喊了一声“大娘”后又泪水涟涟起来。康大娘一手托着玉莲的俏脸，一手抹去玉莲的泪花，说：“这孩子越好看了泪窝子越浅。”一边向江波道了万福，张罗着烧水泡茶。江波等人到康家，可就放松了心，一干人等又说又笑。江波进了康大娘屋里，脱鞋上炕盘腿，接过康大娘递过的红糖水“咕嘟咕嘟”喝了两大碗，说太爽快了，她招呼白玉莲也进屋来喝糖水，白玉莲蝴蝶一般飞进屋里，也喝了一大碗，还直叫：“大爷家的水就是好喝！”康海庭笑眯眯地逗玉莲：“莲儿姑娘，大爷家的水甜，在大爷家你还能见到心上人呢！”

“哎呀，羞死了羞死了！”玉莲用双小拳头捶康海庭的后背，脸红得桃花一般，大伙哈哈一笑，她忙把头钻到江波怀里。

江波搂抱着玉莲对康海庭说：“梁书记在凤树乡搞土改，就在这几个村子，能不能找他到这来商量一下工作？”

康海庭说：“我听说在羊圈房子，我这就打发人去送信，江主任你写个字条吧。”

康海庭一边安排一个护院的炮手骑马去羊圈房子给梁书记送信，一边安排给大伙做午饭，等梁书记来了一块吃饭。

这时康家大院管家康二先生悄声告诉康海庭：“梁书记带土改工作队进了村，要搞土改了，好多地主富农都攀康家，看起来这一关不好过哩。”

康海庭略一踌躇，坦然地说：“政府要搞土改，这我早就知道，康家的财产清清楚楚，一不埋二不藏，共产党分啥给啥，要啥给啥，只要给出路就行，你们甭害怕，我给梁书记他们交代便是。”

梁敬书记在羊圈房子已经发动起大部分贫苦群众，斗争了地主孙洪业，并逼迫他交出了地契和牲畜台账，从粮仓里清出了几万斤粮食，以及一部分衣物和家具。这些东西，工作队明确宣布，部分粮食、马匹充作军用，大部分物资分给贫雇农，土地按地契对照实际丈量数，将在秋收前分给穷百姓。孙洪业一家此时在工作队和群众的威慑下，大气不敢喘，眼睁睁看着财产被按人口分给贫雇农。有的户主人胆子小，怕孙洪业报复，不敢收，有的甚至把工作队送到家门口的浮财又送回孙洪业家门口。于凤宝等贫农团积极分子带头将分得的浮财抱回家中，并穿上分得的衣服，挨户动员，晚上再悄悄地将浮财送回胆小的穷人，他对穷哥们说：“有共产党区政府撑腰，怕什么？咱们人合心马合套，不怕孙洪业。”

斗争了孙洪业，其他几户地主都没捏的了，但异口同声地说，康海庭是大户，不动他我们不服，梁敬说，康海庭虽然是区干部，但也一样按政策办事。接到江波的信，他就带几名工作队员骑马赶奔康家敖包。

康海庭估摸着梁敬快到了，他就挟着一个布包到村口等着梁书记。他心里虽然对千辛万苦挣得的家业被土改分了万分舍不得，但理智警示他，对共产党的土改政策持对抗态度是万万不可以的，是愚蠢的，自己既然跟了共产党，就得执行共产党的政策，而且要主动配合，不拖后腿。权衡利弊，康海庭做出了非常明智的决定。

梁敬的马头一转过山嘴儿，康海庭老远就朝梁敬挥手致意，待马队到跟前，康海庭抢前一步，拉住马缰绳，扶梁敬下马。梁敬忙利索地跳下马，顺势拉住康海庭的手说：“康老先生太客气了。”两个人亲热地相互问候。

康海庭说：“刚打白区长那回来，江主任说要跟你汇报工作商量事，顺便到我家里来了。更重要的是因为现在搞土改了，我也是地主，也是被斗争对象，我这次主动投案自首，梁书记你们咋斗争都行，我康海庭绝无二话。梁书记，今儿个你进我家门也行，不进也行，现在斗争我也行，我是趁你没进营子，就主动投案自首来了。”说完这话，他就把一个包袱递过去接着说：“这是康家全部的地契、账目和财产清单，全部交给政府处理。”

梁敬被康海庭的举动惊的愣了片刻，旋即安慰康海庭道：“康先生能理解我党的土地改革政策，开明清醒，充分证明你正确认识了我党的土改政策，你已成为我们的朋友，值得信任的朋友，我们对待同情和支持我们政策的朋友是慎重对待、热烈欢迎的，欢迎康先生成为我们的朋友，站在革命队伍中来，与我们共同工作。”梁敬真挚而热烈地握着康海庭的双手说。

康海庭也激动地说：“共产党的主张我拥护，绝不反悔，过去的日子就是发家发财，共产党来了，我才懂得了一些道理，你们志向远大，为国为民，为后代打江山，我老康跟定了共产党。”

“我们欢迎你，康先生！”

两双手又一次紧紧握在了一起。

此时的康家大院过年般的热闹，因为梁敬和江波、张东阳、韩星的会合，因为康海庭诚心实意投身革命，因为白玉莲与梁敬的即将相见，所以大伙见面气氛很热烈。梁敬与江波等人见面互相问候，简短地碰了一下情况。康海庭说：“梁书记，天都过晌午了，吃完饭再谈公事吧。”

康家虽是地主，但东家和长工吃一样的饭，只是菜有所区别，为了招待梁敬和江波、宝中三一行，打了一大锅莜面苦力，腌了一大盆白菜咸菜，炒了一大盘鸡蛋，大伙吃得津津有味。

梁敬边往嘴里拨拉苦力蛋边研究县委的一封工作指示信，忽然，一双筷子夹着一块炒鸡蛋送进碗里，他先是看见了一只粉嫩的小手，抬脸又见到了白玉莲含羞带笑的脸。

“咦！你怎么来了？”梁敬惊喜地问道。

“我跟江主任他们来的，刚才在厨房帮着做饭，怎么，不行啊？”白玉莲眨着水灵灵的毛毛眼嗔怪地说。

“噢，不是那个意思，白区长让你出来吗？”

“看你说的，不让我能到康大爷这么？”

“多日不见，你挺好吧？”梁敬往里让了让，示意白玉莲坐下说话。

“嗯，挺好的，只是苦闷些个。”

“放好日子不过，苦闷个啥！”梁敬边说边从炕桌菜盘里夹了一块鸡蛋放在白玉莲碗里说：“这粗苦力蛋，你一个娇小姐吃得下去嘛？”

“我不是什么娇小姐，我乐意和你们共同吃饭，好热闹哩！江主任还答应我跟你们干革命呢！”江波在一旁说：“玉莲姑娘心地善良，真是个好姑娘，和她爹真不一样。”

康海庭忙接过话头说：“莲儿想她大娘了，来我这住几天，捎带着想看看你，今儿个还真赶上了，真是巧合，巧合。”

梁敬看了一眼低眉顺眼嗫动小嘴吃饭的玉莲说：“先吃饭吧，有话吃完饭再说。”

“嗯，吃完饭再说话。”玉莲温顺地答允道。

江波、康海庭等会意地笑了。

吃完饭，梁敬召集大伙开会，先是由梁敬介绍了土改工作队开展土改工作情况。然后江波、张东阳、宝中三汇报了做白金辉工作的结果，一致认为，种种迹象表明，白金辉参与策划和指挥了红枪会暴乱和区小队叛变事件，并且招降纳叛，积蓄力量，图谋不轨，应该马上向县委汇报，以应付不测事变。宝中三则说，这次白金辉态度较好，又交枪又捐粮，表现还是不错的，还是应信任他，因为他毕竟是经棚县有影响的人物。

康海庭在一旁叼着大烟袋不说话，因为他知道能吸收他参加这样的会不单是抬举他，这也是信任他，但他觉得不乱发言的好。梁敬却点了他的名：“康科长，你不要见外，你是区干部，你说说对白金辉的看法好吗？”

康海庭站起来欠欠身，说：“梁书记，让我列席参加你们党内的会议，我已够受宠若惊的了，这让我发表意见，合适吗？”

“没啥不合适的，我们派你去做工作，就是信任你，你是我们的好朋友，你别见外哟。”

“那好吧，我说说我的看法。”康海庭放下烟袋，清清嗓子，直直腰杆说：“我了解白区长，这个人城府深，当面说的和背后做的不一样，他非常仇视政府的土改政策，跟前又有一帮不三不四的人给他出歪道道，这个人呀，不大地道，有变故，咱们得防着点。我听说前些日子有一个姓郭的人在白家，说是什么国民党派来的县长，鲍三疯子和侯扒杆就在白家坝上的夏营盘窝着，他家有好几十条枪，上交这几杆破枪，纯蒙哄人呢，梁书记你们可得机灵着点，白区长这个人真有点悬乎。”

梁敬点点头表示赞成，他说：“同志们，斗争是复杂的，也是残酷的，内战爆发以来，国民党反动派疯狂进攻我解放区，地主恶霸也组成还乡团，疯狂屠杀翻身农民，实行反攻倒算，热河根据地受到来自东、南两个方向敌人的挤压，形势很严峻。为了打败敌人的进攻，我们必须加强根据地建设，为主力部队提供可靠的后方保障。我们要按照中央‘五四’指示精神，各级党组织和地方政权在土地改革运动中坚决做到五个‘不要害怕’：不要害怕农民获得大量土地，不要害怕地主丧失土地，不要害怕消灭农村中的封建剥削，不要害怕地主的叫骂和抗拒，也不要害怕中间派的不满和动摇。而是要坚决拥护贫雇农的一切正当的主张和正义的行动，批准和支持他们获得土地，对于汉奸、恶霸、地主的叫骂威胁应当给予驳斥，对于他们的反抗和报复应给予有力打击，对于一些人的怀疑和不满应当给予解释。党中央明确指出解决解放区的土地问题是我党目前最基本的任务，是目前一切工作的最基本的环节。我们必须以最大的决心和努力，放手发动与领导群众来完成这一历史任务。”

梁敬接着用激昂的声音说：“中央的指示是何等的英明啊，我们在土地改革斗争中，必须坚持完全执行群众路线，贯彻落实‘耕者有其田’的精神，集中力量向汉奸、恶霸、土匪做坚决的斗争，使他们完全孤立，并拿出土地来，但仍应给他们留下维持生活所必需的土地，要给他们饭吃。对于中小地主的生活应给予适当照顾，采取调解仲裁方式解决他们与贫雇农的纠纷。”

梁敬停住话头喝了几口水说：“党的文件规定，对一切可能团结的知识分子必须极力争取，给以学习和工作的机会。对开明绅士及其他党外人士，只要他们赞成我们的民主纲领，不管他们还有多少毛病，或对于目前的土地改革表示怀疑和不满，均应当继续和他们合作，一个也不要抛弃，以巩固反对封建独裁、争取和平民主的统一战线。康海庭先生这次主动献出土地牲畜和财产，这很好，你是一位值得表扬的开明绅士，我们就按中央的指示精神对待你。对于白金辉，他毕竟为我们做过一些有益的工作，我们仍然要争取他，但是如果他坚持反动立场，要与人民为敌，那就要准备坚决消灭他。”

江波、张东阳等支持梁敬的观点，并称赞康海庭识时务、顾大局，在斗争中做出了正确选择，梁敬把一包袱账本、地契等交还给康海庭，说等康家敖包成立起农会时再交出来，暂时先由康海庭保管好，并保证不流失，康海庭点头称是。

众人又对于凤宝等贫农团积极分子给予肯定，要求他们先做好亲戚乡邻的工作，争取在近期把群众都发动起来。于凤宝等人向区委提出发枪成立民兵组织，防止地主坏分子们打黑枪砸暗杠子，梁敬和张东阳表示支持，争取近期把民兵组织成立起来。

等开完会，天已黑透了。康大娘和白玉莲几位女眷们早熬好了小米粥，烙好了发面饼，做了好几个盆菜，端进了屋里。白玉莲忙得额头上抹了一道黑印子，小脸汗津津的，她像一只燕子里外屋张罗，麻利地给大家盛粥。她特意给梁敬盛了一大碗粥，递上一个大个饼子，梁敬有点不自然地接过来说：“谢谢莲姑娘！”玉莲脸红扑扑地一甩大辫子，含情脉脉地凝视几眼梁敬，笑吟吟地端着饭盆出去了。

江波在一旁说：“哎哟哟，梁书记，咱们大半天净谈工作了，慢待了玉莲姑娘，人家可是来看你的，一会儿你得跟人家说说话了。”

梁敬说：“大姐不要取笑我，这是不可能成的事，我是革命干部，她是地主子女，我得站稳革命立场啊……”

江波上前打住梁敬的话头说："梁敬同志，这个态度不严肃，你忘了那句话了吗？一个人家庭出身不同，但他如果选择了革命道路，那就是我们的同志。玉莲姑娘要背弃她的地主家庭，表示要参加革命，那就是我们所需要的，亏你刚才讲了一通大道理。你可不能冷了玉莲姑娘的心啊！"

康海庭也说："玉莲真是个好孩子，她不会给你抹黑扯后腿的。"

梁敬说："她要干革命我们欢迎，我更欢迎，她如果不干革命，我梁敬就不稀罕她。"

"谁说我不干革命？江主任都欢迎我干革命了，你凭啥不相信我？"玉莲不知什么时候靠在门口，气咻咻地说。说完了，一拧身子出屋去了。

江波推了梁敬一把："你把莲姑娘气成啥样了，还不快去哄哄她。"

梁敬不好意思地放下碗筷，追着玉莲的身影进了东厢房她休息的屋子。

屋里已掌了灯，昏黄的油灯下，坐在炕沿上的玉莲一脸泪花委屈地抽泣着。梁敬进屋，见玉莲可怜兮兮的样子，心下不忍，从衣兜里取出手帕递给玉莲，说："你这个丫头，我只说这么几句，你就受不了了，哭得什么劲啊！"

玉莲手里攥着手帕，猛地转过身来直直地看着梁敬，眼里带着泪花说："是你瞧不起我呢，你真的把我当成坏家伙了呢，你不知道我多厌恶现在的日子，多羡慕你们的工作呢，你知道我多惦记你吗？连做梦都惦记你哩，你却是这样的无情无义，这样的不相信我，为了你，我可以不要家，我要跟你在一起，跟你干革命，难道你真的嫌弃我吗？还是我长得丑是咋地？"

看着哭得梨花带雨的玉莲，梁敬伸手忘情地扶着玉莲的双肩，又擦拭她的泪水，说："好姑娘，别哭了，是怨我冷淡了你，说心里话，我真的很喜欢你。可我是区委书记，我要按党的组织纪律和原则办事。你要做革命工作，这太让我高兴了，你和我们一起干革命，我们就有理由在一起了。说真的，我也很喜欢你……"

玉莲双手抓着梁敬的手颤声说："真的，你喜欢我？我好高兴啊，我好有福气啊！我再也不想离开你了，死也不能离开你了。"

梁敬说："别说傻话，我们不分开就是。"

玉莲破涕为笑，她笑得好开心。

梁敬用手擦去玉莲额头上的黑渍，拉着她的手坐在炕沿上。

玉莲靠在梁敬身上平静了半刻，又倏地站起来，奔到柜前抱过大包袱，打开包袱皮，先取出精心缝制好的一双白布袜子，说天凉了，骑马冷腿脚，穿上袜子暖和。又取出羊羔皮背心，说皮子挡寒，穿着不怕冷。最后取出狼皮褥子，说狼皮隔潮防冻，睡觉铺着，骑马垫着，热乎着呢。她絮絮叨叨的，俨然家庭主妇一般照顾着梁敬。

梁敬"扑哧"笑了，用手指点着玉莲说："你这个丫头，没羞，这些日子净寻思这事了吧？"

玉莲脸色娇红，说："我愿意的，只要是为你做活，做十天二十天，做十件八件我都心甘情愿的。"

"哎，你这个痴情的丫头呀！"说着，梁敬情不自禁地把玉莲搂在怀里。

窗外的星星眨着眼睛，欢愉地看着这对幸福的青年人。

“玉莲，玉莲?”这时，外面江波边喊着边推屋门。

这对幸福的人马上分开。

玉莲慌慌地拽拽衣服，擦擦脸，又理理头发，红着脸回应道：“江大姐，在这哪。”

梁敬忙整整衣装，正襟危坐在炕沿上。

江波估摸着两人谈得差不多了，才来到两个恋人这。她受康海庭委托，愿意做这个红娘，她认为玉莲是一块白璧无瑕的美玉，应该让梁敬把她带到革命道路上来。玉莲的一往情深，梁敬的隐忍明智，也打动了江波，她决定帮助他们成就这段姻缘，并向县委汇报实情，以求得组织的支持。

在七八天内，江波、张东阳、宝中三等人与梁敬合兵一处，将凤树乡的土改工作轰轰烈烈地开展起来了。在秋收将至时，分了孙洪业等几个地主恶霸的农田，又接受了康海庭的“献田”，康海庭被作为开明绅士给予优待，在全区引起了轰动。

百岔区土改工作展开后，江波与宝中三等人转到六区帮助开展土改工作，江波在六区与区委书记于海潮等发动群众斗争地主恶霸，建立贫雇农积极分子队伍，涌现出了唐桂芝等一批积极分子，且为后话再叙。

白玉莲在康海庭家住了半个多月，她协助康大娘为区委和区小队干部战士做了一批军鞋。她特意为梁敬做了一双新鞋，她从未做过鞋子，在康大娘指导下，她做得十分投入，即使锥子扎破了手指也不肯停歇。在这期间，梁敬又几次在工作之余到敖包看望玉莲，两个人的感情日渐亲密，情深意笃。在梁敬又到康家敖包时，她托出为梁敬做的鞋子，逼着梁敬坐在炕沿上，亲手脱下梁敬的残破的旧鞋，换上新鞋，梁敬站起来，在地上走几步，又跺了几下脚，觉得挺合脚的，忍不住夸了玉莲几句。玉莲不好意思地说：“刚学会做鞋，真怕不合适，以后学会了，会做得更好。”梁敬逗她：“你这个娇小姐做革命工作第一关就是做鞋，挺合适的。”

“真的？那我以后更要好好做。”玉莲笑吟吟地看着梁敬。

梁敬对玉莲说：“区里还要交给你一个重要任务，就是尽量做你爹的工作，让他认清形势，站在人民的立场上来，不要再做害人害己的蠢事了，否则会身败名裂的。”玉莲说：“我会劝我爹的，可是他是个很有主意头的人，一般人很难劝动他，何况我了。”

梁敬说：“也是，但是你回去后，一旦发现白区长有什么异动，能不能及时传递出消息来啊?”

“我不想再回那个家了，我想参加你们的工作，和你们在一起。”玉莲急切地说。

梁敬说：“你参加革命工作是可以的，但是你爹还是区长，未经他同意，我们收留你不太好，容易引起误会。你还是先回去，一来做做白区长的工作，二来征求他同意你出来干革命工作。”

“我现在就想参加。”玉莲咕嘟着嘴。

“听话，我会等着你的。”梁敬安慰她。

“那行，可是，你得给我点东西做信物，我也好揣着它，就如见着你了。”

梁敬手一摊说：“你瞧瞧，我除了身上穿的，还有马匹、枪支、文件袋，别的也没啥呀!”他一摸腰部碰到一个硬物，他想起来了，从腰带上解下一把小巧的带牛皮鞘的匕首，双手托着递给玉莲："送你这把匕首吧，这是我打日本鬼子缴获的，跟了我好几年了，你带在身上可以防身用。"

玉莲接过匕首，从牛皮鞘中拔出刀子，见匕首一扎长，刀光闪烁，非常锋利，她十分喜欢，说："就这把刀吧，我会成天带在身上，见了刀就如同你在我身边，我把一生都许给你了，盼着你娶我那一天，我活着是你的人，死了是你的鬼，你在我在，你倘若死了，我也不会活着。"说着这话，玉莲又泪水盈盈的了。梁敬忙伸手擦她的泪水说："你看看，你看看，怎么说哭又哭上了，我们谁也不死，我们要活着好好干革命，让老百姓都过上好日子，我们一起过好日子呢！"

两颗年轻的心紧紧贴在一起了。

三 白金辉反叛

8月中下旬，收大秋的季节到了，平川和山坡的麦子已开镰，莜麦已挂起一串串铃铛，豌豆夹已硬实了，荞麦开出了密匝匝的白花，眼瞅着又是一个丰收年。经过土改，秋熟的庄稼已从地主手里夺回，分给了贫雇农，他们带着幸福而兴奋的心情侍弄即将到手的粮食，对于经年累月胼手胝足为地主扛长活耪青的穷人来说，分给他们土地，便是给了他们新的生命，这世上没有比土地再宝贵的东西了。共产党来了，从地主手里夺回土地分给他们，共产党就是穷人的救星，就是比村头庙里供着的土地爷还灵验的佛。

穷人拥戴共产党，高高兴兴过日子，那些受到清算的地主恶霸们却恨得牙根疼，惶惶不可终日。他们处心积虑地妄想夺回土地财产。孙洪业被清算后，气得生了一场病，他万分难舍那些巧取豪夺来的土地、牲畜和其他财产，他恨共产党、恨区委、恨工作队，更恨于凤宝等贫农团积极分子。他弄了一个账本，详细记下了贫农团分他的地、他的牲口、他的财产数，谁分了多少拿了多少，哪月哪日清算斗争他，谁说的什么话，谁斗争他最积极等等，还特意在红笔记下于凤宝、梁敬等人的名字上打个“×”，凶相毕露的写个“杀”字。他趁人不注意跑到下二地白金辉那里诉苦，白金辉劝他沉住气，赶紧把大烟膏送到白家来，好一块儿拿去换枪，准备起事。一时间，白家不断有那些被清算斗争的地主恶霸来求助，白金辉一一授以军机，百岔川暗潮涌动，即将掀起一场血雨腥风。

8月底，康海庭借到南店测产征粮之机，到白金辉家再次催他回区里上班，说秋收马上开始了，区里工作实在太忙，梁书记请白区长回区里上班，有什么话到区上再商量。

白金辉已与于秀成等人商议好秋收时节发动叛乱，现在正紧锣密鼓地准备着，对梁敬发出的邀请自然是虚与委蛇，打哈哈搪塞过去。白玉莲在送康海庭时悄声告诉他：“白家最近常来些地主和土匪等不三不四的人，听爹和哥说，要与共产党和区委彻底翻脸了。”她让康海庭告诉梁敬让他防着点，赶紧来接她走。康海庭点头记下急忙忙回区里给梁敬报告情况。

梁敬一方面派人向县委汇报白金辉的异动，请求处置办法，一方面加强了区政府大院的防范，并且收拢分散的土改工作队，适度集中力量，防止遭受袭击。在县委做出处置决断之前，他决定再去一次白金辉家，为争取他做最后的努力。张东阳和副区长冯愉考虑到安全问题，反对梁书记再去白金辉家。梁敬说：“眼下秋收开始了，能争取几天和平安宁的时间，让群众把粮食都收回来，既解决群众的生活问题，让他们享受到土改的胜利果实，又能为前线筹措军粮，保持后方的稳定，这是最好的。我们对白区长做到仁至义尽，如果他走上与人民为敌的道路，那我们就坚决消灭他，这次我们是对他的最后一次争取工作，也为县里组织平叛争取时间。”

冯愉和张东阳见梁书记去意已决，遂不再劝阻，转而按梁敬的部署，分拨区小队和民兵各守职责，做好应变准备。

梁书记劝住了冯愉和张东阳争着抢着要随他去白金辉家的争论，决定让冯副区长带大部分区小队和民兵守卫区政府，他和张东阳带十名区小队员去白金辉家。这十名区小队员大部分是老八路，遇事沉着，战斗经验丰富，梁敬心里十分托底。他还特意叮嘱康海庭，把凤树乡土改工作队还在村里的队员集中到康家敖包，让康海庭一定要保证土改工作队员们的安全。康海庭一一应承，又小声对梁敬说，白玉莲让梁敬接她出来参加革命，这次去，千万把这孩子接出来。梁敬听到白玉莲的名字，心里一热，答应一定接她出来。

与此同时，经棚县委接到梁敬的汇报信，马上召开了紧急会议，县委书记陆棣、县委副书记兼组织部长赵芝瑞、县公安局长韩星、内卫队长宝中三，还有军区派到县里做扩军工作的新兵大队黄队长等人列席参加了会议。从六区参加土改工作回县里的县妇联主任江波也列席了会议，并与韩星、宝中三一起汇报了白金辉的情况，韩星汇报了侦察追剿红枪会叛乱和五区二区区小队叛变事件的调查结果。许多证据表明，绝大部分叛匪投奔了白金辉、于秀成，对于白金辉等，应采取断然措施，予以处置，否则会生乱子。

县委书记陆棣同意梁敬汇报信的分析和与会同志们的建议，他代表县委、县政府决定让县支队与军区新兵集训队做好战斗准备，同时向热北军分区汇报，必要时请求支援，派韩星、宝中三先行率县支队部分战士到五区，支援梁敬，静观白金辉的变化。

会后，江波向陆书记和赵芝瑞汇报了几个区土改工作的可喜变化，并谈了梁敬和白玉莲的关系。陆棣和赵芝瑞对这件事很重视，他们认为梁敬革命意志坚定，对党忠心耿耿，县委对他的工作是放心的，至于个人生活问题，如果白玉莲能够走革命道路，两个人的恋爱是正常的，无可厚非。如果白玉莲不能走革命道路，或者随其父走上反革命道路，则梁敬同志应坚决、果断了结这个事情，这是原则立场问题，马虎不得。陆书记责成赵芝瑞同志在今后视事情发展情况，帮助梁敬妥善处理这个问题。

宝中三开完会，与韩星商量了第二天出发的细节，便借口说回家安排一下家务，急忙赶到前街徐家浴池。浴池老板会意地引他到后院单间，又找来二赖子。二赖子按白金辉的安排在徐家浴池打杂充当宝中三与白金辉的联络员，这时一副跑堂打扮，大呼小叫地打着掩护来见宝中三。宝中三闲话不说，直截了当地把县委开会的安排告诉二赖子，让他连夜骑快马回百岔川向白金辉报信，让白金辉马上起事，不然就来不及了。另外讲，梁敬要去做白金辉的工作，让白金辉乘机抓住梁敬，既是与县委对抗的筹码，又为国民党立一大功。

二赖子不敢怠慢，马上揣上几块干粮，牵出浴池老板备好的马匹，连夜回五区，赶在县里人马之前向白金辉报信。

却说梁敬与张东阳这天早饭后集合队伍，与冯副区长告别后，组成一只骑兵小队从百岔川到麻绳铺上山，逾漫甸经下小井村奔白金辉家。一路上梁敬与张东阳分析了此行可能遇到的危险，制定了处理危机的预案，要求战士们严格遵守纪律，没有命令不许开枪，要政治工作第一，白金辉不叛乱，就要稳住他，尽量做争取工作。

梁敬这里还在道上，白金辉此时却已惊恐万状，如同吃了死孩子一样在屋里屋外转圈。二赖子快马加鞭把宝中三的情报送回来了。虽然他早有反心，但现在一想到叛乱后上山为匪，抛下了这偌大的家业，总是揪心难受，难以割舍。又想到目前虽然国民党势大，但现在也没打到经棚地面，郭璞出去联络现在又不见踪影，他烦躁异常。又想到共产党来了后，待他不薄，如果真反了，共军肯定派大军追杀，自己就成了丧家之犬。他想到这里，脊梁骨就“嗖嗖”冒凉气儿。他慌忙派人找来于秀成、鲍三疯子、侯扒杆和王克礼商议。这几个家伙早就想与共产党开仗了，见此时机不可错过，都极力撺掇白金辉说，共产党已经把刀架到脖子上了，此时不反更待何时。白金辉见大家这个态度，立马也来了精神，他一拍大腿说：“那就干吧，反他娘的！拉队伍上山，同共产党彻底掰交，明天在西山嘴子设埋伏，将梁敬一网打尽，然后兵发吕家沟门，端掉区政府。”他又安排于秀成回二区四区召集庄庆玉等人共同发动叛乱，一齐动手。于秀成衔命而去。这里，鲍三疯子与柳春福兄弟和白景春召集匪徒，准备第二天打梁敬的埋伏。白金辉又把大老婆柳氏、小老婆一枝梅喊来，安排收拾金银细软，准备一旦情况有变，好往塞罕坝密营撤。

柳氏一听这话，急了，她忍不住数叨白金辉：“你说撤就撤呀！这房子这地你搬得走吗？这一家老小，到那荒山野岭可怎么过呀！我的小孙子才四五岁就让他钻老林子，你可真够狠心的！”

一枝梅倒看得开，说：“这和共产党干仗是早晚的事，他们搞土改，这房子和地，还有牲畜早晚让穷棒子分了去，现在拉队伍跟他们干，杀他个血流成河，看哪个穷鬼敢分咱们的东西。”

白金辉听了点头称是，说就是这么个理儿，大丈夫做事，就是要稳、准、狠。

柳氏拍手跺脚说：“你们要杀梁敬，那莲儿怎么办，她可是梁敬的相好啊！”

白金辉恨恨地说：“梁敬不识抬举，玉莲也不懂事，事情到了这步田地，他俩能成一家人么？你们给这丫头讲明了，快死了这份心吧。”

“你说得轻巧，当初莲儿与梁敬好，你不也是赞成的吗？现在成了仇家，可怜的莲儿怎么办啊！”柳氏抹开了眼泪。

白金辉烦躁地一挥手：“爱咋办咋办，这死丫头不听话，你们看住她便是。”

柳氏气哼哼地回到东屋，叫了白玉莲到身边，说有话讲。玉莲早就发现一家人急慌慌的不正常，知道要出大事了，正在屋里有一搭无一搭地绣花，却早已将梁敬给她的匕首揣进怀里，把小手枪也掖到腰里。听母亲喊她，便来到母亲跟前，柳氏把家里商量的事告诉了她，让她收拾好东西，准备上山。玉莲听了暗自吃惊，没想到父亲真要走这一步了，她心里十分难受，但她心里明白，依父亲的脾气，她改变不了父亲的决定，但她不愿跟父亲上山为匪，她要去找梁敬，那里才是她的归宿。她对柳氏说：“娘，我们不能跟爹往火坑里跳，当土匪能有啥好下场啊！我要去找梁敬，他答应过我，要带我干革命，还要娶我的。”

“你这个傻孩子，还想着那个梁敬干啥，明天你爹他们就要在西山嘴子打埋伏，要杀了梁敬哩。”

“啥？打埋伏！真的？”

“傻丫头，我刚听你爹他们议论的。”

“不，不行，谁也不许动他，他死了，我也不活了。”玉莲边说边哭起来。

柳氏一看急忙去捂玉莲的嘴，说：“可别哭了，叫你爹听见，可了不得哟。”

玉莲哽咽着流了一会儿泪，冷静下来了，她手里紧紧握着匕首，想好了明天要做的事情。

梁敬一行十二人均乘马上了小井漫甸，奔下二地沟脑，顺沟槽下了川道，奔沟门西山嘴子，西山嘴子地势险要，沟口两边是悬崖陡壁，中间的土路夹峙于沟中，是打埋伏的好地方。白金辉指挥鲍三疯子、柳氏兄弟和儿子白景春带了五六十号人早埋伏在沟道两侧山坡上道沟里，就等梁敬他们往埋伏圈里钻了。

梁敬凭着多年的战斗经验，此时，直觉告诉他，前面的沟口有凶险。他和同志们在二里地开外就勒马停下了，他和张东阳下马猫着腰跑到山坡一块大石头后边，仔细观察沟口的动静，观察了一会儿，发现了问题。他对张东阳说：“不对呀，沟门平川地麦子要掉穗头了，怎么没有一个人收割，川道上也没有人影，前面肯定有问题，告诉大家准备战斗。”张东阳回答一声“是”，迅疾转身回去告诉战士们下马，占据山坡顶部有利地形准备战斗。

沟头一棵老榆树下，白金辉和鲍三疯子正在伸着脖子眺望着梁敬的那一小队人马，只要梁敬他们一进埋伏圈，以白金辉的枪声为号，一举将梁敬的队伍消灭。但他发现梁敬不往前走了，一会儿又令部下占领山坡顶有利地形拉出了打仗的架势，他对鲍三疯子说：“他妈的，莫不是让梁敬发现我们了。”鲍三疯子说：“要是发现埋伏该马上回撤才是，他们只是怕中埋伏而已。咱们再等等。”白金辉点头同意。

正在这时，一阵急促的马蹄声从沟口传来，一匹小红马驮着白玉莲风驰电掣般转过西山嘴子，向沟脑方向驰来。玉莲姑娘使劲抽打小红马，长发在风中飘飞，衣袂在空中舞动，红衣飘曳犹如一团火。白景春发现了马上的白玉莲，吃惊地叫道：“那不是我老妹吗？她跑出来干啥呀！”白金辉揉了揉眼睛，看清了在马上飞扬着的大辫子，他手一拍大榆树说：“嘿，这个浑蛋丫头，准是来搅场子的。”白景春说：“爹，我去拦住她。”“拦什么拦，你一露头，咱们的伏击计划就泡汤了，三弟，快叫拴马桩子牵马过来，准备冲过去包抄梁敬。”

鲍三疯子急忙溜下山坡给埋伏的众匪打信号集合，准备上马冲锋。

白玉莲一阵风似的冲过白金辉布下的埋伏圈，顺山道奔向梁敬他们占领的山坡顶，她边催马奔跑边喊：“梁敬、梁敬，别过来，有埋伏！”她见梁敬在坡顶站起来向她挥手，便催马扬鞭奔过来。小红马这一阵狂奔，大汗直流，满嘴冒沫，白玉莲甩蹬离鞍下马，拉住梁敬的手，急促地说：“千万别往前走了，我爹已经带人下了卡子，要打你们的埋伏，我爹下定决心和咱们八路军翻脸了，你们快回去，晚了他们就追上来了，他们都有马，他们人多，你们打不过的。”

“你是专门来报信的？”梁敬伸手擦了擦玉莲额头的汗水问道。

“我爹不让我出来，我是偷跑出来报信的，我要跟你走，你这回一定带上我。”玉莲拉着梁敬的手不松开了。

梁敬一边安慰白玉莲，一边观察沟口，发现从山口两边隐蔽处冒出好几十号人，急速地奔向一个沟槽里藏着的马匹，大榆树下一撮人比比画画地好像是指挥人马要往这边来。梁敬急忙命令战士们牵马上了漫甸，准备撤退，众寡悬殊，硬顶是没有取胜把握的。

不大一会儿，白金辉便指挥五六十号马队呈扇子面冲了过来，一边冲还一边喊："抓住梁敬，你们跑不了了。"

梁敬让张东阳稳住阵脚，他镇定地对玉莲说："别怕，你爹不会伤害你的。你在我身边，他不会轻易向我开枪的。"

白金辉设计的天衣无缝的埋伏阵，被梁敬的机警和白玉莲的举动彻底搅黄了汤，现在又见白玉莲和梁敬在一起的近乎劲儿，真是火冒三丈，气不打一处来。他老远扯着嗓子大骂白玉莲坏了他的好事，骂共产党卸磨杀驴，分他的田地他的财产。鲍三疯子呼呼挥舞他的马刀，狼嗥似的叫喊着要跟梁敬比试刀法。梁敬轻蔑地说："白区长，我这次来，是要和你实实在在地谈一次话，希望你不要听信谣言，要和人民站在一起，不要走叛变之路，当土匪是没有好下场的，你难道连你姑娘都不如吗?"白金辉恶狠狠地说："梁敬，你别他妈给我鬼吹灯了，就凭你们穷共党，也配和国民党中央军争天下，识时务者为俊杰，我劝你放下枪跟我投奔国军吧，你也好和我家玉莲在一起过日子，不然的话，我在你身上打一百个窟窿，把你碎尸万段。"

梁敬轻蔑地说："白金辉，亏你还是久在江湖上混的人物，竟如此不识时务。日本鬼子凶狠，都让我们打回老家去了，国民党剿了我们十年，我们的力量照样发展，得民心者得天下，我们共产党为大多数人民谋利益，得到了人民的支持拥护，我们一定能打下人民的江山。你不要看错了形势，如果你真死心塌地与人民为敌，必定会落一个死无葬身之地的下场。"

鲍三疯子催马上前，端着马枪挥着马刀大叫："别和梁敬耍嘴皮子了，让我一刀先剁了他再说。"

这边张东阳也"呛啷"一声拔出战刀大喊："鲍三疯子你这条汉奸走狗，你杀了多少百姓，做了多少坏事，这笔账还没算呢！识相点，不然割了你的狗头示众。"

鲍三疯子听了"哇呀呀"怪叫，催马要冲上来，白景春在旁边急喊："三叔慢来!"他见白玉莲骑马挡在梁敬侧前方，如果双方开枪动刀，非伤着玉莲不可，便拉住鲍三疯子的马缰绳，对白金辉说："爹，说啥也不能把俺妹子掺和进去，刀枪无眼啊!"

白金辉"唔"了一声，大声呵斥白玉莲："不听话的死丫头，啥事都掺和，给我过来跟你哥回去。"

玉莲此时不知哪来的勇气，她从怀里拔出匕首，横在脖颈上说："爹，快让他们都回去，不许加害梁敬，不然我就抹脖子死给你看。"

白金辉见玉莲动真格的，忙喝令手下谁也不能乱动，他对梁敬说："梁书记，我放你一马，可以让你们走，但是你必须让玉莲回来。"

梁敬说："本来我们也没强迫玉莲姑娘做什么，她要干革命这是她的正确选择，我们欢迎，她只是不想看到你们走上背叛人民的死路，她比你明白。"梁敬趋前几步与白玉莲马头并齐对玉莲说："玉莲，你还是先回去吧，过几天我再想办法接出你来。"玉莲深情地望着梁敬说："我也看出来了，有我在，我爹他不敢下手，如果我不在，他们恐怕早开枪了，你赶快下敖包沟走吧，我在道口上挡着他们，然后我再下山找你。"

"这哪行，你一个女孩子家。"

"你别啰嗦了，都啥时候了，快走。"说着，玉莲抬脚踹了梁敬的坐骑一脚，梁敬趁势勒转马头，对张东阳等人说："快下山进百岔川，到康家敖包康海庭家集合。"说完，放马沿着盘山道向山下奔跑而去，其他同志也打马下山。

鲍三疯子见状喊道："跑了跑了，打啊！"说着抬枪便要打，白景春上前用手中的枪架起鲍三疯子的枪身说："三叔，我妹子挡在那，你打着她怎么办？"

白玉莲刀横在咽喉处，胸脯急促喘息着说："谁也别动，动我就死给你们看。"白金辉下了马，加着小心挪着步说："好丫头，别闹了，爹听你的，不杀梁敬还不中么？"他走到玉莲马前，柔声细语哄着玉莲。玉莲回身见梁敬他们已狂奔到山半腰了，这才放了心，手一松，匕首掉在地上。白金辉趁势上前抓住马缰绳，另一只手一把扯住玉莲的衣服，把她从马上拽下来，顺手就是一马鞭打在玉莲背上，暴跳如雷地边抽打边骂："你个不知死活的丫头片子，竟敢坏我大事，你他妈不想活了，我打死你，打死你……"白景春见状跳下马来，冲到玉莲前头，弯腰伸胳膊护住玉莲："爹，别打我老妹了，别打了。"玉莲忍着鞭打的疼痛，身体堵在道口上，咬着牙硬是不吭声。

众人知道白金辉平时最疼爱玉莲，今天抡鞭开打，真动了气，但玉莲娇嫩的身子骨，不经打，忙上前劝解。这一阵子折腾功夫，梁敬一行人马已快下到川中了。白金辉朝山下瞭望，忙大叫众人上马，追杀梁敬，并吩咐白景春把玉莲送回去交给她娘管教。

白金辉上马率众匪下山追击梁敬。梁敬朝山路上看，见白金辉率队又追了过来，他知道白金辉的战马快，必须尽快找到立足点，准备抗击，否则，在大川上被追上，敌众我寡，形势不利，他对张东阳说："到康家大院去，占领有利地形。"

一行人马穿过百岔河边柳丛，趟过百岔河，从刚割完的麦地冲进康家敖包，径直奔向康家大院门口。后面白金辉队伍已到河边，众匪朝梁敬马队放了一排枪，然后驱马过河追杀过来。

康海庭从区里回到家中，心中一直忐忑不安，他知道白金辉心狠手辣，做事决绝，一旦决心叛乱，梁敬这次去了可是危险之至，他因此告诉梁敬一旦形势不对，赶紧奔百岔川来，到康家敖包躲避。因为敖包离白家近，康海庭家房坚墙厚有炮台，能防守，又因为康海庭觉得他与白金辉是把兄弟，白金辉对他还是比较敬重的。他早把大院的防备安排好了，长工护院和家里人都准备好了家伙，又把几名土改工作队员请到大院。他心神不定地等着梁敬的消息，家里放哨的跑进屋告诉他，对面山路隘口有人马下山，他跳起来把长烟袋扔在炕上说："准是梁书记他们，快准备接应。"他跑出大门口，老远见梁敬一队人马过了河奔村里来了，后面追兵枪声阵阵，人喊马嘶。康海庭见梁敬进了营子，紧招手喊："梁书记，快进院里来，快进院里来。"

梁敬顾不上打招呼，带人马进了康家大院，康海庭跟着跑进院，吩咐家人赶紧闩上大门。

梁敬跳下马，急切地对康海庭说："康先生，白金辉反了，带人追过来了，同志们占领有利地形，准备战斗。"

康海庭听了一跺脚说："完了，二弟啊，你这辈子算完了！"他对梁敬说："梁书记，你放心，到了我家，管保出不了事，白金辉他咋着不了你。"

康家大院墙头和土炮台、大门洞子顶上都被区武装工作队民兵和康家人据守好了。

白金辉率匪队开进了康家敖包，展开队形围住康家大院，鲍三疯子拍马上前大叫："康大哥，康大哥，你开门啊，是白区长我们来了。"见半天没动静，鲍三疯子拽出一颗手榴弹说："妈的，不见人影就炸他大门。"白金辉说："不许乱来，到了大哥家都给我客气点。"他扯开喉咙喊："康大哥，我是你二弟啊，梁敬逼人太甚，我要和他理论理论，你让梁敬出来，我绝不敢到大哥府上胡闹。"

康海庭在院里大门洞子对梁敬说："梁书记，白金辉谋反我坚决不反，我跟着共产党干，你们到我家，尽管放心，白金辉不敢硬打进来，我出去劝劝他。"

"多加小心。"

"不碍事，你放心吧。"

梁敬吩咐张东阳，一旦发现康海庭有危险，马上开枪保护。

康海庭从闪开的大门里，托着大烟袋出来了，他对白金辉说："咋得了，二弟三弟，到我家来，不敲锣不打鼓，却放着排枪进了营子，这是啥阵仗啊？"

白金辉下马上前道："大哥，共产党卸磨杀驴，要分我田地牲口，梁敬欺人太甚，上门要杀我，我逼上梁山，不能不反，请你打开大门，我捉了梁敬算账，一切和大哥你无关。"

康海庭说："我的二弟啊！你真是聪明一世，糊涂一时，共产党对咱们可不薄啊，你给日本人做事，人家不追究，你收留红枪会，掺和区小队叛乱案子，人家不和你计较，仍争取你悔悟。你听信谣言，要与共产党翻脸并上山为匪，这是正经人干的事么？自古以来顺天应人者方得善终，你这么干会毁了自己毁了全家的。"

"别他妈说了，我不反，共产党就分了我的家业，他们让穷棒子翻身解放，我们财主东家们不全他妈玩完了，要保家就得拉杆子和共产党干了。大哥你也甭劝了，没用，你把梁敬交出来，不交，我可就硬打了。"白金辉喊道。

康海庭挡住白金辉："二弟，我苦口婆心劝你，是为你好，你不听劝拉倒，但不许你在我家撒野。梁敬就在我家里，你要来硬的，就从我尸身上踏过去。"说着，冲上前，一膀子把白金辉撞后好几步远。鲍三疯子上前说："大哥，我们没别的，就是抓梁敬，你把梁敬交出来不就完了吗！"

"滚一边去！"康海庭指着鲍三疯子骂道，"白区长本来当着区长干得好好的，生生让你们给撺掇坏了，你一辈子不干好事，还把别人往火坑里拽，你还是个人吗？"

"别你妈胀包，惹急了老子，连你也一块宰了。"鲍三疯子恼羞成怒，拔刀朝康海庭咆哮起来。

梁敬在大门洞子顶上探出身子大喝："鲍三疯子，你要敢伤康先生，我立马让你脑袋开花！"

众匪“哗啦啦”向后退，一齐将枪口对准大门楼子。

“别动，谁动先打死谁!”康家大院土炮台里、墙头上、房脊上伸出许多黑洞洞的枪管来，瞄准了白金辉等众匪。

白金辉见如此情势，知道康家大院已有准备，动硬的肯定吃亏，便给鲍三疯子使了个眼神，对康海庭说：“大哥别误会，我再横也不敢闯你的家门，既然这样，我就撤兵，以后再和梁敬算账。”

康海庭说：“兄弟，事不要做绝呀，你这么干，玉莲能答应吗?”

白金辉一听气冲牛斗：“都是你当中不拌好馅子，让死丫头坏我大事，回去看我不扒了她的皮。”

“虎毒不食子，你别做傻事。”

“你他妈少管闲事，撤。”白金辉骂骂咧咧地上马，与众匪一溜烟出了营子。

康海庭瞭着白金辉走远了，才开大门进了院子。梁敬握着他因为紧张而汗津津的手说：“康先生，今天的行动，足以证明你的心迹，你对我们党的拥护是真诚的，人民会给你今天的举动记上一功的。”

康海庭说：“别这么说，梁书记，我康海庭活了大半辈子，总算看准了事理，共产党一心为了老百姓，我不糊涂，知道顺天应人，我真心拥护共产党，只要你们信任我，我绝不会背叛你们的。”

梁敬说：“我们相信你，请你放心就是，我梁敬活着会证明你是我们党的忠实朋友，我死了东阳和同志们也会来证明。”

“梁书记这么说，我老康的心中有愧了，白金辉走了，他一定半道折回来在半路埋伏打你们，今天你们别走，明天走，我自有安排。”

“好，听康先生的。”梁敬说。

当晚，梁敬等人住在康家大院，天不亮，便在康海庭引导下，出后山暗道奔敖包后沟，在康家羊场吃了干粮，便上了莲花山，快马加鞭从三道沟绕回了区政府。

白金辉的人马在榆树林子埋伏了一整夜，扑了空，垂头丧气撤了回去。

四　一打白金辉

梁敬和战士们侥幸逃过一场生死劫，在康海庭的帮助下绕个大圈子才回到区里。韩星、宝中三和副区长冯愉听了梁敬的介绍后，不约而同地意识到：白金辉的叛乱开始了！宝中三心里埋怨白金辉，为什么没干掉梁敬，他可是以后打仗的劲敌呀。宝中三极力主张，现在没有充足的力量进剿白金辉，还是以防守为主最好。梁敬主张，必须马上向县委汇报，请热北军分区调动主力部队进剿，及时消灭白金辉匪帮，以防止这股祸水四处漫流，掀起大的波澜，使已开展的土地改革运动遭受破坏，给根据地建设造成破坏。

韩星、冯愉同意梁敬的意见，他们一面加强区政府的防务，一面由梁敬、韩星、宝中三急速赶回经棚镇向县委汇报。

县委听取了梁敬等人的汇报后，决心事不宜迟，立即向军分区请示调部队支援县大队围剿白金辉。参加会议的军分区新兵集训队黄队长拍案而起，激昂地说："小小的一股地主土匪武装，能成多大气候，能有多大战斗力，不用请调主力部队，有我们训练大队和县大队就可一举荡平白金辉。陆书记，你下令吧，我们集训队马上出战剿匪，正好通过剿匪战斗锻炼部队。"

县委书记陆棣说："黄大队长勇挑重担，帮助地方剿匪，我们十分感谢，但是，对于白金辉股匪，我们绝对不可轻视，他的队伍构成十分复杂，有伪满洲国兵、伪警察、特务、山贼、红枪会、叛乱分子和反动地主等，这些人思想反动，顽固凶狠，杀人放火，无恶不作。他们大多是骑马作战，行动迅捷，武器好子弹足，枪法好，有一定战斗力，我们要慎重初战，周密部署，打歼灭战，力争一战消灭白金辉，为经棚县和热北地区的根据地建设彻底根绝匪患创造条件，同志们，这第一仗一定要打好。"

县委副书记兼组织部长赵芝瑞赞成陆书记的意见，他主张最大限度调动现有兵力，形成压倒性优势，由集训队、县大队和区小队共同组成围剿部队，兵发百岔川，一举荡平白金辉匪帮。会议决定由集训队黄大队长任总指挥，抽调四百余人马进兵。陆棣担心兵力少，黄大队长说："白金辉匪帮充其量不过一二百人，我们以二比一的优势，完全能消灭他。"

县委指示梁敬、韩星协助黄大队长指挥剿匪战斗，命令部队紧急备战，三天后出兵。

宝中三参加完军事会议，立即赶到前街徐家浴池，将写好的情报交给跑堂的二赖子。二赖子立马骑马连夜赶回百岔川，向白金辉报信。

却说白金辉劫杀梁敬不成，气急败坏回到家里，抄起白瓷茶壶喝了一阵凉开水，随手把茶壶“啪啦”一声摔个粉碎，怒气冲天大骂白玉莲坏了他的好事，声言非打死这个死丫头不可。白玉莲被哥哥白景春送回来，正在她娘屋里炕上，趴在她娘柳氏怀里哭闹。柳氏掀开玉莲衣裳看后背，见左一道右一道成紫色沁血的鞭痕，心疼地左一声丫头右一声莲儿地哭起来，她骂道：“死当家的，莲儿从小到大也没挨过一巴掌，现在却给打成这个样子，他莫不是疯了！孩子别哭，娘给你评理，给你出气！”

白景春平时最疼爱妹子，此时也心疼地抹眼泪，他说：“娘你不知道，要不是我挡着，三叔还要开枪动刀呢，如果真打起来，妹妹夹在中间，非伤着不可。老妹你也真是，那地方是你去的地方吗？梁敬要分咱家的财产，要抓咱爹，是咱家的仇人，你怎么还护着他？要不是你报信又护着，这回不生擒梁敬也把他崩了，你坏了事，爹能不发火吗？”

柳氏抬手给了白景春一巴掌，骂道：“亏你平时疼爱你妹子，怎么说出这么多混账话来，梁敬是她的相好，你们要杀梁敬，她能不着急吗？这么大的姑娘，谁不知道她和梁敬的关系，你们把梁敬打死了，我家莲儿不守寡了吗？你们这些大老爷们就知道打打杀杀，却是苦了我们娘们家哟！”

一枝梅闪进屋来，端着膀歪邪着身子说：“玉莲好不懂事哟，当家的好不容易谋划好杀梁敬起义造反的大计，让你一下子给搅黄了，当家的能不生气吗？再说了，两下掰生了动了刀兵，你和梁敬还成得了亲吗？快死了这份心吧。”

玉莲猛地坐起身来怒目瞪着一枝梅说：“我爹好好的当区长，都是你们成天挑拨离间瞎捣鼓，弄得我爹谋反，以后说不清该怎样，都是你们害了我爹！你滚一边去，你这个骚狐狸精！”

一枝梅吃了一惊，后退了几步恨恨地说：“好好好，你个没教养的死丫头，不要脸，你喜欢梁敬，梁敬不见得稀罕你呢，别做梦了，梁敬再见到你还不一枪崩了你。”

玉莲大吼一声跳下炕，一把扯住一枝梅的衣领说：“我就是对他好，他也对我好，怎么的？这辈子我非他不嫁，他一枪崩了我，我也心甘情愿。都是你们毁了我爹，我撕碎了你……”

一枝梅从来没见过玉莲这个样子，吓得语无伦次，边挣脱边喊：“快来人呀，她疯了，她疯了！”

一家人进屋里劝架，好不容易才拉开。柳氏气得浑身哆嗦，她挥着鸡毛掸子把一枝梅等人赶出屋子。正在叫骂时，白金辉在东屋听后院呼天叫地的越发暴躁起来，他大喝：“把这个贱人给我拖出去活埋了！”

鲍三疯子和侯扒杆忙上前劝道：“二哥息怒，玉莲不懂事，事已过去了，再恼也没用了，还是劝她断了跟梁敬的关系，天下好男人有的是，干吗非嫁个共匪。”鲍三疯子早就在打玉莲的主意，只是碍着辈分和自己四十好几又臭名远扬，别说玉莲恶心他，连白金辉都会断然拒绝的，他只能看看玉莲干咽口水，现在白金辉一叛反，这机会可就有了，鲍三疯子要杀梁敬，也有上面的心理原因。

“他妈的，我丫头就是嫁给一只狼、一口猪也不能嫁给梁敬，我要杀了梁敬，断了死丫头的念头。”白金辉恶毒地说。

鲍三疯子说："梁敬跑了，他一定会向县里报告，他们一定会派兵来打我们，二哥还是早做准备为好。"

白金辉听了这话一激灵说："对对对，这才是大事，三弟，你赶快到坝上密营，把弟兄们都拉出来准备打仗。侯兄弟你带人通知于秀成、庄庆玉他们，赶快集合队伍到我这里来，咱们把人攒在一块儿，跟共产党见仗开战。"

二人领命带人去准备。

白金辉到后屋窗下，喝令道："把个不听话的死丫头给我看好了，再出去坏我的事，我砸断她的腿!"

第二天，二赖子骑马到了白家大院，顾不上寒暄就掏出宝中三送出的情报，白金辉吩咐人先给二赖子烧上大烟泡解乏提神，然后再去吃饭。自己攥着信跑到屋里看信，一见顿时紧张起来，心说共产党动作真快，马上就要来剿我了。妈的，咱不能洗白了脖子等杀头！他背着手在屋里转了一阵圈，喊来白景春和柳春福兄弟俩，他把信给儿子看了，柳氏兄弟不识字，干瞪眼瞅白景春，知道了信的内容后，兄弟俩不但没害怕，好像刚抽了大烟泡，精神气十足地说，早盼着跟共产党八路军开战这一天了，打，打，打，打跑了共党，百岔川还是咱们的天下。

白景春说："爹呀，共党调兵来打咱们，动静小不了，兵马肯定很多，咱们得早准备，把各路英雄豪杰集合到一块儿，打败共党八路。"

白金辉说："我已经让你三叔和你侯叔去搬兵了，你们也赶紧把家里的事安排好了，这一仗打好了能过几天安稳日子，打不好就得上山钻老林子啦。我让你四叔王克礼到围场找郭县长，都这么久了，还不见回音，真他妈急死我了。"

两天后，鲍三疯子把在坝上密营里的一百来土匪带回来了，这些家伙，久困深山老林，一个个长毛拉撒，如同山里的野狼，在白家大院大吼小叫，横冲直撞，吓得白家大院的长工丫鬟东躲西藏，如果不是白金辉镇着，早就开抢了。

第三天，于秀成带领在三区、四区拉起来的杆子一百多人马，庄庆玉带着在二区、十区拉起来的杆子一百多人马都脚前脚后赶到白家大院。顿时，下二地整个村子孩子哭老婆叫，鸡飞狗跳乱成一锅粥，白金辉让白景春和柳氏兄弟负责安顿人马。这边鲍三疯子、于秀成、庄庆玉等大小匪首齐集白家大院上房，一统计大小土匪集中了四百多人，白金辉非常兴奋，没想到这么快就集合了这么多人马，这回跟八路打仗心里有底了。

军分区新兵集训队黄大队长和梁敬、韩星集合了县里所有兵力，留下一少半保卫县城，大部兵力组成剿匪队开赴百岔川。

三天后，部队全部集结到五区区政府所在地吕家沟门，会合原在区里的武装，人数不满四百人，武器也很简陋，只有两挺捷克式轻机枪，子弹也不足，士兵缺乏训练，除了少数带队的连排班长打过仗，士兵基本上都是新兵，没正经八本打过仗。梁敬和韩星了解白金辉匪帮的底细，向黄大队长建议，先别大规模进剿，应该先搞好侦察，摸清白金辉人马情况再进行剿匪行动。黄大队长是老八路，当年凶狂的日本鬼子他都不怕，还怕几个土匪蟊贼？他说："我们要乘白金辉刚叛乱队伍还未形成气候，就消灭他们，不给他兴风作浪的时间。另外，通过剿匪战斗，锻炼新兵，也是一个好机会。土匪再狂，他一来人数少，二来有战斗经验的也不多，只要我们勇猛进军，打垮他们不成问题。”

梁敬说：“黄大队长，白金辉在热北地区关系复杂，党羽很多，不能轻视他的组织能力，他的匪队里有伪满军警宪特人员，还有啸聚山林多年的老土匪，这些人的战斗力不可轻视，我们还是谨慎些好。”

黄大队长朗声一笑：“你们这些老八路，一从事地方工作就没了打仗的胆量，变得婆婆妈妈的了。这样吧，我带集训队和县大队进攻，梁书记你带区小队和一部分县大队战士守卫区政府并准备接应，接应就是准备接收俘虏，运送战利品。韩星同志熟悉地形，随我出发。”

梁敬和韩星见黄大队长信心满怀，就不再提建议，也觉得凭四五百人打白金辉，胜利是有把握的，便按照布置做准备。

部队三更起床，四更吃饭，五更出发，兵分两路涉过百岔河，一路从麻绳铺上山，一路从羊圈房子车抬沟上山。天一蒙蒙亮便登上了小井漫甸，上了漫甸部队便可乘马行军，有两个小时便可包围下二地白金辉地主大院。

部队爬上漫甸，稍休息了一会儿，整队派骑兵联络另一路人马，然后在朝阳喷薄照耀下两队人马以不到一公里的距离在漫甸上行军。

队伍开进了漫甸的一个大塔拉里（塔拉，蒙古语，意为盆地），塔拉里长着茂盛的花草，战马边走边捋草吃，行军速度慢下来了。韩星提示黄大队长：“这是个盆地，应该赶紧走出去。”黄大队长抬脸向四处望了望说：“尖兵在前面，没发现敌情，没事。”

语音未落，只听“当、当、当”三声清脆枪响，眼瞅着刚在塔拉边沿高地的三个尖兵有两个从马上被打了下来。另一名尖兵挺机灵，一扯马缰旋回来，在另几响枪声里拼命打马跑回，边跑边喊：“有敌人，有敌人!”

两路队伍，黄大队长和韩星率领的本队是主力，另一队只有一百多人。枪声一响，黄大队长意识到不妙，因为队伍正处于塔拉中间最低处，而塔拉边沿三面露出了人影，向塔拉包围过来，随即枪声一声比一声紧，一阵比一阵密集起来。黄大队长命令部队不要乱，立即散开摆好战斗队形，迎击敌人。但是因为地处低洼处，只见自己队伍中有人被敌人射来的子弹击中，发出一声声惨叫，却看不见敌人。黄队长命令一部分战士掩护，一部分战士上马冲锋，冲出塔拉，夺占有利地形。他率领战士上马刚要冲锋，眼见西面一队人马稀里哗啦撤了过来，是县大队一位连长率领的另一队人马被土匪追着打炸了群，向本队撤了过来，一下子又涌进了塔拉。这下子，剿匪部队都陷进了塔拉。

白金辉昨晚就得到消息，知道剿匪部队的人数和进攻方向，他集中了全部匪队五百多人，从四更起就埋伏在小井塔拉周围。见共军果然来了，他便指挥匪队乘我军进到塔拉里，立刻率骑兵三面合围过来，另外他派鲍三疯子率匪队出其不意奇袭另一路八路军，用赶鸭子方式将其驱赶到塔拉里。匪众三面合围我军，因为土匪都是骑兵，很快便形成了三面包围。剿匪部队遭受突如其来的打击，又处于三面挨打的被动局面，一时处于混乱之中，尤其是新兵多，他们刚放下锄把子、赶羊鞭子参加八路军，枪都没摸熟，便处于枪林弹雨中。土匪快速机动到阻击位置后，纷纷跳下马来占据有利地形，大呼小叫开枪射击，一时弹雨横飞，特别是那些惯匪、兵痞枪打得很准，压得战士们抬不起头来，不时有中弹的，战马也打炸群不少，形势极为被动。

黄大队长和韩星边指挥战士们还击边观察战场形势，判断土匪至少有四五百人，如果这么打下去，有被消灭的危险，地形太不利了。于是，下令边打边后撤，赶快撤出塔拉这个凶险之地。

白金辉率队把八路军围在塔拉里，匪队从三面向八路军射击，见八路军处于被动挨打的境地，他得意忘形地说："俺白某人天生就是当将军的料，这一出手就给八路来个大包圆，哈哈哈，真他娘的痛快。"他扯着嗓子传令，咬住八路不松口，不给八路留反击的机会。土匪有的当步兵蹲在草丛中向八路军射击，有的骑马边打边跑，拿塔拉里的八路军练起了枪。

剿匪部队边打边向后移动，土匪紧咬着三面射击压缩，土匪虽被打倒不少，但八路军被打中的更多，而且已呈队形混乱、争相后退的乱象。

韩星见情势不妙，大声要求黄大队长快率队后撤，他带领部分战士掩护。黄大队长说："不许撤，退到有利位置挡住敌人，再实行反击，一定要消灭土匪。"

韩星说："大队长，部队已乱了，眼看收拢不住了，再往后撤是漫甸沿，地形更不利，还是先撤下去，稳住队伍，再反击敌人。"

黄大队长挥着手枪大喊："不许撤退，坚决顶住敌人……"

但是，部队已经乱了，纷纷向后撤退，有的骑马，有的把马都扔了，拖枪向后溃退，一时间，数百人的队伍放了羊，在枪林弹雨中溃败到漫甸沿。黄大队长试图收拢队伍就地阻击敌人，挽救败局，但队伍一乱而不可收拾，在土匪的压迫下，从漫甸沿溃散下来，落差上千米的山坡长满了虎榛子等灌木丛，又乱石嶙峋，非常难走。部队从上向下撤，奔跑在乱石和灌丛中，遭受着土匪从坡上面打下的枪弹追杀，异常混乱，已经失去了战斗力，只能在少数指战员掩护下拼命向山下奔跑。战士中有的受了伤顾不上包扎，有的骑马，有的牵着马跑，有的把马丢了不要命地跑，有的鞋子跑掉了光着脚跑，从麻绳铺梁跑到大川里，又一鼓作气跑到老爷庙，跑过百岔河。县大队大部分战士在韩星的指挥下，停在区政府前的小河边，就地向追击的土匪射击，掩护黄大队长和战士们撤退，真是兵败如山倒啊！几百名士兵狼狈不堪地退到吕家沟门营子前河边，未及喘口气，土匪骑兵打枪又追过来了，梁敬和韩星忙指挥战士们阻击敌人掩护部队撤退，战士们有的退入区政府大院，有的干脆顺着路上了查布干沟，向经棚镇方向溃逃而去。

鲍三疯子率匪骑兵追杀我剿匪部队，眼见我军败下去了，他气焰更加嚣张，纵马挥刀砍倒了两名我掉队战士，向区政府大院冲杀过来。梁敬忙大声下令战士们射击，一排枪打过来，匪骑被打中了几个，敌骑收住了蹄子，匪徒们忙散开，与八路军对射起来，溃散的八路军战士们这才摆脱追击。黄大队长与一群战士撤进了区政府大院，其他人有的撤向经棚，有的散落在百岔河边的柳波里，只能等土匪被击退后再收拢了。

白金辉率大队土匪从麻绳铺过百岔河进抵回回营，见前面鲍三疯子与八路军展开了对射，八路都撤进了区政府，依托炮台和高墙大院阻击鲍三疯子，他见八路占了有利地形，再打就要吃亏。另外，时间长了，保不住八路的主力部队增援过来，就更挺不住了。他下令让鲍三疯子撤下来，往回边撤边打扫战场，抢掠八路丢下的枪支弹药和马匹。

这一战，八路军牺牲十多人，受伤的人更多，还有三十多名战士被俘，另外被白匪抢走战马四十余匹，步枪五十多支。八路军剿匪第一仗就遭到严重挫折，助长了白金辉匪帮的反动气焰，白金辉、于秀成、庄庆玉等大小头目兴高采烈，说出师大捷，经棚县今后就是他们的天下了。

鲍三疯子提着带血的马刀来到白金辉面前，眉飞色舞地说："二哥，真他妈痛快，这穷八路不经打，咱们一鼓作气攻下区政府得了。"

白金辉摆了摆马鞭子说："八路都缩进了营子，占据了有利地形，咱们硬攻，要吃大亏的，还是撤吧。功夫长了，八路的增援来了，可就麻烦了。"他见众匪徒兴犹未尽的神态，又抚慰道："这才刚开始，先给八路一个下马威，以后更厉害得多着哪，听我号令——撤!"

匪队朝区政府乱放了一阵枪，转过山嘴撤了。

剿匪部队大败，黄大队长羞愧难当，一个久战沙场的老八路，却在阴沟里翻了船，他气得几乎要拔枪自杀。梁敬劝慰他："打仗嘛，哪有不吃亏的，好在保存了基本力量，溃散的人马都收拢回来了，咱们吃一堑长一智，也摸清了白金辉的底细，下一步谨慎些便是。"因为黄大队长属于军区编制，梁敬自然要尊重部队的同志。

黄大队长到底是老八路，他说："他娘的，土匪欺负我地形不熟，部队新兵多打仗没经验，我又犯了轻敌错误，提前埋伏打我个措手不及，这个仇非报不可。我要请求分区首长，整军再战，不灭了白金辉誓不为人!"

"就是嘛，胜败乃兵家常事，白金辉占了点便宜，自以为得计，咱们向县委紧急汇报，调大部队再围剿白金辉，一定要消灭他。"梁敬握着拳头发誓道。

五 二打白金辉

白金辉初战胜利，非常得意，他挨个抄起缴获的枪械，拉枪栓抠扳机，听着“咔达”一声脆响，心中好不畅快，这些枪虽然都是老枪，但对土匪而言使用还是不错的。他又踱到缴获的战马那儿，摸摸这匹拍拍那匹，这都是全鞍马呀，打仗，没有马不行，有了马，就如虎添翼，可以跟八路周旋一阵子了。他又背着手溜达到东跨院，鲍三疯子和于秀成、庄庆玉正在审讯被俘的八路军战士。这些战士过去都是扛活榜青的放牛羊放猪的穷人，还有一些打短工割大烟的流民，有几个还是有意投降的。当鲍三疯子等人提着刀枪、牵着狼狗把他们圈在粮仓下，逼问谁是共产党员谁是八路干部时，有两个家伙立马指认一位大腿受伤的战士是共产党员又是班长，另一名战士入伍前是贫农团主席。鲍三疯子、于秀成和庄庆玉立刻像疯狗一样冲上来，把两个人拖出来。鲍三疯子挥刀将受伤战士的头砍了下来，一腔热血“忽”地喷溅了鲍三疯子一身，鲍三疯子如同活鬼提起牺牲烈士的首级，恶狠狠地说：“看见了吗，这就是共党的下场！”

于秀成拔出短刀，走向另一名战士，这名战士见战友惨死，早以将生死置之度外，他猛地挣脱两个匪徒的挟持，怒吼一声扑向于匪。于秀成吃了一惊，立马将刀前伸，迎身扎进战士的肚子，这名战士伸出双手掐住了于秀成的脖子。于秀成“啊”了半声松开握刀的手去掰战士的双手，两个人撕扯在一起。

鲍三疯子见状，拔出手枪想打，又怕伤了于秀成，便把枪插回去，提着马刀冲上来，从身后将细长的刀身扎进战士的后腰，这名英勇的战士身中两刀早已成了血人，慢慢松开于秀成，蜷缩着倒下了。

于秀成捂着脖子喘息了一阵，眼珠子红红的拔枪对着其他被俘的战士要开枪，白金辉见了说一声：“别开枪。”

“妈的，这小子差点掐死我，非要他们的命不可。”于秀成气咻咻地说。

“省颗子弹打别的八路吧。老三，把我的和你的狼狗牵过来，它们可是好久没吃人肉了。”白金辉慢条斯理地说。

“好！让你们看看狼狗开膛的好戏！”鲍三疯子喊人牵来了白金辉的大白狗和他的几只狼狗。白金辉的大白狗是日本狼狗与草原猎犬交配的后代，个子像牛犊子，平时一群狼都打不过它，它不知吃了几个人，非常凶猛。鲍三疯子的狼狗与主人狼狈为奸，从来不吃死物，平时吃老百姓的鸡鸭猪羊，撕吃流浪的百姓和所谓的“反满抗日分子”，是一群红了眼睛的恶狗。鲍三疯子打了个呼哨，松开皮绳，几只狼狗忽地蹿上来，大白狗一口就将一个战士的脖颈咬断了，鲜血喷溅出好远，转瞬间，几条恶狗便将一个大活人开膛破肚撕吃掉了。

被俘的战士们包括一些土匪都被这恐怖的场景吓呆了。

白金辉踱到被俘者面前，用鞭鞘指着被害者的遗骨说："看见了吗，这就是当八路和我白某人作对的下场，老子是国军，是正牌，穷八路打不过我。你们现在有两条路，一条是跟我上山当国军，打共党杀八路，另一条就是这三个人的下场，一个字：死！现在，愿意跟我白金辉的站过来，不愿意的靠到粮仓根上。"

被俘者中的几个人喊："我们愿意跟着白区长。"便裹挟着众人往前迈步。有几个人不想当土匪，但见鲍三疯子、于秀成等人提着马刀瞪着眼睛杀气腾腾的样子，又见那几条吃得肚子滚圆仍在舔着鲜血的狼狗，只好向前迈步表示归顺。

白金辉"嘿嘿嘿"干笑几声说："挺好，不错，各位都是明白人，我白某人欢迎大家归顺国军！"他三一三十一，把被俘者分成三拨，拨给自己的队伍和于秀成、庄庆玉三股匪帮。然后，招呼大家大摆宴席，庆贺胜利。

白金辉叛乱事件对热北地区的影响很大，一些大地主、大牧主和反动军官、惯匪与国民党地下人员同流合污，先后发动叛乱，结成大小不一的杆子，如一股祸水四处漫延，向人民政府和农会疯狂反扑，到处追杀、暗杀我地方武装和干部，屠杀刚刚发展和组织起来的贫农团和农会干部、积极分子，制造了一起又一起血案。尤其是白金辉匪帮，势力最大，影响最坏，已对经棚县及周边地区根据地建设构成重大威胁。

驻林西的冀热辽军区热北二十军分区听取了经棚县委、县政府和克什克腾旗公署的军情汇报，觉察到了问题的严重性，军分区司令员卜云龙同志在军分区联席会议上综合大家意见，决心抽调部分主力部队，在地方武装配合下，开展剿匪斗争。卜云龙司令员亲率一个步兵团和一个骑兵连，在内蒙古骑兵二师三十六团配合下，从林西出发在百岔川口上陈营子渡过西拉沐沦河，由百岔河溯流而上，先在二区老婆子山击溃了庄庆玉匪队，毙敌三十余人，缴获枪二十余支，马二十余匹，庄庆玉落荒而逃，奔窜到前漫甸与于秀成匪帮会合躲避我军兵锋。

几天后，军分区剿匪部队与经棚县大队和军分区集训队在百岔川会合，部队一面整顿，补充弹药、粮草，派出侦察人员搜集敌人活动情报，一面由卜云龙司令员主持召开军事会议。三十六团指挥员和经棚县副书记、组织部长赵芝瑞，已升任县大队大队长的韩星，以及各区党政负责同志参加了会议，以统一部署剿匪战斗。

卜云龙司令员根据情报分析，决心以剿匪部队为主攻部队，以三十六团配合进攻，争取将白金辉等土匪聚歼于百岔川，根绝匪患。他命令三十六团由现驻扎地上柜梅林营子出发，翻越前山在塞罕坝东南段设阻击线，堵住白匪向坝上逃窜之路，翁牛特旗和赤西县我军一部在大庙一线驻防，堵截土匪不使之南窜，卜司令员率主力部队在经棚县大队引导下由麻绳铺和康家敖包两个方向向白金辉匪巢进剿，军区集训队和县公安内卫队由黄大队长和宝中三率领配合部队行动。指战员们摩拳擦掌，士气高昂，纷纷请战，决心一举消灭万恶的土匪，保卫解放区安宁。尤其军分区集训队黄大队长和战士们更是摩拳擦掌，决心打好这一仗，消灭白金辉，一雪前耻。

卜云龙司令员久经沙场，他请梁敬和韩星、张东阳、冯愉以及康海庭等人到司令部，请他们详细介绍了白金辉等匪首的基本情况，了解土匪队伍的人员构成、战斗力和乘马数，分析白匪队伍有一定战斗力，而且匪队大都有乘马，机动性比较强，土匪打得赢就打，打不赢就跑，部署战斗必须实行包围战术，战斗打响必须盯死他，以骑兵追击、步兵堵截，包围歼灭之。因此，他布置了一个多层包围的阵势，只要与白金辉一接上火，立即咬住不放，战法是步兵队与之对攻，由骑兵快速从两翼包围，在白匪可能突围的西南方向，则让三十六团堵截，南部有翁牛特旗和赤西县支队把守要隘，白金辉匪帮定是插翅难逃。

9月里，百岔川已经有些寒凉了，漫山遍野像天上仙女泼洒了七彩颜料，金黄的秋庄稼，紫红的山杏林，赭红的虎榛子，鹅黄的山杨和白桦，以及墨绿依然的榆树，还有挂满暗红与浅黄的柳丛，把百岔川打扮得一片灿烂辉煌。大豆荚鼓鼓的，荞麦挂满了黑色果实，莜麦散发出一股特有的香味，这庄稼人一年中最惬意的季节，他们可以尽情地嗅一嗅粮食的味道，享受吃饱肚子的舒服。因此，他们更加珍惜分得的土地，更加痛恨土匪恶霸们的疯狂报复和凶残虐杀，他们看见兵强马壮的人民子弟兵，看到了靠山，看到了未来的安宁幸福，纷纷向部队挥手致意，还把一些秋瓜、沙果、萝卜塞给战士们吃，祝他们消灭土匪打胜仗。

部队在上午十时左右已从麻绳铺和车抬沟登上了漫甸，尖刀班战士们在区小队长张东阳引导下，先爬上漫甸沿上一个大山包，这里对小井漫甸一览无余。他和战士们趴在石头后观察动静。一个眼尖的战士小声喊了一声："敌人！"张东阳顺着战士指的方向望去，只见大塔拉的南缘有一群马扎堆，一大群人正在散开，占据塔拉的边缘高坡，大致数数，足有四五百人。张东阳对尖兵班长说声："继续观察！"然后转身跑下山包，向正在上坡的部队跑去。已攀登到漫甸沿的卜司令员见张东阳跑下来，忙让参谋人员喊住。张东阳跑到司令员跟前，立正敬礼报告："发现土匪有四五百人，正在向我方运动。"

卜司令员立即下令，部队快速上山，占领有利地形，准备与敌人接战。

天上有云，在如山的云影下，卜司令员见战士们纷纷展开战斗阵形，机枪阵地、迫击炮阵地都已布设完毕。他用望远镜观察敌人，发现前面的土匪已散开趴在草地里，若隐若现，后面的土匪骑兵正在展开队形，卜司令员自言自语地说："还真有点打仗的架势啊。"他命令尖兵班向前跃进，与敌人接火，逗引敌人进攻，为部队向两翼包抄创造条件。

尖兵班十几名战士骑马从塔拉的草海中掠过，"啪、啪、啪"几声尖厉的枪声响过，战马跃上塔拉的高岗，迎头一顿枪弹，打向正在向前运动的土匪，旋即旋回马头，跑回塔拉。土匪被一阵乱枪打得慌乱一阵，虽然没有中弹的，但也吓够呛。领头的栾相臣、栾春林、庄庆玉、王魁等忙压住阵脚，向我尖刀班的影子一顿乱枪，随之便大叫大嚷率领匪队追击。

二三百土匪边打枪边冲进了塔拉，尖兵班边打马向后撤边回身向土匪开枪射击。栾相臣大喊："弟兄们，猛打呀，打死一个八路赏大洋十块、赏大烟半斤。"匪徒们气焰嚣张，嗷嗷叫着边追边打冲过来。

尖刀班回到我军阵地上，立即甩镫离鞍下马，找好位置向敌人开枪。栾相臣得意地说："共军记吃不记打，又趴到上次倒霉的地方了，弟兄们快冲上去，先灭了这伙共军，再打他们的大部队。"

卜司令员蹲在机枪阵地上，见土匪乱哄哄地冲进了塔拉，沿缓坡向上攻来，他抬手"啪啪"打了两枪。立时，我军的一挺九二式重机枪和四挺捷克式轻机枪吼叫起来，密集的弹雨像扫帚一样将土匪打倒了一片。没倒的在片刻惊愕后，如同惊枪的兔子掉头就往回跑，还有的趴在草丛里蹶着腚打哆嗦，枪弹从其头顶嗖嗖飞过，打得蒿草"簌簌"直落。战士们也用各式步枪射击，如同开了锅一般的枪声，盖过了土匪的哀号。

白金辉在前两日便得到了八路正规部队要打他的消息，他派快马把经棚县的几个杆子都请来了，还把赤峰县的土匪刘子泉杆子一百多人也请来了，集结了五百多人，承诺打败八路，缴获分一半给刘子泉。白金辉看上了刘匪有两挺机关枪。白金辉一阵大烟泡哄得刘子泉飘云驾雾得意扬扬，拍着胸脯说，没说的，我的弟兄都见过大阵仗，打几个八路那是手到擒来，赶明个儿与八路开战，我的人马在头里，机关枪一响，管叫八路屁滚尿流。

白金辉大喜，说我派马队在后面照应，派栾大当家的和你打先锋，咱们全队压上，一举击败八路，然后乘胜拿下经棚镇。众匪首大呼小叫狂妄地喊着要把八路的脑袋当瓜剁。

白金辉一伙在后面，见前队人马追着八路打，正要催马带后队跟上，突然听见机枪一阵爆豆似的轰响，心说：坏了。催马跃上塔拉南岗，见八路军的扇形火力已经把他的二百多人马罩在了塔拉里，像宰羊似的痛杀，他忙吆喝儿子白景春和柳春福、柳春禄催后队人马赶快上来与共军接火。

刘子泉见自己的人马被打得鸡飞狗跳的，带着哭腔说："完了，我的弟兄快死绝了，你他妈的不是说八路没多少人吗，你看看这枪打的一锅粥似的，到处都是八路啊，可毁了我的弟兄了！"

白金辉叫道："别你妈的号丧了，还不把你的机枪架上开火，压住共军，把弟兄们救出来。"

刘子泉定了定神，忙叫机枪队长带机枪手把两挺日本歪把子机枪架起来，向对面的八路军阵地扫射。机枪手是满洲国治安军出身，机枪打得挺准，一时压住我八路军部分火力，打中了好几个八路军战士。

白金辉见状，趁机指挥土匪队伍都压到一线，与八路军展开了枪战。

卜司令员用望远镜观察敌情，发现土匪大队人马都下马冲到了前沿，与我军展开枪战，在敌人全被吸引到正面时，我军正逐渐向两翼运动。他相信另一路从车台沟上山的我军剿匪部队听到枪声，会从上小井漫甸迂回包抄过来，包围圈便形成了。

在枪战中，土匪的火力不逊于我军，因为土匪中多数是伪满洲国国兵、伪警察、特务、宪兵，还有惯匪和看家护院的炮手，还有猎户，这些家伙都比较有战斗经验，枪法也挺有准头。而我军除少数老兵外，大部分都是参军时间不长的新兵，战斗技术和枪法都欠缺，枪械又杂而陈旧，子弹也不多，一时间，与敌人打成了僵局。

卜司令员命令机枪手全力压制敌人火力，挥手命令小炮排长，一定要将敌人的机枪敲掉。

小炮排长率炮兵在机枪掩护下，迅速标定射击诸元，做好了发射准备。炮兵排长大喊："预备，放！"只听"咚咚"两声脆响，两发迫击炮弹像黑老鸹似的迅速飞向敌机枪阵地，"轰轰"在敌机枪前二三十米地方爆炸。近了，立即调整角度，迅速装填，两发炮弹出膛，土匪机枪手刚抱起机枪要转移阵地，炮弹带着哨音就在眼前爆炸，几个家伙连带机枪都被炮火炸得粉身碎骨。

土匪机枪一完蛋，火力大减，而八路军的机枪刮风似的来回作扇面扫射，土匪立马吃不住劲了。刘子泉的大腿被炮弹炸得血肉模糊，他爬着喊："白大哥，不行了，我的机枪被炸碎了，快救我呀！"

白金辉让两个小匪架起刘子泉往后面送。两个小匪刚背起枪架起他，一串子弹飞来，把三个人一齐打了个透心凉，栽在地上蹦了腿，吓得白金辉紧趴在草地上不敢抬头。随后，迫击炮弹两发一组不断在匪徒们的阵地上炸响，不时传出土匪被击中的哀号。

于秀成见势不妙，爬到白金辉身边说："不行啊，二哥，这阵势咱们非垮了不可，共军火力太猛了，快撤吧。"

鲍三疯子咬着牙说："我带骑兵队冲锋吧。"白金辉说："冲锋个屁，八路的机枪大炮这么凶，冲不了几步就得给打成马蜂窝。快撤，别让八路包了饺子。"

于秀成和鲍三疯子往后爬了几步，躲开对面射击视线，跳起来大喊："弟兄们，风紧，扯呼！快撤快撤呀！"土匪们听了，爬起来就往后跑，立时被飞来的枪弹打倒好几个。被压在塔拉里的土匪听后面的同伙喊撤退，急忙跳起来往后跑，不少人被枪弹打得栽了下去，土匪们鬼哭狼嚎拼命往回逃，栾春林和王魁顾不了匪队了，拼命往后跑。卜云龙司令员见两个提短枪的家伙站起来往回跑，他几步跨到重机枪阵地，推开机枪射手，调整一下机枪标尺，打出了一长串子弹。弹雨中，栾春林和王魁像烧火棍捅了屁眼一样蹦跳起来，张开双臂抓挠几下栽倒在地。战士们也纷纷站起身子，打出一排排子弹，塔拉里二百多土匪，被打倒一大片。

卜司令员见土匪要逃跑，命令吹冲锋号，在激昂的号声中，战士们端着闪着光亮的刺刀，呐喊着发起了冲锋。骑兵连的战士也牵过战马，麻利地骑上马背，从两侧向土匪包抄过去。

白金辉率领败退的匪众跑到一个洼地里的战马旁，与众匪乱纷纷上马逃跑，众匪徒惊慌失措，争相逃窜，有的从这边上马从那边掉下去，有的被受惊的马摔了下去，还有的干哆嗦上不去马。白金辉对鲍三疯子和于秀成喊："往坝上撤！"自己用脚后跟一磕马肚子，大白马一个蹿子便冲了出去，身后众匪徒哭爹叫娘地骑马或徒步没命地向塞罕坝方向逃窜。

八路军步骑兵兜网似的开始追击，土匪向西南方向塞罕坝逃窜，逃到上小井漫甸石岗，迎面一排枪打来，几名土匪从马上栽下来。于秀成惊叫："不好，前头有埋伏。"

白金辉一拢马缰绳，观察片刻，下令："掉头向灯笼河子撤！"土匪抵抗了一下，一窝蜂地向灯笼河子梁逃跑。灯笼河子梁是经棚县与翁牛特旗交界的一道长岭，岭上的最高峰马鬃山海拔近两千米，西连赛罕坝，地势高拔险要，是昭乌达盟境内第一高峰。白金辉想绕道灯笼河子梁，从马鬃山麓撤逃到塞罕坝密营。他没想到翁牛特旗支队已堵在灯笼河子隘口，见土匪败逃至此，又是一顿乱枪打来，土匪像一群丧家犬惊叫着往回跑。白金辉见前有堵截，后有追兵，慌不择路，带匪队往马鬃山上逃窜。马鬃山三面陡坡一面峭壁悬崖，土匪爬上山顶，我追击堵截部队也赶到山脚。卜云龙司令员见土匪被赶到了山上，此山孤零零的是绝地，立刻命令部队将山团团围住，然后在机枪掩护下向山上冲锋。白金辉在山上利用地势之利指挥土匪拼命抵抗，我军冲到山半腰，伤亡许多，退了回去。

卜司令员见势命令部队稳住阵形，将外围部队悉数调过来，布置好阵地，将马鬃山里外三层重重包围起来。因为白金辉匪众经过一场激战，已折损大半，山上无水，土匪无粮，在山顶难以持久，只要先围住他，白匪插翅难逃。

战斗不知不觉打了大半天，此时日已西斜，气候多变的高原漫甸起了云雾，如同一块黑色的斗篷遮蔽了天空，遮蔽了太阳，天空阴暗下来，淅淅沥沥的小雨下起来了。战士们在小雨中挖掩体，构筑射击平台，枪法好的战士用冷枪射击敌人。骑兵们乘隙拿出草料口袋，给战马补充饲料，骑兵通讯员骑马穿梭着传达首长命令，报告战斗准备情况。剿匪部队指战员做好了最后准备，要给予白金辉匪帮最后一击。

白金辉坐在山顶的一块石头上，面色灰暗，大白狗蹲在旁边伸着血红的长舌喘息。白景春站在白金辉身后，提着大张机头的盒子枪，于秀成、庄庆玉等大小匪首围拢在身边，柳氏兄弟指挥土匪们向山下射击。白金辉哀叹道："没想到八路的力量这么大，火力这么猛，幸亏撤得快，不然早让人家包圆了。现在倒好，被困在马鬃山上，真是上天无路，入地无门，成了瓮中之鳖，我白金辉命该如此啊！"

鲍三疯子说："二哥别急，我率马队冲下山，保护你冲出包围，妈的，大不了是个死，怕他个逑。"

白金辉摆摆手："硬冲非给人当了活靶子不可，咱们坚持到黑天再突围。现在最怕的是天黑前这几个时辰。"

"二哥，放雾了，放雾了！"于秀成大叫道。

只见远山近岭，白雾如山似海滚涌而至。顿时，高山野岭被掩盖得严严实实，马鬃山片刻之间被淹没在云山雾海中。白金辉从石头上跳起来，又"咕咚"双膝跪地，朝塞罕坝方向连磕三个响头，双手合十说："塞罕佛开恩，天降神雾，保佑我逃过此劫。"

他站起身来，对众匪首下令："天不灭我们，赶快趁大雾迷山分路突围，于当家的你和庆玉当家的率队往东下山突围，到漫甸上与八路转圈子，我和鲍三弟、侯兄弟率队往西朝塞罕坝突围，能走的都走，不能走的自行了断。"众匪领命，忙召集本队人马，准备突围，对几个受伤不能动弹的，干脆扔在山上了。

卜司令员确定五时发起攻击，不想一阵小雨后，突然起了大雾，霎时覆盖了山岭，马鬃山也在视野里消失了。他说声："不好！"立刻意识到土匪一定乘大雾突围逃跑，他下令各部停止攻击准备，全力防守阵地，防备敌人突围。

命令刚下达，突然山上枪声骤起，大雾中传来喊杀声，土匪开始突围了。于秀成、庄庆玉率百十来人从东坡下山，围困的八路军等土匪到了眼前才发现敌人身影，仓促之间开枪阻击。土匪是亡命之徒，边打边策马狂奔，一下子把防线冲开了，顺着梁沿向东奔逃而去。

白金辉听到东面传来激烈的枪声，知道于秀成、庄庆王他们突围行动开始了，他麻利地上马，对属下说："老天爷给了咱们逃生的机会，弟兄们跟我向西冲，顺塞罕坝梁沿突围，是死是活就看这一下子啦!"鲍三疯子等人抢在头里，一呲一滑勒着马嚼子从马鬃山西坡往下溜。

山下封锁线布防的是县大队和内卫队的战士，指挥员是宝中三。他为白金辉被困山头着急忙慌的，因为部队封锁消息，防备严密，他无法把情报送出，见白金辉被强大的八路军打得丢盔卸甲，被围困在高山之上，他害怕白金辉被擒拿住，一定会供出他这个内线，又苦于无法帮助白金辉脱困。他判断白金辉如果突围，一定向西顺山冈向塞罕坝方向逃跑，因为白金辉的密营在那个方向，而且山冈相对平缓，有利于乘马逃生。因此，在分兵围攻时，他主动要求带部分兵力在马鬃山西部布防，期望白金辉从西部突围时好大开方便之门。

宝中三把内卫队里的几名死党召集在一块儿，嘀嘀咕咕地叨咕几句，几个人便带手下人占据了山梁的正面。见大雾迷山，宝中三心中暗喜，心说白二哥命不该绝，一定会乘大雾突围而出。在听到东面枪响时，他料定白金辉使的是声东击西、金蝉脱壳之计，心里就盘算好了帮助白金辉突围逃跑的招数。不到一袋烟功夫，迷雾里听见这边传来"扑腾扑腾"的马蹄声，宝中三对战士们大喊："听我命令，我不开枪谁也不能动。"

话音未落，只见浓雾里窜出几匹快马，箭一般地冲过来，县大队两名战士刚从简易掩体抬起身子，枪还没伸出去，就被窜过的战马撞飞了，后面的马队顺着冲开的缺口"忽忽隆隆"冲了过去。这时，趴在边沿的宝中三才朝天放了一枪，大喊："打呀！开抢打呀!"战士们朝土匪后队"乒乓"打起枪来，土匪后队两个人被打下马来，大队已隐没在浓雾中了。

宝中三从地上站起来，喊拴马桩子：快牵马过来，追击敌人。

等他们牵马过来，准备上马拉开架式，白金辉一伙早就乘大雾没了踪影。

谁也没注意到，宝中三的右脚背中了一枪，他在朝浓雾里打光了枪膛里的子弹后，从马上栽下来，翻身打滚弄得身上都是血渍、泥土，样子十分狼狈。他推开救护他的战士，仍在命令追击敌人。

不期而至的大雾，让白金辉这只煮熟的鸭子飞了！

卜云龙司令员在东面派部队阻截追击于秀成匪队，意识到土匪是分路突围，他率机动骑兵连向西边增援，在很远听到西边枪声暴响，催马在迷雾里疾行，因为地形不熟，雾大，放不开马。待他们到封锁线时，只见县大队的战士正在收殓死者，救护伤员，土匪早没影了。他大声喝问："宝队长呢？土匪呢?"

战士报告，土匪已突围向西逃跑，宝队长受伤正在包扎救护。

卜司令员驱马到躺在地上的宝中三面前问："宝队长，你怎么搞的，为什么让土匪从你的防线逃跑了?"

宝中三用左腿支起身子，一脸痛苦地报告："我们听到东南枪响，赶紧布置警戒，没承想土匪从大雾里冲过来，马踏刀砍冲破了防线，我和同志们拼命阻击，敌人马快冲过去了，我也受了伤，我没有挡住敌人，请首长处分我吧。"

“你们放跑了土匪，处分你又有什么用!”卜司令员气恼得勒马直转圈儿。

赵芝瑞下马走到宝中三跟前问：“伤得重不重？卫生员，赶快包扎。”他对卜司令员说：“司令员，白金辉跑得了今天，跑不了明天，如果不是大雾迷山，白金辉早就完蛋了，现在雾太大，天又要黑了，收兵下山再说吧!”

卜司令员叹口气，“哼”了一声，一挥手，将马刀插入刀鞘，下令吹集合号收拢部队下山，忍不住骂道：“狗日的大雾，真他妈的邪乎，让白金辉这只煮熟的鸭子飞了……”

此战重创了白金辉匪帮，打死了惯匪刘子泉和栾春林、王魁等四十余人，打伤三十多人，俘虏三十余人，如果不是天气影响，彻底围歼白金辉是有把握的。卜司令员和参加剿匪作战的指挥员们作战总结时得出几点结论：第一，经此一战，白金辉元气大伤，只要继续不间断发动攻击围剿，一定会彻底根绝匪患。第二，白金辉匪帮系热河北部地区反革命武装的集合体，极其反动顽固，有一定战斗力，对地形熟悉，土匪大多数是骑兵，机动性强，与其作战要谨慎，不能大意。第三，根绝匪患，更广泛发动群众，注意政策，分清顽匪和受裹挟为匪的老百姓，最大限度地打击孤立顽匪。各部队撤回百岔大川一线，边整训部队，边帮助地方政府开展土改工作。

六 风云突变

白金辉借助大雾掩护和马快地形熟，加上宝中三的暗中相助，侥幸从马鬃山包围圈中突围而出，一路狂奔几十里，跑到塞罕坝四淇波才收住脚，收拢队伍，除了被打死的、俘虏的、逃散的，稀里拉嘎的还有一百来人，而且许多人挂彩带伤，许多马匹也累垮了。栾相臣这时才回过味来，跺脚捶胸哭他的侄子栾春林，口中喊着：“我的儿啊，你死得好惨啊。”人们心里都清楚，栾春林明面上是他的侄子，实际上是栾相臣与他的嫂子私通生下栾春林，那实际上是他的亲儿子，他能不心疼吗？白金辉一脸晦气地转圈子，停下来，他扫视一遍众匪惊悸不安的样子，先是号啕大哭，捶胸顿足地说我时运不济，刚出道便让八路打得鸡飞狗跳，让弟兄们跟着受累，接着又收住干号，狼似的狂笑起来，柳春福忙上前搀扶白金辉说你又哭又笑的，是不是让八路打丢魂了。白金辉放声大骂：“放你妈的狗臭屁，我是为咱们脱此大难打心里乐，你想想看，咱们被八路困在马鬃山上，前不着村后不靠店，无粮无水，眼瞅着要被包了饺子，这天降大雾，护祐我们突围脱困，这不是天意么？这不是老天爷保佑我白某人命不该绝，将来必有大造化！”

柳春福顺杆爬地说：“是啊是啊，姐夫，真是神了，我在后面跟着你跑，突然不见了你和大白马，只见前面一条龙在飞，大白狗在后面驾着云在飞，您是白龙现世，紧要关头时现真身脱困，八路斗不过你。”

“真的！”

“可不是咋地，我也看见了。”柳春禄附会道。

“二哥你是真龙天子，往后还得在经棚县地面当人王地主哩，八路打不垮咱们。”鲍三疯子边给他的狼狗疗伤包扎边说。

白金辉把手下的恭维吹捧当了真事，得意地说：“算卦的说我白某人是白龙转世，有帝王相，看起来咱真是顶着星星下凡哩！他妈的，胜败乃兵家常事，咱们收拢队伍，避开八路风头，找机会非报这个仇不可。”

他留下一哨人马在四淇波歇兵养马并提高警戒，自己率大队人马奔红山子乌牛吐老营盘休整。

乌牛吐老营是白金辉暗中建设的密营，处于红山子原始森林中，东和高山密林相连，出大局子可进萨岭河大川，西与乌兰布统相接，通过乌兰布统草原与西沙窝相连，南翻越高山野岭可直下河北围场与锡林郭勒草原的多伦，周边上百里无人烟，山高林密，沟壑纵横，河溪潺潺，是一个非常隐秘的地方。白金辉预先派人在老林中建了密营，盖了许多地窨子，搭了不少马架子，贮备了大量粮食。他把牛马羊群也赶到离老营不远的四淇波夏场，家中的大量财产都转移到这里，他的家人包括俩老婆和白玉莲都预先转移到了乌牛吐密营。由于八路军兵力不足，又对地形不熟，暂时无力攻取匪巢，使白金辉占据一方，建立了自己的据点。他就像被猎人打伤的狼，咬牙切齿舔着伤口伏在老窝里，等待时机窜出来再咬人。

进入10月，斗争形势发生了巨大变化，国内革命战争正处于艰难时期，国民党反动派依仗其兵力优势，向共产党解放区和人民军队的全面进攻达到了高潮。在晋绥地区，国民党第十二战区司令长官傅作义率军攻占我晋察冀解放区首府张家口，并相继占领多伦、张北，从西面包围解放区。以孙连仲为司令的北平地区国民党军派十三军攻占了热河省会承德，并向北攻占了围场，从南面威胁我解放区。国民党东北保安总司令杜聿明派九十三军攻占了赤峰，从东面压迫我解放区，军事形势十分危急，根据地被挤压在西拉沐沦河两岸狭小地区，冀热辽解放区进入最艰难的时期。冀察热辽中央分局、军区司令部都迁到林西办公。

在危局中，我党我军坚决执行中共中央和伟大领袖毛主席的指示，全面动员解放区力量，与敌人展开英勇的斗争，一切为了前线，一切为了胜利，解放区人民参军、支前、土改，全力以赴支持人民解放战争。

热北军分区部队在百岔川驻扎了一段时间，有力地支持了土改工作和清匪反霸斗争。在接到军区命令，集结后要开赴前线时，卜云龙司令员临行前召集了经棚县委副书记、组织部长赵芝瑞和部分区委区政府领导参加的会议，对土改工作和清匪反霸斗争进行了认真总结，对下步工作提出了指导意见。他特别提醒县委注意白金辉、于秀成股匪的动向，指出随着我主力部队开赴前线，解放区内的剿匪工作任务肯定要严峻起来，要做好充分的思想准备，县区武装要加强训练，适度集中，以更有力地保卫解放区，保卫胜利果实。

会后，卜司令员专门留下赵芝瑞、韩星和梁敬，他说："根据战斗现场勘察分析和调查，宝中三在阻击白金辉逃跑时，不是迎头阻击，而是打的马后炮，宝中三受伤是驳壳枪近距离射击造成的，极有可能是自伤。由此判断，宝中三在战斗中有纵敌逃跑之嫌疑。请你们进一步调查核实，一定要防范内奸，要知道奸细是最害人最危险的。"

赵芝瑞说："司令员提醒的极是，我们也在分析，我们几次要解决白金辉，都让他事先得到消息，的确值得研究。白金辉社会关系极其复杂，宝中三与他过去交往密切，我们一定认真细致做好调查，清除内鬼。"

卜司令员说："军分区为了支持县区武装斗争，决定把这次战斗和清缴的地主武装枪支弹药给你们留下一批，足够你们使用。"赵芝瑞代表县委、县政府对军分区的指导和支持表示感谢，并将县里支援部队的军粮马料和鞋袜清单交给卜司令员。部队首长与地方干部在这段时间里互相支持互相学习，工作关系非常融洽，部队与老百姓也产生了深厚感情，乡亲们依依惜别部队指战员，觉得他们一走，自己的生活就好像失去了靠山，空落落的。

第三章　血　仇

一　狼狈为奸

白金辉为逃避我剿匪部队的打击，蛰伏在乌牛吐深山老林一个多月不敢露面，但他一点也没闲着，他派人与于秀成、庄庆玉联系，得知二人率本部匪众突围后，被剿匪部队追着屁股撵了十多天，于秀成已潜伏在上头地漫甸，庄庆玉潜伏在二区后沙坑子、黑水一带，暂时渡过了危机。白金辉又派柳春福和白景春带了一些大烟和银圆，到赤峰县大庙战死匪首刘子泉的老家，给其家人送了抚慰金。他这么做不是因为跟刘子泉有多深厚的感情，多重义气，而是因为他收编了刘子泉的余部，抚慰死者，是给活人看的。另外，因为五区与赤峰县相毗邻，在赤峰县有了自己的队伍和根基，为今后活动扩大了地盘，增大了活动空间，也为到赤峰去开辟了通道。他对刘子泉匪部的新任当家的承诺，待以后投靠了国军，一定为他讨上封赏。白金辉的一番恩惠，使得刘子泉余部千恩万谢，纷纷向白金辉表示效忠。现在最让白金辉望眼欲穿心焦如焚的，是王克礼和郭璞二人数月不归，没有郭璞的引荐，即使到赤峰去，也不会被国军重视，得不到封赏。白金辉的原则是，去见国军就必须让国军重视自己，给予应得的地位。否则，宁可占山为王，也不去遭人白眼。这些日子，他如同找不到老窝的野狗，逡巡着不得安宁，时不时地拿白玉莲出气，骂白玉莲是败家子，坏了他的好事。

玉莲被她爹暴打一顿后，被软禁在家。白金辉命令玉莲她娘柳氏严加看管白玉莲，并安排一个五大三粗的丫鬟侍候。他声色俱厉地对丫鬟吩咐，一刻也不许玉莲外出，否则打断丫鬟的腿，如果让玉莲跑了，就把丫鬟喂狼狗。他没收了玉莲的小手枪、匕首和小红马，从此，玉莲过上了囚犯一般的日子。自从用马车把她娘俩送到乌牛吐密营，玉莲只有到伙房吃饭、到茅厕便解的权力，只有成天以泪洗面，用钩针织毛衣毛袜子消磨时间，谛听外面鸟兽的叫唤，或在心里千百遍地呼唤心上人梁敬，就这么几天，一个粉嘟嘟的人便憔悴不堪起来。

就在白金辉度日如年的时候，正在地窨子里喝闷酒骂娘的白金辉听白景春狂喜地叫喊："爹、爹，郭县长回来了!"白金辉"腾"地站起来，几步便窜出屋子，见鲍三疯子几个人陪着王克礼和一个戴墨镜、穿草绿色军服和高筒黑马靴的军官朝这边走来。郭璞落后几步比比画画地与几个穿国军军装的人说着什么，他穿了一件黑皮夹克，也穿着一双黑皮靴。来的人中包括郭璞和王克礼在内腰中都挎着棕黄色手枪套，跟随的都胸前挂着卡宾枪。

王克礼见着白金辉，疾走几步拉住白金辉的手说：“二哥，可见着你了，听说你跟八路干了一仗，英勇无敌。”

“别他妈的吹我啦，还英勇无敌呢，差点让人家包圆了。”

“二哥福大命大造化大，老天保祐，没事。这不，我和郭县长到赤峰与国军联系上了，赶紧地往回赶。”

郭璞走到白金辉面前，双手一抱拳：“白区长，恭喜你，一投靠国民政府就喜获战功。”

“我的郭大县长，你就甭埋汰我了，我都让八路打塌架了，哪来的喜，哪来的功啊！”

“不然。”郭璞说道，“你顺天应人回归国民政府，发动起义给共军后方造成混乱，干掉了不少八路，这不是又有喜又有功吗？来来来，我给你介绍一位贵人。”郭璞手挽着那个戴墨镜的国民党军官走到白金辉跟前，说：“我来介绍一下，这位是国民革命军东北保安司令部第九十三军谍报队队长张振三上校。这位就是大名鼎鼎的热河北部的英雄豪杰白金辉先生。”

那个叫张振三的国民党军官很潇洒地向白金辉行了一个美式军礼，然后摘下白手套双手握住白金辉的手，使劲晃了晃说：“久闻白先生大名，今日得见，实乃三生有幸。白先生深明大义，高举反共义旗，声震热察战区，真乃反共义士、当代英雄，振三非常佩服，非常佩服。我谨代表卢军长向您表示嘉勉，并奉命与你沟通联系，支持贵部同共党八路作战。”

郭璞见白金辉兴奋的样子说：“白区长，国民党热河省政府和赤峰党部对你非常关心，都盛赞你高举反共义旗意义重大，都表示要大力支持你。兄弟我到赤峰见到国军九十三军卢军长和省党部的特派员为你讨封，他们非常重视，特派张上校率侦察队弟兄们和我们会面，给予支持指导，并听候白二哥你的调遣。”

“好哇，好哇！咱们进屋说。景春哪，快去吩咐伙房，杀牛宰羊准备手把肉为贵客接风洗尘。”

“好咧！”

白金辉把张振三、郭璞等人让进地窨子，把张振三的士兵让进另外一间地窨子休息。

丫鬟倒上茶水，白金辉搓搓手说：“郭县长，张上校，不好意思，山上没好东西招待，喝杯金莲花山茶吧。”

郭璞端过茶杯，用杯盖拨弄几下漂浮在杯口的金莲花说：“不错不错，我听说金莲花降温解暑，消渴理肺，疗效奇高，这是在大城市里喝不到的山茶呀！振三兄，请尝尝，风味独特啊！”

张振三摘下墨镜，端起茶杯抿了一口，咂咂嘴道：“的确不错，与美国咖啡相比各有千秋。”

白金辉说：“这深山密林大草原，比不上大城市，只有野味山珍值得一品，一会儿请各位吃手把羊肉、吃羊血盘肠，只用大青盐、山花椒、野葱、野蒜当作料，味道好得很咧!”

张振三喝了几口茶，站起来双手抻抻军衣，清清嗓子对郭璞说：“郭县长，我想在饭前把事情安排妥当为好，免得白大当家的挂记着。”

郭璞一躬身说：“对对对，还是张队长想得周到。白二哥，饭前请张队长把来意说一下，把喜讯带给你，也让你喝酒时尽兴。”

白金辉忙不迭地说：“那当然，那当然，请张队长开金口明示。”

张振三说：“我奉九十三军长官命令，一是来对白大当家的表示嘉勉；二是了解贵部的基本情况，以便提供支援；三是我九十三军谍报队在贵部帮助下对热河北部共匪控制区进行侦察，为下步军事行动做准备；四是请白大当家的到赤峰去向长官当面汇报，并受封赏。”

听了这话，白金辉和手下个个喜上眉梢。白金辉搓搓手说：“张队长，谢谢国军看重我白某人，兄弟过去糊涂，上了共产党的贼船，现在我幡然悔悟，反戈一击，今后白某人一定效忠党国，与共产党八路军不共戴天血战到底。”

“有您这几句话，我就放心了。现在国民政府和国军有美国友邦的鼎力支持，飞机、大炮、兵舰等新式武器满足供应，连发快枪火力凶猛，现在全国绝大部分都已被国民政府所控制，共军破衣烂枪，根本不是国军的对手，不用一年就会被彻底消灭，白大当家的归顺国军，正是明智之举。你随我到赤峰讨封领赏，得了好处可别忘了张某人呀!”

“哪里哪里，白某人什么时候也忘不了你的引荐之恩。”白金辉笑呵呵地向张振三抱拳说。

正是鱼找鱼、虾找虾，几个家伙结成了狐朋狗友，席间还相互拜了把兄弟。白金辉出手大方，送张振三百岔铁蹄马一匹，现大洋五百块，送他的谍报队士兵每人二十块现大洋。张振三赠送白金辉马步枪十支，机关枪一挺，子弹若干发，手榴弹一百枚，并言明，到赤峰后，将根据白部兵员数配备装备。白金辉乐不可支，恨不能给张振三磕几个响头。众匪在密营狂欢了一整夜。

郭璞心怀鬼胎，席间借解手之名溜出地窨子，朝一枝梅住的地方赶去。还没到门口，一条黑影便蹿上来紧紧抱住了他，他一惊之下立马感觉到了来人是谁，顺势手也紧紧抱住了她，两个人一阵狂吻热亲。一枝梅像一条蛇一样两腿夹在郭璞腰胯上，扭动着，娇喘着，嘴里嘟囔着：“快进屋，快进屋，可想死人家啦!”郭璞心领神会，抱着一枝梅进了地窨子，见里屋炕上铺好了床铺，一盏煤油灯闪着昏黄的光芒。两个人进屋，郭璞把一枝梅放倒在炕上，一枝梅双手仍搂住郭璞，两人又狂吻乱摸了一阵子，一枝梅用眼神示意他关上门，郭璞快步闩门回转身，见一枝梅已麻利地钻入被窝。拉郭璞钻进被窝，两人娇声浪语，行起云雨之欢……

折腾一阵后，郭璞如同霜打的黄瓜秧蔫下来，躺在一枝梅身边喘息。一枝梅是窑姐出身，淫乱花活多，早把郭璞玩得云山雾罩的了。她边抚摸郭璞边嗔怪撒娇：“死鬼，在赤峰街又让哪个骚货迷住你了，到现在才回来，可把奴家想死了!”

郭璞揉捏着一枝梅那对丰硕的乳房说：“我也想你啊，连做梦都想你呢，说实话，老子玩过多少女人，就是你让我惦记着，嗯，有滋有味!”

“你别净他妈的拿好话哄我，这次回来给当家的带来了喜讯，给我带来了什么好东西？”

郭璞伸手从炕梢衣服里拿出一个锦盒，打开拿出一串心型翡翠金项链，抖开套在一枝梅脖子上，说：“你看看，怎么样？好看吧。”他又拿出一对大红玉石手镯子套在一枝梅手腕上，“怎么样，好看不？”

一枝梅瞅了一番，高兴极了，脑袋朝郭璞怀里一扎，“咯咯”笑着说：“好看，真好看！”

白金辉在席间见郭璞久去不归，心里明白是怎么回事，他心里妒火燃烧，但很快就压下去了，他现在需要郭璞，别说献上一枝梅这个骚货，要啥都舍得。他见张振三五大三粗，气宇轩昂，谈吐豪爽，是个汉子，想到自己要与国军挂钩受封领赏，张振三是个关键人物，他的谍报队武器精良，战斗力强，也是可倚重的力量。现在要发展自己的势力，不但要牢牢套住郭璞，更要贴上张振三这个靠山，他由一枝梅与郭璞，想到了女儿玉莲与张振三，如果把女儿许配给他，双方就成了一家人，等于自己在国军里拉上了牢固关系，对自己今后的发展可是大有好处的。想到这里，白金辉禁不住搓起手来，竟没听见张振三向他敬酒，王克礼提示他才醒过神来，便更殷勤地与张振三套近乎，直到午夜，欢宴才结束，个个跟头踉跄地回房睡觉。

郭璞与一枝梅连战几个回合，筋疲力尽却兴犹未尽，听见远处传来散席的声音，才赶紧穿衣出门，回到饭厅。他见白金辉仍端坐在那未动，以一种异样的眼神扫视他几下，郭璞忙解释：“可能吃得不合适，拉肚子啦。”白金辉说：“那得好好治治，他二娘那有药，一会儿拿点吃就好了。”

郭璞听白金辉点划，知道白金辉清楚他与一枝梅的事，要不然他也不会待在饭厅不回屋。他心虚地向白金辉赔笑脸：“白区长，这次与国军取得联系，我可是费了好大劲啊，过几天我陪你到赤峰，有什么事需要我办，你尽管吩咐。”

“哪里哪里，你是县长，我听从你的指挥，你这次帮我这么大忙，我谢都来不及，容当以后补报。郭县长，你肚子疼，一会儿到他二娘屋睡觉，我把床铺倒出来，我让老二再给你调一副药，保证药到病除。”

“那怎么可以啊，不够朋友了。”

“没什么，女人么，还不是墙上的泥，别给我客气，我不会记恨你的，但愿咱哥俩今后同舟共济，相互帮衬就中了。”白金辉大度地说。

郭璞听这话真想叫白金辉声亲爹，忙说：“帮助白区长就是帮助我，帮助党国大业，你如此宽宏大量，真是让小弟我愧疚万分，今后你的事就是我的事，你有啥事随时指派我，兄弟为你办事肝脑涂地，万死不辞。”

“别价，你是县长，我得听你的，别闹颠倒喽。”

“咳，白区长，我这个县长没有你撑门面，还不是光杆县长么。”

“那好，郭县长话说到这个份上，还有啥说的？天不早了，你歇着吧，明天咱们再议事。”白金辉送了郭璞几步，到大老婆柳氏那过夜去了，把一枝梅让给了郭璞。

郭璞目送着白金辉走了，自己心想，这下可让白金辉抓住小辫子啦，想脱身都来不及了。也罢，人生么，就是及时行乐，活一天快活一天，再说自己将来要当上真正的有权有势的县长，还真得依靠白金辉这个地头蛇，白金辉也离不了我，这就叫相依为命的利益共同体。妈的，睡一个骚娘们算个屌，等到赤峰街给白大当家的找个窑姐补付补付就行了。想到这，他释然了，便蹽开大步进了一枝梅的屋子，开始新一轮的狂野。

第二天拂晓时分，白金辉便从炕上爬起来，披着皮大衣在密营里溜达，他老远看见张振三和他的副官及马弁在对面的一个小山包上忙乎什么？他心生狐疑，赶忙到山包上，见张振三举着望远镜四面观察，他的副官在马弁的帮助下在一张图上标识做记号。白金辉不满地说："张队长，初来乍到，就侦察起我的密营来了，这恐怕不友好吧？"说着，他鹰一样的眼睛闪射出凶光，手已握住了二十响匣子枪的枪把。

张振三忙向白金辉解释："呃，白大当家的别误会，我是搞侦察搜集情报的，职业习惯是走到哪观察到哪。一来时，我就仔细观察了你的密营，选的位置实在是太好了，隐秘，视野开阔，攻防兼备，撤退线路隐蔽，只是防守上还有欠缺，我正在把密营绘成草图，标示出哪块要设暗堡，设卡子，设暗哨，要想长期固守，不周密布防是不行的。我把图设计出来，再去向你禀报，这让你知道了，就更好了，请你别误会。"白金辉转怒为喜："如此说来，真仰仗张队长指点迷津呢，好好好，我给各位当向导，咱们好好合计合计。"

直到小晌午了，白金辉与张振三，后来又加上郭璞、鲍三疯子等人才把密营的山川地势绘完图，把布防设计完成。张振三满口答应白金辉，到赤峰后向军座汇报，提供机关枪、小炮和地雷，使密营坚不可摧。白金辉喜不自胜，一迭声地感谢张振三。

早饭喝得是羊肉粥，有莜面大王、白面肉包子、盐腌的山蕨菜和山韭花咸菜，味道鲜美，大家吃得非常满意。

饭后，白金辉边用草棍剔牙边与张振三、郭璞等人唠嗑，他随意地询问了张振三的老家，有没有老婆等情况。张振三回答说，老家是云南曲靖，在国军服役时回家娶过老婆，现在兵荒马乱也好几年没回家了，不知道家里状况如何。

白金辉同情地说："在外吃粮当兵，也真苦了家里人啦。"

张振三感慨地说："打日本时连命都不知撂哪，更别说回家了。日本投降了，国民政府还都南京，蒋委员长提出和平建国，没想到共产党从中捣乱，与国军分庭抗礼，还有要夺江山的架势，只有消灭共产党八路军，才能实现和平。兄弟我四海为家，以消灭共党八路为己任，何言顾家啊！"

"张队长忧国忧民，真是国家的栋梁。哎，白区长，你若有合适的，就给张队长保个大媒呗。"郭璞心领神会地说。

"张队长是大地方来的人，能看上咱这蛮荒之地的姑娘？张队长如果有这个意思，我有小女白玉莲，年方十九岁，尚未婚配，张队长如不嫌弃，愿许配给张队长做小，不知愿意不？"白金辉试探着问。

"唔，这个，正是战争时期，恐怕不便吧，再说，兄弟我未见你家千金……"

"哈哈哈，张队长是害怕我家玉莲长得丑是不？景春，让你二娘陪玉莲出来见见客人。"

一会儿，听见一枝梅莺声浪语地拉着玉莲进了屋。白金辉挥手制止一枝梅的淫词挑逗，对白玉莲说："丫头啊，快来见过你郭叔和你张队长张大哥。"

白玉莲这些日子被折腾得快成了木头人，木然地抬脸瞅瞅张振三，又低下头既不动也不说话。白金辉生气地说："怎么跟个木头似的不说话？"

张振三是个见过世面的人，但乍一见白玉莲，眼前一亮，心说，在这深山老林中竟有这等尤物，真是千娇百媚，让人目醉神迷。虽然玉莲很憔悴，但病态遮掩不住芳华。张振三禁不住站起来，两眼直勾勾地看着玉莲。

玉莲觉得张振三的目光像锥子刺她的心，便一扭身挣脱了一枝梅径自出屋去了。

白金辉对张振三说："张队长，相没相中我家玉莲啊？"

张振三转身向白金辉先"啪"地行一军礼，又鞠躬说："感谢白大当家的抬爱，振三若能娶玉莲姑娘为妻，真是三生有幸，还望岳父大人开恩，成全小婿一世姻缘。"得，张振三先改嘴叫岳父了。

白金辉更利落："振三女婿免礼，你既然不嫌弃玉莲，我今儿个就做主了，将小女许配给你，待到赤峰回来就择日把喜事办了，你看如何呀！"

"一切听凭岳父大人安排。"

郭璞在旁边看着，心里骂白金辉你个老狐狸，用小老婆套牢了我，又用女儿套住了张振三，真他妈有心计！嘴上却笑嘻嘻地祝贺："哎呀，真是吉人自有天相，没想到结下了这段情缘，以后振三兄咱们就不是外人喽。"

"噢，这话从何说起啊？"张振三不解地问。

一枝梅见郭璞窘迫的样子，扭着屁股上来圆场："郭县长与当家的拜了把兄弟，当然不是外人啦。"她今天特意搽了胭粉，用烧热的筷子烫卷了齐眉头发，穿上了闪露粉嫩丰满大腿的绿呢子旗袍，口红打得像刚吃了死孩子，带着一身的妖冶气。

郭璞不自然地说："对，是兄弟，我和白区长义结金兰情同手足，白区长对本人一向不薄。"

"好啦，"白金辉一挥手，"大家都不是外人，这事就这么定了。我想明天就打点行装向赤峰进发，景春和克礼、春福，还有老二（指一枝梅）你们几个赶紧给我准备礼物、收拾行装、预备干粮。"

众人应声去张罗东西，密营里一片忙碌。

二　白匪讨封

赤峰为热河省北部重要交通枢纽和连接塞外的重要商埠。赤峰城坐落在红山脚下，在汉朝为右北平郡都尉治所县，辽代时为松山州属地，是辽中京通往辽上京的必经之路。金代设置静封县，县城在今桥西穆家营子镇西，俗称木兰城。到十七世纪，这里是翁牛特右翼旗郡王的游牧地，清康熙四十五年和硕温格公主下嫁郡王苍津，带来陪嫁户，同时流入汉民，逐渐形成居民点。清雍正年代，关内大旱，清政府实行“借地养民”政策，大量灾民、商民涌入，逐渐形成乌兰哈达集。乾隆年间建税务司署，至乾隆二十三年“商民渐渐云集，地方日益兴盛”，形成九街三市雏形，翌年设乌兰哈达巡检署，后升格改设为乌兰哈达厅。乾隆四十三年改为赤峰县，是时“人文蔚起，庶民殷阜，商贾辐辏，肩摩毂击，檐牙相错，成一大都会”，人口超过两万五千人。清朝末年为北京、天津、奉天（沈阳）等大城市沟通蒙古草原的纽带和商贸集散地，人口超过五万人，店铺达一进三百余家，有钱行、当铺行、杂货行、店栈行、粮行、皮毛行、货运及镖局行、杂行（包括饮食、服务、娱乐各业）等八大行业，被清朝廷指定为对蒙贸易的边口市场之一，以“银朝阳，金赤峰，拉不败的哈达，填不满的八沟”闻名遐迩。清代后期，俄、英、德、美、法等国洋商纷纷涌入赤峰，有的开设洋行公司，有的成立代办机构，把赤峰作为他们掠夺土畜产品和倾销近代工业产品的基地，先后在赤峰开设的洋行有十五家。在中外商号中，其中资金较雄厚、规模较大、历史较长的商号近百家，声望高、名气大的是粮店业、药店业、皮毛业和杂货业。民国以后，受巴布扎布叛匪的影响，一度衰落，1914 年到 1921 年有所恢复。后又因军阀混战和日本帝国主义侵略，伪满洲国充当日本帝国主义走狗的盘剥，原本一重要塞外商埠日益凋敝，畸形发展，成了毒赌娼的乐园。赤峰街内有烟馆三十九个，著名的烟馆有“清水大烟泡”“走泡加大”等烟馆，还有官办的烟馆“鸦片小卖所”，实行凭票供应，赤峰内烟民数量众多，农村吸扎毒品也甚为严重，许多吸食鸦片者不惜典卖财产、鬻妻卖女，造成家破人亡。从清代、民国时期，赤峰赌博盛行。伪满时期，赤峰街大街小巷公开设赌场，伪满官吏与流氓赌棍相勾结，利用赌博从中收取大量税金厘头。赌徒因赌债高筑，倾家荡产，鬻儿卖女，有的盗窃抢劫，杀人越货，给社会造成极大危害。从民国时起，赤峰以及经棚、林西、乌丹等地设有妓院。日军侵入赤峰后，对娼妓采取纵容政策，只要申报登记，按时纳税，就可以开设妓院。赤峰街“挂灯”的妓院就有十七家，分布在赤峰街的东南关、五道街口的小驴市、二道街广益胡同、头道街臭水坑等地。此外，还有许多户暗娼。同时，街内还设有“红发堂”“红乐堂”“八千代”三处日本妓院和朝鲜妓女开设的妓院，用以接待日本官兵。好端端的一个华洋商人经商之地，竟成了藏垢纳污、纸醉金迷的地方。

1945 年 8 月 16 日，苏联红军后贝加尔方面军第十七集团军所属的三个师进抵赤峰，是日夜，苏军消灭了潜伏于市区内的日军“敢死队”，解放了赤峰。我党派地下工作者王逸伦同志率部分同志进入赤峰，在苏军支持下成立警备司令部，收编和扩大队伍。1946 年在党中央直接关怀领导下，在承德召开了内蒙古自治运动统一会议（史称“四·三”会议），选举产生了内蒙古自治运动联合会执行委员会，云泽（乌兰夫）为主席，联合会机关设在赤峰。1946 年 6 月，以赤峰为中心成立热辽区党委、行署、军区，直属冀热辽中央分局领导。10 月 10 日，国民党九十三军暂二十三师在汉奸、土匪的配合下，占领赤峰，其赤峰警备司令部设在四道街原伪满军司令部。

国民党军占领赤峰后，加快扶植土匪等游杂反动武装，袭扰破坏我解放区，九十三军军长亲自到赤峰向赤峰各地土匪头子发出邀请，大肆委任，广发委任状，封官许愿，组织反共先遣军和地主还乡团。白金辉是热北地区最著名的土匪头子，因此特别委派谍报队长张振三率队前往邀请，可见国民党对白金辉的重视程度。

白金辉从他的虾兵蟹将中挑选了一百多人，鲍三疯子、柳春福、何炳春、陈玉珠、孙洪业、郭凤宝跟随他和王克礼去赤峰，留下儿子白景春、柳春禄等二百多土匪守密营。他是狡兔三窟，一旦国军翻脸吞并了他的队伍，密营的队伍有儿子掌控，依然是自己人支撑。

张振三在临走时由白景春陪着去看望白玉莲。此时玉莲早就知道了父亲把自己许配给张振三的消息，她又羞又气，狠心的爹啊，这不是拿你女儿当牲口卖吗？先前你同意我跟梁敬好，现在转而又许给张振三，把我当成什么了！玉莲几次要上吊自杀，她娘柳氏抱着哄着劝着，一枝梅也劝说：“你跟梁敬相好成亲已经没门了，现在双方刀枪相见杀红了眼，你看人家张队长，相貌魁伟长得精神，又是国军军官，你嫁给他，就成了官太太，要什么有什么，要是我，说啥也跟他走。”白玉莲“呸”了一枝梅一口，说：“你这个死不要脸的，要嫁你就去嫁，省得丢我们老白家的人。”一枝梅“嗷”的一声说：“小贱货，跐鼻子上脸了，老娘我忍辱负重，还不是为了老白家，比你为了偷汉子出卖你爹强。”两个人说着说着差点又撕打在一块儿，在门外的张振三进也不是，走也不是。白景春说：“我老妹性子倔，得慢慢来。”张振三说：“强扭的瓜不甜，我还是从赤峰回来，买好聘礼再见玉莲姑娘吧。”于是二人退了回来。

第二天一大早，白金辉与张振三、郭璞等人率队出密营向东，翻越塞罕坝从白金辉死里逃生的马鬃山西麓进阴河川。他们躲避开我热中军区部队，经三天行军于这天下午到达赤峰桥西娘娘庙歇息，张振三和郭璞、王克礼三人率谍报队持白金辉表忠的信件进城，向九十三军暂二十二师龙师长汇报。

晚上，张、郭、王三人陪暂二十二师军务参谋乘两辆美式吉普车出城，转达了国军军座和师座对白金辉的问候，欢迎白部入城。

在吉普车的前导下，白金辉匪部一百余人都乘马入城，经二道街北叉股进城到原日本兵营。兵营内已驻扎国民党军队，另一部分用来训练地方保安队用。张振三告诉白金辉，部队暂住在兵营内，编成一个训练营，接受国军军官训练，做好改编成地方保安部队和使用新式武器的准备，绝不是被国军吞并和改编，白金辉这才放下心来。

第二天早上，张振三和军务参谋来见白金辉，请白金辉和王克礼、鲍三疯子三人去觐见九十三军军长和驻军暂二十二师师长，并参加军事会议。这边由军务参谋负责让土匪们剃头洗澡，领取军装和武器，接受军训。白金辉临走对匪众们说，都好好收拾收拾，像个人似的，让国军看看我们是一支能打仗的军队，晚上去逛窑子省得有尿臊味，众匪欢天喜地收拾打扮起来。

在国军九十三军暂二十二师师部兼赤峰警备司令部中，九十三军军长从锦州乘飞机到赤峰主持召开军事会议，赤峰地区比较有名的土匪头子差不多都被邀请到会了。这些家伙有的是流氓惯匪，有的是伪满军官，有的是八路军部队的叛徒，有的是大地主恶霸，有的是大牧主豪绅，乌龟王八一块凑，这些社会渣滓被国民党视为反共的中坚力量，他们用金钱、武器和封官许愿拉拢这些乌七八糟的武装，用来袭扰和破坏我解放区。

会场设在会议厅，门口两边的国民党军全副武装，荷枪实弹，军乐队敲打吹拉奏着军乐，各路土匪头子被礼宾官引导着相继进入会场落座。大家个个一本正经，正襟危坐，煞有其事的。只听一声大喊："军座驾到!"大家"哗"地站起来，大家都不习惯鼓掌欢迎，看到军官和商绅们鼓掌，都跟着拍巴掌。

被众人簇拥而来的国军九十三军军长面含微笑与大家打招呼，并与坐在前排的匪首们握手寒暄。当握住白金辉的手时，张振三介绍说，这位就是热北经棚县的白金辉，军长又搭上一只手紧紧握住说："久闻白义士大名，你是反共先锋，我代表东北保安总司令杜聿明长官向你表示慰问!"

白金辉激动得双唇颤动半晌说不出话来，半天才憋出张振三教给他的话："为党国效劳。"

见面后，各路土匪开始进献礼品，以表示对党国的效忠。礼品真是五花八门，有的献巴林鸡血石，有的献盗墓的瓷器，有的献牛羊，有的甚至献美女。轮到白金辉时，他献上一匹黑得像缎子似的百岔铁蹄马，立刻博得一片喝彩声。接着白金辉又捧上一个锦盒，里面装着克什克腾草原特有的金莲花晒制的茶叶。之后，他又献上一个包裹，打开是一张金钱豹皮。白金辉说，铁蹄马是他亲自调教出来的走马，日行千里迅疾如风；金莲花是内人和女儿亲自采的塞罕坝有名的仙草，是大清时康熙皇帝喝过的贡品，色正味香；金钱豹是儿子狩猎得来的，熟好后身上一块毛片不缺，是上等皮子，山野之人没啥可送的，只是些土特产而已，万望军座笑纳。

军长喜欢得不得了，他欣喜地收下了白金辉的礼物，还有巴林右旗土匪头子送的鸡血石。其他礼物由副官处收纳，又叮嘱将美女送回故里免得污了国军的名声。

在休息一阵后，国民党九十三军参谋长宣读了委任状，参加会议的各路土匪头子都受到委任，反正国民党的委任状满天飞，司令多如牛毛，多几个司令不在乎。他们特别委任白金辉为冀热察边区反共先遣军司令，其所属匪部编为反共先遣军第一团，白金辉兼任团长。另外，国民党热河省府省党部任命郭璞任经棚县长兼特派员，白金辉任经棚县保安大队长。对白金辉的队伍先按五百人枪配发装备，白金辉有权以反共先遣军司令名义任命和组织后续团队，并向国军申请补给。对白金辉及各路匪首带到赤峰的上千名匪众，由九十三军选派军官进行军事训练和政治教育。

众匪首们皆大欢喜，尤其是白金辉更是乐开了花。

在以后二十多天里，九十三军派出一批军事教官和政工人员对集结于赤峰的土匪武装进行了系统训练。军事训练主要以新式武器的使用和战术动作为主，政工人员主要讲授三民主义和蒋介石的《中国之命运》，灌输国民党法西斯统治的正统性，并大肆攻击和诬蔑中国共产党，攻击解放区的土地改革，有针对性地激发土匪们的仇视心理。训练期间，还由九十三军政工处放电影，炫耀国民党统治的“文治武功”，组织匪队参观九十三军暂二十二师的军事训练和武器装备。那些在山沟里如同土狼一样为非作歹的土匪们可开了“洋荤”，他们抬头张着嘴看飞机呼啸而过，低头见装甲战车带起的烟尘，见全副武装的国军士兵操枪弄炮不可一世的架势，简直都傻了眼，纷纷议论说看国民党掌控全国，又有大老美支持，有飞机、坦克、大炮，这是正牌啊！共产党破衣烂枪，子弹不是用高粱秆充数装门面，就是和穷棒子凑在一起闹革命闹翻身，根本成不了气候，咱们跟国军干，算是找到正头香主了。

国军还给匪众们配发了服装，都是按照国民党地方保安部队制式，棉军服一套，单军服一套，土黄色的，枪械是国军退下的三八式中正式等老旧枪，但子弹充足供应，每个匪队发了几支美式步枪、卡宾枪，还特意给几支像点样的匪队配发了马刀。白金辉的匪队得到了四挺机关枪、两门“六〇”炮、五支美式冲锋枪，比别的匪队高看一眼，这自然是张振三从中活动的结果。白金辉还通过张振三用大烟土、现大洋换购了一批枪支弹药。白金辉也穿上了国军上校军官服，笔挺的军服，齐整的武装带，半高腰军靴，船式军帽，显得很是威风。鲍三疯子、王克礼、柳春福兄弟、孙洪业、郭凤宝等也都被授予尉级军官。国民党的一番包装，土匪们在哈达街的吃喝嫖赌及时行乐，使他们比抽了大烟还兴奋，觉得自己成了神仙了，摩拳擦掌决定回去后与共产党一决雌雄，造出点声势来，要打出个样子来让国军看看。

国民党当局下血本扶植土匪武装，目的是让他们破坏解放区建设，牵制我军，配合国民党军的正面进攻。以后很长一段时间，我冀热察辽解放区深受土匪之害，敌匪掀起一阵又一阵血雨腥风，造害百姓，屠杀共产党地方干部和翻身人民。所有这些都与这次训练封赏有直接关系，实际上从这个时候起，过去以打家劫舍为目的的山贼土匪成了国民党反动派豢养的以推翻新生的人民政权为目的的一伙政治土匪，他们更加仇视共产党和人民军队，更加仇视解放区的人民政权贫农团和其他先进分子，他们将以更加疯狂残忍的手段向人民反攻倒算，使今后的斗争更加残酷和激烈。

三　匪巢密谋

1946年底，由于白金辉等大股土匪被击溃，小股土匪不敢明目张胆与我人民武装对阵，百岔川相对平静了许多。由于土地改革政策基本落实，加之年景不错，百岔川村村户户都有了过年的喜庆气氛。阳历年刚过，我内蒙古骑兵部队在百岔沟脑与一支土匪部队打了一仗，土匪被消灭了好几十人，残敌逃向围场山区。经审问俘虏，才知是白金辉匪部从赤峰返回，企图反攻百岔川，受到迎头痛击后，又缩了回去。

老百姓听说我驻军部队打跑了白金辉，百岔川有了我主力部队守卫，心里托了底，便兴致勃勃地张罗起过年的事，杀猪宰羊剁小鸡，舂米磨面打年糕，剪窗花贴喜字，不少穷人穿上了人民政府救济的棉布料做的新衣服，穷苦人从来没摊上今年这样的太平日子。各村都组建了贫农协会，成立了民兵自卫队，年轻妇女也走出家门加入了妇女联合会，上识字班学习文化，为前线浴血战斗的子弟兵做军鞋、袜子、棉衣棉被。少年儿童成立了儿童团，除了上学读书，还协助民兵站岗放哨。翻身农民的革命热情一旦迸发出来，就能移山填海，就能群策群力，埋葬万恶的旧世界，建设一个崭新的人人都平等，都能吃得饱、穿得暖的新社会。

马鬃山战斗后，一些坏分子传言：白金辉是杨二郎哮天犬转世，八路的铁桶阵都没围住，是杨二郎使神功放雾救的白金辉，白金辉命不该绝，早晚还会回来的，以此来恐吓群众，一度在群众中传得神乎其神，在群众中引起了恐慌和忧虑。现在有八路军大部队保护，别说白金辉是杨二郎的哮天犬，就是杨二郎下凡又能奈何共产党八路军和组织起来的翻身农民？

大年三十，百岔区委区政府组织农会扭着秧歌踩着高跷，抬着肥猪、鸡鸭，蒸的白面包子和黏豆包，敲锣打鼓到部队驻地慰问，开展军民联欢活动。驻军部队首长和区委梁敬书记都发表了热情洋溢的讲话，宣布我前线部队取得了一个又一个胜利的喜讯，宣传我军已经稳定住了前线形势，在1948年即将发起反攻，收复沦陷区，扩大解放区，争取更大的胜利。张东阳站在台阶上挥着手臂领着大伙喊口号：“毛主席万岁！共产党万岁！坚决消灭反动派！……”群情激昂，锣鼓喧天，百岔川从来没有像今天这么热闹过。

1947年的春节，让贫苦农民尝到了过年的温馨和幸福，连空气都弥漫着祥和与温暖。

但是，那些在过去吃香喝辣脑满肠肥的地主恶霸们却在暗地里磨牙，一些地主富农由于人民政府正确执行土改政策，给他们留出路，他们抵触情绪小些，或者不敢违抗，但一些大地主恶霸在清算之列，因而他们恨死了人民政权和农会。他们对共产党产生了一天二地仇，三江四海恨。在塞罕坝与红山子乌牛吐密营过年的白金辉匪帮也在磨刀霍霍，准备向人民反扑，进行血腥报复。

白金辉在赤峰受训受封后，扛着上校的肩牌得意扬扬地返回百岔川，一路上烧杀抢掠，奸淫妇女，在围场新波制造了骇人听闻的血案，他指挥匪队看见什么都抢，衣服被褥牛马羊猪鸡，莜面白面豆子，连老百姓过年蒸好的黏豆包都抢，不给就杀人放火。他的尖兵匪队刚上塞罕坝，却被八路军骑兵部队打得落荒而逃，他不敢明目张胆地行军了，也打消了回百岔川过年的主意，悄悄地率队潜回乌牛吐密营过年。

他派人寻找于秀成和庄庆玉两个匪首到密营议事。于、庄二人早对白金辉抛下他们自己到赤峰受封赏不满，认为白金辉打仗找着他们，领功受赏却把他们晾在一边，太他娘的不仗义了！白金辉派人找他们，两人骂骂咧咧发了一阵牢骚，商量好去见白金辉，如果有好处给，那就无话可说，如果是一点好处不给，那就声明以后有事，哥们不配合喽！

二人各带自己的人马溜到红山子乌牛吐白金辉密营，还没到山口，便被白匪暗哨喝住，大声询问："哪个绺子？再往前走，开枪了！"于秀成勒住马，朝送信的土匪骂起来："他妈了个巴子，不是马鬃山老子替他打掩护突围的时候了，现在给老子摆起谱来了。还他妈哪个绺子，我是你于大爷，怎么着，不让进？不让进老子返回去！"

庄庆玉也随声附会："不就到赤峰走了一遭吗，牛啥屄！没他咱还拉不起杆子怎的？"

送信的家伙连忙说好的，说："二位爷息怒，这密营被九十三军谍报队张队长设计建成了军事要塞，紧要处是暗堡和地雷场，来人都要严格盘查，如果来人没有人领道，瞎打误撞进了雷区非被炸得粉身碎骨不可。二位爷别着急，我去联络领大伙进去。"

领路的土匪走到前头，伸出右手食指弯曲着塞进嘴里打了两声呼哨，从山口一块巨石边白桦树下拉开了一个小门，钻出一个土匪，向这边摆摆手，于秀成和庄庆玉在土匪引导下走着"之"字形进山。领路的土匪告诉于秀成、庄庆玉："二位爷，千万别走歪了，两边埋着地雷呢！"

"妈的，二哥牛屄了，玩起藏猫猫了。"

"这是国军张队长布设的，八路要是来攻打我们，保证炸他个人仰马翻尸骨无存。"

"看起来，二哥到赤峰一趟，还真取了真经回来了。"

一队人马心惊肉跳地通过雷区，进了白金辉的密营。

早有小匪报告了白金辉，他带着众匪首，穿着整齐的国军上校行头，不无得意地迎接他的把兄弟。他的那些受过训的喽啰们也穿着土黄色的军服，荷枪实弹摆队迎接，表面上是敬重于秀成、庄庆玉，实际上是要威风先压两个人一头。

白金辉在众人簇拥下与郭璞走在前面迎候于、庄二人，白金辉很潇洒地用戴着白手套的右手向二人行了一个军礼，然后双手抱拳，口中念念有词："二位贤弟辛苦了，你们在敌后坚持，劳苦功高，我代表冀热察辽边区反共先遣军司令部向你们表示嘉勉！"

"什么什么？什么司令部？"于秀成好像没听清也没弄懂白金辉的话，伸着脖子问鲍三疯子，"二哥他说什么？"

鲍三疯子上前接过于秀成的马缰绳，拉着他的手说："于哥，咱们白二哥现在是国军册封的反共先遣军司令了，还有还是什么兼一团团长，还是经棚县保安大队长，军衔是上校，当大官了，有国军的委任状呢！”

郭璞上前对发愣怔的于秀成、庄庆玉二人笑嘻嘻地说：“此次赤峰之行，鉴于你二人在共军后方坚持作战，脱不开身，故此未通知你们，但是，国民政府和九十三军军部仍对你们有封赏，二位贤弟大可不必着急，来来来，请进屋说话，进屋说话。”

于、庄二人被礼让着进屋，于秀成边拉着白金辉的手边拍着白金辉的军服说：“啧啧啧，二哥穿这身行头，简直成了护国大将军，想必这次到赤峰得了不少好处，捞了不少洋落吧，可真让兄弟眼馋，我以为是国军正规军来了，不是拉杆子的贼呢！”

白金辉听了这不咸不淡的话，不太自然地讪笑两声：“看兄弟你说的，我白某人能有今天，还不是弟兄们齐帮对手捧起来的，要不是你在马鬃山之战和庄贤弟从东边突围，我也不会顺顺当当从西面突围解困，这份恩情我白某人是忘不了的。我得了好处，也不会忘了老弟，这次摆驾相迎请二位贤弟来，就是要感谢二位搭救之恩的。”

于秀成、庄庆玉被众人一顿猛捧海哨，心理平衡了许多，坐在炕沿上说话也顺溜了，说：“那当然了，咱们是把兄弟生死交，二哥有好处肯定忘不了我们哥俩。”

“那是那是，这次在赤峰我和白司令特别把二位与共匪英勇作战的情况向军座汇报，上面对二位的战绩特别欣赏，我们也带回了对二位的委任和嘉勉。”郭璞眉飞色舞地说。

“真的?”于、庄二人瞪起了眼睛。

“那还有假。”白金辉从上衣兜里拿出一个信封，递给郭璞，郭璞从信封里拽出两张纸，双手托展开，严肃地说：“现在宣读国民革命军东北保安司令部委任状，冀热察辽边区反共先遣军司令委任于秀成为反共先遣军二团团长，庄庆玉为三团团长，中校军衔。二位，以后你们就是正牌的国军军官了，请接委任状。”

于秀成、庄庆玉连忙腰杆笔直跨前一步，把手在裤子上蹭蹭，双手接过委任状，翻来覆去看了又看，两手哆嗦着，像捧了圣旨一般激动万分。

郭璞接着又说：“二位可以在自己的防地大力发展队伍，扩大势力，所需武器除了自己解决外，可以向白司令报告，提供一些武器弹药。”

白金辉见郭璞朝他使眼色，便朝柳氏兄弟喊了一声：“抬上来。”

柳春福、柳春禄指挥几个小匪抬上来两个长木箱子和四个小箱子，打开后退到一边。

白金辉说：“二位贤弟，这些宝贝是国军奖赏给你们的，每个团三十支步枪、一挺机关枪，外加两箱子弹，另外每团加上一百颗手榴弹，二位贤弟每人一套校官军服。怎么样，二哥够交情吧！”

“没说的，二哥今后尽可指挥我们，绝不含糊。”二人边摆弄枪支边回答。

这时，白景春走到白金辉面前说，饭已准备好了，于是众人围坐在大炕桌上。白金辉说：“为了庆贺咱们成为国军，今儿个特备了美国洋罐头、哈达街的烧鸡、把什营子的烧酒共同过个热闹年。兄弟们为了共同的反共大业，干了！”十几只大碗碰到一起，叮叮当当响，众人一扬脖子干了下去。

席间，于秀成说：“我的队伍和共党三区区长潘书声算是较上劲了，从去年秋天开始姓潘的就没让我好过了，几次接战都他妈的打得我屁滚尿流，一点便宜没占着。我队伍人少，就我庆玉贤弟帮忙，去年冬天我们五百多人在土城子八里庄围住他二十七个人，打了一天，我折损了好几十号人，还是让潘书声毫发无损突围而走，恨得我牙根直疼。”

白金辉说：“我也听说这个姓潘的枪法好，能打仗，是咱们的劲敌。”

于秀成说：“我放话了，悬赏要潘书声的人头，一斤肉一斤大烟土，非灭了他不可。二哥下次如果我和姓潘的接战，你可得帮帮我。”

“没说的，过几天我就下山，到百岔川走一遭，杀几个八路和区干部立威，让穷棒子们知道我白金辉又回来了。你回去找姓潘的，发现踪影就立马找我，咱们共同发兵打他。”

众匪徒摩拳擦掌，准备再次向人民挥起屠刀。

四 八里庄战斗

让土匪胆战心惊恨之入骨的三区区长潘书声，此时正在三区古洞营子、什大份一带率土改工作队访贫问苦，发动群众，开展土改工作。由于经过几次战斗，小股土匪已不敢在人烟稠集的大川活动，形势相对安稳多了，土改和建政工作蓬勃开展，群众也发动起来了，区小队也扩大了。经过潘书声的训练和几次战斗锻炼，区小队的战斗力也大大增强。强将手下无弱兵，潘书声的威名是经过实战赢得的。

潘书声正值二十七岁年华，河北省滦县人，1939 年参加革命，成为一名八路军战士，1944 年加入中国共产党，后因工作需要，他又有文化，战斗素质高，军政双优从部队调转地方担负领导工作。抗日战争胜利后，我党为接收东北，建立巩固的东北根据地，从老解放区抽调大批干部出关。1945 年冬，潘书声受组织派遣到热河省经棚县工作，初任县财粮科长，后调任三区区长。

潘书声同志对革命忠诚，对敌斗争坚决，战斗经验丰富，常言道：艺高人胆大。潘书声在对敌作战中思维敏捷，判断准确，枪法精准。他通常携带三支枪，一支苏式莫辛——纳甘步枪，外号“水连珠”，这种步枪精度高，威力大，适宜较远射程的射击，它的清脆枪声如同连续的水滴落在水面上，所以外号叫“水连珠”。一支二十响快慢机匣子枪，这种枪适用于近战，可连续射击，火力强大。一支“蛇”牌撸子，近身接战防身用，灵动好用，从枪套中拨出顺势在裤子上一蹭就拉开扳机。有了这三支枪，再加上他还能熟练使用机枪和小炮，又会几手武术，一般三两个人近不了身。他在抗日战争中缴获敌人的一把战刀从不离身，有时挂在腰中，有时挂在马鞍上，总是擦拭得雪亮雪亮的。他的刺杀术也非常娴熟，使自己成了多面手，打起仗来枪响人倒，刺刀见红，知道的敌人未见仗便先怯了三分，唯恐避之不及。潘书声平时有两匹战马，其中一匹驭背包和子弹。一有战斗远的用“水连珠”步枪打，近战用匣子枪，肉搏便一手使用匣子枪，一手抡战刀，勇猛无敌，杀得敌人心惊胆战，一败涂地。

1946 年秋，潘书声同县民政科长王健民带领干部战士二十七人在土城子八里庄开展工作。八里庄处于宽阔的大川中，北部隔一条旱河是连绵的架子山，南面宽有二里平川连着一列丘陵，从地形上看不利于防守。八里庄有四五十户人家，村子中间是一户李姓地主大院，院墙是比较结实的黄土墙，四角各有一个两层的土炮楼，大门是榆木做的，只要一关上在里面插上闩再顶上顶门杠就很牢固。潘书声等头天下午到八里庄，他就把八里庄前后左右地形地势观察仔细了，明岗暗哨都布置得万无一失。晚上召开群众会，又走访贫苦群众，忙乎了半宿。这时村里一个土匪密探偷着跑出去给土匪于秀成送信，于秀成立刻率匪队五百余人从什大份扑来。

匪队还没到前梁隘口，就被潘书声设置的暗哨发现了。早就起床收拾利索的潘书声正在擦枪，哨兵跑进屋报告："土匪来了，大约有四五百人。"

潘区长麻利地装好枪命令战士们集合，按照头天就设计好的战斗方案，一方面派几位干部指挥群众做好隐蔽，自己率区小队战士快速进入预先看好的村西头迎着土匪来的方向的土坎下。土坎后面有一条干沟连着村子，隐蔽性很好，潘区长领战士们进入阵地，土匪没有发现，他们在村外集结后，马队下马，拴马桩子把马都牵到沟槽子里，土匪成扇面摆开攻击队形。

来袭的土匪是于秀成、庄庆玉的队伍。他们这回集合了全部人马，还邀集了几伙小股土匪，发誓以绝对优势兵力，一定消灭潘书声。于秀成躲在一个大土包后边，声嘶力竭地对小头目们喊："弟兄们，这回姓潘的被咱们堵在八里庄了，他们二三十个人，我们是五百多人，一定要踏平八里庄，活捉潘书声，打死一个八路赏一斤大烟土，谁也不能他妈的当孬种。"他凶神恶煞般挥舞着马刀，提着大张机头的盒子炮，驱使土匪乱哄哄地向庄里扑来。

潘区长带领战士们趴在土坎下，他镇定从容地说："同志们，别看土匪人多，都是些熊包软蛋，大伙听我命令，用排枪射击，注意瞄准了再打，第一轮射击后，敌人会扎堆隐蔽，投弹手再用手榴弹招呼敌人。"战士们因为有潘区长在指挥，胆气自然都很壮，纷纷说："放心吧，区长，管叫敌人有来无回。"

这时，匪徒们猫着腰小心翼翼地向村头摸来，当敌人进到距土坎不到五十米时，潘书声率先"啪"的一枪，一个端着盒子枪的土匪头目一个后仰栽倒在地，接着战士们"哗"的一阵排枪打过去，土匪顿时像秋收的庄稼倒下十多个，其余的敌人一惊一愣神忙向后退，拥挤在一个小洼地躲避射来的枪弹。潘书声见了立刻向隐蔽在前面距离敌人只有二三十米的一条小雨裂沟的十几名战士大喊："投弹！"

只见"嗖嗖嗖"十几枚手榴弹像黑老鸹一样飞向敌群，"轰轰轰"炸起一片烟尘，土匪哭爹叫妈被炸得东逃西窜，受伤的倒在地上直叫唤，接着又一排子手榴弹飞过来，土匪更吃不住了，大呼小叫往回跑。

于秀成、庄庆玉挥着马刀跳脚大骂："不许跑，谁跑我劈了他。"他指挥土匪散开，向我军阵地猛烈射击，双方展开了对射。潘书声操着自己的"水连珠"步枪，有时卧姿，有时跪射，有时蹲着，有时边移动边射击，枪响人倒，弹无虚发。警卫员魏显臣边递子弹边记数："一个，二个，三个，区长，打倒六个了！"战士们也都拿出平时训练的真功夫，镇定地瞄准射击，敌人虽多，但在区小队精准的打击下，一时被压在地上不敢抬头。

于秀成和土匪们知道潘书声枪法准，谁也不敢触霉头，他和庄庆玉商量：区小队人少，咱们给他来个两翼包抄，他就没办法了。他指挥土匪分兵三路，一路从北沙梁，一路从东山根，一路从正面牵制，三面包围潘书声和他的战友们。

潘书声早观察到敌人向两翼运动，已经悄然无声地把战士们从干河沟撤回庄子，占据了地主大院，他率领警卫员小魏和一名神枪手打掩护，毫发未损地撤回地主大院。

于秀成见潘区长撤了，忙驱使众匪进攻庄子，但匪徒们进庄后一进入区小队火力范围，立马遭到猛烈的打击。土匪没有炮，也没有重机枪，对地主大院的土炮楼和围墙构不成威胁，而我区小队战士们居高临下，利用良好的射界打得土匪东躲西藏。于秀成组织土匪向前冲，企图近距离扔手榴弹炸院墙，可露头冲出几步便被打倒好几个，两枚已拉火的手榴弹未及扔出便在土匪手里炸了，把自己人炸倒一片。于秀成又指挥集中火力封锁西北角炮楼，几个土匪扛着镐头冲到围墙下刨墙，两名区小队战士发现后，一人开枪掩护，一人提着几颗手榴弹从院里运动到墙下，隔墙接连扔过三颗手榴弹，把几个企图刨墙的土匪全部炸死了。

潘书声在战斗间隙给战士们鼓劲，说就这样打，打他个枪响人倒，弹弹咬肉，敌人再多再凶，也一定会被打熊蛋，咱们坚持到天黑再突围，咱们子弹充裕，不怕敌人。

数百名土匪围住大院，从早晨打到中午，又打到天黑，不但未能攻进大院，反而被打死打伤六七十号人。受伤的土匪躺在一户人家院里大呼小叫，没伤的土匪也让区小队打怕了，只是对着大院盲目射击，他们看着同伙被一枪打爆头，打穿胸膛，掏开肚子，能不胆寒吗？尤其是潘书声的“水连珠”步枪，在三四百米距离上弹无虚发，趴在房脊上的土匪刚一露头便被打爆头颅从房上滚下去。从墙角刚伸出枪来，便被打断胳膊栽倒在地。一个家伙从小巷冲出来，刚把冒烟的手榴弹抡到头顶被潘区长一枪打得胸前开花，手榴弹一声爆响，把自己炸碎了。土匪们吓得躲在隐蔽处任凭于秀成、庄庆玉怎么骂，还是用马鞭子抽，土匪们就是不冲，说潘书声的子弹长了眼睛，露头一个报销一个，谁去触那霉头啊！

于秀成没办法，支使土匪团团围住大院，一部分人到老百姓家抢吃的，待吃饱喝足了，每人再抽几口大烟，准备一鼓作气攻进大院。

夜幕降临了，潘书声留几名战士监视敌人，收拢战士们赶紧吃点干粮，准备突围。一天的激战，只有两名战士轻伤，土匪却被打死打伤上百人，大家斗志高昂，非常兴奋。潘区长把二十七名干部战士分成五个战斗小组，指派班长任战斗组长，每人发一条白布缠在左臂上，作为突围标记，把身上容易弄出声响的东西捆扎结实了，枪弹上膛刺刀出鞘，一切准备就绪。他让王健民带两个组，运动到前门大门洞上和炮楼上，突然向敌人扔出手榴弹，打出排子枪，高声呐喊：“冲啊，杀！”造成突围之势。于秀成听见枪声说：“不好，八路要突围，快让弟兄们挡住。”土匪一窝蜂地涌向南边大门方向。

这时，潘书声带着三个组提着水壶镐头，运动到北墙根，悄悄边浇水边刨，悄无声息地挖开后墙，警卫员小魏和一名战士首先爬出，用刺刀干掉了一名土匪哨兵，潘书声率战士们鱼贯而出，冲出敌人包围圈。他率战士们顺干河套绕到南面，占据一个小山包，向正在大门口围攻大院的土匪兜屁股一顿乱枪、一阵手榴弹，打得土匪像惊枪的兔子东逃西躲。于秀成、庄庆玉异常惊恐，大喊道：“八路在后面，快回头打。”土匪乱哄哄地被牵出村子，黑夜里只见子弹的闪光和手榴弹爆炸的火团，土匪没头苍蝇一样胡乱射击。这一下子，给王健民率领的战士闪出了空子，他们趁机冲出大门，闪进村里的小巷，仗着地形熟悉，左冲右闪冲了出来。黑夜里，大家盯着前面人左臂上扎的白布，疾速行军，很快会合在一起，翻过南山梁隘口，向土城子撤去。

一天激战，歼敌上百，潘书声和战士们毫发无损，大家相视而笑，互相握手拥抱，庆祝胜利。

于秀成、庄庆玉忙乎了一天，白白伤亡了一百多人，立时被打得没了脾气，他和土匪们只好拿八里庄老百姓撒气，烧杀抢掠一阵后拖着死的抬着伤的狼狈撤向前漫甸。

潘区长率二十七勇士勇斗顽匪的事迹，在经棚县很快传开了，大长了军民士气，增强了群众信心，灭了敌人威风，潘区长能打仗家喻户晓。

于秀成、庄庆玉退到前漫甸，后又转到大黑山上，他哀叹："五百人打不过二十七个人，真他妈脸丢大发了，这口气咽不下去，这个仇一定要报，不杀了潘书声誓不为人。"

庄庆玉说："大哥，咱们打不过潘书声，咱们搬兵请白大当家的帮咱嘛。"

"他跑到坝上不露头，八成让八路打熊了，能来吗?"

"你别忘了咱们也帮过他大忙啊，如果不是咱哥俩从东边打掩护，他能从马鬃山冲出去么？让姓潘的灭了咱们，他也没得好!"

"对，咱们先消停几天养精蓄锐，派人找白大当家的去。"

半月后，到坝上白金辉密营请援兵的人回来了，说白金辉到赤峰找国军讨封去了，这一下子可把于秀成、庄庆玉气坏了，他俩边喝酒边骂白金辉，卖命的时候找上门来，讨封的时候不吱声偷着去了，真他妈不仗义，以后走着瞧!

白金辉回来派人来请，于秀成、庄庆玉二人心里窝着火来找白金辉的不自在，没想到都弄个团长干，还得了枪弹，被白金辉、郭璞哄得挺舒服，还答应帮他俩打潘书声，两个人回到匪巢后，立马派出几拨密探，打听潘书声的消息，好报一箭之仇。

五　英雄潘书声

三区，处于经棚县南部，毗邻翁牛特旗，高原漫甸与大川夹峙而列，地形复杂，这一带是开发较早的区域，大川人烟较稠密，土地肥沃，是重要产粮区，也是土匪骚扰严重的地区。尤其前后漫甸，山高谷深，地区偏远，有利于土匪藏匿活动，匪患十分严重，老百姓苦不堪言。

潘书声率区小队经过几次大小规模不等的战斗，先是将土匪从大川打退到漫甸，又从漫甸逼退到边缘乡村，建政与剿匪双管齐下，逐步打开了工作局面。

三月初，潘书声区长与区委书记汪瀛洲同志带三十余名干部战士到前漫甸上头地村开展工作。这个地方地处高寒漫甸，平均海拔一千四百多米，即使是夏天早晚都比较寒凉，农业生产条件也不如大川，只能种植莜麦、豌豆、小麦、荞麦、土豆等作物，老百姓生活十分艰难。再加上于秀成匪队的不断盘剥骚扰及翁旗等外地流窜土匪的袭扰，老百姓怕土匪造害，怕共产党八路军来了待不长又走了，大伙又要受土匪和恶霸地主的反攻倒算。潘区长和汪书记率领的工作队一到，上头地、中头地、下头地三个村的老百姓都传开了，说能打仗的潘区长来了，这下前漫甸要太平了。

三个自然村呈三角形分布在漫甸上，相距都有六七里路，田地财产规模大点的是俗名田老三的地主，其他的一些小地主富农，财产规模都不大。这田老三是个传奇人物，已经六十多岁了，在社会上较有人缘，他赁地收租，大川的地主是五五收租，他是四六或三七，原因是漫甸地都是旱地，易受旱冻雹灾，产量低而不稳。二是田老三原本是一个穷人，年轻时租种东家土地，因大旱庄稼绝收，绝望中向东家借了一袋子苦荞麦种下了说碰碰运气，老天要是饶人，收获些苦荞也能添肚皮活命，没想到秋季风调雨顺，苦荞大丰收，田老三收了个缸满囤平，从此日子蹬住了底，一天天好过起来。十几年时间，穷光蛋成了大财主。田老三和一家人与长工和打短工的一样经年累月下地领工干活，平时吃的与长工一样，他莳弄庄稼、饲养牲口、做买卖都是一把好手，夏天趟着露水薅草，冬天挎着粪筐拾粪，日子过得很节俭。他除了衣服穿得利落，冬有棉夏有单，平时省吃俭用从不扬风扎冒，人言百众下看不出是个大财主。一次，田老三在营子头拾粪，突然一帮胡子骑马进村抢劫绑票，见了田老三问道："喂，老头，知道田老三在家不?"田老三用粪叉一指："田老三那个老家伙在家，你们快去吧。"土匪马队进了营子，这边田老三粪筐一扔，转身进营子藏起来了。土匪绑不到田老三，只好抢些粮食衣物撤走了。

像田老三那样的大地主都自己下地干活，其他的中小地主更是自己经营过日子，只是在大忙季节雇人榜青秋收，他们同样深受土匪恶霸的敲诈勒索之苦，但是对共产党了解不多，听信坏人的煽动，说共产党共产共妻，杀富济贫，专吃大户，小户地主也是净身出户，吓得这些中小地主成天心惊胆战。

潘书声和汪瀛洲率领的工作队正确执行党的政策，因地制宜，鉴于漫甸地区民情乡情复杂，我们的地方政权一时难以稳固建设，所以没有实行土改政策中的没收地主土地的措施，而是先采取比较温和的减租减息政策。首先通过访贫问苦，调查贫雇农生活状况，对穷人进行救济救助。再把地主富农集中开会，讲解党的军事、政治、经济政策，明确指出消灭地主资产阶级、消灭剥削、建设人民当家做主的新社会是我们党的政策和任务，一点也不含糊。但是我们要消灭的是地主阶级，不单纯指消灭地主的个体生命，对于服从我党土地政策的，拥护我党的政策的财主，并以实际行动来证明，我们党和政府都是肯定和欢迎的。由于工作细致，措施得力，工作很快便打开了局面，群众也被发动起来了。地主富农也消除了恐惧心理，比较主动地按工作队和贫农团的要求做减租减息工作，军粮征购工作也进行得很顺利。

大地主田老三主动向工作队坦白交代自己的剥削行为，向工作队交出地契，并落实减租减息契约，他向潘书声表示要效仿五区康家敖包康海庭，做一个开明人士。潘区长和汪书记肯定了田老三的态度，表示共产党欢迎开明的士绅为朋友，以扩大爱国统一战线，最大限度地孤立和打击反动地主恶霸势力。

家在中头地的地主张三黑子是于秀成的表兄弟，是于秀成的内线，他早把情报交给了于秀成派来的探子，于秀成摸清了工作队的底细，马上派人去请白金辉。

白金辉带领匪队从密营下山，他先从上柜大柳条沟脑兵分两路杀向百岔川，在大柳条沟门设伏，袭击百岔区政府公安助理王政和区小队班长宫发等五人。他们下乡为部队收马料回返时，正在大柳条沟沟道上策马而行，突然间两侧冒出数百名土匪，匪徒们大叫大嚷让他们投降，王政、宫发等五人立即边跑边开枪还击。但是沟门小山包上土匪的机枪猛烈阻击，区小队副班长李财的战马被打死，马轰然倒下，将李财压在身下，他急忙挣脱出来，刚站起来一颗子弹飞来，李财腹部受伤，他倒下后强忍伤痛趴在死去的战马身后作为掩体，掩护其他同志突围。另两名被打伤的战士被追来的匪骑兵俘获。王政和宫发边打边撤，在李财的掩护下冒险跳入波涛汹涌的百岔河才摆脱敌人的追击。李财同志在战斗中多处中弹，光荣牺牲。

白金辉骑着大白马，穿着黑色皮靴，戴着国民党军船形帽，腰挎战刀在众匪簇拥下耀武扬威地到了上柜营子，向被驱赶来的老百姓得意扬扬地说：“我白金辉又回来了，国军马上就要打进经棚县。”可是他的臭屁还没放完，就有土匪来报：驻在梅林营子的八路三十六团正向这里攻来，他急忙率队回撤到坝上。

于秀成派人来请他相助打潘书声，他琢磨漫甸没有八路正规军大部队，正是大干一场扬名立威的时机，并借此加强与于秀成、庄庆玉的密切关系。他与于秀成、庄庆玉兵合一处，人数超过一千人，打潘书声的几十号人兵力占绝对优势，也给于秀成显摆显摆自己的实力，于是率匪队杀向上头地。

3月29日上午，潘书声区长带领区工作队干部战士共六人在下头地一个地主大院刚组织群众开完会，大伙围着工作队还在热热火火地唠着家常，人们对潘区长都非常敬重，都请他到自己家去吃饭。潘书声关切地给大家商量备耕工作，大家都说，今年冬春雪大，春耕没问题，瑞雪兆丰年，一定多种地多打粮，多交公粮支援前线打国民党的部队。

这时，哨兵跑进院子报告，发现有土匪在北小梁上出没，潘区长忙劝说乡亲们赶紧散开隐蔽，叫战士备鞍上马准备撤离。

乡亲们说："潘区长，我们刚过几天安生日子，土匪又来造害我们了，你是大英雄，怎么不打土匪呀！"

潘书声边劝慰乡亲们边搬过一架梯子上房观察敌情，发现北山梁上敌人拉开有二里地黑压压地向营子压过来，敌人太多了，自己才有六个人，敌众我寡，不宜接战。他跳下房骑马带战士们出门准备撤退，可是好多乡亲们还在看着他，他想，我们走了土匪对乡亲们要下毒手，而且敌人在这里扑空，势必要顺势袭击中头地，区委汪书记带工作队正在那里，一旦被敌人发现，损失将会更大。他毅然回转身，向五位战士说："同志们，军情紧急，如果我们现在撤走，乡亲们会遭难，敌人追踪到中头地，汪书记他们就会陷入敌人包围，我们要在这里拖住敌人，掩护乡亲们和汪书记他们安全转移，大家敢不敢与我一同跟敌人打一仗?"五位勇士异口同声地说："敢！区长你下命令吧。"

潘区长挥着拳头说："咱们回去，依托大院和敌人干一场，然后突围。"

六勇士勒转马头返回地主大院，把老百姓都疏散了，然后关上大门，里面又用木头顶死，搬几块石头抵住门，在院墙上掏出枪眼，将携带的子弹、手榴弹都分配到每个战士手里。潘区长对战士们说："土匪人多，肯定是一场恶仗，大家不要浪费子弹，瞄准了再打，党考验我们的时候到了！"

战士们说："区长你放心吧，绝对不给你丢脸，一定打好就是。"

六勇士散开做好战斗准备，潘书声带着警卫员魏显臣爬上房顶，在房脊上卧好，两支长枪瞄向后山的敌人。

袭来的土匪是白金辉、于秀成、庄庆玉等四股杆子一千多土匪，鲍三疯子、柳春福、郭荣打头阵，匪队先用骑兵快速占领了后山，占据有利地形，完成了对村子的包围。

白金辉骑马站在后山上，俨然大将军一样挺着腰杆，挥着马刀指挥各部土匪进入战斗位置，于秀成、庄庆玉一班大小头目恭候在旁边。白金辉见匪队已包围了村子，他对于秀成说："兄弟呀，你的弟兄地形熟，先用马队冲击营子，把共军包围在大院里，不要让他们跑了，我用机关枪和大炮支援你。"

"瞧好吧，司令。"于秀成从马鞍上摘下鬼头刀一挥："弟兄们，准备跟我冲锋，抓住潘书声，一斤肉一斤大烟土。"众匪应和着，乱哄哄打马下山向村里攻击。

山包上，白景春已指挥土匪架起了两门"六〇"炮和两挺机关枪。

白金辉向白景春一挥手，白景春立刻命令"开火"，顿时，炮弹带着尖啸砸向村子，掀起一股股烟火，机关枪一阵风似的扫向目标。潘书声大喊着让战士们注意隐蔽，他见敌人有如此猛烈的火力，惊讶敌人什么时候有了机枪小炮了，知道今天这仗不好打。

敌人并未摸清潘书声有多少兵力，探子说有几十人，因为于秀成的手下被潘书声打怕了。白金辉的机枪小炮打了半天，也不见人冲锋，他问鲍三疯子："怎么回事，怎么还不冲锋?"鲍三疯子拍马冲到于秀成跟前："兄弟，怎么还不冲啊?"

"潘书声厉害，让二哥再用炮轰一阵子再冲。"于秀成眯着眼观察村里的动静。

"草包。"鲍三疯子伸手抽出东洋刀冲着匪队大喊："弟兄们，跟我冲!"双脚一磕马肚子，马窜出去了，众匪见了也"哇"地撒开马缰绳跟着鲍三疯子冲过去了。

潘书声在房上向战士们大喊："注意，敌人冲过来了，在二百米距离开枪，先打马再打人。"

潘书声的"水连珠"步枪已牢牢地瞄准跑在敌骑前面的鲍三疯子，在二百多米距离上开了火，骑兵冲锋几百米距离眨眼就到眼前，潘书声射出的子弹"啪"地击中了鲍三疯子战马的右前腿跟，战马一个跟头栽倒了，鲍三疯子惊叫一声："不好!"人在马栽倒的瞬间，一个前滚窜到前边，虽没被马砸在身下，但也被摔得狼狈不堪。紧接着，区小队的战士们一齐射击，立刻好几个土匪连人带马被打翻在地，潘区长一阵快速射击，三名土匪被打死在马上，战马拖着死尸跑向村外。鲍三疯子侥幸躲过致命的一击，吓得三魂出壳，他挥着盒子枪打了几枪，便连滚带爬退了回来，他的大黑马被打伤了前膀子，瘸着腿也跑了回来，土匪被打倒了一大片，打马卷了回去。

白金辉见状，大骂众匪："他妈的，都是孬种，听枪声潘书声不过几条枪，让人家打得屁滚尿流，白搭了我的炮弹。都他妈的下马，四面一齐冲。"

匪徒们在小炮、机枪掩护下，不顾伤亡，仗着人多势众，四面一齐上，好歹冲进了村子，像一群恶狗围住了地主大院，干嚎叫冲不过去了，潘区长和战士们的子弹、手榴弹如一堵火墙，把敌人死死顶住了。

白金辉躲在大院对面一户人家的墙角，他对一个小匪首说："喊话，说国军优待俘虏，潘书声投降过来，我让他当营长。"

小匪首伸着脖子喊："潘区长听着，你们已经被包围了，快投降吧，我们白司令说了，只要你投降，封你当营长。"

潘书声已从房上下来在大门洞子的女儿墙后，他的枪早对着对面房子里的敌人，喊话的土匪还在一手掩着嘴巴喊着，潘书声一扣扳机，"啪"的一声，土匪的脑袋立刻爆起一股红雾，尸身甩向后边，血水糊了白金辉一脸。

"潘书声的枪!"于秀成惊叫着向后退，他算是领教了潘区长的枪法了。

白金辉抹了一把脸，像个恶鬼似的叫："打，给我打，不灭了姓潘的我就不姓白!"

于秀成说："炸大门，用手榴弹炸大门。"两个土匪闪出身子，举着手榴弹要甩，"啪啪啪"几枪打过来，两个家伙栽倒了，其中一个手榴弹炸响，把自己炸得粉身碎骨。

一伙匪徒在机关枪掩护下，扛着镐头窜到东墙根要刨墙，院里一位战士从墙里扔出一颗手榴弹，"轰"的一声，三个家伙被当场炸死，两个受伤的连哭带嚎向四处跑，被飞来的枪弹打趴在地上。

一名土匪机枪手和另一个家伙爬上房顶，把机枪架在房脊上向大院里猛射，一时间压住了我军战士的火力。潘书声调过枪来，趁敌人在房顶上看不到，就在敌机枪手换梭子的一瞬间，突然站起来，"啪"地一枪打过去，土匪机枪手头上立时爆起一片红雾，尸体叽哩骨碌滚下房去。另一个土匪一愣神，又一颗子弹打去，这个家伙爬在那伸伸腿完蛋了。

机枪一停，战士们恢复了射击，土匪的又一次进攻也被瓦解了。

白金辉跳着脚喊：我的机枪，快把我的机枪抢回来！

几个土匪爬上房抢机枪不是被打死，就是被打伤，连着几个人拼着命才抢回机枪。

土匪把“六〇”炮架在一户院子里朝战士们据守的大院吊炮，几发炮弹不是打高了在大院后面爆炸，就是打低了炮弹落在自己人据守的地方，把自己人炸得鸡飞狗跳。白金辉喝令停止射击，因为炮弹金贵稀缺，他可不想全扔在这里。他和于秀成等驱赶土匪数次围攻，但每次都被打得狼狈不堪，败下阵来。

从上午十点打到黄昏，土匪被打死打伤上百人，也未能攻进院子。

天到黄昏时，在战斗间隙，战士们向潘书声报告：子弹就要打光了，手榴弹也快没有了。潘书声叫警卫员魏显臣把马身上驮的备用子弹都分给大家，并让战士们装上刺刀。他对同志们说：“大家再坚持一个小时，等天黑下来，我们突围冲出去。”火光中，他看着战士们一张张坚毅刚强的脸，大声喊道：“共产党员站出来。”共产党员潘希林、张林举起右手。守在墙下的杨兹志、陈焕金和魏显臣异口同声地说：“区长，我们要求加入共产党！”

潘书声说：“你们都是好同志，你们具备了共产党员的资格，我和潘希林、张林同志同意介绍你们加入中国共产党，让我们用生命和鲜血来证明对党的忠诚吧！”

六位勇士在各自的战斗岗位上勇敢战斗，又一次打退了敌人的进攻。

天黑了，潘书声组织战士们准备突围。

白金辉在火堆旁看着匪徒们狼狈不堪的样子说：“再加把劲，一定要把潘书声抓住，他们没几个人，子弹也快打没了，不能让他乘天黑突围，赶快趁天黑摸上去，用集束手榴弹炸开院墙冲进去。”他发狠地命令鲍三疯子：“把机枪架上，你给我用马刀督阵，谁他妈不往前冲，给我用机枪突突了，用马刀砍了！”

在敌人猛烈火力掩护下，几个土匪冲到后墙根，用镐头把墙刨个坑，引爆了一捆手榴弹，“轰隆”一声巨响，后墙被炸开一个豁子，土匪号叫着冲进了院子。

一场惨烈的近战开始了。

潘书声喊了声：“快投手榴弹！”战士们将手里最后一颗手榴弹投向突破口，炸死炸伤一大群敌人。但是，土匪太多了，战斗到了最后时刻，潘书声回身抬手把七匹战马打死，对大伙说：“不能把马留给敌人，同志们，跟敌人拼了！”他带头挺着刺刀杀向敌人，魏显臣等五名战士端着刺刀大喝一声：“杀！”一齐冲向万恶的敌人。

火光中，凶残的敌人与六勇士展开了白刃战，一股敌人被他们杀死，又一股敌人冲了过来。匪徒有的手挺着枪刺，有的挥舞着马刀，与六勇士杀成一团，只听见一片嘶哑的叫喊和中枪者凄惨的哀号，一片刀光剑影，血肉横飞。

潘书声的枪刺是三棱椎形的，他熟练地握着枪，东挡西磕，前遮后拦，土匪一个又一个哀叫着倒在他的刺刀下。在他捅倒眼前一个敌人后，发现三个家伙用刺刀、马刀把魏显臣逼到墙根，龇牙咧嘴地要下手行凶。他大吼一声冲过去，从后面用刺刀把那个使马刀的家伙扎了个透心凉，顺势推到前面用刺刀把那个家伙钉在墙上。潘书声拔了几下刺刀没拔出来，两个土匪惊愕之下，挺着刺刀向他刺来，情急中潘书声夺过正在抽搐的眼前土匪手里的马刀，闪身躲过两把枪刺。马刀挥舞中，两颗罪恶的人头被斩落尘埃。

激烈的搏杀中，六勇士单虎难抵群狼。战士杨喜志被好几把刺刀刺中，英勇牺牲。陈焕金被土匪用马刀砍死。张林被几个土匪摁住撕打在一起，他伸手扯下一个土匪身上的手榴弹，拉开弦，在匪徒们绝望的嚎叫中与敌人同归于尽。潘希林和魏显臣掩护着潘书声退向马棚，在门口潘希林身中两弹，他在生命的最后一刻，端起刺刀向敌人发起冲锋，当一个敌人用刺刀刺中他的腹部，他的刺刀也将敌人的胸膛刺穿钉在门框上。潘希林紧推枪杆，怒目圆睁，站着牺牲了。

潘书声的刺刀挑弯了，他拔出盒子枪，一阵急射，硬是将土匪打退，跳出被敌人点燃的马棚，退到碾房里。这时，六勇士只剩下潘书声和警卫员魏显臣了。

碾房是两间土墙草毡房，外间有一盘石碾子，里间住人和存放粮食。潘书声守在里间窗户边，魏显臣用的步枪子弹都打光了，刺刀也弯了，他用匣子枪封住了门口。土匪一时被挡在外面，他们被六勇士杀得魂飞魄散，躲在两边开枪喊叫“捉活的”，胆战心惊地不敢过来。

潘书声清点了一下子弹，望着火光闪烁中魏显臣被烟火和敌人的污血染污的脸，上前用袄袖子给他擦擦，轻声问：“害怕不?”

魏显臣一挺胸，语气坚定地回答：“报告首长，不怕!”

“好，是个好同志，小魏，你很英勇，现在我命令你，马上冲出去，我掩护你。”

“不，首长，要死咱俩死在一块，我是警卫员，我不能丢下你……”

潘书声把小魏搂在怀里：“你还是个孩子，才十六岁，以后革命的路长着呢!”

“不，首长，我参军三年了，是共产党员，我要和敌人战斗到底。”

“好，那我们就让敌人见识见识什么是共产党员的英勇吧!”

院内浓烟滚滚，烈火熊熊。

两个人趴在门口对攻上来的敌人用短枪猛烈射击，突然，一颗子弹飞来，夺去了年仅十六岁的警卫员魏显臣的生命。

潘书声使用盒子炮和蛇牌撸子，左右开弓，又打倒了十多个敌人。趁敌人退下，他抱起魏显臣的遗体，放在碾盘下，给小魏整理一下衣服说：“好同志，让我们一起为人民的解放献身吧!”他轻蔑地踢开敌人扔进来的火把，毫不理会敌人劝降的喊叫声，把战士们用的长枪和屋里的马鞍子都砸碎了，然后，解下文件挎包，把里面的文件拿出来扔进火里烧掉，把外衣和行里都扔进火里烧掉，又借着火光，准备拆卸自己的长枪和撸子。他检查盒子枪，从白衬衣兜里掏出最后几颗子弹压进枪膛准备与敌人进行最后的决斗。这时，敌人又攻上来了，他来不及砸卸枪支，顺手把长枪和撸子从灶膛内塞进炕洞里，返身站在熊熊烈火中，把盒子枪里的子弹全部打向敌人，然后，从容地从衣袋里取出最后一颗子弹，压入枪膛，双目如电，怒视敌人。白金辉、于秀成、鲍三疯子等拥挤在远处喊：“潘区长，我们敬重你是条汉子，你已经没子弹了，投降吧，我们不会害你。”

潘书声朗声说道：“那你们来吧!”在敌人的枪口将要挨近时，潘书声突然掉转枪口，对准自己胸膛扣动了扳机……

潘书声同志英勇牺牲了，但他靠在门框上怒目瞪着敌人，身躯屹立不倒，凶残的敌人许久不敢到跟前来。

白金辉愣怔半天后问于秀成："死了吗?"

于秀成才醒过神来，颤声道："死了吧!"

众匪小心翼翼凑上前，看着潘书声瑟瑟发抖。白金辉哀叹道："真是条好汉，我一千多人打了一天，才打死六个八路，却死伤了一百多号人，这以后可怎么办啊!"

"司令，赶快撤吧，功夫长了，八路的增援快来了。"

"快撤吧，真是他妈的折本的买卖。"白金辉朝于秀成"哼"一声，指挥众匪向北撤走。

天快亮时，我军驻百岔的部队得到信息后，赶到下头地，敌人已溜走了，早已赶到的区委汪书记与乡亲们在收敛烈士的遗体。

潘书声、魏显臣、潘希林、张林、杨喜志、陈焕金六位勇士的尸体被排放在院子里。他们为了保护乡亲们，为了掩护同志们，与土匪激战一整天，射杀了一百多名敌人，把一腔热血洒在克什克腾大地上。

在凭吊三天后，三区老百姓用最好的柏木棺材装殓烈士遗体，在上头地战场举行了有上千名群众参加的追悼会，然后抬棺几十里，将烈士遗体安葬在土城子镇北头小树林里，勒石刻碑，供父老乡亲永远凭吊。

烈士们的英雄壮举，更加激发了战士和乡亲们的革命斗志，增加了对敌人的切齿痛恨。他们在烈士遗体前誓言，一定继承先烈遗志，彻底消灭土匪，保卫胜利果实。

白金辉、于秀成匪部杀害了潘书声后，被潘书声的英勇无畏所震撼，又怕我军增援部队赶到，未及细致打扫战场便急慌慌向上头地、南店方向撤退。一路上，于秀成丧魂失魄一般在马上打蔫儿，眼前总闪现出潘书声在烈火中手持短枪怒视他的形象，他的心像被揪住似的喘不上气来。他觉得在三区是没有立足之地了，他打死了潘书声，那些共党的灵魂已攻进他的脑子，他永远也摆脱不掉他们复仇的愤怒了，因此，他便率领被打得残缺不全的队伍跟白金辉退向坝上。庄庆玉率自己的杆子返回双合区，藏匿于老婆子山一带。

在白金辉的密营，于秀成连着好几天昏昏沉沉的，经常在睡梦中突然坐起来，大叫大嚷："潘书声来了，饶命饶命!"或者猛地爬起来，拔出手枪："潘书声来了，打呀，打。"他的手下无奈之下用凉水浇醒他，或几个人按住，才能把他从恍惚中弄清醒过来。

白金辉等人商量给于秀成治病。白金辉说："于团长是被潘书声给打吓着了，打丢了魂，得给他叫魂才是。"他让大老婆柳氏给于秀成叫魂。

柳氏惯于装神弄鬼，弄一些别人看不懂的"法术"打鬼驱邪。她穿着巫婆常穿的黄缎子长袍，头戴凤冠，手挥桃木剑，在供奉蛇仙、虎仙的牌位下念念有词，连蹦带跳，又是画符又是烧纸的折腾了两三天，也许是心理作用，好歹于秀成睡觉安稳了。

白金辉和郭璞等大小匪首在地窨子里议事。白金辉说："难怪于团长发癔症，这潘书声是够厉害的，六个人和我们打了一整天，打死打伤我们一百多号人，要是共军大部队来了，我们根本招架不住，往后和共党打仗，真得多加小心了。国军要进攻热北，现在也听不到动静，光说让我们配合，张队长他们也不见影了，郭县长，你看下一步我们怎么办啊?"

郭璞擦着眼镜，翻了翻白眼仁说："咱们这次打潘书声，别看打死的八路少，可意义很大呀！在国军即将进攻之时，我们在八路的后方闹出这么大动静，造成共党后方不稳，这就是我们的大胜利。我们的人死伤多点，这不算啥，打仗嘛，哪有不死人的，白司令大可不必烦恼。队伍嘛，现在共党闹土地改革，要剥夺地主富农的土地、牲畜、财产，这些人就和共党八路结下了不共戴天的仇恨，只要我们打着国军的旗号，杀共党打八路灭农会，还怕财主东家们不跟咱们上山入伙。咱们就像孙悟空钻进铁扇公主的肚子，给共党解放区闹个鸡犬不宁，等国军打过来，咱们可是首功啊！到那时，白司令你就不是上校了，最小也是个少将，那经棚县可就招不开你了，还不到赤峰或到承德做大官啊！"

白金辉被郭璞这一顿迷魂汤灌下去，又飘飘然得意起来。他在屋里转了几圈搓着手说："郭县长说得有道理，咱们先蛰几天避避风头，等张振三队长来了，再盘算下一步的行动。"

白金辉像一条蛇在深山老林潜伏了好几十天，终于等来了两伙人，一个是国民党九十三军谍报队队长张振三及他的谍报队三十余人，另一个是白金辉的情报员二赖子。张振三是为执行国民党九十三军图谋从赤峰进攻热北地区作战计划，率谍报队预先潜入热北地区进行侦察活动，并负责协调各路地主、土匪武装开始对我解放区进行大规模骚扰破坏活动，他还携带了一批军火以提供给各路反共先遣军。二赖子是受宝中三委派向白金辉传递情报。两路敌人不约而同会集到白金辉密营，都给白金辉带来了好消息。张振三带来了国军即将向热北地区进攻的消息，还送来了军火和嘉奖令。宝中三传来的情报内容是，共党军区为应付国军从赤峰、承德两个方向的进攻，已将大部队尽数抽调前方，后方只有县区武装和部分内蒙古军区地方部队驻守。为集中力量，各区乡武装进行了集中，放弃了一些偏远地区的守备，建议白司令立即进兵争夺地盘，打乱共军的军事部署。

张振三对白金辉说："我带来的消息与宝中三的情报相吻合，在国军强大攻势面前，共军穷于应付，捉襟见肘，败象已露，我们应趁此良机，将兵力分成几大股，联合各大小杆子，向共党区乡武装发动攻势，捣毁他们的区乡政权，摧毁农会，消灭区乡干部和积极分子，抢粮抢饷抢大烟，把八路后方捣个稀巴烂，同时也借机扩大队伍，迎接国军的到来。"

郭璞抽着美国香烟，眯缝着双眼说："张队长说得极是，现在我们就是要和共产党争地盘、争粮饷、争人心，共产党是匪，国民党是执政党，是正牌，天下是国民党的，我们就是要打出去，消灭共产党的区乡政权，建立国民政府率领的区乡政权，让他们后院起火。"

鲍三疯子一边摆弄张振三带来的美式重机枪，一边仰着脖子叫："二哥，你就分派活计吧，咱们兵分几路下山，再开杀戒，灭了那些县大队区小队，保送你和郭县长到经棚去登基坐殿。"

经过一阵商议，白金辉将众匪首分派到各区，联络各大小土匪杆子，向我区乡人民政权实行疯狂的阶级报复行动。

恶霸地主孙洪业现在是白金辉手下的上尉中队长，他主动要求率队杀回五区（百岔区）凤树乡，找区小队和贫农团报仇雪恨。白金辉说："凤树乡紧挨着区政府，梁敬和张东阳可不是善茬，光你一个中队杀回去人太少，万一让梁敬逮住可不是好玩的。这样吧，我派鲍三爷带两个中队帮助你，也好防备区小队和梁敬，有机会最好把梁敬给我灭了。”

鲍三疯子龇牙咧嘴地说：“放心吧，二哥，我非把梁敬的人头砍下来献给你。”

分派已定，各路土匪相继下山，在克旗草原上向人民挥起了屠刀。

六　农会主席于凤宝

在梁敬和区委区政府的努力下，百岔区的土改建政工作出色地完成了第一阶段工作任务。土地都分配给了贫雇农，牲畜和其他财产也合理分配给了贫苦群众。由于正确执行党的土改政策，克服了一度出现的“左”倾政策，正确区分阶级界限，严厉打击和坚决清算恶霸地主，团结和争取中农和工商业者，团结和争取了康海庭等一批开明士绅，使区乡工作比较安定。各乡和村的农会、妇救会、儿童团都建立起来，将翻身农民组织起来，保卫胜利果实，加之1946年秋季农业丰收，解放区征兵征粮工作完成得非常好，都超额完成任务，受到县委县政府的表扬。

今年春季开始，前线形势严峻，我主力部队相继开调赴前线与进攻解放区的蒋匪军作战。按照军分区指示，县区地方武装适度集中，扼守主要城镇和交通线，区乡干部和民兵适当隐蔽，准备与敌人打游击，依靠群众坚持斗争。

凤树乡农会主席于凤宝从区里开会回来，马上把乡里各村联防的民兵和农会骨干召集在一起开会，安排落实区委会议精神，先把清算孙洪业挖出的浮财上缴到区里，把征收的军粮和马料和为朱德骑兵师饲养的十几匹军马送交区里，将余下的一部分粮食和浮财坚壁在可靠的农会会员家里，把民兵们都武装起来，有枪的拿枪，没枪的用刀棍杈把，组织起巡逻队，警惕地保卫着翻身农民的安全。

于凤宝本来有一支老旧的毛瑟步枪，但他的侄子——民兵班长于增云抢着要用，便送给了于增云，自己使用一根柳木棒子，带领民兵和农会巡查。

这天晚上，于凤宝刚吃完饭，一个民兵跑来报告，发现孙洪业的侄子孙麻子傍黑时溜出营子钻进柳波不见了踪影。

于凤宝立马警觉起来，他让于增云组织民兵加强巡逻，告诉乡亲们晚上别睡觉，机灵着点，随时准备向后山转移。

当晚的夜很黑暗，伸手不见五指，营子里除了几声狗叫就是山上传来的狼嗥声。

三更过后，东边的天空已出现一缕银白，此时正是人困马乏之时，于凤宝和民兵们刚要打个盹，突然听到村外传来一阵马蹄声，于凤宝趴在村头矮墙后影影绰绰发现一溜马队趟过百岔河，然后分成两路向村里包围过来。

于凤宝对身边民兵说：“是坏人来了，快喊乡亲们向后山转移，有枪的跟我在这顶一阵。”

来的敌人是鲍三疯子、孙洪业率领的匪队。在孙麻子引导下，鲍三疯子派一队人马到下石岗子设下阻击阵地，防备区小队前来增援，自己和孙洪业率一百多人前来包围羊圈房子村，要抓于凤宝和抢夺军粮。他们刚兵分两路靠近营子，于凤宝和民兵便开了枪，吓得土匪赶紧下马隐蔽。鲍三疯子骂道："他妈的，到底让民兵发觉了。"

孙洪业用枪顶了顶日本战斗帽说："听枪声，民兵没几杆枪，咱们得赶紧攻进去，晚了穷棒子们都跑了。"

鲍三疯子说："那好，孙中队长，我命令你的中队冲锋，我的队伍打掩护。"

孙洪业心中暗骂几句，站起来指挥本部人马边向村里开枪射击边冲锋。"砰砰啪啪"的枪声在夜空中格外响亮瘆人。土匪人多枪多，民兵枪少，只能对敌人起到暂时的阻滞作用。于凤宝率民兵与敌人接火，也是用枪声为乡亲们报警，见土匪冲上来了，忙领着几个民兵撤回村子，催促乡亲们向后山撤。他惦记着自家后院山药窖里藏着几袋子公粮，忙提着柳木棒子跑回家里，见山药窖已掩盖好，他放下心来转回前院。这时，听见孙麻子喊："这就是于凤宝家。"一阵杂乱的脚步声传来，接着一阵"砰啪"响，破旧的木柴门被砸倒，一伙土匪冲进院子，于凤宝躲在东山墙小胡同里，见孙麻子领着两个家伙砸屋门，一个家伙平端着上了刺刀的步枪向东山墙走来。他缩回身子紧贴在墙旮旯，待土匪刺刀转过来，他突然伸左手抓住枪杆，右手的柳木棒子抡起来猛地砸向土匪，土匪"扑通"一声被砸倒了。于凤宝抢过枪来，趁旁边土匪打愣的工夫挺枪上前，"扑"的一声刺刀从后背扎进了孙麻子身体内，孙麻子"嗷"地一声惨叫。土匪趁于凤宝拔刺刀时冲了上来，一把刺刀扎进于凤宝腰中，另两个土匪上来用枪托将于凤宝击倒在地上，顺势又将他捺住，几个家伙合力将挥拳乱打的于凤宝捆住。

孙洪业忙查看正在抽搐的侄子孙麻子，眼看着那家伙断了气。孙洪业咆哮着冲上来，朝于凤宝劈头盖脸一阵马鞭子，又抄起地上的柳木棒一顿暴打，累得他气喘嘘嘘才罢手，命令土匪拖起昏死过去的于凤宝往村里场院集中。

匪徒们进了村，挨家砸门撬窗，一阵抢掠，又把未及逃走的老幼妇孺二十多人赶到场院。土匪四周围拢着，有的刺刀上带着殷红的血迹，有的背着抢来的包袱。鲍三疯子和孙洪业站在石碾盘上，披着大衣叉着腰，两条大狼狗吐着血红的舌头蹲在碾盘下凶狠地盯着人们。于凤宝被两个土匪拖进场院扔在碾盘下，他悠悠醒转过来，双手撑起上身，双目喷火，愤怒地咒骂凶残的土匪。

此时，天已大亮，羊圈房子村被邪恶、恐怖笼罩着。

鲍三疯子手指着于凤宝对乡亲们说："看见了吗，这就是你们的农会主席于凤宝，一个穷棒子，竟敢跟着八路搞土改，闹翻身，今儿个就送他到阴曹地府闹翻身去。"

孙洪业从人群里拽出一个老太太，喊道："老池婆子，听说你也参加分我的土地财产啦，没想到吧，我孙洪业又回来了，他妈的，今儿个你不把分我的财产送回来，不把八路的公粮交出来，老子就宰了你，说！"

池老太太被孙洪业一顿耳光打得鼻子口窜血，她蹒跚着扶着碾盘，昂着微风吹乱了白发的脸骂孙洪业："姓孙的，你不得好死，俺们穷人分你的地分你的财产，俺们扬眉吐气，有共产党八路军给俺们撑腰，你敢怎么样？"

“你个老共产婆，死到临头还嘴硬。”孙洪业抬手一枪打去，池老太太被枪杀在场院，引得乡亲们一阵哭喊。

鲍三疯子吼了一声：“别他妈叫唤，谁闹我崩了他。”然后，他连踢了于凤宝几脚说：“姓于的，你他妈有种。只要你说出谁是民兵谁是农会的，并交出公粮和浮财，我就饶你一命，怎么样？”

于凤宝强忍剧痛回答道：“鲍三疯子，孙洪业，你们祸害了多少老百姓，欠下多少人命，早晚政府要公审你们，为老百姓报仇。粮食和浮财我都知道藏在哪里，就是死也不告诉你们。”匪徒们从人群中拽出于凤宝的哥哥，孙洪业说：“于凤宝，你若不讲，我就把你们哥俩一块收拾了。”于凤宝说：“要杀要剐你冲我一个人来，与我哥无关，你若还有点人性，就别碰他，他老实巴交，给你家扛长活，他什么都没干。”乡亲们都纷纷求情说：“东家，这和他哥没瓜葛呀！……”孙洪业沉吟片刻说：“那好，留着你，好给你兄弟收尸，滚。”孙洪业一鞭子抽在于凤宝哥哥背上，放过了他。

孙洪业像狼一样吼叫：“那就收拾于凤宝，撬开他的嘴。给我打，往死里打！”几个匪徒冲上来，用枪托、木棒、皮鞭一阵猛打，边打边说：“嘿，让你翻身，让你解放，让你当农会……”

一阵暴打后，匪徒们用凉水浇醒昏死过去的于凤宝，鲍三疯子蹲下身子用鞭子拨弄着于凤宝问：“嗯，滋味怎么样？说不说啊？”

于凤宝怒目圆睁，“呸”的一口鲜血喷在鲍三疯子脸上，怒骂道：“你们这些王八蛋，不得好死，八路军会为我报仇的，让我交代，你休想。”

鲍三疯子跳将起来：“他妈的，真是又臭又硬，来人，把他给我挂在马上，拖死他。”匪徒们用一根长绳一头捆住于凤宝的双脚，一头拴在鲍三疯子的大青马鞍上。鲍三疯子骑上马回身问于凤宝：“你到底说不说？不说我就拖死你！”“狗日的，你拖吧，我死也不说。”于凤宝语气坚定地回答。

鲍三疯子猛地一鞭子抽在马腚上，大青马嘶鸣一声一个蹿子“忽”地向前窜去，拖着一股烟尘奔向村前一片线麻茬地。

线麻地布满一行行拇指粗细二寸来高的麻茬，非常坚硬锋利，凶残的鲍三疯子打马驰进线麻茬地，顿时，在于凤宝一阵凄惨的叫喊声中，麻茬地里血肉横飞。几个来回，英勇无畏的于凤宝被拖刮得只剩下一副骨架，麻茬上挂满了血肉，连匪徒们都看得吓傻了眼。杀人魔王鲍三疯子打马回到场院，沙哑着嗓子大吼：“这就是跟共党闹翻身的下场，呵呵呵，真他妈过瘾。”

孙洪业饶是残暴，这时说话也结巴了，他说：“兄弟，这也太瘆人啦，咱们撤吧？”

“撤？往哪撤？我还没搜到粮食财物呢，对付穷棒子就得狠，瞧你那熊样！”

孙洪业喝令几个妇女给土匪做饭，他顺手开枪打死一口猪、一头牛，让匪徒们剥皮煮肉。

鲍三疯子让小匪把于凤宝的遗骨挂在村头大杨树上示众，还让小匪到麻地里找于凤宝的心肝当下酒菜。

土匪在羊圈房子村造害了一上午，直到听到从区政府吕家沟门方向传来一阵枪声，才带着抢来的东西，向车台沟梁上撤走。

于凤宝，一个贫苦农民，为了追求翻身解放，为了保护人民的财产，为了掩护乡亲们，被惨无人道的土匪杀害了。望着英雄的残躯和满地的血肉，梁敬和战士们、乡亲们义愤满腔，双目喷火，发誓一定要消灭土匪，为死难的烈士报仇雪恨。

七 巾帼女杰唐桂芝

向六区发动袭击的是陈宝珠、王文焕等人率领的匪队，谍报队长张振三加派了一个班的国民党谍报队士兵协助，目标是六区区委书记于海潮和区妇联主任唐桂芝。

于海潮和唐桂芝是两位传奇人物，是敌人必欲除之而后快的革命干部。

于海潮是从军分区干部队调到经棚县工作的军队干部、老八路，他战斗经验丰富，又会武功，腰中盘一把软刀，舞起来刀光闪闪，沉着老练，组织能力强。他在任六区区委书记期间，不但很快组建起区小队和农会，将清匪反霸斗争有声有色开展起来，还主动出击，多次打败陈宝珠、王文焕、张凤鸣等反动地主武装的袭扰，赢得广大翻身农民的拥戴。这些事情更是让反动地主们恨得咬牙切齿，他们多次勾结土匪，企图暗杀于海潮书记，都因于书记警惕性高、行动机敏而躲过暗杀行动。

一次，晚上于海潮到大兴永安排完工作连夜往回返。他和通信员刚走到沟门，突然柳林里的夜鸟扑扑啦啦飞起来逃向远方。“有情况!”于海潮一挥手，两人勒马站住，仔细倾听观察，发现是柳林里有人惊飞鸟儿，他悄然从自己的大白马身上跳下，与通信员合乘一匹马，又朝大白马屁股上一拍，大白马立刻“踏踏踏”地顺道向前跑去。突然，路面飞起一道绊马索，大白马被绊了一个跟头栽出去了，一翻身又站起来向前冲去。这时，“呼啦啦”一阵响从柳林里冲出四五个人，端着枪嚷嚷：“绊倒了，快抓于海潮!”待大白马腾地站起来冲出包围，这伙人正愣神时，于海潮和通信员策马冲过来，两支短枪照着这几个家伙“砰砰”一顿射击，打得这几个家伙东倒西歪，狼嚎鬼叫。于书记两人乘势冲了过去，待后面的土匪乘马追击时，于海潮早已跳上跑回的大白马，一溜烟没了影。

于书记和通信员下乡住宿一夜里要换好几个地方，与敌人玩捉迷藏。一次他在一个村里开完群众会，散会后对一个民兵说到他家住宿。一个地主听见了，准备出村找土匪来抓于海潮，刚拉开大门一支枪顶在脑门上，把他逼回屋里，抬头一看是于海潮，地主吓得尿了裤子。于海潮说：“你是不是想出去报信?”

“不是。”

“不是就好，今晚上我俩在你们家住，和你睡一铺炕，坏人来了，咱们在你家和他们干。”

“别别别，于书记我绝不敢惹你，你在我家睡吧，我给你望风去。”

“不用你，你就老实地挨着我睡觉就行了。”说着，他抓过地主的双手将其捆住，从身上拿出一枚手榴弹塞进地主的怀里，用一根细线拉着手榴弹拉火环。他把细线套在自己手腕上，对地主说："我们一齐睡觉，你若是动弹，手榴弹炸响了，咱们谁也别想活。"地主忙不迭地说："书记你安心睡觉，小人绝不敢动弹，一点也不动。"

地主头半夜提心吊胆地为于海潮守夜，后半夜昏沉沉地睡去。于海潮却已起炕，取走手榴弹，把绳头拴在炕沿上，神不知鬼不觉地到另一个营子休息去了。

反动地主和土匪几次追杀都被于海潮破解了，几个企图打黑枪的家伙也都死在于海潮的枪下。

六区区政府干部和区小队人虽不多，但都很能干。其中妇联主任唐桂芝表现非常出色。

唐桂芝时年三十二岁，原来老家是二区耗来沟人，1914 年出生，因为家境贫寒，在唐桂芝不到十三岁时，就被卖给一个姓谢的地主家做童养媳，丈夫比他大近二十岁，是个大烟鬼，把家业抽败落了，又懒又馋，经常打骂年少的唐桂芝，使她受尽了迫害。谢大烟鬼在婚后不到一年，就把唐桂芝转卖给了六区牛头沟村比她大十多岁的傅家珍，傅家珍也是贫雇农，人老实能干，胆小怕事，外号傅老蔫儿，他对唐桂芝倒是挺好的，唐桂芝一家过着缺衣少食的贫寒生活。

"八一五"光复后，我党和八路军部队控制经棚县，委派于海潮同志任六区区委书记，他和战友们以超人的智慧和勇气清匪反霸，很快站稳脚跟，开始了建设区乡人民政权，发动群众开展土地改革运动。这一切，让从没走出过大山的唐桂芝都看得那么新鲜，特别是见到过去耀武扬威的地主老财们现在都像霜打的烟叶子一样，她的心里别提多痛快了。

去年冬天，经棚县委土改工作队进驻六区广兴源，工作队副队长是县妇联主任江波。在区委干部和区小队配合下，工作队分组深入到每个山村，先走进贫雇农的破土房、马架子、地窨子访贫问苦，把粮食送到穷人的锅台上，把衣物穿在冻得瑟瑟发抖的大人孩子身上，把砍的烧柴堆放在未动烟火的穷人院里。江波到一户穷人家里，见土炕上只有小半块炕席，两个十五六岁的姑娘围着一床漆黑油亮的破被子蜷缩在炕角，瞪着惊恐的双眼看着她们。女孩的母亲凄凄艾艾地说："姐俩只有破烂的单衣遮体，天冷了出不了屋了。"

江波问："那你们的口粮够吗？"

"哪够啊，我们租了东家陈宝珠五亩山坡地，春天借高利贷种了麦子、莜麦，没承想夏天雹打水冲啥也没落下，又翻种了荞麦，可是还没等收割，一场大风刮得没剩多少粮食，多亏种了两亩山药蛋，现在就是一天两顿烧山药半饱着将就度命。陈财主来收租子，哪有租子可还啊，孩子他爹到东家扛长活侍弄牲口顶工，我们娘几个半死不活地挣扎呢！"说着，这位贫苦的母亲悲切地哭起来，娘一哭，俩女孩也惊恐地哭起来。

江波见火盆里只有三个小拳头大小的山药蛋，这就是娘仨的口粮了。她又看了粮食囤，只有些苦荞粒和晒干的白菜叶子、榆树叶子和其他一些菜叶。江波眼含热泪对队员们说："同志们，地主老财吃香喝辣的，穿得是绫罗绸缎皮大衣，我们的阶级姐妹衣不遮体、食不果腹，过着饥寒交迫、吃糠咽菜的苦日子，我们是穷人的队伍，要为穷人办事，一定要搞好清匪反霸工作，完成土改任务，让父老乡亲们过上吃饱穿暖的日子。"

江波脱下自己的外衣给冻得缩肩膀的女孩母亲穿上，几名女队员从背包里取出自己的换洗军装、棉衣棉裤，给两个女娃穿上。于海潮从战士身上解下米袋子递给女孩的娘：“大嫂，这些小米，你们先吃着，下一步区政府和工作队会想办法救济乡亲们的。”

女孩母亲双手捧着米袋子哽咽着向于书记和江波等深深地鞠了一躬说：“好人！你们都是好人，就盼你们给我们做主救命啊！”

江波上前搂着她说：“大嫂，我们共产党八路军就是为穷苦百姓打天下的，我们工作队搞土改，发动群众，清匪反霸，就是要让穷苦人翻身得解放，当家做主人，再也不挨饿受冻了。”

“真的？你们真的不走吗？”外间屋一个女人大声地问。

大家回头望去，是一位穿着破旧花棉袄、青裤子、梳着发髻、体格壮实的妇女，手里握着个粪叉子站在那发问。她跟着工作队到这家，已观望半天了，这家姓傅，是她的叔伯嫂子。

江波语气和蔼地回答：“是的，我们来了不完成任务不走。”

“那太好了，乡亲们暗里早就盼你们来呢！”

说着，她大方地进屋自我介绍：“我叫唐桂芝，就在隔院住，她是我嫂子，我早就望见你们哪，你们来了先上穷人家，一点也不嫌弃我们穷人，真是为穷人办事的。”

江波挽住唐桂芝的手说：“大妹子，我看你是个利落人，跟我们一块干革命吧？”

“我一个女人，啥都不懂，能干什么呀！”

“不懂就学呗，只要有革命热情，一定能干好的。”

“你们要我干啥！”唐桂芝问。

“我们要调查清六区的恶霸地主、汉奸土匪和那些欺压穷苦人的坏蛋们，对他们进行清算，把他们剥削百姓得来的土地、牲畜、粮食、衣物等财产清算出来，分给穷人。”

“你们敢吗？”

“敢，我们有八路军大部队撑腰，有县大队区小队保护，我们手里有枪，不怕那些坏蛋们。”于海潮拍拍腰间的手枪，坚定地说。

“你们要清算陈宝珠、王文焕、张凤鸣他们几个，他们都是头顶长疮、脚底流脓的大坏蛋，净干欺压穷人的坏事，你们要敢清算他们，我们穷人就解恨了，就心向着你们了，我可以给你们带路。”唐桂芝自告奋勇地说。

“好啊，那就请你帮我们先安顿住下，咱们发动起更多的人，再去那几户恶霸家清算他们。”江波挽着唐桂芝的手高兴地出了唐桂芝嫂子家的门。

工作队住进了主人当过保长的一户中农家，主要看中了这家人比较开明，在村子里人缘比较好，院子处在营子中间，又靠后山坡，遇到危险可以及时爬上后山防卫。

晚饭时，江波热情挽留唐桂芝一起吃饭，喝的是菜粥。她们在一起唠磕说家常话，越说越近乎，越说话越多，像亲姐妹一样。掌灯许久了，唐桂芝说：“哟，说着唠着天这么晚了，耽误你们歇息了，我该回去了。”

“大妹子，我送送你吧。”

“不用，我走夜道走惯了，不怕黑，再说，我有这个。”说着，唐桂芝抄起粪叉子。

江波听听山上有狼的嗥叫声，从炕上下地，穿戴好了，把手枪“哗啦”推弹上膛说：

"我还是送送你吧。"

"真的不用，要不，我们家宽绰，我们当家的给陈宝珠喂牲口不回家，我把炕烧热乎了你们几个到我家去吧?"唐桂芝与江波和另两位女工作队员商量。

江波对于书记说："于书记，我们仨到桂芝妹子家休息，她家离这不远，没问题。"

于海潮说："好吧!"他明白江波是要进一步做唐桂芝的工作。

几个人提着行里出了门，临走，江波用毛巾给唐桂芝嫂子她娘仨包了几块白面饼。跑过她家时，送到屋里，娘仨个有了衣服穿、粮食吃，家里也有了生气，对工作队千恩万谢，对工作队十分亲近。

凄清的唐桂芝家的破草房有了烟火，点起了油灯，有了生气，有了欢笑。

唐桂芝很心细，她把破木门上了顶门杠，又抱柴火把炕烧得热热乎乎的，她家虽穷，但唐桂芝能吃苦，丈夫傅老蔫能干活，两口子苦熬紧攒苦日子紧巴巴的，屋子挺干净利落的。

她们又唠了好长时间才要休息，唐桂芝安排江波三个人躺下，自己却靠在窗台边说："江大姐，你们放心睡吧，我给你们瞭着。"

"那怎么能行，我们轮流站岗。"

"不行，你们信得过我，在我家住，如果出点事，我成啥了!"

江波坐起来，给唐桂芝披紧衣服，拉过她的手攥住，两人紧紧依偎在一起。她俩透过破碎的窗纸，眺望夜空中那闪烁的星河，心早已融汇在一起了。

经过几天的调查摸底和动员组织群众，在唐桂芝的积极主动配合下，牛头沟上下几个村子的穷苦百姓大部分被动员组织起来了。这天早晨，工作队全副武装，领着唐桂芝等上百名穷百姓敲开了恶霸地主陈宝珠家的大门。

陈宝珠早就上山拉杆子当土匪去了，在陈家大院主事的是二当家的，他相比较而言不那么霸道，比较老实。他见于海潮、江波等荷枪实弹领着一大群人进了门，吓得两腿直哆嗦，磕磕巴巴地问："各位官长到舍下有何贵干?"

于海潮走上前威严地说："陈宝珠勾结土匪，盘剥百姓，对抗人民政府，罪行累累，铁证如山，经区人民政府批准，对陈宝珠进行清算，把你们的财产都报上来。"

陈二当家的说："官长，我大哥前些日子就走了，不在家，我们也是本分人家，不曾欺压百姓啊。"

"陈老二，你别糊弄人，陈宝珠出租放债，倒腾大烟，让我们多少人受穷，他勾搭土匪和伪满警察，残害了多少好人。你不用假充善人，你没干坏事，陈宝珠干了多少，你难道不知道吗?"唐桂芝从人群中冲出来，指着陈二当家的鼻子怒斥。

"是是是，我大哥祸害人，对乡亲们不良善，该清算，该清算。可我没干坏事啊!"

"你干没干坏事，大伙自有公论，我们也不会把你同陈宝珠一概而论，你们一家人应拥有的那份财产，我们酌情予以保留，但是陈宝珠的财产必须如实报上来，除留下够他家里人生活的财产，其他的全部没收，收归农会，分给穷苦百姓。"于海潮严肃地说。

陈二财主没咒可念了，只好回屋拿出账簿来，一五一十地报给土改工作队员登记。

折腾了一上午，终于登记完了陈宝珠的财产，于海潮公布了应没收的粮食、牲畜、房屋、土地、衣物、家具还有清理出来的大烟土一缸，现大洋一千五百块，并向大家宣布：所有财产除留一部分粮食、牲畜做军用外，其余全部分给贫雇农，包括外地扛活打短工的也分给一份财物。

在陈宝珠家大门口，工作队点着名分配财物，可大伙拿着空口袋提着筐围拢上来就是没人上前领取。于海潮见陈宝珠的老婆和儿媳在门边向人们指指戳戳的，就喝令她们退回屋里去，不许干扰和恐吓百姓。唐桂芝又一次站出来，领取自己家分得的那份粮食、一头牛。几身衣物和一张土地地契。她当场穿上了一件皮袄，高声对大伙喊：“乡亲们，别怕，有共产党八路军保护，有工作队撑腰，咱们穷人就是要翻身做主人，这粮食是咱们种的，财产是咱们的血汗，理直气壮地往家背！”她又喊嫂子和俩侄女领了分配给的财物粮食，又亲手把衣服给俩侄女穿上。大伙一见唐桂芝带头分地主浮财，便都拥上前领自家的那份，一阵子，便把堆积在院里的财产分净了。

大伙的胆怯怕事、畏首畏尾，因为唐桂芝的挺身而出，诱发了埋在心底的愤怒和不平。众人拾柴火焰高，群众一旦组织起来，行动起来，就会形成摧毁旧世界的力量，唐桂芝成了导引这股力量的先锋。她怀着胜利的自豪回到家里，却兜头被丈夫傅老蔫一阵数落。老蔫性情懦弱，胆小怕事，他在工作队闯进陈宝珠家的时候，正在牲口棚里喂牲口，他被工作队的气势吓呆了，更让妻子的举动吓得魂不附体。他说陈宝珠为人狠毒，翻脸无情，谁人不知哪个不晓，你一个女人家，抛头露面，领着大伙分他的家产，陈宝珠能善罢干休吗！

他用从来没有过的语气大声呵斥唐桂芝，说你要想让这个家平安，你就把东家的财物粮食送回去，别跟着土改工作队折腾了，你还把区干部请到家里来住，你一个老娘们家，大庭广众下抛头露面，也不嫌乎丢人，那陈宝珠是啥人你还不知道吗？他现在已在山里拉起了杆子，又和白金辉挂上了钩，说不上啥时打回来，你还要命嘛？

唐桂芝见平素三脚踢不出一个屁的老蔫这时真急了，一阵子冒出这么多话来，她给丈夫倒了一碗热水，坐在他身边说：“老蔫啊，这么多年咱们苦熬，我理解你心里都想啥，我不甘心咱们过这个苦日子，咱俩没黑带白的过，都给地主老财们干了，咱们吃的苦、受的罪，被陈宝珠欺负的还少吗？共产党来了，清匪反霸，救助穷人，都是为咱穷人说话办事啊！咱们有胳膊有腿有力气，凭啥让地主老财们剥削咱们，就应该跟着共产党闹翻身，咱们也活出个人样来。这粮食是咱们打的，就应该咱们吃，凭啥给他送回去，有工作队撑腰，你怕啥？”

“怕啥？那陈宝珠上山拉杆子啦，指不定哪天杀回来呀！”

“那也不怕，咱们有队伍有枪，来了就打，都是两个肩膀扛个脑袋，怕啥。”

傅老蔫唉声叹气，把烟袋锅在炕沿上磕了几下说：“我管不了你，可你也得加小心啊，那些坏蛋，可是啥事都干得出来的。”

唐桂芝拿过针线箩筐边给丈夫补衣服边说：“我知道，你也甭到陈宝珠家喂牲口了，村里成立民兵队，我给你报了名，当了民兵，手里有了家伙，就不怕坏人报复了。”

“嗯，中。”

两口子把东屋让给了工作队，在西屋用麦秸搭了地铺，相互依偎着进入了梦乡。

陈宝珠的儿子骑马到了广兴源沟脑小西天，把家里被土改工作队和穷人抄了的消息告诉陈宝珠，已聚集了三四十号人的陈宝珠听到这消息气得暴跳如雷，听到说是唐桂芝带头分他的家产，更是气得狼一般嚎叫，发恨不灭了于海潮和唐桂芝誓不为人。

陈宝珠伙同王文焕、张凤鸣等几个恶霸地主拉起了近百人的土匪队伍，几次试图攻打六区区政府，暗杀于海潮，都未得逞，反而被区小队和工作队打得抱头鼠窜。他几次派人想打唐桂芝闷棍，都被唐桂芝和丈夫傅老蔫机警地躲避了。

鉴于唐桂芝思想觉悟提高很快，工作积极肯干，经过组织考查，区委接受唐桂芝的请求，批准她加入了中国共产党。在一个晚上，她和农会干部岳久洲、李宝玉、张凤岐等人在昏暗的油灯下，在于海潮的主持下，对着用红纸做的党旗，宣誓加入了中国共产党。于海潮对唐桂枝等人说："同志们，加入了中国共产党，就要为穷百姓办事，哪怕流血掉脑袋，也不能违背了誓言。我们所做的工作，老百姓将来会记着的。"大家都神情庄重地逐个与于书记握手，异口同声地说："放心吧，于书记，我们从此跟定了共产党，海枯石烂心不变！"油灯散发的微亮，给凄清的寒夜带来了光明与希望。时隔不久，唐桂芝调到区里任妇联主任。从此，她更加义无反顾地走上了革命道路。

1947 年春天，由于国民党匪军大举进攻解放区，解放军大部队都开赴前线，县委指示各区武装和干部集中收缩到中心区域，集中兵力抵抗敌人的骚扰。前几天县里通知，白金辉匪部已倾巢而出，在各路土匪武装引导下袭击我区乡政权和农会，要求各区提高警惕。

区政府贮存在大兴永村的一批公粮需要运回区里，于海潮书记带着十几个人赶着车要往回运，队伍要出发时，唐桂芝急匆匆走到于书记面前，要求也去参加运粮。于书记说："现在敌情复杂，我们时刻要准备战斗，你一个女同志，又有孕在身，别去了。"

"就是，桂芝，你有身孕五六个月了，听书记的话，别去了啊！"傅老蔫拿着赶车鞭子上前来轻声劝妻子。

唐桂芝温柔地摸摸已显怀的肚子对丈夫说："我没事的，你放心。"

"桂芝，咱们早就盼有个孩子，这次怀上了可不容易呢，听我的，别去了。"傅老蔫殷切地劝阻她。

"不行啊，有几袋子粮食是我坚壁的，别人找不到的，咱们装上粮食就回来，不碍事的。"唐桂芝固执地坚持要去。

"那好吧，唐主任你坐上大车去吧。"于书记妥协了。

傅老蔫挽妻子上了大车，大家有的骑马有的坐车直奔大兴永而来。

没想到在区政府外街上小饭馆的一个土匪暗探早就盯上了于书记的队伍，他打探到于海潮书记他们要去大兴永拉公粮。这小子悄悄从房后牵出马，绕道往山里赶给陈宝珠报信去了。

恶霸地主陈宝珠正在小西天山林里摆酒煮肉款待白金辉派来支援他的柳春福和国民党谍报队人员。小西天处于广兴源沟脑，这是个林深草茂、泉水淙淙的世外桃源，三面青山环围，东面有一条狭窄的山谷通向外面，山谷中柳丛繁盛，各种野果树到秋天果实累累、芳香四溢，是一处让人流连忘返的好景致。听到探子回来报信，陈宝珠乐不可支地对柳春福和谍报队班长说："咱们马上到沟门设伏截击他们，管叫他们一个也跑不了。"柳春福说："那就干吧，上马。"

二百多匪徒忽忽喇喇冲出山林，向沟门扑去，很快就设下了埋伏。

却说于书记和唐桂芝领人到大兴永，装好粮食便急忙往回返。于书记领十几人的骑兵走在前面开道，唐桂芝和七八个战士和农会会员走在后面押车。傅老蔫心疼媳妇喊着让唐桂芝坐到车上来，唐桂芝说："车上装那么多粮食，马拉得够吃力的了，还是步行走吧，不累。"

前面就是山嘴子，还没过小河，听见前面"砰"的一声枪响，之后"呼啦啦"从柳林里冲出一群土匪，大声叫喊："于海潮，你们被包围了，快快下马交枪。"

于海潮喊了一声："有土匪，射击。"战士们在马上"啪啪"一阵射击，冲上来的土匪吓得急忙卧倒还击。

于海潮意识到此地凶险，他边射击边喊："快速冲过去，不要停。"他带头在前头开道，后面两辆大车加速往前快跑。这时，对面山头上的土匪将机枪打响了，子弹打在山路上，爆起一溜碎石白烟，有两名战士被打倒在地。

于书记带人让过大车，命令唐桂芝和几名农会会员赶车快跑，他领战士们断后阻击敌人。

唐桂芝她们几个人护着大车，冲过火网向川道跑去。但是，跑出不到二里地，迎头一股敌人堵在山道上，匪首陈宝珠挥着盒子枪大叫："唐桂芝，你跑不了了，赶快投降，不然崩了你。"

马车停住了，唐桂芝等人面对匪徒们的枪口毫不畏惧。唐桂芝对赶车的丈夫说："我们上去和他们打，你俩赶车猛往外冲，绝不能把粮食落到敌人手里。"

说完，她挥着一根木棍子和岳九洲、李宝玉、张风岐等五个人冲向涌上来的敌人，挥舞着木棍铁锹、禾叉与凶残的匪徒打在一起。

傅老蔫此时顾不了别的，他跨在车辕子上朝双套马抽了一鞭子，马车轰轰隆隆冲了出去，阻拦的土匪吓得紧往两边躲。陈宝珠大叫："截住马车！"可匪徒们被唐桂芝几个人挡在道上，冲不过去，两辆大车在枪声中向区政府方向驰去。

这里，匪徒们恶狼般地与唐桂芝几个人混战，唐桂芝他们没有武器，加上她有孕在身，她挥着一根木棒与土匪搏斗，接连打伤了两个匪徒，但她很快就撑不住了，不一会就精疲力竭，被匪徒们打倒在地，五花大绑被抓起来了。于书记他们被众多土匪缠住猛攻，寡不敌众，只好向东北一道沟里撤走。

匪徒们抓住了唐桂芝等六人，押到孟家湾。陈宝珠、柳春福、王文焕、张凤鸣等人围着被捕的唐桂芝几个人转了一圈，他们得意忘形地狂欢大叫。柳春福问："你就是妇联主任唐桂芝？"

"就是本姑奶奶，怎么着！"唐桂芝挺胸回答。

"耶耶耶，这女共党果然挺厉害啊！"

陈宝珠和告密的地主翟顺廷凑上前来喝道："姓唐的，识相点，这回你落到我们的手心，你还有啥牛的，你要低头服软，老实回答我们问的事，把分我们的财产和地契都交出来，就饶你一条小命，不然，就狠狠折腾你，整死你。"

柳春福大模大样地上前，用手指着自己穿的国民党保安团军服说：“女共党，你看清楚了，我们是国军，我们很快就要打下经棚街，共党快让我们打跑了，你只要交出粮食，告诉我谁是农会谁是共党，我就放了你。”

“呸！谁听你的鬼吹灯，落到你们手里，我就没想活着，粮食在哪，谁是农会的谁是党员，我都知道，姑奶奶就是不告诉你们！”

“嘿！女共党嘴还真挺硬啊，给我打！”柳春福退后几步，喝令对唐桂芝几人用刑。

匪徒们将唐桂芝等六人绑在村公所院内拴马桩上，几个家伙手里拿着皮鞭、粗柳条子或桦木棒子从唐桂芝开始挨个“过堂”，穷凶极恶的暴徒们使足了劲暴打，还边打边问：“穷棒子，叫你翻身叫你入农会，叫你斗地主……”鲜血从六位被捕者脸上身上浸红了衣服，衣服被打得一条一绺的，但几个人毫不屈服，依然大骂连声。唐桂芝趁一个匪徒撕扯她的上衣，突然抬脚踢在那小子裤裆上，那家伙“敖”的一声抱着肚子蹲下去打滚叫唤。众匪“忽拉”围上来，陈宝珠恶狠狠地叫：“好你个共产婆，都这样了还伤我的弟兄，来呀，扒她的衣服。”众匪上来撕扯唐桂芝的衣裤，唐桂芝扭动着身子骂：“你们这些没有人性的东西，你们就没有媳妇没有姐妹吗？”

旁边站着的几个被押来的老人也哀求：“你们别这么折腾一个女人啦，她还怀着身孕呢，你们行行好积点德吧！”

“怀孕了？”陈宝珠和柳春福围着唐桂芝转了一圈，“嘿嘿”奸笑几声说：“是怀上八路羔子了吧？啊！”说着陈宝珠猛地一脚踢在唐桂芝肚子上，唐桂芝痛苦地大叫了一声昏厥过去了。陈宝珠对翟顺廷说：“给我拿条口袋来。”翟顺廷心领神会，赶紧找了一条大口袋，众匪七手八脚把唐桂芝装进去。陈宝珠说：“穷棒子不是要翻身么，把女共匪拽到房上去，叫她翻身。”众匪用绳索把唐桂芝拖上房顶，喊了个号子一齐松开绳子，装着唐桂芝的口袋从房上滚下来，“扑通”一声摔在地上，立时，鲜血从里面浸染上了口袋，翟顺廷上去又蹬了几脚，口袋又从十几层的石头台阶上滚了下去，唐桂芝被摔得昏死过去。匪徒们看了半天口袋不动了，只有殷红的血汩汩而流。

“妈的，死了，倒出来。”陈宝珠喝叫。

此时的唐桂芝已被摔成了一个血人，一个小匪提着木桶对着她浇了半桶水，唐桂芝被激醒转过来。

陈宝珠上去用脚踩踏她的腹部，边踩边凶残地说：“小八路羔子挺结实啊！”

唐桂芝觉得腹内一阵剧痛，在一阵痛苦呻吟中，不满六个月的胎儿悲惨地降临人世。唐桂芝坐起来，刚要去抱那个不幸的小生命，旁边站着的匪首王文焕上来挺着刺刀扎进婴儿身体，挑起来便甩出好远，唐桂芝撕心裂肺的大叫一声又昏过去了。

陈宝珠对小匪吩咐：“把她捆起来，用凉水浇醒，问她说不说，不说就拴在马后拖她。”

“哗”的一桶凉水浇下，躺在血水中的唐桂芝醒了过来。

陈宝珠问：“姓唐的，你说不说？”

“我就是死了也不说。”唐桂芝无力地但坚定地回答。

一个匪徒把大枪放在地上，弯腰去抓唐桂芝，突然唐桂芝使出最后的力气推倒淫匪，双手抓起了步枪，她用刺刀刺伤一个匪徒，又使劲拉枪栓射击。由于她筋疲力尽又不会使用大枪，枪被惊醒后的匪徒们又抢回去，匪徒们被唐桂芝的举动吓够呛，他们动了杀机。

“拖，拖死这个女共党！”陈宝珠气急败坏地叫喊。一个家伙骑在马上又腿一夹，马立时跑开，顺着山路拖着唐桂芝跑出好远又返回来，山路上顿时血迹斑斑。

待马拖着唐桂芝进院，她已气息奄奄了，衣服被拖成了布条，身上血肉模糊，有的地方露出了骨头，让人不忍观看。一些百姓纷纷骂道：“你们太没人性啦，伤天理啊，要遭报应的……”唐桂芝醒转过来，冒着血沫子的嘴仍含混不清地痛骂着敌人。绑在木桩上的岳久洲等五人见此暴行，都大骂土匪没有人性，说八路军饶不了你们，一定会给我们报仇。

柳春福拔出盒子枪，枪口指向唐桂芝：“女共党，够硬的，我就给你来个痛快的吧。”说着“当当”两枪，英勇无畏年仅三十二岁的巾帼女杰唐桂芝受尽折磨，壮烈牺牲。

柳春福提着枪走到岳久洲几个人面前，问道：“看见了吗，这就是跟共党弄翻身的下场，你们如果降了，跟我上山，我保证你们荣华富贵，怎么样？”

岳久洲说：“我们是共产党员，是五尺五的男子汉，难道连个女人都不如吗？狗东西，你要杀要砍就来吧，老子不怕死！”

“你来吧，我们不怕死！”几个人异口同声地回答。

柳春福惊愕地后退几步：“妈的，真有不怕死的，那就成全你们。”他一挥手：“搬上来，开铡！”

几个匪徒“框当”一声把一口大铡刀放在地上，陈宝珠和王文焕脚蹬着刀床抬起铡刀，狼嗥般地喝令：“推上来一个。”

岳久洲被摁在铡刀上，柳春福问：“降不降？现在回答还来得及。”

“去你妈的，死也不降！”

柳春福一挥手，陈宝珠、王文焕两个恶魔狠狠摁下铡刀……顿时，一腔热血飞溅出老远。

敌人把李宝玉四人拉上来，四人都宁死不屈，相继英勇就义，烈士的鲜血洒满院子，汩汩流成了小溪。

这就是无产阶级同黑暗反动势力的血火拼争，革命者为了追求人民的解放、民族的新生，用鲜血浸染这片土地，催生人民当家做主的新社会，惊天地、泣鬼神，连刽子手们都发抖……

陈宝珠带着满身血渍坐在台阶上喘气，他和王文焕两个家伙眼睛红得如厉鬼一般，又“嗷”的一声喊：“弟兄们，一鼓作气跟我杀到区政府，端了共党的老窝。”

柳春福赶紧提醒：“姓于的冲出去了，恐怕去搬兵了，共党早有准备了，不能去打区政府，还是赶紧吃口饭撤吧。”

“我不撤，我一定要灭了于海潮，占了区政府，夺回我的财产。”

“对对对，不能撤，你们一撤，我可怎么办？”恶霸地主翟顺廷着急了。

“你他妈不走，我们走，我可不能在这等着挨刀。陈大哥你看你杀的这些人，这个场合，不赶紧走，八路来了能有你的好么？”柳春福对谍报队班长一挥手：“咱们撤。”

“等等我，等我回家收拾收拾一块走。”陈宝珠听柳春福一说，再瞭一眼刑场的景象，一股强烈的恐惧从脊梁骨上冲到脑门子，急忙抢罗东西上马要跟着撤。

就在这时，从东面区政府方向传来一阵激烈的枪声，激昂的军号声传来。在村外放哨的土匪发现一支骑兵部队冲来，后面跟着步兵，土匪还未及开枪，便被旋风般席卷过来的骑兵砍杀在地，马不停蹄地扑向孟家湾。马队里于海潮书记和傅老蔫策马疾驰，他们拼死冲杀过来，惦记着唐桂芝几个人的安危。

土匪在村口阻拦一阵，柳春福等见势不妙，慌忙率本队土匪乘马逃跑，陈宝珠、王文焕匪部因大部分人没马，被我骑兵冲破防线，四散奔逃，后续跟上来的经棚县支队步兵也从两翼包围了孟家湾村子，二百多土匪被包围，我骑兵三十二团一连战士马刀翻飞，在村街上砍杀敌匪，企图逃跑的敌人被县大队堵住，遭到沉重打击。陈宝珠、王文焕见柳春福率部早跑了，他的队伍也被包围，急忙与王文焕、张凤鸣驱使一帮小匪向村西突围，在我县大队一阵截杀中，强行突出重围，向沟脑小西天方向逃窜。

恶霸地主翟顺廷连滚带爬跑回家里，让家人赶紧关紧大门，自己进屋收拾金银细软准备逃跑。他老婆和儿子劝他向政府自首，好保全这个家，翟顺廷说：“我帮着陈宝珠他们杀了唐桂芝他们六个人，共产党来了能有我的好吗?”

随部队杀进营子的于书记和傅老蔫冲进村公所大院寻找唐桂芝等人，没进院门他们就发现一股血流淌出了院外。扑进院内，于书记他们惊呆了，但见满院血迹淋漓，几位烈士身首异处，唐桂芝满身鲜血倒在当场。于海潮见到如此惨烈的场景，双唇发抖，两眼冒火，他命令区小队干部战士收殓烈士遗体，自己转身出门，杀向四处躲藏的土匪，他大声下令：“彻底消灭他们，为烈士报仇!”战士们怀着对反革命暴徒的深仇大恨，刀砍枪打，经过一阵激战，消灭了大部土匪，其余的四散逃跑。

这时，有老百姓跑来向于书记和县大队领导韩星报告说，是陈宝珠、王文焕、张凤鸣等犯下的罪行，本村地主翟顺廷也参加了杀人。在打扫战场时发现了被我骑兵砍杀的张凤鸣的尸体，另外群众说看见翟顺廷跑回家去了。于海潮立即带人赶奔翟顺廷家。

反动地主翟顺廷打好两个包袱正要逃走，大门“咣当”几声被撞开，于海潮与战士和群众冲进来，在黑洞洞的枪口下，翟顺廷瘫倒在地，被五花大绑押走了。随即，于海潮宣布以翟顺廷通匪杀人罪逮捕，家产全部被没收。于书记和韩星率部队分别将陈宝珠、王文焕、张凤鸣等参加敌匪的家进行了抄没。

韩星与三十二团骑兵连指挥员乘敌立足未稳，跟踪追击，经两天追剿，在小西天打垮了陈宝珠、王文焕匪帮，在小西天沟脑击伤并俘获了王文焕，陈宝珠落荒而逃，投奔白金辉去了。

劫后的广兴源区，唐桂芝等六位勇士的英勇牺牲，使山川肃穆，一片悲哀。在烈士亲属们和乡亲们的悲泣号哭声中，部队战士们牙关紧咬，切齿痛恨万恶而残暴的敌人。傅老蔫坐在唐桂芝的灵柩前，早就哭干了眼泪，他默默地把唐桂芝破碎的血衣包起来，悲切地叨咕：桂芝啊，你扔下我走了，你死得太惨了！我一定给你报仇，给死去的兄弟们报仇……他在安葬了妻子后，立刻报名参加了县大队，后来转入新成立的朱德骑兵师，成了一名勇敢作战的革命战士。

三天后，经棚县委、县政府和军分区在六区举行了上千人参加的追悼大会，唐桂芝等六名牺牲的同志被授予革命烈士称号，隆重安葬在东山根榆树林中。在烈士坟墓前，枪决了参与屠杀革命烈士的反动地主翟顺廷和王文焕。

巾帼女杰唐桂芝烈士的英勇事迹迅速传遍了冀热辽解放区，成为激发解放区军民英勇杀敌的精神力量，军区政治部文工团依据唐桂芝等人的感人事迹，编写出大型歌剧《唐桂芝》，在解放区城乡上演，在抗敌前线演出，对鼓舞我军斗志和解放区清匪反霸斗争，动员和组织广大人民掀起轰轰烈烈的土改运动起到了极大的激励作用。

第四章　夺　宝

一　未雨绸缪

面对以白金辉为首的反动地主武装的疯狂反扑，经棚县委、县政府按照军分区的指示，及时收缩力量，坚持区不离区、乡不离乡的原则，一些未暴露身份的党员和农会干部坚持就地掩护开展斗争，已公开的同志撤到各区，充实区小队和武委会，形成拳头，集中力量刀对刀、枪对枪地与敌人斗争。敌人除了骚扰和破坏我局部地区，大部分地区仍有效地控制在我们手中。

五区（百岔区）区委书记梁敬通过于凤宝同志死难一事和区小队在大柳条沟门被袭事件敏锐地觉察到白金辉此次反扑来者不善，白金辉除了整合各大小土匪杆子，集结成大股武装人多势众外，显然他得到了国民党正规军的支持。他们身着国民党军装，武器也装备了机枪和小炮以及新式步枪、冲锋枪，战斗力不可同日而语，因此，必须以集中对集中，以分散对分散形成拳头，充分利用区政府大院良好的防卫功能，连续几次打退了白金辉匪帮的突袭，保卫了革命成果。

梁敬和区委、区政府领导同志们及时将支援前线的大批军粮、物资护送到了经棚镇，由军分区兵站签收，交割完毕，梁敬和张东阳等人到县委汇报。

县委书记陆棣和县委其他在家领导听取了五区的工作汇报。陆棣同志由于繁重的工作，显得十分疲惫，赵芝瑞副书记也是因为熬夜两眼挂满血丝。县委县政府机关干部都配发了武器，随时都能参加战斗。战争状态下的县委县政府的人们都忙乱而有节奏，还有几分紧张气氛。

陆棣和赵芝瑞听了汇报，对五区近期的工作表示肯定，对于凤宝同志的英勇牺牲表示哀悼，陆书记说："短短几个月内，在残酷的对敌斗争中，我们失去了一大批优秀同志，表明我们与国民党反动派的斗争，是你死我活、不共戴天的阶级斗争，是争夺命运之战。"他还表示要在全县开展向于凤宝、唐桂芝、潘书声等同志学习，英勇无畏同敌人斗争，坚决打退敌人的进攻，彻底消灭顽敌。陆棣还告诉大家："在党的正确领导下，全国各解放区军民团结一致，与进犯的国民党反动派顽强作战，都取得了伟大胜利，敌人的进攻即将被粉碎，我们的反攻作战即将开始，形势在朝着对我们有利的方向发展。大家回去后，向广大翻身农民宣传，敌人的疯狂持续不了几天，最后的胜利属于我们，要树立信心，坚持斗争。”

梁敬等人听了热血沸腾，信心倍增。梁敬攥紧拳头表示：随着工作的深入展开，区乡政权建设逐渐巩固，翻身农民基本上被动员和组织起来了，经过几次与土匪的战斗，也取得了一些战斗经验，树立了信心，保证能守卫住中心村镇，保住胜利果实，将来配合剿匪部队一举消灭白金辉匪帮。

赵芝瑞副书记对梁敬说：“为支持你们扩大区小队和民兵组织，县里在军分区申请到一批枪械支援，经研究决定，批给你们五区二十支步枪，一挺机关枪，一百枚手榴弹，两千发子弹，另外配给你们两支望远镜，你们赶快去县大队仓库去领取吧。”

梁敬、张东阳听了非常高兴地说道：“太感谢首长们的支持了，我们武器不足，弹药有限，打仗底气不足，这下好了，有了武器，还怕他白金辉猖狂？”

梁敬让张东阳等人去领取军火物资，他留下说有重要工作向县委领导汇报。

梁敬要求陆书记让其他人退下，他只向陆书记和赵书记汇报。陆书记领梁敬到自己办公室，梁敬汇报说，通过清匪反霸土改斗争，没收了一批大烟土、银圆、金元宝和金银首饰，现在秘密贮存在区政府，这次随军粮虽上缴了一批，但仍有一百个金元宝、五千块银圆和一箱首饰，还有上百斤大烟土。原来县政府通知暂存在区里保护，现在形势吃紧，白金辉已听到区里藏宝的风声，时间长了恐生意外，是不是县里派人接收并护送到县里，再转运到军区银行。

对这么一大笔财宝，陆棣和赵芝瑞觉得不是小事，因为我们要与强大的敌人作战，要加强解放区建设，处处都需要钱，必须妥善保管好。他们认为梁敬慎重地对待这笔财富很有必要，他当即喊来县大队长韩星和内卫队长宝中三，指示二人立即挑选一支精干的队伍，准备好马匹，准备执行特殊任务。

韩星问：“是打仗吗？”

陆棣说：“不是，是护送一批重要物资，你们明天就随梁敬同志到五区，把一批重要物资护送回来，你们要保证这次任务一点纰漏都不能出，明白吗？”

“是，保证完成任务。”韩星、宝中三二人齐声回答。

从陆书记办公室出来，梁敬拍着韩星的肩膀说：“伙计，好久没在一起战斗了，这次你可得带上精兵，多带弹药，瞅机会咱们再跟敌人干一家伙。”

“听说最近你们打了几仗，消灭了不少土匪，得了不少洋落吧？”

“哪里呀，比不上部队胜利大，缴获多，真想申请回正规部队去，痛痛快快地和敌人打仗。”

“得了吧，老梁，你想回部队，我还想回去呢，可现在地方上剿匪建政土改任务这么重，走得了么？还是先收拾了白金辉这帮蟊贼再说吧。”

“狗娘养的白金辉，祸害了多少革命群众，欠下多少血债，这笔账一定让他还。”梁敬咬着牙恨恨地说。

宝中三凑上前问：“梁书记，陆书记让准备驮马驮东西，都是些啥东西？要准备几匹马呀？”

梁敬停顿了半刻，悄声说：“注意保密，是一批没收地主恶霸的金银和一批大烟土。”

“噢，那可得保密。哎，韩大局长，咱俩都得去执行这个任务啊！”宝中三一本正经地对韩星说。

“重要任务，不含糊，明天咱们就出发，这会儿，你得出出血，请咱们梁大书记洗洗澡吃一顿香喷喷的经棚肉饼，并请我作陪，怎么样？”韩星笑着问宝中三。

“好家伙，又敲我的竹杠，行，安排一下公务咱们就去徐家浴池。”宝中三慷慨地说。

晚上，宝中三、韩星陪梁敬、张东阳等人到了徐记浴池。宝中三预先就知会老板烧好了水，众人嘻嘻哈哈地跳进浴池，洗个痛快。宝中三对众人说：“你们先洗着，我打发人告诉肉饼铺别关门，等咱们洗完澡去吃饭。”

宝中三回身关上浴池门，朝老板一使眼色，老板会意在前领路，正在忙碌的二赖子把毛巾搭在肩上跟了上来，三人进了一个偏僻屋子。宝中三从口袋里拿出一个封好的纸卷，递给二赖子并说道：“十万火急，你马上骑马到广兴源秘密联络点，把情报送出去，我明天出发到五区，暗中配合行动，记住，一定请白司令按我信上写的办。”

二赖子点头道：“差不了，一定送到。”他又面带难色地支吾：“只是，我最近手头太紧，连买壶酒的钱都没有了。”

“妈的，干点活就要工钱。”宝中三边骂边从兜里拿出几张纸币，“先拿去，打二两酒买个猪蹄先垫巴垫巴，再烫个大烟泡精神精神，好快马加鞭连夜送信去，这个任务要是完成好了，少不了你的赏钱。”

宝中三安排浴池老板到馅饼铺订餐，自己赶忙返回浴池，与大伙共同泡澡。

二赖子吃喝一顿，又抽了一个烟泡，精神十足地牵马出院，从碧柳河柳丛中潜出经棚镇，快马加鞭奔广兴源大川沟脑，翻过隘口入了百岔川沟脑，到了叫局子的营子头。局子只有十几户人家，因为当年日本人在百岔沟脑砍伐林木，设贮木场局子，所以这个小村就叫局子。

营子头有一户人家，房子虽比较陈旧了，但高墙深院挺严实。二赖子到门前下马，伸手在木板门上“啪啪啪、啪啪、啪”连敲三遍，门“吱扭”一声闪开了一道缝，里面伸出一个戴毡帽头儿的脑袋，左右闪了几眼，示意二赖子牵马进了院，大门又关上了，里面还闩上顶门杠。“毡帽头”是一个四十岁左右的男人，穿着山羊板皮袄，大裆青棉裤，嗓音沙哑，说话阴森森的。他低头牵过马，手一指屋门，二赖子急走几步推开板门进屋，轻车熟路地进东屋，煤油灯闪着昏暗的光，炕桌上放着一盘咸菜和几个莜面锅贴，屋里没人。二赖子正在打愣怔，“毡帽头”进屋了朝他一努嘴，二赖子随他到外屋，挪开一口木缸，缸底露出一块木板。“毡帽头”掀开木板进了地道，二赖子急忙跟着下去，盖上木板，顺着木梯摸索着走下，又沿着地洞走了二十几步，拐了一个弯，前面露出一片光亮。两人急走几步，前面开阔了许多，石头砌成的墙壁，顶上搭着粗桦木檩子，一边盘着一铺炕，灶膛里烧着木柴，这个大地窨子很暖和。炕上铺着炕毡，小炕桌上点着一盏油灯和一盏烧大烟用的烟灯，炕桌两边各有一个人仰躺着抽大烟，空气中弥漫着一股邪恶的香气。

“毡帽头”弯下腰，向炕头那边的人低声说：“大少爷，经棚街送信的人来了。”

“唔，来了！”白景春坐起来，麻嗒几下眼睛看清了来人，朝“毡帽头”一挥手，“毡帽头”一点头转身出去了。

白景春挥手招呼二赖子："兄弟大老远赶来，辛苦了，来，先抽两口，精神精神。"说着，把烟枪递了过来。

二赖子忙不迭地接过来，把烟枪探到正点着的烟灯上，熟练地捺上一个烟泡，点着，忙乎着抽了几大口。白景春始终坐在那瞅着二赖子，见他抽了几口，问道："宝队长送来的情报呢？"

二赖子急忙放下烟枪，从裤腰带里抖搂出一个纸卷来递给白景春。

白景春把纸卷拿到油灯前看了看，才揉开腊皮，展开一张纸，细心地看起来，看完了一拍大腿，兴奋地说："好消息，咱们他妈的要发大财了！"

"发财！发什么财？"炕梢抽大烟的家伙"腾"地坐起来，直眉瞪眼地问。

"侯叔，宝队长传来消息，说五区的梁敬从咱家和其他财主挖走的金银财宝，还有大烟土都藏在区政府大院，梁敬觉得不保险，最近要解送到经棚交给县里保管，宝队长和县公安局姓韩的带人去押运，明天出发。他让我们派人抢了这批财宝，他暗中相助，侯叔，这不咱们要发财了吗？"

瘦小枯干的身子、小绿豆眼、撇着两抹老鼠胡子的侯扒杆，"嘿嘿嘿"一阵冷笑，他猛抽了一口烟，一伸脖把烟吸进了肺管子，又一口长气把烟慢慢吐出来，放下烟枪，瞪着小眼问白景春："贤侄，到口的肉不吃白不吃，我看咱们马上动身奔吕家沟门。"

"不行，侯叔，咱们按宝中三的计划行事，他把货点验过，再配合咱们去抢，要不然，谁知道梁敬把财宝藏到哪了。这面，我们派人回去报告我爹，让他派人接应。"

"咳！一个抢财宝，还用那么多人干啥，咱爷俩带几个人去就得了。"

"小心不出错，咱们还是盘算好了再干。"

"我的大侄子，你侯叔我是干啥的？飞贼！当年日本人的军火库咱都能进去，还怕他一个梁敬。你就听我的，明天晚上咱们就行动，先踩点，再联络，把共党的财宝给他一窝端了。"

白景春心想，抢财宝这活儿人知道的越少越好，侯扒杆武功高强，特别是轻功，蹿房越脊，轻快如狸猫，绝对是高手，他就点头同意了。之后他又拿出一块纸，用半截铅笔写了一封短信和宝中三送来的情报卷在一起，用纸封好，递给毡帽头，吩咐他马上派人送到密营去。再把二赖子喊下来，夸奖了几句，赏给他两块大洋，让他回去找宝中三如此这般地耳语了一阵子。二赖子点头哈腰，说着"还是白大少爷大方"的恭维话，满心欢喜地回转经棚去了。

梁敬、张东阳在县里领取了武器和弹药，与韩星、宝中三率领的二十多骑兵会集成一支近五十人的骑兵队，浩浩荡荡地向百岔川进发。路上，韩星和张东阳相互鉴赏马刀，切磋刀术。韩星使用的是一把骑兵刀，是他在随八路军进军赤峰时，一位苏联红军骑兵少校要他使的宽背大砍刀作纪念品，他与少校换来的，是苏联顿河哥萨克骑兵使用的马刀。这种刀刀身细长，弯曲弧度较大，黄铜护手，使用轻柔，亮闪闪的。张东阳使用的是缴获的日伪骑兵刀，刀身比韩星的刀略短，精钢打造，舞动起来更灵活，一般骑兵用刀尤其是新兵战刀都是不开刃的，主要是防止因不熟练伤及自身和战马，但是，打仗冲锋不开刃的马刀一样能砍杀敌人。如果是老兵，刀马纯熟者，战刀开了刃，冲锋时，人借马力，马借人力，刀光闪烁，那气势敌人见了惧怕三分。尤其是步兵，一旦在有效射击范围内不能扼制住骑兵的冲锋，被其冲进阵列，那步兵可就惨了，刀砍马踏，再顽强的步兵也得闪避锋芒。

韩星和张东阳慨叹没有纵马杀敌的机会，梁敬边调弄着望远镜边说："人民解放战争还没到决战的时候，同志们，仗有的是打的。"

"对，咱们先把土匪消灭了，拿这些家伙祭刀，再参加正规部队和国民党干。"张东阳豪迈地说。

宝中三在马上懒洋洋地说："咱们和国民党比力量太悬殊，这仗难分输赢啰！"

"人心向背才是战争胜利的关键。"梁敬说，"我们党力主和平建国，毛主席冒着极大风险到重庆和蒋介石谈判，可是国民党蒋介石一心要消灭我们共产党和人民军队，他好建立独裁反动统治。和平协定墨迹未干，他就发动了反人民的内战，得道多助，失道寡助，我们有老百姓的支持拥护，一定能打败国民党反动派，取得革命胜利。"

"对，我们一定能胜利！"同志们异口同声地说。

马队从广兴源柳林村向南拐向新房子沟径奔华兴后小漫甸，从查不干赤沟下山进入百岔川，出沟不远就是五区区政府所在地吕家沟门。走这条路，因为梁敬他们都是骑兵，好走山路，另外能避开莲花山一带敌情复杂地区。

冯愉副区长和区干部、区小队武装警惕地守卫着区政府，监视土匪的行动。见西面尘头大起，一队骑兵驰骋起来，冯愉副区长打眼罩仔细观察，是梁书记率队回来了，他非常高兴，和区小队员、区干部们迎出大门，马队带着一股风尘停下。梁敬等人下马，冯副区长和财粮科长康海庭与韩星、宝中三热情握手，营子里的娃娃们也跑来看热闹，并争先恐后抢过马缰绳为战士们遛马。

康海庭笑眯眯地对梁敬说："梁书记，你真行，走时押运粮车，回来带回一支铁骑兵！"

梁敬对冯愉、康海庭和干部战士们大声说："同志们，县委对咱们的工作非常满意，陆书记和赵书记表扬咱们啦，并且奖励咱们二十支步枪、一挺机关枪、两千发子弹和一百枚手榴弹，还有其他物资，都在马上驮着呢，快卸吧。"

大家欢呼雀跃，感谢县委对百岔区的支持关怀。区小队员们争相摆弄发来的枪支，特别是都想抱抱那挺捷克式机关枪，像得了宝贝似的高兴，连村里的乡亲们都争相观赏战士们手里握的枪，说，这下好了，区小队有了枪，就不怕白金辉那狗日的啦！

当天下午，梁敬、张东阳等人便集合全体区小队员和区干部，以及十几位农会骨干，调配分发枪支，成立了一个由三人操作的机枪组，一位在八路军中打过机枪的区干部任机枪组长，专门挑出几支"三八式"步枪和"水连珠"步枪授予几位"炮手"出身的区小队员，对区政府大院防务重新进行调度，分组包干负责，并安排一个班作为机动力量使用。

区政府大院里，人们热情高涨，练队形的，整理武器的，练习射击瞄准的，练骑马劈刺的，区政府俨然成了一座兵营。老乡们叼着烟袋抄着手看热闹，小孩子们更是对区小队战士大献殷勤，又是帮着牵马又是给马割又鲜又嫩的草，目的是摸摸大人们手里的钢枪或挎一下马刀，如果能得到一枚子弹壳做哨子玩就更是高兴得不得了。妇女们边纳着军鞋底边聚在一起观看战士们操练，如果战士中有谁的丈夫或未婚夫，则成了女人们逗趣的对象。女人们双面绯红地看着丈夫或未婚夫的威武样，心里酿蜜似的甘甜。在党和人民政府的领导下，老百姓初步品尝到了新社会的自由幸福。

天黑了，战士们要吃晚饭了，人们才恋恋不舍地回家，躺在炕上，仍在热议区里的大事、新事。

到了三星出齐时，梁敬布置好区政府大院的警戒，才和冯愉、张东阳、康海庭领着韩星、宝中三等人到区政府正房东屋。屋子的窗户已经用被子遮挡住了，屋门口也下了岗哨。

梁敬对康海庭说："老康，开始清点吧。"

康海庭点了点头，先从柜橱里拿出一个账本交给冯愉副区长，又从裤腰带里解下一串钥匙，张东阳用力推开靠墙的一个大柜子，露出一个小门。门上贴着封条，冯愉揭下封条，康海庭用钥匙打开一个拳头大的铁锁，打开门，和张东阳弯腰钻进暗室，搬出沉甸甸的几个木箱子和几个布口袋。梁敬让人把这些东西放在桌上，亲手打开箱子，一箱金灿灿的金元宝和一箱现大洋、金银首饰展露在人们面前。梁敬、韩星、宝中三清点，冯愉、康海庭对账，一点不差。他们又解开口袋，倒出一块块用油纸包着的大烟土，用秤称一点不少。大烟土可以用于战场救护，也是当时市场交易的抢手货，人民政府结合禁烟毒工作没收地主种植的大烟，对解放区建设和支援前线都是很重要的。

清点完后，康海庭填写好移交清单，梁敬和韩星签了字，这些宝贵物资正式移交给县政府。韩星写好封条，盖上公章，又把这些物资放入暗室，在屋里安排接运财宝的干部战士双岗守库，外面则由区小队站岗巡逻保卫。

韩星对梁敬说："这些财宝对解放区建设和前线作战太重要了，老梁，你们可立了大功了。"

宝中三也说："这要是让个人得了，三辈子也用不完，那就发了大财了。"

梁敬笑着说："怎么，宝队长眼热了？这是老百姓的血汗钱，由人民政府收回来支持革命战争，我们一定要保证安全交到上级人民政府。韩局长，咱们可不能大意呀！"

"老梁，你放心，今天晚上咱们高度警惕，守好库，明天一早就装驮赶路，一定安全送到县政府。"韩星和宝中三郑重表态。

"那好，除了值班站岗的，大家抓紧时间休息吧。"梁敬说。

康海庭说："梁书记，我也值班吧，这东西一天不运走，我心里一天不踏实。"

宝中三说："老康，有我们站岗值班，你还有啥不放心的，快回去安心睡觉吧。"

在人们都回屋休息时，张东阳对梁敬说："梁书记，我再到各岗楼哨位查下岗。"

宝中三说："正好，我到马棚看看马，明天赶早，马一定要喂好。"

宝中三到了东跨院马棚，检查一阵饲喂情况，对饲养员说草不够，饲养员说草满够喂的，都在大门外堆着，是孩子们割的。宝中三说要看看去，他和饲养员出大门，看见黑乎乎的好大一堆草，他让饲养员往院里抱草，他说闹肚子，到前面沟里解个手。

宝中三借着几株大榆树的掩护下走到小沟里，又往里走了一阵儿，他拍了几下巴掌，沟里也回应了几下，两条黑影闪出来，是白景春和侯扒杆，三个人蹲下轻声说话。

宝中三说："货已交割，是黄金银圆首饰和大烟。但是他们守卫太严，院里有巡逻队，炮台上有人值更，放财宝的屋里两人值班守库，必须把梁敬、韩星他们引开，再想办法进去。"

"那怎么办?"白景春急切地问。

"这样做，白大少爷领人到糖坊营子袭击驻军仓库，吸引区政府去支援，我在院里配合侯哥盗宝。"

"那行，就这么办，侯叔，宝叔，这回就看你们的了。"白景春说。

"没问题，咱就是干这行的，轻车熟路。"侯扒杆信心十足地回答。

三人计议已定，白景春到百岔河滩柳林里调出领来的二十多个土匪，乘马顺川向糖坊营子奔去。糖坊营子驻有我内蒙古军区三十六团的一个连守卫着军事仓库，离区里不到二十里地。侯扒杆领着两个徒弟向区政府后墙根摸去，宝中三则抱了一抱马草回到区政府院内。

二 盗 宝

三更天后，白景春带人摸到三十六团后勤仓库院外，突然发起攻击，又是打枪，又是扔手榴弹，又是放火，一时枪声爆炸声十分激烈，火光冲天。守备仓库的骑兵连只有七八十人，仓促间从炕上爬起来抵抗，连长摸不清来了多少敌人，一边组织抗击，一边命令一名班长带两名战士冲出去，到区政府报信请求支援。白景春在火光中见三匹战马冲出大门向区政府方向跑，便命令土匪放他们过去，专心攻击仓库，动静越大越好。

区政府这边，一直不敢大意的梁敬、韩星几次出屋查岗，刚回屋想小憩一会儿，在东边炮台站岗的一名哨兵匆匆跑来报告："影影绰绰的听见东边大川里传来枪声和爆炸声。"二人"忽"地坐起来冲出屋子上了东南角炮台，侧耳倾听果真是有枪声、爆炸声。"有情况！"梁敬、韩星二人急促下了炮台，喊来张东阳，紧急集合区政府院内所有人备战。

梁敬等人又上到东南角炮台上仔细听，并判断说，估计枪声是羊角山以东，因为羊角山到区里有五六里地，有动静要比现在大，再往东有大山遮蔽，枪声小多了，只有山音传输过来。梁敬说："如果是糖坊三十六团那边有情况，他们能抵挡一阵子，而且有约定，他们会派人送信，到那时再派人支援不迟。区政府这边更不能大意，防止敌人袭击。"

战士们荷枪实弹，守卫在各自的位置上。

略有一个多钟点，东边乡道上传来急促的马蹄声，三名三十六团战士快马加鞭赶到区政府大门前，向院内大声喊话。区政府院内的守卫者打开大门，搬开拒马，放三人进院。

送信的三人中有一位班长认识梁敬，他从怀中取出求救信递给梁敬。梁敬看了后询问："敌人有多少人。""夜黑，看不清，但从枪声判断，人少不了。"

梁敬对几位负责人说："三十六团是友军，糖坊又积存有大量粮食等作战物资，如果有闪失，我们的损失就太大了，必须去救援。"

"可是，我们这里将所有人算上不足百人啊！"韩星为难地说。

宝中三说："救兵如救火，不能犹豫，咱们这里墙高院深，有炮台防守，又没发现敌情，留下一些人守卫，抽大部分人增援才是。"

梁敬对韩星说："宝队长说得对，老韩，咱俩率队增援糖坊，宝队长和东阳、冯副区长带人看家，就这么办吧，马上集合队伍出发。"

韩星等人立即抽出六十多人的队伍骑马集合，在三十六团送信战士的引导下，顺百岔川向糖坊奔去。

宝中三、张东阳和冯愉在增援部队开拔后，马上关死大门，在四个土炮台和后山土炮楼上重新布置兵力。这样一来，院内只剩下几名区干部和贫农团自卫队员以及宝中三带来的内卫队十几个人守卫了。

宝中三与冯副区长、张东阳三个人分工，张东阳负责前院大门的警戒，冯愉负责后院及后山炮楼的调度指挥，宝中三负责院内特别是财宝的保卫工作。本来康海庭等几位区干部守护在放财宝的那幢房子，因为财宝已移交给县里，几个人不便再守库，便搬到前院去了。

宝中三见人都已奔赴自己的岗位，便向身边的两名内卫队员一挥手，那两个人便到正房换下了守卫屋门的两个区小队战士，宝中三则一闪身奔向东边大院墙的阴影下。

院内有一条人工挖的排水土渠，通到东墙根，大墙根砌有一个排水口，到雨季用于排除院内雨水，冬春季节里面用几块大石头堵住排水口，从外面是搬不掉石头的。宝中三来到排水口前，很费力地搬走了几块大石头，朝洞口外拍了几下巴掌，只见外面伸进一根棍子扫了几下，一个黑影很利落地爬了进来。他悄悄地与宝中三拉了一下手，又朝洞口外学了一声猫头鹰叫，外面又钻进了一个人，他手里拿着一把铲子，急速地将出水口加宽，然后把铁铲传递给墙外接应的人。

宝中三等人和另一个土匪蹑手蹑脚走到存财宝的房前，借着微光，宝中三的人朝他们挥了挥手，隐伏在窗台下，宝中三领着两个内卫队员敲门，里面有人问："谁?"

宝中三回答："是我，内卫队长宝中三，前来换岗。"

里屋的一名县大队战士打着哈欠开了屋门，让进宝中三和两名内卫队员。屋内另一人是县政府工作人员。两名值班的见宝队长三人来了，以为是换班的，未加防备，正和宝中三说话，冷不防两名内卫队员从身后用一只胳膊搂住脖子，一手握匕首从后腰捅进去，两人发出惊愕的一声"啊呀"声，便被放倒了。

二人闪进屋里，宝中三先向一名内卫队员示意到门口警戒，然后走到大橱柜前，使劲挪向一边，露出一扇门。他掏出钥匙打开锁，打开门，朝侯扒杆一努嘴："都在里面呢。"侯扒杆灵巧地钻进暗室，先往外传箱子，又传递出几个袋子，几个人背的背、扛的扛将东西都搬到东墙根排水口，拍手与外面接应的人沟通后，将木箱和帆布口袋推传出去。宝中三将手里拿的暗室铁锁用铁镐撬开，让两名内卫队员跟侯扒杆一起走，他返身回来，将铁锁放在暗室门口，然后关上屋门回到前院客房自己住的屋里。

梁敬、韩星带一队骑兵驰援糖坊营子，他们快马加鞭穿过兴盛永，下田营子，拐过羊角山口，就远远看见糖坊火光冲天，枪声一阵阵传过来。他们急速冲向营子里，借着闪闪火光向河边土堤上向村里开火的枪火闪亮处射击，急骤的马蹄声加上一阵清脆的枪声，盖过了敌人的枪声喊声。白景春见共军增援部队来了，便朝匪队打了个呼哨，众匪马上撤下土堤坝钻进柳林，趟过百岔河跑到一片大榆树林，从拴马桩子手里接过马缰绳，上马向南山撤走。梁敬等率领战士们追杀一阵，因土匪撤得利索，且地形不利，恐有埋伏，收兵回到糖坊营子。驻军连长和军用仓库负责人迎接梁敬、韩星等，感谢他们能及时支援打跑了敌人。梁敬问驻军及仓库有没有损失，回答说只是马棚和草垛被烧，还烧伤了几匹马，有几个战士受了伤，别的没损失啥。

韩星很奇怪，说："敌人来了不少，可他们没抢劫军用仓库，也不抢马，那他们干啥来了？"

驻军连长说："可能是因为我们抵抗猛烈，你们增援及时，敌人才没捞到什么。"

梁敬说："不对，有问题，敌人不少，但没有向营子里进攻，只是放了火，聚集在营子外河边向村里打枪造声势，好像是掩护别的行动。"

梁敬沉思了片刻，心头猛一打机灵，对韩星说："我们上当了，弄不好中了敌人的调虎离山计！"

"什么？调虎离山计！你是说，敌人的真正目标是区政府……"韩星听到这也"哎呀"一声，和梁敬给驻军连长等交代了几句话，立马勒转马头，率队回转。

区政府这边，张东阳在前院转了几圈，又上炮台听了一阵动静，营子里传来一阵狗吠，更增添了一些不安和寂寥。他下了炮台，又转了一阵，心里惦记院里，便向里院走来，看见前院客房里有灯光，他推门进屋，见宝中三在煤油灯下看书，便说："宝队长挺悠闲啊，看起书来了。"

"哈哈，有你守前院，冯副区长守后院，我有啥担心的，就等着梁书记他们的胜利消息了。"宝中三放下书，站起来伸着懒腰说。

"宝队长，后面的东西重要，你得盯紧点。"

"没事，有我的内卫队员和区小队战士共同看着出不了差错。"

"咱俩查查岗去吧。"张东阳说。

"好吧，还是加小心好。"他抽出手枪，查看一下弹匣里的子弹，然后推弹上膛，与张东阳向后院正房走去。

二人走到堂屋台阶下，宝中三说："不对，屋里咋没点灯啊，门口的双岗也不见了。"二人立即闪开蹲在台阶下，拔枪紧张观察，没动静。两人几步跨过台阶，冲到屋门两边，张东阳伸手推开门，屋里还没动静。

"出事了！"宝中三说了一声，他朝院内大喊大叫："来人哪，快来人，点灯亮来。"

院前院后的人提着玻璃罩风灯奔跑过来，张东阳说："快，把屋子包围起来，院内加强警戒！"

宝中三一手握短枪，一手举着风灯进了屋，身后张东阳等人也端枪警惕地进了屋。宝中三先看见大橱柜被挪开了，叫了声"不好"，朝前蹿去，却被绊了跟头，后面的张东阳看见两个值班的干部战士倒在地上，他上前试了试，人早咽气了，翻过尸身，弄了一手鲜血。宝中三像疯了一样，手里晃着砸坏的铁锁，命令一个内卫队员快进暗室看丢没丢东西，那个队员提灯钻进暗室，出来报告说，里面啥都没有，是空的。宝中三听了，一屁股坐在地上，绝望地说："完了完了，这回犯大错误了，可咋办呐！"

张东阳下令："马上封锁现场，其他人快到院里，全院搜索，快请冯副区长回来。"

区政府院内一阵骚动，副区长冯愉从后山炮楼顺盖沟回到院内，听到财宝被盗，感到事情严重，他喝问："都是谁在门口站岗？"

宝中三神情沮丧地回答："前半夜两名区小队战士，我查岗时让两名内卫队员换岗。咦！对呀，站岗的哪去了？张锋、刘四两个人呢？快找。"其他内卫队员说，没人看见他俩。

“坏了，有内鬼，快搜查。”冯愉下令。

过了一会儿，有搜索的战士报告，东墙根排水口堵洞的石头被搬开，有人钻进来的痕迹。

几个人来到东墙根排水口处，发现问题，马上派人出大门向东墙外搜索，杳无人迹。

冯愉说：“看起来，我们中了敌人的调虎离山计，敌人乘我们大队人马出去增援，却下手盗走了财宝。保护现场，派人给梁书记报信，请他们立即回返。”

宝中三在一边蹲着拍着大腿唉声叹气：“这下完了，犯了大错误了，出了叛徒喽，我失职了！”

冯愉派出的人骑马赶到兴盛永，便碰上往回赶的梁敬、韩星率领的马队。听报信人一说，梁敬心中叫苦，对韩星说：“我们果然中了敌人的调虎离山计，敌人乘我们区政府大院兵力空虚，防备有漏洞，盗抢了财宝，这可是惊天大案。”边说边催马急返。

梁敬、韩星率队赶回区里，天已大亮了。

梁区长命令干部战士各司其职，以免出现混乱，他和韩星、宝中三、张东阳、冯愉等人勘察作案现场。

他们先从东墙外侦察分析，从现场看，这个排水口是盗贼唯一进出的通道，墙里墙外有明显的脚印和拖曳东西的痕迹，踩着脚印向前河滩，榆树林里有马蹄印和两堆马粪。韩星掰着马粪蛋，分析说不超过四个钟点。马蹄印和人脚印很零乱，然后一溜马蹄印向西沿小河边走了。

他们又从排水口钻回政府大院，见堵水口的几块大石头被搬放在一边，显然是有人从里边搬开的。

他们瞄着踪迹到正房放财宝的屋内，两位死难的同志尸体还躺在原地，韩星从死者腰间的伤口分析，是被短刀扎进身体杀害的，而且伤口极深，足见凶手下手之凶残。梁敬从暗室门口不远处找到铁锁，铁锁已被撬坏。宝中三从腰间摘下钥匙交给梁敬，说：“老梁，钥匙一直在我身上，肯定是张锋、刘四这两个狗日的见财起意，与敌人内外勾结，杀人盗宝。我用人失察，给人民造成生命财产损失，我要向县委县政府请求处分。”

“处分的事以后再说，现在最重要的是加紧破案，追回财宝。”梁敬说。

“对，赶紧调查破案，追回财宝，消灭敌人。”韩星也附和道。

一直在一边观望的康海庭说：“梁书记，我有句话，不知当说不当说？”

“说嘛，老康，你经多见广，说啊！”

“那我说几句，供你们参考。俗话说没有家贼引不来外鬼，咱区政府大院防备这么严实，却让人钻了排水洞这个空子，况且大石头又是从里面搬开的，这肯定是院内有人接应。再者，守库值班的同志有枪，肯定是他们熟悉的人进屋趁二人不防备，从背后下手杀人，然后盗宝。宝队长的两个人失踪了，保不准与盗宝有关，我只是一己之见，若分析错了还请原谅。”康海庭说完拱拱手。

梁敬说：“康老先生说得有道理，那么依你之见，哪个人有此等心机和身手哪？”

康海庭沉吟了一会儿说：“梁书记、韩局长、宝队长，要论蹿房越脊，挖门盗洞，杀人于无形中，称得上飞贼的，咱热北地区数得着的是我那个把兄弟侯扒杆啊。他本是口里直隶沧州人，从小学得一身武艺，有一手神偷绝技，身轻如燕，搭上树枝就上树，搭上屋檐就上房，爬砬子爬山崖跟猴子似的。因为在天津、北平作案，被通缉追杀，才逃到塞外草原，投奔马贼，又结识了白金辉，成了拜把子兄弟，和白金辉情投意合、情同手足。我和他不是一路人，对他敬而远之，他因为我和白金辉的关系，也敬我为兄长，不曾慢待我。这个人有功夫，我们应当查一查。"

"难道是那两个小子勾结土匪干的?"宝中三怀疑地问。

"敌人的计划很周密，他们一边袭扰糖坊军备仓库，吸引我们增援，一边乘我们防守力量薄弱，乘机盗走财宝，显而易见，敌人是有周密计划的。最关键的，是我们内部有人与敌人配合行动，不然不会这么顺利得逞。"梁敬皱着眉头说道。

韩星说："梁书记，我看这样行不行，我、你和东阳抽调精干的小分队负责追凶破案，宝队长和冯副区长负责内部审查，保卫区政府防止敌人袭击，康先生负责区里公粮等财产保护，怎么样?"

"中，就按韩局长说的办。"梁敬表态赞成，大家于是分头安排工作。

大伙散去后，梁敬悄声给韩星布置，派一名县公安局侦察员盯住宝中三。

三　跟踪追击

梁敬、韩星、张东阳带十几个人的小分队瞄着盗贼的踪迹，边跟踪边判断分析，后面战士们牵着马警戒着，沿着小河向二道河子、上田营子搜索前进。

却说侯扒杆等人在暗夜中背着财宝赶到小河边榆树林，来到自己的乘马前，把财宝绑到守候在那的马鞍上，然后悄然牵马顺河边榆树林向二道河子走去。从吕家沟门到二道河子，上田营子不到五华里，但地形却极为复杂，这条沟叫三道沟，是百岔川的一个支杈，两列大山夹峙，川中密匝匝一片大榆树林，在川中平谷、山坡、沟坎崖头遍生榆树，人迹罕至。从二道河子经上田营子一直到二道沟、三道沟，沟里全是榆树林，那榆树大的有十几丈高，两三个人搂不过来，有几百年上千年的树龄，榆钱落地发芽，又长出一簇簇榆树丛。那榆林密密匝匝，遮蔽日月天光，白天林子里都阴漆漆的，林子里宿着各种鸟，狐狸、獾子昼夜出没其间，山上狼嗥阵阵，让人毛骨悚然。

侯扒杆在前头牵马而行，在浓密的榆树林里左绕右转，走到二道河子以西一个山根，来到一株粗大的老榆树下。老榆树高有十几丈，根部往上两人来高粗壮得三个人才能合抱，再往上大榆树分成三个大枝杈，靠山崖的那个大杈遭雷击折断了，露出直径二尺有余的大树洞，另两个大杈却是枝繁叶茂。大树不远处的大山根有一汪山泉，汇成一个有半亩大小的深潭，潭水经年不枯，冬天也不结冰，人们说这潭水很深，又在大石砬子下有深洞，冬天冒热气，里面有大虫（巨蛇）出没，平常这里没人敢来。

侯扒杆带人来到树下，他让一个徒弟上树放下绳子，他像个猿猴几下攀爬到树上下到树洞里，把用绳子吊上去的口袋放进树洞。树洞很大，五个大口袋都放了进去，侯扒杆钻出来与徒弟下了树，又在林子里穿行着到了上田营子村头。树稀了，天也快亮了，他们下了小河套，借河边柳丛掩护过了营子，又钻进榆树林子，走了一个多时辰，顺一条山沟向右拐，进了上田营子村西的毁人沟。

毁人沟听名字就挺吓人的，这是一条大山沟，沟口两侧是黄土山，遍山满沟生长着榆树、山杏树、蒙古栎和其他灌木，再往里迎面便是两座高耸入云的大山，东面的大山如同一只昂首狂啸的巨狮，数十丈高的悬崖峭壁，遮掩得阳光照不到山谷中。西边的山崖则像一座巨大的金字塔，塔身正面面对东面的雄狮，更奇的是立陡的山崖上方有两个巨大的洞口，下面的洞口亮敞高大，上面的口小如天窗，经年累月黑森森的，崖壁下树木葱郁，草木齐腰深，更让人觉得阴森恐怖。

侯扒杆领着几个人牵马进了沟，拐过一个山嘴，在一个小平甸停下，他用手抹了抹汗说：“走了半宿，歇歇吧，吃点东西，我这有酒，二位兄弟喝两口解解乏。”说着他解下一个酒葫芦又从马鞍上挂的捎马子里取出一包干粮递给宝中三的两个内卫队员张锋和刘四。侯扒杆的两个人也从马鞍上解下干粮吃喝起来。

张锋和刘四累了一夜，一坐下便觉得又累又饥又渴，接过酒葫芦和干粮道了声谢就迫不及待地大吃大喝起来。侯扒杆从马身上驮的一个口袋里取出四块大烟土，又从一个袋子里捧出几捧现大洋，对四个人说：“这趟买卖做得挺顺利，兄弟们立了大功，先赏你们每人一块大烟土和二十块现大洋，等咱们把东西藏好了再分给你们该得的那份。”

侯匪的俩徒弟心领神会忙说感谢师傅。张锋和刘四喝酒吃干粮噎得直翻白眼，忙抢酒葫芦灌一口酒顺下去，还没等说话，就听喉咙里呜咽一声，扔了手里的东西，捂着肚子打滚叫唤起来。侯匪背着手“嘿嘿”奸笑着走过来，两个徒弟也放下干粮从绑腿里拔出短刀凑上前来，对已说不出话来的张锋、刘四说：“财宝是知道的人越少越好，你们俩别怨我，是宝中三吩咐这么做的，可惜了你俩到头来让朋友出卖了。你们喝了酒里的毒药断肠散，活不成了，让我的徒弟们帮忙给你们解脱了痛苦吧。”

俩徒弟上前来，照二人脖子抹了半圈，割断了二人的动脉和喉管，顿时，鲜血喷溅，张锋、刘四稀里糊涂蹬了腿。

三个人把尸体拖到山沟里扔了，侯扒杆说：“这回毁人沟里的狼又有肉吃喽！他俩的烟土和大洋就赏给你俩了。”

他们牵马继续向山沟里走去，到了状如金字塔的大山下，马上不去了，三个人卸下箱子袋子，背着上山。山洞在半山腰，洞口下是陡峭的石崖，有六七十度，俩徒弟将背的东西放在崖下，又下到沟里背了两趟才全部背上来。侯扒杆用绑腿将箱子背在背上，手抠着石缝脚蹬着石棱，像一只猴子轻快地攀爬上陡坡，钻进石洞放下箱子。又攀岩而下，往返数次，把所有的箱子、袋子都背进洞中，这才放下一根绳子，让两弟子攀爬进洞中。

山洞高有三四丈，深有十多丈，阳光从顶上的小洞口照进来，闪着金色的光芒，洞里靠顶还有一个小洞，仅有脸盆粗，离洞底两人高。洞里遍布鸟粪和灰白色的狼屎。侯扒杆踩着徒弟的肩膀攀上了小洞，把箱子、袋子都塞进了小洞里，只留下了装金元宝的小箱子。他跳下小洞，对徒弟说：“这些宝贝，都属于白司令白大哥的，除了给你们俩的赏钱，别人都不许动。你们哥俩记住，看好了有你俩的好处，将来带着你们那份财宝回家买房子置地，娶妻生子过安乐日子，如果谁起贪心，就是那两个人的下场，记住了吗？”俩徒弟唯唯诺诺，连忙表示顺从。

侯扒杆抱起装金元宝的箱子说：“这箱财宝将来咱爷仨平分，我藏到另一个地方去，这洞里的财宝我下了炸弹，只有我才能解开，谁动会炸死他，你俩在这守着，我去去就来。”

侯扒杆背着财宝箱敏捷地下了山崖，又从旁边的陡坡攀上山冈，顺着一道山岭迅疾地奔向三道沟大砬子。

这三道沟大砬子更是一个凶险之地，川道在上田营子村西二里地外分成三条山沟，从南到北依次是头道沟、二道沟、三道沟。二道沟和头道沟之间是高耸入云的一座大山，山脚是一列状若公鸡冠子的小山，叫鸡冠子山，极俊俏生动。山体连着一道石谷，叫石胡同，石胡同有一种蛇出没，奇的是双头蛇，极凶恶，剧毒。山崖顶是一处极平坦的平台，遍生虎榛子，三面悬崖峭壁，更奇的是山顶平台有一口井，井水清冽甘甜，相传是唐代薛仁贵东征大破剪子谷的古战场，山顶是高丽大将盖苏文安营扎寨的地方。与山寨平台隔山峡谷相对的是另一座山峰，峰顶又是一个略显倾斜的平台，只有一条一人能过的小道可进，叫狍子圈，说是只要狍子进来吃草，只需一个人守住小道入口，一人持棍撵狍子，狍子走投无路只有跳崖摔死的份。二道沟和三道沟之间在沟口也是山崖耸立如同一头老虎蹲伏于此，靠三道沟阴坡山坡上有一大洞，叫老虎洞，相传有老虎居于此洞，沟门有一孤峰，高有二三十丈，如同一枚锥子直刺青天，故名锥子山。三道沟北面是一列奇险的大石砬子，高或有百丈有余，立陡立陡的，人们在山下仰观，帽子从脑后掉下才能见到山顶的青天。山崖正中有一三角形裂隙形成的洞，不知道有多深多大，因为人们从没上去过。更奇的是洞口上方石壁上有一黑色水渍构成的美人图，图影显现的一个美人面如满月，长发披肩，肩柔胸丰，蛮腰纤细，一袭长巾搭在左肩上，满目含春地看着崖下过往的行人。再往东部有一列高崖如同一扇巨大屏风欲包裹山崖，中间夹着窄窄的一道缝，窄得只容一个人攀爬。山缝靠顶端是一个大石洞，叫鸽子洞，经常有数百只鸽子寄宿洞中，有人在山雨后常见有巨蛇从洞中进出，令人恐怖至极。山上山下丛林密布，灌木丛生，一条小溪哗哗啦啦地在山间榆林中流响，榆树林非常茂密，只有人工砍伐出的一条牛车路绊绊磕磕的可行，高天上山崖顶有金雕三五成群的盘旋，偶尔像箭一样扎向山间。传说三道沟大山谷上下有巨蟒出没，但是即使没有巨蛇，光听见野狼长啸，野狐蹿跃，毒蛇游弋，鸟声在山谷中激荡不绝，也够瘆人的了。

这个虫蛇盘踞、野兽出没的高山密林峡谷中，是人迹罕至的奇险之地，却正是侯扒杆的隐身之所。他背着箱子，来到夹壁山鸽子洞上方崖顶，从腰间解下一个五爪钢抓，钢抓带着一捆熟牛皮掺线麻合成的细绳。他用力将钢抓扣在一个石缝中，向下拽了几下，确定扣紧后，双手拽住绳子倒着身子向崖下洞口晃下，下了有二三丈，进入鸽子洞中。他松开绳子，进入洞中，在一个石缝中，取出一个很粗的红蜡烛，用火镰点着，举着蜡烛进到洞里放下背着的箱子，坐下来喘息了一阵子，然后扫视一番洞里洞外。洞呈三角形，洞口紧贴着山壁缝，山缝只有一人来宽，要上来需手足并用还要拨开茂盛的藤萝和黄榆枝条的阻挡，更要小心山中独有的黑蛇的攻击。只要守在洞口，就是用小石头，也会抵挡住攻击者的进攻。石洞很宽敞，能容纳五六十号人，洞内还有小洞，湿漉漉的，石洞里到处是鸽子的粪便。侯扒杆从洞内一个干燥小洞中拽出一个油布包着的行里卷，又拿出一把用灌木嫩条扎的扫帚，将一个石桌状的台子上的粪便扫掉，将石桌四周也扫干净了。他将箱子放在石桌上，打开，顿时，金元宝在烛光下闪着金灿灿的光泽，他兴奋地伸双手取出一个，双手捧着用舌头舔了舔，用嘴亲了亲，贴在脸上焐一焐，他真是心花怒放啊！心说，老子江湖上行走这么多年，还头一回得一箱子金元宝，这辈子吃香喝辣的啥都不用愁了，用这些金子在北平或天津卫买座洋楼，娶几房姨太太，过着花天酒地的好日子，也不枉白活一生了。他把金元宝都摆放在石桌上，又从怀里扯出一大把金银首饰，一串一串地欣赏，似乎一群美人已簇拥怀前，然后把这些首饰一一挂在她们的酥胸前，博得美人们的一片娇喃恭维，再以青春的胴体和肉欲让他飘飘欲仙。他眯缝着眼完全处于美妙的幻想中，直到洞外一声凄厉的金雕尖啸才把他扯回到现实中。

他用一块油布包起四个金元宝和几串金项链塞到洞中一个石缝中，其他的一股脑全倒进一个很结实的帆布口袋里，用绳子绑负在背上，抓住吊下来的皮绳"噌噌"几下爬上山顶，拔出钢抓收起绳索挂在腰间，然后沿着悬崖边缘，向大石砬子最高峰爬去。最高峰处有一道石缝，他从石缝顶向山下看，只见山下大树如小葱，有一种飘忽之感。他拉着岩缝里长的黄榆树向崖下挪移，到了这株有小盆般粗的黄榆树下，摘下钢抓钩在树根，把皮绳在树上绕了几圈，又使劲试了试，抖开绳子把另一头绑缠住腰身，然后一点一点边向崖边放绳索边挪移。

岩缝延伸到一个凸出石岩上，岩下便是三角洞，但由于石岩凸出，得荡一下身子借回荡之力冲向三角洞，在一瞬间用手抓住洞口的石壁，人才能进到洞中。侯扒杆不愧是飞贼，他一只手放绳，一只手撑出石岩放下身子，在急速放绳的同时脚蹬一下石壁，身子向悬崖外飞出，又向回荡，电光石火之间，他一只手抓住石洞口的石棱，双脚搭住洞口蜷缩身体钻进了洞里。他坐在洞里喘息一会儿，定了一会神儿，将背负的财宝解下放进石洞，抬头见那美女图，他抱拳作揖说："神女娘娘，保佑我和财宝平安，我年年给你老人家烧香上供。"然后向山下观望一阵，欣赏一阵山下的林木、山泉等景致，拽绳索利落地攀上石缝，到黄榆树下解下绳索，迅疾地闪进悬崖后坡的丛林中。

他万万没想到的是，除了天上的老鹰金雕看见他，山下丛林中还有一双眼睛始终盯着他的一举一动。

四 田大爷讲故事

梁敬、韩星率小分队在密林中瞄着踪迹慢慢前行，榆林中松鼠、狐狸、兔子等小动物很多，偶尔有黑的、黄的蛇盘绕、爬行，潺潺流水中青蛙跳进跳出，各种颜色鲜艳的鸟如小黄鹂和羽毛朴素的麻雀、喜鹊等叽叽喳喳喧闹不绝。梁敬等人一边寻找林地中若有若无的马蹄印，一边警惕地防备敌人的袭击。

当行至二道河子以西一片榆林空地时，打前站当尖兵的韩星突然发现一簇榆树丛剧烈地晃动，并有"扑扑腾腾"的响声，他向后一挥手，战士们立马都伏下身体，端枪瞄向榆树丛。

韩星观察一会儿，弯腰上前察看，原来是一只二岁大小的狍子被牛皮绳套住了，狍子拼命挣扎，但越挣皮绳套得越紧。梁敬等上前来对韩星说："这肯定是附近的炮手下的套，估计是狍子天亮前下山喝水被套住的。"

"你是说，头晌下套的炮手一定要遛套子？"韩星问。

"对，咱们隐蔽起来，边休息边等遛套子的人来，他肯定对这一带的情况很了解，咱们不能这样没头没脑地搜寻，得找向导。"梁敬说。

韩星马上吩咐几个战士牵马到远一点的地方隐蔽，其他战士散开埋伏于被套狍子周围。

直到天到晌午了，林子里闷热闷热的，大家忍着蚂蚁、蚊虫的叮咬，耐心等待。突然从西边传来"咕咕、咕咕咕、咕咕"两轮布谷的叫声，两边埋伏的战士发现目标了，大家都精神起来，警惕地观察动静。

随着拨动树枝踩踏草木的"沙沙"声，一个双手平端鸟铳、戴着圆毯帽头的老头走了过来，老人很警觉，像提防着什么东西似的，他走到下套的地方，刚安静下的狍子又拼命挣扎起来，老头见收获了猎物，边拔出短刀捺住狍子宰杀，边兴奋地自言自语："忙乎了大半天，可见着猎物了！"

梁敬对韩星说："自己人，是老田大爷！"说完他从隐身处站起来，轻声喊那老炮手："田大爷，田大爷！"

"是谁，谁叫我？"老炮迅疾放下猎物，端起鸟铳警惕地问。

"是我，田大爷，梁敬。"梁敬边说边向老田头走去。

"噢，是梁书记，吓我一跳，你到这老林子里干啥来了？"

“有任务，特意在这等你哪。”说着梁敬一挥手，韩星和战士们都出来，围拢了上来。

“嘿呀，梁书记，你早在这摆好阵势了，可惜我当了大半辈子炮手，愣没看出来。”老田大爷拉着梁敬的手乐呵呵地说。

梁敬让韩星派好警戒，拉着老田头的手坐在几块石头上告诉他，是因为区政府被盗，贼人盗抢了大批贵重物资，他和韩星局长觅踪破案，看见套着了狍子，估计是你老人家下的套，所以在这等你老人家来遛套子时见到你，好了解一些情况，找找破案线索，果然你老人家来了。

老田头是上田营子村的老住户，老人当了一辈子炮手，打了一辈子猎，远近闻名。他和老伴生有一男一女，女儿嫁到外地，儿子前几年伪满统治时期到经棚镇卖皮货和猎物，因为伪满警察强抢皮子，在争执中被伪警察开枪打伤，瘫痪在床，全家人全靠老人一杆猎枪行围打猎赚钱糊口。他对人民政府和八路军感情很深，因为区政府搞土改，分给他三间土房和五亩地，一家人从山坡掏挖的地窨子搬进了土房，才过上了像样的日子。老人多次为部队带路送信，是贫农团的积极分子。

老田头听梁敬一介绍情况，脸上顿时严肃起来，他小声对梁敬、韩星说：“梁书记，你们来得正好，我正有情况要向你报告呢，弄不好和你们抓的案子搭边呢。”

这时天已近黄昏了，老田头说：“天快黑了，林子里黑天不太平，我看你们不如到我家去，咱们煮狍子肉边吃边唠中不中?”

“行啊，就到你家去。”梁敬命令几个战士把马都带回区里向冯副区长他们通报一下，他和韩星领着小分队其他战士跟着老田头进了上田营子村。

这个村离区政府五里多，营子不大，掩映在榆树林中，村里十几户人家，都是贫雇农，梁敬他们一到，大伙很高兴，见了面嘘寒问暖，都挺近乎。梁敬在村子布置了几个暗哨，又邀请几位中老年人一齐吃饭，请看热闹的乡亲们每人喝一碗狍子肉汤。等大伙散去，梁敬端了一碗狍子肉带汤，拿了一块自带的白面饼给老田大爷瘫痪在炕上的儿子送去，老田头老两口感动得直搓手，说：“就是咱共产党、八路军爱戴咱穷苦人呀!”

梁敬、韩星和小分队战士都挤坐在炕上，听老田头介绍情况。

老田头从天没亮起大早到榆树林子遛套子发现惯匪侯扒杆带人往老榆树洞藏东西，又悄悄跟踪侯匪到毁人沟发现侯匪等人钻进大石洞，又发现侯匪背着东西奔三道沟夹壁山，又攀岩钻进三角洞把背的东西放进三角洞一五一十详细地说了一遍。

韩星说：“太好了，踏破铁鞋无觅处，得来全不费功夫，果然是侯扒杆干的。梁书记，咱们明天就顺藤摸瓜，消灭土匪夺回财宝。”战士们听了也都十分兴奋，纷纷请战。

梁敬摆手让大家安静，他说：“同志们，案情有线索了，这是第一步，第二步是既要夺回财宝，又要消灭敌人。从田大爷报告的情况看，敌人很狡猾很谨慎，他们把财宝分散藏匿，而且藏宝的地方地势险要，易守难攻，弄不好，财宝就不能全部夺回。我们要周密安排，要动脑筋想万全之策，争取把人民的财富全部夺回来。”

韩星接过话头分析道：“第一我们动手要快，不给敌人留转移财宝的时间，要抢先下手，打他个措手不及，敌人没想到我们会这么快就掌握了线索。第二，力求夺回全部财宝，争取活捉敌匪，好挖出我们内部的奸细。因此，我们要周密布置，快速行动。”

梁敬点头同意韩星的意见，他又问老田头：“田大爷，你再给我们说说毁人沟和夹壁山的情况，咱们得全面了解地形啊。”

老田头抹了抹苍白的胡须，“吧嗒吧嗒”抽了几口老旱烟，说：“中啊，我今个就给你们摆摆龙门阵。听我慢慢道来。”

老田头介绍说，这毁人沟过去叫老鹞子沟，因为这大山上住着几窝金雕和老鹞子，它们抓山上的山鸡、野兔、黄羊、狍子，还特别喜欢吃长虫（蛇）。这地方长虫特别多，有黑的、花的、黄的、绿的，小的筷子这么长，长的有一庹多长，大的有水缸那么粗，还敢下山捉羊捉牛犊子吃，但是有山上的金雕、老鹞子镇着长虫才闹不了大阵仗。这老鹞子沟啊，长有十里地紧连后漫甸，山高坡陡林子密，怪石深涧，深草毛棵，山泉水也旺相，山沟里狼、狐狸、獾子、狍子、黄羊可多了，有时还发现猞猁的身影。山沟里野果树也多，有山丁子、山里红、稠李子、山梨、山杏，夏天山坡上到处开着野百合、芍药、黄花、大黄、山韭花等，一沟里都香甜香甜的。山沟里水草相连，吕家沟门吕大财主把牛场安在了南沟，小牛倌经常把牛赶过梁到老鹞子沟放牛，牛碰到有水有草的地方老老实实吃草，小牛倌也沉醉于美景中，饮甘泉，吃野果，掏鸟窝，架火烧野味吃，其乐融融。但是，好景不长，牛群经常炸群，晚上查牛，却丢了牛犊子，东家为此经常责罚小牛倌，不许他再到老鹞子沟放牛，牛犊子也不再丢了。东家对小牛倌说：“老鹞子沟有猍歹和大虫（蛇），不是放牛的地方。可小牛倌非常留恋那个地方，他一有机会就到老鹞子沟东大山那个像大狮子蹲在那的大山顶上，眺望对面三角山的大石洞。”原来，每当小牛倌坐在山上，对面山洞里便伸出半截黑塔一般的怪物，吐出又红又长的信子对着小牛倌吸气，小牛倌起初是一点一点地往悬崖边移动，后来被吸得飘起来了，忽忽悠悠地驾云一般。小牛倌中了符咒一般不知恐惧，反倒觉得精神迷醉，施了魔法似的很快活。可山上住的天上飞的金雕们、老鹞子、老鹰们不让了，它们山呼海啸地在大虫头上盘旋，突然俯冲下去啄大虫，用利爪抓大虫，可是大虫吸日月之精华，得天地之灵气，已成了精，那些金雕鹞鹰们不但降服不了它，反而经常被它蹿起来吃掉。就这样一天又一天，着了魔的小牛倌成天坐到那升天驾云。老爷庙的老和尚到山上降魔，他一见脸便吓白了，颤声道：“阿弥陀佛，这大虫把小牛倌吸进肚子时，任神仙也降不了了，这百岔川可就遭大难了。”满川上下顿时人心惶惶，人们惊恐不安，都祈祷金雕们降伏了大虫，给百岔川消灾。

山上呢，尽管金雕鹞鹰们降伏不了大虫，但也是拼力攻击，而且越聚越多，足有好几百，那大虫也越拔身子越高，如黑柱子从洞中探出。鸟儿们与这恶兽打了十几天，眼看小牛倌被越吸越高，快要被吸走了。这天早上，那些金雕鹞鹰们又与大虫打了一阵都落到周围山崖上休息，有两只大金雕却长啸几声后向西飞走了。其他的也都偃旗息鼓休兵罢战好像在等待什么，大虫也缩回山洞去了，小牛倌却已瘫在山上没了魂似的走不了。老远观阵的人们觉得要出大事了。

过了三天，天光一亮，天空一声长啸，栖息在各个地方的金雕鹞鹰们又聚集在天空，向大虫发出了挑战，只见那大虫“嚯”地从洞中窜出，挺起几丈高的身子向天空喷吐黑雾。突然间天上的数百只大鸟排开了两列，打开阵势向西，迎接从西边飞来的那两只大雕陪伴的一只银白色的大鸟。那鸟没有金雕大，但飞得十分矫健刚猛，它一飞到，那些金雕鹞鹰们便都落到山头上了，那白色的大鸟盘旋几圈又向下俯冲一次，大虫立马喷吐一股黑雾还击，白色神鸟飞落到对面山上冲小牛倌几声长啸，如金石之音穿透时空唤醒了小牛倌，他大梦初醒连滚带爬向山下逃去。那银白色大鸟又一声清丽的长啸“腾”地飞起，直冲云天，越飞越高，人们都看不见影了。那大虫也把身子拔得高高的，眼睛闪着慑人的凶光，昂首向天。突然间，晴空中一声霹雷炸响，只见一道白光从天而降，眼见那大虫被白光从脖颈处斩断，硕大的蛇头掉落尘埃，身子也倒下在山沟里翻滚着，那蛇身有十几丈长，有二号缸那么粗，那蛇头有小箩筐那么大，眼睛比铜铃铛还大。那银白色大鸟化作一道白光斩了大蛇后，盘旋几周飞落到蛇头上，几下钳出大虫的眼睛吞下，然后飞起来长啸几声，在几只金雕陪伴下向西飞走了。老和尚焚香念经，对人们说那是金雕们到昆仑山，请来了西王母护法大鹏金翅鸟，斩了兴风作浪的大虫，救了小牛倌，也救了百岔川所有的生命。打那后，可能是大虫阴魂不散，老鹞子沟里人畜进去经常被狼虫所害，或被吓得疯癫，人们把那里叫毁人沟，视为禁地，一般的人都不敢进那十里长沟。

老田大爷一口气说完，抽了几口烟说：“有没有大鹏金翅鸟和大虫不敢确定，那是上辈子传下来的故事，但是在咱这营子有两个女人进毁人沟采山韭花被吓疯，却是实实在在的，那地方我也没进去几次，太瘆人。”

大家抱着枪都听入了迷，梁敬打破沉寂问老田大爷：“你说侯扒杆领人进了大石洞，是不是利用人们的恐惧心理，没人敢进去，放东西安全?”

“唔，是这么个理，梁书记，土匪能进毁人沟，咱八路军有人有枪，人多势众为啥不敢进山啊，你们如果去，我老汉给你们带路。”

梁敬跳到地上挥着拳头对战士们说：“田大爷说的对，咱们是共产党的队伍，是人民的武装，是正义之师，不怕妖魔鬼怪狼虫虎豹，我们一定要打进山里，夺回人民的财产，消灭祸害人民的土匪。”

“不怕妖魔鬼怪，坚决消灭土匪!”战士们攥紧拳头沉声宣誓。

“大家抓紧时间休息，明天天一亮就分头行动。”韩星下令同志们挤在炕上或搭地铺休息。

却说白景春率匪队摆脱了梁敬的追击撤到山上，惦记着侯扒杆、宝中三是否得手，他不敢在百岔川中心地带久留，连夜从上柜营子后梁上了莲花山，在一个山沟里隐伏下来，等着侯扒杆的消息。众匪徒忙乎了一宿，此时都东倒西歪死猪一般睡过去了，白景春不敢大意，他布置了岗哨后才靠着马鞍子睡下。傍黑天，一个人骑马从东面慢跑过来，是侯扒杆打发派来的小匪，他气喘吁吁地向白景春报告，财宝已盗抢成功，现在都已隐藏好，待风声一过便可往山上起运。

白景春一挥马鞭说：“他妈的，谁知道哪天风声过去，丢了财宝，共党岂能善罢甘休，你告诉侯当家的，就守在那里，小心看护，一点不能少，待我回老营报告和我爹一块来取财宝。”

说完，他对众匪交代：“大家抓紧时间睡觉，天黑后行动，穿过百岔沟脑回老营。”

或许，白景春如果与侯扒杆会合，那些财宝就会得到了，至少大部分得到了，因为他对梁敬以及人民武装的恐惧，使他失去了攫取财宝的机会，而且永远失去了这个机会。

五　勇闯毁人沟

天没亮，营子里的雄鸡争先恐后打鸣了，东边山梁上空出现了鱼肚白，战士们便起床了，他们在离田大爷家不远的山泉洗漱完毕，都精神抖擞地擦拭枪支整理装备。田大娘在两个战士的帮助下做饭，做的是打苦力熬白菜咸菜。莜面苦力是塞外人的主食，就是把莜麦面洒进烧开的水里，用几根筷子搅动，搅匀成面疙瘩，再盖上锅盖用小火焖，其间再翻动几次，直到闷熟为止。因为是穷人家的主食，所以叫苦力，苦力吃了耐饿，撑时间，用毛巾包了能带在身上当干粮，虽然粗粝，口感不如白面，但那毕竟是庄户人的主食啊。

吃饱喝足后，队伍悄然集合，梁敬与韩星简短地做了战斗动员后，韩星与老田大爷领八个人去大榆树林，梁敬带三个战士奔村西。

韩星等人有老田大爷做向导，进榆树林未费周折便来到二道河子西山根，来到那株老榆树下。韩星放好警戒，一个战士灵巧地爬上大榆树向四面张望一下，放下绳子，韩星拽绳索上了大树丫树洞前，他观察了一阵，这时老田大爷提醒他："小心暗器机关!"他从战士长枪上拔出枪探条，伸进树洞中搅了几下，"忽"地从里面窜出一条黑花蛇，韩星未等它咬人，一伸手抓住蛇的七寸，顺势将蛇扯出掼到树下，老田大爷挥动砍刀将黑花蛇砍作两段，复一刀斩下蛇头。

韩星又点燃一个草把伸进树洞熏了一阵，确定没有毒物后，把上身探进树洞。他伸手向洞里探摸，摸到了布口袋，但他没有拽口袋，又将身子向里伸了一大截，手在口袋上慢慢探摸，他摸到了口袋嘴，但又摸到扎口袋嘴的细绳压在口袋下。他顺着细绳向口袋下探摸，摸到了一个硬物，是手榴弹！他暗自吃惊，多亏田大爷提醒，否则一扯口袋引发手榴弹爆炸将后果难料。他要过战士的刺刀割断了细绳，小心地取出手榴弹，又仔细地摸索了一阵，确定没有危险了，才拽出口袋，传给身后的战士。这次一共取出五个大布口袋，放在地上后，韩星打开一个口袋嘴，里面全是丢失的大烟土，第一个藏宝地点就这样被破获了。

韩星他们走出密林，把取获的物资寄存在田大爷家的山药窖里，又马不停蹄地奔向村西毁人沟。

在毁人沟口，韩星与先期到达监视沟里动静的梁敬会合，听说已找出第一批物资，大伙都很高兴。梁敬让韩星领几名战士按田大爷的指点从毁人沟西梁与三道沟大砬子之间的山梁爬上去，监视和堵住可能逃窜之路，他带大部分战士由田大爷带路进了毁人沟。田大爷提醒战士们都扎紧绑腿，上好刺刀，有马刀的提上马刀，随时准备战斗。

老田大爷在前面引路，梁敬不让，只让他在自己身后指路，前面是三名有战斗经验的尖兵在前开道，队伍成单列纵队，后卫也是一个三人战斗小组。

毁人沟果然凶险，山谷很深，曲里拐弯，有时宽有时窄，两侧山崖上、陡坡上长满了黄榆和白桦树，更多的是一人多高的灌木，沟道有时很窄，需踏着泉水间的大石头才能蹦跳而过，山岩逼仄，沟好像到头了，一拐山嘴豁然间又是一个山弯。石缝和石台上一堆一块的是惨白的或枯黄的人与动物的遗骨，不断发现石头上盘着黑油油的毒蛇，烙铁似的蛇头吐着信子。山丁子树上也有毒蛇游动，田大爷提醒战士们，千万别伤害蛇，打死一条上来一群，这沟是蛇盘地。

大家加着小心在沟里前进，抬头看狮子山和金字塔山雄峙而立，高耸于蓝天之上。大家刚站住歇口气，突然山坡上一块巨石下一个牛犊大小的动物站起来。“狼！”尖刀组向后一挥手，队伍停下一齐把枪口指向那条黑背大狼，梁敬忙下令：“不许开枪！”

田大爷也急促地说：“狼还是怕人，咱们人多，它不敢撒野。”

那条大狼歪头瞅了一小会儿，见人多自忖不是对手，拖着大尾巴钻进了灌木丛。

尖刀组继续前行，拐过一个山弯，来到一个平地，三个战士突然蹲下，向随后跟进的梁敬打个手势，梁敬弯腰疾步来到平地。战士向平台坎下一指，梁敬顿时心下骇然，沟里两具被撕碎的尸骨，和一条一缕的灰色衣服零乱地堆在那，残躯上爬满了绿豆蝇和黑蚂蚁，一头个头不小的狼还蹲在那撕咬着一个人头，见有人来，龇牙咧嘴向人呜呜叫着示威。梁敬沉声喝了一声，挥起手中马刀劈向恶狼，那畜生一下窜了出去，“呼啦”钻进灌丛逃走了。

梁敬忍着难闻的尸臭血腥味，用刀拨弄残碎衣物，发现了白色黑字的“内卫”胸章，他叫过一名县内卫队战士辨认，确定是县政府内卫队军衣胸章，又拨动一个还带大半边脸的人头，那名内卫战士认出应该是内卫战士刘四，因为他左脸有一道刀疤。

这两个内鬼怎么死在这里啦？梁敬认真琢磨，看起来，敌情严重了！他刚说“准备战斗”，后面就传来“当”的一声枪响，一名后卫战士中弹受伤倒下，战士们反应迅速，“哗”地边移动位置边卧倒。

“当”又一枪，打在梁敬头上的土坎上溅起一撮土花。梁敬判断出枪手的大概位置，一抬手，匣子枪打出一串子弹，打向来路的转弯处。接着田大爷的鸟铳“通”地响了，打得树灌木丛“哗”的一声。战士们也开了枪，虽然不确定打中目标，至少能通过火力侦察确认来敌位置。

狡猾的敌人变换了位置，从树丛中“当”地又打出一枪，险些击中一个战士，梁敬命令战士们不要乱打，隐蔽好，搜索敌人位置。

打枪的敌人是派去给白景春送信的那个家伙，他被白景春打发回来，在半路上犯了大烟瘾，他骑马从莲花山漫甸下山到头道沟门一户放羊的家里，逼迫放羊的老头给他做饭吃，又躺在炕上抽了一阵子大烟，美美地睡了一大觉，天刚亮起身往毁人沟来。这小子挺机警，他在沟口观察，发现有杂乱的脚印进了沟，立马把马牵进一个小沟拴好，顺过步枪蹑手蹑脚进了沟，追不多远发现了梁敬带领的小分队。迫于小分队后卫战士高度警觉，这小子握着短刀无法靠近偷袭，眼看小分队愈来愈靠近山洞，又发现共军发现了被他们杀死的内卫队张锋、刘四的尸骸，知道他们已完全暴露了，便向我后卫分队战士开了枪，向山洞里的同伙示警。

枪声一响，正在洞内吃干粮、擦枪的侯扒杆和他的两个徒弟一轱辘爬到山洞口，向山下观望，辨听出枪声就从下面不远的沟谷中传来。“有情况!”侯扒杆麻利地把一支盒子枪、一支左轮和一支三八大盖枪装配好推弹上膛，紧张地瞄向山下。

梁敬的小分队与土匪在浓密的乔灌丛中捉迷藏，枪声一声接一声，吓得林中的鸟兽都东逃西窜，或在空中乱飞。行动既已暴露，必须在最短时间消灭这个敌人，不给山洞里的敌人逃跑的机会。梁敬命令田大爷领战士们迅速前进包围山洞，自己转到后面，让一个战士背起受伤战士到安全处包扎，他指挥两名战士交替掩护与敌匪缠斗。几经交火，梁敬终于发现那家伙隐伏在半山坡一块大石头下面，石头旁有一丛山杏树，地形极好，梁敬他们从沟里根本冲不出山沟，硬冲非让这小子击中不可。梁敬用手势示意两个战士，指了指石头下的山杏树，示意两人吸引敌人注意力，自己钻进林子朝山坡上运动。两名战士心领神会，找好有利地形你一枪我一枪射向山杏树丛，与敌人展开对射。

梁敬从侧翼山坡丛林中运动到坡坎上，又借助灌丛掩护向土匪隐伏的地方移动，一直运动到土匪藏身的大石头上方，但他看不见土匪的身影，只听见枪响一声声传出。他又向前运动一段，把大枪放在石头上，从腰间取下一枚手榴弹，拉火，停了两秒钟，一扬手扔了下去，只听“轰”的一声响，一股黑烟暴起，被炸伤的土匪从隐伏处站起来血头血脸摇晃着向坡下逃跑。梁敬在近距离瞄准敌人，“当”的一枪，土匪双手一扬，摔下山坡。梁敬随即冲下来，见土匪的大枪扔在石头下，人已趴伏在沟底不动了，两名战士冲过来，检查敌尸，已被打死了，梁敬把缴获的枪支扔给战士，又搜出土匪身上的子弹，然后三人向沟里追去。

侯扒杆观望半天听不到枪声了，知道自己的人完了，又眼见十几个身影从沟底向金字塔山冲过来，在山洞下的陡坡下散开，借助灌丛和巨石的掩护一步步逼近洞口下。他对身边的两个土匪说：“妈的，到底让八路找到了，我出洞到山谷上阻击，你们守在洞口，就凭咱们几杆枪，山洞在砬子上，八路就是长翅膀也飞不上来。”

他像猴子似的从洞口溜下陡坡，又转向左侧的一个山崖缝，拽着树枝蹬着石棱上了山顶处早就看好的一个凹陷处，隐蔽下来。这里视界开阔，既可以与洞中组成交叉火力，又能监视和阻击从山梁上袭来的八路，自己又避免了被困在洞中，随时可以撤往三道沟夹壁山。他才不想被困在洞里呢，因为大洞里没水，守卫难以持久，真是阴险狡诈，狡猾透顶。

向山下观望，见山下八路已运动到山洞下的陡坡塄坎下，这时，山洞里的土匪开枪了，接着又扔下一颗手榴弹，炸伤了一名小分队战士。梁敬急忙指挥战士们散开占据有利地形，向山洞仰攻，枪弹一排排射向山洞，但都打在洞口上方，伤不了土匪，但土匪也不敢在洞口放枪，只是盲目射击而已。

侯扒杆的枪口瞄着小分队战士，但他没有开枪，他不想暴露自己，因为只要有一个人抵抗就可以使小分队进不了洞，自己一打枪，就会把八路吸引过来，成为他们的攻击对象。他惦记的是财宝。

梁敬指挥其他战士火力掩护，让一个善爬山的战士爬上陡坡向洞口靠近，洞里的土匪偷窥到了，突然从洞里推下几块大石头，石头带着碎片飞滚而下，这个战士被一块下落的石头击中了，从陡坡上滚落下来受了重伤。梁敬指挥战士对洞口又一顿猛烈射击，纵使打不中敌人，跳弹也会对敌人造成威胁。接着，又一个战士爬上陡坡，用力向洞里甩进一颗手榴弹，但是，土匪把手榴弹又扔了出来，滚到陡坡下爆炸了，反而炸伤了一个小分队员。

田大爷隐蔽在一块大石头后观望，他对梁敬说："硬攻不行啊，洞口下一丈多高非有绳梯才能上去，这么打只能伤咱们的人，用火攻兴许能成。"梁敬说："对，用火攻。"他指挥用火力封锁洞口，两个战士捆扎了两个用树枝枯草捆成的火把，运动到坡上洞口的陡岩下，点着火把使劲扔进洞中，同时又扔进一颗手榴弹。未等两人退下来，手榴弹已被扔出来在坡坎下爆炸，但洞里冒出了浓烟，随后两支火把也被扔出洞外。

梁敬说："有效果，不过得给他添点作料。"

他摘下干粮袋，把田大爷的半烟口袋旱烟沫倒进去，又将几个战士随身带的干辣椒揉碎倒进去，抽出一枚手榴弹把弹头部分包进干粮口袋，让两个战士再扎两个火把，每人又带上一颗手榴弹。如此这般交代一番，在战士们的火力掩护下，梁敬亲自握着辣椒手榴弹和两个战士爬上石坡，运动到陡崖下，先由两个战士点着火把扔进头顶的山洞，接着梁敬他们三人一齐拉开手榴弹拉火，梁敬喊："一、二、三，投弹。"三颗手榴弹一齐飞进了山洞。

山洞里的土匪毕竟只有两个人，他们冒着被跳弹击中的危险，正忙着捡着火冒烟的火把往外扔，骤然间又飞进三颗手榴弹来，其中一人急慌中抓住一颗滚落在身边的正冒烟的手榴弹往外扔，"轰、轰、轰"三声巨响，弹片四下迸溅，加上烟火、辣椒和旱烟味，洞里像开了锅似的，从大小两个洞口喷出浓烟，顽抗的土匪被炸成重伤"吱哇"怪叫起来。

山崖下，梁敬一挥手，田大爷背着带铁锚的绳子向坡上爬来。

就在这时，山顶凹陷里隐藏的侯扒杆开枪了，他"啪"的一枪，一名小分队战士中枪滚下陡坡，又一枪，另一名小分队员被打倒。梁敬朝正爬坡的田大爷喊了一声："危险，快隐蔽！"田大爷还没反应过来，又一枪打来，田大爷左肩膀中弹，老人就势趴伏在山坡上，梁敬举起盒子枪朝隐蔽处"啪、啪、啪"一阵点射，随即滑下陡坡，把田大爷拖下去，抱到一个岩石下，躲过了二次射击。

侯扒杆本来不想开枪，但见梁敬用手榴弹加火攻马上要攻破洞中的防卫，他不得不开枪一连打中了好几个小分队战士，又打伤了田大爷，但他自己也暴露了，立即招来小分队一阵射击，而且已有几个小分队战士从侧面攀爬山坡向他包抄过来。他调转枪口正在寻找目标，忽然传来"当、当"两声枪响，在他隐伏的石头上崩开，他转脸朝右面山梁一望，坏事了！只见韩星带领几个战士沿山梁边向他射击边急速运动过来。侯扒杆心里一惊，再不跑，就要被堵在这了，他朝韩星那个方向打了两枪，趁小分队躲闪功夫，跳起来几个蹦跳跃过山梁窜进山背坡的榛柴洼里，向三道沟大砬子方向窜去。

韩星朝侯扒杆的背影打了几枪，未击中，他命令几个战士朝侯扒杆逃走的方向警戒，自己端大枪来到隐伏的地方，没发现其他敌人，他便挥手朝山下梁敬和小分队挥手喊话，报告危险解除。

梁敬用急救包给田大爷包伤止血，好在子弹只打穿了肩膀，没有生命危险。田大爷忍着伤痛，让梁敬解下绳索快进洞，别让洞里的坏蛋醒过来。

梁敬让一个战士过来保护田大爷，他背起绳索带几个战士又爬上陡坡，来到崖坎下，洞里还在冒着烟，枪也不响了。机不可失，梁敬解下绳索抖开右手抓住铁锚那端，“呜”的一声向洞里甩去，然后一拽绳子，铁锚钩住了，他双手抓住绳索，脚蹬石壁迅速爬上了洞口，拔枪在手，弯腰向洞里观察。他被烟雾呛了一口，咳嗽几声，枪口指向倒伏在洞里的土匪，他上前喝道：“缴枪不杀！”两土匪昏过去了，没动弹。这时，又有两个战士拽绳进洞，梁敬端枪扫视洞里，只有两个土匪，一个家伙被炸死了，另一个受了重伤。受伤的这个家伙肠子都被炸出来了，梁敬给他灌了几口水，他醒过来了，哼哼着。梁敬见人没救了，要趁他清醒问口供，便问道：“谁是当家的？”

土匪有气无力地说：“侯扒杆。”

“谁帮你们盗的财宝？”

土匪嗫嚅着说：“宝、中、三。”没说完，头一歪咽了气。

梁敬见土匪死了，抬身对两个战士说：“他刚才说的，不准向别人说。”

“是！”两个战士立正回答。

又有几个战士进到洞里来，梁敬和战士们仔细搜索洞内，发现了敌人的捎马子和行里卷，还有两支大烟枪以及几块大烟土、干粮袋、子弹袋，别的啥都没有。

梁敬想起田大爷告诉他：洞中有洞。他扫视洞里，靠洞顶处离地面二米多高有一个小洞口，他让两个战士并肩站在洞口下，他踩着战士肩膀够到了洞口，又从一个战士手里接过一个火把，向里照着，发现了箱子。他兴奋地说：“在这里呢！”

梁敬刚要伸手往外拽箱子，突然想起韩星介绍土匪在树洞里埋设的手榴弹，他停下了手，让战士传递上蜡烛，扔了火把，倒出手来，爬进了小洞，从外向里仔细观察箱子，发现一根细绳一头拴在箱子的锁扣上，一头拉向箱子后面，好狡猾的，又设了个诱饵。他向里探身顺着细绳摸到了手榴弹，用短刀割断细绳，将手榴弹取出来，然后搬动箱子，递给接应的战士。烛光中发现里面又有一个箱子，他不敢大意，又小心探摸，又发现拴着一个手榴弹。如果大喜过望，去拽第三个箱子，取宝者就中了连环计。梁敬不敢大意，每取出一个箱子、袋子之前，都认真仔细地检查一番，终于把全部东西都取出放在大洞的地面上。梁敬从小洞踩着战士肩膀下来，喘几口气擦了擦汗，准备打开箱子验证财宝，他怕箱子里再放炸弹，小心地把箱子搬到洞口处，让战士们躲进洞里拐角处，自己观察一下箱子，才揭开箱盖说：“安全！”他向战士们挥了一下手，大家围拢过来，看见箱子里是红纸包的长棍棍，梁敬拿过一根，双手用力一掰，白花花的现大洋散落下来。

“终于找到了！这是被敌人盗走的财宝。”梁敬兴奋地对战士们说。

大家热烈地相互握手拥抱，共同庆祝胜利。

梁敬等大家兴奋过后对大家说：“别高兴得太早了，刚才逃走的敌人一定是侯扒杆，而且财宝还有一部分未夺回来，我们要除恶务尽，只有消灭了敌人才算完成任务。”他吩咐大家放下洞里的绳梯，把财宝护送下去，他下洞与韩星等人会面。

韩星说：“一个土匪往西逃走了。”

梁敬说：“那一定是侯扒杆，我们必须跟踪追击，消灭这个祸害。”

田大爷忍痛对梁敬说：“梁书记，快去大砬子夹壁山，一定藏到那去了。记住，山上堵，山下也要堵，进出鸽子洞都是用绳子。”

梁敬指令一名区干部和区小队的一名班长与县公安局战士负责运输财宝，救护伤员，他与韩星各带三名战士兵分两路，杀奔夹壁山鸽子洞。韩星坚持负责鸽子洞洞顶，请梁敬带人围夹壁山洞口。梁敬争他不过，就带人出毁人沟，顺川道直奔大砬子山下夹壁山堵口子去了。临走他叮嘱韩星：“侯匪狡猾顽固，能活捉就活捉，不能活捉立即击毙。”

韩星谨记在心，他率领战士沿着一道山岭向三道沟大砬子疾行而去。

六　击毙侯扒杆

侯扒杆一路狂奔，跑到夹壁山鸽子洞顶山岩上，回头观察未发现有追兵，这才从腰里扯出绳索，牢牢地套在一棵柏树根上。他顺绳索溜下山，钻进了鸽子洞，一屁股躺在皮褥子上瞪着眼大喘气寻思：他妈的，刚把财宝盗出来还没捂热乎，梁敬就追上来了，被掏了老窝还把自己打了个屁滚尿流，八路咋摸得这么准哪？莫不是宝中三露了馅，还是自己被人盯了梢？不能啊！忽然他一拍大腿坐起来，哎呀，是老田头，老田头带八路进的毁人沟，不知自己那一枪把他打死没有，妈的！下山后，杀他全家！想到这，他觉得藏在这也不安全了，得赶紧走。

他爬起来，把藏在洞中的金元宝和金银首饰、大烟土包一个包背在身上，要从夹壁山缝出洞，直接到大川里的榆树林中骑马上莲花山，奔百岔沟脑，回白金辉老营。

他背着大枪手脚蹬撑着山夹缝，用了有半袋烟功夫挪到山口，刚一探头，“啪”的一声枪响，只听一声断喝：“缴枪不杀，侯扒杆你跑不了了！”一激灵，忙缩回身子，“噌噌噌”蹬着石缝往回爬，还抽出盒子枪向后打了好几枪。石缝外的梁敬向里开了几枪，因为石缝呈圆弧形打不到，但把侯匪堵回了鸽子洞。

侯匪退回到鸽子洞，喘息一会儿，又双手抓住洞顶垂下来的绳索，心说：大路朝天，各走半边，天无绝人之路，梁敬你就在那守着吧，老子从山上走！

他倒着绳索上了洞顶，刚一抬头，一管黑洞洞的枪口顶在脑门上，又听一声威严的声音传入耳鼓：“不许动，放下武器！”只见韩星端着盒子枪指着他，周围还有几个战士端枪指着他。还没等他说话，韩星伸手薅住他的后衣领把他提溜上来，顺势一脚将他踢翻在石头下，接着向战士说：“捆起来！”

两个战士收枪上前去捆侯扒杆，刚才还死狗一般的侯匪突然像恶狼一般跳起来，电光石火间，两个战士被打倒在地，侯匪顺势又滚向一块巨石后，抽枪“砰、砰、砰”一梭子打过来，又击中了两个战士。韩星又惊又怒，侯匪果然顽固，他躲过侯匪的射击，快速反击，战士们也开枪射击，不给侯匪留空子。韩星朝一个战士做了个投弹的手势，那个战士拽出手榴弹拉弦停了停后把手榴弹投向侯匪躲藏的大石头后，“轰”的一声，在手榴弹爆炸的一瞬间，侯匪像狸猫似的窜出来，向山坡下窜去。

早已盯住侯扒杆的韩星再也不给他机会了，他朝侯匪扣动二十响盒子炮板击，“哒哒哒”二十发子弹像刮风一样全罩在身上，其他战士的枪也响了，侯匪就如一片树叶被打得弹跳着落下了万丈高崖。

梁敬与战士们守在夹壁山口，听见山顶传来一阵急促的枪声，又见一个人像黑色大鸟带着绝望的哀叫从大砬子山顶摔落下来，“啪”的一声摔了个骨碎筋折血肉横飞。他提枪冲到跟前，见那家伙后背被子弹打成了蜂窝，早死了，身上背的包袱摔开了，金元宝、现大洋和首饰散落一地，背的大枪也摔成几截。

他把那家伙翻转过来，脸已摔破了相分辨不出相貌了。

这时，韩星在山顶喊了几声告诉梁敬，被打死的是侯扒杆，这个顽匪，今天终于得到了应有的下场。

能打死这个热北地区有名的飞贼，太不容易了。

过了好一阵子，韩星几个人从大砬子山西边山坡绕下山来，留在毁人沟运送财宝和护送伤员的同志们也出沟与梁敬他们会师了。

韩星派人进鸽子洞搜索，未发现财宝。田大爷向梁敬指点大砬子山半腰绝壁上的三角洞，只见那洞口石壁上的美人含情脉脉地望着他们。

那个洞，除了侯匪，有谁能上得去哪！

那些金元宝就藏在那三角洞里哪。

梁敬端详了一阵儿，对韩星、田大爷等众人说：“暂时取不出来，那就请神女帮忙守护着吧，早晚我们会想办法让那些财宝回到人民手中。”

整理队伍后，小分队牺牲二人，受伤五人，消灭土匪三人，找到县内卫队的两名奸细下落，除了金元宝，其他财宝都被夺回来了。

梁敬望着高耸于蓝天的金字塔山和头顶的大砬子，感慨地说：“好一座大山，好一条毁人沟，果然奇险无比，但它帮助我们毁灭了敌人！”

“老梁，我们胜利了！”韩星兴奋地说。

“这是第一个回合的胜利，回去，该收第二网了。”梁敬率队回返，在路上，把得到的情报信息给韩星讲了，两个人商定了处置方案。

黄昏时，小分队胜利班师回到区里。

在家里焦急等待的宝中三、冯愉、张东阳和康海庭等干部战士听炮台上瞭望的战士喊了一声：“梁书记他们回来喽！”便打开人门，搬开拒马，迎接梁敬他们。

宝中三怀着忐忑不安的心情随人们出大门迎接小分队凯旋，他见小分队伤亡很大，心中暗自高兴，很殷勤地帮助抬伤员。他看见两个小分队员抬着一具用麻袋装的尸体过来，急忙问：“这是谁？”

“这个人宝队长认识，你好好看看吧。”梁敬和韩星站在了宝中三面前。

“是吗？我认识！”宝中三迟疑一下，伸手扯开麻袋一角，露出了死者的面目，他心里“咯噔”一下，哎呀，他怎么被打死了？他直起腰对梁敬说：“这个人我不认识。”

“你认识，你们一起设计盗抢财宝，怎么会不认识呢？”

“梁书记开玩笑哪！”

“这不是玩笑，你看这个东西。”梁敬把写有“内卫”二字的布胸章扔在宝中三面前，没等宝中三反应过来就喝一声：“下他的枪，抓起来！”

韩星和一名小分队战士迅疾地扑上来，一齐扳住了宝中三的双臂，韩星很麻利地下了宝中三的短枪和一把匕首，把他的胳膊扭到背后用绑腿带结结实实地捆上了。

宝中三很惊恐，但很快故作镇定地质问："凭什么绑我，凭什么？你们没有这个权利。"

梁敬义正词严地说："宝中三，我们有充分的证据证明你勾结土匪，残杀革命战士，盗抢人民财产，现在我宣布逮捕你，交县委审查处理。"

"梁敬，我是你的上级，你无权抓我。"

"宝中三，我把实情告诉你吧，从经棚出发前，县委陆书记和赵副书记就已授权给我们，严密监视你的行动。没想到你勾结土匪继续行凶作恶，我们不得不对你采取非常措施。有什么话，等把你押解回县里再说吧。"韩星轻蔑地对宝中三说。宝中三听了，顿时没了底气，低声说："我抗议，你们没有证据，就随便怀疑和抓捕革命干部，还讲不讲理了！"

"对你这种卑鄙小人，我们会给你一个明白充分的说法的，押起来！"梁敬一声令下，几名战士把宝中三押进区政府大院严密关押起来。

梁敬站在区政府大门口台阶上，对围拢来看热闹的乡亲们和干部战士讲话："同志们，父老乡亲们，内奸宝中三勾结惯匪杀人越货，盗抢人民的财产，现在侯匪被我们击毙，叛徒宝中三被捕，准备接受人民的审判，被盗的财产已大部追回。我们摧毁了敌人藏身的匪巢，维持了地方安宁，乡亲们，你们看，这就是惯匪可耻的下场。"

大家争先恐后上前观看土匪的尸体，纷纷议论说，这个飞贼都让八路灭了，白金辉来了咱也不怕事。后来，这场战斗越传越神，还有的说，侯扒杆飞檐走壁，和他的属下在大洞和夹壁山同八路打仗，八路搬请了大鹏金翅鸟来助阵，那大鹏鸟吐神火烧大石洞烧死了飞贼，破了洞，又帮助八路一道白光将侯扒杆从大砬子上劈下来摔死了，八路军有天神助阵，铁定了要坐江山了。

韩星、梁敬向大伙解释，没有神鸟助阵，要说有天神的话，就是人民群众。他搀扶着田大爷对大伙说："是咱们的老田大爷帮助我们攻破敌匪据守的山洞，消灭了顽匪。"大伙纷纷伸大拇指夸赞老田头："老炮手真有你的，立了大功喽！"

晚上简单的庆功宴上，梁敬、韩星、冯愉、张东阳、康海庭等人召开了一个会议，梁敬说："我们打死了侯扒杆，清除了叛徒，夺回了绝大部分财宝，振奋了士气，长了人民的威风，有力地打击了敌人。但目前敌情仍然十分严重，我们还要坚持斗争，待主力部队打退国民党反动派的进攻，才能腾出手来集中力量清剿土匪，必须继续保持高度警惕，建议马上把田大爷一家转移到区政府来，既照顾田大爷养伤，又防止敌人报复。第二点，事不宜迟，马上派精干队伍把财宝和宝中三押解回县里，保证财宝不再出问题。第三点，立即审讯宝中三，破获敌人的情报网，抓捕暗藏在我们内部的敌特分子。"

韩星同意梁敬的分析，他说，敌人的行动不单纯是盗抢财宝，他们可能正在酝酿更多的破坏活动，建议区里的武装和农会干部更集中一些，以利于对付敌匪的骚扰破坏。另外，要求贫雇农把粮食和其他财产都尽可能坚壁起来，牲口集中放牧，民兵站岗放哨，发现敌情立即报警掩藏，要注意发现土匪的坐探，发现有害群之马立即报告并及时清除。

康海康报告说，县里给百岔区下达的公粮征集任务已超额完成，除了已交给县里的，剩余的已全部贮存在区政府的粮仓里了。为骑兵征购军马的工作也很顺利，很快就要完成了。

冯愉副区长也把区乡建政工作、贫农团工作做了安排部署。

最后，梁敬代表区委、区政府决定：他和韩星、张东阳带一个班的区小队和县里来的公安队、县大队部分战士押解宝中三和财宝明天就出发，抄近路赶回县里，并向县委汇报。冯愉、康海庭等人在区里主持工作，对敌人采取守势，等待梁敬从县里回来再行动。夜长梦多，白金辉眼线众多，会很快知道宝中三被捕和财宝被夺回的消息，必须马上行动，在敌人行动前，返回县里。

第二天拂晓，梁敬、张东阳便率骑兵队从查布干沟上后梁，抄小路奔广兴新房子入广兴源川，晚上驻扎在武营子，那里有我内蒙古骑兵师两个团驻扎，非常安全。第二天中午，便赶回了经棚镇。

县委陆书记等领导热情迎接胜利者归来，安排送来县里治伤的同志入军分区后方医院治疗。吃完中午饭，便召开紧急会议听取了梁敬、韩星的工作汇报，确定由县委副书记、组织部长赵芝瑞与县公安局长韩星负责连夜突击审讯宝中三，力求以最快的速度侦破敌人的情报网。对夺回的财宝，立即移交军区银行驻经棚办事处收存。陆书记表扬了梁敬、韩星以及小分队的战绩，对于尚未找回的部分黄金，陆棣风趣地说："就让神女替我们保存一段时间吧。"

从晚上到第二天黎明，经过一夜的审讯，顽固的宝中三的心理防线终于崩溃了，他交待了自己的犯罪事实，并供出了与敌匪张桐轩、白金辉等勾结，建立情报网，刺探我军队和政府情报，为敌匪通风报信的罪行。

从宝中三家搜出的物证和本人交代证明，早在伪满洲国成立之初，成为日本关东军特务机关密探的宝中三，被精心包装后进入伪经棚县保安队，成为监视伪满县政府和伪军警的密探，后假装思想进步，以反满抗日危险分子的罪名被捕，在监牢中刺探情报。伪满洲国垮台、日本投降后，宝中三被解放出狱，以反满抗日进步分子的名声参与经棚县维持会组建，后伪装积分子极欢迎共产党八路军进占热北地区。我党组建经棚县政府，成立人民公安武装队伍，鉴于宝中三思想进步，工作积极，又有文化，有工作能力，被任命为县政府内防队（也叫内卫队）队长，职责是协助新成立的县公安局保卫党政机关和重要设施安全、除奸反特等。

宝中三起初与赤峰县土匪头子张桐轩挂钩，配合张桐轩攻占经棚，被我军击退后，又通过王克礼与白金辉勾搭上，拜了把兄弟，成了白金辉的坐探。他在内卫队拉过几个人成了他的心腹，又把徐家浴池作为情报站，多次将情报送出，使白金辉逃脱我军的打击。正当他与白金辉筹划制造更大的行动时，早就被我县委和军分区除奸部门怀疑的宝中三终于露出了狐狸尾巴，被梁敬、韩星及时抓捕归案。

宝中三交代后，韩星立即率县公安局警队和县大队战士包围徐家浴池，徐老板和二赖子睡梦中被从被窝里抓出来，并搜出了枪支、毒药等作案工具，并逮捕了内卫队的内奸。

打掉了宝中三的情报网，白金辉失去了眼线，便成了聋子、瞎子。

三天的紧张工作，取得了很大战果，在听取了梁敬、韩星等人的汇报后，县委陆书记和热北军分区来的领导同志再次表扬他们。陆书记说你俩还有任务，现在请你们列席参加冀热辽军区在经棚召开的军事会议，参加了会议你们就知道是什么任务了。

军区主持召开的会议是在庆宁寺召开的，与会的有军区几位首长，还有锡林郭勒盟军分区、卓索图盟军分区、昭乌达盟公署的领导，内蒙古骑兵第四师和刚组建不久的朱德骑兵师首长也参加了会议，还有各分区县、地委领导。梁敬、韩星还是第一次参加如此高规格的会议，很激动也有些紧张。

会议由军区一位副司令员主持，中心议题是部署联合围剿布里亚特旗叛匪额仁钦道尔吉反动武装的战役。因为是跨区域联合围剿，兼顾清剿其他土匪武装，所以，军区十分重视，专门召开军事会议，研究落实战斗任务。

会议确定了剿抚并举的策略，在军事打击的同时，组成地方武装工作队，随军做好对受叛匪裹挟的布里亚特蒙古族百姓的安抚工作，内蒙古自治政府也派人随同前往做工作。经棚县委抽调韩星、梁敬等一批地方干部组成武装工作队，参加开展草原剿匪作战。梁敬非常高兴，按县委要求，打发张东阳带区小队战士回百岔区，由副区长冯愉主持区里的工作。

剿匪工作队跟随朱德骑兵师行动，梁敬在部队上见到了许多老战友，心里高兴极了，他们投入紧张的备战工作中。梁敬又抽空去探望江波江大姐，江波很高兴，祝贺他为人民立了新功，说玉莲知道了不知怎么高兴呢。一说起玉莲，梁敬思念和愧疚的心情交织而来，他惦记匪窝里的心上人，叹了一口气说："不知玉莲在遭多大的罪呢！"

七 被摧残的花朵

白景春返回乌牛吐老营，见到他爹白金辉，报告了与宝中三合谋盗抢财宝的情况，白金辉、郭璞等人听了很兴奋，白金辉得意地夸奖儿子：“我儿子越来越能干了！那财宝弄回来没有?”

白景春说：“已抢到手，由侯营长带人藏起来了，等风声过去后再取回来。”

白金辉“唔”了一声，沉吟着转了几圈寻思着。

王克礼在旁边说：“这么多金银财宝，又是元宝、现大洋、首饰，还有大烟土，那可是一大笔横财呀！谁见了不动心。我看哪，司令，夜长梦多，还是派人找侯营长，赶紧弄回来才放心啊。”

郭璞接茬说：“有道理，赶紧把财宝收回来，咱们招兵买马添置枪炮子弹发军饷都用钱啊，可别让别人黑了去。”

两个人话中有话，白金辉心领神会，他马上对白景春和鲍三疯子说：“事不宜迟，你俩走一趟，带人去上田营子，帮助侯兄弟把财宝给我弄回来。捎带告诉侯营长，把财宝弄回来，我重重地有赏。”

“是!”白景春和鲍三疯子点齐人马，又出山奔莲花山而来。

走到半路，碰上了白金辉安排在百岔区政府的坐探，这家伙以找马为名出来传递情报，迎面碰上了白景春和鲍三疯子，便一五一十地把财宝被梁敬夺回，并打死侯扒杆，抓住宝中三的情况报告给二人。鲍三疯子一听，一拍大腿说：“那还等什么，发兵围攻区政府，夺宝救人。”

“晚了。”坐探说，“梁敬第二天就带人抄近道把人和财宝押送到县里去了。”

鲍三疯子挥手“啪”的给了他一耳光，吼道：“那你他妈的早咋不报告来?”

“哪出得来呀，区小队和民兵封锁消息，不让出门，我以找马为幌子这才放行，我就往这赶着报信来。”坐探捂着脸说。

白景春说：“这个时候送信，啥都晚了，咱们还是回山寨报告我爹定夺吧。”他对坐探说：“你也快回去吧，小心别他妈的露了馅。”

白景春、鲍三疯子没奈何只能往回返。

白金辉一听这噩耗，顿时呆若木鸡，半晌才干嚎一声哭出声来：“哎呀，我的侯兄弟呀!”众匪首兔死狐悲，都唏嘘垂泪，如丧考妣。鲍三疯子拔刀猛砍屋子立柱，大叫：“梁敬，老子跟你没完，非把你碎尸万段不可！司令，咱们马上发兵攻打区政府，杀他个鸡犬不留，给侯兄报仇。”

郭璞说：“万万不可，这个时候梁敬一定会戒备森严，我们劳师远征，不会得到好处，弄不好被共军反咬一口，得不偿失。”

“那侯营长就白死了！”

“君子报仇，三年不晚，要从长计议，不要过分冲动。现在最严重的问题是宝中三被抓，咱们苦心建立在共党内部的情报网被破坏了，以后咱们的日子可就不好过了。”

这时候，张振三拿着一张纸进了屋，他劝慰大家几句，把电报递给白金辉说：“白司令，上峰来电，命令我们派队伍与布里亚特蒙古族额仁钦道尔吉司令沟通联系，共同抗击共军的进攻。”

白金辉接过电报看了一遍不耐烦地说：“布里亚特的额仁钦什么时候把我看在眼里，他仗着过去有日本人撑腰，现在又有国军扶持，胀包得很，我原来和他拉关系，他不尿我，嘿，这会儿八路打他，他求我来了。”

“就是，他在北草地当霸王，我们在山中称大王，各人自扫门前雪，不凑他那个热闹。”王克礼随声附和。

“额王爷可是我们蒙古人中的英雄，是草原的一头狼，厉害得很，他有难，别人不去可以，我们是兄弟，我得去帮他。”鲍三疯子抢过话头豪迈地说。

张振三以商量的口气对白金辉说：“共军集中大量骑兵部队围攻布里亚特人，惊动了沈阳东北保安司令长官部和张家口傅作义总司令，额仁钦王爷是国民党中央委员，名声挺响，他要出了事，影响太大。北平行辕协调两地长官，计划派骑兵部队和飞机支持布里亚特人，要求我们就近与布里亚特人联合与共军作战，以干扰共军后方，这可是军令如山啊。”

郭璞说：“白司令，现在是精诚团结，共同与共军作战，唇亡齿寒，布里亚特人完了，咱们的日子也不好过，还是以大局为重出兵相助才是。”

“那好吧，鲍三弟，你和额仁钦相熟，又熟悉北草地，你率你部人马，从好鲁库西沙窝向北，寻找他们沟通联系。电报上说，他们现在已转到达尔罕一带了，你帮他们领道，但不能把他们领到我的地盘来，更不能把我的弟兄给打没了。”白金辉又对张振三说：“你给上峰发电报，我部与共军交战，损耗很大，给布里亚特人空投弹药，也要有我的一份。”

二人诺诺连声答应照办。

“那就这样吧，你们准备准备，三日内出兵。”白金辉下令。

“好嘞！先到北草地打八路，再回来打梁敬。”鲍三疯子兴奋地说。这个嗜血的家伙好久未闻到血腥味了。

“梁敬，哼哼，是个茬子，一出手就灭了我的一员大将，我跟你势不两立！”白金辉恨恨地说。他见张振三还坐在一边，立马堆下笑脸说：“张队长，刚才说空投装备的事，你可多费心啊！”

“那个自然，我对司令可是说掏心窝话，办实实在在的事，可司令答应我的事，我可等回音呢。”

“什么事?”

“司令贵人多忘事，你答应把玉莲姑娘许配给张队长，人家把聘礼都准备好啦。”郭璞搭话说。

“噢，这这，可不是咋的，我把这事给忘了，行啊，我一百个愿意。告诉伙房，炒几个菜，今天晚上就把亲事定下来。老郭，你就当个大媒，中不?”

“那我可真是求之不得，这个媒人我当定了。”郭璞道。

“我把丫头许配给国军谍报队长当官太太，比嫁给那穷八路梁敬强一百倍。”白金辉咬牙切齿地说。

“爹呀，我老妹怕是不愿意呢。”白景春小心说道。

“她不干也得干，这是命令，早点把她嫁出去，省得成天跟我遭气。你去告诉你妈，让你妹子收拾收拾，晚上行订婚礼。”

白景春忙去他妈和玉莲住的地窨子告诉消息。

白玉莲这半年来真是度日如年，她想逃走找梁敬，她妈看着她，丫鬟盯着她，外面有两个土匪守着，就是上茅厕解手也有丫鬟跟着。她发火，丫鬟就给她跪下哀求：“你要是走了，我也没命了，小姐你就行行好吧！她的小红马不知被牵哪去了，又不记得出山的路，她白天黑夜心中默念梁敬，日夜盼望梁敬带人来解救她，让她跳出苦海走向新生。她脑海中天天回放着梁敬、江波的音容笑貌，日夜向往着那快快乐乐的新生活。

如果不是梁敬拥抱着她说的贴心话抚慰着她的心灵，如果不是江波热情洋溢的语言给她以美丽的憧憬，玉莲恐怕早就垮了。她相信总有一天，梁敬会来解救她，把她抱到马上，穿过森林、草地，跨过大河小溪，抱着她穿过祝贺的人群，送进八抬大轿，吹着悦耳的唢呐，鸣放着清脆的鞭炮，把她迎入洞房。梁敬揭开她的红盖头，与她吃下一杯交杯酒，共同进入那个最美妙最羞赧的时刻……啊，那是多么令人激动的时刻啊，连天上的星星都兴奋地眨眼睛。

“丫头、丫头，醒醒，醒醒啊！”她娘柳氏连叫带推破坏了她美丽的梦想。

“干啥呀，真是！”她气哼哼地说。

“好事呀，丫头，快起来收拾打扮，你爹今晚张罗给你定亲呢！”

“定亲！跟谁定亲?”

“跟谍报队的张队长啊，那人虎背熊腰、威风八面，多有男人味呀！”

“不，我不，我绝不嫁给他！”玉莲大声叫喊着，把要让她穿的红缎子夹袄扔到地上。

“妹子，你就答应了吧，爹已满应满许了，今晚行定亲礼，再择吉日成婚，你就死了跟梁敬的心思吧！梁敬带人打死了侯叔，还抓了宝中三，爹发誓要把他碎尸万段，你还能再找他吗?梁敬还会要你吗?”

“不，梁敬答应我的，他不会变心，我也不能变心，如果他死了，我也不活了，变成鬼魂也去找他……”

柳氏忙去捂玉莲的嘴：“小祖宗，小声点，让你爹听见，可怎么好！”

白景春叹口气，擦了擦眼泪说：“妹子，你拧不过去的，爹说一不二，他就是杀了你，也不会让你去找梁敬的。”

“那我就等他来杀我好了。”玉莲不哭了，用手抹了一把眼泪恨恨地说。

“哎！作孽啊。”柳氏重重地叹了一口气。

晚上，白金辉住的大地窨子摆上了一桌酒席，白金辉和他大老婆柳氏、二太太一枝梅、王克礼、鲍三疯子和其他几个匪首围桌坐着，张振三穿戴一身崭新军服、美式皮靴、大盖帽，胡子刮得溜光，衣襟上还挂着两块军功章，以标准的军姿坐在白金辉对桌位置。他旁边有一个空位，那是给玉莲留的。大家坐好半天了，等着白景春请他妹子来，白景春一个人进屋来怯怯地对白金辉说：“爹呀，俺妹子死活不肯来，请不动。”

白金辉“忽”地站起来，“真他妈的不知抬举，去，给我绑来！”

郭璞一摆手说：“不能那样，孩子心眼实，一时转不过弯来，慢慢来。二太太，你去请请行不?”

“我?”一枝梅一挥手帕，“快免了吧，我去了怕是人请不来，还得让人骂个狗血喷头，自讨没趣，我才不去哪!”

柳氏说：“当家的，孩子怕羞，不愿意来就不来呗，定亲酒一样喝。”

“对对对，不来也一样，一会儿张队长上门把定情物送去不就得了。”郭璞阴笑着说。

“那行，咱们喝酒吃菜。”白金辉先端起酒盅，对张振三说：“张队长，从今往后，我家玉莲就许配给你了，你可得好好待她。”

张振三站起来，“啪”的一个立正，双手举酒盅说：“岳父、岳母大人在上，振三能与玉莲定亲，是三辈子修来的福，我一定好好照顾玉莲，让她永远幸福!”

“好、好、好，干了!”白金辉带头一饮而尽。

郭璞站起来说：“郭某以一县之长的身份当你们的媒人，实在是不胜荣幸，你们的亲事，不仅关系两家，而是关系到经棚县，不，关系到热北的反共大业，希望我们借此良缘更加精诚团结，反共到底，共克时艰。”众人又一饮而尽。

一枝梅三杯酒下肚，玉面绯红，更加妖气十足，她站起来一手捏酒盅，一手拿酒壶，扭着屁股来到张振三面前，娇声浪气地说：“张队长，以后咱们可是一家人啦，以后过日子有啥不懂的可要找我请教哟！来，咱娘俩喝一盅!”说着她朝张振三飞个媚眼，张振三故作正经地一躬身喝下一盅酒。

一枝梅又走到鲍三疯子跟前，伸手从桌上拿起一只碗，“咕嘟咕嘟”倒满一碗酒，端给鲍三疯子说：“美酒敬英雄，三弟海量，酒盅不行，三弟呀，明天就要出征了，嫂子敬你一碗酒，祝你马到成功，早日凯旋。”用胳膊肘一碰鲍三疯子，鲍三疯子正看着一枝梅发呆傻笑，猛地醒过神来，忙不迭地接过碗，仰脖一饮而尽。

一枝梅又敬白金辉一盅酒，就挑逗张振三说：“你们是军人，军人做事快刀斩乱麻，玉莲和你定了亲，就是你的人啦，你想怎地就怎地，山寨之中，哪有那么多破规矩。我呀，十五岁被卖到窑子，头一夜，被一个军官给玩的，欲生欲死，欲仙欲醉，好不快活哟。”

白金辉脸上挂不住了，他骂一枝梅又你妈的喝多了耍酒疯。

郭璞说：“咱们接着喝，让张队长给玉莲姑娘送定情物去吧。”

一枝梅说：“我领张队长去吧。”未等白金辉答话，她扯上张振三的袄袖子就往外走。

柳氏站起来想说什么，白金辉一瞪眼睛柳氏赶紧坐下不吱声了。

张振三双手托着一卷绸缎和一个锦盒，被一枝梅挽着胳膊向后面玉莲住的地窨子走。一枝梅突然在张振三脸上亲了一口，又抓过张振三的一只手贴放在自己高挺的乳房上摩挲，把嘴贴着他的耳朵说："小心肝宝贝，你今晚要成仙了，可别忘了我啊，要论床上功夫，她不如我……"张振三有点眩晕了，他亲了一口一枝梅："放心吧，你俩我都要……"

一对狗男女进了屋，一枝梅打发丫鬟出去。玉莲之前又哭又闹累了，趴在炕上睡着了。一枝梅一扯张振三，朝玉莲努努嘴说："看你的能耐了，给我留点劲啊！"说完一扭屁股出屋关上了门。

张振三喝了不少酒，被一枝梅撩拨一阵，又见玉莲娇嫩的模样，更加欲火熊熊，他把锦盒绸缎放在一边，凑到玉莲身边伸手抚摸玉莲。

玉莲惊醒了，她一边向炕里退一边惊恐地说："你来干什么，你想干什么？"

"嘿嘿，我和你定亲了，我给你送定情物来了，小美人我好想你啊！"说着张振三上了炕，朝玉莲身上摸来。

"你干什么？你快出去，来人呀！"玉莲急了。

"喊什么喊，你爹你妈让我今天晚上就和你圆房，来吧，我的小美人……"

玉莲拼命挣扎，累得张振三气喘吁吁。情急之下，他兽性大发，挥拳将玉莲打昏，三下五除二扒下玉莲的衣裤，看着雪白的胴体，花样的姑娘，张振三脱下一身贼皮，把身子压在那美丽的花朵上……

在窗外偷听的一枝梅听着张振三牛一样的低吼，会意地笑了。突然，她觉得自己也来了那股劲，"啊哟"一声，一溜小跑去找鲍三疯子去了。

一枝娇嫩清纯的花，被暴力揉碎了！

第五章 铁骑兵

一 密 道

白金辉遵照国民党赤峰驻军和张家口热察战区司令部的指示，出于他扩大地盘和声势的需要，也打着联络内蒙古草原布里亚特匪帮，扩大生存空间的算盘，派鲍三疯子带郭凤宝等小匪首带五六十号人马，北上草原，寻找布里亚特匪帮头子额仁钦道尔吉，为其进犯骚扰克什克腾草原充当向导。

鲍三疯子是克什克腾蒙古人，他早年当马匪出没于克什克腾草原，对地理很熟悉。这一回，他乐得接受白金辉的差遣，因为在伪满时期，他接触过布里亚特蒙古人，如果这次挂上钩，对自己日后的生存也许有好处，毕竟都是蒙古人，从感情上易接近相融。二来自己过去联络布下了好多眼线，有必要重新趟道和探视，他可不想在白金辉那一棵树上吊死，狡兔三窟，将来得了势要单独拉杆子，若风紧不济，也为自己逃命藏身留一条后路。

他带的这几十号人，大多数是他在满洲国时当伪警察时的老伙计，这帮人马上马下功夫都十分了得。另一部分是郭凤宝带的从区小队叛乱出来的人，经过郭璞、白金辉等人的“洗脑”，他们更加恐惧自己的背叛行为为人民所不容，更死心塌地为反动势力卖命。因此，这伙敌匪，别看人数不多，却极其反动而具有破坏性，战斗力也比较强。

鲍三疯子率领匪队出乌牛吐老营，奔向东北方向进桦木沟原始森林，这里人迹罕至，峰峦叠嶂，白桦、山杨和松柏等原始森林一片连着一片，一坡搭着一坡，山沟里柳丛桦林如同绿色腰带缠绕着每一座青山。没有密林的山坡上生长着山丁子、山里红、稠李子、山梨等野果树，林下草地野花怒放，风戏蝶舞，山泉淙淙，好一处人间仙境、世外桃源。鲍三疯子与众匪不敢在此停留，因为红山子一带有八路军部队驻防。他们循林中小道，一直向东北，从天太永一带进入西沙窝子，经过两天的行军到达西拉木伦源水头扎营歇息。

源水头是西拉木沦河源头，位于西沙窝浩来呼热白槽沟，北距达里诺尔湖六十五公里，从远处山头望去，莽莽苍苍的西沙窝子白花花的景象下点缀着片片点点的绿色，远方的天空一片灰蒙苍青，展示着天地的万古雄浑。沙丘若垄似链，矮桦蹲榆零星地散布于沙丘的阴坡或沙坑子里，大地仿佛是平的，是布置于周围连绵群山间的一块盆地。西拉木伦河不是如其他河流源于群山森林，而是孕育于沙海中，沙地下沉，出现一个宽广有百余亩的盆地，盆地向东断裂成一道沙石峡谷，峡谷两侧红柳、白桦、沙榆杂生，密密匝匝，郁郁葱葱，成了一条绿色通道，一直向东构成了西拉木沦大峡谷。

鲍三疯子率众匪从峡谷两端流沙中下到谷底，来到谷底上一块平台上，指引众人坐观谷底西拉木沦河的源头——在狭长的沟槽内，平缓的沙地成了一片沼泽，不计其数的泉眼鼓涌着白沙洄洄涌流，或鼓涌出二三尺高的水柱，或顶起草帽般大的水蘑菇，或像吹沙泡一样，卷起细沙在水中跳舞，百泉竞喷，泉涌水聚，成一条沙溪，舒缓东流，成就一泻千里西拉木沦河的辉煌。

鲍三疯子挥着鞭子叫喊：“真他娘的好景致啊！”

他们牵马稍向东下到沟槽里，有阳光照着，有树阴遮着，有甘甜的泉水沐浴，众匪放开马让他们自由自在饮水，匪徒们则俯身一阵牛饮，喝个痛快，还有的把头扎进泉水洗脸洗头。清澈的泉水顿时被污秽染黑了，这些家伙常年在山里打转，一个个长毛邋遢，胡子拉碴，脏兮兮的像个活鬼，不把这片净土污染了才怪。

众匪在源头狼嚎鬼叫地折腾了半晌午，这才整队爬上沟槽子。他们把携带的水壶、水葫芦或羊皮水囊都装满了，肚皮喝得圆鼓鼓的。上马后，鲍三疯子对众匪说：弟兄们，咱们来一阵急行军，晚上找个安乐窝住下，我管保让大伙吃饱喝足，有大鱼大肉吃个够。

众匪听了，齐声喝彩：“听鲍三爷的！”

鲍三疯子带众匪径直向西北沿着一条沙沟鱼贯而行，从白土井子西奔达尔罕方向而来。这一带全是沙丘，陌生人进来，非迷路被困在沙海中不可。鲍三疯子仗着熟悉道路，还有他的那几条狼狗领路，畅行无阻，在天黑下来时，他们已赶到了达里诺尔湖西南的道苏根。

他们转过一个沙山，掠过一片长着芦苇和马莲墩的沼泽地，在一个沙山凹地有一片沙榆林。林间闪出一点灯火，传来一阵狗叫，鲍三疯子打个口哨，几条狼狗一齐向榆林中扑去，一会便传来一阵狗的撕咬声和一长一短两声长啸。

鲍三疯子回头向众人说了一声：“他们还在这哪！”便“叭”地朝大青马打了一鞭，纵马向灯火处跑去，众匪也像闻着腥味的豺狼打马呼呼啦啦赶奔过去。

在一个用石头砌围成的院子门口，一个面色黝黑又穿着黑色蒙古袍的大汉正抱着一条牛犊般大的狗蹲在那里，鲍三疯子的两条狼狗也蹲在一边。

黑汉子朝鲍三疯子喊了声：“是鲍所长吗?”

“正是俺老鲍，是胡图拉嘎兄弟吗?”

“是我呀，我说过晌头上有金雕盘飞，真个是我们的草原金雕回来了！”

二人欢快地拥抱在一起，用蒙古语亲切地寒暄了一阵子。

那个叫胡图拉嘎的汉子朝院里用蒙古语喊了几声，院墙后站起两个端着步枪的男人和一个提着短枪的女人，他们走到众人面前与大家见面。那个中年妇女是胡图拉嘎的女人，另外两个年轻小伙子一个是胡图拉嘎的儿子，一个是他的帮工，他们身体健壮，手里的家伙都上了顶门火，见是自己人才退出子弹。

鲍三疯子边跟胡图拉嘎一家人进院，边对郭凤宝说：“到这就到家了，老胡是我的结义大哥，原来是锡盟满洲国治安军的骑兵连长，我们当年一块拉杆子的兄弟。”

众匪进院后，把马交给伙计遛马，扑打扑打身上的沙尘，才鱼贯进入土屋。三间屋子着不开这么多人，胡图拉嘎干脆让儿子在院里生了一堆火，让女人把烧好的茶端到院里，在院内火堆旁放好炕桌，摆上奶食品和莜面干粮等，大家围坐在火堆旁喝茶吃干粮，先垫吧垫吧歇歇。那边，胡图拉嘎已从圈里拉出一只又大又肥的大尾巴羊，很麻利地放倒，用尖利的短刀割断羊的颈动脉血管。那女人用土瓷盆接羊血，胡图拉嘎剥皮、开膛，将整只羊剁成拳头大小的肉块。只用了一袋烟的功夫，羊肉便下了大锅，一会儿屋里便飘出了肉香。胡图拉嘎老婆把添兑好作料的羊血灌入羊肠子里，在肉锅里煮，做成草原美食手把肉、羊盘肠。胡图拉嘎的儿子和帮工骑马到达里湖下的围网中捡回一柳条筐鲫鱼和华子鱼，个个都一尺多长，鲫鱼个体有一二斤重，勾引得众匪哈喇子都流出来了。

在匪徒们瞪大眼睛的目光中，一盆盆热气腾腾的手把肉、羊盘肠被端上来了，还有沙葱、咸芥菜疙瘩佐食。一盆盆炖达里湖鲫鱼也被端上来了，几坛子马奶酒和散白干随后被端上来。在胡图拉嘎与鲍三疯子用蒙古习俗行礼致意后，众匪便大呼小叫扯开嘴岔子，狼吞虎咽大吃大喝起来。

胡图拉嘎和他的老婆一个端酒碗一个捧酒坛，逐个用蒙古语说着祝福的话敬酒，非常热情。他们的儿子与那个帮工很少喝酒，很警惕地盛肉、上菜、倒奶茶侍候着。多美的夜色呀，高天上繁星灿烂，大地一片苍茫，空气中夹杂着草原独有的草腥气和达里湖飘来的鱼腥味，只可惜被这伙人渣败坏了景致。

直到三更天，匪徒们才个个喝得东倒西歪，在屋地、畜棚和草棚睡下，顿时，呼噜声和梦呓声相继响起……

东屋里的油灯还亮着，鲍三疯子和胡图拉嘎两个人对坐在炕桌边，那个女人也斜挎在炕沿上，他们用蒙古语低声谈论着什么。一会儿，鲍三疯子回身扯过沉甸甸的捎马子，从里面拿出几个布包，放在炕桌上一一打开，有一包银圆、一包金银首饰、一包大烟土，还有一包子弹，子弹有短枪弹，多数是长枪弹。

鲍三疯子对胡图拉嘎说："大哥，照老规矩，咱哥俩平半分，还是都放你这存着。烟土你拿着换粮食和别的东西，子弹送给你们用。嫂子，你从首饰里挑几件戴啊，这里面有好看的。"

胡图拉嘎大眼皮耷拉几下，吩咐老婆都收起来说："兄弟，你存放我这的东西我一点都没用，都给你保管着呢，我这日子过得挺好，各路的兄弟们也不时帮忙，说实话，这可比过刀头添血的日子自在多了。你的财宝有你的用途，大哥我只盼你早日拉起队伍来，咱们好再在草原称王称霸，到时候别忘了我就知足了。"

"大哥说哪里话，我这回带队伍回来，就是奉国军命令到北草地去联络布里亚特额仁钦道尔吉王爷，引导他们从锡察草原杀到克什克腾草原，把共军后方搅他个稀巴烂，好好捞一把。"

"唔，这倒是一招妙棋，布里亚特人战斗力强，能打仗，他们是一群草原狼，杀到哪都是血流遍地，只是请神容易送神难啊！"

"咱们请他们打先锋，等打下经棚、林西，就把他们带回锡盟多伦、张北交给国军。这样既让布里亚特人帮咱们打下了地盘，又完成了国军交给的差事，一举两得呀。"

"那也是，此番你们去北草地，我就不去了，我们不能轻易失去这个落脚点，一旦风紧，我们也有个藏身之地，顶不济，咱哥俩带着金银财宝到包头、北平或者外蒙，都照样过日子。”

“对对，大哥深谋远虑，你在家我在外，相互有个照应。”

说完话，胡图拉嘎夫妇和鲍三疯子抱着财宝来到后院，后院紧靠沙坡半腰有一株极大的榆树，榆树下堆着一堆干榆树枝。胡图拉嘎和鲍三疯子扯走树枝，用马灯照着找到树下一个木板门，掀开后，三个人钻进去。昏黄的灯光下，地窖里木架子上摆着几只木箱子，胡图拉嘎打开一只箱子，他老婆将金银首饰放进去，再揭开一口缸，把大烟土放进去。胡图拉嘎从一个长条木箱里取出一挺日本歪把子机枪，掂了掂交给鲍三疯子说：“这枪我十来天擦一回，用牛油涂抹，好着呢。”

他又从箱子里取出一支马步枪、一支苏式冲锋枪和两把盒子枪，枪都保养得很仔细。鲍三疯子逐个摸着，爱不释手地说：“咱手里有了枪，就能拉杆子成为草原之王，就谁都不怕。”

三个人都会意地笑了。

他们从地窖里爬出来，盖上盖，把榆树枝又抱回原处，回到屋里又谈了一会儿，才熄灯睡下。

第二天一大早，匪徒们多数还在睡觉，鲍三疯子把众人喊起来，放马，喂料，帮女人烙饼，还有几个帮着胡图拉嘎宰杀了一头三岁的犍牛，把牛肉和脏器都放在大锅里煮了两锅。

牛肉煮熟了，粗白面饼也烙完了，众匪喝了牛肉汤、羊肉汤，吃了面饼，有的酒鬼还把昨晚喝剩下的残酒都啁了坛子底，这才打着饱嗝牵马备鞍准备出发。他们每人分了几个面饼、一块熟牛肉，又带足了水。鲍三疯子和胡图拉嘎夫妇从屋里出来，当着大伙的面，鲍三疯子从怀里掏出十块银圆塞到女人手上说：“嫂子，让你又杀牛又宰羊又烙饼的，让你受累了，这几个钱算是辛苦钱吧!”

胡图拉嘎推让说：“鲍爷别这么说，俺们能伺候国军也很荣幸呢，各位兄弟，有招待不到的地方，多多海涵啊！……”

众人忙还礼说，谢了谢了。

鲍三疯子一行人马从多伦诺尔南向西出了旗境，进入锡林郭勒盟正蓝旗境内，然后又拐向北，在达王庙南的一片草原预定地点，找到了布里亚特蒙古族部落。

二　布里亚特人

在周边都是沙丘的一个塔拉里，中心是一个有几百亩水面的泡子，周围绿草如茵，多座蒙古包错落有序地围拱着中心一个大蒙古包，包里的茶炉“咕嘟嘟”冒着热气，一个四十多岁膀大腰圆的男人斜躺在毡毯上眯着眼念经，左手里捏着一串念珠，粗大的手指一粒一粒地掰着念珠。他侧面放着的一个军用桌子上，一架收发报机“嘀嘀滴”响着，闪着红光，一个穿着国民党草绿色军服、戴着船形帽的女兵正戴着耳机收发报，旁边站着一个穿蒙古袍却戴着国民党军大盖帽的家伙，一只手摁在匣枪木盒上，一会儿看念经的男人，一会儿看收发报的女人。

毡包外面，背枪的男人有的遛马骑马，有的在水泡子边给马洗澡打鬃毛，女人们则挤马奶牛奶、做奶豆腐或做其他活计，孩子们则成帮结伙玩耍，摔跤、射箭或端着步枪练习瞄准，每个蒙古包前架着一堆枪，还有几挺机关枪和重机枪架在那，兵营不是兵营，民居不像民居。

这时，坐在收发报机边的女报务员收完报，拿着电报纸站到念经的男人面前，小心地报告：“报告将军，收到多伦转来的电报，热察边区挺进军司令白金辉奉令派出给我们做向导的部队已经出发，估计这几天就到。”

“唔，知道了！”念经的男人睁开眼，眼角还带着鸡眼屎的黄眼珠子射出阴鸷的光芒。他坐起身子，旁边的卫士马上往他手边的铜碗里倒上热茶，他端起来，滋滋溜溜喝了几口，站起身来，伸了个大懒腰，他的骨关节爆出“咔吧咔吧”几声脆响。他一猫腰，钻出蒙古包，掐着腰望着蓝天白云。

他，就是布里亚特蒙古部落头人额仁钦道尔吉。

他身材魁伟，圆盘大脸，长着蒙古人典型的细长的眼睛，扁平的鼻子，上唇和下巴颏蓄着挺好看的胡须。由于长期骑在马上奔波，他上身粗壮得如一头犍牛，两条腿显得短而弯曲，无论怎么看，都是一位孔武有力的武士。额仁钦道尔吉和他的部族原本生活在俄罗斯帝国远东地区贝加尔湖一带，布里亚特是蒙古族的一个古老部落，在成吉思汗时代，布里亚特人是成吉思汗强大军队的一部分，骁勇善战，东征西讨，为蒙古草原帝国立下过汗马功劳，被封赏在贝加尔湖西和呼伦贝尔草原驻牧繁衍生息。苏联十月革命后，俄国白匪高尔察克、谢米诺夫等白军残部被苏俄红军击败后退到布里亚特地区顽抗，闹得民不聊生，布里亚特人居住的草原变成了战场。1921 年初，许多布里亚特人为避战乱，陆续迁入呼伦贝尔盟的几个旗县生活，其中的一个部落在其头领额仁钦道尔吉的统领下，与反对革命的白卫军联合，反对布尔什维克领导的苏维埃政权，借助西方帝国主义十四国武装干涉苏联的机会，参与反革命叛乱。后在苏联红军的猛烈反击下，布里亚特蒙古部落站不住脚，带着三六十户族人，赶着畜群退入我国呼伦贝尔盟，以后逐渐南移，又迁移到锡林郭盟乌珠穆沁旗。日本帝国主义占领东北以后，他们又移驻到阿巴嘎纳尔旗的巴音希勒草原，建立了布里亚特旗。因日本参加十四国武装干涉苏联，派军队侵入俄罗斯远东地区时，与布里亚特头人额仁钦道尔吉的父亲老道尔吉有过密切合作，所以日本人对布里亚特人采取拉拢利用策略，对部落头人额仁钦道尔吉十分青睐，联系很密切。为了利用布里亚特人，日本关东军不断用先进武器装备武装他们，所以在日伪统治时期，这个部落男女均可佩带长短枪支，日本侵略者用蒙古人打蒙古人，指使布里亚特人用武力攻击其他蒙古人，强占草牧场，成为草原上一股浊流。

光复后，国民党反动派为了在边疆地区发展反动势力，极力拉拢布里亚特人，派人将其组编为“热察蒙边第一旅”，委任额仁钦道尔吉为少将旅长，还把他选入国民党中央委员会当了中央委员。国民党派军官到其部落帮助练兵，多次用飞机给他们空投枪炮物资，指使其对解放区进行骚扰、抢掠，进行疯狂破坏活动。当了国军少将和国民党中央委员的额仁钦道尔吉踌躇满志，带着对共产党的仇视，在锡察草原横行霸道，为非作歹，烧杀抢掠，给草原带来极大灾难。这些日子，为了配合国民党军队对解放区的进攻，额匪带部众逐渐向克什克腾草原推进，企图摧毁我根据地中心区域，进攻经棚和冀热辽解放区和冀热辽中央分局所在地林西，为国民党建立功勋，鲍三疯子就是奉命来为布里亚特人进犯我解放区充当向导的。

额仁钦道尔吉接到张家口国民党警备司令的电报时，心绪烦乱地寻思，他和他的部族在锡察草原上回旋余地已够大的了，还犯得上去克什克腾草原去捅马蜂窝吗？林西是共军冀热辽军区司令部所在地，经棚有共军的朱德骑兵师驻防，惹着哪个地方都会招来巨大的危险，况且，现在他已被共军盯上了，已经欠下了共产党一笔血债。

1946 年冬，晋察冀解放区聂荣臻司令员指挥晋察冀军区主力部队迎战进犯解放区的国民党第十二战区傅作义的军队，双方以主力对主力，以侧冀进攻对侧翼进攻，战斗十分激烈。解放军一个骑兵旅长途奔袭进入锡察草原，围攻北草地的国民党军部队，在恩格塞、格化司台一带，围歼了敌后卫部队一个加强营，缴获了七门钢炮、五挺重机枪在内的许多枪炮弹药和军需物资。战斗结束后，部队要继续追击敌人，只好把这些物资寄放在德王府，留下了一个排的战士与几名军医护士护理数十名伤病员，并保护军火物资。德王府的人慑于我军军威，不敢造次，小心谨慎供应食物和医药。但是已被国民党收买的王府管家暗地里派手下送情报给额仁钦道尔吉，额匪接到情报马上率五百多骑兵杀奔德王府，在王府内奸的策应下，攻入府内，惨无人道地杀害了警卫部队战士和数十名伤病员，将军火物资全部抢走，制造了一起惊天血案。

接着额匪率骑匪六百余众，还纠集周围几股反动武装，企图攻占贝子庙，遭到我军迎头痛击后，转而在贝子庙周围大肆骚扰袭击，袭击了我军的马场，抢走军马六百多匹。

布里亚特钦仁道尔吉匪帮成了扎在我解放区的一颗钉子，严重干扰了我解放区的军政建设，阻断了东北连接华北的战略通道，国民党张家口警备司令和蒙藏工作委员会敌特们欢欣鼓舞，又是派飞机空投军火物资输血，又是派人封官许愿打气，气焰嚣张，目空一切。国民党趁机鼓励他向东发展，进入昭乌达盟克什克腾草原和林西林东地区进行骚扰破坏，以破坏我解放区后方建设，并与东北国民党军结成联系。国民党军通过其特务组织让热北巨匪白金辉派人充当额匪进兵克什克腾草原的向导，额仁钦道尔吉把营盘扎在锡盟与克什克腾的边界地区，就是等鲍三疯子的匪队。此刻，他心里盘算好了进军克什克腾草原的步骤，脑子里已堆满了抢掠这个商埠、获得大量财宝物资的美妙场景。

"王爷，他们来了。"副官用手指着西南方向，那里一队骑兵披着血色的夕辉迤逦而来。

"嗨，要不是请他们当向导谁会稀罕这帮马贼！"额仁钦不屑地说，"待会儿他们到了，引他们到我的指挥部前候命，让他们的头儿来见我。"说完，返身钻进包里喝茶去了。

鲍三疯子带匪队在额匪副官的引导下，来到毡包组成的营地中。布里亚特人对这帮不速之客充满敌意，他们在几十年里过着颠沛流离的日子，其间充满战火的蹂躏、寒冬大雪的摧残、烈日暴雨的洗礼、疾痛疫病的折磨，蒙古人固有的倔强、顽强与豪放不羁的性格，更使他们于仇恨磨难中发泄其狼一样的本性，对所有的外族人都持不信任的态度。布里亚特蒙古人的服饰别具特色，男人戴呢子尖顶帽，身穿长袍，腰系布带或皮带，足蹬马靴，显得特别孔武有力。女子则头系绸巾，身着溜肩式长裙，别富韵致。他们习惯了流浪生活，生活独立性特强。鲍三疯子一帮乌七八糟的人的到来，使他们对其百倍警觉，不管男女老幼都纷纷拿起刀枪，以敌视的目光看着他们。副官用蒙古语解释了一阵儿，布里亚特人才稍解敌意。鲍三疯子匪队很是紧张，他们一手牵马一手握着刀枪，丝毫不敢大意。

鲍三疯子哈哈笑几声，对额仁钦的副官说："怎么，你们布里亚特人就是用这样的礼节欢迎远道而来的客人么？"

副官连忙右手按在胸口上，深施一礼解释道："请您原谅，我们这些年见的敌人比朋友多，我们对朋友是热烈欢迎的。"他挥手招呼几个布里亚特人接过众匪的马缰绳去遛马，又引人们到一片草地上铺着毛毡的地方坐下歇息。几名布里亚特妇女提着大铜壶顶着大碗到众匪面前，施礼后逐个敬奉奶茶，又在人圈里摆上一个木桌，端上切好的奶豆腐、炒米和黄油及一大把用柳枝儿做的筷子。鲍三疯子满意地笑了。

副官对鲍三疯子说："我们的头人——国军少将司令、国民党中央委员额仁钦道尔吉王爷请您和您的手下军官到司令部见面，请！"

鲍三疯子和郭凤宝抖抖身上的尘土，整理一下衣帽才跟着副官走向额仁钦的大毡包。

此时的额仁钦道尔吉已换上了国军少将礼服，大马靴擦得晶亮，大盖帽戴得端正，肩章上缀着一颗纯金的将星，更显得于威严中带着几分野性，还有几分滑稽。他的左右各有四个彪形大汉穿着国军军服，却戴着蒙古尖顶毡帽，都挎着美式冲锋枪，腰间挂着俄罗斯哥萨克式马刀。

副官先是用蒙古语大声报告，得到许可后伸手弯腰请鲍三疯子等人进帐。

鲍三疯子倒是见过些世面的，郭凤宝等三人有几分紧张，包里铺着红地毯，挺气派的。他们小步走到额仁钦面前的红地毯铺的地上，鲍三疯子先用蒙古人的礼节行礼，又向额仁钦行军礼，最后抱拳行江湖礼仪说：“尊敬的司令官阁下，英雄的布里亚特旗王爷，我叫鲍玉林，与您同是伟大的成吉思汗的子孙，我奉冀热辽边区国军反共先遣军司令白金辉长官的命令率队前来向您报到，执行您的将令，进军克什克腾草原，与共军作战。”说完又“啪”地立正行礼。

额仁钦道尔吉见鲍三疯子挺懂礼数，又都是蒙古人，就站起身来还礼，边寒暄问候边走上前来热情地与鲍三疯子拥抱，接着说道：“欢迎克什克腾草原的英雄，白司令威震热北草原，我早有耳闻，有兄弟们相助，我布里亚特勇士如虎添翼，必定捷报频传，马到成功！上酒上肉上茶，热烈地欢迎弟兄们！”

于是，毡包外面一齐端上了热气腾腾、香喷喷的手把羊肉和一坛坛酒，一些布里亚特武装的大小头目也上前陪鲍匪部众，如同亲人似的共同吃喝起来。

额仁钦与鲍三疯子等人围坐在一个漆成朱红描着银色莲花的大炕桌边，桌上摆满了手把肉、奶食品、一碗碗白酒。俄式高脚玻璃杯盛放着红葡萄酒，这是布里亚特人用山里的野葡萄酿制的。还有用羊肉、羊下水和草原上的野韭菜做馅的“布里亚特包子”，是布里亚特人特有的美食。额仁钦脱下了将军服，换上了黄缎子做的蒙古袍，他用左手大拇指向嘴角两边抹两下胡须，端起酒杯向客人致几句祝酒词，优雅地向鲍三疯子致意后，仰脖饮下红葡萄酒，鲍三疯子等人照猫画虎地跟着也喝干了红酒，但觉得甜不甜酸不酸的没个酒味，再喝就换成了大碗里的白酒，三碗下肚，便点燃了心中的火焰，大家都血脉贲张起来，先是额仁钦沉声唱起了蒙古族歌曲，接着外面陪酒的布里亚特人也唱起来了。

额仁钦站起来拉着鲍三疯子说：“咱们到外面去和我的布里亚特勇士们一齐喝酒去。”

外面围坐在地毯上的土匪和布里亚特人都喝出了兴致，他们中的人有的边唱边跳，有的边唱边哭泣，还有的伸手抓挠倒酒的布里亚特妇女，真是丑态百出。

额仁钦走到当场，从卫士手里拿过一柄哥萨克马刀，在一个布里亚特人拉动的手风琴伴奏下，跳起了马刀舞。接着十几个布里亚特人也挥舞马刀加入了伴舞，他们曾长期生活在俄罗斯，对俄罗斯风格舞蹈跳得十分在行，很有力道。节奏感极强的马刀舞在手风琴和人们的巴掌节拍下跳得极富动感和力度，更激发了布里亚特人的热情，酒会进入了高潮。

额仁钦跳完舞，把马刀扔还给卫士，抄过酒碗又喝了半碗酒，抬头看见天上一对鸿雁飞过营地上空。他一挥手，一个布里亚特兵士递给他一支俄式步枪，他很麻利地推弹上膛，瞄准，“啪”的一声，一只鸿雁栽下来，又一枪，另一只鸿雁也栽落草地。额仁钦把枪扔给部下，瞅了一眼鲍三疯子说：“这枪不坏，挺有准头。”

鲍三疯子拿过步枪，推弹上膛，一招手，郭凤宝把他的酒葫芦递过来，他掂了掂说：“到了额仁钦王爷这用不着这破玩意了。”说完“嗯”地将酒葫芦扔向空中，又抬枪略一瞄准，“啪”的一枪打向酒葫芦，那物件在空中跳了一下跌落于沙地上。跟着，鲍三疯子打个“嗯唷”，他那两条狼狗一齐窜了出去，把酒葫芦和死鸿雁都叼了回来。酒葫芦在中间被子弹穿了一个眼，额仁钦看了后使劲在鲍三疯子肩上拍了几巴掌，笑着说：“鲍爷果然好枪法，真英雄也，佩服佩服！”

“哪里哪里，还是王爷兵强马壮，刀枪亮眼，是咱们蒙古人的大英雄啊！”

“哈哈哈，那以后咱们共同在战场上打共产杀八路，一展雄风啦！”额仁钦道尔吉与鲍三疯子抱在一起。

“杀人是咱们的老本行，一切听王爷您的。”鲍三疯子恭维道。

营地里又是一阵阵欢呼……

第二天，额仁钦道尔吉召集手下与鲍三疯子等人开会，布置了进兵克什克腾草原的作战方案，计划兵分三队进兵：第一队由鲍三疯子匪队一个小队配合额仁钦部下乌尔图共二十五个人组成尖兵，边侦察边开路；第二队由额仁钦和鲍三疯子率大队跟进；第三队是布里亚特部落拔营赶着牲畜转场跟随大队出发。

布里亚特人拔营出发时的场景算是让鲍三疯子开了眼，布里亚特人几十年游荡于俄国、蒙古和中国的大草原上，因了蒙古民族固有的剽悍性格因素，他们过惯了游牧和战争生活，扎营安寨与拔营搬家成为生活常态，因而组织严密，从不拖泥带水。他们拥有俄式四轮马车，马车既可载货载人，又依照苏联内战时期的作战方式，把重机枪固定在马车上，增强了机动性，在草原上作战，能发扬重机枪的火力优势。布里亚特人拥有四辆机枪车。布里亚特人的马匹好，有上百匹顿河马，此马种身形高大，四肢强健，弹跳好，爆发力强。还有锡盟和呼伦贝尔盟出产的三河马，此马粗壮，负载能力强，奔跑耐力强。布里亚特人的骑兵大多骑乘高大的战马，鲍三疯子的骑兵战马比起来未免相形见绌。还有就是布里亚特人的武器装备先进，他们配备有苏式步马枪、日式“三八式”步马枪，还配备了美式伽兰德式卡宾枪、冲锋枪，还有日式机关枪、美式轻机枪、“六〇”炮、日式掷弹筒等。骑兵大多配备苏俄哥萨克式骑兵刀，少部分配备日式骑兵刀和蒙古弯刀，而且布里亚特人不论男女老幼，都持有各式武器，可谓全民皆兵。他们的帐篷用日本关东军使用的两轮胶皮轱辘马车装载，同时赶着马群、牛群、羊群及骆驼。转场随大队人马的行军中，少男少女们都骑着马，边行军边乘马打逗玩乐，个个身手矫健，骑术极高。

额仁钦道尔吉骑着一匹黑色顿河马，那马扬鬃炸尾、迈着小碎步显得很轻灵，比鲍三疯子骑的大青马高出一头。额仁钦穿上了哥萨克式骑兵作战服，前胸挂着一架德式望远镜，斜挎一把大镜面匣子枪和一柄很长的哥萨克马刀，马鞍上还挂着一支俄造步马枪、一把蒙古弯刀、一支美式冲锋枪、一捆套马绳索，捎马子里装着肉干和炒面，另一头则装着几个美式手雷。这家伙简直把自己武装到牙齿，仿佛成了一个战神。

布里亚特人三队人马依次行军，草地沙窝里扬起一条烟尘，穿越浑善达克沙地，向达里诺尔西岸草原奔来。

在穿越沙地时，额仁钦命令乌尔图率前卫骑兵队越过沙地，前出到达里诺尔西南鲤鱼泡子一带侦察，以便大队安营扎寨。

三 亮子河战斗

浑善达克沙地广布千里，地势起伏，沙丘连绵，沙海中生长着白桦、山杨、沙柳和榛柴灌木，生长着稀疏的沙榆，沟谷里植被茂盛，荒原上则是白茫茫的沙原沙丘。人徒步行走在沙地中会十分困难，骑马则十分便捷。乌尔图带领二十五人的骑兵侦察队在鲍三疯子的人的引导下，以急行军的速度穿过沙区，进入达里诺尔西南的草原地带。

乌尔图打马冲上了一个沙丘，举起望远镜仔细观察，东北方向的达里诺尔湖明亮亮的，湖南岸的曼陀山如长龙卧坡，湖北岸的砧子山突兀而立，东南面的鲤鱼泡子蓝晃晃的，草原上除了有一群牛羊静静地吃草外，看不见一个人影。时令到了6月份，草原上一片片碧绿遮盖了遍地枯黄，呈现出欣欣向荣的景象。

乌尔图边观察边自语："真是神仙住的地方，难怪司令要进兵克什克腾草原，此地果然是个宝地。"

他观察了一番，确信没有敌情后，打马下沙丘，率队奔向达里诺尔连接鲤鱼泡子和亮子河的地带。他想从两湖之间涉水过河，选择湖东水草最肥美的地方安营扎寨。

他做梦也没想到，他正率匪队奔向死亡陷阱。

亮子河边和鲤鱼泡子岸边，茂密的芦苇丛中，一排排乌黑的枪口已将土匪骑兵牢牢地套在准星中。

在这里布下埋伏的是克什克腾旗三十六团政委查干楚伦带领的一个步兵连，他们是接到在浑善达克沙地打猎的两个炮手的报告，说是西沙窝里有土匪正往达里方向来，便赶到现地守株待兔，迎战敌匪，因为此地是进入克什克腾草原的捷径。查干楚伦用望远镜发现敌匪后，立即指挥部队进入芦苇丛中设伏，摆下了一个"V"字形的伏击圈，阵式极易发挥作战火力。

土匪丝毫未察觉钻进了埋伏圈，仍信马由缰迈着碎步向河边涌来。在距河边芦苇丛百十米距离时，查干楚伦政委举起手枪"啪、啪"两枪，顿时，上百支枪齐射，第一轮射击便把十多个敌匪打下马去。乌尔图在枪声爆响一刹那便伏在马鞍上，左手猛一勒马嚼子，战马顺势倒在地上，躲过了刮风似的扫过头顶的弹雨。他拔出匣子枪，伏在马身后观察前方，发现子弹是从河边苇丛中打出来的，他"啪啪啪"打出一梭子子弹，用手拍了一下马脖子，战马爬起来向后就跑。乌尔图换上一梭子弹边射击边打着马跑，加速后跳上马背，领着残存的土匪向南边鲍鱼泡子那边撤逃。没想到从泡子边苇丛中又射出一片弹雨，将土匪连马带人撂倒一片，乌尔图跟在土匪马队后边，侥幸又逃过一劫。他勒转马头，用皮靴的马刺猛磕战马，那马如疯了一般，扬起一溜烟尘向来路狂奔而逃。

这边，埋伏的战士们冲出苇丛，呐喊着冲向残存的敌匪，有顽抗的被乱枪击毙，有六个土匪扔掉枪支，哆哆嗦嗦举手投降了。

查干楚伦政委提着手枪指挥战士们打扫战场，共打死敌匪十八名，俘虏六人，只有土匪头目乌尔图逃跑，缴获战马八匹，伤马五匹，我军无一伤亡。查干楚伦政委审讯俘虏，得知是布里亚特额仁钦匪帮，但狡猾的敌匪只交待是来抢掠的，未交代大队土匪在后边。

打了胜仗，大家非常高兴，他们一边打扫战场，清理缴获的武器弹药和马具，一边在河边埋锅，生火做饭，只在宿营地派了岗哨，未向远处增派瞭望哨，为战斗失利埋下了隐患。

乌尔图如同一只惊枪的兔子没命向沙地深处逃跑，在进入沙地二十里地左右，碰到了正徐缓行军的额仁钦、鲍三疯子大队人马。乌尔图狂奔到额仁钦面前甩镫离鞍跳下马来，单腿跪地向额仁钦报告，尖兵小队中了埋伏，全部被打死，只有我一人拼死突围回来报警。

额仁钦一听大怒，他乘马上前朝乌尔图劈头盖脸一顿鞭子："废物，布里亚特蒙古勇士的脸被你丢尽了，就你一个人像丧家犬一样跑回来……"

鲍三疯子上前拉住暴跳如雷的额仁钦，问乌尔图在什么地方中了埋伏，有多少共军。乌尔图跪在地上，连脸上鞭子抽出的血都不敢擦，低声报告了中埋伏的过程，说共军有一个营，有机枪大炮，火力凶猛，他们的人连还击都没来得及，就被打成了筛子。

额仁钦凶狠地说："我要趁着共军刚打完胜仗还高兴的功夫就杀过去，打他个措手不及，要用锋利的马刀和冰雹一样的子弹找回布里亚特人的尊严。"鲍三疯子说："那个地方打伏击摆不开一个营的兵力，充其量也就一二个连，我们应该包围他们、消灭他们，请额司令带大队正面攻击，我带一部分兵力绕鲤鱼泡子到亮子河对岸，堵住共军退路，一举将共军包围消灭。"额仁钦点头称是，立即分拨人马，依计行事。

刚刚取得一场小胜的我军剿匪部队，欢快地整理缴获的武器和战马，欣赏着缴获的鞍具。马鞍是骑兵不可缺少的一个装备，他们缴获的鞍鞯大多是桦木制作，皮质也很好，长期使用变得油光水亮，柔软耐用。他们都盼望着由步兵换装为骑兵，那样是既省力又威武，又极大地提高了战斗力。他们等着喝上行军锅里煮的土豆羊肉莜面疙瘩汤，都被饭食的香味和胜利的喜悦陶醉了。大家围拢在一起，兴奋地进行战斗总结，尤其是新兵们，第一次参加战斗，打了胜仗，经历了军旅生涯中的第一次洗礼，觉得打仗没啥，胜利来得挺容易的。

团政委查干楚伦和旗公安侦察员扎斯来还在审讯一个像是小头目的土匪，这个家伙先是一声不吭，后来就用蒙古语咒骂连声。查干楚伦政委大怒，拔出战刀架在土匪的脖子上用蒙古语喝道："对你这个有血债的狗东西，我有权力把你就地处决，砍死你比捏死一个臭虫都容易，你要想活命，见到你的老婆孩子，只有老老实实当你的俘虏，你明白吗?"

土匪小头目这才发现这个解放军当官的是蒙古人，有生杀予夺的权力，吓熊了，脖子也不梗梗了。他低下头用蒙古话说："长官，看在我们都是蒙古人的份上，请宽恕我的无知，你需要什么我都愿意回答。”

查干政委收起战刀说：“那好，我问你，你们是谁的队伍？从哪里来，要到哪里去？老实回答我。”

“是，长官，我们是布里亚特旗额仁钦道尔吉司令的队伍，奉命从沙漠那边开赴克什克腾旗，攻打共产党的后方。”

“你们是先头部队么？”

“是，长官，我们是先来踩道，大队人马三天后开到。”这小子撒了谎。

“你们有多少人？”

“连老幼妇孺在内，二百户五百多人，能打仗的不到二百人。长官，我只是个小人物，别的我啥也不知道了，真的！”

“把他押到那边去吧。”查干楚伦政委一挥手让战士把俘虏押下去。他通过审讯确认了军区敌情通报的布里亚特人要进入克什克腾草原袭扰的真实性，他们打的正是布里亚特人的尖兵。敌人用汉人向导，说明当地土匪已和布里亚特人合流了。他对步兵连长下令，在半小时内吃完饭，然后迅速向经棚镇方向转移，将敌情及时向县委和军分区报告。

战士们忙排队盛菜汤吃干馍，这时，站岗的战士跑来报告：西部方向发现有尘烟，像是有军队行动。

查干楚伦政委放下饭碗，疾步跑到一处高沙包用望远镜向西观望，望远镜清晰地显现了烟尘里闪现的骑兵正向这个方向疾驰而来。

他“霍”地收起望远镜，跳下小土包，大声向连长下令：“敌人来了，快准备战斗！”

战士们放下饭碗，操枪列队，听候命令。

查干楚伦政委对连长色楞说：“看样子，敌人不少，力量大大超过我们，此地两边是湖沼，后面是亮子河，地形对我们非常不利。敌人兵力比我们大，此地不可久留，命令三排携带俘虏和战利品先过河去河东接应我们，一排二排在现地先顶敌人一阵，伺机撤往河东岸。立即行动！”

战士们依令而行，那几个俘虏也被押着过亮子河，那个小头目见他们的大队追杀过来了，脸上露出了阴冷的笑容。查干楚伦政委心中悔恨轻信了土匪的口供，未及时转移，以致把自己的部队置于危险的境地。他愤怒地走到土匪小头日跟前喝道：“你竟敢欺骗我们，你不要命了吗？”

“共产党，你们马上要被额仁钦司令的人马包围了，快投降吧，我们也优待俘虏。”这家伙说着跳起来冲向查干楚伦政委。

站在查干政委身后的色楞连长“哗啦”拽出马刀，刀锋迎向扑上来的身影，“扑”的一声，马刀扎进了土匪的肚子，接着色楞连长双手握刀上扬，土匪身躯跟着长身而起，被连长顺势一脚踢进了亮子河，土匪挣扎了几下，带着血污漂走了。

色楞连长在马靴底蹭了几下刀上的血污，对吓呆了的几个俘虏喝道：“谁敢糊弄我们，胆敢顽抗，这就是下场，都给我老实点！”

查干楚伦政委责怪色楞不该杀俘，但事情紧急，也不得不如此，他和同志们来不及多说，忙排兵布阵，准备迎击敌人。

额仁钦道尔吉率大队人马滚动而至，他没有发起快速冲锋，而是以自己的大队人马吸引我军注意，从而掩护鲍三疯子率队绕向解放军后面，完成包围后再攻击。他先令部队停在约两千米之外，停歇一会儿后，他用望远镜发现东边共军的身后冒出一股浓烟，是鲍三疯子发出的到达位置的信号。

他向身后大喊："上马，准备进攻！"

布里亚特人的马队排好了阵势，前面两行横队骑兵，都拔出了战刀，在夕阳余晖中闪烁着刀光。

额仁钦道尔吉拔出颀长的哥萨克马刀，在马上长身而立，喊道："勇猛无敌的布里亚特勇士们，为战死的兄弟报仇的时候到了，给我冲上去，砍下他们的头颅，喝干他们的血，祭祀长生天！杀！"

说完，他猛用马刀片拍了一下战马屁股，那马一声长嘶，窜出有一丈多远。身后的布里亚特人也呐喊着催马冲锋，草原顿时掀起一道风暴向东面席卷过来。

查干楚伦政委指挥两个排的战士架好了枪，还架起仅有的两挺机关枪，可他们面对的是狂暴的五六百名铁骑，胜算微乎其微，但他们毫不畏惧，准备拼死一战。

战马组成的风暴近了，在冲到距解放军的散兵线不到五百米距离时，突然拨马一齐向左右旋转分开，马头转向左右两翼，给马队后面的机枪车闪出了空当。马队后面是马拖带的机枪车，奔驰到阵地前摆好了位置，马车上的四挺重机枪对准我军阵地。一个骑马的土匪头目举着一杆旗子，大喊着口令向下猛一挥旗子，四挺重机枪顿时咆哮开来，将子弹暴风雨般泼向我军阵地，打得草地上暴起团团烟尘，芦苇齐刷刷地被切割下去。接着，一伙土匪又从马上卸下四门"六〇"炮，"咣、咣、咣"砸过数十发炮弹，炸得亮子河边烟火弥漫，炮弹落进河里，炸起一丈多高的水柱。战士们被这一顿炮弹和重机枪扫射打死打伤了不少，有的新战士沉不住气站起来乱跑，立刻被机枪打倒了。

查干楚伦政委和连长色楞吆喝着大家沉住气，尽力在河边土坎下隐蔽。

几轮炮击和机枪扫射后，额仁钦用望远镜观察了轰击效果，挥手停止了射击，骑兵从两翼又合拢，拉开距离开始了冲锋。

查干楚伦政委对色楞连长说："敌众我寡，我们必须打退敌人的这次进攻，再撤过河去，交替掩护撤退。命令战士们，要想脱险，只有狠狠打击敌人，否则，我们谁也走不了。"

战士们不用首长解释，也知道这是一场硬仗，众所周知，野战中骑兵对步兵，骑兵占据的优势极大。

敌人的骑兵越来越近了，马蹄叩击大地发出轰隆隆的闷响，查干政委和色楞连长亲自掌握两挺轻机枪，在距敌二百多米远时，便发出射击口令。战士们的枪"呯、呯、呯""啪、啪、啪"一阵猛烈射击，有十几匹敌骑像被马蜂蜇了似的栽向地面。有几个敌骑手被击中从马上栽下，脚还挂在马蹬上被疾驰的马拖着。两挺机关枪也打响了，敌骑的冲锋速度降下来了，敌匪在马上用枪与我军对射，但在密集的弹雨下，开始旋回战马，向后退去，丢下一片人马尸体退回去了。

在打退敌人第一次冲锋后，查干楚伦政委命令战士们在机枪射击的掩护下，立即涉水过河。

额仁钦发现自己的第一次进攻就这样损兵折将退回来了，气得七窍生烟，马上命令机枪车、迫击炮猛烈开火。炮弹把河边的芦苇打着了，在西南风中，火越烧越大，额仁钦见了，心生一计，命令骑匪向前冲到枯草茂密的地方，点燃一溜火线，火借风力，风助火威，一道火墙推向我军阵地。

草原火最可怕，浓烟已吹向我军河边阵地，查干政委叫声："不好！"忙下令掩护的战士撤下机枪，冒着浓烟烈火和弹雨渡亮子河，沿达里湖南岸向达里方向撤退。

这时，火线已烧到河边，并借着风力卷起一个个火球，烧向对岸。

部队渡过河，立即向东撤退，刚爬上一道沙梁，突然从前面一道沙岗上射出一排子弹，立时打倒了几个战士。

"不好，前边有埋伏。"查干楚伦心中一惊。

前边洼地棱线布下散兵线阻击八路军的是鲍三疯子率领的迂回匪队。

前有阻击，后有烈火、追兵，三十六团这个连队陷入了包围。

"政委，我们被包围了，和敌人拼了吧！"战士们知道陷入了险境，都做好了拼命的准备，但那些第一次上战场的新兵此时都吓呆了。

查干楚伦发现阻击他们的敌人人数不多，火力也不太猛，后面敌人被大火所阻，一时过不了河，必须趁敌人包围圈未合拢时突围，否则全体指战员凶多吉少。他果断命令先过河的三排扔掉缴获的战利品，放掉俘虏，迅速向东北方向突围，他和色楞连长率领二三排边掩护边撤。色连长对查干楚伦说："政委，你领同志们突围，我和大伙在后面掩护。"

"不行，我必须在后面掩护。"

"政委，你就听我一句话吧，你冲出去向上级报告，组织部队消灭敌人，快走！"色连长说完命令查干楚伦政委的警卫员和自己的通讯员强行将查干政委推上马背，向东北方向顺着达里诺尔西南岸的芦苇丛掩护撤退。

后面，色连长带战士们与鲍三疯子的匪队对射起来，敌人一时未能发起冲锋。

但是，亮子河对岸的额仁钦骑兵在野火烧完后，开始渡河向这里追击过来了。

我军战士们这时纷纷向色楞连长报告，子弹打光了。

色连长望着从三面包围上来的敌匪，大声喊："快投手榴弹。"

"轰、轰、轰"一阵手榴弹爆响，敌人的进攻稍停顿了一下，旋即打过来一阵猛烈的枪弹，将我军战士们压在地上。

"同志们，上刺刀，和敌人拼了，跟着我冲锋！"色连长扔掉了打光子弹的机枪，拔出战刀，迎着冲过来的敌骑兵冲了上去，后面几十个战士也挺着刺刀或举着马刀冲上来。

匪徒们打过一阵机枪，有十几名战士被打倒。这时，色连长已领着十几个勇敢的战士冲进了敌匪马队中，与敌骑兵展开了生死搏杀。

布里亚特骑兵远比鲍三疯子的匪队凶残，他们娴熟地操控战马，抡着细长的哥萨克马刀和蒙古弯刀，疯狂地砍杀我军战士。步兵和骑兵肉搏，那亏可就吃大了，战士们砍翻几个敌匪，就相继倒在敌人的马刀铁蹄下。

色楞连长是骑兵出身，他闪过一个敌骑兵砍下的刀锋，举刀向上扎进敌骑兵的软肋，敌人栽下战马。色连长顺手扯过马缰绳，转了半圈窜上马背，使劲拽了几下马嚼子控制住战马，然后一夹马肚子向前冲去，扬手用战刀格过敌骑砍过的刀锋。在二马一错的时候，手腕翻转，向敌骑兵的颈项抡了个半圆，顺势一划，敌骑兵的脑袋便翻掉在后背上了。一股血箭窜出，敌尸被疾驰的战马带走了。

“好刀法!”远处一声喝彩。

额仁钦道尔吉披着黑色斗篷，手里提着滴血的马刀勒马堵在色楞连长的前面。

“那就来吧!”色楞连长血脉贲张，催马抡刀冲上前来。

“哼，那就让你试试我的宝刀!”额仁钦用双腿一夹马肚子，那高大的顿河大黑马一个弹跳窜了过来，二马错镫，两柄战刀对砍，“乒乒乓乓”磕出一片火花。二马错过后，又旋回来，色连长的骑马不受支配，已处于下风。那额仁钦半截黑塔似的，舞动马刀一阵狂劈乱砍，色连长力竭被砍下马来，未等他爬起来，额仁钦的大黑马已前蹄腾空，向地面狠狠地踏下。沉重的马蹄踏在色楞连长身上，勇敢无畏的色楞连长英勇牺牲了。

旗公安局侦察员扎斯来挥舞着一把蒙古弯刀，砍死两个敌人后，被围拢过来的敌人一顿乱枪，他身中数弹也倒在草地上。

那些刚参军不久的八路军新兵，在冲杀一阵后被逼退到一个沙坑子里，弹尽刀折力竭，已丧失了战斗意志。额仁钦挥着马刀喊：“降者免死!”

面对敌人的马刀和黑洞洞的枪口，六十多个战士无可奈何放下了武器。

鲍三疯子上前挥刀便砍，额仁钦架住刀说：“国军也优待俘虏，他们是我的俘虏了。”

一个步兵连在力杀了五十多名敌匪，除查干楚伦政委带一个排冲出包围外，英勇战死三十二人，被俘六十五人，几乎全军覆没。

额仁钦骑在马上巡视战场，对抓到我几名受伤战士的敌匪说：“我们没有医药给他们治伤，给他们一个痛快的，让他们解除痛苦早日升天吧。”

几名解放军伤员被敌人残酷地砍杀了。

三天后的一个早晨，我军驻扎在托里庙的骑兵天山支队及三十二团也受到额匪偷袭，敌匪在用猛烈的炮火和机枪袭击我军驻地的同时，将在达王庙西南草滩上的给剿匪部队运粮的六百余匹驮马和战马全部赶跑了。

一时间，克什克腾草原和锡盟草原狼烟四起，额仁钦匪帮纠集一大批土匪疯狂进攻我军解放区，摧毁我党地方政权，捕杀我党地方干部和农会、牧改会积极分子，在草原上掀起一股烧杀抢掠的血雨腥风，阻断了我军解放区的战略通道，给人民的生命财产造成极大损失。

额仁钦的反革命暴行，乐坏了国民党反动派，张家口国民党军警备司令部又是发报嘉勉祝贺，撑腰打气，又是派飞机空投军火物资支援，接着又派出了一个骑兵团前出到多伦北策应额匪作战。得了便宜的额仁钦将大本营扎在锡克边界阿巴嘎旗的白音库仑，派出骑匪四处烧杀抢掠，同时，由鲍三疯子带路，三百多骑兵在当地土匪的策应下攻向克什克腾旗白音敖包，将魔爪伸向白音查干草原，觊觎林西县我党冀热辽中央分局和军区所在地。

四 草地追击

额仁钦道尔吉率领的布里亚特骑匪已成为被国民党反动派和内蒙古民族分裂势力利用的一股浊流，他们纠集大批土匪武装和反动势力，在锡察草原和克什克腾草原到处流窜，疯狂烧杀抢掠，屠杀我地方干部和革命军人，严重干扰和破坏了解放区建设，已成为我军冀察热辽解放区的心腹大患。

1947 年 6 月，冀察热辽军区调集二十军分区独立骑兵团、骑兵天山支队、朱德骑兵师以及经棚县支队共三千余兵力组成剿匪部队，以二十军分区司令员兼朱德骑兵师师长何能彬为剿匪指挥部司令员，军分区副政委邱仁华为政委，统一调度、指挥所有剿匪部队和地方部队，对布里亚特匪帮形成绝对优势，力图一举荡平敌匪。内蒙古自治政府也派来处理布里亚特问题的代表十余人随同剿匪部队行动，以便收容和安抚布里亚特蒙古族同胞。

为了实行军事围剿与政治工作同步进行，经棚县委和克什克腾旗也为配合剿匪作战承担了后勤保障工作，并应剿匪司令部要求，派出一部分干部协助做好争取布里亚特蒙古部落基本群众的战斗任务。旗委和经棚县委抽调公安局长韩星、公安科长巴格雅等十余名人民公安战士，抽调梁敬率一批地方干部协助工作，统由县委副书记、组织部长赵芝瑞领导参加剿匪作战。

朱德骑兵师第三团团长黄振斌与梁敬、韩星一起打过白金辉土匪，是老战友了，他们结下了深厚的战斗友谊。筹建朱德骑兵师，在克旗招募兵员，各地都给予大力支持，都把区乡民兵战斗骨干和贫农牧民积极分子保送到在经棚组建的骑兵师第三团，使三团在骑兵师三个团中人数马匹最齐整完备，战斗力也最强。再加上有黄振彬等一些老红军和老八路担任指挥员，在经历近两年的战斗锤炼后，三团已在战斗中成长为能征善战的铁骑兵。

赵芝瑞、梁敬和韩星等与黄团长一见面，互相热情握手问候。黄团长穿牛皮马靴，一身土黄色军装，武装带上挂着左轮手枪，挎着雪枫式马刀，威风凛凛的。他拍着梁敬的肩膀说："梁书记，最近又让白金辉把你折腾够呛吧？听说你们夺宝杀敌，打死了顽匪，祝贺你们呀！"

"哪里呀，我们胜利小，比不了你们正规部队，朱德骑兵师出则能战，战则必胜，那仗打得才振奋人心哪！"梁敬谦虚地说。

"那也得感谢克什克腾旗和经棚县委的无私支持噢！"黄团长对赵芝瑞说，"你们输送给咱骑兵三团的战士年轻有活力，都是苦大仇深、根正苗红的无产阶级兄弟，政治觉悟高，而且都是地方上的战斗骨干，战斗素质高。支援的战马那都是没挑的，尤其是百岔铁蹄马，耐力足好调教，形成战斗力快，真给咱骑兵部队挣足了面子。咱们和国民党正规骑兵部队作战取得了胜利，打土匪那更是小菜一碟，这回打布里亚特骑匪和鲍三疯子，咱们的子弟兵一定打几个大胜仗，给家乡父老乡亲长长脸。”

黄团长豪迈的话，让赵芝瑞他们听了心里热乎乎的。

黄团长等骑兵团首长陪同赵芝瑞等县区领导到经棚镇西杨树林河滩检阅骑兵三团。他们兴致勃勃地到骑兵战士训练场上，观看他们进行战术训练。

河滩上，一队骑兵演练乘马冲锋，从西边好远的地方几十匹战马快速疾驰，密如鼓点的蹄声叩击大地，扬起一溜烟尘。马上的战士高举银光闪闪的战刀，飞驰而近，战刀向两边插的用麦秸扎的假人劈斩。刀光闪烁，草人都被砍作两段。

跃障碍和卧倒等战术动作，在骑驭勇士的战斗口令和提示性动作调教下，战马飞奔跳跃两米多宽的小沟和一米多高的土坎，轻捷利落，快如闪电。一队骑兵做队列训练，在嘹亮的军号和指挥员的口令声中，战马排成整齐的队列，立正，稍息，动作准确整齐。练习卧倒疾跑的战马被驭者一勒马缰，立即收住脚步，又用双脚一磕碰马肚子，得到指令的战马立即向左侧躺倒，骑兵顺势跳下以战马为掩体，顺过步枪瞄准射击，配合是那么默契娴熟。还有一队骑兵训练在马上打机枪，打迫击炮、掷弹筒。抱着机关枪的射手在奔驰的骏马上瞄准目标，点射扫射如入无人之境。抱着迫击炮的炮手将炮筒顶在马鞍上直接向目标发炮射击。骑兵的速度加密集火力，显现了骑兵的强大突击力，骑兵在欧洲战场上失去了优势，但在中国战场上，骑兵的打击力还是很强的。训练场边还停着几辆马拉重机枪车和三门日式小炮，这些重武器在草原剿匪作战中将发挥重要作用。

梁敬见了啧啧称赞：“到底是正规部队，装备好，战斗力强，我是真想再回到部队上，快马真刀地和国民党反动派干几仗，痛快啊！”

赵芝瑞说：“小梁，正规部队的发展更离不开地方的支持，兵民是胜利之本，毛主席的人民战争军事思想是我们战胜日本帝国主义和国民党反动派的法宝，我们要全力以赴支持部队作战，把地方工作做好，这个任务也是很光荣很艰巨的。”

梁敬被赵书记说得挺不好意思，他忙向赵书记、黄团长说：“和主力部队配合作战，消灭土匪，是我们的光荣任务，我们地方干部一定配合好，保证部队打胜仗，没说的，首长们放心就是。”

黄团长说：“梁敬同志做地方工作和打仗都是一把好手，这次剿匪作战，我们一定能配合好，坚决完全彻底肃清土匪的任务，我们的胜利是确定不疑的。说句心里话，在麻绳铺与白金辉的那场战斗，那口恶气憋在心里，不吐不快哦！”

部队训练休息时，领导和首长们看望了战士们，发放了慰问品，克旗籍的骑兵战士们见到了家乡的领导和为能回家乡打土匪保卫胜利果实而兴奋，争先恐后地表决心，要打胜仗争取立功受奖，给家乡争光，为父母妻儿长脸。

目睹朱德骑兵师虎虎军威的乡亲们竞相传递信息：我们的铁骑兵回来了！

说起朱德骑兵师，那可是在波澜壮阔的伟大人民解放战争中的一段历史佳话。

1946 年 11 月 30 日，为庆祝朱德总司令六十岁诞辰，驻扎在林西的冀热辽军区司令员程子华将军发布命令，决定在热河解放区的热中、热西、热北各组建一个骑兵团，以从老八路调的三个连为基础组建朱德骑兵师。任命何能彬同志任师长、卜云龙任副师长兼参谋长、谢滋群任政委、刘克任政治部主任、王映曙任后勤部长、徐兆梦任卫生部长。

命令一下达，解放区各地坚决而有效地执行命令，从县区地方武装中抽调优秀战士和最好的马匹、装备，积极动员广大翻身农牧民优秀青年参军，特别注重从善驭马匹和原伪满骑兵起义战士中，从林区打猎的炮手中吸收政治思想好、战斗素质高的优秀青年保送到部队。不到两个月，朱德骑兵师三个团基本组建完毕，热中骑兵团为第一团，热西骑兵团为第二团，热北骑兵团（即以经棚县、林西县为主）编为第三团。骑兵团不设营，每团辖四个骑兵连队，兵力为五百人左右。骑兵三团人马较多，骑兵达到八百多人，加上师属后勤、卫生和警卫部队，建军初期全师总兵力两千五百人左右，作战骑兵近两千人。

骑兵师所属各团均配备优秀的指挥员，团职干部都是身经百战的老红军老八路，连排级干部都是八路军优秀基层战斗骨干。由于兵员政治素质和军事素质高，以及艰苦而卓有成效的训练，他们的战斗力和军容风纪明显不同于其他部队。经过几次规模较大的与国民党正规军尤其是国民党骑兵的交战，有力锻炼了部队，作战能力显著提高，成为军区执行作战任务的一把尖刀，令敌人闻风丧胆。

在参加辽西作战取得胜利后，骑兵师从前线撤回休整，一团在桥头、初头朗、赤峰一带打击国民党军，肃清土匪，收复失地，保卫根据地建设。二团先从经棚出发，护送热西地委返回热西开展工作，骑兵团返回后在乌丹休整，后开到松山大庙一带开展游击战争。三团留在热北，在林西、大板、天山一带开展剿匪作战，取得了赫赫战果，消灭了大批土匪，其中有马贼和从内蒙古骑兵部队叛乱出来拉杆子的叛匪骑兵。消灭了敌人，也锻炼了部队，杀出了威名，土匪一见朱德骑兵师斗志立马冰消雪散，争相逃窜，真恨爹妈少生了两条腿，他们被人民铁骑兵打怕了。

三团组建后第一场规模较大的战斗，是打白金辉、于秀成匪帮。1947 年 4 月，白金辉为配合布里亚特额仁钦匪帮的袭扰，与于秀成等几伙土匪合股，顺百岔川到双合区下陈营子西拉沐沦河沿，企图过河向林西进攻。骑兵三团接到军区作战命令后，以急行军速度从大板赶到林西下场，然后隐蔽接敌，以突然动作将正在桥头渡河的白金辉匪部击溃，又马不停蹄地顺百岔川赶羊似的发起追击战。白匪被打得鸡飞狗跳，骑马的拼命逃跑，没马的被撵得上气不接下气，干脆坐在地上举枪投降，顽抗的则成了刀下鬼。

连续追击三十里，白金辉、于秀成、庄庆玉股匪逃到万合永的老婆子山凭险顽抗。

老婆子山坐落在双合区万合永百岔河东，海拔高一千三百米，此山三面都是悬崖峭壁或陡坡风化石带，极难攀爬，只有山的西面有一黄土山梁连接到主峰下，再沿山脊可爬上主峰。主峰如同一个道士帽，上面是玄武岩形成的十几丈高的崖壁，有几个小隘口直通山顶，大有一夫当关万夫莫开的阵式。白金辉、于秀成在庄庆玉的引导下，抢占了这个制高点，负隅顽抗。

骑兵团追杀到老婆子山下，见敌匪已占先机，依仗地利居高临下向我军疯狂射击，黄团长及时收拢部队，在双合区小队的配合下，抢占老婆子山的各个要道口，架起机枪和迫击炮向山顶轰炸扫射，在敌人可能逃跑的西山梁和韭菜坡一带，骑兵预先布阵等待敌人突围。

老婆子山地势险要，妨碍我军攻击，但也限制了敌人的回旋余地。敌人在山上无粮无水，又饥又渴，被我军四面围攻，枪打炮轰，撑到第二天下午，实在扛不住了，由步兵掩护骑兵从西山梁突围逃跑，一下子便掉进了我军设下的伏击圈。我骑兵团的数百骑兵把敌人围在核心，一阵砍杀，一百多敌匪命丧当场，一百多人缴枪投降。庄庆玉也被砍成重伤，后逃到山里因刀伤感染死亡，白金辉和于秀成依仗火力猛、马快，拼命杀出重围逃脱，但他们的人马都折损大半，元气大伤。

这次为了彻底消除布里亚特额仁钦匪帮和国民党骑兵对锡察草原和克什克腾草原的袭扰，冀热辽军区调朱德骑兵师参战，在兄弟部队的配合下决心彻底消灭敌人。全师指战员斗志昂扬，磨刀霍霍，准备痛歼敌骑匪，再杀出人民骑兵的威风。

6月初，在剿匪指挥部的统一命令下，我军各剿匪部队分三路出击，西路是内蒙古军区第二师、十六师部分主力部队，从锡林郭勒盟向东压向敌人。中路由朱德骑兵师二团三团和经棚县支队等地方武装配合由经棚出发向达里诺尔、阿其乌拉一线出击。东路骑兵师一团、骑兵天山支队等部队在经棚县部分兵力引导下由林西统部向克旗天合元出发，翻越北大山进入巴彦高勒草原。三路大军进剿，将敌匪由东向西压缩，力争在锡盟和克什克腾旗交界地区，兜住额仁钦匪帮并消灭之。

梁敬和韩星率经棚县支队两个排到林西，为东路军进剿做向导和地方联络工作。赵芝瑞在中路配合协调指挥剿匪工作。

东路剿匪部队从林西出发，经两天急行军，赶到克旗境内的天合元北大山下碾子沟，休整一天后，骑兵和拉辎重的马车沿着有六十多度的大草坡盘绕而上，登上了北大山西部的阿斯哈图石林地区，从北大山北面下山就是巴彦高勒草原和白音查干草原，再向北就是西乌珠穆沁草原。

站在阿斯哈图石林的山冈上，指战员们欣赏到了蒙古高原恢宏壮美的景致，无边的绿色被逶迤的一脉脉高山大岭遮蔽着、收藏着，掀起一道道海潮般的浪波。天高云淡，蓝天上飘浮着大朵的云雾，把阳光筛成万支金箭，射向千山万壑。草原上鲜花开放，碧草如茵，特别鲜嫩，战马不顾驭者的阻止，拼命低头啃食鲜草。草地上盛开着红艳艳的萨日朗其其格花（汉语称之为野百合花），盛开着黄灿灿的金针花，金莲花，还有许许多多叫不上名来的红的、黄的、紫的、淡粉的、莹白的小花。大大小小颜色不一的蝴蝶在花草间扑扇着翅膀，跳着优雅的舞蹈，蜜蜂在花朵间忙碌着采撷花蜜……马鹿挺着长角，瞪着又黑又亮的大眼睛瞅着人们，狍子则惊恐地从山坡上窜入森林，天空中几只金雕盘旋……

在山岭的阴坡和沟谷中，生长着一片片苍翠的原始次生林，那是由亭亭白桦、耿耿白杨和种类繁多的野果子树共同构成的生机勃勃的世界。林间孕育而生的甘泉，从草间过滤、积累、汇集，逐渐形成了一条条银链似的泉水，到了沟中野果子树下和碧柳林中，便弹奏起了清亮的琴音，“淙淙汩汩”地流向沟外，流向草原，一路滋润出比别的地方更绿更密更高的碧毯，在草原上画出一个又一个优美弧线，曲曲折折地徜徉在草原上。

阳坡的牛耳大黄刚刚拔节开花，它肥硕的叶子勾引战士们去采撷大黄，剥开皮吃，又甜又酸的滋味让人口舌生津。还有酸不溜，白嫩的芽儿更是新鲜……

阿斯哈图石林是克什克腾草原上的神奇之地，在山巅上，巍然耸立着三片峰岩石林，那么神秘莫测，那么难以名状，那么令人费解，让人不禁感叹不是大自然造物主的神来之笔，就是神仙的精心构造居所。东面的那片，只见尊尊巨石突兀而立，相互照应又特立独行。那最雄伟高大的巨峰有三四十米高，远眺近瞻，如同一峰雄风浩荡的骆驼，昂首向天，气宇轩昂。再换个角度看，它又是一只大鸟，束翅敛羽，扬起那钢铁一般的喙，啄向西天的星斗。当地人传说，它是一只大鹏鸟，被成吉思汗召唤，为他的草原争霸呼风唤雨来助阵。还有其更神奇想象的空间，在它的前面，有四块等距离平铺在草地上的石台，石台的前面，又是两座并肩而立的巨石，中间相隔两米有余，如同一扇天然石门。传说曾经有五只神驼从天而降，它们在山上尽情观赏人间奇景后，该从天门升天了，前面的四只神驼都从石台上飞跃天门登云上天了，最后一个神驼太留恋人间奇景，已过了升天的时辰，它仍在瞩目和欣赏，以致于化成一峰石驼忘情流连，只余天门石山和兄弟们升天踏过的石台陪伴它亿万斯年。

北部山梁的那片石林，有一段如长城城墙陈列，有一座如观音净水瓶神奇幻化，有一尊如金蟾般蹲伏欲跳，都是动感十足。最奇的就是一座有七八十米高的石峰，孤零零昂然屹立于一个硕大石基上，圆滚滚的，粗硕又很飘逸，如同远航船的桅杆、滔滔大海的定海神针、支撑天宇的神柱，又形似张果老毛驴的生殖器，当地人叫它“成吉思汗拴马桩”。传说成吉思汗南征时，在北大山歇兵养马，在石台上用戈矛画蒙古棋盘，把战马拴在石柱上，接过蒙古王公贵族敬献的雕弓试射。他发力射箭，“轰隆”一声将对面石林射穿一个大洞，足见一代天骄的神勇。

最西边的石林面积最大，也最壮观，那一座座孤峰如塔，透出缕缕玄思；那一簇簇山岩堆砌如城堡，显示一种威严和凛然；那一个个亭亭玉立的石柱玉树临风，如天上神女驾临，望情地欣赏人间美景。每一块石头，每一尊石柱，每一座峰岩，移步换景，注目观看都能拟人状物幻化出不同的物象，这分明是一个大自然巧夺天工创造出来的凝固的、生动的、丰富多彩的大观园。清风冷月照着它们，山花碧草、白桦柽柳陪着它们，马鹿狍子、野狼红狐伴着它们，成为高原上所有生命仰慕的图腾。

骑兵战士们聚集在山上，欣喜万分地观赏这难得一见的奇景，指指划划地说那块石头像猴，那块像乌龟，那块是蓄势的野牛，那块是腾飞的神马。骑兵英雄马春雨指着大片的石林对首长说：“那就是咱们骑兵团，排山倒海，所向无敌！”

突然，石林下长满林木的山沟里传出“当当”两声清脆的枪响。

有情况，战士们麻利地上马提枪，排成战斗队形。

从密林里窜出五个穿便衣或蒙古袍的人，他们起初想不动声响地窜出山沟，向北部草原溜走，但是被我先头侦察骑兵分队发现了，追上核实身份，这几个家伙开枪阻击，打马急逃。我骑兵侦察分队战士判明是土匪，立即开枪还击，当场打中两人，连人带马被擒获。其中一个家伙被打中要害，眼见不行了，另一个被打伤了膀子，疼得龇牙咧嘴，哀叫不止。我军卫生员给他进行了包扎，黄团长亲自审问，获知他们是被布里亚特额仁钦收买的当地土匪，奉命前来搞侦察活动。一大股土匪骑兵在鲍三疯子的率领下，正从白音查干一带向北大山移动。

黄团长与梁敬、韩星商议后，果断组织一个骑兵加强连，只随身携带干粮、马料以及充足的弹药，由梁敬、韩星带路并协助指挥，对敌匪来袭的方向实行快捷迎击，力争将敌人堵在白音查干嘎松山隘口，吸引住敌人，待后续部队赶到合击敌人。或将敌向西赶入中路军的防线，对敌实行东西夹击，一举歼灭之。

梁敬、韩星和骑兵连王连长指挥战士们在二十分钟内完成了出发准备，在黄团长做了简短的战斗动员后，骑兵连便拉开行军队形，沿沟谷迅速向北疾行，至沟口向左转，沿着简易公路向白音查干方向进兵。

一路上，眼见草原生机勃勃，却难见牧民放牧，只见几个蒙古包被烧塌了架，还在冒着余火，散发着毛皮的焦煳味，这都是布里亚特匪帮兴风作浪荼毒戕害的结果。有一个正在燃烧的蒙古包，周围有散乱的羊群，一位蒙古族老额吉正坐在毡包前抚着一具残缺不全的尸体痛哭。梁敬跳下马，上前查看，只见血渍斑斑，一位老人被刀砍死，一个小伙子被枪杀在当场，韩星急忙指挥战士们救人。一会儿，火被扑灭了，但没抢出几件像样的东西，老人和他的儿子早就没有了呼吸。几位蒙古族战士边安慰老额吉，边了解情况，得知是早晨路过的三四十骑马队，强迫老人宰杀了放牧的两只羊，他们吃饱喝足才往东走。在约两个时辰前，这些马队惊慌地跑回来，不由分说，抢夺早上吃剩下的羊肉、面食，还抢走放牧的两匹马。老人上前理论，被一个黑大汉挥刀砍倒，老人的儿子从包里跑出来，却被乱枪打死，还让四条狼狗撕吃被打死的人。临走，土匪把蒙古包点着了，他们才乱纷纷向西逃窜。

一定是布里亚特匪徒干的，是鲍三疯子干的。梁敬留下三名旗支队战士照看老额吉，并收敛死难同胞，等待后续部队，他和王连长带部队快马加鞭追击敌人。

草原的山岭远看都很高大险峻，实际上都是牧草覆盖的草地，山头有的地方浑圆，有的是大缓坡，有利于乘马行军。王连长和梁敬率先锋连顺着白音查干草原的大川向西搜索前进，骑兵在沟谷缓坡上拉开距离，小跑着前进。

当追击到嘎松山下，他们被敌人阻击的枪声挡住了。

嘎松山在草原上拔地而起，挡在白音查干的大川口，形成一个天然屏障，过了此山，就是平坦如砥的贡格尔草原。草原西南是达里诺尔，西北部连接锡林郭勒草原。

敌人守住嘎体松山隘口，能为仓皇西逃的敌人争取时间。

梁敬、韩星早就向王连长提示敌人可能在嘎松山隘口阻击我军，因此，骑兵连早有思想准备。敌人的枪声一响，连队就奔驰到一个山梁后，王连长用望远镜观察敌情，发现敌人在嘎松山南边的隘口摆开散兵线。嘎松山迎面坡陡，骑兵很难攻上，北面沟谷则是草墩密布的沼泽地，是骑兵最忌讳的地形。他们发现，阻击骑兵连的敌人并不多，显然是设下阻击线，想迟滞我们的追击。

王连长下令，用一挺机关枪和十多支步枪组成压制火力，正面攻击敌人并吸引敌人，骑兵从两翼沿着斜坡快速穿插进攻，包围并消灭敌人。

命令一下，正面我一排骑兵下马运动到预定位置，架起机关枪向山口上的敌人猛烈扫射，用步枪向隘口射击，顿时，枪声大作，硝烟弥漫。

策马冲锋的骑兵也兵分两路，一边射击，一边快速向山隘口两翼冲击。

在嘎松山隘口阻击我军的是鲍三疯子和乌尔图的匪骑兵，他们本想在林西和西乌旗各地土匪的呼应下，下北大山向林西板石房子、统布地区进攻骚扰，没承想在北大山下遭遇我剿匪部队。鲍三疯子见我军势大，向乌尔图说声：“风紧，扯呼！”掉头率匪队就往回跑，眼见八路军骑兵部队越追越近，不得脱身了，他和乌尔图商议，利用有利地形层层阻击八路骑兵。

乌尔图别看是一个粗莽大汉，但他久经战阵，对鲍三疯子留着心眼呢，他说：“我们把沿途收编的杆子留下，阻击八路。”鲍三疯子说：“光凭他们那几十个人靠不住，咱们撤了，他们跟着就跑了，打什么鸟仗。你的人留下五个，我的人留下五个，带着他们打一阵子吧，完了叫他们赶到白音敖包会齐。”

七八十个敌匪分成两部分，留下三十多个人守在嘎松山隘口阻击八路，大部分人马在鲍三疯子、乌尔图的率领下向白音敖包撤逃。

这三十多个土匪除了鲍三疯子的几个人和布里亚特人有点战斗力，多数土匪烧杀抢掠、打黑枪、砸闷棍在行，真要摆开阵式与八路打阵地战，没开仗，就先打怵了。见八路骑兵过来，老远就放开了枪，后来见八路军机枪“突突突”地横扫过来，吓得头都不敢抬了，又眼见八路骑兵分两路包抄过来，更吓得掉了魂，爬起来就往后面的山洼里跑。他们的马都隐蔽在山洼里，由两个拴马桩子牵着。土匪连滚带爬跟头绊块地抢过自己的马，有的惊慌失措，连马都上不去了，有身手利索的上马向西南方向逃跑，大部分被兜剿过来的八路军骑兵困住了。

匪徒们狼嚎鬼叫一阵大乱，有的见难逃脱了，就滚鞍下马坐在地上等着缴枪投降了，有的还在胡乱开枪射击，有的打马四下逃窜，企图冲出包围夺路逃生。

我骑兵向混乱的敌人一阵猛烈射击，接着，挥动闪着炫目白光的战刀冲向企图顽抗的敌人。几个布里亚特人和鲍三疯子的手下抡着刀与我骑兵接战，在几个人被砍下马后，其余的丝毫不敢恋战，打马向西南夺路逃窜，剩下的几个敌人被我骑兵一阵砍杀干掉了，十多个敌人跪地投降了。

短促的战斗，敌人被打死十五人，俘虏十一人，夺路逃走七个敌人。

王连长命令留下几个战士打扫战场，看押俘虏，大队骑兵马不停蹄追击逃敌。

骑兵连转出大山，眼看进入平坦的贡格尔草原了，前面就是白音敖包，浑圆高大的山体和周边的草原被苍翠黝黑的云杉林簇拥着、映衬着，显得分外抢眼和震撼人心。

自黄岗梁西麓随地势向南，在贡格尔河之间，绵延二十余公里，以白音敖包为核心，生长着一大片沙地云杉群落。云杉连片成群生长，树状如塔，干紫红，叶翠绿，林势雄浑俊美，云杉粗大的高有二三十米，需两人合抱，是真正的参天大树。云杉林四季常青，在中国的荒漠草原上，神话般地书写着神奇和伟大。

被云杉四面簇拥的白音敖包山，是自元朝时代起被元朝廷钦命的五大海日罕之一，为克旗及锡盟部分盟旗蒙古民族祭祀圣地。经棚县境内有五大“海日罕”神山，有塞罕海日罕（塞罕坝）、陶高海日罕（托河锥子山）、嘎拉德斯汰海日罕（今大青山）、土子海日罕（北大山）、巴彦海日罕（白音敖包），而五大海日罕中，以塞罕、巴彦两大圣山为最盛。每年阴历五月十三祭白音敖包，六月十三祭塞罕敖包，自元代起已成定例。站在白音敖包山巅远眺，四面青山如神龙盘绕，云雾开合，长空迷蒙，构成了一幅独特的、传神的、令人无限遐想的山河锦绣图画，好一处人间仙境，是塞外的伊甸园。

这时，这块人间美丽的净土中，有一群害人虫在林间造孽作祟。

鲍三疯子和乌尔图等人一路狂奔到白音敖包，在云杉林间收住脚，眼见得马都累得嘴里冒了沫，乌尔图下马，喝叫小匪赶紧遛马。他对鲍三疯子说："这回可把八路甩掉了，咱们也该喘口气、吃点干粮喝口茶了。"

"喝个屁，咱们从嘎松山走不多远，枪声就停了，八路肯定把咱们殿后的弟兄都给灭了。八路肯定在后面咬着咱们屁股呢，这地方不能久留，喘口气还得紧走，一定得甩掉八路的骑兵。"鲍玉林抹着汗说。

"走？怎么走！"乌尔图气咻咻地朝鲍三疯子瞪眼，"马都快累趴下了，得歇歇马，给马饮水、吃些草料，不然到了草原上，马累趴蛋了，八路骑兵再追上来，找死啊！"

"那咱们歇歇马吃点东西就赶紧走。老郭你来。"鲍三疯子喊过郭凤宝，与他耳语一番，又走过来对乌尔图说："我说兄弟哎，这八路骑兵说话间就追上来，咱们不能不防，咱们双方还是各派出十个弟兄到林子边设警戒为好，一旦八路来了，也好掩护大队撤退。"

"唔，所言极是。"乌尔图招呼一个小头目带十个布里亚特人与郭凤宝一齐到西北林子边放哨警戒。

梁敬、韩星和先锋连王连长带部队在道上歇了一气马，吃了点干粮，又马不停蹄地向白音敖包奔来。他们判断，土匪一定会在白音敖包停歇，并利用林木做掩护，抵抗我军前进。

梁敬、韩星和王连长徒步猫腰爬上沙包，向白音敖包方向仔细观察，没有发现敌人，但是却发现有几只马鹿从林子里跑出来，向东面的疏林沙山奔去，一群鸟儿从林中飞起，盘旋几圈向东飞走了。

"马鹿从林子里跑出来，飞鸟不入林中，说明林子里有人把他们轰出来了。"梁敬判断说。

王连长说："不管有没有敌人，都要保持战斗姿态。我看这样，我带一队人马从正面搜索前进，梁书记、韩局长你们带一队人马从敖包山北绕到西边，堵住西南大路。你们到达指定位置后，鸣放三声枪响，我们这里开始向林中搜索前进。"

梁敬说："这样最好，如果有敌人，他们就掉进了我们的包围圈；如果没有敌人，我们就在白音敖包休整，等待大部队上来，这里与中路军会师地也不远了。"

几个人商议已定，梁敬、韩星点过两排骑兵向北趟过敖包河，钻进云杉林，向敖包山北侧绕行而去。这边，王连长命令战士们下马休息。战士们在沙包后、沟槽里溜了一会马，待马消汗后，从马鞍上解下草料袋喂马，有的战士还把自己的口粮莜面大王或白面大饼都掰碎了喂自己的战马。

梁敬、韩星在当地战士引领下，沿着林间牧民踩踏出的小道疾行。几十匹战马"扑腾扑腾"的蹄声与战士们低沉的几声咳嗽声在林中传出不远，便被茂盛的云杉林吸收了。林中偶有马鹿、狍子和野鸡惊起，战士们顾不上欣赏这些珍禽野兽，一路纵队疾行前进。

走了大约有四个小时，他们从敖包山北绕到敖包山西南，卡住了白音敖包通向达里诺尔的大路，战马交给几名战士到林中遛马，其余战士占据了大道两侧的沙岗子。

梁敬朝韩星点头示意：发信号吧。

韩星取过一名战士的“七九”步枪，朝天放了三枪，“啪、啪、啪”三声清脆的枪响，震得云杉林“哇、哇”作响。

云杉林东边，王连长和战士们听到了西边传来的三声枪响。

“迂回成功！上马！”王连长一声令下，早已精神抖擞的战士和战马“嗯啦”一下集合完毕。

在云杉林中刚吃完干粮，正喝着羊皮袋中的奶酒的布里亚特匪帮乌尔图得意地对鲍三疯子说：“八路被我们甩掉了，你还不信，在这林子里喝酒吃肉真他妈自在，佛爷保佑我们布里亚特人，我们跟苏联红军打过仗，跟日本人交过手，哪个不比穷八路厉害。他们能把我们布里亚特人怎么样，老子一样砍他个尸横遍野！”

鲍三疯子说：“老弟，小心不出错，八路太狡猾太厉害了，咱们这就出发吧，只有和额司令会齐了，咱们才保险啊！”

“你真是个胆小鬼……”乌尔图话没说完，三声枪响破空而来，二人吓得一激灵，“哪里响枪？”

这时，郭凤宝从东边跑过来说：“坏了，八路骑兵追过来了，快跑吧。”

“不对呀，我怎么听着刚才是西边响枪呢？”鲍三疯子寻思道。他的那几条狼狗也朝西边低声吼叫。

“你的耳朵塞了鸡巴毛啦！共军从东边来，你说西边响枪……”乌尔图说到这恍然大悟，“他妈的，说不成八路东西两边把我们包围啦！”

鲍三疯子说：“保准是，咱们赶紧准备突围。林子里骑兵跑不开，咱们先和他们打一阵子，再运动到西边骑马突出去。”

郭凤宝带二十多人伏在东边林缘下，向运动过来的八路军骑兵开火射击，有两个骑兵战士被打伤，王连长立即命令骑兵战士下马，借疏林草地还击，快速接敌，“砰砰啪啪”的枪声响彻四野。

梁敬听见东边响起激烈枪声，判断王连长他们发现了敌人，他很高兴终于抓住了敌匪，敌人抵抗不住，一定向西逃跑。他命令战士们悄然伏在沙岗上，准备战斗，一定要堵住敌人，打他一个冷不防。

云杉林中挺静谧，只有一两只狍子被东边激烈的枪声惊吓后奔出树林，逃向草原。突然，一个戴日本战斗帽的家伙鬼头鬼脑地钻出林子，又有两个家伙端着大枪钻出来，向路口搜索前进。梁敬判断是敌人的尖兵，他朝韩星一挥手，战士们都伏下了身子。三个土匪尖兵可能是被后面越来越近的枪声吓慌了神，也没仔细观察便向后打了一个响亮的呼哨。顿时，林子里稀哩哗啦一阵乱响，四五十个土匪牵着马出了林子，忙乱地向道口涌来。

“打！”梁敬大喊一声，手里的步马枪开了火，将土匪尖兵打了个嘴啃泥。

一排枪打过去，土匪被打倒一片，几匹马也脱手乱跑起来。

“有八路！”鲍三疯子叫了一声，趴在草丛里。

乌尔图肥壮的身体令他的动作慢了点，一颗子弹打在他的右肩上，他“吭”了一声倒在地上。

挨了迎头打击的敌匪哭爹叫娘地又退回云杉林中。

这时东边的骑兵战士在王连长指挥下，架起机关枪和“六〇”炮，向林缘下的敌匪一阵炮轰扫射。敌人招架不住，向林中溃退，我军战士趁势攻入云杉林中，在林木和灌丛中与敌人展开了战斗。

土匪不弱，枪法也挺准，这些亡命徒打起仗来真不含糊，如同被打伤的狼玩命地与我军缠斗。王连长指挥战士们以三人为一个战斗小组，交替掩护，咬住一个敌人，就把他死死盯住，掩护与进攻密切配合，干掉一个再转换目标。这个连队是经受八年抗日战争的老八路连队，凶悍的日本鬼子都倒在他们的枪口刺刀下，何惧这些顽匪。战士们在丛林里打得有板有眼，不急不乱，一阵子近战就把这伙土匪咬住了，盯死了。

郭凤宝和一个布里亚特小头目边打边向后撤。从林中闪出两名八路军战士，一个刚举枪向郭凤宝瞄准，郭凤宝挥盒子枪打过一梭子弹，那个战士负伤倒下了；另一个很机灵地趴下，“砰”地打过来一枪，击中了布里亚特人的右腿。这个布里亚特人也够狠的，“噢”地狼嚎一声，拔出蒙古弯刀踉跄地扑向那个八路军战士。这时，林中又闪出三名八路军战士，一个挺着刺刀，两人扔掉步枪，拔出“雪枫”式马刀，非常利索地展开一个三角阵形，将布里亚特人围在当中。

双方凝神静气，对峙了几秒钟。

那个打伤布里亚特人的战士马上从灌木丛中站起来，端着步枪瞄准布里亚特人，沉声喊道：“缴枪不杀，八路军优待俘虏！”

布里亚特人不顾腿上流血涟涟，大嚎一声挥刀砍向前面的战士，那八路军骑兵毫不示弱，挥动细长的战刀与布里亚特人杀在一起。那布里亚特人虽勇猛，却陷入三名八路军战士的战阵里，又有腿伤，几个回合下来，他就中了几刀。在他拼命向对面的八路砍杀时，那个挺着三八枪刺刀的战士大吼一声：“杀！”又长又锋利的三八式刺刀“扑”地从后背扎过布里亚特人的身体，刺刀尖从前胸露出，布里亚特人眼睛瞪得老大，身体绷紧，鲜血从口中溢出。那八路军勇士双臂使劲，枪身上举，“嗨”的一声，拔出刺刀，布里亚特人向前扑倒，趴在地上，弹蹬几下不动了。

郭凤宝在这电光石火间的拼杀中，趁机向西逃跑，瞄准布里亚特人的战士马上调转枪口“砰”的一枪打去，郭凤宝被飞旋的子弹打得双脚离地双手飞扬，一头扎在地上。“七九”步枪的铅弹从郭凤宝的后背打进，在前胸炸开碗大的空洞，这个叛徒在云杉林中找到了自己的丧生之所。

王连长指挥战士们消灭了当面之敌，迅速向梁敬的阻击战场推进。

梁敬、韩星指挥战士们连续击退了敌人的两次进攻，双方旗鼓相当打了个平手。鲍三疯子股匪被前后夹击，处境极为不妙，匪徒们濒临绝境，无心恋战，已陷入绝望之中。

眼见东面追击的枪声越来越近，鲍三疯子和乌尔图急得两眼血红，向残匪发狠道：“弟兄们，今儿个跟八路拼个鱼死网破吧，都上马跟我冲出去！”

他叫着自己的四条狼狗并跨上马背，挥着日本战刀驱使土匪拼命冲锋。

梁敬、韩星正准备迎击敌人的再一次冲锋，忽然听见一阵狼狗的叫声并伴随一阵杂乱的响动，匪徒们骑着马玩命地冲出云杉林，狂吼乱叫着冲上来。战士们一阵射击，几个敌人被打下马来，但是三十多个敌匪乘马拼命地冲上道口，冲进我阻击阵地，挥动马刀向八路军战士劈砍过来。

步兵与骑兵白刃格斗，马上的敌人占有很大的优势，他们疾驰如风，锋利的马刀连着砍死砍伤好几个八路军战士，打开了突围缺口，鲍三疯子等人乘机狂奔而逃。

这时，王连长带领骑兵也从林中冲了出来，他们会合后同梁敬等骑兵追击敌人。

从白音敖包到五星台草地，上百匹战马掀起一股股黄烟，枪声阵阵，杀声震耳，马蹄如雷，我骑兵战士边追边向仓皇逃跑的敌骑射击，不时有土匪的马匹被打伤栽倒，有敌人从马上被打下来。鲍三疯子的狼狗只剩下了一条，其余的不是被劈了，就是被战马踩死，他在马上不时回头打几枪，眼见跟随的人马越来越少了。

他斜眼瞅了一下乌尔图，他右肩上的伤口还在流血，在马上颠簸得龇牙咧嘴。鲍三疯子喘着粗气喊：“乌尔图，八路追上来了，布里亚特勇士们，咱们和八路拼了吧！”

乌尔图血脉贲张，布里亚特勇士的横蛮劲上来了，猛一勒马缰绳，旋回战马，向匪骑们大叫：“布里亚特勇士们，我们是草原狼，不能像兔子似的被八路撵着跑，拔出你们的战刀，和八路拼命！”

布里亚特人都勒住马，站在了乌尔图身边，面向追兵，做出冲击的准备。

鲍三疯子和他的十几个手下，却快马加鞭一直窜逃而去。

乌尔图轻蔑地咒骂鲍三疯子是胆小鬼、蒙古人的败类、混账王八蛋……

他也想逃跑，但已经来不及了。

梁敬、王连长等率骑兵已呈半月形围住了乌尔图一伙残匪。

乌尔图怪叫一声，纵马挥刀冲向八路军军阵，后面的敌人也绝望地冲上来。

王连长向战士们一挥手：“预备，射击！”

战士们在马上用机关枪、冲锋枪、步枪一齐射击，上百支枪织成了一张火网，瞬间将乌尔图等三十多名骑匪罩在火网中，顿时被打得人仰马翻，全部被当场击毙。

五　烽火铸铁骑

在达里诺尔北面的哈拉盖图，一路扫荡敌匪的东路军与从经棚出发的中路军会师了。

两路大军将对布里亚特匪帮和鲍三疯子等各路土匪、马贼向西挤压，给予沉重打击。内蒙古军区骑兵十一师、十六师从锡察草原向东推进，逐渐将布里亚特额仁钦匪帮及一些土匪残余压缩在蓝旗、多伦与克什克腾之间的浑善达克沙地和阿巴嘎旗的荒漠地区。

剿匪指挥部召开作战会议，传达了军区和冀热辽中央分局指示，明确制定的政策是：消灭额仁钦等匪首，解除布里亚特的全部武装，家属和一般俘虏迁往解放区安家落户。要求剿匪部队指战员必须坚决执行党的民族政策，采取既打击其反动头目又争取其基本群众的策略，打政治仗。

指挥员们在作战会议上听取了内蒙古自治政府派来处理布里亚特问题的代表齐俊山等同志的介绍，他们既同情布里亚特人流徙千里、居无定所的处境，又痛恨额仁钦道尔吉等头领投靠帝国主义和国民党反动派，倒行逆施涂炭生灵的罪恶，决心一定肃清顽匪，解救布里亚特蒙古族同胞。

部队在进军沙漠前，又进行了周密的战前准备工作。

骑兵作战不同于步兵，后勤保障比步兵多了不少内容，首先是粮草供应，好在骑兵师的战士们骑乘的都是蒙古马，还有极少数的日本人培养的杂交战马，都非常适应中国北方干旱、苦寒、多风沙的生活环境。蒙古马若用现代人的眼光看该是最劣等的马了，身材矮小，跑速慢，越障碍能力也远远不及欧洲的高头大马。但是蒙古马是世界上耐力最强的马，对环境和食物的要求也是最低的，无论是在高山草原，还是沙漠戈壁，都可以找到食物。可以说，蒙古马具有最强的适应能力，可以长距离不停地奔跑，而且无论严寒酷暑都可以在野外生存。因此，有人称赞蒙古马是“最接近骆驼的马”。蒙古马不仅可以随时胜任骑乘和拉车载重的工作，而且也是食物来源的一种保证——蒙古骑兵使用大量的母马提供马奶，从而减少了蒙古军队对后勤的要求。蒙古马的特殊优势使得成吉思汗时代蒙古骑兵具有当时全世界任何军队都难以比肩的冲击力和机动能力，是蒙古骑兵重要的制胜法宝。再者，当时的蒙古军人在严寒和艰苦的环境中长大，具有农耕民族没有的连续作战的意志和能力。布里亚特蒙古部落叛匪的战斗力明显比其他队伍高一大截，他们凶猛、野蛮、残忍，有极强的战斗力。兵力和战力未形成优势的八路军和地方部队在与之交战时难免吃亏。

朱德骑兵师的构成是以冀察晋抗日根据地三个连的老八路和热河中部、北部地方武装和进步青年农牧民构成的，作风扎实，思想坚定，训练刻苦，富有攻击精神。骑兵师成立以来，连续几次对国民党匪军和反动土匪武装作战都出手不凡，取得压倒性优势，战果丰硕。

朱德骑兵师骑士们的坐骑，都是蒙古马或蒙古马与其他马种杂交的马种。蒙古马耐力好，耐寒性强，零下40℃依然可以作战。蒙古马优良者除著名的三河马外，东乌旗、西乌旗的乌珠穆沁马和克什克腾草原百岔川铁蹄马也是很有名气的马种。铁蹄马是天时、地利造就的神驹，它的品种来源于东乌珠穆沁草原，是清代克什克腾旗札萨克引进到百岔川的，由于百岔川山岭逶迤，山高水长，三百里长的大川山峰耸峙，碎砾铺道，极为难行，要想出川外行，必爬山越岭涉陡坡，主要的交通工具就是马。从康熙年代，克旗札萨克在朝廷每有战事，都积极派遣骑兵加入朝廷大军征战，为清朝的攘夷拓边立下了汗马功劳。克旗札萨克骑兵忠诚、勇敢、顽强，每战必奋勇争先，与战马的优秀有直接关系。因此，克旗无论蒙古族人、回族人、汉族人都非常重视马政，爱马成癖，养马成风，每年举办的“那达慕”大会都有令人血脉贲张的赛马比武内容。百岔川的蒙汉达官贵人、牧主大户们经过几代选育培养，逐渐选育出适应黑石滩自然条件的百岔“铁蹄马”。此品种马个体中等偏小，结构匀称紧凑，肌肉发达，骨骼结实，头部粗重，额广呈半兔形，眼大有神，耳小薄面尖，鼻孔大而开张，嘴齐，背腰长宽稍凹，腹部发育良好，蹄小呈直立，圆墩型，蹄后黑亮坚硬而结实。别看此品种马个头比不上乌克兰的顿河马、阿拉伯或日本洋马，但论耐力和长时间乘骑匀速奔跑，一点都不逊色。尤其是它的四蹄，习惯了在碎石尖中行走，蹄子坚硬赛铁，不用挂马掌照样疾驰如飞，踢得山石乱飞，火星飞爆，一去几十里不带松劲的，持久力特别强。铁蹄马特别是惯于爬山上坡，像蛇一样弓身屈背，窜腾跳跃，真的是登高山如履平地。人们称赞它是日行八百里“黑旋风”，驮驭货物及拉车挽力也很给力，它耐粗饲，汗腺发达，训练好的马，温顺听话，善解人意，不惊不乍，极通人性。神话传说中说铁蹄马是三国时代名将吕布所骑乘赤兔马的后代，是百岔川老爷庙供奉的赤兔马繁衍的神马，百岔人在地方戏中唱道：“千里疾风万里霞，追不上百岔铁蹄马。”

名川出名马，百岔铁蹄马在口里口外那是有口皆碑的龙驹，清廷骑兵选马时把铁蹄马列为必选。伪满骑兵和土匪山贼都到百岔川抢夺铁蹄马，白金辉等匪首到百岔川都将抢劫铁蹄马视为首要目标。有好马能救命保身。

老百姓深受马匪们的骚扰破坏之苦，都盼望八路军有自己的骑兵能有效地保卫胜利果实。当冀热辽军区一下命令要组建朱德骑兵师，解放区军民奔走相告，热血沸腾。各旗、县都从地方部队和区小队中选拔最优秀的战士报名入伍，同时，派干部下乡宣传动员贫苦农青年牧民，特别是有养马驯马经历的积极分子参加朱德骑兵师。各旗县地方政府和家属们从当地选买最好的马匹，配齐鞍具，给人和马披红戴花，送到部队。百岔区选送了十六名优秀青年和三十匹铁蹄马送到部队。开明人士康海庭与康氏家族选拔四名优秀子弟参军，康海庭出资买下六匹铁蹄马和六套鞍具一齐送到县里，在当时传为佳话。

家住土城子大营子村的张才和小马倌王士林一齐报名参加朱德骑兵师。给地主扛长活的张才，当时正在碾房给东家推碾子磨面，听到两名区干部的宣传，连家都没回，东家的碾子也没卸，就跟着干部走了。王士林从十二岁就跟着放马的大爷给地主放马，当马伴子。他从小就骑马、放马、驯马，养马经说得头头是道，八路军征招骑兵，他虚报年龄，十六岁就骑着一匹骟马参加了八路军。

朱德骑兵在林西组建后，即开始了紧张的训练。骑兵战士们统一配发了军装。每连有两挺机关枪、一两门小炮或日式掷弹筒，但是标准的骑兵步马枪极少，大部分都背的是"七·九"步枪、三八步枪。每支枪发二三十发子弹，四颗手榴弹。每人一把马刀，刀也不整齐，有标准的八路军"雪枫"刀，此刀是抗日战争时期，新四军第四师师长彭雪枫亲自设计的一种马刀，刀身修长，刀背轻薄，用精钢打造，十分锋利，与敌伪作战显示了锋锐，杀得敌人尸横遍野，彭雪枫组建的新四军骑兵团被根据地军民称颂为"红色哥萨克"，雪枫刀也成为人民骑兵钟爱的杀敌利刃；还有伪满时期日本关东军骑兵和伪满国兵使用的日式马刀，还有军区自己锻造打制的马刀、蒙古弯刀等。战士们使用的鞍鞯也不齐整，有的干脆用一块毛毡或被子做马鞍。尽管如此，骑兵战士们仍士气高昂。指战员们说，没有枪炮，我们从敌人那里缴获；没有马，我们从敌人那里夺来，没有英勇无畏的人民骑兵克服不了的困难。

雪亮的马刀，乌黑的钢枪，矫健的战马，纵横驰骋在草原上，十分威武雄壮，老百姓见了提气。

经过三个月的集训，骑兵战士们普遍掌握了基本战术，进行了最后的训练演习，在南河滩上，骑兵战士乘马进行了分列式表演。战马在指挥员口令和军号的指挥下，精神抖擞，都那么规范整齐。进行战术表演，骑兵策马从远处奔来，战士们在马上挥着寒光闪闪的马刀，左右开弓劈斩两边用麦秸扎的草人，"卡、卡"声中，草人纷纷被拦腰斩落尘埃。在行进间，战士们收刀入鞘，从肩上摘下步枪，或单臂托枪或双手端枪，在战马狂奔中射击靶子，在清脆的枪声中，靶子纷纷倒下。骑兵勇士们练出了在马上打机枪、打迫击炮和掷弹筒，速度加火力，最大程度发挥了骑兵的战斗力。

战马冲锋中，骑者一提马缰，战马纵身凌空跨越土墙壕沟，然后在骑士的指令下，"扑腾"卧倒在地，用身体掩护骑兵射击，干脆利落而不拖泥带水，赢得了参观的指战员和老百姓的阵阵欢呼声、喝彩声。

大练兵运动练出了战斗力，练兵运动挖掘出了骑兵的战斗效能。

以后，骑兵师经历了几次实战锻炼，打了几个胜仗，也经历了朝天洼和土城子两次败仗。在战斗中，同志们经受了考验，经受了挫折，也找到了打仗的经验，终于锻造出了一支铁骑兵。

这次大规模剿匪作战，战士们的劲憋得足足的，决心用手里的刀枪说话，一定打一场漂亮仗，一雪朝天洼、土城子失利的前耻。

骑兵三团在百岔川朝天洼与白金辉匪队接仗，我军四百多人，因地形不利，是仰攻，火力又不猛，白金辉则集聚了十几股大小土匪两千多人，预先占据了有利地形。无论兵力、地势、火力都比我军占优势，加之我军疏忽大意，结果被优势敌匪所打败，人马皆有损失。

土城子一仗打得更窝囊，八路出动一个连八十多人，下乡收草料，被三百多土匪包围缴械，土匪当着众乡亲的面，把战士们都扒了衣服，要冻死他们，并把几位连排干部用烙铁烙、鞭子抽打、压杠子，百般折磨，后经乡亲们和几个大户出资联保，才放了人。土匪临走裹挟了一批战士，抢走了全部马匹和武器。老百姓摇头叹息："八路军这回跟头栽得不轻啊!"

这两次失利，没有让部队气馁，反而激发了他们强烈的复仇意识，他们攥着拳头发誓，一定打几个胜仗，一雪前耻，把骑兵团的脸争回来。

剿匪指挥部后勤供应动用了骆驼队、大车队运输辎重补给，战士们为准备长途奔袭作战和深入沙漠作战，准备了干粮、炒面、牛肉马肉干，子弹也配得很足，战马配发了豆料。同时每个战士都发了军用水壶，没水壶则发水葫芦、羊皮袋，连队以上配备了拉水车，沙漠作战，没有水是不行的。

在战役准备过程中，三十六团政委查干楚伦还向指战员们详细介绍了浑善达克沙漠的自然地理情况。

浑善达克沙漠横亘于中国北方长城外内蒙古地区，连绵千里，西至锡林郭勒盟的苏尼特右旗郭尔奔温都尔庙，北至苏尼特左旗和阿巴嘎旗南，东抵热河北部克什克腾旗的西拉沐沦河岸，南达锡林郭勒盟的镶黄旗、正镶白旗、正蓝旗延伸至克什克腾旗南境。在克什克腾旗境内的通俗称谓是"西沙窝"，它的地貌形式很奇特，不同于标准定义下的沙漠概念，这片沙地不是单纯的荒原，而是一片生机勃勃的草原。沙地中除了有复杂的新月形大小沙丘外，还分布着稀疏的沙地榆、团块状的林地和草地，沙地中沙丘和沙岭构造出无数的盆地，蒙古语叫"塔拉"，塔拉里有湖（泡子），有小块茂盛的草地，更多的是塔拉里和边缘地带。沟槽子里生长着一片片白桦、山杨、山杏、沙柳和野果子林，生长着一人多高的由虎榛子和沙生灌丛交织的灌木丛。沙地里野生动物繁多，马鹿、狍子、野猪、狼、狐、猞猁等野兽很多。这里有牧民在沙地里扎营放牧，有农民挖地窨子搭马架子开荒种地。在历史上，浑善达克沙地曾是千里松漠的核心地带，在两汉时期和唐宋年代，这里仍是由森林、草原主宰着，只是到明清时期，由于战争破坏和草原放垦，原为千里平地松漠的西辽河上游，曾经水草丰美的动植物王国才变成了现在的样子。由于荒凉，由于地形极其复杂，西沙窝历来是兵匪藏匿的乐园。不熟悉沙地情况的人，进了沙地，犹如进了迷宫，很快就会在沙丘和塔拉里迷失方向，被烈日高温烤蒸而丧生，或被野狼等野兽所吞吃，或被马匪山贼所戕害。沙地里白天酷热异常，烘烤得人头脑发胀，夜里却又是寒凉无比。冬天里大部分时间刮着阴冷的黄风，刮得人天旋地转，找不到北，冻死人是常事。土匪也是利用了西沙窝复杂的地形地貌。险恶的环境，把西沙窝当成了藏身的地方。只要他们逃进沙地，犹如大海捞针，很难被发现。

听了查干楚伦政委的介绍，指挥员们更加重视此次作战行动。他们集思广益，征求克什克腾旗和经棚县委领导同志的意见，找当地的老乡和战士开"诸葛亮"会，把该想到的问题和困难都想到了，进一步完善了作战计划：以小分队侦察与大部队进剿相结合，把敌人占据的优势转变为我们的优势；以部分步兵和县区民兵武装把守要点，构成封锁线；以骑兵部队进行奔袭作战，决心将布里亚特叛匪和国民党土匪武装消灭在浑善达克沙地（西沙窝）。

六　横扫顽匪

梁敬和韩星率旗支队一个骑兵排与朱德骑兵师三团一个骑兵排组成侦察分队，比主力部队提前一天出发，进入浑善达克沙地。

6月的浑善达克千里瀚海，榆树的榆钱正结籽时，红柳丛绿叶鲜嫩，山杏也结了小指肚大的果实，草地碧草如茵，鲜花灿烂，塔拉里一片繁茂景象。侦察分队在两位炮手（即猎人）和一位牧民的带领下，直接插向达王庙南沙丘地带，他们一路做好路标，第二天上午就赶到了达王庙南沙丘的葛根塔拉附近。据两位炮手报告，布里亚特额仁钦的队伍和鲍三疯子的人马就在葛根塔拉蛰伏着。

布里亚特蒙古部落额仁钦道尔吉是在率队进袭克什克腾旗草原，在亮子河获胜后，派鲍三疯子引导乌尔图向克旗境内袭扰，得到八路军大部队进剿的消息，立刻命令布里亚特部落大本营回头，返回了在阿巴嘎旗南的白音库仑。他率精锐主力骑兵队会同鲍三疯子和一些土匪杆子，向南进入浑善达克沙漠腹地，企图利用沙漠里的复杂地形与我军周旋。

他率匪队五百多人马先向西南在桑根达来击退了西线我军侦察部队，并做出向北逃窜的假象，企图将西线我剿匪部队引向北方。然后他绕了个弯转向东南，转移到靠近锡盟和克旗交界地带，必要时，好向多伦国民党军队靠拢。

他没想到梁敬、韩星已带骑兵侦察队抄近路插了过来，在葛根塔拉发现了额仁钦的踪迹，朱德骑兵师和步兵三十二团已昼夜急行军，第三天晚上便形成对额仁钦匪帮的包围。

额仁钦匪队在塔拉里搭了一些简易帐篷和蒙古包，塔拉中心有一个水泡子，他们留了二百多只抢来的羊，羊虽然还未上圆膘，但匪徒们哪管那个，照样宰杀。在塔拉四周沙丘沙岭的灌木林下，设置了散兵线和重机枪阵地，控制了周围地区。额仁钦的原则是，对共军能躲就躲，躲不了碰到小股共军就吃掉他，大队共军来袭就用部分兵力掩护其率主力乘马突围逃跑。

他想像狼一样在沙漠里潜伏些日子，等待多伦的国民党骑兵团来支援，再和进剿的共军拼杀。

没想到，他等来了朱德骑兵师和八路军主力部队的凌厉攻击。

天刚亮，何能彬师长已排兵布阵完毕。步兵三十二团和经棚县支队、天山支队的步兵战士快速从南北两个方向压向土匪所在的塔拉，骑兵师则在东面摆开了冲锋队形，师属机炮营，“八二”迫击炮、掷弹筒、重机枪也向预设阵地移动。

土匪控制的塔拉及周边沙丘地势较高，当我步兵向敌人阵地前运动时，被敌匪潜伏在沙丘榆树下的哨兵发现了，立即向天鸣枪示警。枪声一响，匪徒们炸了窝，在额仁钦和鲍三疯子等匪首的指挥下，纷纷爬上沙丘棱线，阻击我军的合围。

晨雾正在散去，爆起的硝烟和枪声炮声在空阔的沙漠弥漫，逐渐包围上来的解放军一面利用地形地物躲避敌人的阻击，一面快速前进，占据外围的沙丘沙岗，构成对敌合围散兵线，用机关枪和步枪与敌接战。

何师长用望远镜观察敌阵，发现了敌人重机枪的位置和设在沙坑里的迫击炮的方位，他命令机炮连迅速抢占战位，用猛烈的炮火和机枪火力支援步兵，并为骑兵冲锋扫清障碍。

额仁钦很有作战经验，他也用望远镜发现了共军的两挺重机关枪。为阻击八路步兵的推进，他下令把三挺马拉四轮机枪车和两门“六〇”迫击炮，五挺机关枪调到东面沙丘防线位置，企图用绵密炽烈的火力打垮我骑兵的冲击。

用机枪和炮火织成密集火网打击骑兵集团的冲锋，将会给骑兵造成重大伤亡，赢家不会是骑兵。经验老到且凶狠的额仁钦布设了一个陷阱，企图给予朱德兵师以重创。

何能彬师长指挥骑兵排着冲锋的阵形，缓缓进到冲锋的阵位，他命令参谋挥指挥旗命令骑兵停止运动。

八路军步兵边与敌人对射边向前推进，同时将包围圈向西扩展。这边，第一排骑兵向前冲锋，骑兵勇士们挥着闪亮的战马，向沙丘冲来，额仁钦下令重机枪立即开火，顿时，三挺马拉四轮车重机关枪和沙岭梭线上的轻机枪一阵猛烈射击，密集的弹雨洒向冲锋的骑兵。

本来这一轮冲锋是诱敌，敌匪机枪一开火，骑兵立即向后转，闪避到沙坑里，但我军指挥员和机炮营观测员已侦测到了敌人机枪的位置。“瞄准敌人的机枪，给我狠狠打！”何师长向机炮营下了命令。

顿时，我军的轻重机枪、九二步兵炮、“八二”迫击炮瞄准敌人机枪的位置进行了密集火力的压制和清除，打得敌人据守的沙丘尘土飞扬。“轰轰轰”的炮弹撕碎了灌木丛，炸得敌人的尸体和机枪四下崩散，猛烈的火力压住了敌人。

一阵炮轰枪打，八路军炮火摧毁了敌人重机枪阵地，把三辆马拉机枪车炸散了架。

这时，“咚咚”几声闷响，敌匪隐伏在塔拉里的“六〇”炮开火了，但炮弹只打在我机炮阵地前面。我军炮兵指挥员锁定了敌迫击炮阵地，指挥两门“八·二”迫击炮一阵猛射，塔拉里爆起一阵硝烟尘埃，敌炮哑巴了。

“时机已到，命令骑兵冲锋！”何师长一声令下，身边的旗手挥动指挥旗下达了冲锋命令。

骑兵三团团长黄振斌见到令旗挥动，对梁敬说：“该我们大显神威了！”

他拔出雪亮的战刀一挥一指，骑兵团立即拉开了队形，他挥刀大喊：“坚决消灭敌人，跟我冲啊！”左手一提马缰绳，双脚一踏战马，战马嘶鸣一声，一纵身子向前猛冲出去。骑兵战士们高举马刀，怒吼着策马狂奔，沙地上趟起一道道烟尘，山呼海啸一般宛如一阵狂风卷向敌阵。

我军的机枪和迫击炮仍以猛烈的火力压制着敌人。

在沙丘内侧的额仁钦和鲍三疯子挥着手枪，提着马刀，呵斥着匪徒们拼死抵抗，他命令残存的机关枪猛烈向我骑兵扫射，但是，他们已挡不住我铁骑兵的冲锋了。

额仁钦见八路军骑兵快冲上来了，他命令鲍三疯子率部分匪徒阻击，命令布里亚特骑兵撤进塔拉，骑马准备与我军骑兵接战。

骑兵近身格斗，布里亚特人还是有相当战斗力的。

额仁钦带人撤下阻击线，残破的敌防线更是不堪一击，我骑兵冒着弹雨冲上沙丘和棱线，砍杀了几个顽抗的匪徒，其余敌匪纷纷滚下沙丘，钻进灌木丛中。塔拉里敌匪的机关枪扫来，沙岭棱线上我几个骑兵中弹负伤。

黄团长大声命令：投弹！

骑士们从腰中拔出手榴弹，投向塔拉里的敌人，近百枚手榴弹黑老鸹似的飞进塔拉里，“轰隆隆”一阵巨响，把敌人的帐篷炸上了天，炸得战马四下乱窜，顽匪哭爹叫娘。

梁敬没有战刀，他和几个战士趴在一个小沙包上用步枪远距离射击敌人。这几个战士都是枪法比较好的，他们中好几个都是炮手出身，打狐狸、野鸡都不在话下，更何况打骑马的和狼奔彘突的敌匪步兵了。梁敬瞄准一个挥舞马刀、驭战马跃上沙丘的敌骑，“砰”的一枪，把那家伙就从马上打下去了。旁边的一个战士“啪”一枪把一个家伙的马打栽倒了，那家伙从地上爬起来刚一愣神，“啪”一枪，那家伙前胸爆起一团血花，扑倒在沙丘上。

梁敬边打边朝战士们喊：“瞄准了，打人别打马，马留着咱们好用。”

这一阵子，新战士们也从初战的恐惧、慌乱中定下神来了，他们见惯了血肉横飞的惨景，顺过架来了，也能凝神静气去开火，枪打得有点准头了。

黄团长带领骑兵勇士们趁敌人混乱时飞马跃下沙梁，冲进塔拉，近三百匹战马摧枯拉朽般地突击敌匪营地，砍瓜切菜般追杀四下乱窜的敌人。

转瞬间，骑兵队摧毁了敌人营地，敌人抢的马、牛、羊四下乱跑，敌人没命地钻进落木丛中，有的狂奔到布里亚特额仁钦正在集结的马队里。

额仁钦身边已集聚了二百多骑兵，他骑在大黑马上，望着被八路军打得抱头鼠窜的兵士，气得两个腮帮子的黑肉乱颤。他身后的掌旗官举着一面绣着一匹白狼的黑缎面旗，旗角翻卷着不时打在他脸上。他的副官指挥两挺机关枪压制不时冲上来的八路军，受伤的敌匪咬着牙包扎伤口，骂骂咧咧地骑上马背，握紧马刀，准备与八路一决雌雄。

黄团长把冲进塔拉里的八路军骑兵收拢在一起，与额仁钦的骑匪隔着一个沙泡子对峙起来。

双方都在运气鼓劲，血性和征服的本能，都凝聚于座下的马和手中的战刀上。

黄团长拍马在排成横列阵式的骑士的面前跑了一个来回，大声对战士喊道：“同志们，我们是朱德骑兵师的勇士，我们天下无敌，冲啊！”

“冲啊！”战士们挥舞亮闪闪的马刀，战马四蹄奋起，趟出一阵雷鸣般的声音，向对面的敌人猛烈冲锋，战马掠过沙地，冲进沙湖，溅起一溜溜水花，一阵狂飙般向敌人席卷过去。

额仁钦道尔吉的骑兵从小就生活在马背上，百年来，几代人在流徙中不知和各种武装打过多少仗，战场格斗成了家常便饭。他们从最初的暴风骤雨般的打击下缓过点劲来，血腥气勾起了草原狼嗜杀的本能，额仁钦挥动着细长的哥萨克骑兵刀向后大叫："布里亚特勇士们，你们是成吉思汗的子孙，用你们的马刀斩下敌人的头颅，显示勇士的威风吧！跟我杀呀！"

他一放马嚼子，双脚马靴的马刺磕击战马，大黑马一声长啸，四蹄弹起，向对方战阵冲去，身后的布里亚特骑兵也嗷嗷叫着催马冲上来。伴随着惊天动地的呐喊，两股凶猛的浪潮碰撞在一起，双方骑兵很快绞杀在一起。相互间战马碰撞，踢咬，骑兵们砍杀，捅刺，或两人捉对厮杀，或相互追逐搏斗，或对阵一阵猛砍，瞬间又二马错开，凄惨的呼叫此起彼伏。战场中有的连人带马倒在当场，有的血溅沙场至死不退，有的只剩下一匹空马向外围乱跑，有的甚至还拖着受伤的骑士。水泡子里也有双方抱在一起撕打的身影。

黄振斌团长驱策他的战马闯入敌群，他的大红马是"老兵"，经历了无数战阵，富有战斗经验，对主人的每一个动作信号都能及时理解。它极有节奏地闪避，跃过一切阻碍前进的东西，将身上的骑士驭到最有利的战位。黄团长身体稍向前倾，手里的马刀闪着点点寒光，他迎头与一个布里亚特骑兵相遇，黄团长左手一带马缰，大红马轻灵地向右绕过去。对面冲过来的布里亚特人却是左撇子，见对手拨马从右面贴过来，他左手拿刀，隔着马头，砍杀极不方便，惊恐之余策马向前冲，想冲过去，错过这个不利回合。但是，黄团长细长的战刀已经带着"呜"的风声斜着劈斩过来，同时使劲把刀向后一带。

黄团长是老骑兵，他和国民党骑兵在西北打过仗，和日本鬼子骑兵在河北平原上打过仗，是用刀的高手，用冷兵器厮杀有很高的造诣。他眼见布里亚特人的武装带被斩断，前衣襟裂开了，从马鞍子上轻轻地滑下来，用手捂着胸口重重地倒在沙地上，腿脚蜷缩着，踢蹬着……

黄团长旋回马头，刚挺直身子，立在马镫上，又一个布里亚特人斜刺里朝他冲来，没等黄团长看清来人，那家伙的蒙古弯刀弯曲的斜背和乌亮的刀刃已迎头砍了过来。黄团长使劲猛勒了一下马缰绳，战马跳起来向左侧窜出去，躲开了劈来的一刀。同时，黄团长把左手的缰绳在手里收紧着，右手的马刀朝对手由于惯性趴卧在马鞍上的、晒得黝黑的、粗短的脖子砍去，顿时布里亚特骑兵的头颅掉在地上，被马蹄踢飞出去了。

黄团长和他贴身的几个骑兵从混战的人群中冲杀出来，勒转马头，眼前是一片蚂蚁似的缠斗在一起的骑兵。他的骑兵团和一团部分骑兵正与布里亚特人激烈地厮杀在一起，没有了狂暴的呐喊，只有乒乒乓乓的对砍和中刀者绝望而凄厉的号叫，偶尔有冷枪声响起，就连双方的战马都凶狠地相互踢咬。

八路军骑兵战斗士气是没说的，而且投入到白刃战的，都是战斗素质比较高的骑士。战前的训练中，黄团长有意将刀法和马上功夫好的战士挑选出来编成突击队，其他的一旦有战斗，骑兵冲到指定位置，下马战斗，不允许参加骑兵格斗，不做无谓的牺牲，他了解布里亚特人的战斗力。

因此，冲杀在骑兵战阵里的三百多骑兵战士与二百多布里亚特人刀兵相对，丝毫没占下风，但伤亡也不小。

张才和王士林两人本来被留在沙岗上，但是，眼看别人乘马忽刺刺冲进塔拉，他俩倒觉得自己被人看得低了，都是骑兵，人家挥刀上阵真刀真杀，我们却成了步兵，在旁边溜边。

“看，他们干上了，真痛快！”张才推上一发子弹，把“七九”步枪架到背包上。他不能把枪架在沙地上打，那样枪身震动爆起的沙土迷眼。

“咱也是骑兵，咱也冲吧！”王士林紧握着马刀。

“连长不让咱冲啊。”

“呸！人家杀敌立功，咱们干看着，不害臊吗？”王士林跺脚。

张才收起大枪，“腾”地站起来，把枪背在肩上，对王士林说：“冲就冲，咱们也缴获一支好枪、换匹好马。”

两人回头冲下沙坡，从牵马的战士手中抢过马缰绳，飞身上马，用力一磕马肚子，两匹战马好像也受伙伴们战场扬威的感染，奋力爬上沙梁，头向下一扎，窜下沙坡，驰入不远处的战场。

两个人前倾着身子，右手将马刀举到肩前，王士林在前，张才在后，战马跳过一丛小灌木林，王士林的刀尖盯住了一个半跪在一匹死马前端步枪射击的家伙。这小子穿一身伪满洲国骑兵制服，步骑枪上着三楞枪刺，他一枪又一枪的朝八路军骑兵射击。在他拉枪栓推弹上膛这功夫，王士林的马刀已迎头罩向他的面门，王士林觉得刀锋很畅快地砍进了那家伙的脸，刀刚收回，那家伙捂着脸，鲜血从砍去半边的头颅窜出很高。

张才随后冲上来，此时却斜刺里冲过一个布里亚特骑兵，马刀带着啸声砍向他，他这时心说：完了！

“咔嚓”一声脆响，那布里亚特人的马刀结结实实砍在张才背的“七·九”步枪枪身上，震得张才胸腔一阵恶心，差点栽下马来。那敌匪的马刀也震脱了手，马刀掉在地上，那家伙勒马控下身子捡马刀。张才缓过神来了，完全是平时训练表现出来的本能，他策马前冲，左脚勾住马鞍，右脚蹬紧马蹬，出刀前刺，一气呵成，马刀扎进那家伙的后背，马一闪而过他拔出刀来，那家伙再也未翻上马鞍，一只脚挂在马镫里被受惊的马拖跑了。

张才提着马刀愣在当场。

“发啥呆呀，快杀呀！”王士林大声吆喝张才，并用刀背拍了一下他的肩膀。

他惊醒过来了，他平生第一次杀人，第一次体验到战刀刺进人体里的感觉，看着鲜血和脑浆红红白白的溅满沙地，他似乎神经麻木了。现在，他砍杀了第一个敌人，他由一个长工变成了战士。他又挥起马刀，大声呼喊着：“冲啊！杀！”策马冲向敌人。

困兽犹斗，布里亚特人很勇猛，但是今天他们碰到了比他们更勇猛的朱德骑兵师。

额仁钦像一头凶狠的黑熊，挥动哥萨克马刀在战阵中疯狂地砍杀，已有三名八路军骑兵被他砍下马来。他瞪着狼一样的眼睛，盯住了指挥作战、骁勇狠辣的黄振斌团长，他不再理会眼前的八路骑兵，而是直奔黄团长而来。

黄团长收住战马，轻蔑地看着恶狠狠赶上前来的额仁钦，高声喝道：“额仁钦，不要顽抗了，赶快投降，我们保证你和布里亚特人的安全。”

“让我投降，比杀了我还难受，来吧，让我试试你的马法，尝尝我的厉害！”

“来吧！”黄团长猛用腿夹马肚子，战马心领神会，利箭似的飞向额仁钦。

额仁钦心中一紧，立刻松马嚼子，他的高大的顿河马也窜了过来。

二马相交，双刀闪着寒光碰在一起，铿锵脆响中，眨眼间二人对砍了十几刀。

两匹战马一分开，黄团长前冲时，挥刀将一个布里亚特骑匪的脑袋砍下半边，又顺势冲进战阵，将八路军骑兵往战场外带，缠斗片刻，战士们跟着团长向塔拉西边的豁口撤去。

额仁钦见黄团长带人撤出沙场，他砍杀了两个受伤的八路军，挥刀将布里亚特残余的骑兵集合起来，喝令追杀八路军骑兵。

黄团长率骑兵从豁口里冲出来，像汹涌的急流碰到巨崖，呼啸着向两边分流，把追击而来的布里亚特骑兵暴露出来。

埋伏在沙岗上的八路军轻重机枪和九二步兵炮、“八二”迫击炮、“六〇”迫击炮，如同骤然刮起的狂风向额仁钦的马队席卷而来，跑在前头的几个布里亚特骑兵顿时从马上被打下来，炮弹接二连三地落到敌群爆炸了。额匪骑兵被罩在炽烈的火力打击中，额仁钦急忙勒马，大声呼喊手下迅速后撤以摆脱火力打击。

晚了，塔拉变成了屠场，密如飞蝗的弹雨和惊天动地的爆炸割草般地扫荡着马和人，打得烟尘大起，天崩地裂，山呼海啸，一瞬间便将布里亚特人放倒一片。

额仁钦的顿河马被打死了，他连滚带爬地向后撤逃，抢过一匹马来夺路而逃，未被打死的骑匪们狼狈不堪地跟着跑。

“杀！……”黄团长又率领骑兵勇士们冲杀回来，扑向逃跑的敌人。

凶悍的布里亚特人垮了，他们扔掉了抢来的牲畜、帐篷和伤者，扔下大片尸体向西北方向逃窜。

骑兵团用枪炮追杀了一阵收兵了。这场恶战，也使八路军付出了一定代价。

打扫战场，战士们从塔拉周围的灌木丛和帐篷里搜出了不少敌人，缴获了重机枪三挺，“六〇”迫击炮两门，轻机枪两挺，战马六百余匹，夺回被布匪抢掠的牛一千余头、羊九百多只、骆驼四百余峰、大车五十辆，以及其他物资。

这一战，打出了朱德骑兵师和其他剿匪部队的军威，打掉了额仁钦的骄狂。

张才的“七九”步枪被砍坏了，他接受了第一份战利品，也是奖励，一只日式“四四”式步骑枪。

梁敬、韩星和机炮连长兴致勃勃地与战士们清理战场，和黄团长等向何司令员报告战果。

何司令员看到自己统帅的骑兵已锻造成了一支英勇无畏的钢铁队伍，心里由衷地高兴，他和司令部人员与地方工作团视察了战场，指示给受伤的布里亚特人疗伤，把俘虏都集中起来，由工作团进行管理安抚，发给帐篷、食物，准备第二天送回达王庙总部。

部队休整一天，继续向西北方向追剿额仁钦匪帮。

梁敬、韩星的侦察分队已先行出发了。

七　乘胜追击

布里亚特蒙古部落额仁钦道尔吉像是一条被老虎斗败的狼，丧魂落魄地领着残余的喽啰落荒而逃。打从俄罗斯远东地区进入中国境内以来，他和他的部落还从来没有像今天这样败得这么惨。他率领的五百多布里亚特人，经此一战，算上被打死和俘虏的，有近三百人，跑出包围圈的一部分人中也大部分挂了彩。他的布里亚特部落共有三百六十多户，几乎每家都摊上一个死伤者，对于特立独行、自我封闭比较严重的游牧部族来说，这种打击是致命的。

他率领残余的布里亚特人与鲍三疯子等一些土匪共同向西北方向撤逃，一路上他不住声地埋怨国民党指挥无能，只一味命令他向共军进攻，却没发现共军已集中力量围剿他了。他埋怨鲍三疯子和当地大小杆子配合不力，一路上指桑骂槐，骂骂咧咧的。

鲍三疯子带着四五十号人来，现在剩下二十来个人，他的铁杆兄弟郭凤宝也被打死了。这小子被额仁钦的一通埋怨整烦了，他没好气地说："王爷，你也别太怪罪别人，仗是你指挥的，我的兄弟死这么多，我朝谁诉苦去，我还犯愁回去怎么向白司令交代呢！你要是不待见我们，我们弟兄立马走人。"

额仁钦的手下急忙劝解，额仁钦也耐住性子解释，说自己不过是发几句牢骚而已，不要多心。他还要指望鲍三疯子与当地的这些土匪帮他摆脱共军的追击，撤退逃跑呢。

他们先是向西南方向逃窜，在进入沙漠腹地，又折向西北，向布里亚特部落大本营白音库仑方向转进。

天黑了，他们在沙坑子里宿营，啃了些干粮蜷曲在沙坑子里睡觉。

天亮后，招呼人马起盘，却发现当地的二十多个土匪溜了号，有三个伤号因流血过多死掉了。匪徒们杀了两匹伤马，在火上烤了马肉算是吃了早饭，然后整队出发。

这时，有喽啰报告额仁钦，有两名布里亚特人和四名当地土匪伤号走不了了。

额仁钦说："我们的老规矩，布里亚特人绝不能扔下，绑在马上驮走，死也死在马上。外人嘛，扔下随他自生自灭好了。"

鲍三疯子心里虽不满意，但有伤号跟着会影响行军速度，扔了也好。他吩咐手下，给伤号留下干粮和水，等着八路收容当俘虏。他清楚得很，当俘虏八路给治伤给饭吃能活命，让狼吃了只剩骨头渣。

额仁钦为了甩掉我军追剿部队，在沙漠里绕了个圈子后，径直奔向阿巴嘎旗南境的白音库伦。

白音库伦在浑善达克沙漠北缘，是一块水草丰美的草原。额仁钦率布里亚特部落迁徙至此，圈占草场，赶走了当地蒙古人，建立了布里亚特旗，俨然成了一个独立王国。在向克旗进兵的半路上，他下令布里亚特部落大本营转回白音库伦，以使作战部队更轻便灵活，一旦形势不妙，也好保住根本。如果这次整个部落都跟着，十有八九就被共军在南沙丘给包圆了，想到这，额仁钦挺后怕的。

待到残兵败将们踉踉跄跄地回到大本营，出来迎接他们的部落里的男女老幼们都惊呆了，出征时五六百人，回来百十来人，多数还挂彩受伤，灰头土脸的。一打问自己的亲人都被打死或俘虏了，营地里顿时悲号连天，哭声震耳。

额仁钦避开几位布里亚特老人的质问，钻进自己的大帐，一屁股坐在地毯上，又“咣”一声仰面躺下，像狼一样嗥叫几声，咒骂一阵。他又“忽”地坐起来，对掌管电台的国民党军统特务吼叫，让马上给张家口发电报，说他遭到共军的阻击围剿，损失巨大，要求给他空投军火物资，他要向北撤退。

同时，他让人把部落里几位德高望重的老人和户长找来商量下一步的生存问题。

几位老人及户长进了毡包，异口同声地质问额仁钦，仗是怎么打的，死了那么多青壮年，部落今后还怎么生存啊！

一位老人是额仁钦的亲叔叔叫色登，他指责额仁钦：“咱们布里亚特人从俄罗斯到中国这几十年中，奉行的是自立自由的生活，现在却落到这步田地。国民党是拿我们当枪使，当狗使唤，去咬共产党、八路军，这步我们走错了，咱们还是脱离国民党，向北草地走，远离这是非之地吧！”

“是啊，是啊！”其他几位老人也随声附和道。

额仁钦虽狂暴，但他对部落里的老人却不敢耍飙，这是蒙古人的天性使然。尊敬老人是蒙古人的传统美德。他说：“咱们这次吃了大亏，只愿自己无能，轻视了八路军，这个仇一定要报。”

他就目前布里亚特人面临的局势提出自己的想法：一是向北走，逐步向呼伦贝尔草原移动，回到故乡。但那里已被共产党控制，不知共产党能否容纳。二是向南走，进入浑善达克沙地，奔多伦和张北一带，投奔国民党，依靠国民党的庇护，与共产党战斗到底。

此言一出，毡包里立时争吵成一锅粥，老人们要向北回到呼伦贝尔大草原去，那里才是布里亚特人的家园。年轻的则要南下投奔国民党，和共军誓不两立战斗到底。

两种观点对立，谁也说服不了谁。鲍三疯子表态说：“我是局外人，但我和你们都是蒙古人，我们应明白，国民党是中央，是正牌，共产党是叛乱分子，是要被中央消灭的。我们蒙古人要跟中央走，只有打败共产党，蒙古人才有出路。”

色登老人说：“可是共产党讲要实行民族自治，乌兰夫建成了内蒙古自治政府，咱们蒙古人也是有出路的。”

额仁钦打断了叔父的话说：“您是从哪听到的话，这都是共军收买蒙古人的妖言惑众。我额仁钦是国民党中央委员，国民政府委任的锡盟盟长、国军少将旅长，绝不背叛党国……”

“啥？不撞南墙不回头，你这样下去，非把布里亚特部族送进火坑不可！”色登愤怒地指斥额仁钦。

额仁钦“呛啷”一声拔出战刀拍在桌上，吼道：“我是布里亚特部落头人，一切都是我说了算。”

众人都不吱声了。

这时，译电员送来一封电报，是国民党张家口警备司令部发来的，指示额仁钦，说据空军侦察和谍报队侦知，共军集中了大量兵力围剿你部，向北和向西的路已被共军控制，命令额仁钦向南转进，到正蓝旗多伦向国军靠拢，国军空军将出动助战，已命令国民党军从多伦出动一个骑兵团接应。

看了电报，额仁钦像打足了气的皮球跳将起来，挥着电报喊：“我知道国民政府不会扔下我不管，向北走不通，我们向南走，穿过沙漠奔多伦，依靠国军的支持与八路开战，一定要报仇雪恨。”

这封电报坚定了额仁钦南下的决心，别人也不再说什么了。

额仁钦吩咐立即准备移营，第二天就拔营开拔，手下叫苦道：“明天肯定走不了，放牧的牲畜还没往回赶呢！”

“赶紧派人往回赶，晚了就来不及了！共军大部队正从东、北、西三面压过来，说到就到，明天早上必须出发！”

众人忙跑出去，喝住死了亲人还在号哭的人们，紧麻溜地收拾东西，准备拔营。

梁敬、韩星和王连长率侦察分队跟着土匪逃跑的踪迹追赶敌人，沿途不时抓到土匪伤兵和溃散的敌人，还有的就坐在榆树下等着八路来缴枪投降，说进了沙窝子，无粮无水，不饿死也得让别的杆子绑了去，早晚也得让八路给砍了，不如投降缴枪保命。对那些扔下的伤兵，八路军卫生队员包扎治伤，喂饭饮水，尤其是对布里亚特人，更是特别照顾。自治区政府民族工作团的同志专门扎了个蒙古包，把沿途收容的布里亚特人集中在一起管理，保证他们的安全。

骑兵师何能斌师长指挥步骑兵分两路随后跟进，掠过克什克腾旗最西边的克力更庙，只简单地做了些野炊，便按照侦察分队的指引向白音库伦进军。

侦察分队已经到了白音库伦南，转出了沙漠，这时，前卫班战士骑马跑回来报告，在一个沙套子里截住了一大群牛和羊。审问放牧的人说是额仁钦王爷的牲畜。

梁敬、韩星和王连长纵马赶到沙套子，见足有二百多头牛一千多只羊被圈在沙河套里。放牧的三个蒙古人蹲在一边，被几个战士看押着。

一个战士背着缴获的三支步枪报告说这三个人没有开枪。

梁敬找来一个蒙古族战士当翻译，他和颜悦色地对三个年纪都有四五十岁的蒙古男人说话，说八路军严格执行党的民族政策，保护老百姓，提倡民族团结，对布里亚特蒙古族同胞更是注意保护和团结，使三个布里亚特牧民放下了紧张恐惧的心。这时民族工作团代表的一位同志也赶过来，用蒙古语向他们解释。蒙古人之间好交流，三位布里亚特人说，他们是奉额仁钦王爷指令到牧场赶牲畜，准备明天转场。

梁敬与韩星、王连长等商量，前面就是白音库伦额仁钦的大本营了，看起来，额匪准备明天要逃，必须马上向大部队报告。侦察分队在沙槽里扎下营盘，只派出小部分骑兵前出到布里亚特部落大本营附近侦察监视，等候大部队前来合围敌人。

从午后开始，天气就阴沉沉的，铅灰色的云雾笼罩着沙漠，人们感觉特别的阴冷，不久又下起了绵绵细雨，更给部队行军带来极大困难。连续行军，战马也很疲惫，战士们爱惜自己的坐骑，都下马行军，到半夜时才到达白音库伦外围。由于天太黑，部队无法调度对敌营形成包围，只好耐住性子等天亮时再进兵。

这时，额仁钦的巡逻骑兵早已发现了我军的大部队，惊恐万状的额仁钦啥也顾不上了，慌忙命令撤退逃跑，以至于大批牲畜来不及赶走，营帐来不及拆装，甚至把一些老人孩子也扔下不管了，只赶着一部分牲畜向南逃跑。

近万人的大部队进军，已无秘密可言，况且额仁钦把巡逻兵派出去很远。

何司令员正在听取梁敬等人的汇报，负责监视敌营的战士跑回来报告，敌人大营里灯火混乱，人声鼎沸，动静很大，似有逃走的模样。何司令员急忙乘马前出观察，判断敌人要跑，急促下令骑兵上马，直接向额匪大本营攻击。这样，一来可以打乱敌人的撤逃秩序，二来避免部队迷路。

骑兵在前，步兵在后，部队急促向白音库伦攻击前进。他们打散了小股干扰的敌骑兵，攻入了零星闪着灯火的敌人大本营，布里亚特人都撤逃了，但是帐篷毡包未及拆下，生活用具未及拉走。战士们打着火把、风灯仔细搜索营地，找到了二十多个布里亚特老人和孩子。他们被安置到毡包里，惊恐地蹲缩在一起，经过蒙古族战士的安慰，才逐渐放下心来。小孩子们接过战士们递过来的干粮大口吃起来，老人们则捻着佛珠，念经安慰自己的紧张心情。

天太黑了，对面不见人，何司令下令部队在布里亚特人的营地扎营休整，等天亮再展开追击。

尽管打心里不愿意走，尽管慌急中扔掉了生活用具，布里亚特人在颠沛流离中习惯了服从，也习惯了逃难，他们牵着马，马上驮着老人、孩子，黑暗中手牵手，或点着一支火把引路，在暗夜中踯躅而行。这个历经磨难的蒙古族部落，因为孤傲耿介，因为不知转圜，像误入迷途的羔羊，在荒原和雾霭中彷徨。在死心塌地受国民党反动派驱使的部落首领额仁钦道尔吉的带领下，在暗夜中摸索前进。他们已经忘记了悲伤和哀怨，认为这一切都是“长生天”安排的，是佛爷设置的，他们命里注定要受这罪，他们咬紧牙关，在凄风苦雨中逃避战火。连背上背的、马上驮的孩子们都不再哭泣，只是瞪着惊恐的眼睛寻找暗夜中父亲、母亲、爷爷、奶奶粗重的喘息声，然后再疲乏地进入梦乡。

布里亚特人凭着经验和天宇闪烁的星星定位，拼命向沙漠逃跑，只求离八路远点，再远点。穿过沙漠，翻过山岭，就能进入国民党军控制的多伦和正蓝旗一带。额仁钦盼天黑得愈长愈好，因为天一亮，八路军就会围攻过来。

这一路上，他们不知道丢掉了多少人、多少牲畜、多少物资，他们拼命地向南沙漠里逃啊，像疯了一样。

但是，夜暗终究被东方的一线白光扫荡一空，灿烂的阳光将一脉脉沙丘染成了金黄色，连天空中的云雾都被染成了玫瑰色。

这个世界喜欢阳光，只有在阴暗中生活的人才惧怕太阳。

额仁钦驱使布里亚特部落和一部分当地土匪一夜奔逃四五十里地，奔逃到正蓝旗东善迪河北部一带。

他命令队伍停下喘口气，整理一下，定神一瞅他的部落，惊愕差点使他从马上栽下去。聚集到他周围的都是有马骑的青壮年，部落里的人如同断线的佛珠般，一堆一伙地在来路缓行。他长叹一声，命令手下赶紧返回去往一块儿归拢人马，一面命令电台开机，向多伦国民党军发报求援，请国民党骑兵团来支援。他意识到，八路军骑兵很快就会追杀过来。他严令部下和鲍三疯子把队伍集中起来，并保护着部落剩余的人众，徐徐向南行进。

然而，他最不想见到的终于还是来了。

八路军骑兵部队揪着额仁钦的尾巴打，一段一段地切尾巴，打得额仁钦顾头顾不了腚，部落里的老老少少一批批丢掉了。两天后，他率领残余部众逃到东善迪河南。正在喘息之机，突然，天空中传来“隆隆”的声音，只见两架飞机从云端中钻出来，从布里亚特人头顶上穿梭而过。

“飞机，国军的飞机来救我们了！太好了！”额仁钦等欢呼起来。

队伍里的国民党军统特务忙打开一个包裹，在草地上十字交叉铺开两幅白布，与飞机联络。

两架飞机又降低高度，与打开电台的地面军统特务沟通联系后，对着白布标志投出两个降落伞和一个邮筒，然后向北部沙漠里飞去。一会儿听见一阵阵机关炮声和炸弹爆炸声传来，那是两架敌机在攻击轰炸八路军追剿部队。

额仁钦匪徒们忙不迭地拾回空降下的两个大箱子和邮筒。打开箱子，一个里面装着四挺机关枪，20 支步枪和成包的子弹，另一个箱子里装的是饼干、罐头、大饼和药品。众人欢呼跳跃，说这回有救了。

额仁钦忙着看邮筒里的信，那是空军驾驶员写给他的情报。信中的内容让他又喜又忧，喜的是，前来接应的国民党骑兵团四百多人已和他不到十公里的距离了。忧的是身后八路军追剿部队从三面合围上来了，要他迅速组织队伍进行阻击，向国民党骑兵团靠拢。

他急了，挥起马鞭猛烈抽打着抢吃的几个小头目，命令他们赶快组织队伍，排出阻击线，与追上来的八路对阵。

远处的沙漠里，在一阵滚雷似的闷响中，一队队骑兵和步兵如同一排怒潮般向这边压过来，阻挡它前进的力量都被践踏于铁蹄下。

“八路来了，准备打呀！”额仁钦狼嗥般的声音颤抖着，催促喽啰们准备抵抗。

原来，八路军追剿部队在白音库伦扎营休整一夜，天亮后，在一阵嘹亮的集合号声中，吃了用布里亚特人扔下的锅灶做的饭后，步骑兵很快集合完毕。何司令员对各团营长进行了简短的作战部署，命令朱德骑兵师黄振彬团在前，步兵部队随后跟进，以三路纵队成扇面进军，像三把尖刀插向额匪逃跑方向。

梁敬、韩星与克旗公安局和县支队的战士对额仁钦的大本营进行了仔细搜索，在额仁钦的毡包地毯下发现一个地窖，搜出“六〇”迫击炮六门，“八二”迫击炮一门，美式冲锋枪两支，步枪十支，弹药两箱。在另一个地方搜出一只铁皮箱子，发现里面全是文件，其中有额仁钦道尔吉与张家口国民党往来信件及额仁钦的“少将旅长”和“锡林郭勒盟盟长”两张委任状，还有额仁钦的全家福照片、额仁钦在苏俄时与自卫军合影照、与日本关东军军官和国民党军政官员的合影照片，以及其他的文件、资料等。在一道沙沟里搜出了四挺马克沁重机枪和装载机枪的四轮马车，好几箱重机枪子弹和迫击炮弹，只是重机枪的撞针都被卸走了。

何司令员说：“我们掌握了额仁钦投靠国民党反动派的罪证，他仓皇逃跑，战斗力大大减弱，他向南逃是要与多伦的国民党军队会合，我们要加快追击速度，彻底消灭他们。”

何司令员命令赵芝瑞和内蒙古自治政府派来处理布里亚特问题的工作团同志留下，与克旗公安局、旗支队的同志负责收容、安置布里亚特平民和俘虏，看管缴获的财产物资、牲畜等。由梁敬、韩星等率侦察队做向导，进入沙漠向南追击布里亚特额仁钦匪帮。

部队犹如三支射出的利箭，涉沙原，跃沙沟，翻沙梁，紧紧咬住敌人奋勇追击。

额仁钦沿途留下阻击迟滞我追剿部队的小股顽匪，犹如小虾小蟹被追剿大军淹没了。一路上跑不动走不动的布里亚特老幼妇孺和牛羊、骆驼一群一伙地窝在沙坑子里，等着我军收容，也有三三两两的骑匪牵马缴枪投降。

部队首长为了加快追击速度，对部队进行了轻装，把伤病战士和后勤战士留下来，看护俘虏，保护布里亚特平民和牲畜，剿匪大军犹如怒潮般向南席卷而去。

此时，锡察边境地区的我骑兵十六师发来电报，他们按时到达指定位置，切断了敌人向北、向西逃窜的道路。

追啊！骑兵马不停蹄，步兵奋勇向前，眼看着敌人就在前面了。

骑兵放过一大群掉队的布里亚特平民和一群骆驼，把这些布里亚特人交给步兵处理，径直向敌人的骑兵追击。

这时，两架敌机飞过来，在部队头上盘旋一圈后，机头向下一扎，“咕咕咕”打下一串串机关炮弹，打得沙丘飞沙走石，犹如一道道火链子扫过人群，顿时打死打伤多名八路军战士，把几匹战马也打炸了群，四下乱跑。刚安抚下来的布里亚特平民被打死三人，打伤好几人，打死牛和骆驼十多头。

骑兵团黄占斌团长喝令战士们不要乱，在沙柳丛和杂树下隐蔽，命令架起轻重机枪准备对空射击。战士们迅速架设机枪，组成了几个射击组，在敌机盘旋回来，进入攻击路线，对地欲再次攻击时，黄团长挥手大喊一声：“射击!”“哗——”的一阵猛烈的轻重机枪齐射，前头的敌机猛一仰头，加速向高空闪避开，后一架飞机中了弹，在空中猛地抖了几下机身冒出一股黑烟，歪歪斜斜地向西南方向逃走了。

待部队打跑了敌机，重新整队开始对敌追击时，额仁钦道尔吉已率残余布里亚特人和鲍三疯子等股匪占据了一溜沙梁，居高临下用猛烈火力阻击我军，掩护残敌逃跑。

“终于要抓住额仁钦匪帮了!”何司令员在马上用望远镜观察着敌情，如释重负地说。

他回马命令部队迅速跟进，步兵向两翼运动，骑兵向正面集结，准备进攻。

过去骑兵团的基本战法是骑乘行军，下马作战，说明白点就是骑马的步兵，大部分战士是行军时利用战马提高行军速度，扩大活动范围，打仗时下马徒步作战。真正的乘马挥刀冲锋的骑兵要经过严格的训练才能上阵，按军事术语叫轻骑兵。轻骑兵更加快捷，冲击力大，一旦突破敌人的火力阻击，与敌人搅在一起近身格斗，吃大亏的是步兵，尤其在旷野上，骑兵的杀伤力更大。

土匪除了布里亚特人能与八路军骑兵真刀真枪杀几下，鲍三疯子等土匪大都没那个拼刀的能耐。

看架势，何司令员要再次用实战来锻炼和检验朱德骑兵师的赫赫虎威了。

朱德骑兵师的勇士们忙着检查装备，卸下了马料口袋、行李等妨碍乘马冲锋的物品，把马肚带扣紧了，然后上马列队。三个骑兵团一千多名骑兵，三团居中，一团在左，二团在右，排成三列横队准备冲锋。

步兵队已分向两翼包抄过去，两门“九二”步兵炮、四门“八二”迫击炮、六门“六〇”迫击炮也迅速进入射击阵地。炮兵克服了沙漠行军的极大困难，马驮人扛把火炮及时运上阵地。

何司令员见各部队均已进入战斗位置，他下令：“开炮！”

“咚咚咚”，一排炮弹黑老鸹似的飞向敌人占据的沙梁，“轰隆隆”地炸起团团烟尘。第一排炮弹打出去，经过校正，第二排炮弹准确地落在敌人阻击阵地上，几个敌匪的残躯被崩起老高，敌人阵地一片混乱。

骑兵战士们正在议论着炮兵的神勇，指挥员命令冲锋的旗子摆动了，居于中间阵位的骑兵三团团长黄振斌大喊：“出刀，准备冲锋！”

张才对王士林说：“兄弟，打起精神来，好好打，再立一次功！”

“咱们是老兵了，见过阵仗了，瞧好吧！”两个人在马上挺挺腰，拔出了光闪闪的马刀。

这时，指挥旗由垂直变成四十五度角，旗尖直指敌阵，进攻开始了。

开始时，骑兵队列的队形呈马蹄状，两侧是突前的轻机枪火力来压住阵脚，中间是准备乘马的冲锋骑兵。骑兵团的战斗骨干都能做到在快速行进中双手脱缰，熟练操作轻重武器，甚至将掷弹筒、“六〇”炮抱在胸前开炮，尽管射击精度不是很高，但可以压制敌人的火力，震慑力很强。

战马此时由小跑逐渐变成大跑，战马的战斗激情被激发出来了，争先恐后向前跑。一匹战马身后拖曳起一溜烟尘，上千匹战马奔腾在荒原上顿时卷起一股风暴，马蹄叩击地面，轰隆隆一片雷鸣。上千把战刀闪烁着一片寒光，杀气腾腾，骑士们两耳生风，催动坐骑向前猛扑。冲锋队左右两侧的机枪手们每人打出了两梭子弹，掩护骑兵们冲过敌人的阻击线，向左右掰过马头，让骑兵大队冲上沙梁。

冲到敌阵里就是骑兵大显身手的时刻了，战士们勒住狂奔的战马，改小跑步伐进行战术格斗，一下子打乱了敌人的阻击阵形，与敌人搅在一起，“乒乒乓乓”地砍杀恶斗起来。

张才和王士林跟在王连长马后冲上沙梁，眼见一个土匪从地上爬起来，挺着“三八”枪刺刀刺向王连长。王连长一提马缰，战马向左蹦跳开，那家伙枪刺空了，没等收脚回枪，王连长刀光一闪，顺势削下来，那家伙的半边脸和右肩膀被砍掉了，鲜血喷出老远。张才的战马向右翻上沙梁，猛见一个人影从地上跳起来，未等他闪避开，就被高速腾窜的战马“砰”地撞出老远，打着滚咕噜下沙梁。

骑兵这么一冲，把敌人分成几股，敌人见势不妙，纷纷向后面沙坡连滚带爬地逃跑，奔向隐蔽战马的洼地。

匪徒们彻底丧失了战斗意志，被骑兵勇士砍瓜切菜般追杀着，还未到马群边，便被包围在洼地里，残余的几十名匪徒只好丢下枪，跪倒在骑兵勇士马前乞求饶命。

“继续追击敌人！”黄团长挥刀号令骑兵勒转马头，向正在南逃的敌人追杀。

额仁钦刚才一见到八路军步骑兵摆下的强大阵势，心里就叫起苦来。面对八路军势如潮涌的阵容，自己手下这四五百残兵败将，简直是鸡蛋碰石头。他把当地的土匪杆子悉数赶上阻击阵地，把布里亚特老弱兵丁留在沙梁上阻击八路，他自己牢牢掌握住二百多人的精锐骑兵，好拼死冲破包围，向多伦方向逃跑。他打算舍弃阻击的部下，为他的逃跑争取时间。

阻击八路军的敌匪垮了，朱德骑兵师的铁骑排山倒海般向额仁钦残余骑兵掩杀过来。

“撤，快撤！”额仁钦狂叫着，打马往南狂奔。

身后，早就丧失了战斗意志的布里亚特骑兵“哗”地向后逃窜，边跑边扔掉草料袋、行里卷甚至步枪。两个国民党军统报务员扔掉了背负的收发报机。至于布里亚特平民，早就被扔到后边顾不上管了。

前面的敌骑狼奔豕突，落荒而逃，后面的八路军骑兵纵马猛追，距离逐渐拉近了。八路军骑兵用机枪、马步枪“哒哒哒”、“砰砰、啪啪”地猛烈射击，不断有敌人被击中从马上摔下来，有战马被打中狂跑一阵后因鲜血流尽力竭而亡。有跑得慢的敌匪被八路军骑兵追上枪打刀劈，命丧沙场。狼狈逃窜的布里亚特顽匪像蛇一样被一截一截地斩断，已难逃被全歼的命运。

突然，空中传来炮弹划破空气的啸叫，一排炮弹在八路军骑兵队形前轰然炸响。接着，又一排炮弹飞过来，炸倒了几匹战马。

“有敌人接应！”黄团长忙向左拨战马，指挥骑士们向左右转向躲避敌炮的轰击。奔跑的战马一时不能马上勒住，只能向左右拨开，逐渐懈开战马的冲力。

前方的一列沙丘上，数百名骑兵列队向这边射击，马队前两门山炮和几门迫击炮疾速向追击的八路军骑兵倾泻着炮弹，掩护残余的布里亚特人的队伍。

黄团长稳住战马，用望远镜观察敌人，发现是身穿国民党土黄色军服的国民党骑兵，有一个团的架势。再看自己的骑兵，经过这一阵猛烈追击，马都汗水淋漓，马嘴角都冒了沫，只上来三四百骑，步兵被落到后面老远。显然，敌人以逸待劳，将很难冲破敌人的火力网，与敌骑兵接战。

他命令一波波追上来的骑兵占领阵地，稳住阵脚，用机枪、步枪的火力掩护部队赶上来，与敌人对峙。

赶过来救援布里亚特人的敌人是从多伦出来的国民党傅作义部骑兵团，他们占据有利地形，用猛烈炮火阻击八路军的追击。敌人的炮火在敌我之间筑起一道火墙，使得额仁钦摆脱了八路军的追击，总算保住了性命。

但是，猖狂一时，自命不凡的布里亚特额仁钦匪帮只剩下不到百人了。

额仁钦仓皇逃到多伦城，在多伦城下，从马上滚下来，捶胸顿足，号哭不已。他如折断翅膀的草原雕、被打断脊梁的恶狼、被敲掉门牙的野猪，再也威风不起来了。

八路军剿匪部队打垮了布里亚特额仁钦道尔吉匪帮，取得了剿匪作战的巨大胜利。

在整个作战行动中，参战官兵始终遵守既猛烈打击反动头目，又解放争取基本群众的策略。对多灾多难的布里亚特平民百姓则多方安抚，甚至用生命保护他们。在敌人的飞机轰炸扫射时，三十二团一位汉族战士为保护两个孩子，被敌人的炸弹击中牺牲了。对布里亚特人丢弃的财产，战士们沿途捡拾，归拢在一起，等待布里亚特人认领。跑得到处都是的牛、羊、马、骆驼，都被赶到一块儿，以待主人认领。部队在搜索沿途逃散的土匪时，对于顽抗者坚决消灭，而对布里亚特人则尽量喊话劝降，只要交枪，就回归布里亚特人里边，不再追究。各部队打扫战场，共截获一百多户布里亚特牧民，收抚人口四百余人，占布里亚特部落总户数的三分之一，人口的四分之一。对死去的布里亚特人，按蒙古族风俗统一进行了埋葬。

额仁钦的母亲和三个孩子也被俘获，他的叔父色登领着几十号男女老幼躲在沙坑子里向搜索的八路军投降了。他向八路军交出了手中的刀枪，对前来安抚的工作团人员说："这是长生天对作恶者的惩罚啊，可怜的布里亚特人，失去了家园，失去了牲畜，失去了生命，这都是额仁钦造的孽啊!"

工作团的达来同志搀扶着色登老人说："乌云遮不住太阳，苦难终将过去，八路军打败了叛乱者，解救了布里亚特百姓，人民政府保证让你们回归故土，过上太平日子。"

色登见八路军和颜悦色，在工作团同志的百般劝慰下放下心来。他骑上一匹马沿途招呼在沙坑里、柳丛中的布里亚特人都走出藏身之地接受八路军的保护。所有人集中后被转送到达王庙，在那里受到精心照顾，治病治伤，等待被俘和被打散的亲人归来。

十天后，整个战场都被打扫完毕，零星失散者也被找回来了。在达王庙，布里亚特人抢掠来的牲畜都被当地牧民认领回去，布里亚特人自己的牲畜组成了畜群。布里亚特人按部落约定选色登等人临时掌管部落里的事务。

何司令员与内蒙古自治政府代表齐俊山、云一立等同志会同克什克腾旗政府、经棚县委副书记赵芝瑞等党政军干部，逐户慰问布里亚特牧民，并宣布：内蒙古自治政府和冀热辽军区决定，解除布里亚特人武装，尊重布里亚特部落蒙古族同胞的意愿，派部队护送他们回归呼伦贝尔盟布里亚特传统牧地，安家落户，发展生产。

色登老人等对人民政府的决定千恩万谢。何司令员说："即使额仁钦回来，只要不继续与人民为敌，我们也既往不咎，饶恕他的罪恶。如果他回到维护民族团结的立场上来，停止作恶，我们就原谅他。"

"共产党、八路军军威赫赫，纪律严明，恩怨分明，没把布里亚特人当做叛逆斩尽杀绝，天恩浩荡，我们布里亚特人知道道义事理，共产党、八路军才是我们的靠山，布里亚特人永远拥护共产党、八路军，绝不再做害人害己的蠢事了。"色登坦诚地盟誓。

6月25日，经过精心准备，内蒙古军区十六师三团和克什克腾旗支队、内蒙古自治政府代表奉命护送布里亚特人回归呼伦贝尔盟海拉尔南故地定居。剿匪部队将全部布里亚特俘虏释放，轻伤员跟随卫生队护理，不能行走的重伤员留下疗伤，痊愈后送回。克什克腾旗政府用传统的蒙古送行礼仪送别布里亚特同胞，然后尽数还给他们的马匹、牛羊群、车辆、用具、财物，经棚县政府赠给他们牛一百头、羊五百只、砖茶六十块、火柴六十包，以及白面、莜面、小米、红糖等生活物资，还给孩子们每人做了一身新衣服。

布里亚特人欢天喜地回归故里，这是他们万万没有想到的。

额仁钦只剩下一百多人被国民党骑兵接应逃进多伦城，他像被打断脊梁的狼彻底瘫痪了，多日里喝得酩酊大醉，连睡梦里都大喊大叫："八路来了，快跑啊！"经过国民党军官们和省党部人员多方劝慰，几天后，他总算缓过来了。看着只剩百余人的弟兄，想想曾经欢乐的充满生机的部落生活，这一切都化为乌有，他的心犹如掉进冰窖，凉透了。

多伦不是久留之地，钻进汉人堆里，他总没有安全感，况且自己这点人马，时刻都有被人吞并的危险。他到国民党省党部和警备司令部，把自己的人马委托骑兵团统领，自己带了亲随十余人，经察北逃向阿拉善旗，投奔德王去了。

鲍三疯子如同溜滑的泥鳅，在八路军骑兵发起冲锋时，就带着自己残存的二十多号人钻进了柽柳林，逃之夭夭，蹽回去向白金辉报丧去了。

我剿匪部队出师大捷，凯旋而归。朱德骑兵师路过克旗经棚镇，经棚县党政军和各族群众欢欣鼓舞，敲锣打鼓齐集西杨树林道口迎接英勇的朱德骑兵师。尤其是骑兵三团更受万人瞩目，因为三团大部分是克旗人，从旗支队临时编入骑兵团作战的回民连是以经棚镇回民为主体组建的子弟兵，战斗意志强，作战勇敢，受到军区奖励。他们给父老乡亲争了光，立功受奖后更加意气风发。

部队一进经棚街，战士们便被各家各户抢走了。街面上红旗招展，锣鼓喧天，鞭炮齐鸣，孩子们争着给骑兵遛马，姑娘们都交头接耳，评价英武的骑兵战士帅小伙子们。然后，大家蜂拥而上，抢过马缰绳请战士们到自己家，拿出家里最好吃的东西款待战士们，与他们同喝庆功酒。

此后，为纪念朱德骑兵师辉煌战绩，克旗一名干部创作了《克什克腾骑兵歌》在解放区广泛传唱：

高高的山顶上云滚雾绕，
晨曦夕阳下家乡美好。
泉水清亮柳丛茂密，
仿佛在梦乡中隐隐约约。

鲍玉林布里亚特是万恶的敌人，
佛爷和民众不得安宁。
父老乡亲攒下的财富哟，
全被那鲍玉林掳夺净光。

克力更连接那坤都仑泉，
这就是我们可爱的家乡。
这里有勇士们奋斗的足迹，
这就是青年们洒血的土地。

达尔罕山北有达里湖哟，
英雄的骑兵队威武雄壮。
巴彦库仑湖岸上，
敌人被我们消灭光。
解放后牧民的牲畜兴旺，
草原上撒满了肥壮的牛羊。

第六章 碧血丹心

一 土改分兵

在克旗草原和锡林郭勒草原上围剿布里亚特叛匪额仁钦道尔吉的胜利，保证了冀热辽解放区的稳定，保证了连接东北、华北两大解放区的战略通道畅通，也锻炼了部队，提升了部队战斗力。还有一点十分重要，就是妥善解决和处理了民族问题，打击和孤立少数蒙古族叛乱者，保护和解放了大多数布里亚特蒙古族同胞，使他们得以返回故乡，安居乐业。战争的胜利，也极大地打击了国民党反动派及其封建土匪武装，使共产党领导下的人民军队日趋强大，解放区日益巩固，土匪武装的活动空间被大大压缩，国民党军队的进攻能力也渐趋衰竭。战争的天平已向人民的力量一方倾斜，反动派感觉到他们作威作福、恣意枉为的时代已一去不复返，灭亡的时刻愈来愈近了。

鲍三疯子带着二十多个小喽啰狼狈不堪地逃回乌牛吐老营，他不但没能为白金辉完成招兵买马扩大实力的任务，连带出去的五十多人也折损了大半。过去那个不可一世的鲍三爷被朱德骑兵师砍没了魂，见了白金辉一迭声地嘟囔："太厉害了，真厉害！八路的骑兵排山倒海，咱们根本打不过他们，要不是我命大，就回不来了……"再看那些小匪们，挂彩的龇牙咧嘴、狼嚎鬼叫，没伤的丧魂失魄，连睡觉做梦都大喊："八路骑兵来了，快跑！"一惊一乍的，别人也心惊肉跳睡不着觉了。

白金辉忙张罗让大老婆柳氏给弟兄们做法来叫魂压惊。他对郭璞等人说："布里亚特人被八路打哗啦了，其他杆子也跟着摊了捎，他们站不住脚，一定会投奔我，咱们的力量又壮大了。但是树大招风，梁敬他们还盯着咱们呢，他们一定招引共军大队人马来打咱们。这些日子，咱们不要有大的行动，在山里窝几天，等风声小了再出山。"

众人点头称是，说可别招惹八路的骑兵，布里亚特人那么厉害都给灭了，咱们要是碰上，非变成无头鬼不可。

为防范八路来攻击，白金辉在山里老营周边加派岗哨，又在险要处设置了许多明暗结合的火力点，派骑兵前出到三十里开外哨探巡逻，唯恐八路军骑兵乘胜而来攻击他。

由于冀热辽军区要配合东北野战军发动夏季攻势，剿匪部队主力奉命向辽西地区开进，只留地方部队继续执行剿匪反霸，保卫地方政权，支持土改工作任务。部队进行了适当分散，固守热北、热中地区的交通线和重要地方，暂时放松了对逃进深山老林的白金辉匪帮的围剿，白金辉侥幸度过了一段危机时期。

围剿布里亚特匪帮的胜利，使克旗草原恢复了平静，农区大部分地区的土匪也被扫荡一空，大股土匪逃的逃、散的散，零星土匪已形不成气候。广大农牧民群众看到了人民军队的强大，增添了信心，青年人纷纷要求参军，保卫胜利果实。他们尤其对朱德骑兵师情有独钟，有的年轻人牵着自家分得的马到部队要求当骑兵，有的要求参加县支队、区小队，既能扛枪当兵打仗，又守家在地。当兵后扛着枪，穿上八路军服装，多威风啊！他们在女孩们面前更是腰杆挺直，自豪得很呢。

热北地委和军分区不失时机地开展巩固根据地建设，以适应革命战争的需要。1947年，中国共产党对国民党的战争已进入到重要的攻坚阶段，更彻底地争取农民支持以战胜国民党反动派，早日结束其腐朽没落、反动透顶的反革命统治，救全国民众于水深火热之中，成为中国共产党面临的首要任务。为此，当年10月，中共中央制定发布了《中国土地法大纲》，宣布彻底平均分配乡村一切土地。随后，各解放区各级党政机关派出大批土改工作队深入农村，发动农民群众，组织贫农团和农会，划分阶级，控诉地主，惩办恶霸，没收和分配地主的土地。

热北地区是老解放区，前一年搞过减租减息运动，内战爆发后又实行没收地主土地的第二次土改。但是受"左"倾思想影响，打击面过宽过重，把富农和工商业者也列入打击范围，一定程度上影响了解放区建设。加之国民党军队猖狂进犯，封建地主武装不断骚扰破坏，土改工作处于停顿状态，有的地方吃了"夹生饭"。在伟大的人民解放战争取得转折的形势下，宣传贯彻落实《中国土地法大纲》成为解放区建设的中心任务。《中国土地法大纲》解放思想，实事求是，深入透彻地分析和研究了中国农村的现状，体察了民情，对土地改革的指导思想、方法、步骤和应注意的问题都做了明确阐述，具有很强的指导性和可操作性。比之于过去的土改工作，一是解放区由于打退了敌人的进攻有了比较安定的环境；二是肃清了大部分土匪武装，老百姓的安全感加强了；三是大家眼见人民武装力量日益强大，不断取得人民战争的胜利，人们有了主心骨，心里托底。

这次土改各级人民政府准备充分，方法得当，又以武装力量作后盾，本着先易后难，先在核心区，后边缘区逐步推进的方式，通过访贫问苦，培养、使用农民积极分子，把贫苦农民的热情激发出来。召开全村控诉大会，把地主、恶霸带到控诉台上，由积极分子带头上台控诉其所受的压迫和剥削。干部们则带头喊口号，调动和掌握会场情绪，激发起其他农民的革命热情，从而增强原来因贫困而抬不起头来的贫苦农民的信心和决心，把地主、恶霸的威风压下去。组织贫农团，由原来的积极分子带动更多的人加入到贫农团中，发展壮大农会，在工作队的指导下，由农会或贫农团暂时管理全村事务和土地分配。在克什克腾旗与经棚县合并后，新的旗委在城乡大张旗鼓地宣传革命烈士秦荣、潘书声、唐桂芝、于凤宝等人的英雄事迹，极大地激发了人民军队和农牧民群众翻身求解放的信心和决心。工作队主持掌握，由贫农团具体负责划分阶级成分，把全村或全乡的土地及地主恶霸的房产、生产工具等财产按人口平均分配，并发给土地证，农民拥有土地的使用权和所有权。

打倒地主、恶霸、汉奸，没收和分配他们的土地给农民，摧毁了农村中原有的政治经济社会格局，使广大农民不仅在经济上，而且在政治上和心理上获得解放。对于无地或少地，靠给地主老财扛长活、打短工，耪青、割大烟，忍饥挨饿没有生活保证的贫雇农来说，意味着站起来，打碎封建地主土地所有制的枷锁，成为土地、牲畜、农具和房屋的主人。土地改革的意义还远不止于此，它是一项综合的社会大变革，它使人们的社会地位获得了根本性的转变，激发起农民的阶级觉悟，使广大贫雇农认识到中国共产党与其切身利益间的密切关联，并最终在中国共产党与国民党反动派的争夺中坚定地站在共产党一边，同时通过选举建立起的新的以翻身农民为主体的农会，以及自上而下的各级基层党组织和乡村政权，较有效率地承担起解放区恢复工商业经营活动、恢复农牧业生产、征收公粮、组织战备物资和后勤运输、发展民兵、保卫地方、为野战部队输送兵员等任务，在解放区形成了军政一致、军民一体的军事政治体制，形成了对敌斗争的强大力量。

克什克腾旗与经棚县合并后成立新的克什克腾旗委，领导集中统一，力量更强大了。为了落实军区的剿匪与土改工作任务，在原来土改工作的基础上，派出数支武装土改工作队，建政、剿匪、反霸、土改与建设人民武装工作多管齐下，充实和巩固了区乡革命政权，消灭了许多小股和零散的土匪，镇压了一批横行乡里、怙恶不悛、勾结土匪、残害百姓的恶霸地主，灭了敌人的气焰，大长了穷苦百姓的士气。土地改革工作也完成和巩固了中心区域，解决了“夹生饭”问题，区乡人民武装的区小队、民兵队伍经过严酷的斗争锻炼，过滤出了阶级异己分子和革命意志不坚定的人，大浪淘沙，现在是贫苦青年农牧民掌握了枪杆子，队伍纯洁了，成为斗争意志坚强、富有革命热情的一批不可小视的革命武装力量。

土改工作由中心区域向偏僻山区和边缘区推进，这是上级党委的指示，也是广大贫雇农的迫切要求。中共克旗委在秋收后召开了全旗干部会议，研究部署下一步土改工作。经历了一年艰苦斗争的区乡党政军干部们云集经棚镇，大家无论是认识的不认识的，见面都笑脸相迎、互致问候。政府大会议室同时兼着大伙房，此时，笑语声喧，好不热闹。

梁敬、韩星、张东阳、王征几个人又是握手又是搂抱，高兴异常，梁敬问韩星：“又有啥新鲜玩意了？给咱看看。”

韩星说：“好东西多了，咱们东北野战军发动秋季攻势，那真是势如破竹。咱冀热辽军区部队在辽西杨家仗子三战三捷，消灭敌人好几万，缴获的武器装备堆成了山。咱们县支队押送支前物资到前线，顺手牵羊打了几个小仗，还俘虏国民党军百十多人，缴获了不少美式冲锋枪、机关枪哩！瞧，这是美式柯尔特左轮手枪，使用方便，杀伤力强，还是军区首长奖励给我的呢！”韩星摇头晃脑，一顿大白话，拍着腰间的带子弹腰链的手枪得意地说。

梁敬趁韩星不注意，突然出手，一手别住韩星的右胳臂，一手麻利地将左轮枪抢在手里。

韩星见状不好，边往回抢枪边喊：“别价伙计，这是领导配发的枪，不是谁想要就要的。”他知道好枪到了这帮生死弟兄手里，十有八成就要不回来了。军人爱枪，职业所属，理所当然。

梁敬躲闪到张东阳身后，欣赏着左轮枪。这种枪梁敬当年在冀中军区反击国民党军闹

“摩擦”时缴获过，好用，射程远，杀伤力大，最主要的是不怕卡壳，有臭弹再搂下扳机跳过去便是，装填弹药也简便。梁敬爱不释手地说：“好枪，梁某正用得上，咱俩换吧，你要啥东西都行。”

韩星急得直跳脚：“你小子打劫明抢啊，这是首长奖励给我的，说啥也不给你。”

“哟哟，啥时候成了守财奴了，我是要定了，你就说拿啥换就中了。”梁敬说。

“给啥都不换，你能有啥好东西，除了没收的地主浮财大烟土、现大洋伪满票子、几杆破枪外，还有啥？不中不中，换媳妇都不中。”

斗闹中的梁敬一听媳妇两字，顿时沉默了，淤积在心头的对玉莲的思念和担忧，顿时刺痛了他的心房。

众人见梁敬悲戚戚的样子，也都不说笑了，都关切地望着梁敬。

韩星用巴掌猛拍了一下头：“咳，真是的，哪壶不开提哪壶。”他从梁敬手里拿过左轮枪，又从腰里解下弹链，连枪带弹一齐放在梁敬手上，说：“得了，伙计，对不起让你伤心了，这枪白送给你了，你比我更用得上。待会把备用子弹都给你，你就别发呆了，行吧?”

“人家担心心上人，有情有义呀!”江波边说边凑过来。她拉着梁敬的手安慰道：“玉莲是个好姑娘，早晚咱们把她救出来，让她加入革命队伍。”

梁敬说：“听投诚过来的土匪说，玉莲被她爹给软禁起来了，处境很艰难，几次要跑出来都没跑成，还挨了不少打，太可怜了!”说着梁敬的眼泪围着眼圈转。

“梁书记，你放心，咱们一定要消灭土匪，救出白姑娘。”张东阳攥着拳头发誓道。

“江主任，也许我太感情用事了，如果在这个问题上我模糊了阶级立场，你可要提醒我、批评我呀!”梁敬说。

“这不是感情用事，这是革命者的情操，我们干革命就要拯救这个世界上受压迫的人民，革命者也是讲人道，有感情的，也有七情六欲，但我们的感情有立场有节制，不是爱情至上。我们把玉莲解救出来，引导她做对人民有益的事情，这也是革命工作。”江波殷切地对梁敬说。

韩星对江波说：“江大姐，等咱解放区形势稳定了，你也该回陕北把孩子接来一家人团圆了?”

“以后再说吧，现在工作这么忙，家务事不能影响老赵的工作。胡宗南进攻陕甘宁根据地，孩子随爷爷奶奶在外边躲避了一段时间。现在我们收复了延安，赶跑了胡儿子，又能过上太平日子啦。孩子由他爷爷奶奶照看，我们放心。”江波说。

大家对江波一心为了党的工作，把思亲之情埋在心里的襟怀所感动。

江波与赵芝瑞夫妇都是陕西省韩城县人。赵芝瑞原名段亦文，1906 年生于韩城县芝川镇三甲村的一个中农家庭，幼年在家劳动，读私塾。1929 年在韩城县立文中学读书期间，接受马克思主义思想教育，成为一个坚定的革命者，1932 年在一片白色恐怖中加入了中国共产党。中学毕业后，1933 年到宜川县集义镇高小当教员，以教员身份从事地下工作。由于教学成绩突出，很受县教育部门重视，1935 年又调回韩城县白家庄当教员。他心思缜密，进行秘密革命活动未被国民党当局发现。

1936年赵芝瑞调到陕甘宁边区中共延安地委工作，后派到中央党校学习。在中央党校他聚精会神系统地学习了马克思列宁主义理论，多次倾听毛主席等中共领袖们讲课，受益匪浅。在中央党校毕业后，1938年他被任命为韩城县委书记兼地委宣传部部长。此后，又调到中共中央组织部做文秘和财务工作。1940年调兰州第十八集团军办事处任上尉副官。1941年又调回中央党校二部工作。

抗战胜利后的1945年秋，为创建东北根据地，中央从陕甘宁边区和山东、华中、冀察晋抽调大批干部和部队进军东北和热河。赵芝瑞和江波夫妇积极响应，第一批报名随部队挺进东北创建革命根据地，经过长途跋涉到了承德，被冀热辽中央分局留在热河工作。起初任冀察热辽军区办事处主任。1946年5月调热北昭乌达盟（林东）行政委员会工作，复又任林东行政委员会民政科长、林东政治处组织部长。1947年2月调任经棚县委副书记兼组织部长。

江波与赵芝瑞从陕甘宁边区出发时，把三岁的儿子交给爷爷奶奶抚养，夫妻二人义无反顾到塞外草原干革命，只是在夜深人静时才思念宝贝儿子。他们互敬互爱，相互支持做好革命工作，求真务实，办事谨慎，组织纪律性很强，在干部战士中威信很高。

赵芝瑞和江波是教小学的教师同事，江波是赵芝瑞秘密发展的地下党员，后来任韩城县委妇女工作部部长，在延安中央党校学习半年。夫妻二人非常珍惜在延安工作学习的那段岁月。赵芝瑞随身携带着两件宝贝，一是延安大生产运动自造的马兰纸订做的笔记本，里面记录着他在中央党校学习期间聆听毛泽东、刘少奇、朱德等革命领袖讲授党课的笔记，以及在中央党校工作期间的工作日志和学习心得；还有一件宝贝是用延安军民自己织的毛呢做的军毯，是他和江波结婚时，时任中央党校常务校长的彭真同志赠送的。二人南征北战，什么东西都可以丢下，但笔记本和毛毯夫妻二人绝不丢下，因为那是他们成为坚定的无产阶级革命战士的瑰宝，鞭策和鼓舞其奋斗的动力，也是他们革命爱情的信物。他们每每共同盖着毛毯，翻阅笔记本上记载的文字，延安岁月那如诗如画、如火如荼的生活场景便闪现在他们的回忆中，那是一段多么宝贵的峥嵘岁月啊。在那块全中国最富生机、最有活力、最干净、最快乐的热土上，无数知识青年锻炼成自觉的、坚定的革命者，从这里出发，奔赴全国各个战场，与凶残的日本帝国主义和国民党反动派拼死搏杀。延安是中国革命的中心，是无数仁人志士心中的导航灯塔，赵芝瑞、江波夫妻二人之所以无比珍惜延安岁月，就在于此。

县委对全县的土改建政、肃清土匪工作分工包片，赵芝瑞负责五区（百岔区）、六区（广兴源）、七区（红山子）三个区，韩星任工作队长，县工会主席张建国任副队长，五区区委书记梁敬、六区区委书记于海潮、七区区委书记初殿贵都是久经沙场的老战士，在与土匪错综复杂的战斗中，进一步磨炼了革命意志，丰富了斗争经验。更主要的是他们培养和锻造了一批革命坚决、成分清纯、敢于斗争的区小队战士，又配发了一批比较精良的武器装备，经过配合主力部队参加几场规模较大的剿匪战斗，显著提升了战斗力。赵芝瑞先是集中兵力，临时借调内蒙古军区三十二团两个连的兵力，在七区天太永、六区小西天清剿散匪，打死土匪三十余人，俘虏四十余人，土匪散伙主动缴枪投诚二十多人，基本肃清了当地的股匪，为开展土改工作创造了比较安宁的环境。

时局进入1948年，为了在春耕前完成全部土改工作，赵芝瑞把土改工作队分作两个工作组，由韩星和张建国带四十余人奔赴七区（红山子）开展工作，并负责监视红山子乌牛吐大山里白金辉匪部的动向。赵芝瑞把工作队战斗力最强的一个班调配给韩星，并叮嘱他，一定要加强区政府大院的防御，在原有防御设施的基础上，加修工事，囤积弹药粮草，一旦发生战斗，首先利用坚固工事阻击敌人，大量杀伤敌人，坚守待援，待主力部队赶到消灭敌人。

韩星对赵芝瑞说："赵书记，你把大部分兵力都交给我，你那里可没多少人了，万一碰到敌人怎么办，你还是多带些人吧。"

"没关系，目前五区、六区的大股土匪已被消灭或逃窜了，又有三十六团驻防在五区梅林营子，万一碰到敌人，他们随时可以支援。七区山高林密，又有白金辉匪帮盘锯，现在大部队暂时转不回来，我们只能做好防范。你们一定要组织训练好区小队和民兵，构成一道坚固防线，打击白金辉的骚扰破坏，你们的任务比我们这里更重要。"

"那就把机枪组给你留下吧。"韩星说。

"不用，如果发现敌情，从县大队调机枪也来得及。"赵芝瑞胸有成竹地说。

武装工作队的装备比较好，战士们都持"三八"大盖或"七九""九九"步枪，干部一般是手枪、步枪两大件，子弹充足，每人还带四枚手榴弹。过去地方干部武装简陋，小股土匪也敢袭击下乡的工作队，现在别说打工作队，躲还来不及呢。遇到土匪，战士们快马加鞭，追上去就是一顿猛打，这手里的家伙硬了，底气就是足。

从经棚镇出发，近百人的骑兵队伍意气风发，大车道上马蹄声急，震动了山岳，不时惊飞一群群野鸡、沙鸡，偶有野兔从道边草丛中跳起。远山近岭白雪皑皑，西拉沐沦河也被冰封成一条白色巨龙，蜿蜒于巨川中。马队过了冰封的西拉沐沦河，在广兴源川与西拉沐沦河川交汇的山嘴子分兵，赵芝瑞与韩星等干部分手话别。韩星又对赵芝瑞说："赵书记，我总是觉得心里不踏实，你还是多带些人吧。"

"你怎么像个小媳妇似的，担心什么！你们更需要加强战斗力。"

"那把机枪组留给你们吧。"

"别啰嗦了，记住，加强防御，不要擅自出战，稳稳当当地开展工作，白金辉肯定不会善罢甘休的。"

"明白，赵副书记你也注意保重身体。"

"那我就预祝同志们成功！"赵芝瑞在马上向工作队员们庄重地行了一个军礼。

战士们在马上回礼。

队伍分成两部分，一部分由赵芝瑞率领，在县民政科长王健民、武委会主任聂步堂、旗支队司务长苗福田、五区区委书记兼区长梁敬、副区长冯愉、建联会主任史宝泉、公安助理王政、县教育科长李泰生、实业科长魏世荣、禁烟局副局长张天福、十区区长陈忠，以及部分区小队员和旗支队战士，从广兴源川进入六区。另一部分由韩星、旗工会主席张建国、七区区长初殿贵、区建联会主任张焕臣和县公安局、县大队一个班和区小队组成，由福盛号进入七区红山子地界。

队伍分开二三里地，韩星又催马返转回来，赵芝瑞惊讶地问："还有什么事?"

韩星把一床狗皮褥子递给赵芝瑞："赵书记，你把毛毯留给了江大姐，这床狗皮褥子你搭在马鞍上驱寒，宿营铺着热乎，你可千万注意安全啊!"

听了韩星的话，赵芝瑞双手接过皮褥子，心里涌起一阵热流，战友情、同志心，那份纯真感情溢于言表。赵芝瑞说："谢谢你，韩星同志，你们也要注意安全啊!"

韩星驱马走到梁敬面前："梁书记，好好保护首长的安全，我可把这个任务托付给你了，咱们取得胜利后再相见。"

"胜利见!"梁敬和韩星互致军礼，又在马上相互拥抱。

韩星向工作队员们行了军礼后，才策马转身绝尘而去。

"这个韩星，怎么婆婆妈妈的了。"赵芝瑞嘟囔一句挥手让部队继续出发了。

二　白匪密谋

此时，在大雪封山的乌牛吐大山里，白金辉如同冬眠的熊瞎子，成天在地窨子里拢着火盆抽大烟，他是又气又恨又愁，气的是由于共军一年的追剿，他的活动空间被压缩，尤其是鲍三疯子等人回来，把共军骑兵打布里亚特额仁钦骑兵势若破竹的场面给众匪徒们一渲染，整得弟兄们面面相觑、心惊肉跳，这士气一落千丈。加之共军搞宣传攻势，号召被裹挟的弟兄下山投诚交枪，保证既往不咎，还分给土地财产，这些小崽子们除了身上有血债的不少都溜号逃跑了，抓回来枪毙了几个也压不住，打仗没士气这仗还怎么打啊！恨的是共军对他的接二连三的军事打击和政治瓦解，几个忠实能干的弟兄被打死，他的土地、财产、房屋、牲畜悉数被贫农团分了，他的大院也成了村民兵自卫队和贫农团的队部，穷棒子们再也不怕他姓白的了。愁的是共军实行军事压迫和经济封锁，出山的主要通道被封锁，周边的村屯都有共军主力部队或地方部队驻守，旗支队、区小队、民兵实行联防，就像织了一张天罗地网，让他动弹不得，出山抢粮的几伙人都有去无回。过去一入冬，为了缓解山寨的吃饭问题，他把匪众们分散到邻近几个旗县“猫冬”，可现在他再也不敢把人撒出去了，困守愁城，白金辉感到像有一座无形的大山般压得他喘不过气来。

他想与几个亲信聊天解闷儿，可是，鲍三疯子被共军骑兵打没了脾气，叫了好长时间魂才缓过来；县长郭璞到多伦名义说是向省党部汇报工作，实际上是受不了山寨的清苦；张振三更是捉摸不定，领着他的谍报队神出鬼没的，也不知到哪搞谍报活动去了。家里呢，大老婆柳氏动不动就磨叽说他放着好日子不过，却到深山老林喝穷风，毁了家业不说，还让人把丫头玉莲给“糟蹋”了。玉莲成天披头散发、衣衫不整的，除了念叨梁敬，就是痛骂张振三，几次要出山逃走，都被抓回来挨白金辉一顿马鞭子。可怜的玉莲姑娘花容憔悴，如同蹲大狱一样饱受煎熬。

前几天，他又派出几股人马下山，一方面打探山外的情况，一方面出山抢粮抢牲畜和抢掠其他物资，准备过年。有两股损兵折将逃了回来，说八路守备太严，没进村就被打了回来，他现在就指望王克礼带着孟宪铎和史增喜这一路人马的好消息了。他盘算着，再不济也要派人到围场或多伦，就是低三下四舍脸面，找国军支援些给养，给点赏钱，也得筹备年货过年，要不然弟兄们真要散伙了。

白金辉想到这时，又由愁肠百结转为一种不服输的雄霸之气，他抄起酒瓶子“咕嘟嘟”连啁几大口，“扑”地长出一口气，站起身从墙上摘下日本战刀，“呛啷”一声拔出刀来，双手握紧了连续几个劈斩动作，白色的刀光如同毒蛇一样盘绕着闪耀而过。他从战刀的刀光中又看到了自己曾经的威风八面、风光一时，又看见了潘书声、席学信、王岩、唐桂枝们闪着仇恨怒火的眼睛，他一激灵，“呛啷”把战刀送回鞘中，他知道已经走上了一条不归路。他和他的手下杀了那么多共产党、贫农团，他们的冤魂如影随形，一闭眼就向他讨还血债，共产党是绝对饶不了他了，只有死心塌地追随国民党，与共产党打到底。他心里清楚，国民党也没拿他当个牌来出，土匪就是土匪，成不了国军，只让他率队骚扰共军后方，自生自灭，看起来不能光指望赤峰九十三军这棵大树，还得想办法靠上北平傅作义这座大山。他的奸诈、多疑、善变和嗜血的本性于孤独中又释放出来，他又恢复了狼性，他从不承认自己是失败者，他要用自己的力量与共产党较劲、赌输赢。尽管他自己都清醒地知道，与共产党作对是没有前途的。

第二天，白金辉正和儿子白景春、小老婆一枝梅等吃午饭，一家人谁都不说话，只是“呼呼噜噜”地喝小米粥。突然，地窨子的木板门“哐当”一声被撞开了，柳春福一步闯了进来，大声叫道：“司令，回来了，回来了！”

白金辉和白景春听动静早抄起了枪，看见是柳春福，白金辉大骂道：“你中邪了怎的，不知道报告么，小心老子乱枪崩了你！”

柳春福也被两支黑洞洞的枪口吓了一跳，忙说：“哎呀，光顾了乐了，司令，真对不住，对不住。”

白金辉收了枪，气哼哼地问：“有啥好事，快说。”

“是是是，姐夫，是王克礼和孟宪铎他们回来了，带回不少东西，还说有大喜事向你禀报，我就急忙跑来告诉你。”柳春福擦着冷汗回答道。

白金辉一听，扔掉筷子，“忽”地站起身来说：“啊，终于回来了，让他们到议事厅说话。”他和白景春急忙奔议事的大马架子房去了。

在议事房门口，众土匪围着王克礼和孟宪铎以及几匹马背上卸下来的东西嘻嘻哈哈地说笑。王克礼一边向众人发香烟，一边说：“兄弟们，这是哈德门卷烟，香着呢！司令让我们下山给大伙筹办年货，有酒有肉有鸡有鸭有黏豆包，保管弟兄们过个肥年，白司令不会亏待弟兄们的。”

正说着，见白金辉过来了，忙叫众人把年货搬进议事厅，跟白金辉打招呼相随着进了屋。

白金辉边落座边问：“老弟回来了，辛苦了，山外有啥好消息啊？”

“好事坏事都有……”

没等王克礼说下去，白金辉一挥手说：“先拣好事说，别扫了我的兴。”

“是，二哥。我这趟出山到了承德，通过咱们过去的老关系结识了国军十三军的一位军需处长，送了他大烟和现大洋，交了朋友。他说十三军军长石觉和军部的人都知道您白司令，夸你是反共先锋，战功卓著，我一听有戏，就托他说项，跟十三军结下关系，又舍了一些大烟土，总算见到了十三军的参谋长。他答允介绍你觐见军座，并提供必要的支持。我就采买了些紧俏年货往回返，可是塞罕坝一带驻了共军，封锁了通道，没辙了只好向西北绕个大圈子，碰巧遇上经棚商会的骆驼队，牵骆驼的是老相识马回回，我托词做买卖办货，和他们搭了伙回来。在半路上碰到了孟宪铎、史增喜他们打埋伏，正好抢了商队又搭救了我，满载而归啊！”

王克礼一番话说得嘴角冒沫，说得白金辉心花怒放、喜上眉梢，好像溺水的人抓到了救命的稻草一般。他双手搓揉着转了几圈，喉咙里“哼哼”几声，苍白的长脸绽放着笑容说：“好啊，好啊！跟国军又挂上钩了，又抢到了年货，弟兄们可以过个快活年喽！四弟啊，你这趟差办得不赖，孟老弟，你们也立了大功啦！”

孟宪铎向白金辉一躬身说：“这是小弟的本分。司令，我还有一个喜事向您报告。”

“噢！还有啥喜事？”

“我和史增喜我们六十来个弟兄到四区和乌丹一带想捞一把，无奈共军和区小队民兵处处防范甚严，没地方下手，反而被共军咬住，一阵穷追猛打，折了十几个弟兄。我们顺着西拉沐沦河南岸，想绕个圈子回来，却在土城子哈巴气遇到了一支队伍，开始以为是共军大部队呢，互相一试探，巧了，原来是国军，正牌的……”

“胡你妈说，国军在承德、锦州，能打到这地方来？”白金辉骂道。

孟宪铎来到火盆边抢到铁茶壶，没管水凉热，手拿壶底“咕咚咕咚”灌了一阵子，又接着说：“真的是国军，我哪敢骗司令您哪！原来他们是国军三十九军部队，他们在辽西杨家杖子与共军接战，全军都被打哗啦了，他们三个连炸了出来，脱离战场，要绕道回北平，沿途被共军打了几家伙，还剩二百多人，正走投无路哪。碰上我们，我就向他们说，要想顺顺当当回北平，你得先投靠白司令，在这地场只有白司令才能保护你们。他们一则是两眼摸黑走投无路，二则是他们对白司令久闻大名，就甘愿投奔白司令，我们就合兵一处，现在已经走到广兴源的大山里。我让史增喜领着隐伏在一个小屯子里，我就和王参谋长结伴赶回来报信，请司令定夺。”

“他们有多少人和枪？”白金辉问。

“三个连的架子，由一个姓张的副营长带着，都是苏北人，现在还有二百五十多人。他们的家伙可真带劲儿，都是啥美械装备，有轻重机枪，还有小炮哪，一色的连发的叫冲锋枪，反正咱过去从没见过，一打‘哗哗’的像刮风似的。”

“笨蛋，那叫冲锋枪，美国造，张振三的谍报队就使那个。”白金辉说着，从墙上摘下一支冲锋枪让孟宪铎看，“是不是这样的？”

“是，是，是，他们都使这样的家伙，好他妈威风啊！”

“他们愿意投奔本司令？”

“愿意，只是要求过一段时间放他们回北平归建，他们愿把枪炮全留给咱们。”

“好！只要进了我的大营，走不走在我，由不得他们。老子正缺兵少枪哪，来了这支生力军，痛痛快快下山打他几仗，出出闷气，让共军知道我白金辉威风不减。孟老弟，你和史老弟干得好，等把新入伙的弟兄领回来，我封你当中队长。”

“谢司令抬举！”孟宪铎欢快地说。

“好你个孟老弟，如此大事，这一道你对我只字不提，好紧的口风啊，啊！”王克礼捶了孟宪铎一拳头。

“这个，军机大事，只能先禀报白司令。”

“哈哈哈，孟老弟知道军机要事不可泄露，是个国军军官材料。”白金辉、王克礼等人快活地狂笑起来。

白金辉说：“能收编国军正规军入伙，咱们的战斗力可就大了，事不宜迟，得赶快把他们领回来，只是，要想让他们听我的调遣指挥，还得使些手腕。景春和柳春福，你们二人带些大烟土和现大洋，和孟老弟一块儿去接他们回山。那个带队的张营长，你们见面看他啥个样子，听话就带他回来，不听话就悄悄把他做了。路上碰到好啃的共军穷棒子队，就捞他一把，碰不到不要恋战，赶紧回来，我还想到承德去一趟呢。”

白景春等人应承下赶紧去准备。

白金辉喊住王克礼，二人对坐着喝了一气砖茶水，白金辉叹口气说：“四弟，咱家的事从来不瞒你，三弟这次让共军打没了魂，做噩梦都喊‘八路的马刀劈过来了！’你大嫂给他叫了三七二十一天魂也收不回来。玉莲这丫头更不省心，我把他嫁给了张振三队长，想对今后的发展有好处，可这丫头一点不领情，都生米做成熟饭了还念叨梁敬，不是偷着跑就是寻死觅活的，就是要找那梁敬，这可咋办啊?”

“这个，二哥，鲍三哥那好办，他是个杀人不眨眼的人，下山抓几个八路或者穷棒子送到他跟前，枪崩、砍头、开膛由他使性子干，闻着血腥味管保就没事了。至于玉莲这丫头嘛，老掂着姓梁的，这次下山如果有机会打下区政府大院，抓住梁敬，他投降就给他带回来，遂了丫头心愿。不投降就砍了人头带回来，让玉莲见了死了心，就死心塌地跟张队长过了。”

“噢，言之有理，言之有理，要不这丫头就疯了。”

“二哥，抽空我去看看玉莲，这次给她买了些女红和花布、洋胰子、胭粉什么的。唉！这孩子，也怪可怜的。”

“可怜啥，她只一心惦记着那个梁敬，她就不知道梁敬是我的死对头?”白金辉黑着脸恨恨地说。

“听说梁敬还给共军骑兵打先锋，灭了布里亚特人，又出了风头喽!”

“哼，他梁敬分了我的财产，杀了我的侯兄弟，又把鲍三兄弟打丢了魂，这个仇我是非报不可。”

“二哥，这次出山，我打听到共产党在全国可都得了势占了上风了，你说共产党没有老美支援，穿得破衣烂衫，拿着破枪烂刀的，领着穷棒子硬是要跟国民党跟财主们争天下，还真闹出名堂来了，国军硬是打不下这热河全境，这共党八路越打越多，越打越强。二哥呀，咱们这里也不是久留之地了，早晚他们要来剿咱们的老窝。他们人多势众，许多杆子都让他们给灭了，好多人被他们组织家人亲戚给喊回去交枪，一样分给房子和地，既往不咎，这一手厉害呀，釜底抽薪，咱们的活动越来越难了，得早做打算啊!”

“我想好了，下一步咱们有两条道可以走，一条是让张振三牵线，咱们到赤峰投奔九十三军到锦州去。另一条是挂钩到承德或张家口投傅作义去。到赤峰去不保险是下策，赤峰四周都让共军控制了，往锦州撤太危险，弄不好就完蛋。从围场到承德和从多伦到张家口是捷径，一旦风紧咱们就蹽道儿，郭县长已在多伦建了经棚县政府，巴不得我去保驾呢。”白金辉沉声说道。

“二哥原来早就想好了退路，真是深谋远虑啊，兄弟佩服佩服！往北平去好，咱们在那有商号吃喝不愁，又保险，共产党再势大，打北平、天津他们还没那么大力量。”王克礼兴奋地说。

“就这样，此事千万别对别人说，说了弟兄们不愿意抛家舍业，非散伙不可，只有走投无路了，才肯跟我走。”

“兄弟明白，那我去看玉莲她娘俩去了。”

“去吧，好好安慰一下这死丫头。”

三　南场激战

赵芝瑞率领的土改工作队在广兴源区（六区）工作了近一个月，从富盛永开始，先后完成了牛头沟、广兴源、萨仁沟等几个大村的土改建政工作。因为六区此前经历了唐桂芝等烈士英勇抗敌的洗礼，又有于海潮等区委区政府干部、战士艰苦卓绝的斗争，建立了一支很有政治觉悟和斗争坚决的武装队伍，党的基层组织建设也很有力。唐桂芝的英雄事迹振奋和鼓舞了穷苦百姓，也极大地震撼和震慑了敌人，民兵队伍与地方部队联防有效地打击了土匪的骚扰，群众被广泛发动起来了。土改建政工作自然也很顺利，在土改工作中，工作队克服了过去一度出现的“左”倾思想，团结中农，稳定中小地主情绪，集中力量打击大地主、恶霸和土匪头目，保护工商业者，动员上山为匪的贫雇农和长工家属上山往回找自己的亲人，对于主动下山交枪自首的一样分给土地、牲畜和财产，极大地震动了土匪的心理。光广兴源区先后有六十多人下山交枪自首，其中有孟宪铎匪部的一个小土匪下山投诚，向土改工作队供述孟宪铎、史增喜一伙在新房子沟脑盘踞的情报。工作队立即组织区小队、民兵和三十二团一个连进行围剿，打死土匪七人，活捉五人，铲平了土匪营地，打得敌人抱头鼠窜。

一月底，工作队开赴广兴源区（六区）位于莲花山下的大兴永村开展工作。

尽管这一个多月里，工作队披星戴月地工作，大伙都十分疲劳，但工作开展得有声有色，成绩很大，同志们的心情都很舒畅。过去下乡搞土改，人少、武器陈旧、自卫能力差，又没有部队支持和保护，总是遭受土匪恶霸反动武装明里暗里的破坏和袭击。老百姓看不到我党取得胜利的希望和保证，不敢大胆公开地支持我们。因此，许多工作都吃了“夹生饭”，时间长了，老百姓就议论“共产党的主张是好主张，就是干耍嘴皮子闹不成真事”。

赵芝瑞对同志们说：“要真正把群众组织动员起来，就一定要动真格的，土改建政、打土匪双管齐下，绝不做‘夹生饭’。”工作队稳扎稳打，巩固一个村再开赴另一个村，贫农团骨干、民兵都发了枪，进行了军事训练，儿童团也发了红缨枪，建立了村屯联防制度。一旦发现匪情，区小队、民兵联合行动，防守反击敌人，不给敌人以可乘之机，增强了群众信心。

到年根时，工作队完成了广兴源区的土改建政工作，还组织队伍主动出击，击溃了下山抢年货的一股土匪。过年时，工作队在广兴源区开了军民联欢会，县文工团演出了大型歌剧《唐桂芝》，唱得军民百姓群情激愤、涕泪滂沱，极大地鼓舞了军民的信心和决心。

这天晚上，赵芝瑞主持召开了在广兴源区土改工作的总结会，部署下一步土改工作向百岔区（五区）推进。同志们都感觉到这几个月的工作扎实有效，都很乐观自信，尤其是百岔区区委书记梁敬、副区长冯愉等五区的干部，听到要到五区工作，心里那个乐呀。五区（百岔区）大川的几个村土改建政工作已大体完成，但偏僻山区仍有不少死角，加之山高林密，白金辉等大股土匪武装经常进行骚扰破坏，工作局面始终未全面打开。白金辉将五区区委区政府视为眼中钉、肉中刺，数次集中力量打区政府所在地吕家沟门，都被张东阳带领的区小队和民兵打退了。五区的工作有了比较好的群众基础，工作队开赴五区工作，必定能使之发生根本性的变化。

为了稳定地方，增强群众信心，热北地委派二十军分区政治部副主任刘昌带内蒙古军区骑兵四师第三十二团一个加强营进驻百岔川。经过多次战斗，将白金辉、于秀成等几股土匪打出了百岔川，敌匪都被驱逐到围场、多伦和桦木沟深山老林中。三十二团进驻百岔区上柜村梅林营子控制了百岔川上半川的形势，也为土改建政工作提供了保障。

赵芝瑞在接受了县里送到的给养后，即准备组织工作队第二天翻越莲花山进入百岔区开展工作。

现在的工作队都是全副武装，科长以上干部都配有大小两支枪。梁敬和其他三个人配备了英国司登式冲锋枪，火力强大，一打一大片。赵芝瑞用上了韩星送的美式左轮手枪，一支撸子。其他战士也都配备了“三八”或“九九”“七九”步枪，子弹充足。战士们战斗激情高涨，对小股土匪根本不放在眼里，他们都配备了马匹，少数人还有马刀。

下午，县委派骑兵通讯员送信，通知武委会主任聂步堂去昭乌达地委所在地林东参加军事会议。赵芝瑞安排一个班的区小队员护送他启程前往林东，又安排县大队司务长苗福田带几个战士押送收缴的地主浮财回经棚，再从县大队调一挺机关枪以加强工作队火力。这两拨人马一走，工作队只剩下不到三十人了。

禁烟局副局长张天福对赵芝瑞说：“赵书记，咱们的力量减少了，据群众报告，这几天发现附近有敌匪活动，我们还是从县里再调些人马加强一下力量再出发吧。”

“没有关系，三十二团在五区梅林营子，七区有韩星他们，咱们去五区用不了一天时间，有五区区小队和民兵接应，咱们都是双枪，土匪奈何不了我们。至于大股土匪，我巴不得他们找上门来，咱们拖住他们，时间不长，外围的部队和县大队、区小队就会围攻敌人，支援我们，把敌人彻底消灭，根绝后患。不消灭土匪，我们就永无宁日啊！”

梁敬一拍冲锋枪，豪迈地说：“赵书记说得好！咱们有部队撑腰，手里的家伙又硬，怕他土匪不来呢，他不知死活的来了，就全把他‘突突’了，也让他们知道咱工作队的厉害。”梁敬恨不得马上回到五区，与张东阳、康海庭他们会合，把五区的工作轰轰烈烈地开展起来，他可不甘心落在其他区的后面。

十区区长陈忠打趣道：“老梁你打土匪、打布里亚特叛匪立功受奖，打上瘾了，啥事都怕落在后头是不是？再说，你也该紧麻溜地灭了白金辉，把白玉莲给救出来，我们可等着喝喜酒呢。”

县民政科长王健民接过话头：“这次就想办法救出玉莲姑娘，马上结婚办喜事。”

梁敬被人这么一说，不好意思了，说："哪那么容易啊，没那么快噢，得组织上同意，这是立场问题。"

赵芝瑞深深地同情和理解梁敬的思想，他多次对梁敬做思想工作，要他放下思想包袱，想方设法救白玉莲姑娘。玉莲的言行已证明她不同于她的父母兄弟，完全能被引导走上革命道路。对梁敬与白玉莲的恋情，县委也研究过，梁敬不存在立场问题，这也是争取白金辉的一条线索，因此，要梁敬打消思想顾虑，光明正大与白玉莲恋爱，争取早日救出心上人。这也难怪同志们逗弄梁敬了。

赵芝瑞说："我们共产党人也是血肉之身，既有思想、有坚定的政治信仰，也有纯真的革命感情、有纯洁的爱情。革命者不是清教徒，不是冷血动物，革命者的爱情更纯洁、更浪漫、更高贵，它是建立在坚定的信仰和高尚的人格魅力上的。将来全中国都解放了，人民当家做主，一个崭新的国家建立起来，人民会享有更多的自由民主。我们在建设国家的过程中，都会找到爱情、建立家庭、生儿育女、哺育我们的后代，想想看，那该是多么幸福欢乐的时光啊！"

赵芝瑞的话，把大家引入对未来美好的憧憬中。

"同志们，让我们以昂扬的士气和旺盛的精神做好工作，参加到解放全中国、消灭国民党反动派的伟大斗争中，准备出发！"

"是！"同志们激昂地回应。

晌午刚过，赵芝瑞带领县武装工作队二十多人，拉成一列马队出发了。

马队出大兴永，从敖包底营子沿山沟上溯，经过瓦窑沟小屯，沿盘旋而上的小路攀上了莲花山。

莲花山其实是一块高山草甸草原，它的名字的来由或是因为周围群山环绕如花瓣，而这块草原如花蕊；或是指这块丰腴的草地盛开着金莲花而得名，反正莲花山很美丽。它的北面是广兴源大川，西边连接着大局子、桦木沟林海，南面、东面被百岔川环绕。东面自然形成三条山沟，依次是头道沟、二道沟、三道沟，三条沟交汇的地方就是上田营子，而三道沟里的山路联系广兴源，隘口便是莲花山的马场梁。三道沟门险关是前面所说的梁敬、韩星夺宝、杀死惯匪侯扒杆的地方，因此，莲花山隘口是进出百岔川的咽喉要道。位于梁脊下山沟的平台上，有一个只有十几户人家的小村子，叫南场，正处于隘口的要紧处。小村庄不大，高矮不一的黄土黑土夯打的土房、莜麦秸苫顶。村里有一户地主，叫李平，他家是一个四面土墙包围的有十几间房的大院。小村前是一条水沟，村头的一眼泉水淙淙流淌于沟中，向东流出，沟旁长满了柽柳和李子树。营子后靠一个小孤山，像女人的乳房浑圆丰满，小山依偎在后边的大山岭，显得挺特别。只有翻过那一列山岭，顺赤西公路，才能进入坤兑岭大川和百岔川，南场这个小村无疑是个孤立的地方。

节令正是阳春季节，大川早已是杨柳吐绿、野草铺地的时候。由于莲花山海拔较高，早晚还很寒冷，只有阳坡山脚才见青草探头，乍暖还寒的天气，人们觉着阴漆漆的冷。

工作队上了马场梁，踏过孕育了坤兑岭小河的一片沼泽地，又爬上一段挺陡的草坡，才攀爬到进入百岔川的梁头。赵芝瑞和战士们勒住坐骑，向百岔川眺望，只见山岭逶迤、雾霭迷茫、宽广辽阔、气象万千，赵芝瑞不禁被这壮观的气势所陶醉了。

“报告赵副书记，”一个迎面飞驰而来的战士紧勒马嚼环大声报告，“下了山坡前面就是南场营子，经过侦察，村里和附近没有土匪。”

“好，加强警戒，继续侦察。”

“是。”前卫侦察兵勒转马头，向南场营子东面侦察而去。

工作队观察了一会儿，便下山朝南场而来。小村里的人们刚才通过侦察兵得到了消息，有十几个人到村口迎接，其中有地主李平。

李平虽是地主，但他是一点一点积攒家业过起来的，二百多亩地除了租出一些给亲戚种，其余都是自己和家人再雇几个长工收拾，他也是种地养畜的好把式，为人也比较厚道，人缘也不坏，他深受土匪骚扰抢掠之苦，对共产党、八路军也是又敬又怕，不敢得罪。对共产党的土改政策，他不敢明确反抗，无奈地表示，只要能给他一家生活出路，共产党怎的都行，他一大家子人听天由命了。区政府对李平也未使用过激手段，因为地处偏僻，土匪经常袭扰，只让李平维持现状，等待土改，按田亩摊派军粮物资。李平都一一照办，也没有上山为匪，属于比较开明的地主。

李平认识本区的区委书记梁敬，急忙上前抓住梁敬的马缰绳说：“梁书记，您来了！好久没见着您了，快进营子歇歇脚喝口水。”

“李东家，最近有土匪来骚扰吗？”梁敬问。

“没有没有，咱们的大军把贼人都打跑了，地面上挺太平的。”李平躬身回答。

旁边的老乡们甭管认识不认识，都上前来向战士们打招呼问候。

按计划，工作队不在南场停留，但是赵芝瑞见乡亲们热情相邀，觉得还是进营子和乡亲们见见面，开个群众会好些，便下马对梁敬说：“咱们进村吧，和乡亲们唠唠家常，开个会再走。”

梁敬有些着急：“赵书记，这个地方太偏僻，敌情又复杂，营子在低洼处，四面是高山大岭，地形不利，咱们还是赶紧到区里去吧。”梁敬首先想到的是敌情，他不能不为工作队的安全着想。

“你这个梁敬，什么样的阵仗没见过，现在怎么这么紧张啊！我们是来工作的，见了群众怎么能不见见面、说说话就走呢！”赵芝瑞笑呵呵地说。

梁敬连忙和张天福布置警戒，在营子后的小孤山上布下三个观察哨。老乡们帮着卸鞍遛马，在沟北边山坡上放牧吃草。赵芝瑞一行在乡亲们的簇拥下进了李平的大院。

地主李平的大院占地两亩多，大门朝南开，院中间盖一排五间两开门的草苫房，东两间，西三间；西南靠大门处有三间碾房，坐西朝东，内安一盘石碾子；院西角并排五个圆仓，圆仓后有一溜敞棚，用柴草搭置，是圈牲口用的。院子四周，被三米多高的土墙围着，院子很严实，但是在后面的小孤山上却是一览无余。

李平把工作队员们让到正房东边他住的屋子大炕上，一边张罗叫老婆孩子烧茶水，打莜面苦力炒咸菜，让大家先吃饱饭。他听梁敬介绍赵芝瑞是县委副书记、组织部长，另外一些人都是县里、区里的大官，他还从来没见过这么多当官的到他家里，他又紧张又兴奋，说话都磕巴了。赵芝瑞见李平不是奸诈之人，便和颜悦色地跟他说话，把陆续进屋来的乡亲们请到炕上，嘘寒问暖唠开了家常。

赵芝瑞接过一老汉递过来的旱烟袋抽了几口，又递给旁边的人抽烟。他从炕上跳下地，向乡亲们介绍了当前全国的革命形势，从全国讲到东北、华北，又讲到冀热辽解放区，讲到克什克腾旗的革命形势，讲到毛主席党中央领导全国解放区军民向国民党反动派发动空前的大反攻，已经消灭了一百多万敌人，冀热辽军区也取得了反击作战的伟大胜利，解放区进一步巩固和发展，解放战争获得最后胜利的日子已经不远了。我们现在的任务就是在解放区全面开展土地改革，巩固和发展地方政权，清匪反霸，清算复仇，支援前线。乡亲们都聚精会神地听赵芝瑞宣讲革命形势，听得好开心，好兴奋。

由于南场处于偏远山区，被打散的国民党散兵游勇和封建反动地主武装经常在这一带出没，肆意盘剥、掠夺、残害百姓，吃尽苦头的乡亲们听说要搞土地改革，搞清算，便有人担心地说："搞土改，地主老财们干吗？白金辉能善罢甘休吗？"还有人搭话："搞清匪反霸，那真是好事，这些年让土匪欺负得没法过日子啦！可是你们走了，白金辉来了帮地主老财再收拾我们怎么办？"

乡亲们你一言我一语，纷纷说出疑虑和担心，还有不明白的地方，赵芝瑞满面微笑，耐心地进行解释，反复宣传党的政策，讲清革命道理，使大伙消除畏惧心理，坚定斗争信心。

思想包袱解开了，乡亲们高兴地说："照您这么说，土地改革，清匪反霸，是一定会成功的了？"

"是的，一定能成功的！"赵芝瑞用陕西口音清晰而坚定地回答。

地主李平向着工作队和大伙说："小人和乡邻们平日无冤无仇，共产党搞土改，我一点也不敢抗拒，一切听凭政府安排，只求政府让我一家有地方住，有点地种将就生活就行。"

赵芝瑞一摆手说："我们党的政策非常明确，要给开明人士以出路，只要你不对抗土改，不上山为匪，不勾结土匪祸害百姓，我们不但给生活出路，在政治上也给出路，你们五区的康海庭不就是个典型例子嘛。"

"噢，康先生我们是好朋友，我们碰面他就讲贵党的政策，叫我服从人民政府。"李平说。

"就是嘛，李东家，那你就别有其他顾虑了。"赵芝瑞拍了拍李平的肩膀。

这时，天已近黄昏了，李平的老婆和几个帮忙的女人已经把饭菜做好了，大伙连忙抄饭碗盛起香喷喷的苦力蛋就炒咸菜，有滋有味地吃起来。

赵芝瑞边吃饭边对梁敬说："小梁，你看群众的热情多高啊，只要我们努力工作，勇于负责，为群众着想，就没有什么困难不能克服。吃完饭，咱们就走，到区里把情况好好研究一下，一定要在最短时间内完成工作任务。"

"是的，赵书记。到区里还有三十多里路，一放马就到了。"梁敬被赵芝瑞求实勤奋的工作态度深深地感动了。

就在大家在快乐的气氛中吃饭时，一张罪恶的大网正在向南场这个小山村罩来。

其实工作队在广兴源区工作时，这张网就已经张开了，只是没有机会撒下。

土匪头目史增喜在孟宪铎到山里找白金辉报告时，就带自己的手下与国民党九十三军炸出的二百多溃兵隐伏在广兴源山里多日了。他们发现了工作队，但慑于土改工作队防范严密、人多势众且依仗村落，始终没敢动手，只是在暗处盯着等待合适的下手机会。

等孟宪铎领着白景春、柳春福等匪徒们赶来会合，白景春代表白金辉对张副营长带领的国民党溃兵百般抚慰，每人发了一块大烟土和五块现大洋，欢迎弟兄们入伙，并且表示下一步要一块儿入关到北平投奔傅作义。

张副营长对白金辉的一片盛情非常感激，说早就听说热北地区的白司令是反共先锋，为人仗义，战功显赫，所以才来投奔白司令。没说的，白司令看得起我们弟兄们，我们拥戴白司令无二心，一定效犬马之劳。

“那么，张副营长，就随我进山与白司令会面吧?”白景春探询张副营长。

“别忙，兄弟，眼下正有一笔买卖要做，成功了，就是一个礼物作为白司令的觐见礼。”张副营长阴险地笑着说。

在一边的史增喜连忙向白景春等人介绍这些日子盯梢土改工作队的过程，说土改工作队在广兴源区办完事后，要到五区去搞土改，可巧的是他们分出两支人马回去了，现在工作队只剩下不到三十人了，正是吃掉他们的良机啊！工作队里有共产党的大干部，其中就有他们的县委副书记赵芝瑞，还有咱白司令的仇人——五区区委书记梁敬，咱们如果消灭了这伙共军，可就为白司令立下大功劳了。

白景春和柳春福一听就来了精神，一拍大腿说：“干他一票，也长长咱们的威风。”

“没说的，干！临走时，白司令也交代了，有机会就干他一家伙。”

几个匪头目聚在一起，嘀嘀咕咕地商量作战计划，派出精干的尖兵盯着土改工作队的行踪，一直盯到南场这个小村子。

假如土改工作队不在南场停留，战斗便不会发生了。

可是历史没有假设。

在土改工作队吃饭时，在后梁小孤山上放哨的战士发现西面隘口处上来四五个骑兵，起初以为是放马的老乡，待走近二三百米时，发现他们背着步枪，穿着灰色或土黄色军装，又以为是我三十二团的人马，哨兵连忙向他们打旗语联络。

那几个人见我方打出的旗语猛一打愣，一时竟在马上不知所措，勒住战马挥动马鞭乱晃一气。

“是敌人!”哨兵马上朝那几个人“啪啪啪”打了三枪，那几个家伙见势不妙，赶忙勒转马头，一阵疾驰扎向马场沟里去了。

“快起来，有情况!”坐在炕上与几位老乡谈心的赵芝瑞一边喊正在休息的同志们，一边麻利地跳下炕，边向外跑边拔枪推弹上膛，冲向大门外。

一名哨兵跑下山向赵芝瑞报告说发现了敌情，赵芝瑞立刻下令，牵回战马备好鞍子，准备战斗。

梁敬建议，敌情不明，应迅速撤离，只要工作队进入百岔川，就能摆脱敌人，得到援助。

院里的老乡们慌了，议论说：刚才还说保护我们呢，这会儿又要撤了，土匪来了又要祸害人了……

赵芝瑞听了，心里十分不是滋味。

他权衡再三，下决心依托南场小村子，与敌人接仗，不打这一杖，会失信于民。况且土匪也不会对工作队构成多大威胁，他对工作队的作战能力还是心中有底的。

赵芝瑞命令战士们把马都牵回大院。他对同志们说：“同志们，敌人不会有多大力量，我们有力量消灭这股敌匪，即使暂时消灭不了，也要拖住他们。我们派出通信兵到吕家沟门和梅林营子，命令三十二团和区小队前来增援，彻底消灭敌人，保卫土改，保护群众。”

战士们齐声答应：“是。”随即在乡亲们的帮助下紧张地做战斗准备。赵芝瑞随即派出两名战士骑马到百岔川搬请救兵来源，试图里应外合，一举消灭来犯的敌人。

梁敬指挥战士们在院墙四周掏出了许多枪眼，大门也关严实，里面用牛车顶上。赵芝瑞命令张天福带十名战士占领后梁小孤山，其余人在院内分兵把守，冯愉守西北角，王政把守西南角，赵芝瑞、王健民、梁敬流动作战指挥，大家紧张地做战斗准备。

赵芝瑞和梁敬爬上大院正房顶，向西瞭望，发现敌人已黑压压地向南场村涌来。

此时，赵芝瑞从南场小村所处的地理位置和众多敌匪的阵势，意识到了工作队的险恶处境。

这个小村四面被山岭环峙，只在东面有山沟通向大川，而且小沟坡陡林密，怪石嶙峋，非常难走。小村坐落在一个山包下，敌人从三面高山围过来，居高临下，占尽了地利优势，守卫者处于被动挨打的境地，防守十分困难。再观察敌情，敌人数量不下三四百人，行动敏捷，列阵有章法，看样子绝不是一般的土匪。赵芝瑞在观察敌情时禁不住对防守迎敌的决策后悔起来，但这种情绪没在脸上表露出来。他心里想，只有先顶住敌人的进攻，坚持到天黑，然后趁夜幕掩护突围，或者在战斗中三十二团接到报告及时救援，打敌人一个内外夹击，形成一个歼灭战，这当然更好。

赵芝瑞对梁敬说：“小梁，看起来敌人还不少，这是个硬仗，告诉同志们要沉着，把敌人放近了打，只要坚守到天黑，就有办法。”

梁敬急切地说：“赵书记，趁敌人还没形成包围，你和县委的同志们快进山沟撤退，我和同志们在村里坚守掩护，看架势敌人不是一般的土匪，他们人又多，情况不妙啊！”

“小梁，关键时刻，我们当领导的要敢打敢拼冲在前面，我绝不撤退，咱们把敌人打退再说。”赵芝瑞边说边从梯子上下房，对同志们说：“同志们，咱们都是老战士了，不怕这帮土匪，大家各自守住战位，把敌放近些狠打，只有把敌人打熊了咱们才能平安突围。”

张天福率领十名战士冲上小山包，只有控制了小山包，李平大院才有安全屏障。张天福仔细观察后，心里想：“糟糕！”这个小圆蛋子山包没长一棵树，也没有一块可供掩护的障碍物，只长着一尺来高的稀疏荒草，无遮无掩。现构筑掩体吧，山包的石质坚硬无比，一时半会儿构不成掩体。张天福只好率领战士们趴在山包的弧线上向西警戒，他们早就被敌人发现了。

这个山包易攻难守，但若要被敌人占据，整个小村子就暴露在敌人的火力下。

白景春和张副营长以及史增喜、孟宪铎等人，将匪队在马场梁展开进攻队形，准备进攻。史增喜和孟宪铎想在白景春面前显示自己的能力，率先带几十号人马大呼小叫地冲向南场村，当他们扑下山坡，跃过水沟顺沟槽冲向村头时，张天福指挥几支冲锋枪和几条步枪一阵劈头盖脸的射击，加上赵芝瑞指挥战士从村里打出一排枪弹，土匪扑扑棱棱从马上被打下七八个来，有两匹马拖着土匪一溜蹦子窜上山坡，土匪被打得狼嗥鬼叫逃回去了。

史增喜气喘吁吁地对白景春说：“共军火力太猛，冲不进去啊！”

张副营长在马上用望远镜观察了好一会儿了，他嘴角上挂着轻蔑的笑意，回头对白景春说：“白大公子，不能让你的弟兄这么打，得讲究战术，还是让你的弟兄负责收紧包围圈，让我的部队打吧！”

“那就有劳张兄了。”白景春忙向张副营长抱拳施礼。

张副营长向两边一挥手，机炮连长和骑兵连长策马上前听令。

张副营长下令道：“你的炮兵和重机枪向前五百米占领阵地，先轰炸小孤山上的共军，再用炮火和机枪压制村里的共军，掩护骑兵夺占小孤山，围攻村子。”

“是！”俩敌连长领命后，炮兵连长命士兵从马驮子上卸下迫击炮和重机枪，几分钟内四门“六〇”炮和三挺美式重机枪安装完毕，炮组和机枪组便向前运动，占据了发射阵位，骑兵连长率一百多名骑兵也沿大草坡向小孤山运动。

赵芝瑞和同志们打退了敌人的第一次进攻，战士们很兴奋，敌人不过如此，不经打嘛！赵芝瑞观察敌人的动静，发现敌人展开了包围，一伙敌人抬炮架枪向小村运动，他心里一紧，心说：“不好，敌人有炮！”他向同志们喊：“注意隐蔽，敌人要进攻了！”

说话间，听得远处“咚咚咚咚”几声闷响，一排炮弹黑老鸹似的掠过村子，砸在小孤山上“轰轰隆隆”地炸开，顿时，山上烟火弥漫，土石崩飞。随着第二轮炮弹呼啸而至，三挺重机枪劈头盖脸向小孤山和村子狂射而来。在密集的火力下，张天福和战士们被笼罩在敌火力下，几名战士负了伤，小孤山被打成了火海。张天福见战士们暴露在敌人炽烈的火力下，根本难以反击和据守，便下令让同志们从山包东面向村里撤退。

随着敌人炮火机枪的肆虐，敌骑兵连长率骑兵边打边冲攻向小孤山，幸亏张天福撤得快，不然，在敌骑兵的冲击下，十多个战士难以抵挡敌骑的冲击。

赵芝瑞正担心张天福和同志们的安危，见张天福他们搀扶着伤员撤回大院，这才松了一口气。

张天福汇报说：“赵书记，不对呀，这伙敌人绝不是一般的土匪，他们是骑兵，好像是国民党正规军，还有小炮和重机枪，人数不下三四百，这仗难打了！”

赵芝瑞说：“仗打到这个份上，撤也来不及了，脱离了村落，就成了敌人炮火机枪的活靶子，只有坚持到天黑再突围。同志们，不要害怕敌人，依托村子与敌人接战，坚决阻击敌人。”

这时，已占据了小孤山的敌人架起机枪向山脚下的村子疯狂扫射，西面、南面的敌人也一齐向村里发起了攻击。

赵芝瑞和工作队的干部战士冒着敌人的炮火和机枪弹雨顽强地阻击敌人。工作队员们都是久经沙场的老兵，区小队员也经历了多次战斗考验，他们灵活使用手里的长短武器，远的用步枪射击，近了用短枪击敌，用手榴弹招呼敌人，充分利用村落的地形地物，灵活机动地打击敌人。小村前的草滩上、后面的山坡上倒下了一片敌人的死尸和马匹，敌人一连攻了四次都被英勇无畏的工作队打退了。

连续血战的工作队也出现了多人伤亡，其中大部分是被敌人的炮火杀伤的。

接连几次进攻，都被打得狼狈而逃，史增喜和孟宪铎有点撑不住了，本想捞一把，却没承想被打得鸡飞狗跳，伤亡惨重。他俩的杆子一共才三四十人，几家伙便折损了二十多人，挂彩的撕心裂肺地哭叫，只好往嘴里塞大烟止痛，明摆着白景春和张副营长让他们打前锋充炮灰，国民党军的炮火和重机枪在双方近战时也不敢放了。两人哭咧咧地对白景春等人说："不行咧，共军太厉害了，攻不动了，该你们上了吧！"

白景春和张副营长一递眼色，说："二位辛苦了，把你们的人撤下来吧，我们上。"

敌骑兵都下了马，分成散兵线或小集团在炮火机枪的掩护下开始新一轮攻击，扼守在小孤山上的敌人也用一挺重机枪向村里猛烈射击。工作队处于四面被攻击的险恶态势中，火力也减弱了，敌人乘机攻进村子，与工作队逐屋逐院展开攻防战。

梁敬与两名区小队战士依托一户人家的猪圈和圆仓以及一段院墙阻击从村口攻击的敌人，已有四五个敌人倒在他们面前，其余的敌匪吓得躲起来胡乱放枪。这时，一个国民党军小头目带领几个国民党兵用美式冲锋枪掩护占领了一堵墙，并在墙头上架起机关枪猛烈扫射。一名区小队员被击中牺牲，另一名战士受了伤。梁敬一连朝敌人投过去三枚手榴弹，将敌人的机枪炸哑了，趁敌人混乱之机将受伤的区小队员拖进院内，用毛巾和鞋带给战士包伤止血。那个战士对梁敬说："梁书记，敌人要攻过来了，你快撤进大院里去，我在这里阻击敌人。"梁敬挥动匣子枪打死一个冲进院门的土匪，又用司登式冲锋枪一阵猛射，打倒了四五个冲进来的土匪。他低头抱起伤员说："不行，要撤咱俩一块儿撤。"

两人守在门口，一连打死好几个敌人。这时，门外的敌人向院里扔进两枚手榴弹，手榴弹冒着烟转悠，梁敬抄起一枚扔向院外，炸得敌人吱哇乱叫。另一枚在即将爆炸时，那个负伤的战士飞身扑上去，摁倒梁敬趴在他身上。"轰隆"一声巨响，手榴弹爆炸了，那个区小队战士牺牲了，他用自己的身体掩护了梁敬。

梁敬顾不上别的，他放下战友的遗体，从他身上解下两枚手榴弹投向院外，然后一纵身子翻过院墙奔向李平的大院。

张天福与战士们撤回地主李平的大院后，先是趴在正房脊上用步枪阻击从小孤山上攻下来的敌人，他的枪法很准，好几个敌人被打倒在山坡上。但小孤山上的敌重机枪也盯住了他，一阵又一阵暴雨般的子弹打得房上尘土飞扬，一名区小队战士被打死在房顶。张天福急忙滚翻下房，躲到东北角的畜棚继续向敌人射击。

赵芝瑞端着一支三八式步枪守在院子西南角的一个临时刨出的射击孔旁，控制着两个角度的战场。"叭勾、叭勾"清脆的枪声中，试图冲上来的敌人非死即伤。

敌人害怕黑夜里打仗，急于尽快解决战斗。白景春和张副营长督促匪徒们从四面围攻，压缩包围，逐渐将工作队包围压缩进李平大院。凶恶的敌人一面朝大院里胡乱射击或扔手榴弹，一面大呼小叫，喊着赵芝瑞、梁敬、王政的名字，要他们"缴枪投降"。白景春对手下喽啰交代，一定要活捉梁敬，好劝降他，因为他妹子白玉莲不舍他。

在战场战斗间隙，白景春隔墙向院内喊话："梁敬书记，我是白景春，你快交枪过来吧，我保证不杀你，你们这几个人被我们好几百人包围了，我们有国军支持，有机枪大炮，你打不过我们。只要你把赵芝瑞交出来，我爹亏待不了你，保证你高官得做、骏马得骑，我妹子还等着你呢！”

梁敬在院里听了气得直打哆嗦，他抄起三颗手榴弹捆在一起，一拉火扔向墙外。

白景春和史增喜正伸着脖子喊话，猛不丁见一捆手榴弹飞了过来，他“啊哟”叫了一声，把史增喜往前推了一把，自己“哧溜”躲到一堵墙后。手榴弹“轰隆”一声炸响了，史增喜和两三个土匪被炸得粉身碎骨。

梁敬在爆炸过后向墙外敌人气昂昂地喊道：“白景春，告诉你老子，我梁敬革命到底，宁死不降，不要命的你就来吧！”

战士们也沉声叱骂敌人。

赵芝瑞立刻命令：“不要搭话，以防暴露目标。”

白景春躲过了这致命的一击，脸也被弹片划破了，满脸污血烟尘，像个厉鬼。他挥动手枪跳着脚喊：“给我打，全灭了他们！”

匪徒们一边射击，并向院里扔手榴弹，一面用镐头刨院墙。院内弹雨纷飞，烟火弥漫，把守西面的县公安助理王政被敌人的冲锋枪扫射后中弹牺牲。

百岔区副区长冯愉正在用步枪从枪眼里向外射击，突然一颗手榴弹落到身后，没等他回转身来，便“轰”地爆炸了，冯愉倒在血泊中牺牲了。

敌人乘机刨塌了后院墙，几十个敌人冲进了院子，与工作队展开了格斗。

这时，大门也被敌人炸开了，更多的敌人向院内涌来。

危急时刻，赵芝瑞命令张天福和陈忠等率几名战士坚决消灭从大门攻进院的敌人，他和梁敬带部分战士与刨墙进院的敌人展开了近身格斗。

张天福等人用手榴弹炸死了不少敌人，抢过几支美式冲锋枪一顿猛打，将敌人打出了院门。但是从小孤山上下来的一股敌人炸塌东院墙攻进前院，将陈忠和几个战士隔断在前院，张天福奋力冲向后院，用猛烈的火力攻击敌人，但敌人人多势众，陈忠几个人逐渐被敌人挤压出大院，向村外边打边撤，与赵芝瑞他们隔断了。

经过一场短兵相接的战斗，攻进院子的敌人被打出了前院，但匪徒们仍连续不断地涌进来，将工作队和老百姓压缩在五间正房里，赵芝瑞和同志们守在窗户和门口，顽强地抗击疯狂进攻的敌人。

白景春、张副营长、柳春福等人在匪徒们簇拥下进了院子，他们见正房里仍不断射出仇恨的子弹，就急忙隐伏在一堵墙后，扯着嗓子劝降，叫嚣如不投降交枪，就通通杀光，一个不留。回答敌人的是连续不断的枪声。

赵芝瑞此时考虑的是两件事，一是要想法把隐伏在西三间房里的老百姓送出去，尽量使群众少受伤害；二是要在最后关头销毁文件。他招呼几名干部蹲在炕沿下，他沉声说道：“同志们，天马上黑了，我们要坚持到底，先想办法把群众转移出去，然后我们趁黑夜突围。为防万一，大家把文件和其他物品该销毁的销毁，绝不能留给敌人。”

大家从文件包里或口袋里拿出党员名册、文件、笔记本等物品，在炕沿根点着烧掉，火光闪烁中，一张张刚毅的脸写满了坚强和无畏。

赵芝瑞命令战士们：“清点弹药，准备突围。”

同志们把最后的子弹压入枪膛，把最后的手榴弹拧开了后盖，只等一声令下，冲出去与敌人死拼。

外面又传来敌人的劝降喊话声，赵芝瑞听了后，拉过梁敬让他回应，先想办法把群众解救出去。

梁敬躲在外屋门后，向白景春喊道："白景春，你要打就冲我梁敬来，老子顶天立地不怕你们这帮蟊贼。你要是还有点良心，就放过老乡们，他们跟你们无冤无仇啊！"

白景春听了刚要回话，孟宪铎恶狠狠地说："对这些穷棒子不能心软，都崩了他们！"

张副营长说："咱们打的是共军，打百姓有啥意思。"

柳春福说："白司令干的是保境安民的大事，杀的是共产党、贫农团，咱们还得让穷棒子伺候呢，放他们出来，剩下的共党一个不留。"

白景春大声回答："姓梁的，别以为就你们共党爱护老百姓，白司令也跟乡亲们近乎着哪！好啊，让那些穷鬼们出来吧，我不开枪。"

梁敬让地主李平和一家人领着十多个老乡出门逃生，赵芝瑞随即让几名打光了子弹的民兵、区小队员放下枪支和子弹袋等混在老乡中间溜出去。

李平率老乡们急慌慌地从匪徒们让开的通道跑到大门口，被柳春福带的人拦住。他提着盒子枪，歪邪着眼问李平："李当家的，这帮人都是你们这营子的？"

"是、是、是，都是当营子的，和我沾亲带故的，柳大当家的，看在咱们多年交情上，你就放了我们吧！"

"放？行啊，但是一会儿灭了共军，你们得给我们杀猪宰羊，做饭烧水，喂马添草，国军为了你们打共党，你得好好犒劳犒劳我们。"柳春福用枪点着李平说。

"中、中，一定照办，一定照办，这会儿你让我们先躲开中不？这枪子不长眼哪。"

柳春福一挥手，让李平领着乡亲们先去前面一家躲避，趁匪徒们不注意，那几个民兵、区小队员闪进门前的小沟里，顺沟里借树木掩护向东疾行，去区里报告去了。

这时，天已黑下来了，匪徒们点燃了大院里的畜棚，又点起许多火把，将五间正房死死包围，几次试图冲进去，都被打了回来。

张副营长命令架起重机枪向房子一顿狂射，压制住了工作队的火力。白景春又命匪徒们从房后接近房屋，点着了草苫房。约半个小时后，大火蔓延开来，先烧串了房顶，引燃了顶棚，房架在火中发出瘆人的爆响，屋内浓烟滚滚，眼见得要房倒屋塌了，不能守了，不然大家都要葬身火海了。赵芝瑞果断地率领大家向敌人投出最后几枚手榴弹后从屋门冲出去，敌人还没清醒过来，赵芝瑞他们已冲到了西碾房，但敌人一窝蜂似的从大门攻入院内，赵芝瑞等人只好占据碾房，与敌人厮杀。

白景春等几名匪首如同嗜血的恶狼，连吼带叫地指挥匪徒们紧紧围住碾房，几个亡命徒嗥叫着冲进碾房，被赵芝瑞指挥战友们用刺刀挑死，其余的吓得退向远处，像狼一样干嗥。

柳春福和孟宪铎挥着枪喝令："上房上房，扒房子扔炸弹。"

一伙匪徒从房后架梯子爬上房顶，用镐头"坑坑坑"地刨房顶，黄土抹的房顶很快被刨透了。

梁敬和张天福顺过长枪，朝房顶的孔洞"砰、砰、砰"连打几枪，两个家伙中弹惨叫着从房上摔下去。

又有几个家伙在柳春福督促下又爬上房，一连从窟窿里扔进去几颗手榴弹。

碾房里的梁敬、张天福把冒烟的手榴弹捡起来扔进了院子，把匪徒们炸得鸡飞狗跳。

柳春福发了狠，他朝一个土匪要了一副绑腿，把五颗手榴弹捆在一起，与国民党骑兵连长一齐爬上房顶。敌连长持美式冲锋枪朝房顶被刨开的窟窿打了一梭子，柳春福拉开手榴弹拉火环，喊了“一、二、三”延时三秒后，扔进了孔洞，然后两个家伙滚下碾房。

冒着火星的集束手榴弹掉落在屋地上，梁敬一把将赵芝瑞推到碾盘根，然后扑上前抱起手榴弹要往外扔……

这时，“轰隆”一声巨响，手榴弹爆炸了。顿时，碾房仿佛被端了起来，浓烟烈火和爆炸气浪从窗口、门口喷出来在剧烈的爆炸中，赵芝瑞、魏世荣、梁敬、王健民等人，还有几名工作队员、民兵都倒在血泊里。残垣断壁里血肉横飞，碾道里一洼一洼的尽是鲜血。

赵芝瑞在爆炸后清醒过来，他顾不上抹去脸上的血和尘土，在碾道里摸索，轻声呼唤：“还有活着的吗？同志们，还有活着的吗？”

“有，我还活着……”

火光闪烁中，已挂花的县民政科长王健民、教育科长李泰生、建联会主任史宝泉和肖凤良四个人摸过来，与赵芝瑞紧紧围坐在一起。赵芝瑞拉着众人的手坚定地说：“同志们，咱们要战斗到最后一刻，绝不投降。”

这时，爆炸的烟尘慢慢散尽，匪徒们也不打枪了，窗口有几个黑影鬼鬼祟祟地朝屋里探视几下后马上缩回去了，不一会儿，又扔进几个火把来，敌人发现没有抵抗了，就向白景春等几个匪首报告，共军都被炸死了。

柳春福扒着窗台朝屋里看了看，回身对白景春说：“都他娘地坐了土飞机了，没炸死也震死了。”

白景春长出了一口气，把盒子枪放进枪盒子，对张副营长说：“妈的，总算把梁敬灭了，走吧，咱们到前院吃饭去，一会儿让弟兄们打扫战场，我要看看赵芝瑞、梁敬的尸首。”

张副营长懊丧地说：“妈的，不够本，打一帮共党干部折腾了大半天，耗费了炮弹子弹，又折了这么多弟兄，真他妈不划算。”

白景春忙不迭地说：“张营长，咱们消灭了这么多共党干部，这可是大功一件啊！咱们缴获的好几十匹战马，您和弟兄们随便挑，随便选，还不行么？”

几个家伙安排好警戒，骂骂咧咧地到别院老吕姓家吃饭去了。

此时天完全黑下来了，点点火光中，碾房里更显得黑漆漆的。几个打扫战场的土匪，被工作队的英勇打怕了，他们只胡乱扫视了一下，便离开了。

这时，赵芝瑞从地上爬起来，悄悄命令王健民等人：“要各自为战，争取突围出去，给三十二团和县里报信！”他们把最后几颗子弹压上膛，耐心等待时机，伺机突围。

到了午夜，大股敌人都躲进老百姓家睡觉或者宰杀牛羊猪鸡，吆五喝六地喝酒猜拳，只在李平大院门口和村口设了一些岗哨，还有巡逻队作防卫。赵芝瑞把五个人分做两批，李泰生、肖凤良、史宝泉为第一组，赵芝瑞和王健民殿后。五个人从碾房爬出来，绕行到房后东院墙根，想翻墙而过，可是墙太高，又有榛柴压墙头帽子，几个人不同程度带伤，非常疲惫，难以攀越墙头，只好又摸到离大门不远的柴垛后边趴下来，观察敌人哨兵的位置和巡逻哨兵的规律。

在敌巡逻队过去后，赵芝瑞让李泰生等三人先摸出去。他们选准敌哨兵转身撒尿的功夫，迅速窜出大门，消失在暗夜中。

赵芝瑞搀扶着王健民刚闪出大门口，就被从西边小街筒过来的敌巡逻队发现了，敌匪喝叫："谁，哪部分的？"

赵芝瑞疾速搀扶王健民向东南小河边柳塘子冲去。

"站住，不站住开枪了！"敌人边喊叫边追过来。

赵芝瑞将王健民推进柳丛，说："快走！"然后他返身向东边草坡跑去，边跑边回头"啪、啪"打了两枪，把敌人引到这边来。

天很黑，敌人不敢猛追，却"哗、哗"打了几梭子弹，赵芝瑞背部不幸中弹，他忍着剧痛拼力冲进柳塘子，双手握紧一支匣子枪、一把撸子，准备和敌人最后一搏。

一个敌小头目来到敌巡逻队跟前，敌人报告有共军跑了，问追不追，小头目伸着脖子向野地观察片刻，说："追什么追，大黑的天，追上去挨枪子啊，回去，天亮再说。"

赵芝瑞与王健民失散了，他侧躺在草地上，枪伤致使他一阵阵昏迷，他把打空了子弹的匣子枪塞到柳树根下用草盖了盖，手握撸子向小孤山东面的沟里爬，一路上留下了点点滴滴的鲜血。他爬呀爬呀，爬了五百多米，爬到东山坡一墩蒙古栎丛中，终因失血过多，再也爬不动了。他以右手平端手枪、左手握住树枝、双目圆睁、怒视敌人的姿势永远定格在南场梁头。这位从陕北延安一路征战走来的忠诚的共产党人把最后的一腔热血抛撒在塞外高原上，献给了伟大的人民解放事业。

天亮后，白景春等匪徒们把老百姓造害够了，又清查了战场，他们残忍地扒光了革命烈士们的衣服，抢走了军马和散落的装备。白景春特意抢了梁敬的乘骑，以及马鞍上铺的白玉莲送的皮褥子，他对柳春福说："把梁敬的东西带回去，让我妹子看看，她就死了心啦。"

"你那还不要了她的命啊！"柳春福说。

"反正她和姓梁的成不了了。"白景春狠狠地说。

张副营长过来说："别他妈穷零碎了，赶紧撤，共军的援兵快到了。"

匪徒们把死的自己人草草埋了，驮着伤号乱哄哄的奔莲花山向红山子方向仓皇溜走了。

敌人的成功既在于敌我力量悬殊，又在于我们的麻痹大意和增援部队的行动迟缓。

在天黑时，从南场突围出击的民兵就赶到驻守在百岔川梅林营子的三十二团驻守的两个连驻地，报告了工作队遇到的险情，请求马上发兵解救，但三十二团的一名副团长借口天黑路险，敌情不明，拒绝出兵，非要向几十里外的团部请求，调大部队才肯出兵。磨蹭到天亮，部队掠过莲花山漫甸赶到南场时，敌人早已撤逃了，五区区小队和群众正在收敛战死勇士们的遗体。

当日下午，经棚县支队和朱德骑兵师一部从经棚出发驰援，江波闻讯也随队赶到南场。她和县委书记陆棣以及康海庭等满含悲愤，给赵芝瑞、梁敬、张天福等六名干部和十多名区小队战士、民兵清洗遗体，换上新军装，南场小村一片哀恸、悲泣之声。

江波从赵芝瑞的上衣口袋里拿出珍藏已久的他们离开延安时与孩子一起照的照片，照片已浸润了鲜血，照片背后有赵芝瑞题写的“革命到底”的字迹。江波把这张照片看了又看，泪眼婆娑中，赵芝瑞临下乡前对她说的话又在耳边回响：“江波，革命快要成功了，胜利的曙光已经洒满天空，等我们解放了全中国，就把孩子接来，阖家欢乐过好日子啦!”她与康海庭轻揉烈士四肢，抚平身体，那临终前一手支撑地面，一手端枪怒视敌人的形态，体现了烈士与敌人血战到底的英雄气概。江波百感交集、悲愤难抑，她握着赵芝瑞的小手枪，喃喃地对赵芝瑞诉说：“你放心吧，老赵，我会记住你的嘱托，教育好咱们的孩子，让他走上革命道路的……”

对于梁敬的英勇牺牲，五区（百岔区）区委区政府的干部、民兵和老百姓都是痛惜不已。几年来，梁敬、冯愉等同志带领区委、区政府的同志们打土匪、斗地主、搞土改、救灾济贫，与百岔川百姓同甘共苦，克服了一个又一个困难，闯过一道又一道生死关。在人民政权已经巩固、土改工作即将完成之际，两位同志英勇献身。老百姓自动披麻戴孝，从十里八乡赶来收敛烈士遗体。康海庭和其他几位绅士献出了自己的柏木寿棺。

康海庭老人更是悲痛不已，他与梁敬有不同寻常的深厚感情，可以说，梁敬是他的革命启蒙者、引路人，他由一个比较开明的乡绅地主转变为自觉的革命同路人、参加者，经历了艰难而可贵的转变。梁敬对他的引导和帮助是很重要的，他早就把梁敬视为良师益友，对梁敬的牺牲，康海庭极度悲伤。

在战士们向天齐放的排枪声中，烈士们的棺木被乡亲们抬起，送到经棚县委、政府所在地的经棚镇。在经棚镇东字山下，热北地委、军分区和经棚县委、县政府举行了隆重的祭奠安葬仪式，革命烈士从此安卧在烈士陵园，年年岁岁受到各族人民的凭吊和纪念。

韩星等人在七区红山子得到了南场事件的噩耗，他惊呆了，继而一股悲愤气冲丹田，他狠狠地捶击了几拳门板，手背顿时鲜血涌流，他大吼道：“此仇不报，枉为人也！狗日的白金辉，你又欠下一笔血债。”县委工作队和区乡干部们都攥着拳头发誓，一定要血债血还，消灭土匪，为牺牲的烈士们报仇雪恨。

韩星回想起与赵书记等分别时，赵芝瑞和梁敬等与他们热烈的话语与深厚的战友之情，恍如就在眼前，他对分兵后工作队势单力薄给敌匪以可乘之机，造成如此巨大的损失，痛悔不已。赵芝瑞是他的老领导，他谦虚、诚恳、稳健，对敌斗争经验丰富，韩星受益匪浅。梁敬是他的好战友、老伙计，他们一齐打白金辉、打侯扒杆、打布里亚特额仁钦匪帮，经历了一次次艰难困苦，那份战友情让他永远难以割舍。战友的永别，使韩星更增添了斗争的勇气和力量，他握紧拳头暗暗发誓：亲爱的领导、亲爱的战友，你们未完成的工作由我们来完成，我一定用万恶的敌血来祭奠英灵！

县委和军分区通报工作队和七区区委：敌人已向红山子方向逃窜，要做好战斗准备，防备敌人的突然袭击。韩星和县工会主席张建国、区长初殿贵等负责同志，立即进入临战状态，向四面交通道口派出了暗哨，把外出工作的工作队员和区小队、民兵都收拢回来，做好充分的战斗准备，随时准备迎击敌人的进犯。

四 兵匪合流

白景春、柳春福和张副营长、孟宪铎带着队伍在偷袭了赵芝瑞带领的武装工作队得手后，如同偷了腥的野狼急慌慌地向西南桦木沟方向逃窜，唯恐被共军“咬”住。他们抢了工作队几十匹战马，但枪械没得几条，大多数都被砸坏或烧毁了，虽然张副营长痛惜折了许多弟兄，孟宪铎驮着把兄弟史增喜的尸体也在一路哀哭，但白景春、柳春福却万分高兴，他们为自己的队伍拉回二百多人的国民党正规军而高兴，他们有大炮机枪，战斗力可比拉杆子的弟兄强许多。这次又打了共产党的土改工作队，打死了共党大干部赵芝瑞和五区的梁敬、冯愉，除去了他们父子爷们的心头大患，这可是他们梦寐以求的好事。从此，他们少了劲敌，可就有好日子过了。再者，梁敬一死，断绝了妹子白玉莲的念想，她往后就死心塌地跟张振三过了。因此，这一路上，白景春和柳春福眉飞色舞，极力笼络张副营长和几个军官。

他们一路马不停蹄地赶到红山子大局子，正在埋锅烧水、宰杀抢来的牛羊准备吃饭时，两个负责哨探的敌骑兵打马从西北山沟里跑出来，向白景春报告说，白司令率人马前来迎接了。

白景春高兴极了，他笑嘻嘻地对张副营长说：“俺爹最爱惜人了，见了你们不定得乐成啥样呢!”张副营长急忙让手下整队迎接白司令，他心想，我们毕竟是国军正规军，可不能让山贼土匪们瞧不起，他压根也没把这伙乌合之众放在眼里，只不过是想借助他们引导自己带队投奔北平傅作义总司令去。

随着一阵杂乱而沉重的马蹄声，一伙骑兵簇拥着一个骑着大白马的汉子拐过山嘴，向营地涌来，白景春、柳春福急忙迎上前去。

张副营长则让他的部队排成两排，整齐地列队瞭望着从山嘴拐出来的一大队穿着杂色服装的土匪骑兵。

白、柳二人迎到白金辉的大白马前，报告了军情，白金辉从马上跳下来，与王克礼、鲍三疯子等众匪首急忙向列队的国军队列前走来。白金辉看见队列前几个国民党军官，他紧走几步，双手抱拳行礼，可着嗓门喊：“呃呵呵，欢迎国军将士，欢迎啊！我白某人三生有幸，得到国军的帮助，真是天上掉下的喜事啊!”

张副营长上前向白金辉“啪”地行了一个军礼，朗声说道：“报告白司令，鄙人是东北剿总九十三军所部，因与共军作战与部队失去联系，故借道向北平投奔傅作义总司令。

久闻白司令大名，兄弟愿率属下弟兄们归白司令指挥，一齐投奔傅总司令。”

这小子也挺精的，他把自己的来龙和去脉都告诉了白金辉，他并不想随白金辉为匪。

白金辉自有主张地拉着张副营长的手，亲热得不能再亲热了，一口一个贤弟地称呼张副营长，说到了我的地面上，你就到了家了，一切吃喝用的我都包了，保证让大伙都过年一样吃好喝好，咱们不管是哪支队伍，只要拥戴蒋委员长，打共产党都是一条道上的，都是一家人。他边唠叨边用眼睛扫瞄国军队伍，越看心里越高兴，心说：他娘的，这么好的队伍，老子吃定啦！

白金辉等人与几个国军军官套近乎，那边白景春等人张罗着煮肉倒酒，犒劳匪徒们，一时营地弥漫着酒肉的香气，匪徒们成堆成伙地围坐着，开始吃吃喝喝起来。

在一棵大榆树下，早铺好了几块毛毡，摆好了煮好的手把牛肉、手把羊肉和用土瓷碗盛着的白酒。白金辉热情地拉着张副营长的手围坐在毛毡上，伸出黑乎乎的大手抓起一块冒着热气的羊肋骨，撕开，递给张副营长一半，自己吃另一半，一边吃一边说：“来来来，张营长，这手把羊肉香得很嘞！”

他又伸手端起酒碗，说：“张营长，这酒是土城子巴什营子烧锅，味好又有劲，请喝一碗，权当迎接兄弟们的接风酒。”他说着站起来放大嗓门说：“弟兄们，我白某人欢迎大家入伙，共谋反共大业，干！”他一仰脖子，喝了个碗底朝天。

“唔，这个……”张副营长喝了酒，沉吟片刻对白金辉说：“白司令，我和弟兄们只能临时归你指挥，有机会我们还要归队……”

“好说好说，我们以后都要一齐投奔傅总司令的，哈哈哈……”

白金辉心想：他娘的，到了我的地盘，队伍就得归我管，他心里对张副营长已动了杀机。

白金辉又和张副营长与几个军官碰了酒，他朗声说：“我们都是国军，本人是国军热辽边区司令部委任的反共先遣军司令，张兄弟，现在我委任你为热辽边区反共先遣军副司令，你的两位连长都官升两级，当副团长，委任状我找郭县长到多伦去取。张兄弟可以吧？”

张副营长和两名连长急忙站起来，挺着胸说：“感谢白司令栽培！”

“哈哈，免了免了，都是自己弟兄，没那么多客套。景春哪，给张副司令倒酒。”

匪徒们边吃喝边议事。

白金辉说：“各位，今天咱们各路兵马会在一起，有一千多人，可以说是兵强马壮，你们在南场灭了赵芝瑞、梁敬的工作队，能不能乘胜再干他一把啊？”

王克礼一伸脖咽下一块肉，噎得生翻白眼，他缓过气来说：“白司令说得是，咱们兵强马壮，又刚打了一个大胜仗，应该挟胜利之威，再干他一票，也显显咱们的威风。”

“要打，就干脆就近打七区区政府，端了它，老子可是好久未闻着血腥味了。”鲍三疯子气势汹汹地说。

白金辉早就想好了，他擦擦嘴角的油秽说：“七区共产党政府直接威胁我的乌牛吐老营，就像扎在我胸口的刀子，不拔掉它我睡不安稳觉。再说，阴历年快到了，咱们也得贮存粮食啥的，好过年，区政府存有大批公粮和军火物资，还有斗地主闹土改没收的浮财。

咱们趁共军刚打败仗没缓过神来，突然袭击七区，再灭他几个共党干部，抢夺粮食财物，打个大胜仗，诸位看如何？”

“打，打，打，灭了共党点天灯！”

“打，抢回粮食大烟土！”

匪首们吵吵嚷嚷，纷纷撸胳膊挽袖子，不甘落后。

张副营长刚被升了官，他虽然没把这个“副司令”名头放在眼里，但毕竟成了众匪的二头，心说该让你们这些土匪山贼们知道知道国军正规军的厉害。他对白金辉说：“司令，咱们是一支大部队了，打个区政府还不易如反掌，司令，你歇着，我带队伍去打，费不了劲保证拿下来。”

“不，区政府大院深沟高垒，防范很严实，共军人也不少，我这是调动全部兵力去打，泰山压顶，一鼓而下，要速战速决，不可拖延，否则，共军增援上来就不好办喽！”

“那好，咱们都去，机枪大炮一块上，给他来个泰山压顶。”

“好！”

众匪狂妄地碰酒狂笑起来……

五　激战红山子

红山子区（七区）位于克什克腾旗（经棚县）西南，一个叫合胜源的大村子。红山子处于桦木沟林海中，境内高山连绵，林海无际，山沟里遍生榆柳，林茂草深，山泉淙淙，溪流遍布，河水汤汤，属于林区。沟谷森林中，野狼、豹子、野猪、獾狐肆虐其中，马鹿、狍子、山鸡活跃其间，山林由松柏、青杨、白桦、柞树等构成，沟谷中沙榆成片，柽柳河柳覆盖了河流，野鸡、狐狸和许多鸟兽繁盛兴旺，生机勃勃，是绿色自然宝库。但在兵荒马乱时代，更是盗匪藏垢纳污、肆虐横行的地方，是人人望而生畏的“土匪窝子”。

中共领导的人民军队、地方政权控制了这一地区后，与土匪恶霸进行了艰苦卓绝的斗争，几年间杀了个几进几出，终于站住了脚跟，建立了区乡村民主政权机构，组建了区小队，成立了民兵组织。经过激烈的对敌斗争，大浪淘沙，不坚定分子和反动坏分子逐渐被淘汰和剔除，由贫雇农和山林炮手、猎户构成的区小队和民兵，在党的干部的带领下，经过残酷的对敌斗争，逐步打造出一支精干的战斗力很强的队伍，让土匪恶霸们闻之色变，望而生畏。

区政府设在村里一个地主庄园里，背靠一座高山，高山向两边伸出双臂，环抱着这座大院。想必是这户大户人家深谙风水，庄园被山梁簇拥，庄前是萨岭河，大院两排正房，东西各一排厢房，都是青石砌基，二尺多厚的黄土打夯，粗大的松木圆木做柁和檩子，使每幢房子都很厚重结实。大院是石砌墙基三尺宽的夯土墙，墙头压着榛柴或沙棘树枝墙头帽子，高有八尺以上，非常坚固。大院的四角建筑有四座黄土夯砌的炮台，有三层，各层有朝向四方的射击孔，墙体很厚子弹打不透，小炮弹也炸不开，据守在炮楼上，进攻者休想攻进大院。

大院的门口是用青石条和黄土垛的带门洞女儿墙箭垛的建筑，厚重的包有铁钉帽的榆木大门，石头凿的门墩，大门从里关上，再推上两道粗榆木门闩，里面又用粗榆木撑住，一般的火力难以打开。

院内紧要处还布设有防卫性的掩体，使院内没有射击死角，与炮楼、高房和院内工事形成了立体交叉火力网，对外向内都具有极大杀伤力，院内正房面向四角炮楼还挖有盖沟，形成了极隐蔽的防御体系。

有了这个大院，在高山耸峙、林海莽莽、土匪肆虐的红山子区，区委区政府才有了坚固的阵地，多次挫败敌人的进犯。

红山子区委、区政府组建的区小队和民兵组织，在经历了艰难的斗争历程后，逐步锻造成了一支英勇善战的武装，这支队伍人数虽然不多，只有三十余人，但是人员构成好，都是些贫苦青年农民、牧民和猎户炮手，经棚县支队派来几名老八路先当教员后任班长、排长，军事素质过硬，同志们训练刻苦，个个都精明强干，敢打敢拼，小股土匪根本不敢与之对抗。

韩星和张建国带一个班的县大队战士到红山子搞土改工作，更使力量大大增强，在很长时间未发现重大匪情。

南场事件发生后，热北军分区和经棚县委向各区县发出紧急敌情通报，要求各区乡集中兵力，严防敌匪偷袭。韩星和张建国、区长初殿贵等人分析敌情，认为白金辉匪部在占了便宜后，极有可能对他老巢附近的七区（红山子）下手，必须做好战斗准备。前一天，区里召开了动员会，做好坚壁清野，民兵和农民协会的干部或集中或分散隐蔽，并派出部分战士将屯放在区里的粮食物资和征集的几十匹军马送到经棚镇，一个班的区小队去北井村运回筹集的军粮马料，在家的工作队员、区乡干部战士共有十四人。

韩星和张建国、初殿贵几个人在头天晚上就把在家的十四个同志做了明确分工，确定了警戒值班，轮流巡视区政府大院，他们把十四人分成五个组，分别据守四个炮楼和大门洞，并把积存的两箱手榴弹、两箱地雷和近两千发子弹分发给各战斗小组，以应付敌人的突然袭击。韩星说："只要熬过今儿个一夜，明天半天，出去的队伍都收拢回来，咱就不怕敌人来袭击了。"

韩星的预感应验了，但他及时收拢队伍的希望却落空了，没等外出的战士回来，白金辉在这天夜里，就带领一千多匪徒运动到了区政府附近的山林中，只待天一破晓，就对区政府发起攻击。

在东山头的夜空泛起鱼肚白的时候，轮班值宿的韩星、张建国、初殿贵三人松了一口气，他们回到办公室，伸着懒腰打着哈欠说，这回该打个盹休息一下了。韩星说："老初你机灵点，我俩先睡一会儿。"说着他把盒子枪拢在怀里，把三八式步枪靠在炕沿上，让机枪组的两名战士也抓紧时间休息一会儿。

不到一袋烟功夫，外面"通、通、通"迅疾跑进一名放哨的战士，向初区长喊了一声："区长，有情况！"

"忽喇"一声，休息的同志们都操枪在手，站拢过来。

哨兵报告："在前河塘子影影绰绰发现有许多人向区政府大院靠近，还听到马的沉闷蹄声，东西两面山梁上，也发现有人影晃动。"

"娘的，敌人还真来了！各就各位，准备战斗！"

同志们立即按分工进入各自战斗位置，大门也上了门闩，并从里面用大石头和榆木顶住，韩星命令，院内不许有灯火，不准说话，不准将内部情况暴露给敌人，敌人不接近不准开枪。如果被敌人探知我方只有十四人，一旦军机泄露，敌人会拼命进攻，一举攻破大院，敌众我寡，力量悬殊，我军必败无疑。

韩星对初殿贵和张建国说："只要我们坚持到中午，外围的区小队民兵就会向县里报信和向敌人攻击，造成内外夹击之势，敌围可破，最关键的是我们一定要顶住敌人的几波攻击，争取时间。”

他亲自掌握机枪组，要在关键时刻给敌人以突然打击。

白金辉还从来没统领过这么多兵马，他得意扬扬、踌躇满志地分派兵马，利用夜暗的掩护，将匪队分派已毕，在拂晓时，已将区政府团团包围，并在东西两面山坡上，架起了小钢炮、“六○”炮和重机枪。他在西梁上一手掐腰，一手用望远镜煞有介事地观望了区政府大院一阵，喉咙里“吭吭”了几声，对簇拥在身后的众匪首们说：“看来土八路们都睡得正香呢，好啊，一会儿用大炮机枪把他们吆喝醒了，叫他们尝尝我的厉害!”

鲍三疯子对张副司令说：“张兄，别都炸没了，给我留几个，我可是好多日子没闻着血腥气了。”

张副司令一抖肩膀说：“你放心，我只用炮突袭一下，炮弹金贵着呢，打一个土围子用不着耗费太多的炮弹。”

白金辉从上衣袋里掏出怀表看了看下命令道：“我命令，7点钟准时发起攻击，让弟兄们到大院里吃早饭。”

“好嘞，开斋喽!”鲍三疯子“霍郎”一声拔出马刀，龇牙咧嘴地奔向本队。

白金辉笑呵呵地对张副司令说：“张老弟，这回你得让我见识一下国军炮火的威力哟!”

张副司令心里说，你个土包子，今儿个就让你见识见识。他向白金辉一挺胸说：“请司令放心，我保证一顿炮弹把共军打哗啦喽!”他说完用旗语命令东西山梁上的炮兵准备开火。

七时整，敌人发起进攻了，只听“咣咣咣”一阵炮弹出膛声响，炮弹纷纷落入区政府大院内外，炸起一阵阵烟尘。区政府如同处于波涛中的孤岛，被战火硝烟包围了，撕裂生命的炮弹片四处崩飞。紧接着重机枪也开火了，咆哮的声音更加瘆人。

王克礼用手枪顶了顶瓜皮帽说：“这么厉害的炮轰，有多少八路也打死了，今儿个这仗打得太轻松了。”

白景春说：“本想再痛快造一仗，这回只剩下收尸的活计了。”

众匪首“哈哈哈”一阵狂笑。

敌人的炮弹连隐蔽在炮楼里的战士们毫毛都没伤着，却把院西北角的马厩打着了，四十余匹战马被炸毛了，受惊的马匹满院乱窜，不少被炮火炸死炸伤。有战士要去救马，被韩星严厉地制止住了，因为此时去救马不但无济于事，白白增加伤亡，还暴露了实力。

白金辉观察区政府大院，说：“看共军有不少马匹，人数不少，要加小心。”

炮火打了有半个钟头，停息了，硝烟散尽，区政府大院安然无恙，几处明火也被扑灭了。

白金辉下令进攻，匪徒们从隐伏处爬起来，从四面向区政府大院摸过来。

韩星带着机枪组占领了大门洞上的射击位置，在敌人距大门二百米远近时，他用“三八”大盖首先瞄准一个小匪首。那家伙还在吆喝匪徒们“快点”时，韩星一搂火“叭勾”一声，那家伙一扬手栽倒在地，接着，捷克式轻机枪“哒哒哒”就是一串子弹扫过去，土匪顿时被扫倒一片，受伤的狼嚎鬼叫，活着的像惊枪的兔子回头逃窜。

其余方向上，未等敌人靠近院墙，据守在四座炮楼的战士们利用良好的射界，居高临下用步枪一阵射击，敌人不但未靠近大墙，还被打死打伤十几个，敌人一边胡乱射击，一面溃退回去了。

鲍三疯子骂骂咧咧地跑到白金辉面前说：“不行啊，司令，炮弹一点也没毁了大院，共军都在炮楼里，咱们靠不上前啊！”

白金辉说：“我早看见了，换个打法，让弟兄们从东西两道梁上向下冲，居高临下，势如破竹嘛，从梁上对院里看个一清二楚，一举攻破它。”

鲍三疯子领人从东梁、白景春等人率匪众从西梁分别攻击两座炮楼，试图靠近院墙。

韩星和张建国各领三个战士增援两个炮楼，他们从暗沟进入炮楼，来去自如，十分隐蔽。

“怎么样，老初？”韩星问正在瞄准的区长初殿贵。

炮楼有三层，非常坚固，正在顶层从枪眼里稳健向敌人射击的区长初殿贵一歪头说：“没问题，我的战士都是炮手出身，打四脚野兽枪响见物，打两条腿的也不含糊。”

在另一个射击孔前射击的战士是蒙古族，叫查干乎，他从小就跟着父亲放马，打野狼，是草原上小有名气的炮手，他打狼和狐狸，十有八九都是打头，甚至打眼对穿。初区长发给他两支步枪，一支“三八”大盖，一枝“九九”步枪，他自己又舍不得打铁砂子的三眼铳，他一个人顶三个人，弹无虚发，枪枪咬肉，土匪硬是跳不下山坡的一道土坎，跳下来的都是死尸。

韩星看初区长这边几个人守得严丝合缝，敌人冲不破他们的火网，便打了几枪，带机枪组的两个战士进暗沟支援东北方向的炮楼。

东北边顺山梁向下冲的是鲍三疯子压阵的敌匪，他们用一挺重机枪拼命压制炮楼里的火力，子弹打得土炮楼烟尘翻卷。敌人试图翻过大墙外的一条排水沟，用手榴弹炸院墙，敌人嗷嗷叫着往沟里跳。张建国正在指挥四名战士拧开手榴弹后盖，抱出两颗小型地雷准备投掷，见韩星爬上炮楼梯子，高兴地说：“来得正好，老韩，快用机枪压制敌人火力，掩护我们扔地雷！”

韩星从机枪手怀里抱过机枪，选了一个射击孔，瞄准山梁上正在吼叫的重机枪，“嗒嗒”打了几个点射，敌人的重机枪哑巴了。韩星打机枪是行家里手，当八路打日本时他在八路军冀东军区部队就是有名的机枪手。打机枪一溜烟搂火不是好手，厉害的是打点射，那才是死神降世，追命的阎罗。韩星几个点射打哑了敌人的重机枪，打趴下一帮猖狂的敌匪。张建国和战士们趁机向墙外水沟里投下十几枚手榴弹，又扔出两颗小型地雷，在“轰轰隆隆”一阵巨响后，一团黑烟翻涌上天空，排水沟上下的十七八个敌人坐了土飞机，被炸得支离破碎。其余的吱哇乱叫向梁上逃窜，被韩星的机枪兜屁股一阵“点名”，敌人狼狈溃逃了。

鲍三疯子叱骂着、鞭打着压住溃逃的匪徒们，敌人纷纷伏在坡梁上向炮楼射击。接着，他挥枪督促喽啰们冲锋，他们爬起来冲了没几步，被迎面打来的子弹揍倒几个，其余的说啥也不肯再冲了。

西北角炮楼外，白景春和张副司令指挥敌匪用“六〇”炮吊射炮楼，用机枪、步枪封锁枪眼，打得硝烟弥漫。密集的弹雨中，我军伤亡了三四个人，但敌人始终未能靠近院墙，却伤亡惨重。

韩星提着机关枪爬上炮楼二层，瞄准山梁上的敌人一顿猛射，把敌人打得狼奔豕突，死伤枕藉。

几经交战，敌人从东西山梁的进攻被粉碎了。

鲍三疯子等几个匪头目狼狈不堪地跑到白金辉跟前，垂头丧气地报告：“不行啊，共军的炮台坚固，枪打得准，弟兄们靠不上前啊！”

“笨蛋，掩护弟兄们往院墙根靠，用镐头刨，用炸弹炸，只要冲进院去就成了。”白金辉气哼哼地命令。

张副司令用望远镜瞅准了东北角院墙距院内马厩很近，他命令两挺机枪集中火力封锁炮楼，组织一伙土匪，一队刨墙，一队往院内投掷手榴弹。炮楼里的火力一时被封锁住了，土匪乘机冲近院墙，几个家伙拼命刨墙，还有几个家伙使出吃奶的劲向大院里扔进几枚手榴弹。马厩被炸着起了火，几匹马被炸死炸伤，其余的受惊在区政府大院内乱窜。张建国和区政府几名工作人员冒死收拢住受惊的马匹，又冲到东北角墙下，朝墙外刨墙的敌人投了几颗手榴弹，把土匪炸得吱哇乱叫，扔下镐头就跑了。

白金辉眼见打了半天，天都快晌午了，还没攻进区政府，暴跳如雷地发誓：“他妈的，我就不信，我这么多兵马就攻不下一个区政府，给我冲，谁不冲我崩了他……”他正翻着白眼嚷嚷，却从大川东边传来“啪啪啪”一阵枪声，柳春福一机灵：“不好，共军的增援上来了！”

匪队一阵骚乱。

张副司令侧楞耳朵听了一阵儿，对白金辉说：“司令，听枪声，上来的共军没有多少人，派一支队伍挡住他们就是。”

“那好，张副司令，我亲率大队接着打区政府，劳烦你带一队人马阻击增援的共军。”

“是，我马上执行，司令，看来这大院一时半会攻不下来，共军得信后会增援上来，可别让他们内外夹击咱们，我建议实在打不下来就撤兵吧。”

“撤兵？不行，我一定要攻下区政府，让土八路知道知道我白金辉的厉害。”白金辉“呛啷”一声把战刀送回刀鞘，狠呆呆地命令柳氏兄弟和鲍三疯子：“火力掩护，用火攻，烧大门。”

柳春福带一伙土匪冲进村子寻找放火的工具。

张副司令乘机将自己的兵撤下来，在营子的东山嘴占据有利地形，阻击外出返回的区小队和民兵。

区小队和民兵返回的有十几个人，他们正确地估计形势，由一名区干部指挥，派三名区小队员火速到县里报信搬兵，其余战士爬上东山利用山岩树丛的掩护，向正在进攻区政府的敌人射击，一时打乱了敌人阵脚，分散了敌人的进攻。

张副司令带本队国民党军有意保存实力，架起机枪小炮，摆开阵势，阻击外围区小队的进攻，枪炮声一阵接一阵，打得挺热闹。

这边，鲍三疯子、柳春福一伙人在营子里抢了辆牛车，车上装了桦树枝子、麦秸秆等易燃物，用枪逼着几个老乡拉着奔区政府大门口而来，匪徒们躲在老乡身后或牛车后边，边打枪边叫喊，眼看牛车就拉到大门口了。

张建国急了，拧开一颗手榴弹要投出去，韩星一把拉住说："别伤着老乡，调炮手们上来，用枪打。"

几名炮手上来了，韩星、张建国他们几杆大枪架在大门洞子的女儿墙后，瞄准土匪一阵精准射击，押车的土匪瞬间被打倒好几个。拉车的老乡一见，将牛车往外侧的沟里一推，车翻进了沟里，人也安全地逃跑了。这时，一位区小队员打得兴起，从炮楼里跑到院子，拉开架势往院外一连投了四五枚手榴弹，但是他被敌人发现了，立刻暴露在敌人的火力下，一阵密集弹雨袭来，姓王的战士腿被打断了，栽倒在院里，痛苦地呼唤着。初区长见状，命令一个民兵冲出炮楼，往回救人，这位民兵扯拽着战士往回背时，不小心扯断了受伤战士手中握的手榴弹，"轰隆"一声，两个人都倒在血泊中。

初区长见了"嗨"的一声痛惜地擂了几下墙壁，命令战士们注意隐蔽，不要做无谓的牺牲。

狡猾的敌人利用区政府院内一时的混乱，乘机涌到西边大墙下，拼命刨墙。

韩星命令几个人在炮楼上向冲来的敌人射击，他和张建国各提了一筐手榴弹，运动到西墙根下，先炸刨墙的，再炸涌到墙根的，再循声炸往回逃窜的。"轰轰轰"十几枚手榴弹炸起一团团黑烟，匪徒们吱吱哇哇，哭爹叫娘，狼狈不堪。

匪徒们在匪首的逼迫下，也亡命徒似的往院内扔手榴弹、打枪来掩护刨墙的人。

韩星与张建国扔完了手榴弹，回身每人抱起两颗地雷。韩星托着一颗地雷掂了掂，溜墙根来到西墙里，拉着雷火把地雷扔到墙外。这地雷杀伤力大，响声也大，"轰隆"一声巨响，土匪的断肢、残体、破枪漫天飞舞。

"这家伙好使!"韩星情不自禁地说了一句，又扔出去一颗地雷，一声巨响，掩盖了土匪的哀叫。

张建国抱着两颗大地雷，他思索片刻，回到西北角炮楼。他爬到三层楼顶，隐伏在墙垛后边观察敌情，北面的炮楼依山势而建，墙外是南北向的山坡，挺陡。张建国拉着大地雷的发火，突然站起来，双手将大地雷推出炮楼。

大地雷咕咕噜噜顺坡滚下，一直滚到正在进攻大院的匪队中，"轰"，惊天动地一声爆炸，几个土匪被炸上了天，附近的敌人也被炸得伤了一大片。

张建国乘敌人未醒过神来，又如法炮制推下一颗大地雷，一下子把土匪炸得抱头往回跑，有的边跑边喊："可了不得了，共军打大炮了。"

敌人的进攻又一次被打退了。

鲍三疯子脸被弹片划伤了，污血流了满脸。他与脸面黑灰的柳春福等人跑回白金辉面前，气喘吁吁地说："厉害，太厉害了，共军投滚雷，弟兄们差点全玩完，共军防守太严，实在是打不下来呀！司令，咱们撤吧！"

"啪!"鲍三疯子脸上挨了白金辉一鞭子，又一鞭子打在柳春福身上。

"撤！谁说撤我崩了他。"白金辉凶神恶煞般地喝道。

他觉得一千多兵马如果打不下小小的区政府，自己往后也没法带兵了，他无论如何也咽不下这口气。

“给我四面一齐打，谁也不能装熊，不然的话，老子崩了他。”白金辉拔出东洋刀喝令匪首们带队从四面八方围攻，不惜一切代价拿下区政府大院。

他知道，张副司令正等着看他的笑话，他从姓张的眼神中看到了不屑和轻视。

匪徒们被头头们逼着从四面向区政府攻击。

好虎架不住群狼。纵然韩星他们英勇善战，但势单力薄，顿时又陷入危险境地。敌人发射的炮弹炸起团团烟尘，枪弹打在墙上、炮楼上，钻出片片蜂窝似的洞眼。爆豆似的枪声，将山村陷入恐怖的深渊。

将生死置之度外的战士们，已从最初的紧张与畏惧中解脱出来，决心与占绝对优势的顽敌拼死一搏。他们明白，如果落到土匪手里，会被残酷地折磨，最后被刀砍火烧，或者被用铡刀切作两断。此前区妇联主任李凤英同志就是在被捕后，受到百般折磨，最后被活活烧死。土匪的残暴令人发指，只有勇猛痛击敌人，才能为自己争取生存的机会。

陷入绝境的韩星他们，此时反而沉稳起来，他们珍惜每一发子弹，每一枚手榴弹，地雷也由张建国亲自掌握，在最关键的地方使用。

查干乎与一个叫严兴才的战士守卫在西北角的炮楼上，两人的枪法好，一个守在二层，一个守在楼顶，沉稳地射击，枪枪见血，弹弹咬肉，打得土匪不敢冲锋，甚至连头都不敢抬一下。严兴才守在楼顶，敌人的枪弹迫使他只能跪爬在各射击垛口之间，左一枪、右一枪、东一枪、西一枪，把土匪打得狼嗥鬼叫，集中火力向他射击。严兴才爬来爬去，双膝盖都磨破了，在地上滴出一道血痕。

查干乎在炮楼二层顽强与敌人战斗，与严兴才构成了双层火力网。查干乎发现敌人慑于精准的火力，轻易不露头，便暂停射击，静候敌人。匪徒们好半天不见还击，以为共军没子弹了，一个家伙探头探脑地抱着一个炸药包向炮楼运动，查干乎快速顺出步枪，“啪”地一枪，将那家伙打伤，那家伙哀叫着。一个土匪从隐蔽处跳出来，要往回拖受伤的同伙，查干乎抓住战机，“啪”的一枪打去，那家伙手一扬，仰面栽倒一命呜呼。又一个土匪来抢人，又被查干乎一枪打倒。土匪再也不敢抢人了，受伤土匪的哀叫强烈地刺激了同伙，他们的斗志下降，轻易不敢冲锋。

但是，西南角炮楼出现了危机。土匪集中火力攻击，几个土匪利用炮楼死角，用镐头刨开炮楼底层，用集束手榴弹将炮楼土墙炸开一个大洞。六七个敌人钻进炮楼，与守卫的几个民兵近身搏斗，四名民兵英勇牺牲，其余两人退到炮楼二层，挡住疯狂的敌人。韩星急忙调动北面两座炮楼的战士增援西南角炮楼，他意识到，只有坚守住南面的两座炮楼和大门洞，才能避免全军覆没的危险。

查干乎和严兴才按照韩星的命令，冲出西北角炮楼，迅速向西南角炮楼增援。

韩星他们三人冲到炮楼门口，一个家伙探出步枪向韩星瞄准，查干乎抬手一枪，那个土匪栽倒了。韩星乘机冲到门边，随手向楼内丢进一颗手榴弹，将楼内的敌匪炸得东倒西歪。查干乎和严兴才也冲进来，用刺刀和枪托解决了负隅顽抗的敌人。

然而，土匪乘机占领了北面一座炮楼，用绵密的火力攻击南面我军据守的炮楼和大门洞。

形势危急，大家意识到，最后的时刻就要到来了。

韩星冲出炮楼，平端机关枪，将从被占炮楼里冲出来的几个敌匪，用一阵凌厉的火力全部打死在院里。

查干乎和严兴才用桌凳和石块堵塞被炸开的炮楼洞口，突然间，从洞口外扔进一枚冒烟的手榴弹，查干乎敏捷地捡起来，从洞口扔了出去，"轰"的一声，外面的敌人被炸得吱哇乱叫。

查干乎急忙让严兴才上二楼，他也边朝洞口打枪边向二楼木梯上运动。这时，又一枚手榴弹飞进来爆炸了，接着一个家伙边用盒子枪向楼内扫射边探身钻进来。

查干乎没容他功夫，抬手就是一枪，那小子"嗷"地一声被打趴在洞口，脑袋上鲜血喷溅，盒子枪扔出好远。

外面的土匪急慌慌地叫唤："大少爷中枪了，大少爷中枪了！"

外面的敌人使劲将被打趴下的那家伙拖了出去。

查干乎顺势跟进，从洞口向外将仅有的一颗手榴弹扔了出去，土匪乱哄哄地逃窜。查干乎他们赶紧堵塞洞口，从被打死的土匪身上搜出子弹、手榴弹补充自己，将匪徒们的尸体塞堵在洞口处。

这时，敌人没有继续攻击，莫名其妙地都撤出村外。

韩星、初区长和张建国他们赶紧重新配置兵力，集中火力据守南边两个炮楼和大门洞，做好了与敌人最后决斗的准备。

但是一个多钟头过去了，天已近黄昏，却不见敌人进攻，从东面传来的枪声渐渐逼近，韩星不敢大意，他从东南角炮楼顶观察，发现敌人乱哄哄地向西南沟脑方向撤退了。

韩星挺奇怪，气势汹汹进攻的敌人怎么撤退了？

韩星与初区长、张建国不敢大意，命令同志们严阵以待，防止敌人耍花招。

又过了一段时间，营子里跑过来几个老乡，大声告诉韩星等人："土匪都跑了，你们打死了一个土匪头，他们都跑了！"

韩星将信将疑，他将机关枪压满了子弹，盒子枪也压满了子弹，吩咐初区长等人据守炮楼，他率查干乎等五名战士从大墙翻出院子，在老乡的引导下向土匪撤退的方向搜索前进。

在村外的一条沟里，韩星他们捉住了四名受伤被遗弃的土匪。他们恶语咒骂白金辉不讲义气，打仗让他们当炮灰，受伤了扔了不管，他们早把枪支扔到一边，等着投降，因为只有投降，才能活命。

当韩星审问他们敌人的去向时，几个人争先恐后报告说，你们八路实在太厉害了，白司令一千多人打不动你们，他的儿子白景春还被打死了。

原来，被查干乎打死的那个匪首是白金辉的儿子白景春，他被查干乎一枪打穿了脑袋，被匪徒们抢出去后，抬到白金辉面前，白金辉大惊，发现子弹从脑袋打进去，又从后背打出来。"七九"步枪用的是炸子，后背打出碗口大的洞。白金辉抱着儿子喝令别人来抢救，可人早就没气了。白金辉号啕大哭，众匪徒们斗志丧失，再也打不起精神来了。

鲍三疯子急忙让小匪将白景春放在门板上抬走，簇拥着白金辉向西南方向撤退。

白景春是白金辉的命根子，如今儿子死了，他仿佛被抽走了魂魄一样，大脑一片空白，他从来没有经受过如此惨重的打击。这个老谋深算、残暴歹毒的家伙，早就在北平和天津置办了房产和买卖，准备让儿子去经营，为自己续香火、留后路。没承想，宝贝儿子命丧红山子，打掉了他的生命依托，他丧魂落魄，一蹶不振，精神恍惚起来。

张副司令凑上前问白金辉："司令，我们不打啦？就这么撤了？"

"打什么打！大少爷都死了，还打个鸡巴。"柳春福没好气地抢过话头。

"你……你他妈说话客气点！"张副司令恼怒地骂柳春福。他通过这一仗看出了白金辉人马的实力，也心里掂量在这块地面上不会有好果子吃，还是早做打算，奔关内投傅作义保险。他们四百多人能打下南场，一千多人却打不下红山子区政府，还损兵折将连白司令的儿子都搭上了，这家伙挺后怕，南场那要不是占了地利，这共产党工作队也打不垮呀！他心想你白金辉撒丫子跑，我也不能傻待着，他命令手下赶紧下来向山里赶道。

韩星他们确信土匪撤逃了，这才疾步跑回区政府大门前，大声向同志们喊："同志们，敌人被我们打败了，他们逃走了，我们胜利了！"

初区长和张建国兴奋地拥抱在一起，查干乎和战友们从被打死的土匪尸身上搜寻弹药。一会儿，手榴弹插遍全身，子弹袋塞得鼓鼓的，有了弹药，他们就什么也不怕。他们边打扫战场，边高兴地相互问候，院里顿时沉浸在胜利的喜悦中。他们一开始是抱定了与敌人死拼的念头，早已将生死置之度外，没想到却打败了敌人，十四个人与上千的敌人对阵，谁能想到胜利呀？正可谓"狭路相逢勇者胜"，他们不但打赢了，而且打死了土匪头，打掉了土匪的凶悍气焰，大长了区小队民兵的士气，打出了红山子区小队的威名。

韩星在区政府大院内外搜索，他平端着机关枪警戒，让战士们搜集弹药，堵塞被打开的墙豁子，继续做好战斗准备，防备敌人反攻回来。查干乎和严兴才二人将院里院外敌尸上的子弹、手榴弹、枪支、刺刀匕首等都搜集上来，提了满满两筐。他把自己的子弹袋都装满了，两支大枪也压满了子弹，还给韩星的机关枪压满了好几梭子，手榴弹也分配好了。他们斗志更旺，以一当十，防止敌人再度窜犯。韩星打心眼里喜欢这个淳朴的蒙古族战士，他拍着查干乎的肩膀说："查干乎，你打死了白景春，你立大功了，我一定向县委向军分区给你请功，给你戴大红花，挂立功奖章。"

查干乎有点腼腆地说："队长，功劳牌不要，只要子弹多就行。我们当炮手的，只要有枪有子弹，啥山猫野兽都不怕。"他拉过严兴才指着他的双膝说："队长，严兴才的双腿都磨坏了，还照样打土匪哩！"

初区长边命人给严兴才包扎伤口，边对查干乎说："从今往后，枪随你们挑，子弹管够，我可真服了你俩啦！"

"真的，区长，那我就放哨去啦！"查干乎用手拍拍满满登登的子弹袋，高兴地向西南角炮楼监视敌情去了。

这时，东面大川里，一队骑兵和大队步兵轰轰隆隆地向区政府方向涌来，旗支队等部队增援上来了。

韩星、初殿贵、张建国率工作队、区小队和民兵共十四人，与敌匪一千余人对抗一整天，毙敌四十余人，打伤几十人，活捉五人，取得了完胜。

本来已做好面对第二个南场事件惨案最坏准备的县委书记陆棣和军分区司令员邱仁毕，接到韩星向县委报捷的电话，一开始不敢相信，又让韩星复述一遍，才欣慰地说："好样的！"

经过这一激战的洗礼，红山子区小队打出了威名，受到了热北军分区的通令嘉奖，克旗旗委授予"守如泰山，勇歼顽敌"大红锦旗一面，区小队扩充到四十余人，每人发钢枪一支，子弹一百发。查干乎和严兴才分别立大功一次，并提拔为区小队班长，以后多次被县大队抽调参加剿匪作战，声名远扬，立下许多功勋。

韩星等人回到经棚，直接奔向吊唁赵芝瑞等革命烈士的庆宁寺。

他瞻仰了赵芝瑞、梁敬、张天福等六烈士的遗容，眼看朝夕相处的领导、老师、战友英勇牺牲，他悲愤难抑，心里堵得喘不上气来。他悲泣着拉着江波的手，一句话也说不上来。

江波忍着悲痛抚慰韩星："老赵他们为了人民解放死得英勇，死得光荣。你们在红山子打败了敌人，打死了白景春，给老赵他们报了仇！我们要继续战斗，彻底消灭白金辉，告慰牺牲者在天之灵！"

韩星用手抹了一把眼泪，语气沉稳地说："大姐你放心，我们一定彻底消灭顽匪，用他们的血肉偿还血债……

六 玉莲之死

白金辉被众匪簇拥着，丧魂落魄地逃回乌牛吐老营，他万万没有想到，此番出山，乘兴而出，败兴而归，死多少人都不放在心上，但儿子死了让他永远也接受不了。打了败仗不怕，但这次败得伤筋动骨，手下被打没了信心，打丢了胆气，打没了魂。他在马上摇摇晃晃，一会儿狼嚎似的哭几声，一会儿骂骂咧咧的，一会儿又突然跳下马来抢到已挺了尸的儿子面前，摇晃着喊一阵子，祈盼他的宝贝儿子能从门板上坐起来复活。当发现白景春了无声息僵硬的躯体毫无生命迹象，他又绝望地拔出马刀乱劈乱砍一阵子，旁边的匪徒们谁也不敢靠前安慰，他们从白景春的死和白金辉的癫狂看到了自己未来的下场。

张副司令和他的队伍也更加坚定了摆脱白金辉的控制，赶紧向关内逃生的决心，他们体验到在热北地区的共党地方武装同样是不可侮的队伍。

在黑夜密林里宿营时，土匪开溜散伙不少，到天亮时，白金辉向鲍三疯子下令，砍杀了两名被抓回来的小匪以儆效尤。

白金辉率队回到老巢时，早已得信儿的土匪家属们都跪在营地入口，披麻戴孝，号哭连天地迎接被打死的亲人。

柳氏得知宝贝儿子白景春被打死，早就哭背气好几回了。白景春是她的心头肉，儿子每次出去打家劫舍杀人放火，她都在香案前烧上三炷香，念一阵子经，祈祷儿子逢凶化吉。这回儿子被打死，她的全部希望都失去了。她既悲又恨又悔，悲的是老来丧子，切肤之痛；恨的是当家的让儿子冲锋陷阵，以致命丧共产党的枪口下；悔的是没有早让儿子到北平商号经营买卖，早点离开这是非之地，儿子丧命之际，即柳氏失魂之时。白玉莲也在旁边陪着她妈，此时的玉莲姑娘，憔悴得人已脱了像，原本面如满月的粉脸香腮此时已消瘦惨白，一点精神头都没有了。白景春对别人狠毒，但对妹妹玉莲却是没说的，十分疼爱玉莲，谁要是欺负了他这个妹子，立马恼怒报复给妹子出气，平时也留意保护玉莲。玉莲呢，也把哥哥当保护伞，有啥不顺心的事也乐于向哥哥诉说，如今哥哥没了，玉莲觉得心里空落落的。她更为她的心上人梁敬担心，听报信的土匪说，在南场打死了共党大干部，却没说是谁，更让她为梁敬担忧。在睡觉时，她最近老做噩梦，梦见梁敬血头血脸地找她回区里去，她吓醒后，半天回不过神来，老觉得这梦不吉利。她想梁敬又怕见着梁敬，一个少女心中装下了心上人，那是刻骨铭心的爱恋，是始终撩不开放不下的惦念，尤其是她被张振三奸污之后，对梁敬的思念更是无以复加。她要把满腹的委曲、难堪的羞辱向心上人倾诉，让心上人替她出这口怨愤之气。玉莲从那以后，精神就不太正常了，哭哭笑笑、笑笑哭哭的，手里攥着梁敬给她的信物念念叨叨的。她念叨梁敬时，便洗脸梳头，搽脂抹粉，穿上干净的衣服，打扮得光鲜亮丽；但一骂起张振三等人，立马扯乱头发，擦脏了脸面，披头散发挥舞着刀子叫喊："我杀了你，让梁敬替我杀了你……"这时候，除了母亲柳氏，就是哥哥白景春能靠得上前安慰她。白金辉气得直跺脚，狠狠地说："她妈的，这孩子疯了、疯了，都是他妈的梁敬给害的！"

梁敬在南场牺牲，匪徒们都弹冠相庆，但就是瞒了白玉莲。柳氏告诉密营里的人，谁要是在玉莲跟前说梁敬死了，就剥了他的皮，她是害怕玉莲知道后精神彻底崩溃，真疯了，那可太惨了。

白金辉等回山，带回了白景春的尸体，老营顿时笼罩在悲哀和沉闷的气氛里。王克礼指挥山寨办丧事，山寨里人们手忙脚乱的，人人都小心翼翼办事，唯恐手眼不着办错了什么，被悲伤之中的白司令看见受惩罚。那边鲍三疯子几个人张罗着给新入伙的张副司令一干人马安营扎寨。

晚上，山寨里摆了几桌宴席，欢迎新入伙的弟兄们，也商量给白景春出殡的事。白金辉到底是白金辉，他强压丧子之痛，用最好听的话欢迎张副司令一干人马入伙，并和张副司令及国民党军官们用白干子碗碰酒，"咕咚咕咚"一饮而尽。酒没咽下去，他就把碗扔在地上，像狼一样干嗥"儿啊，儿啊"地哭起来，弄得众人都大眼瞪小眼谁也不吱声。

王克礼走到白金辉面前搀住他，小心地劝慰："二哥，令郎景春之死，是打共产党战死的，是党国的烈士，不愧是你白司令的儿子。况且，我们在南场打死了赵芝瑞、梁敬等六个共党大干部，也是给景春报了仇出了气解了恨，人死不能复生，二哥你可要节哀，保重身子骨要紧，这山寨里可不能没有你主事啊！"

鲍三疯子凑上前说："二哥，这次咱们干掉了赵芝瑞、梁敬，下回保证把韩星、初殿贵几个共党抓住，扒皮楦草点天灯，给景春侄子报仇雪恨！"

众人七言八语劝慰白金辉。

这时，屋门"哐当"一声撞开了，穿着孝衣的白玉莲抢进屋来，她对鲍三疯子说："三叔，刚才你说啥，在南场打死了梁敬？"

"呃，是啊，梁敬被我们用手榴弹炸开了膛，玩完了，妈的，一说这档子事，我心里就痛快……"

"啪"一声清脆的耳光，鲍三疯子捂脸跳将起来，大骂道："他妈的，你敢打我！"伸手就拔马刀。

柳春福一步蹿上来，摁住鲍三疯子："三哥，别耍熊，那可是玉莲啊！"

白玉莲像一头暴怒的母狼，恶狠狠地质问众人："梁敬真死了么？真死了么？说呀！你们说呀！"

柳春福上前又抱住玉莲："玉莲，听舅舅的话，别闹啊！梁敬是死了，被我们炸死的，他是共产党，跟咱们是死对头，咱们不杀他，他就杀咱们……"

白玉莲又跳又叫地闹了一阵子，脖子一梗一打挺喊了一声"梁敬"就昏死过去了。

众人忙不迭地抬玉莲到自己房子，柳氏又是叫又是掐的救玉莲姑娘。

这边白金辉经过一番折腾神智恢复了，他挥挥手说："算了算了，打仗嘛，哪有不伤人的，我白某人把失子之仇记在共产党头上，用一千个一万个人头祭奠我儿。诸位，我们打死了共党的县委书记、区委书记，战果辉煌，又有这么多弟兄入伙，我欢迎弟兄们共创反共大业，来来来，喝酒喝酒。"

匪徒们重又入座，狼吞虎咽地吃喝起来。

白玉莲因悲伤欲绝、急火攻心昏厥过去，这个可怜的姑娘天天等、夜夜盼，等待盼望着梁敬来接她的那一天。如果不是这寄托无限美好未来的期望维系着她的生命，她早就不想活在乌牛吐老营这个充满阴谋、野蛮和肮脏无耻的地方了。她一天最幸福的时刻，就是静下心来，抚摸着梁敬送给她的匕首，回想她与梁敬短暂而宝贵的见面，深深地回味她与梁敬拥抱亲吻的令人心颤的时刻。那是玉莲姑娘有生以来最值得挂在心怀的时刻，每每想起那个时刻，一丝丝娇羞、幸福的感受如满月的海潮滚涌而至，将玉莲姑娘浸润其中，勾起她无限的快乐遐想。梁敬在她的心中是神圣的，是她生命的一部分，她幻想着梁敬骑着高头大马，接她到区里，到经棚镇，去见江波她们，她也参加了革命，穿上了军装，与梁敬一起在蓝色的大草原幸福地工作、生活。她还在心中勾勒出她嫁给梁敬，穿着鲜红的嫁衣，又是坐轿又是骑马，步入洞房，与梁敬共剪花烛，共度良宵……一次次美梦醒来，她都是脸上火辣辣的，胸口"怦怦"地狂跳，有一种异样的令人沉醉的感觉，让她飘飘欲仙。接踵而来的，便是她对梁敬的担忧。山寨里所有的人，除了她以外，都视梁敬为仇敌，天天谋划的都是打八路杀共党、不让穷棒子翻身的污言秽语。她不明白为什么本来父亲与梁敬他们处得挺好的，怎么就反目成仇了呢？父亲为什么放着好好的区长不当，偏要跑到深山老林做山贼，何苦哪！她更怕这些手狠心黑的人把她的心上人给害死了，她经常做噩梦，梦见梁敬鲜血淋漓地站在她面前。她不止一次地央求兄长白景春，千万别伤害梁敬，白景春起誓赌咒答应妹子，绝不伤害梁敬，如果碰上就劝他归顺国军，让他和玉莲成亲。

如今，梁敬死了，哥哥也死了，一个是她挚爱的心上人，一个是疼她保护她的人，使白玉莲坠入不可名状的悲愤和绝望中。她恨杀害梁敬的土匪，又埋怨打死她哥哥的八路军。她哭啊哭啊，眼泪哭干了，嗓子哭哑了，一双美丽的大眼睛哭成了肿眼泡，她娘陪着她哭，将女儿紧紧抱在怀里哀哀地说："造孽啊，造孽啊！"也不知是骂谁咒谁。柳氏一开始就不愿意舍弃了白家大院到山里钻地窨子，她也不懂什么主义之争，她只想过太太平平和和美美的日子。

哭闹了好一阵子，白玉莲心绪稳定下来了，她下地到木柜中，翻开自己的包袱，撕开自己的一件白绸内衣，抽了一朵白花扎在头上，暗中将匕首揣在怀里。那把小手枪早让她爹白金辉藏起来了。她又打开梳妆盒，认真仔细地往脸上抹了胭脂，扑了粉，收拾得很光鲜。她镇静地对呆望着她的柳氏说："妈，您睡觉去吧，我要去为哥哥守灵……"

柳氏哀叹一声："哎，不知是哪辈子造的孽哟！让咱家摊上这暴事。丫头啊，你哥没了，你小弟又小，你可别再出啥事了，妈可指望你了！"

玉莲悲泣地搂着柳氏的脖颈亲了亲说："妈，您老保重，我去了！"

玉莲一扭身形，出门奔宴会厅去了。

此时的宴会大厅，已是杯盘狼藉，一片混乱。这些乌龟王八蛋们喝了酒后，个个原形毕露，丑态百出，有的边喝边哭，边喝边笑，边喝边唱，鼻涕眼泪一块下，有的喝尿了裤子，还有的把伙伴当成了女人，又抱又啃又亲又抓挠，有几个侍候酒席的女人被粗野的酒徒撵得吱哇乱叫，真是牛鬼蛇神，群魔乱舞，魑魅魍魉，邪魔现形，他们于醉生梦死中消磨无奈的时光。

这时，门开了，白玉莲穿着紫红缎子绣牡丹的旗袍，头戴白绸绢花，修饰的挺好看的脸蛋于悲愤中透着一丝杀机，面无表情地走进当屋，顿时，屋里除了醉得不省人事的都愣着瞅玉莲，瞅她的美貌。她用旗袍勾勒出的身体的曼妙曲线，那高耸的胸脯，一把掐的细腰，丰满的臀部，雪白而滚圆的大腿……这些野兽们呆了、愣了，嘴里流出了哈喇子。白玉莲犹如山里的红狐，迷住了所有的男人。

玉莲沉静地走到白金辉面前，冷冷地盯视了他几眼，又低头向白金辉鞠躬行礼，说："爹，你辛苦了，我代你向大伙敬碗酒吧！"

白金辉愣了片刻，又释然地喜道："莲儿懂事，该敬该敬，来呀，为莲儿倒酒。"

白玉莲挡开了舅舅柳春福倒酒的手，自己往碗里倒了大半碗，她双手捧碗，悲切地说："叔叔大爷哥哥弟弟们，这碗酒祭奠我的哥哥。"她把酒洒在地上。她又倒上一碗说："这碗酒祭奠我的梁敬。"她慢慢地双手将碗举到头顶，悲戚戚地说："梁敬，玉莲天天想夜夜盼，没想到我是空欢喜一场，我不想在阳间受罪了，你等着我啊！"她把酒洒在地上，自己又倒了一碗酒，一仰脖"咕咚咕咚"喝干了。

"这、这、这丫头喝醉了，来人呀，快扶小姐回房去。"白金辉不知所措地吩咐。

"别碰我，我还没敬完酒呢。"玉莲柳眉倒竖喝退了要搀她的人。

她又满满地斟满一碗酒，脸上露出笑来，烧酒和怒火烧得她面如桃花。她问道："不知是哪位好汉杀了梁敬，玉莲这碗酒要献给他。"

众人面面相觑，谁也不吱声。

柳春福从白玉莲眼睛里的怒火看出势头不对，他推了一把孟宪铎说："伙计，白姑娘要犒劳你呢，你杀梁敬可是立了头功哪！"

孟宪铎一则被酒烧迷糊了，二则惊羡玉莲的美貌，听柳春福一说，他踉跄几步来到玉莲跟前，色迷迷地盯着玉莲说："你长得真好看，梁敬是我带弟兄们打死的，你该犒劳我，对不？"说着他竟伸出脏兮兮的手朝玉莲胸部摸去。

玉莲一扭身躲过，笑吟吟地说："你杀了梁敬，我当然要谢你，先请你喝了这碗酒吧！"

孟宪铎接过酒碗说："喝，我喝，喝完了还干啥？"

这家伙打着晃双手端碗仰脖喝酒。

这时，玉莲从怀里拽出明晃晃的匕首，电光石火间，双手握刀向前一冲，"扑"的一声，锋利的匕首刺进了孟宪铎的上腹部。

"噢"的一声，酒碗掉在地上摔碎了，孟宪铎呆愣在当场，双目呆滞地看着玉莲。

玉莲喝了一声："我让你杀梁敬！"她双手将匕首从孟宪铎身体内拔出来。

一股黑血"哧"地窜出来，孟宪铎瘫倒在地，窝着身体蜷缩在地上。

众人都看呆了。

“反了反了，死丫头竟敢杀人啦，来人呀，快把她抓起来。”白金辉吼叫道。

白玉莲未等众人上来，她凄惨地哭笑道：“梁敬，我杀了仇人，你等着我，咱们一块走!”

她将匕首从手上转过来，双手用力“扑”地又刺进自己的胸膛。

她双手握着刀柄，跪坐在地上，巨大的疼痛撕扯着她，生命在与创伤的抗争中逐渐消退。她眼前浮现出梁敬的身影，他骑着大红马向她跑来，她伸出手迎向心上人，口中喃喃地说：“你终于来接我了，我好高兴啊！快扶我上马，上马……”玉莲脸上挂着幸福的笑靥咽下了最后一口气。

第七章　浴血柴胡栏子

一　冀东代表团

进入1947年，波澜壮阔的人民解放战争，经受了蒋介石国民党反动派向解放区的全面进攻，解放区军民同仇敌忾，众志成城，经过一系列的激烈战斗，反复较量，中国共产党领导解放区军民打退了敌人的全面进攻，并在一些战场上展开了反攻。气势汹汹的国民党反动派尝到了失败的苦果，被迫停止了对解放区的全面进攻，开始集中兵力准备在山东和陕北对解放区实行重点进攻。在东北战场上，东北人民解放军在1946年和1947年春季经过与敌人的激烈搏杀，不但稳定了战局，而且建立了巩固的根据地，并通过冀热辽解放区与关内华北解放区连成一体，逐步压缩国民党统治区，扩大解放区，土地改革和军政建设都取得了辉煌成绩，战局正朝着有利于人民的方向转变，解放区和人民军队最艰难的日子已经过去，大反攻的战略转折即将到来。

1947年4月，中共冀热辽中央分局改为中共中央冀察热辽分局，冀热辽军区改为冀察热辽军区。4月15日，中共中央电令，中共冀察热辽中央分局、军区归中共中央东北局、东北军区指挥。

为了贯彻中共中央“必须做持久打算”“一切依靠自力更生，立于不败之地”的既定方针，各解放区军民在粉碎国民党军队进攻的同时，大力加强了解放区的建设。

冀察热辽解放区，在人民军队的帮助下，迅速建设和巩固了人民政权，并依靠在斗争中涌现出的积极分子，建立了工会、农会、妇女会等群众团体，基层政权加强了干部配备，健全了领导机构，建立健全地方部队、区乡小队和民兵组织，自卫力量大大加强，小股土匪再也掀不起风浪了。

加强解放区建设的中心问题，是贯彻党的《五四指示》，即根据广大农民群众的强烈要求，得到土地的愿望，领导农民彻底废除阻碍农村生产力的封建土地制度，实行土地制度改革，把封建地主、恶霸占有的大量土地分配给无地、少地的农民，使广大农民群众在政治上、经济上摆脱几千年来的封建压迫和剥削。经棚县克什克腾旗蒙、汉、回各族人民在经历了人民政权两年多的领导，经历了与土匪和封建地主阶级你死我活的激烈斗争，赵芝瑞、梁敬、潘书声、王岩等革命先烈的英雄壮举，体现了共产党是全心全意为人民打天下的，和广大群众是一条心的，为了人民的解放，他们不惜牺牲自己的宝贵生命。老百姓逐步认识到了中国共产党的主张和努力是为了帮助穷苦大众砸碎枷锁，走向新生。他们自觉地与共产党的队伍和人民政权走在了一起，更加积极地参加到土地改革为中心的解放区建设。

热北地区的土改工作到1947年春夏之交已基本完成，工作中以清算地主的方式解决农民土地问题，基本做法是：除了对汉奸和恶霸地主如白金辉、于秀成、鲍玉林等大地主、大土匪、大恶霸的土地明令没收外，对一般地主的土地通过清算方式收归农民所有。清算方式就是利用清算租息、清算额外剥削、清算无偿劳役、清算转嫁负担、清算霸占吞蚀等方式，使地主的土地在偿还积债，交纳罚款、退还霸占、赔偿损失等名义下，转移、折算或出卖到农民手里。这种做法，形式上是有偿交换，实际上是在对封建地主揭露控诉的基础上，由农民没收地主的土地。在进行清算时，一般都注意不侵犯中农的利益。出于孤立和瓦解敌人的需要，也考虑农村的经济社会结构，也是为了巩固和加强统一战线，解放区克服“左”倾思想的束缚，制定了一种使民主人士、中间人士都易于接受的政策，即以征购方式重新分配他们多占的土地，鼓励和表扬一些开明人士献田献畜，无偿地将土地献给农民。经棚县克什克腾旗涌现出了康海庭等一批开明人士献地献财产的榜样，对于减少土改阻力、瓦解地主阶级、打击土匪武装起到了积极作用。

各旗县区政府还十分重视对土地以外的土改成果的分配问题，确定了按需要合理分配的原则。其中对房屋、耕畜、家具等生产资料，多分给贫雇农、荣誉军人、军烈属等，对衣服、家具等生活资料的分配，注意扩大得利面，也分给中农，以团结更广大的农民群众。尤其使土匪受到震动的是，对于那些属于贫雇农或中农、小地主出身，由于恐惧我党的土地改革政策，被裹挟或受欺骗上山为匪的人，只要没有血债，经过农会会议，仍给予分配能满足其生产生活需要的土地等。这一政策极具杀伤力，一些匪属怀里揣着土地证和区政府的优待书，上山进草原找自己的亲人，下山向人民政府交枪投诚。一些上山为匪的小地主也主动向我剿匪部队和区小队缴枪投诚，谁不想过太平日子啊！不少土匪拖枪下山，洗手不干，得到了宽大处理。

在大好形势下，新划归中共中央东北局和东北军区领导的中共中央冀察热辽中央分局和军区，为了进一步贯彻落实党中央的战略方针和决策，巩固和扩大解放区，迎接人民解放战争新高潮的到来，1947年4月2日，中共冀察热辽第一次党代会在林西召开。这次党代会，是我冀察热辽解放区第一次党代会，因为中共冀察热辽中央分局及热河省委、省政府驻地都在林西，所以林西成了解放区的首脑机关所在地和党代会开会地点。

一时间，战斗在地域广大的冀察热辽地区的人民军队和地方政权的十个代表团二百一十八位党的优秀分子，代表着所辖四省地方和解放军共二十三万名中共党员，齐集大兴安岭南麓的边城林西。其中相当一部分人是未来共和国开国的功臣良将，如军区的重要指挥员程子华、黄火青、陈奇涵、黄永胜、刘道生、韦祖珍、黄志勇、邱会作、李中权、权星垣等，都是共和国成立后的开国将军。

出席这次会议的冀东代表团由十三人组成，主任是冀东区党委常委、组织部长苏林燕，副主任是冀东区党委常委、冀东军区政治部主任李中权，成员有冀东行署财政厅长王克如、十五军分区副政委王平民、十二军分区政治部副主任胡里光、十五地委宣传部长冀光、十七专署专员张兆仁等十一人，都是团职以上干部，加上随行人员、每人的警卫员和一个警卫班，一共七十二人。

会议期间，大家听取了中央分局书记兼军区司令员程子华所作的《关于目前形势和任务的报告》。冀察热辽军区政委黄火青所作的《军队政治工作报告》，研究讨论了解放战争的形势、作战方针、部队建设以及土地改革等问题。会议要求："动员冀察热辽全党全军全体人员，发动一切力量，在一切为着自卫战争的胜利与土地改革的实现这一总目标下，团结奋斗，克服困难，战胜敌人，争取自卫战争的最后胜利与土地改革的实现。"会议受到中共中央的重视，中共中央东北局副书记陈云专门打电报指导并祝贺会议，会议后，受中共中央指示，彭真同志专程到冀察热辽地区视察工作。会议自 4 月 2 日开始，至 5 月 14 日结束，开了四十二天。

会议一结束，各代表团都忙着打点行装，急着回本单位投入战斗和工作。冀东区代表团归途最远，路上有解放区，也有敌占区，所以军区司令员程子华特意安排代表团准备了两天，又将苏林燕、李中权二人请到军区司令部，安排代表团回冀东的护送事宜。

苏林燕和李中权都是老红军，久经沙场，革命斗争经验丰富。他俩被解放战争发生的历史性转折所鼓舞，会议没结束，就与代表团其他同志商讨、研究、贯彻党代会精神，迎接革命战争新阶段的到来。他俩带着兴奋而急切的心情到程子华司令员处，领取指示，恨不能插上翅膀飞回冀东。

程司令员瘦高个儿，两眼因为熬夜有些红肿。因为会议后奉东北军区和野战军司令部命令，要以冀察热辽军区两个独立旅和军区地方部队为基础，组建东北解放军第八、九纵队，由程子华为总指挥，参加东野向敌人进攻的夏季攻势。工作千头万绪，他夜以继日地工作。尽管忙，程司令员仍记挂冀东代表团，所以亲自安排代表团返回冀东事宜。

苏林燕、李中权一进屋，程司令员热情地握手寒暄，倒上热腾腾的白开水。

"老苏啊，从冀东来林西一个多月了，会议开得又紧张，你们又要赶着回去，可是够紧的。"程司令员是山西人，说话带着山西地方口音。

"程司令，革命形势发展这么快，冀东现在又面临国民党北平傅作义和东北杜聿明的夹击，军情真是急如火啊！"苏林燕急切地说。

"是啊，我们马上要奉命令组建野战纵队，要向冀东辽西进攻，一切都要向前赶啊。可是，目前你们代表团回冀东，要经过敌占区和敌我拉锯的中间地带，安全保卫工作一定要做细了，千万不可大意，你们可是冀东区的当家人啊。"

"程司令，来的时候，冀东军区曾派了一个战斗力很强的警卫排三十多人的护卫。在会议期间因为冀东区反击国民党军的进攻急需弹药，军区拨给我们一万发子弹，还有手榴弹，就派警卫排由代表团成员宋乔生同志率领，押运弹药提前返回冀东了。所以冀东区代表团一行七十余人，其中只有警卫班九人和十几名警卫员，而且长枪少短枪多，警卫力量是弱了些，但是我们回去这半道都是解放区，过了围场，就有冀东军区部队接迎，安全还是有保障的。"李中权分析道。

程子华司令沉吟了一下说："热北地区还比较安全，但是过了西拉沐沦河进入热中和围场一带，沙漠里还有国民党残匪，围场正处于我们的包围攻击中，估计敌情不严重，但是赤峰还被国民党九十三军占着，不可大意。我已命令驻守乌丹的二十二军分区派部队护送，另派一个骑兵团向赤峰北运动，监视赤峰的敌人动向，掩护你们通过赤北地区。”

“谢谢司令员想得周到，我们一定注意安全。”苏林燕、李中权答道。

“另外，军区还拨给你们一部电台，有两名女译电员跟随你们，路上发生敌情立即向军区发电，你们回到冀东，电台直接归冀东军区使用。军区又拨给你们一部分经费，用驮马带回，解放区建设和组建野战军处处都要花钱的。”程子华说。

“太好了，军区真是雪中送炭，想得周到。”李中权欣慰地说。

军区参谋长说：“苏部长，二十二军分区派出了一个骑兵连，在西拉沐沦河南约定地方等候，一直护送你们到围场以东，与冀东军区接应部队交接后再归建。另外，赤峰以北以西，都有我二十二军分区、热中军分区和赤西县支队驻防，如有敌情，随时可以参加战斗。”

“你们代表团的同志是先行官，我把这里的事情忙完后，即率司令部和主力部队开赴冀东和辽西作战，咱们在冀东再见。”程司令员与苏林燕和李中权再次握手话别。

5 月 16 日，一大早，苏林燕等率冀东代表团自林西出发，当天便从巴林桥渡过西拉沐沦河。在西拉木伦河南，军区护送部队与二十二军分区派来的一个骑兵连会合，交代了护送事宜，军区护送部队返回林西，骑兵连护送代表团进驻乌丹休息。

5 月 20 日，代表团迎着火红的晚霞到达了当时赤西县境内的柴胡栏子村，决定了在这里宿营，第二天径奔围场。

二 敌情突变

白金辉最近的情绪简直坏透了，有生以来，他还没有像这些日子这样无限沮丧、悲凉和无奈，因为儿子白景春的战死，他感到生活失去了希望，女儿白玉莲的自杀，他感到心头从未有过的悲凉。起事拉杆子两年以来，他的狂妄、野心和期盼，曾把他的邪恶和残忍释放到了极点，他背叛了共产党而一头扎入国民党的怀抱，带着扰乱共产党根据地后方、摧毁共军地方政权的任务，到处烧杀抢掠，犯下了无数令人发指的罪行，这些都是他向国民党邀功请赏的资本。他也听尽了国民党、土匪头子和反动恶霸们的奉承夸奖，飘飘然以塞外反共先锋自居。他也知道，他策动反叛，捕杀共党地方干部，摧毁区乡政权，杀害了席学信、王岩、潘书声、赵芝瑞、梁敬、王征、唐桂芝等一大批共产党干部，他已成了共产党不共戴天的死敌。看着儿子、女儿的尸体，他心里也战栗着：哎！这也许是报应啊！

红山子战斗后，解放区加强了对红山子地区的围剿和封锁，其他区域的土匪也受到围剿打击，有的杆子被连锅端，有的被共产党的政策感化，向政府缴枪投诚，洗手不干。经棚县克什克腾旗镜内，除了偏远的深山老林有土匪盘踞外，绝大部分地区都已肃清匪患，地方上太平多了，共产党区乡政权健全了，民兵组织也日益强大，他们与解放军野战部队、地方部队、区小队相配合，编织了一张密不透风的大网，把土匪严严实实地罩在地上，一举一动都在人民武装的视野中。白金辉匪帮外围的好几支杆子都被消灭了，他派出的几拨抢粮队都被截杀，白金辉分明看到共产党抛出的绞索已套在他的脖子上，在逐渐拉紧，让他喘不过气来。

他的队伍里，张副司令的国民党正规军的一部分，已被张副司令拉走奔张家口去了。他试图干掉张副营长，吞并国军残军，但那些苏北人太抱团，对他防范甚严，无奈之下只好放他们走了。国民党十三军谍报队张振三来无影去无踪的靠不住，身边的贴心人就是于秀成、鲍三疯子、柳春福几个铁杆了，对王克礼，他总觉得这个脑瓜挺好使的把兄弟和自己说话有点若即若离，不太靠谱似的。过去王克礼总是喋喋不休地说国民党是正统，共产党是草寇，现在，正统打不过来，草寇却越大越强，眼见得自己连站脚的地儿都没了。现在见王克礼又唠叨说共党强壮了，国民党要打败它，够呛等等，又劝白金辉办事别太黑了，得留条后路。白金辉有些气恼，心说：想当初，我给共党当区长，是你成天劝我投奔国军，拉杆子上山，现在我杀了那么多共产党，已经没有回头路了，你又劝我留条后路。开弓没有回头箭，我能回头么？你倒是光摇羽毛扇子当军师。妈的，对这个把兄弟我还真得提防着呢！白金辉对王克礼多了个心眼。

王克礼借下山扫风之机，两次到康家敖包找康海庭打听事儿。第一次来，康海庭挺意外，不见他，他隔着门缝对康海庭说："大哥，你也别不搭理我，我也不怕你给区里报信抓我，我知道你不是出卖兄弟那号人，我求见你，是想跟您说几句知心话，求大哥给我指条生路。"

康海庭还是五区的财粮科长，是五区开明人士的头，他带头向人民政府献地献财产，在全县都有很大反响，热北地委曾明令表扬康海庭的明智之举，冠以开明人士的称谓。他也受县委的指派，要他利用原来的关系，做好白金辉的政治瓦解工作。王克礼上门来，又见他可怜兮兮的样子，便放他进了门。

王克礼这个时候简直就是一个活鬼，头发胡子乱蓬蓬的，脸好像一年没洗，眼角糊着眼屎，嘴角挂着白沫子，破棉袍子分不出啥色来，一团团羊毛挂在外边。康海庭见了说："你这是打哪来呀，这么狼狈。"

"大哥，先别说打哪来，有吃的先弄点，我都饿得前胸贴后背了。"

康海庭赶紧叫老伴做猪油炒莜面苦力，又煮了几个咸鸡蛋、炒了一盘土豆丝端上来。王克礼一见饭食，两眼放光，撩下水碗端饭碗，狼吞虎咽吃了两大碗炒苦力，噎得直梗脖翻白眼。他还嫌用筷子夹菜不顶事，干脆端起盘子，把炒土豆丝拨拉进口中。康海庭又给他烫了一壶老酒，他连酒盅都不用，掐着酒壶一扬脖都"咕嘟咕嘟"灌了进去。康海庭说："你慢点吃，没人抢你的。"

王克礼吃喝一场，打住心慌，定下神来，喘着粗气说："大哥，你知道我几天没正经八本吃饭了？十天了！白二哥让我领几个弟兄下山，第二天，就中了区小队埋伏，弟兄们死的死，抓得抓，我钻进草棵子才脱了身。这几天连营子边都不敢靠近，民兵把守得紧哪！我思前想后，除了到你这吃口饱饭，打听点事，别处的眼线全部给端了。"

"你休想打我这打探出情报来，从你们上山当贼那天，我们就割袍断义了。"康海庭挥着大烟袋说。

"大哥，我不是来打探情报，我是想跟你说句知心话，我已经受够了上山当土匪的苦了。"

"你那是自作自受，当初白金辉不听你的鬼吹灯，也不至于叛乱杀人。"

"谁知道国民党不够揍，干使唤人不救护人，现在共军势大力大。大哥，你又是他们信得过的人，你看我还有出路嘛？"王克礼眼巴巴地看着康海庭。

康海庭把长杆烟锅递给王克礼："抽两口，定定心神再说。"

王克礼接过烟杆"吧嗒吧嗒"抽了几大口。

"兄弟，从你刚才说的那几句话，你还不算太糊涂，共产党的政策是首恶必办，胁从不问，坦白从宽，抗拒从严。上山为匪的，只要下山交枪，老实交代罪行，都能给予宽大处理。梅林营子的孙老五，领着十几号人下山交枪，把埋在山里的财产交给政府，就得到宽大处理了。你上山为匪，是犯糊涂，据我们掌握，你没亲手杀过人，但为虎作伥，罪过也不小，如果现在回头，我看还来得及，当土匪祸害人的下场怎样，你不是不知道啊。"康海庭开导王克礼。

“大哥，我要是不想回头，我才不下山找你哪!”

“那好那好，我看你也累了，你身上臭烘烘的，快把那虱子包衣裳换下来，让你嫂子烧锅开水烫烫，你再洗洗澡，将就着穿我的衣服好好歇歇中不?”康海庭关切地安排道。

王克礼没听康海庭说虱子也还罢了，现在一听，顿时感到全身都痒痒。他一拉袄大襟，就见麻籽粒般大小的虱子满衣乱爬，他“哎哟”一声忙跳到外面畜棚里脱掉衣裳，又跳进康大嫂预备好的大木盆，康海庭提溜大木桶，用温水从头到脚往下冲洗，又给他洋胰子搓揉，可把王克礼美的，那个舒服啊！他禁不住对康海庭说：“哎呀，这才叫人过的日子，在山里那地窨子，像个地老鼠似的，倒了八辈子霉了。”

“所以说呀，兄弟，还是投八路得好，活着有滋味啊!”

“大哥，有机会千万帮我在八路那搭句话，我想改邪归正哩。”

“真有这份心思，大哥我就帮你把手。”

王克礼洗了澡，换上了康海庭的衣裳，那个神清气爽啊！他躺在康海庭安顿好的西屋炕上，舒舒服服地睡上了安稳觉。

他睡到天黑了，睡得那个沉啊，直到有人喊他推他，他才睁开眼。

头上站着两个人，一个是大哥康海庭，另一个戴着八路军的灰军帽，穿土黄色的军服，浓眉大眼，眼光灼灼，英气逼人。他激灵一下，撑起半边身子问：“你，你，你是谁?”

康海庭说：“兄弟，你不是要投八路嘛，这不是，咱五区区委书记韩星来啦!”

“来啦?”

“啊，这不是嘛!”

“哎呀!”王克礼伸手往枕头下摸枪。

“别乱动，王克礼，你的枪在这哪。”旁边一个区干部一手用短枪对着王克礼，一手掂着王克礼的小手枪。

韩星待王克礼穿衣下地，哆哆嗦嗦地站在当地，才开口说话：“王克礼，我们了解你的过去，也了解你的现在，你是白金辉的狗头军师，为白匪出了不少歪道道坏主意，但你没直接杀过人，还有点人性，还不算是十恶不赦，你现在回头还来得及。听康先生说你有悔改之意，我代表区委区政府来向你晓以利害，你自己掂量吧。”说完，示意康海庭给王克礼搬个凳子让他坐下。

王克礼头上汗若雨下，眼前的韩星，是县公安局长兼五区区委书记，在梁敬牺牲后，被县委派到五区主持工作并组织指挥剿匪工作，是土匪听了汗毛都发炸的人物。

“韩、韩长官，我有罪我有罪，我愿意投降，立功赎罪，只要能保我的命，保我全家的命，长官问啥我交代啥。”王克礼胆战心惊地说。

“你不用害怕，只要你愿意归降，我们就优待你。我们今天晚上来见你，一看你是不是真心弃暗投明，二是看你能不能向我们反映真实情况。你有没有一个光明的前途，就看你的表现了。”

“我交代，我全交代，只要我知道的，全交代!”王克礼听韩星这么一说，心里托底了，忙站起来表明态度。

“那好，康先生到外面照应一下吧，我们单独谈谈。”康海庭会意地退出西屋，到外面巡视去了。

第二天天刚放亮，韩星和康海庭陪王克礼吃了饭，送王克礼回山。临走，韩星说：“王先生，你投诚有没有诚意，要看你的实际行动，你若说服白金辉向人民缴枪投降，算你大功一件。说不成，就及时把白金辉的行动传递给我们，帮助我们剿灭白金辉，你也功劳不小。再退后一步讲，自己再也不要干坏事了，选择机会投奔人民政府，也是你的明智之举，希望你不要反复无常，再做坏事。否则，人民政府可是不能饶恕你的。”

“那是，那是，我王克礼再笨，也不能头撞南墙不回头，请韩书记看我的行动。”王克礼点头哈腰忙不迭地说。

康海庭把一个盛着干粮的包袱交给王克礼，说：“兄弟，大哥我可是把你从火坑里往出拽，你可要识好歹哟。”

“我知道，我知道，大哥，如果不是你，我能见着韩长官么，见面还不一枪崩了我呀！”

“那就再见吧！”

“再见，再见！”王克礼朝韩星抱拳施礼后朝四周望了望，闪身奔村前榆树林子走了。

王克礼回山后，向白金辉禀报了见康海庭的情况，向白讲了共产党搞土改、建立民兵组织、实行军民联防的情况，说现在共产党势力大，国军打不过来，这天下已大半成了共产党的了。这一阵子丧气话，让白金辉一伙好不沮丧，鲍三疯子呵斥王克礼：“你他妈的下一次山，没打听到好消息，却让共产党给洗脑了，净说些丧气话，难道我们没有出头之日啦！……”

白金辉打断鲍三疯子的话，叹口气说：“不光是克礼这么说，出去的其他弟兄打探的也是这么回事，哎，看起来，时局不妙啊！”

于秀成说：“司令，咱们杀了那么多共党和穷棒子，共产党得了江山，肯定没咱们好果子吃，咱们只能跟共产党干到底了，实在不行，咱们到围场投奔国军去，再不行，到赤峰投奔国军九十三军。天下这么大，到多伦、到张家口，到北草地奔外蒙也行，只要咱有人有枪，怕什么啊！”

鲍三疯子也将盒子枪和马刀拍得“啪啪”响，狂叫道：“就是嘛，当年咱当响马，奉军抓不住，王爷的护兵抓不住，日本人请咱当警官，国军来了封咱当营长，共产党就凭他们几杆破枪能咋着咱，咱们能打就打，不能打就溜，天地这么大，到哪地方不是吃香的喝辣的，哥你说是不是?”

白金辉听了也挺直腰杆说：“对咧，咱们是国军，是正统，共产党才是反叛分子。咱们跟共产党打仗是匡扶正义，没什么可怕的，顶不济，咱们投奔国军去。”

柳春福说：“姐夫，山寨里现在粮食可不多啦，弟兄们吃不饱饭，要散伙哩。”

于秀成说：“经棚县地面共军防备严实，不好打，咱们向南打，打塞罕坝外围场一带，或者打赤西县，我就不信没咱们的生路。”

鲍三疯子说：“于团长说得对，二哥，我带人下山袭击围场新波一带，抢粮、抢牲畜、抢大烟、抢娘们，这些日子弟兄们也憋坏了，抢几个娘们回来乐和乐和。”

一伙人淫邪地笑起来。

白金辉哼哼两声说："就这么办吧，于老弟、鲍三弟，你俩领弟兄们下山到围场一带走一遭，我带一部分人马顺塞罕坝往赤西一带移动。待你们得手后咱们杀到大庙一带，向赤峰国军那靠拢。克礼老弟，这些天你辛苦了，你就不用下山啦，唔，这次下山拾掇得挺干净啊，衣裳也换了？"

"啊，司令，这是我在康海庭大哥那收拾收拾，也好回来见司令你啊。"

"噢，康大哥他好吧？"

"他挺好的，还在区里管财粮，他还托我向你带话问好哪！"

"好？我有什么好，都是共产党不让我过顺心安稳日子，让我家破人亡！弟兄们，此次下山，见共产党就给我杀，别留活口，我要给我儿子丫头报仇雪恨。"

"听到了吧，克礼老弟，胳膊肘别往外拐，还得跟白司令好好干啊！"鲍三疯子朝王克礼阴阳怪气地说。

白金辉说："大敌当前，友情为重，精诚团结，谁有贰心，剖腹挖心砍脑袋，大家回去准备，明天分路下山。"

第二天，于秀成、鲍三疯子率匪队出山林翻越塞罕坝南下窜犯围场县新波一带，烧杀掠夺，但是受到围场县支队和民兵武装的反击，又在冀热察辽军区主力一部攻击下，狼狈回窜，损兵折将。他们抢回些粮食和牲畜，又抢了六七名良家妇女退回塞罕坝，与白金辉会合后，向赤西县移动时，又与赤西县土匪头子陶汉选匪队会合。陶汉选匪队是国民党十三军谍报队长张振三带着要投白金辉来的。

张振三带着他的三十多人的谍报队，从围场出发侦察我军动向，没想到出来就回不去了。我冀察热辽军区主力部队东进，顺势扫荡热中与冀西北地区国民党反动势力，包围了围场，仅一天战斗，就消灭了城里的敌人。张振三走投无路，只好率队找白金辉，准备共同投奔赤峰的国民党军队。

白金辉说："围场被共军攻占，那我们去承德的路就断了，我们的地盘就更少了，事不宜迟，我们赶紧向赤峰靠拢，投奔九十三军，那里毕竟我们熟人多，好混啊！等共军再打下赤峰，我们就只有多伦、张家口一条生路啦，可那条道走下去，就永远离开我们的家喽！"

张振三说："司令，从目前形势看，共军在热河辽西集结了大量兵力，意图很明显，就是彻底把国军赶出热河辽西，使他们关内外联系畅通。现在东北共军非常强大，国军快顶不住了，辽西早晚有场大战，国军兵力不足，战力下降，热河辽西失守也是早晚的事情，我劝司令早做打算，或去北平或去归绥，晚了就麻烦了。这回，我想带玉莲回北平，再到南方去。"

"玉莲？玉莲她已不在了，她死啦！"

"什么？玉莲她死了，怎么死的？"

"自杀，用刀子把自己捅死了！"

"为什么自杀？谁逼的？说，谁逼的？"张振三手握手枪把，低沉地吼道。

"哎！我女儿自杀，儿子被打死，我已经败了家了，你说谁逼的？是共产党逼的，我要杀尽共党，为我儿报仇雪恨。”白金辉歇斯底里地吼道。

旁边的柳春福把白玉莲自杀的过程简略地向张振三介绍了一下，张振三惋惜了一阵，他反过来劝白金辉：“司令，人死了，也救不活了，这都是共产党逼的。你说的对，这个仇要记在共产党头上，要杀光他们，绝不留情！司令，我们还是早点收拾，到赤峰去吧。”

“好，就听你的，乌牛吐老营留些人看守，把老婆孩子都留下，大队人马奔赤峰。”白金辉下达命令。

白金辉这一大股人马，加上陶汉选的股匪和张振三的谍报队以及收容的国民党散兵游勇，还有仨一堆、俩一伙的股匪，几天里在坝上汇聚了一千余人。他们如同一股浊流从赛罕坝涌入赤西县阴河川，想取道大碾子、大庙到赤峰。

5 月 20 日，白金辉、陶汉选、张振三股匪以骑兵为主，杀入阴河川。这些暴徒见村庄就抢，见人就打，发现人民政府区乡干部和贫农团就杀，如同一群恶狼漫川咆哮，径直杀到大庙丁家营子村赤峰县四区（大碾子）区公所。白匪骑兵行动迅速，未等正在区政府大院开会的区委区政府和一部分农会干部转移，就被白金辉匪部重重包围在区公所里。他们在区委书记郭鹤丰、区长田育泽的带领下，二十多人使用简陋的武器与凶恶的敌人搏斗。

白金辉指挥匪徒们蜂拥而上，上千人围攻二十多人。两个小时后，区干部们弹尽援绝，他们用镐头、铁叉、木棍同敌人搏斗。无奈寡不敌众，区长田育泽等十二名干部英勇牺牲，区委书记郭鹤丰、区委组织委员王德用最后一颗子弹自戕殉职。

白金辉股匪洗劫了区政府，白匪一手提马刀，一手挥着手枪，枪杀了两名被俘的区干部，又指挥匪徒洗劫了丁家营子，杀害了许多老百姓，抢了许多牛马羊猪、粮食衣物等。

正在附近驻防的赤西县支队得到报告后，出动了一千多兵力赶赴丁家营子，猛烈攻击猖狂肆虐的敌人，白匪遭到打击后，放弃了原计划顺阴河川一直向东南，经大庙、初头朗到赤峰的计划，不得不翻越南梁改道走艾曼川，企图绕道到赤峰。

白匪负责殿后的数百匪徒，被赤西县支队消灭于逃跑途中。

白金辉匪部狼狈逃窜，赤西县支队肩负警备赤峰敌人的任务，未对白匪做深远追击。

县支队将匪情报告了热中军分区，但是军分区未侦察判明敌人逃跑的方向，也未通报给冀东区代表团，从而为悲剧的发生留下了祸根。

三　危机四伏

塞外的五月，正是柳絮飘飞、杜鹃泛红的时候，碧绿的青草铺陈在千山万谷，和煦的暖风袭袭而至，吹得人浑身痒痒酥酥的那么舒坦。从乌丹到赤西县，一路走来，到处是一片繁荣的农耕景象，麦子已绿了垄沟，玉米拔出了稚嫩的新芽，大杨树上嫩绿的枝叶上有鸟儿啁啾跳跃。经过轰轰烈烈的土地改革运动，翻身农民获得了土地，政府还赊给种子，发动群众生产互助，部队和区乡干部帮助翻身农民春耕夏锄生产。解放区的农业生产一派喜人景象。

冀东代表团的同志们边行军边欣赏解放区的生产景象，讨论回冀东后怎样贯彻党代会精神，迎接大反攻的到来。年轻同志则互相调侃给家里的媳妇或者未婚妻带回什么，或者用什么话表达自己的绵绵相思，大伙嘻嘻哈哈的，心情都十分愉快。

唯有一个人不愉快，他就是乌丹二十二军分区派出保护代表团的骑兵连长王庆虎。对领受这次护送任务，他是一百个不愿意，因为他结婚不到十天，正在和新媳妇度蜜月哩。王连长原来是伪满乌丹警察所的一名巡警，光复后起义投向八路军，因为实在谨慎，思想进步快，骑术又好，由军分区骑兵队的班长，一步步提拔为骑兵连长，立过不少战功，他的骑兵连比较有战斗力。骑兵连指导员是位学生兵，擅长做宣传工作，但无主见，军事指挥上依仗王连长。王连长在乌丹驻防认识了一位商贩的女儿，一位县干部做媒，他们经组织批准结婚了，小两口如胶似漆地厮守在一起，以至于连早晨练兵都受到了影响，为这事团长狠狠地批评了他一顿。这次护送代表团任务分派下来，团长考虑到王庆虎平时表现不错，娶了媳妇小日子过得甜蜜，但时间长了也消磨革命斗志，要通过执行任务振作精神，便命令他率连队执行护送任务。

王连长过去执行命令从不含糊，这次他觉得责任重大，要求除了他的连队一百多骑兵外，再增加些力量，确保万无一失。但由于部队要集中整编，还要警备赤峰方向的敌人，首长认为代表团行军路线都在解放区内，没有大的敌情，不但未增添人手，还把骑兵连留下一个排执行其他任务，指示王连长一路上可与沿途我军部队联系。王连长心里不满意，只好执行命令，率领六十余骑兵护送代表团。

冀东代表团领导和警卫战士共七十二人，他们只有十多支长枪，绝大部分人使的是手枪，手榴弹也很少，但是骡马驮子却不少，都是军区拨发的钱款物资、行里文件等，一路走来挺扎眼。说话口音也是外地人，让人一看就看出都是些干部，路上翻身农民们热情地打招呼。李中权赞叹道："老解放区的军民关系多好啊，群众充分动员起来，人民战争就有了根本。"

"是啊，只要我们建立了稳固的根据地，我们不但能立于不败之地，还要打败敌人，夺取全国政权，这个伟大目标，过去似乎挺遥远，经过两年来我们的艰苦战斗，胜利的曙光就在前头，我们看到了希望。"苏林燕意气风发地说。

"冀东区联结东北、华北，是战略枢纽，不久肯定有大战，这次我们回去，要加快准备，扩军备战，加强解放区建设，不能拖军区工作的后腿。"李中权接着又说："老苏啊，这次部队整编，我已经向程司令员提了要求，我要求到野战部队去，和敌人大干一场。"

"怎么，想上战场啦？我知道，你呀，前线枪炮一响，你就坐不住喽！"

"你不也一样嘛！"

两位老战友开怀大笑起来。

代表团翻山越岭，进入阴河川后，又翻过一道山岭，进入赤西县的艾曼沟川中部。这时，天已黄昏，前边川道里有一个小村庄，在山川里显得挺孤寂、挺破旧的。

苏林燕看了看怀表说："天快黑了，看起来要到前边的小村宿营了。"

这时，前卫班的一名骑兵从前面打马驰到苏林燕、李中权面前报告："报告首长，前面没有敌情，村子叫柴胡栏子，可否在村里宿营？"

苏、李二人与王连长碰了头，下令到前边叫柴胡栏子的村子宿营。

柴胡栏子村位于赤西县西部，是艾曼沟川中部的一个小山村，有三十多户人家，无论富户和穷人都是黄土干打垒的土房，只不过是富户的房子高大整齐亮堂些，院子也像个样子，像个土围子。柴胡栏子村东距赤峰九十华里，西距围场二百华里，西北距当时赤西县政府驻地大庙六十华里。村子横卧川中，大川宽有二华里左右，村南胡栏山横亘连绵，村北是一列黄土丘陵，往东连接一列黑黝黝的山峰，川道在村这边拐了个漫弯，显得挺逼仄的，一条东西走向的顺川道从村子中间穿过。从军事角度看，这个村攻无可踞，退无可守，没有依托，没有军事价值。

柴胡栏子村已于一年前解放，现在已控制在人民政权手中，村里成立了农会，土地改革已基本完成，村子没有大地主，只有刘万春、刘万仓、李凤庭和王守印四户中小地主。村长是刘万春，他五十岁左右，说话笑眉细眼挺热情的，他刚从地里回来，听尖兵班的战士说解放军队伍要住宿，他忙乐颠颠地跑到村东头，迎候代表团马队进村。

刘万春可能从没见到这么多骑马的大官来村子，因为他从这些人的气度就看出来不是一般的共产党干部，他紧张地搓揉着手，嘴嗫嚅着半天说不出话来。苏林燕、李中权等人下马，快步走上前来，听人介绍刘万春村长，苏林燕热情地握着刘村长的手说："你好，刘村长，我们打扰你们啦！"

"没事没事，别客气，接待大军首长，是我们的荣耀呀！"刘万春拉着苏林燕的手说，"只是我们村小，没好屋子没好饭食招待贵客们。"

"没关系，我们这么多年风餐露宿习惯了，能有地方吃饭、住宿就挺好的，这已经给你们添麻烦了。"李中权说。

"那首长们快进营子歇息吧！"刘万春和几个老乡热情相邀。

村里老老少少跑出二三十口子人，都抢着争着遛马，年长些的男人们铡草拌料，女人们都到刘万仓大院和王守印两家帮着做饭浇水，村子里热热闹闹、欢欢乐乐的。

李中权指挥警卫参谋和骑兵连王连长、指导员忙着布岗放哨，与刘村长分配住宿扎营。刘村长说："首长，咱这地方有二年没闹土匪啦，县政府离咱这五六十里地，跟前有大军驻防，小股的土匪不敢到这来折腾，你们就放心住吧。"李中权说："住是肯定要住，防卫不可大意，必须加强警戒。"

王克如说："李主任，听情报说，隆化、围场已经解放了，大庙、老府这一带都有我们的部队驻防，西边问题不大，东边赤峰还被国民党九十三军占着，并且时常派兵出来骚扰，所以东边是防范的重点。而艾曼川以西就是柴胡栏子村川沟脑处的天益隆、大窝铺一带，离柴胡栏子村有二十余里，那两个村比较偏僻，也比较太平，因此，我们只注意东边方向的警戒就可以了。"

李中权转脸问王连长："王连长，你对情况熟悉，你说呢？"

"这，首长，这位首长讲的挺细致的了，我们还是重点警卫东边为好。"

"那好吧，请你们骑兵连好好布设岗哨，侦察好地形，提高警惕性，以防万一。"

"是，首长，我们马上安排。"王连长和指导员敬礼后去安排警卫工作了。

村长刘万春和几个老乡把代表团的干部和警卫员分别安排到柴胡栏子十一户家中，其中把苏林燕和冀东十七专署专员张兆仁和李守善、张树先几位代表团成员安排住在村西头的李凤庭的大院，李中权、王平民、艾平、胡里光等同志住在村东头的刘万仓大院，其他同志分散居住，将骡马驮子、电台等重要物资集中在村中间偏东的王守印院中。等将代表团的干部、战士安顿好了，七十多人也把小村子占满了。

刘万春回头对王庆虎连长和指导员为难地说："你看可怎么是好，还有不少同志安排不下哪！"

"没事，我们骑兵连的同志可以在仓房、马棚将就一宿，我们还要轮流站岗放哨呢！"王连长说。

"那怎么行，咱这地方虽说到了五月阳春，可黑夜里还挺冷的哩！"刘万春急得直搓手。

正在推让着，柴胡栏子村东面彩凤营子的村长老常插话说："你们也别争了，我提个想法中不？既然你们柴胡栏子村驻不下这么多同志，我们村离这才五里来地儿，又挡在你们村前边，让骑兵同志到我们村歇着不行么？"

老常和彩凤营子几个村民给代表团送草料，看柴胡栏子又驻首长又驻威风八面的骑兵，真是羡慕得不得了，听说柴胡栏子村驻不下，急忙邀请骑兵连的同志们驻他们村去。

王连长摆手道："那可不行，我们的任务是为首长们做警卫，不能离开首长们去住宿。"指导员也随声附和。

李中权说："王连长说得对。"

苏林燕说："从目前的敌情看，只有东边赤峰有敌人，四周都有我们的部队，我们比较安全。我们驻下了，不能让热中军分区护送的同志们露宿，天到晚上还是挺冷的，骑兵连到东边的彩凤营子住宿，正好也警戒赤峰方向。老李啊，我看让骑兵连的同志们到彩凤营子住吧，我们这有警卫班放哨就可以了。”

“苏部长，虽说我们比较安全，但难保没有小股敌匪窜扰啊。”李中权不放心。

“没问题，让骑兵连担负外围警戒，警卫班负责村子警戒，我看没事。”苏林燕不想让热中军分区的骑兵战士们受冻，他接着说：“骑兵连的同志们也挺辛苦的。”

“那好吧，王连长，你们骑兵连随常村长到彩凤营子去住吧，但是，你们一定多加岗哨，守住进这条川的要道。另外，请你们向艾曼川东西两个方向派出骑兵，前出到十里地开外侦察一下敌情，南北山上也要放暗哨。警卫班与骑兵连建立联络信号，提高警惕，加强警戒，一旦发现敌情，骑兵连必须及时向柴胡栏子会合。”

“是！”王连长和指导员齐声回答。

常村长说：“没事的，就是发现情况，相隔不到五里地，一气就跑过来了。”

王连长和指导员带骑兵连轰轰隆隆地奔向彩凤营子安营扎寨去了。

柴胡栏子村此时家家户户都灯火辉煌，乡亲们争先恐后地帮助给代表团做饭、烧洗脚水、喂马……苏林燕和代表团几位领导边吃着香喷喷的莜面苦力熬小米粥、小米干饭熬白菜土豆，边和刘万春几个村民聊天，听刘万春介绍土地改革情况。

村里的几个姑娘媳妇则围拢在王守印家的炕上，与两位女报务员叽叽喳喳地说笑。孩子们则围住警卫班战士摸摸枪，摸摸刀，羡慕得不行，战士们拿出子弹壳送给孩子们当哨子吹。几个上年纪的大婶大娘，则给同志们缝补衣服鞋袜。

李中权副主任时刻惦记安全警卫工作，他亲自在村子周边布设好岗哨，并听取骑兵连派出的骑兵对村子周边十里的情况。派往村西大川侦察的骑兵步出到十里外的一个山嘴，未发现敌情，未再向纵深哨探便勒马而回，报告说未发现敌情，李中权这才放下心来，到村东头刘万仓家吃饭。

这时，天已经午夜了，李中权不放心，他和警卫员又转了村子四周，查了岗，又转到村西李凤庭大院，见东屋仍亮着灯，他便进屋，见苏林燕部长还在炕头小桌上的马灯下写东西。

“苏部长，快半夜了，休息吧！”李中权关切地说。

“呃，李主任，你不是也没休息嘛，来，坐一会儿。”苏林燕往炕里让让身子。他接着说：“我得赶时间把党代会精神写一个报告，结合我们冀东区的实际情况，提出落实意见。中权同志，全国的人民解放战争形势发展好快呀，形势越来越朝着有利于人民、有利于我们党的方向发展，我们冀东区一定要跟上形势，努力工作，完成中央分局和军区交给我们的工作任务。”

“是啊，我们红军时期奋战了十年，抗日战争打了八年，人民自卫战争又打了两年多，现在战争的天秤终于倒向我们这边啦，真不容易啊。”李中权无限感慨地说。

“我们与蒋介石国民党反动派的斗争，正如毛主席所说的，是光明与黑暗、前进与倒退的斗争，为了这个光明的前途和建设新中国的目标，我们共产党人和人民群众付出了多少鲜血和生命啊！中权同志，我听说你一家被国民党反动派屠杀了十五口人哪！这是一笔大血债啊！”

“鄂豫皖苏区当年红军长征撤走后，那是村村冒火，户户哭声，家家带孝，有的都被杀绝户了，被国民党杀得尸横遍野啊！”李中权悲愤地说。

“革命者的血不会白流，我们很快就要夺取江山，彻底打败反动派，我们现在有盼头啦！我们共产党人流血奋斗的目标就要实现了！”苏林燕握着李中权的手说。

“是啊，为了胜利，我们要努力工作，咬紧牙关夺取最后的胜利。”

这时，张兆仁同志也醒了，三个人激情饱满地商讨回冀东后的工作任务，一直谈到三更天，李中权要查哨，苏林燕、张兆仁二人才休息。

李中权与警卫员呼吸着清冷的空气，查完哨后，回转到刘万仓大院，他伸展一下四肢，长舒一口气，才进屋休息。

塞外五月之夜，清凉、空阔、凄清，繁星眨着眼睛，偶尔有猫头鹰瘆人的啼叫和夜鸟扑棱棱地飞出树丛，一片黝黑的云团慢慢飘过天空，遮蔽这美丽的星空……

四 敌顽侵袭

柴胡栏子村在祥和的夜里安然入睡时，谁料到，在二十里外艾曼川沟脑的天益隆、大窝铺一带，有一千多凶恶的敌人驻扎在那里。他们是前一天袭击大碾子区政府的白金辉股匪，他们因为受到我赤西县支队的猛烈阻击，去赤峰不成，不得不翻越南梁改道走艾曼沟川。当晚就住在艾曼沟川沟脑的天益隆、大窝铺两个村子，他们害怕我军追击，在宿营地警戒，许进不许出，严密地封锁了消息，准备第二天顺艾曼川而下，绕道去赤峰。

可惜，我们的骑兵侦察员只走出了十华里，没有发现敌情。

白金辉和于秀成、张振三、陶汉选几个匪首住在天益隆村一户地主家，他们吃饱喝足后，又躺在炕上抽大烟。

白金辉像个大虾似的抽了一阵，过足了瘾，他把烟枪让给张振三说："张队长，抽几口?"

张振三手里掂着美国产骆驼牌香烟说："啊，不不，我不抽大烟，我抽烟卷，美国货。"

"美国货又怎么样，啥也没有大烟膏好啊，抽了腾云驾雾，如成神仙啊!"白金辉伸了伸懒腰。

"司令，今儿个我们打了个大胜仗，杀了不少共党穷棒子，可我们也暴露了目标，共军肯定要调兵遣将追剿我们，此地不可久留，明天一大早就得紧嘛溜地走啊。"张振三说。

鲍三疯子放了个响屁，揉着肚皮说："怕什么，咱们千把人，小股共军根本不敢碰我们，咱们顺道有洋捞还得捞，打了胜仗到赤峰才有本钱。"

"不行，司令，我们是在共军的心脏里活动，动作稍有差池就会陷于共军的包围，那可不是闹着玩的，还是三十六计，走为上策。"张振三急忙制止鲍三疯了的疯话。

白金辉说："张队长说的在理，明天天不亮就动身，出川绕道奔赤峰，碰上好打的咬他一口，碰不上就脚底抹油——紧溜。"他把大烟枪递给鲍三疯子接着说："我们有一千多号人马，有小炮和轻重机枪，还有连发的冲锋枪，又都是骑兵，能打就打，不能打就走，小股共军打不过咱们。"

匪首们得意地笑起来。

在柴胡栏子村代表团驻地人民还在热睡中。心中老是不踏实的李中权副主任总算熬到了天将破晓，他让警卫员叫同志们都起床，整理内务，给马喂上料，准备早早起程。天是阴沉的，天地一片雾蒙蒙的，大山掩映在浓雾中，大川中也被雾气塞得挺严实的。

他和警卫员从村东头转到村西头查哨，见站岗的同志都很精神，问道："有什么情况没有?"村西头站岗的战士蹲伏在一个破房框子里，急忙向李中权汇报："首长，刚才朦朦胧胧地听见有马蹄声响，挺多的，这会儿又没动静了。"

"要警惕，仔细观察。"

"是。"哨兵揉揉眼睛，趴在墙头上努力向西边观察。

李中权回转到村里，到了村西头李凤庭大院，这时苏林燕、张兆仁等同志也早早起了床，正在收拾东西，几个妇女同志在抱烧柴准备早饭。

李中权对苏部长说："西头的哨兵发现有动静，咱们早点收拾，吃饭后就准备出发吧!"

"好吧，早点走，不耽搁。"苏林燕附和道。

李中权随即命令警卫班长让带几个战士到村西头加强警戒。

村里的老刘头六十多岁了，他天天早上起来，挎上柳条粪筐，沿村街到村子西头暖泉子拾粪。特别是今年，他家又分了十多亩地，老爷子更忙了，眼瞅着地里的麦子、谷子都长出了嫩苗，旺相相齐刷刷的，他更是精心耕种侍弄庄稼。他天不亮就从炕上爬起来，侍候牲口，又上街拾粪。他到了村西营子头，哨兵认识他，问候几句，老人边拾粪边溜达到村西三四百米远的暖水泉子边，那里家家来这饮牲口，粪便多。

突然，在雾气中，从沟坎下闪出几个人影，他们穿着土黄色的军服或老百姓的衣服，端着枪跑过来围住老刘头："喂，老头，村里有八路吗?"

"八路？那你们是干啥的?"

"我们，我们也是八路，出来打土匪路过这。"

"噢，你们是八路哇！辛苦辛苦。"

"不辛苦，老爷子，问你话，村里有八路吗?"几个家伙有点烦了。

"有啊，有有，不少哪，都是干部，挎鲁子枪的，对俺们可好哩!"

"有多少人?"

"百十多号人呢，连彩凤营子都驻满了。"

这时，从沟坎下又涌出一簇人来，一个家伙向一个身材高大穿黄大衣的人报告："队长，村里有八路，都是干部。"

"噢!"那人迟疑地走到老刘头跟前问："你说实话，村里到底有多少八路?"

老刘头说："我刚才说了有百八十人，都是骑马挎鲁子的干部，你们是八路吗?"

"我们，我们是打八路的国军。"

"啊！你们是土匪!"

"嘿嘿，老东西，一听就知道你他妈被赤化了，把他押起来。"那个头目下命令道。

这个土匪头目是张振三，他用望远镜仔细观察村子，发现有不少解放军战士忙碌着，村里炊烟缭绕，他连忙转身疾速回到山嘴后。

后面的川道里，黑压压地挤满了敌人，白金辉等匪首勒住马在静静等待前卫队伍报告情况。

张振三急慌慌地报告："司令，前边的柴胡栏子村和东面的彩凤营子都驻扎着共军。"

"啊！有共军。他妈的，好悬啊，我们和共军相隔二十来里地，要是他们发现我们，还不让共军包了饺子。”

张振三说：“看样子不是共军大部队，他们在这两个小村驻不下太多的人马，而且他们带短枪的人不少，那个老头说都是大官。好像是路过的。”

“张队长，你再仔细观察，咱们要出川，非路过这个营子不可，让我们的人散开，马上占领村南北山梁，准备包围这个村子。如果是共军小部队，就一鼓作气顺手牵羊吃掉他们。”白金辉命令道。

于秀成、陶汉选、鲍三疯子等指挥匪队分别向南山北梁运动，向柴胡栏子村迂回包围过去，张振三等指挥国民党残匪和白金辉本队人马顺川向柴胡栏子村西扑过来。

李中权不放心村西的动静，又返回来查看。这时，天已破晓，能见度也比较大了。李中权到达村西破土房处哨位，警卫班长急忙拉李主任到隐蔽处汇报说：“首长，有情况，你看。”班长手指村西头川道。李中权发现前方三四百米处，有一簇人马在向这里缓慢移动，晨雾中分不清是敌人还是自己人。

李中权命令喊话。

警卫班长双手拢口向远处喊道：“喂，对面来的人，你们是哪部分的？”

对面的人没回话，人马却“忽”地散开了，各找地形隐蔽起来。

警卫班长回头对李中权说：“首长，对方一定是敌人，他们不向我们联络，肯定不是我们的人。”

李中权说：“我们的联络方式与热河军区部队联络方式不一样，别误伤了自己人，再喊话联系。”

班长又喊：“对面的人听着，你们是哪部分的，请报上名来。”

对面回应道：“我们是八路军，你们是哪部分的？”

班长回答：“我们也是八路军，是冀东来开会的，你们是哪部分？”

这时，对面没动静了，却发现他们又涌上来许多人，做好了战斗准备。

李中权观察仔细了，说：“不好，是敌人，准备战斗。”战士们推弹上膛，枪口对准对面。

李中权大声喊道：“你们是哪支部队？快报上来。”

对面回应：“他妈的，你们是八路军，我们是九路军。”随即“啪啪”打过两枪来。有十几个穿土黄色军衣的人猫着腰向村头冲过来。

“是敌人，听我命令，瞄准了打。”李中权下令。

这伙敌人冲到离哨位五六十米远，李中权喊了一声：“打！”首先用勃朗宁手枪开火，警卫战士们“啪、啪、啪”一排子弹打出去，立时打倒了四五个敌人，其余的急忙边还击边找隐蔽处，又一排枪打过去，残敌慌忙向后溃逃了。

李中权忙向警卫长下令：“快回去向苏部长他们报告，让他们向村东头转移，立即向彩凤营子骑兵连发信号，让骑兵连马上过来增援。”

警卫班长叮嘱李中权的卫士说：“保护好首长。”转身向村里跑去。

他一溜烟跑到村西头李凤庭大院，向正在做战斗准备的苏林燕报告敌情，传达李中权要求苏林燕等向村东转移的要求。苏林燕沉吟片刻说：“也许只是小股土匪骚扰，打一下就跑了。马上向骑兵连发信号，让他们快过来，把敌人消灭掉。咱们赶紧备马，准备配合战斗。”

居住在各家的战士们急忙备马装东西，做好战斗准备。

负责联络的战士向东边天空打出两发信号弹。

土匪刚才的火力侦察死伤了六七个人。白金辉和张振三判断共军人数不多，火力不太猛，随即调上三百多人来，准备冲锋，又命令把重机枪、迫击炮架设在村口。张振三说：“司令，马上展开进攻吧，共军没多少人。”

“等等，等两边山梁上的队伍到达位置再打……”

这时，村里突然飞起两发一红一绿的信号弹，张振三说：“司令，不好，共军在发信号招呼救兵呢，马上进攻，让部队攻进村子，马队冲过去阻击东边来的共军。”

白金辉一挥手：“进攻，向村子进攻！”

三百多敌人边打枪边向前缓步徐行。

李中权低声对同志们说：“别慌，骑兵连马上就过来增援了，一定要把敌人打退，为我们向东转移争取时间。”

待敌人冲到有效射程，李中权首先用步枪打倒了一个指挥进攻的土匪头目，战士们一阵又一阵精准射击，一下子把进攻的敌人阵脚打乱了。警卫战士都是冀东军区百里挑一的优秀战士，他们大都是老八路，与日本鬼子打过仗，战斗经验丰富，战术能力强，枪法都比较好。他们大部分都是一长一短两支枪，子弹也比较充足，每人还有三两颗手榴弹，对付这些土匪还是游刃有余的。因此，他们阵形稳固，十几支枪枪枪击敌、弹弹咬肉，对冲到近距离的敌人他们用盒子枪扫，用手榴弹炸，敌人一阵慌乱，丢下二十多具尸体退回去了。

白金辉看到队伍被打下来了，气得大骂：“熊包，孬种！”张振三观察到了解放军阵位，命令重机枪和迫击炮轰击。

早已架好机枪、小炮的国民党士兵立即“咚咚咚”、“哒哒哒”地向村头轰炸扫射起来，立时，柴胡栏子村西头浓烟冲天、枪炮齐鸣，被淹没在浓烟弹雨中。

黑老鸹一样的炮弹尖啸着一炸响，李中权心底一沉，心说：“不好！土匪哪来的重机枪、迫击炮啊，而且敌人有很多，在南梁北山也发现敌人的马队向村里包抄过来。”他命令战士们隐蔽好以防被炮炸伤，他借助炮火硝烟的掩护跑回村子，对苏林燕、张兆仁说：“看来敌情很严重，敌人很多，又有重武器，又都是骑兵，我们马上做好向东突围的准备，等骑兵连过来掩护转移。”

苏林燕说：“咱们枪少火力弱，如果脱离村庄势必会被敌人的骑兵追上，损失会更大，不如依托村落阻击敌人，等骑兵连过来一齐打退敌人。”

“那好吧，大家快做战斗准备，村西的向村中和村东集结，集中力量打击敌人。”李中权命令。

这时，北梁和南山的敌人已运动到村子附近，用猛烈的火力配合村西川道的敌人，对柴胡栏子村形成了合围。凶恶的敌人依仗人多势众、火力强大，用轻重机枪控制了制高点，用迫击炮轰击我阻击线，向村子发起了轮番进攻。一时间，柴胡栏子村北、西、南三面敌人骑兵、步兵狼嚎鬼叫，猖狂地向村子发起了围攻。

村西阻击阵地我军战士被敌炮火机枪杀伤了好几个，手榴弹也扔光了，警卫排长见破房子已被炮火轰坍失去了掩蔽功能，忙下令其余战士们撤回村子。

匪徒们攻上阻击阵地，残酷地用马刀砍死了三名受伤的战士，像一群疯狗向村子发动攻击。

白金辉向鲍三疯子下令："进攻，连续进攻别松劲，打进村子谁抢到东西归谁。"

鲍三疯子一手挥着盒子枪，一手挥马刀，呵斥着匪徒们冲锋叫喊："冲呀，弟兄们，冲进村子玩女人抽大烟，谁抢东西归谁！"

代表团从领导到战士，人人都拿起武器，与疯狂的敌人展开了村落争夺战，枪声、手榴弹爆炸声响成了一片。

李中权命令在村中间王守印家住的报务员立即向热中军分区发电报求援，一面安排将苏林燕、张兆仁、李守善、张树先等代表团干部边打边撤到村东头的刘万仓大院，与王平民、艾平、胡里光等人会合。战士们边打边向村子中部和东头收缩，以集中力量。

苏林燕提着小手枪打倒了两个冲到近前的敌人，冲进刘万仓大院，问李中权："骑兵连到了没有！"

李中权说："没见到影子，按理说，他们见了信号弹，听见枪炮响，半个钟头就能冲过来，才不到五里地呀！"

"马上派人去找骑兵连，让他们迅速前来救援，一分钟也不准耽搁。"苏林燕下命令说。

两名警卫战士从院内牵出战马，在大门口骑上马背，猛抽一鞭冲出村口，向彩凤营子驰去。这时，敌人骑兵已运动到村东，见解放军两骑马冲出来，立即以密集火力阻击，两名骑兵战士先后被打下马来牺牲了。

李中权等人以村子东半部分为依托，在院墙上凿枪眼，用牛车等堵住街巷、大门，利用门口、大墙、窗口等布设了阻击阵地。

苏林燕命令报务员向驻乌丹的二十军分区发电报未收到回音，随即命令向驻在林西的冀察热辽军区和中央局发电报，请求援助。

同时，李中权命令在打退敌人一次进攻后，要警卫班长田永存带领五名战士去通知骑兵连。他们骑马边打边冲，以牺牲一名战士、受伤两名战士为代价，冲破敌人封锁，飞马冲向彩凤营子，找骑兵连救援代表团。

骑兵连在哪？他们为什么不来救援啊！

五　痛失军机

却说骑兵连王庆虎连长率队来到彩凤营子，常村长和乡亲们热情接待，全村男男女女的热情安排战士们住宿，把热炕头都让给了战士们，娃娃们争抢着给战士遛马，战士们都很自豪，胸脯都挺得高高的，引得妇女们啧啧称赞。村长老常吩咐各家，把家里好吃好喝的都拿出来犒劳大军，让解放军也分享一下土改带来的喜庆。

不少人家又是宰鸡又是杀鸭子，把珍藏的几把白面都翻出来给解放军烙饼做面条吃，村里像过年似的热闹。

王连长他们被请到常村长家，老常家是富农，家境挺殷实，他又会办事，嘴好腿勤快，在彩凤营子挺有号召力。他老婆也早把小鸡炖上了，屋里满是炖小鸡的醇香，炕桌上摆上了几个菜，火盆上烫着一壶酒，酒味挺诱人的。

常村长紧让王连长他们上炕吃喝，王连长说："老常啊，真让你破费了，我们有纪律，不能随便吃老百姓的东西，我们要付给你钱的。"

指导员也说："你们太客气了。上这么多菜，又有酒，不好。"

老常一挥手说："你们客气啥，这不是在咱们自己家里么！柴胡栏子驻的是河北那边的首长们，你看他们那营子的老刘美的，咱彩凤营子招不来彩凤，还请不来你们这些老虎么？啧啧，你们骑马挎刀多威风啊，你看乡亲们多乐呵啊，你们是咱热河的子弟兵，自己人，该吃就吃，该喝就喝，客气啥！都饿了吧，来，倒酒倒酒，吃菜吃菜！"

一排长说："连长、指导员，首长叮嘱咱们提高警惕，加强警戒，我先去安排一下再吃饭吧？"

王连长一挥手说："首长们太谨慎了，哪来的敌情。这是在咱热中解放区，不是冀东。你去安排一下岗哨就回来，明天一早还要赶路呢。"

指导员说："连长说的对，让同志们吃好、休息好，养得精神的明天早点出发与代表团会合就是。"

一排长到外面总算布置好岗哨，这时，骑兵连的战士们在群众家里都安顿好了，开始了吃喝，有不少还喝上了高粱烧酒。

天刚亮，西边的柴胡栏子村方向传来清脆的枪声，骑兵连哨兵急忙跑进老常家喊醒王连长，报告说西边有枪声。指导员一听急忙穿衣，王连长揉揉被高粱烧拱的发胀的头说："不会有事的，弄不好是代表团的人玩枪呢！"

这时，一阵绵密的枪声又传过来，骑兵连战士们都穿戴整齐，战马也备上鞍鞯，聚集在门外街道上等待命令。

王连长穿戴整齐了，捧起一碗凉白开水喝了，这才走出屋子。他和指导员爬上墙头向西边柴胡栏子村瞭望，听枪声响一阵后又停了，他对指导员说：“兴许是代表团早上练枪玩玩吧?”

指导员不置可否，与连长爬下墙头。

一排长跑到连长跟前说：“连长，部队已经集合完毕，是不是向柴胡栏子出发?”

“等等!”王连长侧耳听了听，“枪声停了，敌情不会太大，先派几个人过去看看，咱们吃了饭再过去。”

话没说完，炮声、机枪的射击声骤然响起来，中间还夹杂着人的呐喊声，接着一红一绿两发信号弹升上空中。

“不好，有敌人，他们在攻击代表团!”指导员惊叫道。

“连长，听声音敌情严重，咱们赶快出发救援代表团啊!”一排长大声说道。

王连长呵斥道：“住嘴，你慌什么！你说了算还是我说了算。”他观察了一会儿，说：“听动静敌人不少，火力也挺猛，有炮和机枪，咱们不能贸然出兵，要是被敌人机枪炮火袭击，咱们的损失可就大了。”他命令战士们守住村口，观察一下动静再说。

一排长一跺脚说：“连长，咱们的任务是保护代表团，信号也打过来啦，不马上去支援是咱们的失职啊!”

“你听你听，敌人枪炮声这么稠密，人数肯定少不了，咱们这几十个人去，还不是羊入虎口么！不能盲目行动，要看时机。”王连长语气坚决地说。

这时，警卫班长田永存等人冲出敌人的封锁，鲜血淋漓地冲进彩风营子，来到王连长等人面前，田永存没等发话，王连长问：“快说，是敌人打我们么？有多少敌人?”

田永存一听气不打一处来，他大喘着气说：“王连长，赶快救援，大批敌人进攻柴胡栏子，你们没看见信号弹吗？首长他们被敌人包围啦，赶快救援。”

“敌人有多少?”指导员问。

“估计有上千的敌人，进攻很猛，快救援，晚了就来不及啦!”

“哪来的这么多敌人，别是弄差啦。”王连长嘀咕道。

“连长，战斗已经打响了还能有差，赶快去支援吧。”一排长返身去招呼战士们。

“别动，敌情不明，不好行动，不许动弹，待我观察一下再说。”

田班长一听急了，他大声叫喊：“连长，敌人已经向村里进攻了好几次了，我们的弹药都要打光了，首长命令我们拼死冲杀出来搬兵，你还等啥呀？救兵如救火呀!”

“正因为这样，我才不能把战士往火坑里推。”王庆虎说。

“连长，我们赶快出击吧，不然代表团出了事我们要承担责任的。”指导员说。

“你听你听，这敌人有上千人，我们出击还不是以卵击石啊，得讲战术。”

田班长急了，他带着哭腔说：“王连长，我求你了，快出击吧，不然就晚啦。有那么多首长哪，出了事可不得了啊!”

王连长说：“我要为骑兵连负责，先不能出兵救援。”

田班长急得直转圈，他见请不动王庆虎，就朝战士们喊：“你们行行好，快出击啊！要不给我们几颗手榴弹也行！”

一排长和几个战士一边给田班长手榴弹，一边请求王庆虎，赶快出发增援。

田班长见实在请不动骑兵连，冲王庆虎喊：“你们还是不是共产党的队伍，怎么能见死不救啊！”他一扯马镫绳，对警卫班的同志说：“走，冲回去，跟敌人拼命去！”

田班长他们义无反顾地策马冲回了柴胡栏子。

指导员担心地向王庆虎说：“连长，不去救援我们要上军事法庭的。”

王庆虎说：“谁说不去救援啦，要讲战术！敌众我寡，咱们这点人还不够敌人塞牙缝的。咱们上北山梁，占领柴胡栏子北山，虚张声势让敌人摸不清咱们有多少兵力，把敌人吓跑，不就救了代表团喽！”骑兵连长王庆虎啊，你是个见过阵势的指挥员，在这关键时刻，胆怯了，掉链子啦！

“不赶趟呀，连长，还是直接冲进营子和代表团会合，共同抗击敌人的好！”一排长坚持道，他向指导员以目光求助。

指导员真是个没主意的人，他看连长坚持己见，就同意按王庆虎说的办。

常村长哪见过这阵仗，平时伶牙俐齿的他这时哆哆嗦嗦说话带颤音，听王连长说让他带路上山，他推脱说腿脚不利索，让村里另一个人带路，自己则回屋和老婆孩子收拾东西准备逃难去。

骑兵连请一个昏头涨脑的村民引路，牵着马上了后山，想要爬上柴胡栏子北梁，居高临下打击敌人，掩护代表团突围。

上山的路崎岖难行，羊肠小道骑马根本走不了，只好牵马鱼贯而行。柴胡栏子村近在咫尺，枪炮齐鸣，隐隐传来喊杀声，骑兵连却在山上慢慢爬行。

也许是向导太紧张了，他没将连队带到正道，他将连队带到一面陡坡上，前面横亘一条深沟，两边是陡峭的山坡，路断了。

“怎么回事，为什么停下了？”一排长挤到前边，他见到大沟和陡坡，顿时心凉了半截。

王连长问向导：“路呢？你这是领到哪啦？”

向导结巴着说．“走差道啦。”

“妈的，我崩了你！”王庆虎吼道。

“连长，急也没用，赶紧找道绕过山冈。”指导员劝阻说。

于是，队伍又向山里绕去，离战场越来越远了。

六 血染山川

田班长领几个战士打马又冲回柴胡栏子村，他们又是打枪，又是投手榴弹，最后只有田班长和一个战士冲破敌人阻击，冲进代表团据守的刘万仓大院。

此时，代表团已处于万分危急的处境了。

代表团的干部战士虽然作战能力很强，但是敌众我寡，力量对比太悬殊，又没有称手的武器，别说机枪小炮，连步枪都不多，多数人使用手枪与敌作战，实难与武器精良的上千名顽敌作战抗衡。到上午七时左右，敌人从四面八方攻进村子，轻重机枪向各处猛扫，炮兵向代表团据守的院落吊炮，打得村子硝烟烈火弥漫，处处断垣残壁，整个村子的街巷和大半个村落都被漫山遍野攻入的敌人控制了。

代表团和警卫人员扼守村子的东半面，集中力量守卫代表团成员分住的三处院落，尤其是重点防卫最东头的刘万仓大院，在这里敌我双方展开了激烈的攻守搏杀。

最东头的刘万仓大院是全村最大的院落，有三四亩地大小，院子坐北朝南，分前后两进，中间有五间过道房，四周有高大的土围墙，西南角有一个土炮楼，北墙外靠后山。这里住着李中权等八名代表团成员和田永存这个警卫班，军区拨发的纸币和其他物资也放在这个大院。战斗打响后，李中权派战士把苏林燕等首长也接应到刘万仓大院，我军战斗力稍有增强。李中权将有限的兵力合理分配，他先命令警卫班分拨一半人占领后山制高点，又把其余有长枪的战士分散在土炮台、房顶和院墙阻击敌人，使用短枪的同志分布于大门口两边，和屋门、窗户等处，形成了多层的绵密的火力网，使猖狂进攻的敌人遭受重挫，死伤枕藉，一连好几次冲击都被打退了。

村子中间王守印大院中驻有陈东、王克如、冀光、田润芝四名代表团成员及两名女报务员和五名警卫员，他们为保护报务员发电报，未及向刘万仓大院转移，便被敌人堵在院里，他们就地坚守，与敌匪展开了战斗。因为院墙矮，他们据守了一会儿，被敌密集的机枪火力和手榴弹轰击，牺牲了两名警卫战士，其余的人只好退入三间正房进行抵抗。攻击他们的是鲍三疯子率领的匪队，这伙亡命徒气焰嚣张，一步步紧逼上来，急骤的火力压得同志们抬不起头来。

王克如命令两名报务员连续不断地呼叫军区和热中军分区。冀热察辽军区的电台叫通了，王克如亲自拟电文：中央局、军区，十万火急，冀东代表团在赤西县柴胡栏子村遭大队敌人包围袭击，请速解围救援！

军区司令部，程子华司令员已率司令部指挥机关开赴辽西地区。军区副司令员见电后大吃一惊，他急令热中军分区和赤西地区驻扎的我军部队迅速驰援，尽全力解救冀东代表团，同时，命令代表团择机突围。

王克如收到电报，要马上送到苏林燕、李中权手中，但是几次都被打了回来，他的警卫员说：“首长，太危险了，你把电报给我，我送去。”

“一定要送到苏部长手里。”

“是。”警卫员又喊过来一个战士，两个人首先向院里扔出两颗手榴弹，趁着敌人闪避的空挡和硝烟的掩护，一股劲地冲出门外，他们打倒了一名阻挡的敌匪，但一个战士也中弹牺牲了。警卫员拼命往东边刘万仓大院跑，一伙敌人在后面边追边喊：“抓住他，抓住他！”刘万仓大院房顶上的我军战士用火力掩护，机灵的警卫战士冲进刘万仓大院，从怀里掏出电报交给苏林燕。苏林燕看了两遍电报，递给李中权说：“中央分局和军区已经收到告急电报，下命令让附近的部队救援我们。”

李中权仔细看了电报，说：“苏部长，附近我们的部队动作最快也得三四个钟头才能赶到，敌人太多了，我们根本抗不住他们的围攻，还是集中力量准备突围吧。”

“也只好如此啦，骑兵连为什么还不来呢？”

“别指望骑兵连了，小张，你再打回去，告诉王厅长他们，把该烧的东西烧掉，电台带不出来砸掉，把密码本烧了，立即冲破敌人封锁向我们靠拢，好一齐突围。”李中权下命令道。

王克如的警卫员小张毫不犹豫地冲出院子，向村中王守印大院冲去。刚冲过街角，一个匪兵挺着一杆步枪逼过来，叫喊：“交枪、交枪！”小张一挥盒子枪“当、当”两枪打过去，那家伙双手一扬栽倒在地。小张跨过那家伙的尸体刚拔脚快跑，前面又冲过三四个敌人，这伙敌人龇牙咧嘴地涌过来，喊着要抓活的。小张发了狠，“当当当”一下子把枪膛里的子弹都打了出去，这几个家伙东倒西歪栽倒在地上。小张急忙换梭子，这时候两名敌人从后面抱住了他，又抓住了他的枪，小张挣扎一阵已经精疲力尽了，他挣脱出一只手来，拧开了插在武装带上的手榴弹盖，猛地拽开了拉火绳，手榴弹“哧哧”冒出了白烟，两个敌人惊恐万分，放手要跑，小张死死与敌人纠缠在一起。他喊了一声：“首长！”手榴弹“轰”地爆炸了，警卫员小张与两名敌匪同归于尽了。

村子最西头的李凤庭大院在苏林燕等首长转移后，仍有九名同志断后掩护，阻击敌人。他们的英勇战斗，极大限制了敌人主要力量向村中进攻。白金辉恼羞成怒，命令在西边的高坎上架起两挺重机枪向院落疯狂扫射，掩护一群敌人冲到院墙外，一起向院内扔了十几颗手榴弹，炸伤了我们好几名战士。他们被迫撤入三间正房坚守，敌人派出部分兵力围攻房屋，大队人马如一股浊流向村里攻去。

屋里的战士从门口、窗口向外拼命射击，已攻进院子的敌人四处躲藏，用轻机枪、冲锋枪猛烈火力攻击屋内的解放军战士。几个家伙从墙根运动到窗口，一连向屋里扔了几颗手榴弹。第一颗手榴弹飞进屋里，在炕上冒烟打转，说时迟，那时快，一个战士迅速抄起来扔了出去。接着第二颗又飞了进来，在炕沿边爆炸了，两名解放军战士倒在血泊中牺牲了，房东李凤庭的儿媳正躲在炕沿下，也被炸成重伤。我军的火力减弱了，敌人大叫大嚷着劝降，战士们毫不畏惧，继续向顽敌开枪射击，敌人又乱哄哄地抱柴火要点火烧房子。一个战士说："同志们，不能让敌人烧了老乡的房子，咱们冲出去！"

他们顾不上包扎伤口，把短枪压满子弹、步枪上好刺刀，把最后一颗手榴弹扔了出去。七名战士趁手榴弹炸起的浓烟和敌人惊恐之际，发一声喊："杀！"对阻挡在面前的敌人枪打刀捅，硬生生杀出一条血路，飞速冲出大门，向后拐进一条沟岔，向后山突围。敌人醒过神来，乱叫着："打呀，别叫八路跑了。"待展开火力追杀时，七名战士已突出重围，隐没在后山沟里了。

白金辉站在重机枪阵地上，眼见解放军战士打得手下东倒西歪，冲破包围冲向后山，他气得直跺脚，破口大骂手下："废物、饭桶，没用的东西！"之后命令匪徒们转而向村中攻击，他知道大部分共军仍被困在村里，他害怕解放军增援，督促匪队加速攻击，尽快结束战斗。

张振三指挥轻重机枪和炮兵由村西向村东进攻，要用炮火机枪打垮解放军的抵抗。

代表团此时已处于优势敌人的围攻之险恶局面，组织向东突围的时机已错过，一股敌骑兵已冲到村东，封锁了向东的道路。

这时候，柴胡栏子村已彻底淹没于炽烈的战火中。东头的刘万仓大院是敌人攻击的重点，于秀成、尹万海驱使匪徒们夺占了后山制高点，田班长和三名战士英勇牺牲，其余同志退回大院继续与敌人战斗。

敌人在后山包上架起一挺重机枪、两挺轻机枪，泼水似的向院内倾泻弹雨，三名伏在房脊上的战士被击中牺牲，在院内射击的战士被迫撤进屋里和土炮台中。匪徒们乘机窜到大墙外，向院内扔进十几枚手榴弹，又开始刨西大墙，警卫班的几名战士又倒下了。

敌人又集中兵力攻击大门。他们用集束手榴弹炸毁了大门，嗥叫着冲进了院子。

苏林燕、李中权指挥战士们退入房屋，继续战斗，与敌人逐屋展开了争夺。

李中权边从门口向外射击边对苏林燕说："苏部长，快下令把西屋存放的纸币和物资烧掉，不能落到敌人手里。"

苏林燕命令几名干部战士把两帆布袋纸币和几驮子重要物资堆在地上，打碎煤油灯点着了，一股浓烟带着纸灰飞出窗口。他们又把一袋现大洋塞进坑洞，才从后角门冲到最后控制的五间过道房。

他们搬土坯堵住通道的南北门，分兵把口守住门口窗户，与疯狂的敌人拼死决战。敌人如同疯狗一样用机枪、冲锋枪猛烈射击，打得房屋烟火弥漫，密集的弹雨吞噬了英勇抵抗的代表团的勇士们。

胡里光同志正平端一支缴获的美式卡宾枪向院里的敌人猛烈射击，突然一颗子弹打中了他的胸口，这位从十三岁就参加毛主席领导的浏阳暴动的党的优秀战士，在挣扎着打净最后一颗子弹后倒在血泊中。

李中权掩伏在过道的土坯墙后，沉着地用一大一小两支手枪向敌人射击，已经有好几个敌人丧生在他的枪下。这时，敌人"忽"地扔过来一颗手榴弹，他机敏地捡起来扔了回去，炸得敌人鬼哭狼嚎。一会儿，有两个家伙从墙根溜了过来，一个端着轻机枪，一个端着美式冲锋枪，他们是张振三谍报队的士兵，伺机向李中权偷下狠手。

李中权未等他们搂火，双枪并举，“砰砰”“啪啪”一阵急射，把两个家伙打死在当场。

随即，李中权双枪向腰间一插，跳出掩体，捡起冲锋枪挎在胳臂上，抄起轻机枪双手平端，对准院内的匪徒一阵急骤地猛射，打光了子弹。他又端起冲锋枪射击，战士们也一齐向敌射击。敌人像割草一般倒下一片，其余的狼狈窜出了院子。

李中权从敌尸上抽出弹夹，把轻机枪、冲锋枪都换上梭子，交给警卫战士，又命令士兵打扫战场，补充弹药，巩固阵地，准备迎接敌人的再一次进攻。

在战斗间隙，李中权来到苏林燕据守的西屋商量对策。此时此刻，他们对等待救援再也不抱希望了，从早上五点发生战斗，现在已是上午九点多了，他们已与敌人血拼了四个小时，骑兵连仍未见踪影，其他的增援也没有消息。敌人已攻进村子，疯狂地对代表团据守的几户房屋进行围攻，形势已到了最后关头。

苏林燕、李中权、张兆仁几位领导同志经过短暂的商议，果断做出两项决定：一，销毁全部文件，不能让它落入敌人手中。二，立即组织突围，冲出一个算一个。

无论是首长还是战士都默默地掏出自己的党证、文件和其他物品，集中堆在一起，由苏林燕划着火柴，用木棍挑拨着销毁了。然后他们清点弹药，分配好战斗小组，伺机突围。

敌匪在匪首们的督战下，又重新聚拢起来，他们把轻重机枪架在院墙上，又派人从房后爬上房顶，用镐头刨房子。一个匪徒扯着公鸭嗓喊话，他得意地喊道：“共军弟兄们，你们被包围了，快缴枪投降吧，白司令说了，只要你们投降，国军保证你们的安全!”

“做你的黄粱梦吧。”李中权一咬牙，端起轻机枪向喊话的敌人一阵急射。他接着大喊一声：“同志们，突围，冲啊!”

勇士们打着枪从屋门、窗口跳出，边向敌人射击边冲向大门。

敌人没料到共军竟然发起了冲锋，一愣神功夫，他们设在门外的阻击阵地被冲垮了，架在墙头的机枪也被打掉在地上，匪徒们狼奔豕突，乱作一团。白金辉、于秀成等人狂呼乱叫，待稳住阵脚后急忙用机枪、步枪火力疯狂阻击。陶汉选扯着嗓子喊：“别让共军跑了，抓活的!”几个匪徒慌忙去封堵大门，被迎面冲上来的李中权一阵扫射打倒在地。一名警卫战士乘机推开大门，陶汉选挥枪打来，警卫战士中弹牺牲。

指战员们杀声震天，抱着决死之心向敌人冲杀。李中权和几名战士用机枪、冲锋枪打开了通道，冲出大门外，掩护代表团其他同志向村东的一条山沟突围。

敌人如同疯狗一般，慌忙在张振三的指挥下，用轻重机枪构成了火网，向突围的解放军猛烈射击。

王平民同志刚冲出大门，就被子弹击中了，他坚持着跑出三十多米，又身中数弹英勇牺牲了。

苏林燕冲出大门跑出七十多米，敌人迎头一阵机枪扫来，他和两名警卫战士中弹，他挣扎着打出最后一发子弹，才垂下握枪的手。他的警卫员拼命呼唤，用身体保护烈士遗体，与敌人力战而死。

李中权打光一梭子弹，与几名战士交替掩护向东猛冲。敌人的子弹“吱吱”叫着追杀他们，殿后的两个战士牺牲了，一颗子弹打在李中权的右肘上，鲜血飞溅，机枪掉在地上。他蹲下身子，扶住机枪，从腰间拽出弹匣换上，左手抠住扳机，右胳臂托住枪身，向追来的敌人一阵急速射击，把敌人打得鸡飞狗跳。子弹打完了，他扔掉机关枪，又拔出手枪射击，与同志们一齐向东跑，又跑出几十米，又一颗子弹飞来，打中李中权的左后背，鲜血涌了出来，但他没有倒下，仍向东猛跑了几十米后，摇晃着要倒下。几个战士冲过来，一个背着一个架着，另几个掩护，奔进一条小沟向东猛跑。

这时大多数敌人都冲进院子争抢马匹和物资，只有六名骑匪追了上来。李中权命令战士们用驳壳枪集火射击，六支驳壳枪同时向敌射击，三个家伙从马上掀了下来，其余的慌忙调头拨马而逃，战士们乘机背着李中权冲到北山摆脱了敌人。

张树先和警卫员冲出来后都受了重伤，但他们坚持着冲出敌人的包围，跑到后山一个小沟岔里隐蔽起来，躲过了敌人的搜索。其他的几位代表团成员在李中权几人的掩护下，冲出大门，东折西拐，都最终摆脱了敌人。

在王守印院中坚持战斗的陈东、王克如、冀光、田润芝四个代表团成员和五名警卫战士与敌人拼死决斗，已有两名战士牺牲，大多数都挂了彩。因院子已被敌攻破，他们把两名女报务员掩藏在厢房的山药窑里，其他几个人分成三组，统一听王克如指挥。王克如对同志们说："我们要坚决顶住敌人，尽量多吸引敌人，为苏部长他们突围减少压力，革命军人不怕死，就是死了也要拉上几个敌人垫背。"勇士们回答："首长你放心吧，我们一定战斗到底，绝不投降。"

敌人见院里没有动静，便把机枪架在院墙上向屋里扫射，将门窗打得木屑横飞，土墙像马蜂窝似的。鲍三疯子见屋里仍没动静，便一挥马刀喊："弟兄们冲啊，八路都死光啦，进屋捡洋落去！"

一群匪徒狂叫着从大门冲进院，几个家伙提着枪跳墙进院，争先恐后地奔屋里来。

王克如见敌人近了，他大喊一声："打！"三间屋中同时射出愤怒的子弹，骄横的敌人顿时像被火筷子抽着一般"吱哇"叫着回头便跑，几个家伙被打中发出瘆人的惨叫。那个匪机枪手挺机灵，他及时卧倒，躲开了弹雨，随即将机枪架开，拉板机要向屋里扫射。这时，冀光将手榴弹拉火，从门口一闪身子将手榴弹扔到敌机枪手身上，那家伙大吃一惊，就地打滚闪避，没躲开二步，手榴弹"轰"地爆炸了，那家伙和旁边一个敌人被炸得粉身碎骨，机枪也被炸成了零碎。敌人的进攻被打退了。

鲍三疯子真成了疯狗，见一连几次进攻都损兵折将，铩羽而归，他红着眼珠子命令用机关枪、手榴弹猛烈封锁代表团的勇士们，派十几个匪徒从房后爬上房顶，首先刨开了东屋房顶，从房窟窿往下扔手榴弹、扔火把，一会儿工夫，东屋便燃烧起熊熊烈火。守在东屋里的王克如和冀光都受了伤，他俩忍受着浓烟烈火的烘呛，坚持从窗口向外射击。在敌人号叫着冲到窗口时，他俩互相对视了一眼，坦然地从上衣口袋里掏出为自己留的最后一颗子弹，压进枪膛。然后，他们两人手拉手坐在地上，沉静地举枪对准自己的头颅，从容饮弹自尽，誓死也不当敌人的俘虏，以鲜血和生命表示了自己对党和人民的忠诚。

中屋的田润芝听到东屋的两声枪响，他从外间屋跳到东屋，"啪啪"几枪撂倒几个试图跳上窗台的敌人，俯身扶起王克如，大声呼喊："王厅长，王厅长！"他悲愤地将王克如和冀光的遗体转移到外间屋，向据守在西屋和中间屋的同志们喊：“为王厅长、冀部长报仇，与敌人血战到底！”

这时敌人又开始挖西屋房顶，在房顶刚透亮时，陈东抬起马枪朝房顶孔洞连打几枪，一个敌匪中枪从房上滚下去，敌人不敢再挖了，但却扔进来一颗手榴弹。爆炸声响过，陈东和警卫员都受了伤。田润芝和战士紧急为他们包扎伤口，顽强地与敌人搏斗，顽匪们始终未能攻入这座房子。

土匪就是土匪，抢掠是他们的本性，这伙匪徒占领村子后，不顾代表团仍在抵抗，挨家挨户大肆抢掠，尤其是村民们还没做好的早饭和为代表团准备的早饭，他们掀开锅盖就用手捧着吃，如同一群饿鬼。他们逼迫老百姓杀鸡宰猪，好填饱肚子，对代表团未及销毁的物资、马匹、行里，更是你争我夺，闹得不可开交。趁敌人进攻松懈之机，不少代表团的干部、战士冲出敌人的包围。

白金辉喝令匪徒们不准抢物资，先灭了八路再说。他自己的人马听指挥，但半路入伙的陶汉选的人马不听那一套，照抢不误，把白金辉气得直跺脚。

这时，张振三领着谍报队士兵赶过来，他端起冲锋枪朝天打了一梭子，制止住抢夺的混乱局面，他大叫：“都他妈的听白司令的，谁不听命令，老子崩了他。都听命令，肃清还在抵抗的共军，全村搜索，不许放过一个。”

众匪在匪首的吆喝下，又打起精神围剿代表团，挨家挨户搜索代表团的干部战士。

柳春福带十几个匪徒又回到村中王守印的大院，他们避开仍在坚守三间正房的我军战士，在厢房搜掠财物时，发现了山药窖，两名女报务员被搜出来，押解到白金辉面前。张振三见了围着被俘者转了一圈说：“甭说，她们是共军的报务员，他们把电台都砸了，密码本也烧了，这两小妞就赏给弟兄们吧！”

白金辉见了两个女八路，不知是尚有一丝天良未丧尽，还是有别的心思，他不让邪恶的匪徒们行凶，而是瞪着两眼看着她们。

这时，一个张振三的下级军官来到张振三面前报告说，据俘获的共军伤兵交代，我们攻击的是共军冀东军区的代表团，从林西开完会回冀东，都是大官！

白金辉听了一拍大腿：“好啊！这回咱们捞着啦，赶快打，彻底消灭他们，好到赤峰领功请赏。”

张振三听了却跳将起来，他说：“不好，司令，我们打了共军代表团，他们肯定把电报发出去了，共军的增援部队很快就会上来，告诉弟兄们快撤吧！”

白金辉不以为然地说：“慌什么，打了胜仗还这么慌，亏你还是国军呢！给我彻底消灭了他们，为我儿子、丫头报仇。”说完，他指着两名女报务员说：“把这两个毛丫头押起来。”

王克礼这时凑上来说：“司令，这两个女共党交给我吧。”

白金辉一挥手同意了。

匪徒们一边大肆抢掠，一边继续围攻仍在抵抗的代表团成员，一边四处搜索被打散的战士。

此时，王庆虎带着警卫骑兵连仍在深山里转圈子。

军区下达的紧急救援处于柴胡栏子村冀东区代表团的电令，热中军分区收到了。热中第二十二军分区司令员吴烈紧急调动军分区骑兵部队、赤西县支队的步兵，又抽调警戒赤峰的军区骑兵团大部，急如星火地驰援柴胡栏子。

吴司令员先命令驻守在赤峰西南六十公里外的三把火村的骑兵部队以战斗急行军速度首先冲向柴胡栏子解救代表团，命令军分区的四个步兵连、赤西县大队三个连随后跟进。

军区骑兵连是在听说柴胡栏子有战斗主动向战场赶来参战的，连长听下达命令的通讯员说，柴胡栏子我冀东区党代表团遭敌袭击，立即抽出战刀下令快速前进。一百多匹战马扬起一溜尘烟杀向战场。他们掠过彩凤营子，碰上了从柴胡栏子突围而出的零零散散的代表团的干部战士，见到柴胡栏子村浓烟四起，枪声一阵阵传来。骑兵连长一踹马镫率先向柴胡栏子村杀去。

白金辉一伙匪首们正在指挥围攻和搜索代表团干部战士，突然听到东边传来一阵军号声，他抬脸问："怎么回事？"

这时，东边传来了喊杀声和一阵比一阵密集的枪声。

一个土匪小头目跟斗绊块地跑过来报告："共军骑兵杀过来啦！"

众匪徒顿时慌了神，纷纷上马要跑。

白金辉抬手朝天放了一枪喝令："别他妈跑！镇静！听我命令，把机枪、大炮架起来，把共军骑兵给我打回去！掩护大队人马撤退。"

张振三、陶汉选和鲍三疯子等人吆喝着匪徒们在村东头借助房屋坡坎布置起阻击线，企图阻击解放军增援部队。

我军区骑兵连快如闪电般地攻向柴胡栏子村，白金辉指挥敌匪用迫击炮、轻重机枪疯狂阻击。骑兵连稍一停顿，马上摆开战斗队形。骑兵勇士们训练有素，策马冲锋时，在马上用掷弹筒轰击敌人，用机关枪扫射，用步马枪精准射击。掩护冲锋的骑兵一阵风似的越过敌人阻击线，挥动闪亮的马刀砍杀狼狈逃窜的敌人。

白金辉一边叫喊："顶住，顶住！"一边策马向后退。张振三对白金辉说："司令，形势不妙，共军骑兵杀过来了，后面还有更多的步兵，赶快走，不然就来不及了。"

白金辉对陶汉选说："老弟，你们对地形熟悉，在这顶一阵子，我带人上北梁占据有利阵地，再接应你们上山撤退。"

容不得陶汉选说话，白金辉与张振三带人上马便往北山撤逃。

陶汉选骂了声："奶奶个熊！"只好率本队人马与冲进村子的骑兵连缠斗。

这时，东边又是一阵杀声传来，热中军分区的步兵和赤西县支队的步兵在吴烈司令员的指挥下，漫川冲杀过来。

陶汉选见支持不住了，赶紧上马向西逃跑，他的手下也狼狈地躲避着骑兵的追杀，跟着逃跑。突然，从南山上冲下一队解放军骑兵，迎头堵住了敌人西逃的路，劈头盖脸又是一顿砍杀，将敌人堵在川道上。

这队骑兵是热北军区骑兵团的救援部队，他们抄近路翻越南山赶赴战场，堵住了敌人西逃的通道。

慌乱间，匪徒从家家户户、从官街伙巷各个地方朝村西跑，朝后山逃，被骑兵团迎头兜住砍瓜切菜般一阵截杀。匪徒们乱了套，撒丫子夺命逃跑。陶汉选骑上马与一伙小头目拼死向北山梁撤逃，但在骑兵的打击下乱成了一锅粥，谁也顾不上谁了。他骑术还可以，但是在马上拼刀与刀术娴熟的铁骑兵比，可就差得远了。加之他急于逃跑，心智慌乱，与解放军一大个子骑兵一照面便被砍中左肩，被打下马来，他的盒子枪子弹已经打空，把枪扔了后随手拾起一把马刀与骑兵格斗。那个骑兵勇士轻蔑地看着他，然后一磕马肚子，战马猛地窜将过来，将陶汉选像个皮球似的撞出老远。这家伙打了几个滚刚爬起来，一束刀光伴着马蹄声倏然而至，一下子将陶汉选斜肩带背砍成两段，污血喷溅在当场。

热北军区骑兵团杀红了眼，他们被土匪们的残酷暴行震怒了，在柴胡栏子村，在大川里，在两边的山坡上，撵着敌人刀砍枪打，一会儿工夫就放倒了一大片敌人。

步兵也先后赶赴战场，配合骑兵对敌人形成了合围。白金辉舍弃了陶汉选的三四百人马，率自己的杆子与张振三的谍报队、于秀成的部分人马趁未合围冲上了北山梁。他眼瞅着解放军步骑兵山呼海啸般地吞没了他的后队人马，早已吓得冷汗直冒，骑马首先翻越山梁向赛罕坝方向狂逃。

匪徒们有的骑马，有的步行，把压沉的家伙全扔了，只恨爹娘少生了两条腿，漫坡乱窜。追到山半坡的解放军架起了轻重机枪和迫击炮、掷弹筒向敌匪猛烈射击，敌人有的被消灭，有的跑不动了跪在地上缴枪投降，只有三四百人跟随白金辉等匪首逃走了，还有不少土匪逃到四周的山上溃散了。

解放军分散在山上搜剿溃散的敌人，到处是零星的枪声和“缴枪不杀”的喝令声。

解放军搜索部队在一个山沟里找到了代表团中的两名报务员，她俩是在混乱中被王克礼和他的手下藏在山沟里。王克礼对她们说：“两位八路同志，我不能再作孽杀共产党了，我放了你俩，你们先藏在这别动，等大军过来再出去。我叫王克礼，我不想再干土匪了，韩星、康海庭能做证我想弃暗投明。以后，你们也得给我做个证人，行不?”

两名报务员点点头，答应了。

王克礼随手塞给报务员一颗手榴弹，然后爬上小沟，骑上马追白金辉去了。

七　英烈千古

经过一场激烈的战斗，大部分土匪被解放军消灭了，还抓了一百多个俘虏，溃散了一部分土匪，只有白金辉三四百人逃窜。

第二十二军分区司令员吴烈和赤西县大队政委田夫等首长亲自指挥，抢救和收容冀东区代表团的同志。张兆仁等成功突围的同志又回到柴胡栏子村，李中权躺在担架上也赶回来了，田润芝、陈东等同志坚持战斗到增援部队到来，一些被老乡藏起来的同志也陆续被救应出来。但是，代表团的损失是重大的，除大部分同志受伤外，有二十二名代表团成员和许多警卫战士英勇牺牲，其中主要领导同志有冀东区党委常委、组织部长苏林燕同志，十五军分区副政委王平民同志，十二军分区政治部副主任胡里光同志，十五地委宣传部长冀光同志，冀东行署财政厅长王克如同志。另外，代表团工作人员、警卫战士十七人英勇战死。冀东区党委常委、冀东军区政治部主任李中权，代表团成员陈东、田润芝等三十多人受伤。万恶的白金辉匪帮制造了惨绝人寰的柴胡栏子惨案，又犯下了一桩滔天罪行。

吴司令员等人给放在场院里的烈士遗体整容，他们有的虽然牺牲了，但有的还双手握枪，有的手里握着手榴弹甚至石头、木棍，他们与凶残的敌人战斗到最后一刻。当苏林燕同志的遗体被抬过来，他双目圆睁仍带着仇恨的表情。他的右手被斩断了，吴烈司令员问骑兵团长这是怎么回事，团长说，通过审问俘虏，说是敌人为了抢夺苏部长紧握的手枪，用刀跺下了他的右手。

吴司令闻言大怒，他厉声喝问是哪些土匪干的，一个被俘的家伙哆哆嗦嗦地指认俘虏群中的一个长黑胡子的家伙，说砍手抢枪有他和另一个长着麻脸的家伙。田政委一挥手，几个战士冲过去，把那两个家伙揪出来，并从长胡子的土匪小头目怀中搜出了苏林燕的勃朗宁手枪，从麻脸土匪的衣袋里搜出苏林燕的怀表。

吴司令厉声问道："为什么祸害烈士遗体?"那家伙低声说："是长官让干的。"

田政委命令战士对俘虏仔细搜身，又从十几个土匪的身上搜出代表团人员的随身物品，甚至还有准备带回去领赏的烈士的耳朵和手指等。面对暴虐的敌人极其令人发指的暴行，吴司令悲愤难抑，他命令把十几个暴徒押到场院外的沟边，对他们处以极刑。

一名干部对吴司令说："司令员，他们已成了俘虏了。"

"不，他们不是俘虏，他们是杀人犯，我代表人民政府宣判处以这伙杀人犯死刑!"

田夫说："我同意!"随即他指挥一排战士排枪齐射，击毙了这十几个暴徒。

吴司令问代表团的同志："护送你们的骑兵连呢？"

李中权在担架上支起身子，愤怒地说："吴司令，战斗中自始至终未见骑兵连的影子。我们派人联络，他们消极避战，上了北山了！"

"骑兵团，去把他们给我找回来！"吴司令员大声命令。

"来啦，他们回来啦。"有人发现了一队骑兵从北山一条沟里钻出来，带队的是连长王庆虎。

当他们走进柴胡栏子村，迎接他们的是满目疮痍、遍地鲜血和指战员愤怒的眼神，以及老乡们悲愤的哭声。

王庆虎双腿发颤地下马，与指导员小心翼翼地来到吴司令面前行礼，他的士兵也都下马肃立悄然不语。

吴司令威严地问王庆虎："你们的任务是什么？"

"护送代表团。"

"战斗发生后，你们为什么不及时增援？"

"我们看敌人太多，寡不敌众，想上北山掩护代表团撤退。没承想走错了路，耽误了……"

"你他妈混蛋，发现敌人为什么不直接冲进村子，保卫代表团！你们擅离职守，贻误军机，畏敌逃跑，给革命事业造成不可挽回的损失，必须受到军法惩处！来人，下了他俩的枪，交付军法审判。"吴司令命令道。

王庆虎和指导员以及排以上骑兵连干部都被解除了武装，押解到军区军法处接受审查审判。

5月22日，在吴司令员、田夫政委以及随后赶来的军分区、热中地委领导的主持下，由代表团成员冀东十七专署专员张兆仁同志参与，安排牺牲烈士的后事。当地政府和老百姓送来棺木，数千名部队官兵和老百姓举行烈士安葬仪式，苏林燕等二十二名烈士换上了崭新的军装，遗体就地安葬。此时此刻，天空阴沉，凄风惨烈，满川哭声动地。悼念大会上，张兆仁同志逐个介绍了烈士的生平事迹。吴司令员含悲忍泪代表军民表达决心，一定要继承革命烈士遗志，消灭国民党匪军，为革命烈士报仇。

安葬仪式上，一排排骑兵举起战刀，一排排步兵肃立致敬，男女老少的老百姓垂泪默哀，在一阵阵枪声和军号吹奏的哀乐中，烈士的棺椁被缓缓下葬。青山有幸埋忠骨，碧草无涯慰英魂，来自冀东解放区的二十二位英勇无畏的共产党员长眠在热中赤西县的土地上。

"五·二一"惨案震惊了冀察热辽解放区，也震惊了中共中央东北局和东北军区，东北局和东北军区领导对柴胡栏子事件的善后处理下达了重要指示，冀察热辽中央分局和军区及时果断处理这一事件，军区军法处对热中军分区骑兵连连长王庆虎和指导员给予了最严厉的军法处置；同时，为了巩固解放区后方安全，调动主力部队展开对白金辉匪帮的大围剿，鉴于白金辉、于秀成、陶汉选匪帮残杀我代表团干部战士，手段毒辣，残忍至极，罪无可赦，军区司令部特别下达了一项在人民解放战争史上绝无仅有的命令：对于参加围攻柴胡栏子、惨杀我代表团成员的白金辉匪帮，格杀勿论，不留活口！

随即，军区调动朱德骑兵师、独立二师、军区步兵独立七师，以及热北、热中、锡察军区地方部队数万兵力，从四面八方对白金辉匪帮以及分散的股匪进行大清剿，一张天罗地网罩向穷凶极恶的反动土匪武装。

白金辉率残匪狼狈逃窜，他们先向西北方向奔逃，但是遭到了围场和赤西县地方武装的阻击。他们折回来想奔灯篓河子向西拉沐沦河南逃窜，但在灯篓河子被克什克腾旗支队和内蒙骑兵三十六团挡住，给打了回来。白金辉见向南逃不成，只好向西北赛罕坝流窜，跳出了我军的包围和阻击，由赛罕坝向西北四淇波逃回红山子乌牛吐老营。

这一仗下来，他好不容易聚拢起的一千多号人马，只剩下不到三百人逃回匪巢。

他像一只被打残的狼，在匪窟里舔自己的伤口，惊魂未定，气都喘不上来。他心有余悸地对张振三、于秀成等人说："太他妈的悬乎啦，差点把老命丢了！"

张振三说："司令，我们打了共产党的代表团，杀了那么多共党大官，算是捅了马蜂窝了。看起来，共军这次是发了狠了，一路穷追猛打，根本就不让咱们喘气，能活着回来，真是万幸啊！"

王克礼说："如果我们不打柴胡栏子，这时候我们早在赤峰享清福啦，真是自讨苦吃哟！"

"你说啥？咱们打柴胡栏子，打死那么多共党大官，那可是奇功一件啊。"鲍三疯子瞪着王克礼吼道。

"屁那个奇功，招惹了共军，大兵压境，连咱的老窝都难保喽。"

白金辉一挥手制止住王克礼："别说丧气话，我姓白的还没到山穷水尽的地步，共军想灭我，没那么容易。哎！老弟，我让你看押的那两个女共党呢？"

"让人家追得鸡飞狗跳，命都顾不过来，早不知在哪扔了。"

"可惜了，可惜了，要是弄回来，给爷们玩玩多好啊！"鲍三疯子淫邪地说。

张振三说："弟兄们啊，咱们这一仗，可是把共军打疼了，打急了，他们是下力气非要灭了我们不可喽，咱们得商量商量，下一步怎么办呀？"

"咱这乌牛吐老营盘，扎在深山老林，共军再势大，还能打进来？"鲍三疯子不屑一顾地说。

"此言差矣，老兄，这回共军是集中了兵力追杀我们，热河境内的杆子差不多都给平了，现在从四面八方向我们合围过来，打到这是迟早的事。"张振三掏出地图给白金辉几个人指划着。

白金辉看张振三介绍，急了，他问："那怎么办？"

于秀成说："怕啥，打得过就打，打不过就溜，这里是深山老林子，又是沙窝子，哪儿藏不住人？挺过几天，又是咱们的天下。"

"我的意见是，既然去赤峰、去承德的路都走不通，那咱们就去多伦、去张家口，投傅作义傅总司令去。"张振三口气坚决地说。

"对，我赞成，从咱这过四淇波过坝，就是多伦，那有国军，还有郭县长他们在那待着呢！再不济，咱们就到张家口去。"白金辉精气神又上来了。

众匪首们商量半天，决定在乌牛吐老营休整几天后拔营到多伦去投国民党军，以躲避解放军的打击。

众匪首们各揣心腹事，都有小九九。张振三不想再与这伙乌合之众掺合。他清醒地判断，解放区会彻底剿除匪患，稳定后方，土匪的好日子过去了，他才不当陪葬品呢。因此，他极力主张向多伦撤退，好回归国军队伍。

鲍三疯子不想走，他自恃在经棚县十多年为匪为盗，地理民情都熟悉，在这待不下去，他已安排好了退路，实在不行，自己就与白金辉分道扬镳，脚底抹油——溜他娘的。

于秀成的人马只剩下几十号人，自知单拉出去，非让共军灭了不可，只好与白金辉待在一起，走到哪步算哪步啦。

众人议论已毕，都各回地窨子歇息去了。

一枝梅在老营这些日子好不寂寞，为了满足自己的淫欲，她和老营里的马夫鬼混，和几个匪首的老婆在一起玩弄男性取乐。好不容易盼着当家的和张振三他们回来，众人却丧魂失魄抽了筋一般。听说共军快要打过来了，她更慌了神。她好歹盼着众人议事已毕，连忙给白金辉烫上大烟，让当家的养养神定定心。看白金辉抽着大烟迷昏着了，她赶紧扭着水蛇腰跑到张振三的窝棚里，见面不由分说扑到张振三怀里，两个狗男女又是啃又是咬，翻身打滚一阵折腾。

歇息一阵后，一枝梅搂着张振三，问起此番出山的经过，张振三心有余悸地叙说了出山的过程，又把共军要大举围剿的情况讲了，说在这是待不住了，让一枝梅赶紧准备，跟他撤到多伦去。

一枝梅又惊又喜，惊的是共产党要打过来啦，那是要命的事啊！喜的是张振三终于来了，而且不忘旧情，要接她奔多伦、张家口，将来到北平享福去。她忍不住双臂抱住张振三，双腿夹住张振三，又是亲又是咬，亲密了一阵子，才恋恋不舍地穿衣出门去陪白金辉。

此时的暗夜中，远方传来野狼的阵阵长嚎，猫头鹰等夜鸟发出瘆人的号叫，远方的一片黑云中闪动长剑般的闪电，阵阵雷声隆隆地轰响，劈杀震撼着这漫漫长夜……

第八章　解放多伦

一　丧魂失魄

白金辉一伙匪徒一路狂奔，从赛罕坝窜回乌牛吐老巢，惊魂未定，在后面断后的人狼狈逃回来禀报，除了马队大部分逃回外，步队一个也没回来。原本一千多号人马，现在只剩下不到四百人，他懊恼地跌在椅子上，哀叹道："可惜呀可惜，我好不容易聚集了千把人，柴胡栏子一战又让共军打哗啦喽！"

张振三说："司令，这一仗打得值啊，那么多共党大官儿被我们打死啦，这可是奇功一件，报到上头去，得受重赏哩！"

"那他妈又怎样？眼下共军揪着尾巴穷追猛打，眼瞅着追到家门口了。"鲍三疯子气咻咻地说。

"哎呀！不说这事还他妈忘了。春福，快赶紧布置警戒，别让共军打进来。张队长，你的手下办事能力强，眼线多，还是你派人出去打听打听风声，看共军下步的动静。"白金辉两眼直勾勾地看张振三。

张振三说："司令，人我已派出去了，另外，我们的眼线很快就会带回来消息。不过，据我的经验推断，我们这次杀伤了这么多共党大干部，共军不会善罢甘休，他们一定会调兵合力围剿各路杆子，不经打呀，一来二去，共军一定把攻击矛头指向我们。共军大兵压境，咱们在这是待不下去啦，要早做打算。"

"早做打算？我先就要去赤峰，可是能去得了吗！现在唯一能去的地方就是多伦，多伦站不住脚就去张家口，张家口站不住脚去北平，投傅总司令去。话又说回来，咱们一帮草寇，人家傅总司令兵多将广，能稀罕咱！但凡能在这地方站住脚就不走那条道，我姓白的还没到山穷水尽的地步。"

张振三说："司令，咱们看情况定，如果共军要围攻咱们，那就往多伦转进。留得青山在，不怕没柴烧，守在多伦，咱们想啥时打回来就啥时打回来，没啥可担心的。"

众人商量半天，王克礼搭话说："二哥，不能单靠一方面的情报，我看我出山走一趟吧。"

白金辉对王克礼的办事能力是信得过的，他点点头说："老四啊，你带几个人出去扫扫风，一旦风紧，咱们就往多伦搬家。哎！你知道，故土难离，一旦被赶出去，回来可就难喽!”

“二哥不必烦恼，山不转水转，水不转人转，只要咱们有实力，到哪都吃香的喝辣的，那我就出山探听探听去。”王克礼向白金辉一抱拳，转身出去了。

张振三看了片刻王克礼的背影，又盯着白金辉沉思的面孔，慢悠悠地说：“四哥最近情绪不大好，对前途悲观，这次从柴胡栏子撤退，他生生把抓到的共军的两个女报务员给放走了，不然的话，我们如果得到他们的电报密码，那可是为党国立下奇功一件啊!”

“克礼是我磕头兄弟，他不会做对不起我的事，他是叫共军打怕啦，不过今后咱们谋划大事，还是避开他点。今后，除了出去办事的，其他人一律不准私自外出，以防泄露军机。”

王克礼带着两个心腹在老林子转了一天，才到五区新房子眼线家里歇了半天，没打听到实信，他就骑上藏在这里的马，翻莲花山奔向康家敖包。天黑后，躲躲闪闪地敲开康海庭家的大门。

康海庭正在家帮着老伴搓纳鞋底的麻绳，忙乎着做军鞋呢。部队要打大仗啦，支前任务下达到各区、各村，康海庭除了献粮献马外，又主动承担二十双军鞋的任务。他和老伴拆了许多旧衣服和被褥打袼褙，一家老幼都忙着赶做军鞋，请本村老木匠制作整理鞍具。听说王克礼来访，他忙放下手头活计，把王克礼领到西屋说话。

王克礼见了康海庭刚说句问候话，康海庭便手指王克礼，颤声呵斥：“作孽啊真是作孽，你们竟然袭击冀东区代表团，杀了那么多人，看来你们是真不想回头了，真要下十八层地狱啦!”

王克礼惶恐地说：“大哥呀，那是碰上啦，打起来是没办法的事。这回可是真没回头路了，二哥让我出来打听打听。最重要的，打了柴胡栏子，罪孽深重，可我没向八路开一枪，还放了两个八路女兵，这个我得向你和韩书记表白清楚。”

“你前头示好，后头杀生，你叫我如何能信得过你。”康海庭气愤地说。

“大哥，你别生气，我这回来，想再见见韩书记，我有重要情报告诉他。”

“那好吧，你到后院等着，我派人去请韩书记。”

半夜时，韩星、张东阳和区小队几个战士骑马来到康家敖包，同行的还有热北军分区敌工干事。

与王克礼见面的只有韩星、张东阳、敌工干事和康海庭几个人，战士们严密地在康家大院布设了警戒。

韩星先痛斥了白金辉匪帮悍然制造胡栏子事件，欠下了一笔滔天血债，责备王克礼为何不及时传递情报。王克礼辩解说白金辉要到赤峰去投奔国民党军队，半途与代表团发生遭遇战，根本无法往出传递情报。又忙着开脱自己，说自己劝说白金辉别打，又详细述说了自己私放两名女报务员，引起白金辉、张振三不满的细节。

韩星说：“你说的事，我们听报务员汇报过了，这也算是你证明自己有弃暗投明的实际行动。我把实情告诉你，人民解放军大反攻的时候已经到了，国民党反动派灭亡的日子不远了。白金辉制造柴胡栏子事件，疯狂屠杀我党我军干部，犯下了不可饶恕的罪行，军区已下达彻底围剿白金辉匪帮的命令，我们要坚决、彻底消灭白金辉。至于你，虽然有悔改表现，但是要进一步用实际行动争取主动以减轻罪行。”

“我懂，我懂，韩书记，我这次来，就是向你们报告白金辉的行动的，我愿意立功赎罪，投靠八路军、共产党。”他将白金辉等人谋划要撤往多伦的情况一五一十地报告给韩星他们，并且表示，如果部队要打乌牛吐白金辉老营，他愿意给部队领道，避开雷区和暗哨，充做内应。

韩星、张东阳和敌工干事又详细询问了敌匪巢的具体布防、位置等细节，让王克礼简单地画了草图。

韩星说：“你的表现我们都记着呢，等消灭了白金辉，我们会根据你的表现给予你出路，不会亏待你的，希望你下一步一定按约定的把事情办好。实话告诉你，没有你的情报，我们照样能消灭白金辉，如果你的表现能使我们减少阻力，减少牺牲，这也是你弃暗投明主动免罪的一个机会，希望你把握好这个机会。”

“是是是，我一定珍惜，一定珍惜，请你们看我的表现。”王克礼诚惶诚恐地表白道。

“你回去后，可以如实地向白金辉报告说，我们正在调动大部队围剿你们。”敌工干事说。

“不敢不敢，那不是泄露了贵军的军事机密吗?”

“就这么说，是康先生告诉你的。”

“是是，就这么说，就这么说。”

乘夜色，康海庭送走了王克礼。出门前，康海庭递给王克礼一包吃的，反复劝导王克礼要认清形势，不要再跟共产党作对啦。王克礼点头称是，问康海庭：“大哥，先前你反复劝导白二哥，今儿个你怎么不说啦?”

“说什么啦，有啥好说的，他制造了柴胡栏子事件，犯下了惊天血案，解放军军区司令下了命令，对参加打柴胡栏子的土匪格杀勿论，不留活口。他自己犯下了滔天大罪，还劝说个啥呀!”

“啊！完了完了完了，这回是一点生存余地也没啦。”王克礼脑门上吓出了冷汗。

“你还有出路，韩书记都给你讲清楚啦，别紧张。”康海庭安抚王克礼。

王克礼领着两个心腹从敖包后山上了莲花山，往红山子老营赶路。这一路上，他又是惊恐又是胆战，他没想到柴胡栏子一战，惹下了塌天大祸，共产党解放军要坚决消灭白金辉而且要赶尽杀绝。他心惊肉跳，又庆幸自己没把事做绝，给自己留了一条生路，他以商人的投机心理和自保心态来谋划自己的未来。他盘算好了下一步应该做的事情，又和两个心腹，也是自己的侄子仔细商量好，说咱爷们干这些事，是给自己活命铺路搭桥，争取宽大处理，不然的话，是死路一条，爷仨这回可认了真了，把该做的每一个细节都想到了。

回到乌牛吐老营，听到张振三的探子有多数没能回来，不是被共军和民兵捉了就是开小差跑了，少数几个回来的，也没探听到多少情报。但有一条很确切，就是共军大队人马正在向周围集结，区乡民兵站岗放哨，盘查过往行人，戒备增强了，看来共军要有大行动。

王克礼见张振三再也提供不出有价值的东西啦，他才慢条斯理地将韩星叫他有意透露的消息详细讲出来。他的说项，犹如晴天霹雳，震得白金辉等人目瞪口呆。虽然他们自知罪孽深重，已自绝于人民，但听到说共产党军区下命令要对参与打柴胡栏子的土匪格杀勿论，不留活口，都是脊梁骨发凉，恐怖到了极点，几个土匪头目听了半天都不吱声了。

沉闷了片刻，张振三说："不可能，共军讲优待俘虏，缴枪不杀。"

"咱们犯了弥天大罪啦，杀了那么多共产党大干部，人家发狠了，要彻底剿灭咱们!"王克礼一跺脚说道。

鲍三疯子强作镇定说："怕个屁，这站不住就溜，经大林子、大沙漠、大草原走，再不济奔多伦，奔张家口去。"

白金辉此时表面上挺镇静，内心里却恐惧极了，他感觉到，这回在经棚地面上要永远站不住脚了，而且得赶快走，共军发了狠，大队人马从四面八方围过来，那还有个好！想到这，他咳了两声说："弟兄们，别害怕，天狗吃不了日头，我白某人这辈子经历得多了，没什么了不起的。克礼，你就别吓唬我们啦，共军想一口吃掉我，他还没那好牙口呢！咱们早做准备，搬家，到多伦去，避避风头，等情势缓和了，再杀回来，这地方还是咱们的天下。"

众人连连称是，尤其是张振三，恨不得立马就走，他可不愿意在这破地方等死受罪。

匪首们确定，近日内由白金辉、于秀成、张振三等人率大队人马要投奔多伦，鲍三疯子、王克礼和柳春福等人留守，收拾东西待前队安排好了，回来再接家眷亲属们到多伦去。

解放军赶狼出山的计策实现了。

二 铁骑出征

1948年4月下旬，奉东北军区的命令，冀察热辽军区调集冀热察军区独立七师及山炮营、察北蒙汉骑兵十六师，以及刚参加辽西战役得胜而归的朱德骑兵师为主攻部队，察北军分区、热北军分区、克什克腾旗支队、康化联合县大队和大批区乡民兵武装配合，由冀热察军区司令员詹大南、政委牛树才、独立七师师长陈宗坤、朱德骑兵师师长卜云龙组成前线指挥部，部署解放多伦战役。

参战主力部队达到一万五千多人，地方武装五千余人，武器装备有五门山炮、两门“九二”步兵炮、迫击炮十五门、掷弹筒十八个、重机枪十二挺、轻机枪一百余挺，野战骑兵有一万余人。尤其是朱德骑兵师，在经历了两年多的战火锤炼后，已经成为人民解放军骑兵部队的一支钢铁之师，能征善战，战功显赫。

1947年11月，朱德骑兵师奉东北野战军司令部命令开赴辽西，参加我军东北冬季攻势作战，骑兵师开往辽西义县周家屯一带阻击侯镜如统率的国民党九十二军二十一师和九十四军四十三师，阻止其增援被我军包围在沈阳、锦州的国民党部队。按照战斗部署，骑兵师在义县城外破坏了公路、铁路，并在铁路旁的山坡上利用铁轨、枕木构筑了野战工事，以一个加强连的兵力控制了制高点，他们的任务是监视义县城里的国民党军，并截杀溃退逃跑的敌人。

已经成长为合格骑兵战士的马春雨、张才、王士林等经棚县入伍的士兵结成了战斗小组，此时他们静静地伏在阵地上，忍受着刺骨的严寒，等待敌人的出现。

第二天上午，好几百国民党军抬着伤兵出现在铁路线上，不久，从义县城里涌出来一千多步骑兵应援，越过铁路线直接向马春雨他们据守的阵地猛攻，妄图驱逐我军，控制制高点，掩护后面的敌人撤退。朱德骑兵师一团与敌人为争夺这个山头杀了两进两出，先是与拥有七八挺机枪、两门“六〇”炮的敌人一个连争夺阵地，后来又顶着两架敌机的轰炸，与一个营的敌军抢夺山头。马春雨带着张才、王士林他们顺着山坡向山头猛冲，敌人在山前也拼命向上爬。头上敌机在低空扫射，炸弹在身前身后不断落下，马春雨听见头顶传来炸弹落下撕裂空气的尖锐啸声，他喊了一声：“卧倒!”便窜进一个雨裂沟，炸弹“轰隆”一声炸响，两战士在火光中不见了身影。此时情况万分危急，一旦敌人抢占山头，一个连的解放军将暴露在敌人的火力下。马春雨他们顾不上隐蔽，更忘了危险，一鼓作气冲上山顶，对着距山顶仅二十多米的敌人猛烈开火，敌人顿时被打乱了阵脚，在猛烈的火网下倒下了一片尸体，光马春雨就一连打死五六个敌人。敌人仓皇溃退下去。大部队攻上来后，骑兵师三个连协力攻击，像赶羊一样，从山上一下子把敌人压到了大凌河沙滩上。

在我军东西两面的猛攻下，起初顽强抵抗的敌军只好仓皇渡河逃命。在河滩上被击毙和在河中淹死的敌人有五六百人，没过河的全部当了俘虏，敌军的十轮大卡车和拖带的美式榴弹炮都成了我军的战利品。侯镜如遭到严重打击后，收拾残兵败将，保护着家属狼狈地经义县逃往锦州。

为了彻底消灭敌人，不给其以喘息之机，骑兵师稍作休整，便跃马挥刀追截逃跑之敌。

马春雨的一排为尖兵排，经过两昼夜的急行军，在锦县于家屯追上了正集中在山凹的村子里吃饭的敌人。

卜云龙师长命令陆续赶到的骑兵勇士们一路堵住山口，一路沿山坡杀向村子，沟道里，山坡上，朱德骑兵师的马蹄踢踏大地隆隆作响，马刀闪着耀眼的光芒，旋风似的刮向山口和村子。

这时，在山口警戒掩护的敌人开火了，轻重机枪疯狂扫来，这个时候，骑兵一点也不能犹豫，犹豫就是死亡。"冲啊！杀啊！"战士们冒着弹雨，在被打倒几匹战马时，他们也疾速地冲入敌群，左右开弓，劈杀起来。阵地上刀枪相碰的铿锵声、中刀者的惨叫和偶尔的冷枪响成一片，空气中弥漫着硝烟和血腥气。

一个敌机枪手伏在山脚的大石头后，疯狂地向厮杀的人群扫射，乘敌机枪手换梭子的空隙，马春雨飞马向前，拍马挥刀直取敌人，挥刀向敌机枪手砍去，那家伙歪头一闪，刀锋"刷"地一下将他的右肩削去一片血肉。那家伙痛叫一声丢下机枪便跑，马春雨回过战马，探身抄起敌人的机枪，又捡起旁边压满子弹的三个弹夹塞在武装带中，居高临下，边策马前进边点射正在顽抗的敌人。张才、王士林与战友们也刀砍枪打，敌人被打熊了，没死的跪在地上直喊"饶命"，举手缴枪当了俘虏。

马春雨他们堵住了山口，掩护大部队冲进了村子，敌人成了瓮中之鳖，大批敌军辎重车队、马队在狭窄的公路上挤成一团。中间还夹杂着马车和领着抱着孩子的妇女、老人、孩子，他们悲凄地号叫着，随着大兵们的逃跑，有的跌倒在地任人践踏。马春雨回头对战友们喊："注意！别伤着老人和孩子。"一掰马躲开扎堆挤在一起的老人与妇女们。骑兵师近千匹战马带起呼呼的风响，奋力向前。骑兵勇士们在奔驰的马上打出了掷弹筒，打出了"六〇"炮弹，机关枪、冲锋枪、步马枪一齐射击。勇士们冲到敌群中，雪亮锋利的马刀砍向狼奔彘突的敌人。只用了一个多小时，铁骑兵就全歼了敌暂编一七四师，俘虏了两千多敌人和一千多敌军家属。那些被马刀砍怕了的敌兵，见了骑兵勇士的马刀直打哆嗦。

战斗结束后，朱德骑兵师英勇作战，以迅雷不及掩耳之势全歼敌暂编一七四师，受到中央军委的通令嘉奖。马春雨也在战斗中立了大功，东北野战军总部授予他毛泽东勋章和朱德勋章。张才和王士林等克旗籍的战士都受到了奖励。

从这一仗后，朱德骑兵师在战场上打出了威风，杀出了英名，成为令反动派闻风丧胆的铁骑劲旅。

辽西冬季攻势后，朱德骑兵师返回冀察热辽解放区休整，回到了阔别一年的经棚镇，受到克什克腾旗军民的热烈欢迎。子弟兵们打了大胜仗，为党和人民立下了战功，为父老乡亲们赢得了荣誉，英雄凯旋，那种热烈欢迎的场景和气氛别提多隆重热烈了。

朱德骑兵师成立之初，就和白金辉匪帮多次接战，白匪恨透了朱德骑兵师，每当匪徒们到各地抢掠烧杀，只要打听到有骑兵师的家属，都残忍地加以迫害，欠下骑兵战士们一笔笔血债。指战员们早就恨透了白金辉匪帮，下决心要消灭他们。听到白匪制造了骇人听闻的柴胡栏子事件，更是义愤填膺，纷纷向军区请战，请求出兵消灭白金辉匪帮，清除匪患，为革命烈士报仇，保卫父老乡亲安居乐业。

为了彻底消灭白金辉这股顽匪，清除为害百姓的毒瘤，军区启用了钢铁劲旅——朱德骑兵师，参加解放多伦、围歼包括白金辉匪帮在内的国民党顽匪的战役。

朱德骑兵师在经棚镇西杨树林河滩召开了出征誓师大会，骑兵勇士们都换上了崭新的土黄色军服，战马都按连队调换成一色的马队，显得格外整齐威风。武器装备也得到了改善，除了射程较远的“三八”式日式步枪，“七九”、“九九”步枪外，多数战士换上了枪身较短、使用轻快灵便的步马枪，还有统一的雪枫式军刀，师配署了炮兵营，团有机炮连。配备重机枪、迫击炮，连级拥有掷弹筒、轻机枪，排以上干部配发短枪、冲锋枪或班长和战斗骨干配发冲锋枪，或美式恩菲尔德式步枪，这种步枪弹匣里一次装八发子弹，重量轻，射击精确，战士们都称它“大八粒”。与两年前相比，朱德骑兵师脱胎换骨，武器装备改善了，战斗素质提高了，野战能力极强，国民党正规军和土匪对骑兵师极为忌惮，只要听说铁骑兵来了，都撒丫子逃跑，唯恐成了刀下之鬼。

为了配合骑兵师作战，中共克旗委调动旗支队和一部分民兵骨干参加战役行动，韩星奉命带领旗支队和民兵、公安队随同行动，任务是做向导，做尖兵，抓捕散匪。他把五区的工作安排好，便快马加鞭赶回经棚镇，按照县委部署，抽调民兵骨干三十余人、公安队二十余人、旗支队二百多人，组成了近三百人的部队，每人配齐马匹、枪械，粮弹充足。指战员们摩拳擦掌，决心在对白金辉的最后一战中建立功勋。江波也参加了战地服务队，负责抢救伤员、运送军用物资、参加剿灭顽匪的战斗，为亲人赵芝瑞和牺牲的同志报仇。陆书记本不想让江波参战，无奈她坚决要求，她是把哀伤压在心头。陆书记理解江波的心情，批准她参加，特意叫来韩星，叮嘱他必须保证江波的安全。

王士林本来调往师后勤部担任专职驯马师，这两年，经他手调驯出十几匹战马，对于骑兵而言，战马与骑士是生死弟兄，它不单纯是一匹坐骑，而是生死相依的伙伴和精神寄托。骑兵师里的战马几乎全是蒙古马，只有极少的洋马和骡马。洋马太娇气，难侍候，不太适应艰苦战斗。骡子主要驮炮，蒙古马是战场的主宰。蒙古马的身体结构格外匀称，胸廓深广，背腰平直，肋拱腹圆，非常适合骑乘。马的前肢正直，后肢略微外向，十分善于奔跑。在敦实的外形下，其超强的耐寒性、善于长途跋涉的超群体力和耐力，都令其他马种望尘莫及。它甚至可以在雪深四十厘米的情况下刨雪采食深埋的干草，即使寻找不到干草，甚至能吃自己的粪便存活下来。它们鼓胀的腹部积存着大量的脂肪，使它们掉膘缓慢，也让它们在春暖草绿之后迅速长肥。

成长于五区百岔川的百岔铁蹄马，是蒙古马中唯一不需挂掌即可远行的蒙古马。铁蹄马的存在有着神秘的传说故事，据说它是关老爷骑下坐骑赤兔马临凡，繁殖下的后代，是成吉思汗禁卫军的专用马，因蹄小坚硬、圆而厚实、不易裂缝，在乱石遍布的崎岖山路上如履平地。铁蹄马既能持久奔驰，又通晓人性，坚贞忠诚，是骑兵战士们的亲密伙伴和战友。王士林、张财、马春雨等从小便和马生活，但那马是财主老爷们的，他们曾在马棚里睡觉，与马相伴生活。甚至自己遭受的苦难，也向马儿倾诉。现在成了革命战士，当了骑兵，天天与心爱的战马生活在一起，马和人彼此息息相通。王士林从老马倌那学会了相马术，他经常把相马歌诀念叨给战友们："远看一张皮，近看四肢蹄，前看胸膛宽，后看屁股齐，当腰掐一把，鼻子捋和挤，眼前晃三晃，开口看仔细，赶起走一走，最好骑一骑。"一匹军马就是一个战士，就是战斗力，王士林和同志们驯出的战马，经历了剿匪战斗和辽西战役，与土匪骑兵厮杀，与国民党军骑兵对战，与敌人的飞机、坦克缠斗，在战火中锤炼，战马也成熟了，与骑士配合默契，人马合一，巨大的打击力令敌人胆战心惊。

部队做战斗动员，要打白金辉，打多伦，要和白金辉这个老冤家最后算总账，王士林说啥也要参战，他到师部找卜云龙师长请战。卜师长拿他这驯马师当宝贝，不许他上战场，他死磨烂缠，都掉了眼泪，说师长你不公平，净让我驯马，不让我骑马上战场杀敌立功，和我一齐参军的伙伴都立功受奖了，我空手回家，爹妈脸上无光，说我不顶用。师长，你就让我上战场吧，我要立功受奖，让爹娘在乡亲们面前也扬眉吐气。

师长听了王士林的苦求，心软了，他命令警卫员喊来已是骑兵连副连长的马春雨，说我把我的驯马师交给你，你要保证他一根汗毛都不能伤着回来。马春雨立正回答："师长您放心，这小子机灵着呢，没事！"向师长立正敬礼后，两人高兴地出屋跑到后勤部，帮王士林收拾行装马具。王士林骑上心爱的枣红马，撒着欢往连队驻地报到。马春雨说王士林："嘿，兄弟，这回弼马温成了骑士，看把你美的。"

王士林掂掂背上的步骑枪，又"呛啷"一声拽出马刀，说："副连长，你瞧瞧，枪是新枪，刀还没开刃呢，净驯马，没赶上打仗，还算是骑兵吗？"

"革命工作分工不同，你驯好的战马已经替你参加战斗啦。"

"那不算，这回，我一定要在战场上杀敌立功。"

"没问题，这回彻底消灭了白金辉，部队要集中到辽西，参加更大的战斗，立功有的是机会。"马春雨心中充满了对战斗胜利的渴望。

战士，只有在战火纷飞的战场上，才能显示战士的价值。

韩星带着张东阳和他精心挑选的队伍也到剿匪指挥部报到了，他特意选拔五区区小队一个班，这些战士都参加过南场激战，他们要为壮烈牺牲的赵芝瑞书记，特别是他们最信赖的梁敬书记报仇。七区红山子区小队一个班，班长查干乎带队，他们经历了红山子保卫战，以十四人打退了一千多敌人的围攻，还打死了匪首白景春，他们对红山子老林子熟悉，还担负剿匪部队向导任务。韩星的队伍都配了战马，军区为他们补充了枪械弹药，战斗情绪高昂，他们要在战场表现战斗力，好晋级加入解放军正规野战部队，成为朱德骑兵师的战士。

部队集合在经棚街西杨树林河滩上，军号嘹亮，军旗飘扬，风萧萧战马嘶鸣，镇里的党政军工作人员和老百姓都参加了骑兵师誓师动员大会。

骑士们排着整齐的队列，接受军分区首长、克旗党政领导和卜云龙师长的检阅。当军号响起时，战马都会意地昂起头来，支棱起耳朵，随着口令，立正、稍息，整齐划一。乡亲们欣喜地在马队里用目光搜寻自己的儿子、丈夫、兄弟，姑娘媳妇们指划着赞叹："看啊，我们那口子多威风啊，可给我们家露脸了，我们家既是光荣军属，又送回了立功喜报!"

萃英小学的老先生们捋着胡须称赞："壮哉，当年霍去病北征、燕王扫北、成吉思汗横扫天下也不过有如此军威呀！这共产党的江山是坐定了!"

按照战役部署，朱德骑兵师三团在军区步兵三十二团和韩星的旗支队配合下，首先清剿白金辉匪帮在七区红山子乌牛吐的匪巢，尽量全歼敌人，然后赶羊入圈，将散匪都驱赶到多伦城一举全歼。

军区所属独立七师、察北蒙汉骑兵师等部队已向多伦运动。

三 勇捣匪巢

白金辉的密探探得解放军要进剿的消息，忙不迭地跑回山里向白匪报信，白金辉听信后，绝望地说："完喽!"他赶紧安排应变之策，打算自己、于秀成和张振三等率大队人马逃奔多伦，以躲避我军锋芒，殊不知正中解放军的计策。留鲍三疯子、王克礼等人留守老营，能守得住更好，守不住就往深山老林和西沙窝撤，与共军打游击。

鲍三疯子早就想好了，老营失守他就率心腹马队向北入大草原还当他的马贼去。

王克礼选择留守，一则是白金辉已不信任他了，二则他要执行韩星交给他的任务，他想以实际行动洗涮他所犯的罪责，为自己留一条生路。

乌牛吐老营经过白金辉这几年的经营，又经过张振三参与设计，已经成了十分隐秘、坚固的堡垒。秘营设置在密林的一面背风向阳的缓坡上，坡下是一条丛林密布的河谷，对面是一列陡峭的山脉，成了外围的一道屏障。缓坡顶连着通向百岔河源头的四淇波，是一片幽深的林海，林子里野兽出没，人迹罕至，有许多水泡子，泡子周边是沼泽地，不熟悉道路的人进入老林，艰难找寻路经，稍有不慎就会陷入沼泽，招来灭顶之灾。白金辉在老林里修有一条密道，直通营地外。老营东面、北面也全是深山老林，从这里出去，能通向好鲁库西沙窝和乌兰布统草原，那一带人烟稀少，有森林、峡谷、沙窝，土匪逃到那里，即使大部队也很难剿灭。

老营在东山隘口中设有暗哨和火力点，在营地四周林隙地埋设了大量地雷，雷区后是暗堡，暗堡由地沟相连，天长日久，暗堡顶盖都被荒草覆盖，到了跟前都难以发现。土匪住的地窨子呈梅花形，预设了射击孔，能够相互联通，相互掩护支援，进秘营只有一条道，而且，还有几条盖沟通向营地外，盖沟的洞口就在白金辉住的地窨子里。土匪在这里，攻守兼备，能打又能溜，如果强攻硬打，将给我军带来很大损失。

白金辉要把本队人马以及于秀成匪队和张振三的队伍一齐带走，将鲍三疯子的队伍和王克礼的人，以及一百多匪属留下，一共二百来人。白金辉早就让大老婆柳氏带小儿子躲到娘家去了，一枝梅跟在他身边。这个骚娘们跟张振三有一腿，跟鲍三疯子更是老相好，她想跟张振三走，但是鲍三疯子不让走，威胁说她要走，就打她的黑枪，说他早窝藏了许多金银财宝，要领着一枝梅到北平或者天津去过花天酒地的日子。可她又忌惮鲍三疯子心狠手黑，要真不跟他，管不住挨他的黑枪。张振三跟她好，那是逢场作戏，他在北平有家口，才不尿她这个残花败柳呢，一枝梅盘算好了跟鲍三疯子厮混在一起。这年头，说不上哪天会碰上解放军，快活一天算一天吧。

白金辉带队走时，对鲍三疯子和王克礼说，先到多伦安排好住处，再派人回来接老营的家眷们，让鲍三疯子近些日子不要出山招惹共军，小心守护老营。他阴呼呼地说：“兄弟，我把你嫂子交给你保护，我放心，但是你不能给我看丢喽！”

鲍三疯子忙不迭地说：“二哥放心，我一定照办。”

白金辉又叮嘱他：“克礼心绪不好，泄劲啦，你盯着点，别让他反了水坑害了我们。”

“我知道，谁他妈的敢反水，我就劈了他！”鲍三疯子发狠说。

白匪走后，鲍三疯子如释重负，他对王克礼说：“四弟，二哥走了，老营咱哥俩说了算，你布置查看一下警戒，我进屋歇歇。”说完，迫不及待地搂着一枝梅进了他住的地窨子，与一枝梅颠鸾倒凤地玩起来。一枝梅因为白金辉走了，也放心大胆无遮无掩地行乐，两个狗男女没黑没白地玩乐，一枝梅叫春的娇喘欢叫传出老远，其他匪徒也与家眷和抢来的妇女疯狂嬉戏交媾，密营里一时乌烟瘴气。

王克礼也没闲着，他把不少好吃的好喝的都送到鲍三疯子那，又借机把各处的暗哨、地堡工事巡视一番，借哨探之名，把两个侄子派出了山去迎候韩星他们。他把这些事安排妥当，回到自己住的地窨子，抽了一个大烟泡，镇静一下紧张的心绪。他闭目养神，但眼前总是浮现柴胡栏子那遍地的尸体和鲜血。解放军要痛剿土匪，对打柴胡栏子的土匪不留活口，格杀勿论的军令，让他心惊肉跳。尽管他亲耳聆听了韩星、康海庭的政策交底，他要以实际行动洗涮罪责，但是他参与屠杀了那么多共产党员和老百姓，杀人偿命，欠债还钱，天经地义。他有多大罪恶，他自己心里清楚。想到这，他扑棱一下坐起来，找出包袱，挪开屋角的柜子，扒开盖着的木板，取出放在一个坛子里的金砖、银圆、首饰，包好放在被子下，拾掇一阵子行李，他打算出走到北平找一起做买卖的把兄弟，躲避追捕，避避风头，过几天太平的日子去。

五月，雪山雪岭已在暖融融的阳光的照耀下开化了，或许这正是林区最丑陋肮脏的时候，大森林正在缓解冰冻已久的躯干，灰蒙蒙白汝拉古的，冰雪水成黑泥汤状早晚凝冻成冰，中午成稀泥流向沟壑河谷，到处都是泥浆，枯枝败叶散发出一股霉味。正是这样的景象，开始孕育春天的碧草鲜花，化腐朽为神奇，新生的力量正在鼓涌而动。长空的老鹰和大雕，在蔚蓝的天空盘旋翱翔，成为这个世界上最为灵动和遐想的定格，偶有一只疾速扎向群山森林中，那它可能罩住了一只兔子或狐狸，或是一条刚冬眠结束出来晒太阳的毒蛇，开始施展它最为凌厉的攻击。森林草地丘陵上，狍子、野鹿开始由冬天的合群而居，通过雄性间的竞争分群，各自组合家庭。黑琴鸡由几十只上百只成群生活一冬后，也在林间空地上摆开战场，雌鸡落在空地边的白桦的树杈上观战，雄鸡互相捉对缠斗，斗得鸡冠乍立，羽毛蓬飞，使出各自的本事争斗，胜者便傲慢地挑选心仪的雌鸡，成双成对地飞到森林深处相互厮守，孕育后代。野猪成群地在化冻的林间拱土挑食草根，嗅寻钻在土里的虫子，寻找掉落的野橡子等果实，小猪崽也跟随着猪妈妈，在林间嬉戏打闹，全然不顾忌远处有狼、豹子和猞猁等猛兽在觊觎。大千世界，动植物相生相克，腐朽的、没落的、不合时宜的早晚要被新生的、富有生机活力的所代替，这也是自然规律，也是大千世界的必然趋势。

在从桦木沟去往红山子山里的沟道上，一支由骑兵、步兵组成的队伍正在迤逦而行，这支部队正是朱德骑兵师的一个团和热北军分区步兵三十二团。前导负责开路和侦察的是韩星带领的旗支队，他们以急行军的速度奔袭白金辉匪帮乌牛吐老营。

部队转向天太永大川，径直向沟脑前进。打前锋的张东阳、查干乎带一个班警惕地摸到一个山嘴前。这里沟道狭窄，两边山坡上林木葳蕤，沟谷长着茂密的红柳和榆树，小河被掩映其中，地势十分险要。按约定，张东阳跳下战马，疾步隐伏在一块巨石后，双手拢音学了三声山鸡叫，山嘴密林里回了三声，双方都现身相会于小道口。来人是王克礼的两个侄子，他俩早就等候在哨口上，换下了把守的土匪，迎候剿匪大军的到来。

“来啦，长官!”

“来啦，你俩没违约，很好，跟我来见过首长。”

“是是。”

一行人回身来到韩星和骑兵团长马前，那两个投诚的土匪躬身施礼，报告了奉王克礼命令在此迎候大军前来，同时报告了白金辉老营的情况。得知白金辉已撤逃多伦，韩星和骑兵团长相视一笑，然后，命令两投诚者在前面带路，大部队急速跟进。

张东阳、查干乎在投诚者的引领下，接连闯过三道土匪哨卡，俘虏了六七名土匪，有顽抗的被立即解决了。天黑后，部队已全部到达指定位置，对土匪营盘形成了合围。由于天色已晚，部队无法展开行动，便悄然露宿于距匪巢较远的森林里，待第二天拂晓时展开攻击。

天将拂晓时，部队又悄然运动到战斗位置，在林缘边不再前进，前边已是雷区。部队架好枪炮，准备围攻敌营。

韩星、张东阳等三十多人扮成土匪模样，军衣外罩上穿着杂七马八的衣服，由王克礼的两个侄子带路，从土匪营盘出口向里摸。他们边走边撒石灰粉，给后续部队指引道路，曲里拐弯地摸进了营盘。

队伍行进到一道陡坎下，突然坎上有人“哗啦”拉动枪栓，喝令：“什么人，哪股溜子?”投诚的王氏兄弟急忙回答：“是王景海、王景山，出山扫风回来啦!”

“别你妈糊弄人，哪来这么多人?”

“是白司令新收入伙的弟兄，不信，你来问问。”

从坎上一个暗堡里钻出一个家伙，他弯下腰仔细打量韩星他们，问道：“哪股道上的，什么名号?”

韩星朝那家伙一抱拳，说：“兄弟，我们是陶汉选陶大当家的人，好不容易甩脱了共军追击，前来投奔白司令，多亏了这两位兄弟领道，不然真找不着呢!”

“你们没把共军引过来吧?”

“哪能呢，我们打退了共军追兵，又抢了他们的运输队，还得了不少烟酒糖茶洋落呢，这不都带来要献给白司令呢。兄弟，来，拿过点去享受享受。”韩星从衣袋里摸出一瓶酒和一包用油纸包的熟肉朝坎上那家伙晃动。

这时，从坎上又冒出两个人来，叽叽喳喳地说，有洋落，凭啥不弄点来，这蹲地窨子怪他妈冷的。三个家伙争先恐后从坎上出溜下来，凑到韩星跟前讨酒喝。

韩星把酒递给他们，把熟肉递给他们，仨家伙像饿急了的狗，你一口我一口地仰脖灌酒，争抢熟肉吃。

王氏兄弟问：“不是你们四个人放哨嘛！让那个也下来喝点吧。”

一个家伙一边往嘴里塞肉一边说：“他他娘的拉稀跑肚，回去抽口大烟去……”

没等那小子说完，韩星把马刀已架在他脖子上，随手把他挎的大枪下了，又将他腰里掖的匕首也抽出来，另两人也随即被战士们缴了械。

“别开玩笑，都是一路的。”

韩星沉声说：“谁和你开玩笑，我们是人民解放军，老实投降饶你不死！”

“啊！”仨家伙傻眼了。

“兄弟，降了吧，是八路来了，别犯傻了。”王氏兄弟劝告说。

面对锋利的马刀和乌黑的枪口，土匪屈服了，被押着在前面带路。

他们钻出一片山杨树林，山坡上高矮不一的土匪营盘出现了。

这时，从营盘门口小道上溜达下来一个土匪，这家伙大概是刚抽完大烟，精神头挺足，边走边哼唱着黄调，乍一见韩星他们，他一打愣，顺肩调过枪来问：“哪路杆子？干什么的？”

被押解的一个土匪突然向前窜去，他边跑边喊：“是八路，八路来啦！”

韩星挥手一枪，把那家伙打个大马趴。韩星身边的敌工干事没等对面的土匪搂火，“啪”的一枪打过去，那小匪胸口爆出一股血花，栽倒在地上。另两个家伙刚挪步要跑，早被严阵以待的战士一刀一个解决了。

枪声已暴露了行动，韩星当机立断，偷袭改强攻，他们已走出雷区，部队散开，疾速向土匪老巢的大门冲击。

韩星一马当先，张东阳和战士们成扇子面冲到门口，从里面闻声冲出几个巡逻的土匪，向韩星他们“当当当”打过几枪，边带着恐怖凄惨的颤音叫喊：“共军来了！八路来了！快打呀……”

韩星大喊：“射击！”二十响盒子枪一梭子打过去，来不及换弹匣，又顺过司登式冲锋枪，一阵猛打。在战士们的猛烈射击下，几个土匪像喝醉了酒一般倒下了，一些从地窨子里刚露头的家伙急忙缩了回去。

韩星朝战士们打手势，同志们迅速组成三人或五人战斗小组，包围营地里的房屋，掩护后续部队进攻。

土匪老巢此时全乱了。

因为天刚亮，绝大部分土匪和家眷们还没起炕，枪声一响，有的光身子跳下炕，抓起枪来朝外便打，有的把头埋进被窝瑟瑟发抖，有的像没头的苍蝇乱窜，企图冲出门外的被乱枪打死打伤。那些妇女小孩子光着屁股乱叫乱喊，连衣服都顾不上穿了。

很快，旗支队和热北三十二团部分战士攻进了匪营，与顽抗的土匪展开了激战。

鲍三疯子和一枝梅折腾了大半宿，此时正像死猪一样搂抱在一起酣睡。鲍三疯子打着震天响的呼噜，枪声一起，他推开一枝梅跳下地，扒窗户向外观察，回身抢过衣服穿上。这小子见过阵仗，他把衣服穿利索了，对埋在被窝里打哆嗦的一枝梅说：“共军打进来啦，快穿衣裳跟我走。”

一枝梅手颤抖着穿上裤子，围上肚兜光脚下地，鲍三疯子一把扯上她就往门外闯。突然两个解放军士兵冲过来“当当”两枪，鲍三疯子急忙缩回身子。一枝梅颤声说：“完了，走不了啦！”鲍三疯子咬牙说：“我先冲出去，再接应你，咱们到白司令大厅从地道走。”未等一枝梅说话，身子像狸猫一样迅疾窜了出去。两解放军战士没击中鲍三疯子，遂又继续围向地窨子。

一枝梅见鲍三疯子扔下她跑了，她破口大骂：“没良心的，挨千刀的……”惊慌一阵后，她心一横，转身从被垛下扯出一挺机关枪，架在窗口，又抓起几个弹匣放一边。她半裸上身，刚穿的裤子也掉下来了，她嘴里咬着散乱的头发，喃喃自语道：“老娘临死也要抓几个垫背的！”她咬牙切齿地朝外面正朝这边行动的解放军就开了火。“嗒嗒……”一长串子弹顿时打倒了好几名解放军战士，其他战士急忙卧倒，寻找有利地形，与一枝梅展开了对射。

一枝梅光着身子，如同一条癫狂的母狼一连打出三个弹夹的子弹，一时压住了解放军对她的攻击。在她扯过一个子弹箱，往弹匣上子弹时，解放军从房子两侧运动上来了，一颗手榴弹扔在门前，“轰隆”一声巨响，把地窨子的前脸炸飞了。一枝梅躲到榆木大柜子后面没被炸着，这工夫，她压满一梭子弹，向冲到门口的一个解放军开火。她只穿着一个红肚兜，端着机关枪，披散着头发，活脱脱像一个母夜叉，面目狰狞地疯狂射击。

战士们平生第一次看见一个女人亮着明晃晃的身子打仗，一时不知该怎么处理好啦，忙不迭地隐蔽闪躲一枝梅自杀式的攻击。韩星发现了这一情况，他和查干乎冲过来。这时一枝梅打光了子弹，抱着空枪凄厉地喊叫着冲向人们，韩星几步抢过来用马刀抵住一枝梅，喝令她放下武器投降。战士们也挺着刺刀逼住一枝梅。

查干乎从地窨子里拿出一枝梅的衣服，扔给她，用不太流利的汉语说：“你穿上衣服缴枪投降吧，我们不杀女人。”

“不杀女人！哈哈哈，你们男人没一个好东西，你们不杀女人，老娘却要杀了你们！”一枝梅像一条母狼猛地冲向韩星，韩星没有用刀刃砍她，而是用刀背将她扫倒在地，命令战士上来捆她。没承想，她却拼命抢夺战士的枪。

韩星见状，朝那战士大喊了一声：“消灭她。”

那个战士先甩脱了一枝梅的纠缠，然后平端三八式步枪，跨上两步，将锋利的刺刀“扑”地从一枝梅后背刺入，一下子将她钉在地上。一枝梅挣扎了一阵子咽了气。

在营盘里，别看土匪人不多，大多数是老幼妇孺，但这些人多年与人民为敌，脑子里充斥着共产党共产共妻、杀土匪不留情的说教，都在垂死挣扎，拿着各式武器，甚至木棍、菜刀与解放军决斗。解放军战士首先歼灭顽抗的土匪，然后对匪属喊话劝降。但是，土匪不分男女老幼，根本不听劝告，更加疯狂地与解放军对抗。

战士们先还闪躲一些匪属的攻击，他们抢过匪属的木棒、菜刀，试图制服他们，匪属们有的用牙咬、用手撕，有的甚至拉响怀中的手榴弹与解放军同归于尽。再也无法容忍的战士们立即用枪弹、刺刀、马刀解决了不少顽抗的土匪家属。

一个战士冲进一个地窨子里，见炕上有个小孩围着被子啼哭，他便放下步枪，哄小孩说别害怕，解放军不伤害你，跟我走吧。那小孩伸出手让解放军战士抱他，没承想那小孩胳膊上竟拴了一颗手榴弹，“轰隆”一声巨响，那名解放军战士和小孩都被炸死了。

一个老太婆手里握着剪刀，一连扎伤了两个战士，第三个战士总算抢过她的剪刀，但她却一口咬住了战士的左手背，那战士忍住剧痛挥右拳打昏了她才挣脱出来。韩星下令，抓住俘虏，不分老幼一定要捆起来，避免他们玩命的挣扎。

一些土匪被打散了，慌不择路地向山下逃窜，有的踏入雷区，被炸得四分五裂，侥幸冲出去的落入解放军外围部队朱德骑兵师三团的手中。一部分垂死顽抗的土匪甚至与解放军拼起了刺刀、马刀，不久便被砍杀死于当场。一番血战后，解放军捉了四十多名土匪和匪属，大部分人被消灭了。打扫战场时，却找不见鲍三疯子、王克礼和柳春福等匪首。

王克礼的两个侄子对韩星说：“听说白司令的大厅有地道通向外面，八成他们钻地道跑了。”

韩星、张东阳和部队战士赶到白金辉住的大地窨子寻找地道口。大房子已被炸塌了架，战士们清理了一会儿才能进入。韩星带人在大厅东翻西找，掀开大锅台的大锅，才发现密道口。韩星将马刀摘下，提着短枪和张东阳、查干乎等几个战士跳下地道，打着电筒和火把顺地道向前摸。

地道是开挖后顶上覆盖上桦木山杨原木又盖上土，恢复原状建成的，地道宽一米，高一米半，一直通向西北方向。韩星他们边前进边听动静，小心翼翼地向前摸，一直发现前边有亮光，到头了。一个战士性急，抢到前面要推开一个木板门，韩星一把拽住他，说：“小心！”

他小心地凑到木门前，歪头仔细观察，门微闪的缝隙，有一根细线吊在门头上，他说：“注意，有消息！”命令战士们退后，他拿出一颗手榴弹放在门缝，拉弹，向密道里紧跑隐蔽，“轰隆”一声引爆了土匪设置的诡雷，密道也被炸开了。

韩星冲出来，发现秘道口设在一个塄坎下，一个用木头支柱的马架房里，外面被树木遮蔽着，非常隐秘。战士们都钻出秘道，韩星发现，一条小道通向沟坎下的树林，他一挥手，战士们散开，警惕地沿小道进入林子搜索前进。转过一小山包，突然前边传来一个人的痛苦呻吟，韩星他们摆开战斗队形包围上去，发现山包下一个小湾里有一个马架子，马架子外草地上有几个拴马桩子，马蹄已把平地踏的没有草木了。一个土匪胡子拉碴地躺在地上，双手捂着肚子呻吟，他见一队解放军围上来，十分恐惧，但他受了重伤，已动不了了。

韩星上前用枪对着他：“有武器吗？”

“长官，我是个马夫，拴马桩子，没有家伙。”

“你是怎么受伤的？鲍三疯子是不是从密道逃走的？老实交代，我们给你治伤。”韩星警惕地搜了他的身之后问他。

“长官，我是鲍爷啊，不是，是鲍三疯子的马夫，在这替他喂马守地道口的。这个没良心的龟孙子，你们一打，他就从地道里钻出来了，他上马就要走，我说鲍爷你也带上我走呀，没承想那家伙过来就捅了我一刀，说带我走是累赘。八路爷爷，饶了我吧，我从来没杀过人呀！”

韩星忙命令战士给他用急救包包伤，安慰他说："你别害怕，解放军优待俘虏，我们给你治伤，你要如实回答我的问话。"

"是是是，我一定如实回答，如实回答，哎哟。"老土匪点头紧溜表态。

"从这里逃走的，都是谁？一共多少人？"

"夜来个晚上走的有王克礼王四爷，刚才先走的有柳春福几个人，后走的是鲍三疯子，有五个人。"

"他们都往哪走啦？"

"不敢问哪，只听鲍三疯子说要奔北草地去。"

在确定了几个匪首的信息后，韩星他们顺着密道的方向从地面往回返，见到了骑兵团长和三十二团团长，汇报了几个匪首逃跑的事。几位领导商量一下，确定由三十二团负责将俘虏押送回林西处置，留旗支队部分战士打扫战场，平毁土匪营盘。韩星带三十名战士跟踪追杀鲍三疯子等匪徒，除恶务尽，一定要追寻到顽匪，以绝后患。大部队立即转向赛罕坝外向多伦进击，参加解放多伦的战斗。

韩星、张东阳带着查干乎的一个班和旗支队一个班，由王克礼的两个侄子和俘虏带路，经过精心准备，出发向北面追杀鲍三疯子。其中一个鲍三疯子手下是个蒙古人，是个牧马人，经查干乎用蒙语做工作，那个人挺爽快，他来到韩星面前，左手摁胸脯鞠躬表示归顺，说他亲眼见八路骑兵勇猛，对布里亚特牧人仁慈，对蒙古人厚道，他早就不想干了，想回老家后和老婆孩子过日子，他愿意投降，带路，立功赎罪，好放他回家。韩星安慰他，只要好好带路，追上鲍三疯子，就算立功赎罪，不再追究他所犯下的罪恶。

那个俘虏高兴极了，他跳上马对查干乎说："兄弟，我心里托底了，我知道鲍玉林要到哪去，我保证帮你们抓到他。"

韩星说："你不要耍花招欺骗我们，要不然我这枪可不认人。"

"你放心好了，长官，我们蒙古人说到做到。"那人倒挺仗义。

韩星向两位部队首长敬礼后，带两个班的战士骑马向北方森林里前进，展开了追杀鲍三疯子的行动。

此时，在冀察热辽军区指挥下，各路大军如一支支利箭，从四面八方射向塞外军事重镇——多伦。

四 边城多伦

多伦城位于内蒙古草原南部，阴山山地东端北坡，浑善达克沙地南端东。北部与大兴安岭向西南延伸的余脉衔接，地形是四周高，中间低，南部高，北部低，由西南向东北逐渐低缓，是一个半环形的盆地。行政上属于察哈尔省管辖，与河北省围场县接壤，南与丰宁、沽源二县交界，西与锡林郭勒盟正蓝旗为邻，北与热河省的克什克腾旗毗连。多伦城南连张家口，北依锡林浩特，东通赤峰，战略地位十分重要。它是内蒙古草原直下京畿的要冲，历经战火沧桑，蕴藏着许多草原民族的传奇故事。

多伦县历史久远，史称“多伦诺尔”（蒙语），汉意七星潭、七湖、七溪等，在上古时期的商周时属鬼方，春秋战国时属东胡。燕秦筑长城，有燕国、秦代长城横贯多伦县境，秦统一六国后，多伦以北属东胡，以南属秦王朝。西汉时，为上谷北境。东汉时属乌桓。晋及北魏时为怀荒御夷镇地。隋唐及五代时为契丹地。元朝时，初为开平府辖地，后升开平府为上都，明末，开平已废，其地渐为蒙古牧地。清康熙年间清军在乌兰布统击败漠西蒙古准格尔部噶尔丹进犯，翌年五月，康熙皇帝亲赴多伦诺尔，“七溪校阅”内外蒙古诸部，进一步确立清朝对蒙古诸部的统治地位。遂以诸部所请，即其地建庙，先后建“汇宗”“善因”两大喇嘛教寺院，委派喇嘛教四大宗教领之一的章嘉呼图克图活佛住寺“俾掌黄教”，而使多伦诺尔成为漠南藏传佛教中心。多伦因庙而兴，渐成集镇。京城八大商号接龙票到多伦经商，晋、冀、鲁等地商人汇集贸易而开旅蒙商先河，遂使之日趋繁华。再加上康熙、乾隆皇帝几次巡幸多伦，多伦沾了王气，更是名传中外。雍正时期，为有效管理察哈尔东部正白、镶白、正蓝、镶黄四旗及内札萨克、外喀尔喀一百三十旗民事刑事事务，设“多伦诺尔宣抚理事厅”。在清道光、同治年间，因旅蒙商业发展而成为北方民族贸易的主要集散地，以牲畜、皮毛、茶叶、绸缎等交易闻名全国，贸易有“日进斗金”之说，被誉为漠南、塞外重镇。商业的繁荣推动手工业发展，多伦又成为塞外主要手工业产地之一，佛像、铜银器、鞍具、皮毛制品、糕点等手工业制作驰名遐迩。在最鼎盛时，多伦工商业号四十家，人口愈十八万，被誉为“南迎中华福，北接蒙古财”，成为塞外名城。

直到清末民初，由于中东铁路修成，贸易经商路线改善，加上商道中断，军阀混战，兵燹匪患频仍，商家受损，人口锐减，致使多伦商业衰落，日趋萧条，失去往日风采，但仍占据联系口里口外的重要战略位置，北接草原，南托京师，为兵家必争之地。

从元朝时，朝廷就在多伦设上都兵马司。明代立左屯卫于多伦四合营。清代设多伦诺尔都司，清末时设多伦诺尔民厅协台衙门，统领两千名八旗兵。宣统年间淮军将领傅良左率官兵驻守多伦。民国二年，国民政府先后派遣宫长夷、王怀庆、萧杰等率军驻守在多伦。1932 年东北抗日联军冯占海、邓文、李忠义、马占山部都曾短期在多伦驻扎休整，后多伦为山西阎锡山部队驻守。

1933 年 4 月末，伪军刘桂棠部七千余人占据多伦城，伪军张海鹏部一个骑兵旅一千八百余人占据多伦东西庙仓，伪军李守信“游击师”九千五百余人后进占多伦，日本侵略军“特勤队”四十余人驻扎多伦飞机场。

同年 7 月 12 日，在察哈尔省张家口誓师抗日的方振武、吉鸿昌率抗日同盟军万余人，收复了康保、宝昌、沽源三县，乘胜进击，兵锋直指重镇多伦。

此时，多伦县城除伪军李守信部九千五百余人外，还有日本关东军特勤队，配有装甲汽车、轻重机枪，受日军顾问浅田指挥，抗日同盟军一万余人与日伪军一万余人对阵，兵力相当，武器装备与日伪军相比极为悬殊，而且敌伪还有飞机助战，日本关东军第八师团和骑兵第四旅团随时接应，形势很严峻。

但是爱国将领吉鸿昌将军不畏强敌，指挥若定，抗日同盟军浴血奋战，顶着敌机轰炸，连续向敌人发起猛攻。吉鸿昌将军也赤膊率部冲锋陷阵，敢死队拼力登城，内外呐喊接应，里应外合，一举破城冲进多伦城，并攻占东西两庙仓，经激烈巷战，日伪军败退。同盟军经连续五昼夜奋战，终于收复了失守七十二天的塞外重镇多伦，大大提高了抗日同盟军的威名。同盟军攻克多伦收复失地的消息，很快传遍全国，举国振奋，吉鸿昌将军一战成名，成为万民敬仰的抗日民族英雄。不幸的是，在日伪和国民党蒋介石政权相互勾结、联合绞杀下，抗日同盟军失败。日伪军重占多伦，成立了“蒙疆联合自治政府”，伪蒙古军与日本侵略者占据多伦，对蒙汉各族人民实行残暴的殖民统治。直到日本投降后，共产党八路军组成的县委进占多伦。1946 年 6 月，全面内战爆发后，国民党傅作义部骑兵攻陷多伦，成立城防司令部，搜罗地方武装和周边各地土匪武装，不断向我解放区发起进攻和破坏行动，多伦实际上成了国民党反动派进犯解放区的桥头堡。

到 1948 年 4 月，波澜壮阔的人民解放战争形势已经明朗，战争的胜利天秤已倒向中国共产党领导的人民一边，战争已转入决战阶段。冀热辽军区为巩固和扩大解放区，配合东北、华北作战，集中兵力连续攻坚，相继解放了冀东、热西、察北大片地区，彻底孤立了盘踞多伦的国民党反动军队，军区决心趁热打铁，攻克多伦，集中了两万多部队，云集多伦城下。

多伦县城成了国民党反动派聚集的避风港，真是乌龟虾蟹聚集翻腾，牛鬼蛇神群魔乱舞，各地被打败的国民党溃兵土匪、反动地主、还乡团和地痞流氓都潜逃汇集到多伦。县城驻有国民党多伦县政府、国民党多伦县党部，还驻有国民党察哈尔省第一专员公署、多伦城防司令部、招抚专员办事处，以及察哈尔保安第四总队第十、十一团，保警队，布利亚特残余匪帮。还有国民党国防部二厅、中统局和北平行辕、张桓绥署特务组织。此外，国民党正蓝旗、布利亚特旗、克什克腾旗流亡政府，多伦诺尔旗政府也驻在多伦城，白金辉、张振三、于秀成匪部也逃往多伦，与伪克什克腾旗政府旗长郭璞会合，驻守在西大仓。以上国民党党政军特人员和战斗部队、反动逃亡地主、土匪武装超过四千余人，统由公署专员郄辛田指挥，有骑兵二千多人，迫击炮多门，轻重机枪数十挺。这股敌顽极端仇视共产党、解放军和解放区人民，许多人都欠有血债，杀人如麻，极其顽固和反动，与人民军队打仗敢拼命，战斗力不能轻视。

多伦城经数百年战火洗礼和不断加固，十分坚固，城墙以条石为基，黄土或青砖砌筑石灰勾缝的城墙高丈余，每隔四五十米建筑有碉堡，城墙下间设地堡伸向城外，城内街巷多设小型暗堡，房屋预先打好射击孔，形成高低明暗的交叉火力。环城有护城河和深浅不均的壕沟，护城河和壕沟有水和烂泥，十分湿滑和陷腿，对攻城造成很大不便。

多伦城因庙而兴，因商而荣，城东的汇宗寺，俗称东大仓，始建于康熙三十年（1691年），建筑规模很大。正东建筑有大门、正大殿、天王殿、钟鼓楼、释迦佛殿、藏经楼，另有官仓五座，佛仓九座。城西善因寺建于清代雍正年间，仿皇宫中和殿形式，木屋结构，殿高十几米，主殿分上下两层，雄伟壮观。另建有正大殿、天王殿、雍正行宫等，有官仓五座，佛仓三座。这两处佛寺，都被国民党军当作军事要塞驻守，以抗拒我军进攻，其中白金辉匪部四百多人驻守东大仓。

除了两大寺外，城内外还散布着五座清真寺、山西会馆、兴隆寺、三官庙、财神庙、河神庙、娘娘庙、城隍庙等，无一例外被守军当作核心工事加以利用，都十分坚固。

国民党反动派将多伦城修成了坚固设防的堡垒，易守难攻，守敌作困兽之斗，与攻城我军作死拼准备，又有驻张北敌骑兵策应，北平、张家口的敌人飞机随时可以支援轰炸，显而易见，多伦之战，是一场硬仗。

国民党察哈尔省第一专员公署专员郄辛田，将近五十岁，他是行伍出身，黄埔军校第七期毕业，先投奔晋绥军阎锡山任团长，后追随傅作义三十五军到察绥任少将旅长，抗战爆发后投降日寇。日本投降后，改弦更张复投奔傅作义，但已失军权，被任命为察哈尔省第一专员公署专员，驻防多伦，网罗旧部与流氓惯匪，统治察北四县，与解放区军民对抗。郄辛田为人城府极深，阴险狡诈，惯于笼络人心。他与北平国民党剿总、国民党党部和南京国民党国防部二厅都有联系，是个集党棍、军阀、特务于一身的家伙。他除了培植察哈尔保安第四总队第十、第十一两个团一千余人，又搜罗察北各地流氓、惯匪、伪满军警成立保警队，对察北实行法西斯统治，到处捕杀革命志士和向往革命的各族人民。他对统治区实行保甲制度，三年间杀害了数百名革命者，到解放军围城时监牢里还囚禁着四十多位解放军战士、地方干部和农牧民积极分子。为了扩大反共军事力量，郄辛田通过与张家口城防司令的关系，得到大批军火物资，以此为资本，大肆扩军，将国民党正蓝旗、布里亚特旗、克什克腾旗、多伦诺尔旗流亡旗政府都纳入他的羽翼下，对其所率机关人员和保警队都纳入统一指挥之下。附近各旗县的土匪杆子都聚集到他的旗帜下，一来二去，手下聚集了四千多人的队伍。热北巨匪白金辉通过伪经棚县长郭璞的牵线搭桥，走投无路，也率残部四百余人投奔到多伦郄辛田门下。

郄辛田对白金辉太熟悉不过了，去年春，他派人找白金辉，以保安团长的官职招募他投靠自己的专员公署门下。当时正嚣张的白金辉说："我是国军委任的反共先遣军上校司令，岂能受他一个小小专员指挥，一起打共产党可以，他想指挥我没门。"当时只收下了郄辛田的礼物，把联络人打发走了，把郄辛田弄了个烧鸡大窝脖，郄辛田对此始终耿耿于怀。这次白金辉在热北站不住脚，前来投奔。郄辛田心里盘算开了，白金辉反共多年，所部凶悍残忍，比较有战斗力，眼下共军大兵压境，正是用人之际，白金辉一来，为自己守多伦城平添了一支生力军，求之不得。但是，白金辉桀骜不驯，阴险毒辣，说不定哪天会翻盘，也不得不防，加上他以前对自己多有轻慢，必须煞一煞他的威风，不然不听指挥或反水闹事，不得了。因此，他与保安第四总队长颜景卿、第四团团长关绍祥和伪经棚县长郭璞等会谋，安排了一个欢迎仪式，欢迎白金辉率部来多伦，同时借机打压白金辉的傲气。

郄辛田的司令部兼专员公署设在多伦城中心的原伪蒙军司令部大院，深宅大院房高墙厚，戒备森严。白金辉匪部到了多伦城北门外，便被阻止在城外，不准入城。郭璞和郄辛田的副官出城迎接，多番解释说项，好歹把人马先安顿在城外几家商号院内，又送了一些慰劳品，这才稍稍打消白金辉的怨气。

天傍黑后，郭璞领白金辉一帮人进城见郄辛田。白金辉狡诈多疑，唯恐中计被郄辛田吃掉，他留下大队人马保持戒备，和于秀成、张振三等人率自己的卫队和战斗力强的张振三的谍报队进城。他们荷枪实弹，时刻保持警惕，以防万一。

郭璞说："白司令不必多虑，眼下共军大兵压境，正是党国用人之际，正该同舟共济，精诚团结，共同抗击共军。郄专员胸襟宽广，唯才是举，早就仰慕司令大名，他热切地欢迎你到来，一起抵抗共军，共赴国难啊。"

"那既然是这样，为啥不让我的队伍进城，又十步一岗五步一哨，防贼似的防我。"

"这是为了防共军谍报进城刺探情报，城防司令部早就发布了戒严令。你们的驻扎地，郄司令早有安排，不必多虑。"

"噢，既然如此，就请郭兄带我等去见郄司令吧。"众人骑马在青石街上踏着清脆的蹄声来到郄辛田专员公署大门前，下马，早有人接过马缰绳，一伙人进大门，走向正房大厅。

有人大喊："白司令到……"

郄辛田在大门内到大厅的过道两边布置了亲随护兵，一律身穿国民党军土黄色军装，全身披挂，挎着美式冲锋枪，像两列木桩子目视白金辉一伙人从中间走向大厅。

郄辛田等人在大厅门口迎接白金辉一伙人，郄辛田看见来人中有一个是大高个，穿着国军军服，佩着上校军衔，穿长筒马靴，戴船形军帽，腰上挂一柄马刀，佩一支左轮手枪，却又斜挎一支盒子炮，黄白镜子脸拉得挺长，一双眼睛闪着阴鸷的光，嘴角带着一丝阴笑。他身后跟着张振三、于秀成等人。张振三是标准的国民党军官，看身形步态就能发现是个标准军人。于秀成脚蹬黄色牛皮短筒靴，腰扎宽皮带，挎着盒子炮和一把日式马刀，戴着伪满军的大檐帽，胡子上挂着尘土和鼻涕，眼睛却闪动着狠歹歹的光芒。这几个人一进院，立马带进来一股杀气，也许是他们杀人太多，阴气总萦绕在头上。郄辛田一抱拳，朗声说道："欢迎欢迎，欢迎为党国立下惊天殊勋的白司令，郄某仰慕白司令已久，今日得见，真乃三生有幸啊！"说完，急步上前握住白金辉的手，使劲地摇晃。

白金辉见郄辛田众星捧月般热情地相迎，说着比蜜还甜的话，握着手亲密无间，不禁为郄专员的热情打动了，他谦恭地回答：“白某人何德何能，承蒙专员大人如此排场迎接，我只是前来向郄专员报到，在专员手下为党国效命。”他有点磕巴地把张振三教他的官话都讲了出来。

“呵呵，白司令文武兼备，智勇双全，不愧是党国干城，反共先锋，柴胡栏子一战，你们一举消灭了共党的代表团，为党国立下旷世奇功，不但北平剿总、东北剿总通令嘉奖，连南京国府都知道了，《中央日报》都做了特别报道。白老弟，你可是党国的大英雄啊！”郄辛田热情地恭维道。

“为党国效忠，是属下应该做的，应该做的。”白金辉边打哈哈边被郄辛田让进大厅，落座，奉茶，众人脸上都挂着笑意。

郄辛田与白金辉等人又相互恭维吹捧一番后，郄辛田说：“白老弟，目前形势对我们不利，共军势大，国军节节败退，傅总司令命令我们集中兵力，防守要点，与共军决战。多伦城乃察北重镇，势在必守，我等秣马厉兵，集中兵力，贮备粮弹，凭坚固守，准备与进犯的共军决战。兄等新锐力量前来助战，我们如虎添翼，太及时了，我代表专署和多伦城防司令部向你们表示热烈地欢迎。”说完，带头鼓起掌来。

“郄专员，我白金辉自起兵起，与共军拼死拼活打了三年多，杀死共军穷棒子无数，对党国可算是立下汗马功劳啦！郄专员刚才讲的咱听了舒服，但是，既然是欢迎白某人来多伦守城，却又紧闭城门，不让我的人马进城，这又是什么意思啊？”白金辉的口气硬实起来。

“啊，这个嘛，白司令不要多心，只因为近期以来，多伦周边各旗县共军进攻，人们都往多伦城退却，其中除了平民百姓、地方豪绅外，难免混进八路的探子。加上多伦城小，难以容纳太多的人，只好有选择地放人，散兵游勇和各大小杆子要统一整编成军。既然贵部仍齐装满员，就不予以整编，可直接进入防区，粮草等一应军需接人头拨发。”郄辛田振振有词地说。他观察白金辉是否服从军令。

白金辉一伙被解放区穷追猛打，连老营都被共军给端了，半路上柳春福带十几个人丧魂落魄地报丧，他身后解放军和地方部队如影随形地盯着他，一路上穷追猛打，他如同受惊的兔子走投无路，他还能逃到哪儿去？所以，只能低三下四地听从郄辛田调理，刚才的硬话也是鼓了几鼓劲才说出来的，听郄辛田解释和安排都名正言顺，他也不好再说啥啦，他于是问：“不知专员大人让我部到哪安营扎寨啊？”

“城防司令部颜司令已经安排好啦。”郄辛田手一指坐在他身边的颜景卿。

颜景卿一躬身站起来，走到墙上悬挂的“多伦城防形势图”对白金辉说：“白司令，你的人马战斗力强，理应放到最重要的防守位置。你的三百多骑兵到西大仓驻守，于团长的步兵到东菜园驻守。张队长的谍报队是国军精英，可到城里与城防司令部合住在一起，一旦开战，作为机动部队使用。”

白金辉心说：“你把我的人马一东一西一城里，整个给拆巴了，让我在城外给你们当看门狗啊。”他霍地站起来，要说话，张振三使劲捏了一下他的手说：“专员和颜司令安排极为妥当，我们坚决服从命令。”

白金辉面临大事都听张振三的，听张振三一说，也改嘴表态按司令部的命令执行。

郄辛田一听挺高兴，有白金辉的人马在城外抵挡解放军，挡住啦能缓解城防压力，消耗共军力量，挡不住能为城防争取时间，使自己的部队免受损失。身边有这只老虎，他心里不踏实，但白金辉同意驻扎城外，他也动了恻隐之心，说："我马上安排你们驻防的后勤供应，补充粮弹，再给你们调拨两挺机关枪，经棚县政府做你们的驻城办事处和后勤供应处。郭县长，这些事你费心帮着安排。"

郭璞带伪经棚县政府入驻多伦，只有二十几个人，形只影单又不属察哈尔省管辖，是个地地道道的流浪政府，吃了不少白眼。白金辉一来，他有了依靠，胆气也壮了，白金辉是他策反的，他又任命白兼经棚县保安大队长，形式上是受他节制的，他能不高兴吗？于是欢天喜地满口应承。

众人安排完军务，手下人早摆上了酒宴，郄辛田把白金辉等人让到主席上座，桌上用大木盘摆上了烤全羊和烤骆驼肉，又往酒盅里倒上了白酒。郄辛田端着酒盅站起来致辞："诸位，你们都是党国的中坚，反共的先锋，几年来与共军浴血奋战，披坚执锐，功勋卓著。特别是白司令，创下了柴胡栏子惊天的旷世奇功，更是可喜可贺。如今形势吃紧，但是大家万万不可气馁，党国掌握着全国政权，有盟邦美国支持，我们有飞机大炮，共军只是逞一时之凶而已，未来的天下还是我们的，穷棒子翻不了天。眼下，我们要齐心协力，精诚团结，一举打退共军的进攻，再为党国立下战功。来，欢迎白司令，预祝多伦守城大捷，干杯！"说完，郄辛田带头一仰脖干了。

白金辉咂了一口放下了酒盅，用匕首割烤全羊肉，郄辛田凑上来说："白司令，这是太仆寺的莜麦酒，醇香的很呢，来，咱哥俩干一杯。"

两个人碰杯，连干了三杯，白金辉逐渐放下戒心，与众人放心地大吃大喝起来。

酒宴开到二半夜才散席，郄辛田热情地挽留白金辉在专署住一晚，白金辉坚辞，执意回城外的自己队伍驻地歇息，郭璞和张振三、于秀成等随白金辉出城到宿营地说话。

刚坐在炕沿上，白金辉就不高兴地问张振三："张队长，我现在成了姓郄的看门狗了，你怎么不替我搭句话，让我们进城驻防哪？"

张振三拉郭璞坐在白金辉面前说："司令，你说说，多伦城就这么点兵力，共军大兵压境，能守得住吗？"

郭璞叹了口气说："根本守不住，兵力太少，又都是乌合之众。"

白金辉说："守住怎样？守不住又怎么样啊？"

"据我的分析，共军这次攻击的目的，是要彻底清除国军在察北、热河周边的队伍。他们调动了大部队，连在辽西作战的朱德骑兵师都调过来了，我们根本就抵挡不住。咱们驻防城外，能打就和共军干一下，看事不照头干脆往张家口跑，免得被共军围在城里，成了挨宰的羔羊。"

白金辉听了恍然大悟，一拍大腿："对啊，我他妈的忘了这茬了，咱们能打则打，不能打就溜！"

张振三的一番话也说到了郭璞心坎上，他要把白金辉这支队伍带到张家口或北平去，凭他们打柴胡栏子的战功，一定会受到重视，他也就结束了心惊胆战又尴尬的流亡生活，到北平过花天酒地的日子去。他赞同张振三的分析，表示明天争取多从军需仓库里要些物资，以备不时之需。几个人又商量了半天，才放心地各自睡觉去。

第二天，白金辉和于秀成各率所部，分别到东菜园子和西大仓安营扎寨。

郭璞与伪县政府的人和白金辉、于秀成的一些人到军需仓库领取了子弹、手榴弹和地雷等军火物资，但粮食给的不多，要他们到乡下去抢。不过把抢来的牛羊让他们赶走一些。

白金辉匪队一进西大仓，这座古刹算是倒了霉。他们将寺庙喇嘛都赶到外面，抢占了全部配房，将偏院当了马厩，在寺庙的门口垒起了掩体，外墙周围埋设了地雷，钟楼和大殿屋脊上架上了机关枪，院墙掏好了枪眼，把一座塞外古刹变成了堡垒，要用来和解放军攻城部队较量一番。

五　强攻西大仓

在朱德骑兵师三团和热北军区三十二团围剿白金辉老巢时，其他各路剿匪部队已按军区统一部署，向多伦合围过来，一路上像赶鸭子似的将国民党散兵游勇、土匪流氓、反动逃亡地主赶进多伦城。军区的作战构想是，将热察地区的国民党散匪以大围剿战法全部赶入多伦聚而歼之，永绝后患。

担负多伦主攻任务的冀热察军区独立第七师、察北蒙汉骑兵师日夜兼程，强行军二百里，于 5 月 22 日赶到多伦县城南四十华里的小河沿和马莲滩集结。

同日下午，朱德骑兵师分别从围场方向和多伦北部赶到。

冀热察军区司令员詹大南、独立七师师长陈宗坤、朱德骑兵师师长卜云龙和蒙汉骑兵师师长那顺相继赶到多伦城东南一个小村子会齐，落实作战部署。军区司令部任命詹大南同志为多伦战役总指挥。

原来确定主攻部队是独七师和蒙汉骑兵师，但朱德骑兵师师长卜云龙坚决请求打主攻。他说，朱德骑兵师与白金辉匪帮打了三年，这回到了算总账的时候了，部队求战心切，一致要求打主攻，与兄弟部队共同打进多伦城。

詹司令员批准了卜师长的请战，同时他和各部队主官们分析敌情后认为，敌人慑于我军的强大战斗力，可能在城破后突围。如果采取围三阙一的战法，在城南门留一个口子，放敌突围，在城南金莲滩预设战场，利用朱德骑兵师和蒙汉骑兵师的强大骑兵一举歼灭敌人，比将敌死围在多伦城，敌困兽犹斗，给我军造成损失效果更好，加之巷战难免会给城里的人民生命财产造成损失，给战后重建造成困难。

指挥部调整作战部署，调军区独立团和其他一些参战部队防守城北阵地，包围敌人，独立七师和朱德骑兵师一团、三团在城西，攻击西大仓，一团和蒙汉骑兵师在城东，攻击东菜园得手后再攻城，独立七师在城南主攻。一旦发现敌有突围逃跑迹象，朱德骑兵师和蒙汉骑兵师则迅速从两翼向城南金莲滩运动，对逃敌形成合围。

朱德骑兵师三团从克旗红山子清除了白金辉老巢后，立即翻越塞罕坝向多伦集结，在中途与三十二团主力会合，进入浑善达克沙地，向西南方向的多伦行军。

浑善达克沙地地形复杂，崎岖难行，沙漠地带到处是沙坑（蒙古人叫塔拉）和新月形沙丘，沙坑里地势低的有积水，一般都在塔拉坡上和塔拉中密密匝匝生长着黄柳、沙柳、白桦、虎榛子、山杏和其他沙生植物，有的地方还生长着小片的云杉和油松。这些都是古代千里松漠的孑遗，使得千里荒漠有着不可名状的生机和美丽。

骑兵部队蜿蜒行军于沙漠中，虽说已到五月底，但沙漠里早晚仍十分寒冷，到了中午却又热得很。部队战士们早晚行军都披上军毯或被子，中午行军又汗流浃背。战士们又渴又饿，找到水泡子却又不能饮用，马能喝泡子里的水，人却不能喝，因为大多数水泡里的水是苦咸的。尽管如此，同志们的情绪仍十分亢奋，他们刚打了一个胜仗，现在又要攻打多伦，彻底消灭土匪，为热河人民铲除土匪，这是一件光荣的任务。

快走出沙漠时，从南边天空传来飞机的轰鸣声，部队首长刚传过“注意防空”的命令，南边天上就出现了两架小一些的战斗机和一架黑色的轰炸机飞到骑兵纵队的头顶。战斗机盘旋一周后，机头一扎，朝骑兵纵队“咕咕咕”打下一串串机关炮弹，沙地爆起一缕缕烟尘。接着，那架大个头的轰炸机也调准航向，扔下一串炸弹来，顿时，沙漠里浓烟滚滚，爆炸声一阵接一阵。骑兵们有的被机关炮打中，有的被炸弹击中，出现了损失，一些战马四下乱窜。

卜云龙司令员见状，怒不可遏，他下令部队下马，组织轻重机枪，组成环形战阵，对肆无忌惮疯狂超低空扫射轰炸的敌机进行迎头痛击。部队在辽西作战时，已取得了防空作战的经验，他们没有慌乱，迅速组成战阵，轻重机枪、步枪一齐指向天空，在敌机转弯返回、重新进入轰炸航路、带着巨大轰鸣又要肆虐时，卜云龙师长大喊一声：“射击!”

顿时，一串串子弹飞蝗一般射向敌机，一下子，打头的敌机像被马蜂蜇了一般，突然跳跃几下，倏地向高空窜逃。第二架飞机一溜歪斜，从机尾冒出一股黑烟，歪着身子向东南方向飞走了。那架轰炸机则赶忙拉升，将炸弹扔进了沙坑里，转身溜走了。

“打中了，打中了。”战士们兴奋地喊着。

打跑了敌机，部队又继续前进。

张才和王士林伏在沙坑沿上，边往打空的弹匣里压子弹边说：“国民党的飞机就是在天上耍威风，有种下来跟咱们比试比试。”

“我肯定打中它啦，他在我们头上打趔趄来。”张才拍着“七九”步枪说。

“得了吧，打飞机要打提前量，到了头上才开枪，早错过了。”王士林说。

“甭管他啦，他被我们打跑啦，不敢在我们头上下蛋啦。”张才回身到沙坑子里拉自己的马。

副连长马春雨纵马大喊：“集合，继续前进，别磨蹭了。”他来到张才面前说：“没事吧?”

“没事，就是弄了一嘴沙子，他奶奶的，这口气到多伦出去。”

“没事就好，快跟上队伍。”马春雨拍马掠过沙丘，向前奔驰，部队又出发了。

两天的急行军后，朱德骑兵师按时赶到指定位置，与兄弟部队一起，以占绝对优势的兵力包围了多伦城。

多伦就在眼前，这座城池如同一个巨兽蹲伏在草原上，东西大仓（庙宇）如同它伸出的两只前爪，拱卫着城池。城南是金莲滩草原，地势开阔，滦河上游闪电河从坝上如一把弯弓射过城东，河道弯曲，水流速较慢，在金莲滩形成了大片的沼泽湿地，这里的地形平坦开阔，有利于骑兵驰骋。按照攻城指挥部的部署，在判断敌人可能突围南逃的方向，在金莲滩预设一个口袋阵，争取将逃敌一举全歼。

5 月 23 日拂晓，独立七师、蒙汉骑兵师附山炮营从集结于多伦城南的沙陀子、白小淖一带向多伦城推进，以独立七师十九团主攻，十九团一营为突击营，突破敌前沿阵地。三营从城东南助攻，两支部队攻击的敌人是敌保警第十一团，力求在城南突破城防。以蒙汉骑兵师四个连队和独七师二十一团攻击东菜园之敌，朱德骑兵师三团与热北军分区三十二团攻击西大仓，骑兵师主力处于机动位置待命，所有炮兵统由炮兵营指挥，在攻城指挥所附近构筑炮兵阵地，用以支援攻城，摧毁敌防御工事，压制敌人火力。

当太阳从东方的山隘刚露头，攻击开始了。炮兵营的王门山炮、两门“九二”步兵炮先对多伦城东门、南门一带集火射击，打得城池烟火弥漫。接着，对城东关的东菜园敌人防御阵地轰击了十分钟，攻城部队在炮击同时，运动到冲锋出发阵地，炮火未停便发起了攻击。驻守东菜园的保警队是由多伦附近各地的伪警察和反动地主武装组成的，平时欺压百姓、抢劫打闷棍在行，打正规仗可就熊包了。一阵炮火袭来，队伍就散了，倒是刚扎下营的于秀成的人马还能抵挡一阵子，但是几个回合下来，也在解放军的凌厉攻击下，放弃阵地逃进多伦城。

攻击城南的主攻部队打得不顺。守备城南方向的是敌保安第十团，还有后来投奔过来的张振三的谍报队。城南门是多伦城最坚固的地段，城墙是条石砌基，青砖砌墙，城垛子也比较齐整，城门楼子挺高大，国民党匪军把城楼改造成了碉堡，城墙上布下了重兵，城门外的护城河边又修了许多地堡，守军都是些伪满国兵、惯匪和还乡团出身的死硬分子，战斗经验丰富，枪法也挺有准头，由国民党上校保安第四总队长颜景卿亲自指挥。

下午四时十分，解放军炮兵营进入城南阵地，炮兵经过一阵紧张的准备，开始向多伦城南敌防御工事进行轰击。守在南门外的敌人承受不住解放军炮火造成的毁伤和震撼，在被炮火掀翻了几座地堡后，慌忙撤回城里。

夺取敌人阵地的最佳时机，却由于突击营一连的失误错过了。

先是突击连在向城南城墙根运动时，选错了方向，地面开阔，无法隐蔽，直接暴露在城墙上敌人的火力下，被敌人打死打伤了十几人。忙乱中连队向西绕行，又找错了主攻方向，在我军炮火一停，发信号要突击连冲锋时，一时失去了联系。敌军指挥官颜景卿和张振三乘机指挥退入城里的敌人又冲出城门，重新占领阻击阵地，恢复阻击火力，与城上敌人形成火力交叉，将突击一连的攻击阵形打乱。一连极为被动，遭到重大伤亡，稀里哗啦退下来了。

十九团团长黄泽九见状，大怒，他一边呼唤炮兵开炮轰击敌阵，一边下令二连换下一连。在炮火和轻重机枪的掩护下，向城南门发起了强攻。但是刚打退解放军一轮攻势的敌人来了精神，他们用密集的机枪、步枪火力和两门迫击炮发疯地阻击解放军的攻击，在冲锋队形前形成了一堵火墙。枪法好的敌人用准确火力射击，加之地势开阔，二连还未冲到城门，就遭到重大伤亡，几番攻击，便失去了突击能力。

黄团长在后面见二连陷入敌人火力网中，他急了，甩脱警卫员的劝阻，跳出战壕亲率三连冲锋，接应二连。蹲在城头指挥的敌酋颜景卿和张振三发现率队冲锋的黄泽九团长，判断是个大官，两个家伙立马调两挺轻枪和几个枪法好的敌人，在城上开枪，用密集火力打向黄团长那个点上，挥着手枪指挥冲锋的黄团长不幸身中数弹，当即倒地牺牲，被战士们抢回遗体，第二次进攻失利了。

司令员詹大南和政委牛树才、独七师长陈宗坤听到黄团长战死的消息，十分震惊，没想到小小的多伦城如此坚固，敌人如此凶悍顽固，他们安排紧急救治伤员，收殓烈士遗体，整顿部队，重新配置攻城部队，命令炮兵前移，标定敌人火力点，准备新的进攻。同时，命令负责攻击城西西大仓的朱德骑兵师等部队坚决拿下敌人固守的西大仓，以利从城西合围和攻击城防。

朱德骑兵师师长卜云龙已经完成了对西大仓的攻击部署，听到城南攻击失利、十九团团长黄泽九牺牲的消息，他既吃惊又震怒，他反复叮嘱攻击部队指挥员，多伦守敌虽然不多，但敌人都是些极其反动顽固的、有战斗经验的惯匪、伪满洲国兵、伪警察和国民党顽军，以及形形色色的地主、牧主还乡团等，政治上极为反动，他们困兽犹斗，垂死挣扎，有一定战斗力，加上据城坚守，绝不可轻敌。他命令骑兵们都收起马刀，多配步枪、冲锋枪，组成以机关枪、冲锋枪为主的战斗小组，多带手榴弹和炸药包，准备在西大仓的寺庙殿宇群中与白金辉匪部进行近战，要坚决消灭白金辉，攻下西大仓。

骑兵战士们都把战马交给炊事班的战士牵到后面去了，他们整理装备，蹲在掩体里吃了干粮。马春雨的一排是突击排，他命令战士们把马刀都背在背上，带足子弹、手榴弹，准备在师机炮营火力掩护下，快速突击，冲过敌阵地前二百多米远的开阔地，以便直接攻向西大仓的大门口和两侧围墙，放置炸药炸开大门和大墙，并掩护攻击部队冲进西大仓。

张才和王士林又分在一个战斗小组，王士林领到一包十斤的炸药包，张才把手榴弹袋和腰带上都插满了手榴弹，收拾得利利索索的。张才使用的武器是一支陈旧的七九步枪，这种枪枪身长，打得远，后坐力大，但膛线快磨没了，没准头。平时他十分羡慕班长、排长和其他战斗骨干使用的马枪、冲锋枪，没事就找马春雨摆弄他的冲锋枪。马春雨说："好好干，勇敢杀敌，争取在打多伦城时立功，我向连长申请，给你发一支好枪。"武器是军人的第二生命，手里的家伙硬，打仗底气足。张才暗下决心，一定立功，得一支好枪。

战斗开始了，机炮营的迫击炮、掷弹筒、重机枪"咚、咚、咚""哒、哒、哒"地朝西大仓一阵猛打，密集的火力一时压住了敌人突击排在马春雨的带领下，沿着一条事先侦察好的小沙沟，快速向西大仓接近。

防守西大仓的白金辉支棱着耳朵听解放军攻城的枪炮声，大瞪着眼盯着解放军向他防守的西大仓运动，他中邪似地提枪在匪徒们身后巡查，边走边说："弟兄们，咱们都是背负了共产党和穷棒子血债的人，战死是死，被共军捉了枪毙也是死，都给我精神点，打败共军，我们才能活命。我们没有退路，都给我好好打，守住了我给你们发大烟抽。"

老奸巨猾的白金辉在西大仓布设了绵密的防守，又派人把后院大墙刨虚空了，把马匹都集中在后院，准备一旦前边顶不住，就撤往多伦城里，郭璞和张振三已做好了接迎入城准备。

当解放军枪炮齐鸣展开攻击时，白金辉指挥匪徒们拼命射击，他们捅开预先掏好的枪眼，从墙头、墙壁和墙根以及大庙屋顶上向冲锋的解放军拼命射击。但是，白匪流窜作战滑得像鱼似的，要与解放军刀对刀、枪对枪打正规战，无论从战术上、火力上都逊于解放军。

马春雨率领他的突击队快速接近西大仓的大门和院墙，在距离只有几十米后，被敌人发现了，匪徒们号叫着开枪阻击。这个节骨眼上，一点都不能犹豫，犹豫就是死亡，马春雨大喊一声“投弹!”“嗖嗖嗖”二十多枚手榴弹投向大门和墙下，爆炸掀起的烟尘冲天涌起，马春雨“呼”地站起来大喊：“快冲啊!”带头扑进烟尘，冲到西大仓门东侧大墙下。战士们也拼力冲过火网，来到大墙下，突击排行动迅速，只有几人轻伤。

没等敌人醒过神来，马春雨与突击队员们，就将成群的手榴弹扬手扔进院内和大门口，轰隆隆的爆炸声伴着敌人的惨叫响成一片。

爆破组同时将炸药包和集束手榴弹放在西大仓厚重的榆木包钉的大门下，放在大墙根，战士们急忙向两侧分散躲避。

“轰隆、轰隆”连续几响爆炸，西大仓的大门被炸裂倾倒，一堵院墙被炸坍，突破口打开了。

“同志们，往里冲啊!”马春雨跳起来，端着冲锋枪带头从墙豁口处冲进了西大仓。张才、王士林和突击排的勇士们毫不犹豫地冲进院内，与敌匪展开了激战。敌人急了，疯狂反击，敌我双方混战伤亡都不小。

卜云龙师长见突破口打开，立即命令部队快速突击跟进，军号嘹亮，杀声动天，排山倒海般冲杀进来。

敌人架设在围墙上和大庙制高点的机枪发疯似的朝冲锋的解放军射击，尽管不断有人中弹倒下，但大队人马仍掠过平地卷到围墙下，即使是受伤的，借着冲劲，也拼力冲击。草滩上有许多伤亡的解放军战士，江波带领卫生队、担架队冒着枪林弹雨冲上阵地，不顾敌人的火力阻击拼命抢救伤员。战场上伤的多，当场阵亡的少，但是如果抢救不及时，伤者流血过多，很快就会失去生命。

在第一批部队冲进西大仓支援突击队，第二批部队上来，在突破口立即垒起简易机枪工事，将突破口牢牢控制住，防止敌人突围逃走。

西大仓是俗名，主建筑是善因寺，这座大喇嘛庙是清雍正九年（1731 年）建起的一座规模庞大的建筑群。善因寺正大殿仿皇宫“中和殿”形式，木质结构，殿高十几米，主殿分上下两层，殿体雄伟壮观，殿顶覆以金黄色琉璃瓦。主大殿前建有照壁、跳舞场、钟鼓楼、天王殿、正大殿、释迦佛殿、东西配殿以及雍正行宫等。另有官仓五座，佛仓三座，是一个占地面积数十亩的庞大古建筑群，这个建筑群紧挨着多伦城西门，是城西的屏障。

白金辉将他的人马大部部署在建筑群中，连八座粮仓都凿出枪眼变成了碉堡，主大殿台阶上堆起沙包木材，建成了阻击阵地，匪徒们分散在各个隐蔽处，与攻入大庙的解放军展开近距离厮杀。由于不熟悉庙内情况，先冲进来的几十名解放军战士不少倒在敌人的交叉火力中。

黄振彬团长进入大庙，仔细观察敌人的布防情况，他又反复询问锡盟工委的同志，找来大庙内的一个喇嘛，了解了大庙的基本情况后，指示部队用火力封锁庙内的出入通道和敌人暴露的火力点，命令组织以班组为单位的突击组，交替掩护，用手榴弹、炸药包甚至地雷逐点拔除敌人火力点。

受过城市攻坚战术训练的战士们，立即组织若干个突击组，攻小巷战胡同，凿穿墙壁甚至干脆用炸药炸开通道。有的战士翻上房顶，居高临下用机枪、步枪火力打掉据守在房上的敌人，一时间"叮叮当当"的枪声、"轰轰隆隆"的爆炸声不绝于耳。一会儿工夫，部队就渗透占领了大片房屋，兵锋直抵主大殿前。

在主大殿内指挥的白金辉，刚才心存的一点侥幸心理，此时已完全被枪炮喊杀声打碎了，他命令柳春福带一个中队守卫主大殿，掩护他率大队从后门向多伦城西门撤逃。柳春福好不容易从乌牛吐老营捡条活命回来，此时又让红了眼的白金辉安了这么个要命差事，他惊恐之极，颤声说："姐夫，我还是跟你一块走吧……"

"混蛋，这节骨眼上，你不替我抵挡共军，我还指望谁！你等我退入西门，你就带弟兄们撤，我在西门接应你们。"不容分说，白金辉转身与郭璞退进殿后，组织人马出殿后门，过护城河木桥，向多伦城西门撤逃，张振三和郭璞的人在城西接应白金辉进城。

柳春福一跺脚咒骂道："真是爹死娘嫁人，个人顾个人，弟兄们，要想活命，只有打退共军咱们再撤退，跟共军拼了！"据守大殿的几十号土匪，都是为匪多年的惯匪，这帮家伙在殿门口的工事架上机枪、步枪，大殿的窗户垒成了工事，大殿房脊上都布上了射手，这帮亡命徒要与解放军决一死战。

马春雨、张才和王士林等六名战士组成一个突击组，马春雨平端冲锋枪打头，张才腰间别了一圈手榴弹，手里还提着一柳条筐手榴弹打掩护，王士林背了一个炸药包，胳肢窝夹了一个炸药包随后，另三名战士用步马枪掩护射击。他们先攻下了一个粮仓，打死了里面四个敌人，又用手榴弹端了屋角一个敌人暗火力点，首先从西配殿靠近了正大殿，但是他们被据守正大殿台阶上的敌人绵密的火力挡住了。

此时，解放军已用有效的战术扫清了大庙内的大部分敌人，逐渐向正大殿围拢过来。由于正大殿建在一个高台上，敌人居高临下，拼命阻击，一时难以攻克，反而伤亡了不少战士。

黄振彬团长命令战士们撤下来停止进攻，他紧急调整兵力，调几挺轻重机枪占领东西配殿房脊，几乎与正大殿门口平视，正好发扬火力。一批特等射手也占据有利地形，在照壁前的空场上摆开四门迫击炮。负责突击进攻的战士们隐蔽在东西配殿里，待炮击后再向守敌发起迅猛攻击。

黄团长为保护文物古迹，减少伤亡，命令参谋向守敌喊话，命令敌人投降，如若顽抗，就坚决予以消灭。

柳春福手提盒子枪，对歪头听喊话的匪徒们喝道："都他妈给我断了投降念头，咱们和共产党有血海深仇啊，咱们杀了潘书声，打南场杀了梁敬、赵芝瑞，打柴胡栏子杀了那么多共党大官，你们谁也别指望共军能饶了我们。只有与共军拼命，撤回城里，再找机会逃出去……"匪徒们听柳春福这么一说，见他红着眼睛盯视着他们，都打消了投降的念头，横下心来准备与解放军死战。

黄振彬团长见喊话无效果，各攻击部队这时各就战位，他向身边的作战参谋一挥手说："打！坚决彻底地消灭他们！"作战参谋向炮兵阵地和机枪阵地挥动指挥旗，顿时，早以标定标尺的迫击炮手们装填炮弹，大仰角“咚咚咚”一排炮弹划着很大弧线掠过正大殿前的建筑，砸在大殿前的台阶上和殿前爆炸。近了，观察员报上技术参数，炮兵调整后，又是一排炮弹飞落下来，“轰轰轰”一阵正响，炮弹准确打在正大殿的平台上或屋檐上。一颗炮弹正落在大殿门前的工事里，一下把几个敌人从工事里掀起来，炸了个粉身碎骨。

几乎同时，架设在东西配殿屋脊上的重机枪和隐伏各处的步枪也爆豆般地向正大殿一阵猛射，打得正大殿前面门窗和砖瓦碎屑横飞，敌人未及还手，便被死亡之神罩住了。

在火力急袭的同时，突击部队都刺刀上枪，马刀在手，手榴弹拉火环套在手指上，冲锋枪压满子弹，待命出击。

几轮排炮打过后，随着一声令下，突击步兵“哗”地冲出隐蔽处，呐喊着冲向正大殿。

大殿里的敌人死伤枕藉，没死的被解放军机枪火力压制，根本不敢抬头，只是盲目射击。这当口，解放军已冲上台阶，向大殿内扫射、投手榴弹，接着一阵喊杀，平端闪着寒光的枪刺冲进大殿，几个家伙稀里糊涂地便成了刀下鬼。

柳春福的左臂被炮弹炸断了，他跟头流星跟跄着跑到大殿的佛像后，疼得龇牙咧嘴，靠着一根柱子向冲向后殿的解放军射击。马春雨和张才、王士林战斗小组冲进来，马春雨见一个战士被躲在大殿佛像后的柳春福打倒，他朝张才一挥手，两个人“刷”地闪避到两边。马春雨右手提着马刀，左手朝张才示意柳春福藏身的位置，张才从腰间拔出一颗手榴弹，拉火，数了“一、二、三”后一扬手将手榴弹扔过佛像落向后头。柳春福正朝侧面射击，猛见一颗手榴弹冒着烟落在身边，他因左臂断了躲闪不便，便一个窜子窜出去，“轰”的一声，手榴弹爆炸了，弹片钻进了柳春福的身体，他惨叫一声滚在地上。马春雨抢过去，马刀指向柳春福，没等柳春福回过神来举枪射击，马春雨的马刀犹如一道闪电，“喳”的一声将柳春福斜肩带背砍作两段，这个参与杀害赵芝瑞、梁敬的刽子手终于得到了应有的下场。

一场痛快淋漓的战斗，消灭了据守大殿的五十多个敌匪，完全占领了西大仓，部队迅速逼近多伦城西门占领了进攻阵地。

退进多伦城的白金辉听见西大仓的枪炮声和杀声，哀叹道：“莲儿他舅完喽!”

他面对四面围攻城池的解放大军，绝望地对张振三、郭璞说道：“看来，多伦是我们的葬身之地呀!”

郭璞说：“我们还没到山穷水尽的地步，我们能守则守，不能守就伺机突围。”

张振三说：“是呀，司令，咱们是骑兵，实在守不住就开城门突围。”

“哪那么容易，你看共军是骑兵、炮兵一齐上，把多伦城围得像铁桶一样，即使我们冲出去，又能剩下几个人，没兵到哪也不吃香哎!”

“只要能突出去，活命要紧，到时再拉队伍。”郭璞絮絮叨叨地说。

此时，解放军已完全扫清了多伦外围，从四面将多伦包围。

六　狗急跳墙

在解放军的凌厉攻势下，多伦的外围防守要点东大仓、西大仓等全部失守，部分残敌逃入多伦城内。城内尚有近三千多名敌人，他们人人脸上都带着绝望的神情，知道自己作威作福、欺压人民的日子不多了，他们有的闯进商号民宅抢掠财产，有的钻进妓院饮酒狂欢，有的甚至用大烟逼迫老婆孩子自尽，自己好轻手利脚逃跑。一时间，多伦城乌烟瘴气，笼罩在一片恐怖绝望之中。

守军总指挥郄辛田把保安上校总队长颜景卿，各县县长，军统、中统特务头子和白金辉、于秀成、张振三等一帮子头目请到城防司令部，商议防守对策。

才经过一天时间，前一天都耀武扬威不可一世的人们，今天坐在那儿都不吭声啦。白金辉的马鞭子也不晃悠了，放在桌上头低垂着，人像个大虾弯在那儿。张振三的人马未受打击，但他在城头上观察到了解放军攻势的凶猛，他已怯阵了。

见众人好半天不吱声，郄辛田干咳两声给众人打气："各位，不要灰心丧气，一天的接战，共军只占领了城外的阵地，我军损失很小，我们的主力部队未受损失，我们有能力与共军继续战斗。多伦城高墙厚，我们的部队战斗力强，共军是进不了城的。我已电告张恒的孙司令，请他派快速骑兵部队增援我们，增援部队一到，内外夹击共军，我们一定会取得赫赫战果的。"

颜景卿说："问题是共军好几万人围城，我们守城兵力不足三千人，守一两天有可能，时间长了城非破不可。司令，咱们不能不做突围的准备啊！"

"是啊，共军人山人海把城围上啦，要赶紧组织突围……"众人纷纷表态。

国民党中统特务李铁夫脸色阴沉地一拍桌子制止纷乱，狠歹歹地说："诸位，我们都是党国的栋梁、反共的先锋，都是刀头舔血的人，难道你们让共军吓破胆了吗？我们要动员组织全部力量守城，与多伦共存亡，要对丧失信心畏缩不前者予以惩罚。"他杀气腾腾的话一时让众人无话可说了。

"李兄说得有道理，我们要精诚团结，要以决死精神守多伦。"郄辛田说，"明天张桓绥署派飞机空投弹药，轰炸围城共军。驻张北的骑兵旅出发支援我们，只要我们坚持三天，守城就算成功啦。"

李铁夫说："我认为，各县府的人都要编进守城部队上阵打仗，城里的壮丁都组织成队伍守城。警察局和特务机关严格实行戒严，对一切扰乱军心、破坏守城者都抓起来，尤其是要防备共匪谍报人员进城做内应。当年吉鸿昌破城就是使用里应外合的计谋。”

颜景卿说：“李书记说得是，好歹也要抗住共军的攻城，不然城被攻破了大伙儿一块玩完。”

众匪首们叽叽喳喳商议了一阵子，总算统一口径，打起精神来守城。

郄辛田综合众人意见下了三条命令，一是集中城内所有力量守城；二是抓捕城内可疑分子，必要时实行清狱，以绝后患；三是一旦城破，集中力量突围，抓捕城中百姓打头阵，来掩护他们逃跑。

郄辛田说：“弟兄们，我们的明天是很关键的，只要明天收到空投，打退共军，我们就能伺机而动，或守或走都能争取主动。”

白金辉等人表态说：“打是要好好打的，不然城破了谁他妈也好不了，只是明天空投的弹药要大伙均分，不然子弹打光了这仗没法打。”

郄辛田当即表示，一旦空投下物资，一定平均分配，谁也不多吃多占。

会议散了后，多伦城像开锅似的人嘶马叫、鸡飞狗跳，城内实行了戒严，严令居民待在家里不准乱动，青壮年则被逼迫上城墙点火把守城。多伦城上灯火通明，风声鹤唳，草木皆兵，特务、警察对全城进行大搜捕，凡是有怀疑的外地人都进行审查，许多人被捕入狱。兵痞们趁机大肆勒索，抢夺各商号财物，有反抗的当即被枪打刀砍，非死即伤，惨不忍睹。

郄辛田等匪首们制定好了一旦城破便突围逃窜的预案。

攻城的解放军各部在司令部的指挥下，趁黑夜也已进入攻城出发地。詹司令员排兵布阵，将多伦城西城南的攻击任务交给了朱德骑兵师，配署步兵三十二团、克什克腾旗支队、蒙汉骑兵师攻击城西。独立师从城北和城东突击，并作为攻城巷战主力。朱德骑兵师和蒙汉骑兵师各抽出一个主力骑兵团与部分地方部队机动配置于城南金莲滩，准备打突围之敌。

炮兵配置于城南有利位置，既能攻城，又能打突围之敌。

天刚破晓，战斗打响了。

打下西大仓的朱德骑兵师三团在追歼顽敌时，早已运动到多伦城下。突击连在马春雨的带领下，在城西南角利用炮声作掩护，将城脚刨进一米多深的洞，一次塞进四五个炸药包，外面又用砖石填实。攻击命令一下，马春雨点燃炸药，顷刻间，“轰隆”一声闷响，震得大地直颤动，城西南一段城墙被炸垮坍了，砖石土块形成了一个斜坡，城墙被炸出一个大豁口。烟尘未散，掩伏于安全地带的突击连就攀斜坡登上了城头。

马春雨和突击连登城后迅速消灭了被炸得晕头转向的守敌，掩护三十二团的步兵从突破口入城。他们骑兵只守突破口，后来又接到命令把突破口的守卫任务交给了后卫部队，骑兵团撤出战场，整顿鞍马向城南预设战场运动。

这时，炮兵也大显神威，一连几个齐射，打坍了南城门楼，将城东南城墙轰开一个口子，将城头的碉堡也炸飞了，攻城部队趁势突进攻进了多伦城。

就在这时，东南天际传来巨大的飞机轰鸣声，国民党四架战斗机、两架运输机排着阵形向多伦城飞来。战斗机两架一组盘旋一周后，翅膀一歪，向我攻城部队“咕咕咕”打下一串串机关炮，又扔下几颗小型炸弹。两架运输机则降低高度，在多伦城上空抛出一包包物资，带着降落伞飘飘悠悠地下降。这时，多伦城上空刮着东北风，降落伞被吹散了，有的落到城里，有的飘到敌我争夺的地方，有的飘落到城外我军阵地上，我军战士一边组织对空射击，一边将伞包抢运回来。伞包里全是子弹、迫击炮弹和枪支，当即武装了我军指战员。

在对空射击的威慑下，敌机不敢低飞扫射，在空投物资时应付差事似的掩护运输机空投完便编队飞走了。敌机的轰炸没有给我军造成多大损失，反而送来了一份厚礼。城内的敌人眼睁睁看着大部分空投物资落入我军之手，却无可奈何。

马春雨的连队拾到一个大伞包，战士们七手八脚将伞包抬到战壕里。马春雨爱惜降落伞布，白白的柔软又结实，伞绳也很坚韧，他细心地将伞包卷成一个大包抱回阵地。

在经团长批准后，大家撬开了空投下的大木箱，大木箱里又有好几个小箱子，全是黄澄澄的子弹，有冲锋枪弹、步枪弹，指挥员按型号给各连队分发了弹药。另一个连队捡回的伞包全是迫击炮弹，可把机炮连长乐坏了，他的炮眼看要断顿啦，他抱着炮弹说："谢谢老蒋这个运输大队长，真是雪中送炭哩!"另一个连队抢回的伞包是一个大箱子，撬开后大伙兴奋地跳起来，里面全是崭新的捷克式轻机枪，黄团长请示卜云龙师长后，给一线连队每连新配了一挺。

正忙乎着，传来了"滴滴答答"的军号声，连排长们大声喊叫："上马，出发!"

战士们眼见步兵络绎不绝地从突破口攻进多伦城，自己都骑马向城南移动，离开了战场，嘁嘁喳喳地说："咋的啦，啃骨头有我们，吃肉却让我们离了肉馅，让咱们一边歇着去啦!"

指挥员们在马上催促："别慢腾腾的，赶快到指定位置待命，仗有你们打的。"

从三个方向突入多伦城的解放军在城内连成一线，逐街逐巷向城中心和城北压缩攻击。绝望的敌人利用即设阵地顽固阻击，与解放军打巷战，战斗十分激烈。

这时，郄辛田、颜景卿、徐振岐、李铁夫、白金辉、张振三等人都跑到匪城防司令部当年日本关东军修建的大地堡内商议军机。

颜景卿把手里的美式冲锋枪放在桌上，凄然地说："不行啦，共军人太多，冲击太猛，咱们守不了多久，得赶快突围，不然，都叫人家包了饺子。"

郄辛田说："破城是预料中的事，咱们马上实施第二步方案，李站长你和警察局孙局长清狱，将那二十三名共党分子和穷棒子农会干部就地干掉，不留活口。把其他的犯人全放掉，让他们给共产党制造麻烦。"中统特务李铁夫和伪警察局长领命带人奔监狱而去。

郄辛田命令多伦县国民党党部书记长李镜函、县长王家德立即焚烧文件档案，烧掉粮库和其他重要物资，同时煽动居民出逃，说军队保护他们突围。

他命令颜景卿、白金辉和保安第十团团长关绍锋、张振三等人集结骑兵，保安十一团和其他杂牌队伍与共军打巷战，掩护骑兵经城南门突围。

多伦城巷战激烈而短促，由于守敌大部分准备突围逃跑，少数顽敌依托城内坚固的民宅和商号庙宇顽固抵抗，解放军伤亡不小，但仍勇猛推进。他们一个排或一个班围攻一个院落，用炸药炸围墙，步枪机枪上房压顶，像掏老鼠一样将隐伏于院内的敌人击毙或俘虏。有胆大的老百姓帮助战士们制伏匪徒，城内到处是喊杀声、劝降声和伤者的嚎叫声。

李铁夫等率特务队和警察赶到监狱，将核对好的中共地方干部、进步群众二十三人集中到一个大监房里，凶残的敌人将机关枪架在监房门口向他们猛烈射击，然后又检查尸体，未死者补枪补刀，监房里血流成河，流出了监房门口。李铁夫又命令释放关押的其他犯人，让他们流窜民间，危害乡里。接着放火焚烧档案室和监狱，焚毁罪证。

到了下午五时左右，在我攻城部队攻击正酣时，郄辛田、颜景卿等人将一千六百多骑兵集中起来，前边押解着二百多无辜百姓开道，突破我军阻击，向城南门蜂拥而来，要强行突围逃跑。

狡猾的郄辛田让颜景卿、白金辉和关绍祥等人率骑兵突围，他以殿后为名，却在后面率二百多布里亚特蒙古骑兵准备乘隙从西门突围逃跑。

见敌人要突围，剿匪指挥部詹大南司令员命令让开南门放敌南逃，进入我军预设战场，并伺机救下被当作“挡箭牌”的老百姓。

顽匪在不断受到我军打击的情况下，不顾伤亡拼命向南门突进，在我军让开阵地的情况下，押解着老百姓冲出南门。

守在两侧的解放军同时冲向乱哄哄逃出来的敌人，伤亡了好几个战士，将老百姓抢了出来，送到城门东侧我军阵地上。

国民党骑兵匆匆忙忙冲出城门，如同决堤的洪水向南泄去。在大部敌骑冲出后，解放军迅即以绵密的火力封锁城门，敌人的部分骑兵和步兵又被打回城内，大部分举手投降了，个别顽敌又和我军一阵对战后，被消灭在城内。

这时候，郄辛田和几名亲信在布里亚特蒙古骑兵的护卫下，夺西门冲出城，向西没命逃窜，正在部署围歼敌大队骑兵的我军指挥员命令察北蒙汉骑兵师抽调一个骑兵营坚决追歼逃窜的布里亚特骑匪。

郄辛田是一个狡诈的家伙，他自忖与大队突围凶多吉少，莫如让大队人马吸引共军注意，自己剑走偏锋，来个金蝉脱壳。他早就把布里亚特旗头领额仁钦道尔吉扔在多伦的二百多骑兵抓在手里，极尽笼络。那些布里亚特骑士们成了离群的孤雁，郄辛田收留他们，又是送生活用品，又是赠送金钱，还承诺选择适当机会，送他们回到遥远的呼伦贝尔草原去。布里亚特人无不对郄辛田感谢万分，甘愿听凭郄辛田驱使。布里亚特骑兵成了郄辛田的私人卫队，郄辛田又给他们补充了枪械弹药，配齐了战马，随时听候他的指挥。

在部队突围时，他有意留在后边。部队逃跑心切，哪个还顾得上别人，郄辛田和心腹十几个人带布里亚特马队却拐向西门，突破了解放军的警戒封锁，一路狂奔进入草原，向集宁方向逃窜。

奉命追击郄辛田匪部的察北蒙汉骑兵师二营，长期在察绥草原作战，对地理形势都很熟谙。骑兵营三百多匹战马从多伦斜刺里追击郄匪残部。郄辛田奔逃了一夜，天将黎明时，才跑到一个村屯，这里是敌我交叉控制地区。他们疲惫之极，进了村子便进了房舍像点样的人家，逼迫老百姓烧水做饭，喂马下料，准备歇息一阵再走。他们认为解放军没有发现自己，即使发现了一时半刻也追不上他们。

正在匪徒们准备吃饭时，解放军骑兵营已追到了村头，侦察班引导营首长隐伏在村子后山顶上，用望远镜仔细观察敌情，见敌人分散在老百姓家吃饭，战马都拴在当场吃草料，便命令部队下马分两路包围村子，准备用突然的火力消灭大部敌人，然后再乘马追杀残余敌人。他们清楚布里亚特人马上功夫十分了得，只有用火力击杀，削弱其战斗力，才能确保战胜敌人。

这一带的草原都是光秃秃的，骑兵营在向村庄迂回时，被放哨的敌人发现了，敌哨兵鸣枪示警，敌人扔下饭碗，慌乱地牵马要跑。

解放军骑兵营长当机立断，命令架在村子外小山包上的几挺机关枪射击，战士们边向村子冲边射击，一时间，密集的枪声笼罩了村子，一些敌人还没抄起枪就被打倒在当场，敌人乱作一团。

郄辛田等人正坐在一户地主家的炕上吃饭，骤然而至的枪声一响，他跳将起来，拔短枪喝叫手下出去抵抗。他们冲出屋门，见手下已备好马匹，他一面命令布里亚特军官指挥部下抵抗解放军，一面率亲信上马向未发现解放军的村西突围逃窜。布里亚特人在村里依托房屋院落，拼命抗击解放军的攻击。

解放军发现郄辛田率少数人逃走后，立即封闭了村西道路，从四面包围了村子，打垮了布里亚特骑匪的两次突围，将敌人紧紧包围在小村子里。

打到傍中午时，敌人已被消灭了快一多半了，剩下的布里亚特人子弹快打光了，战斗力明显下降，仍凭借蒙古人强悍的战斗意志拼死抗击。

解放军骑兵营长和教导员适时派蒙古族战士用蒙语喊话，告诉他们："你们布里亚特部落的亲人们，已被人民政府安全地护送回了呼伦贝尔草原，你们的妻儿父母正等着你们回家团聚，请你们不要再为国民党反动派卖命啦，再抵抗下去，只能是死路一条！只要你们放下武器缴枪投降，解放军保证你们生命安全，既往不咎，送你们回家与亲人团聚。"

残余的布里亚特人听了逐渐停止了射击，额仁钦道尔吉抛弃他们出走后，便对自己的未来做了最坏的打算，他们成了被抛弃的孤儿，长空中离群的孤雁。现在到了山穷水尽的地步，蒙古同胞的喊话，更是戳了心尖子，悲凉无助的心情让他们流泪，他们想亲人了，不想再打这无目标的仗了，便喊话让解放军派蒙古人代表进村谈判。一名蒙古族解放军副连长带两名战士进村，说服残余的九十多名布里亚特人投降，交出了武器和马匹。解放军进村收治被打伤的布里亚特人，埋葬被打死的匪兵，曾横行内蒙古草原多年的布里亚特额仁钦匪帮终于灰飞烟灭了。

再说颜景卿与关绍祥、白金辉、李铁夫、张振三等匪首率一千余骑匪，仓皇冲出多伦城南门，不顾解放军的猛烈阻击，只一门心思地逃跑，大队骑兵羊群似的往金莲滩草原涌来。他们一心要通过金莲滩塔拉，穿越张北以北的平坦地带，与张北和张家口警备司令部派出的国民党骑兵会合，逃脱解放军的打击。

殊不知，金莲滩已是解放军预设的战场，是恶贯满盈的顽匪们葬身的坟场。

金莲滩是一处大塔拉，闪电河从坝上发源划成一个大弧流淌在金莲滩，水流舒缓，形成大片的湿地沼泽，当地人又将这片草地叫朝天洼，是一片非常美丽的草原。但是在春夏秋季节，沼泽上星罗棋布的草墩子下或草地下，却是一个个陷阱，人马都不能过。一旦陷下去，越挣扎陷得越深，极易招致灭顶之灾。

剿匪部队在金莲滩（朝天洼）的外围草岗子上早已布好了阵势，朱德骑兵师三个团、察北蒙汉骑兵师两个团以及军区炮兵营，两个师属机炮营的山炮、迫击炮、重机枪早已占领阵位。朱德骑兵师两个团在东西两翼与敌突围骑兵平行前进，一个团在封堵住多伦南门后，赶鸭子一般衔尾急追，草原上数千匹战马滚进，马蹄声、枪炮声轰轰隆隆，使得大地都震颤不止。烟尘翻卷，刀光闪烁，死神在蓝天与烟云上狰狞，挥动夺命的镰刀收割善良的或邪恶的灵魂。

马春雨所在的骑一团负责封堵南门，赶羊入圈，待敌大队骑兵冲出南门后，部队即用猛烈的火力将跟着出逃的敌步兵打了回去，随即严密封锁了城内，负责攻城的步兵继续搜剿城内残敌。

跟着马春雨追杀敌人的张才、王士林纵马追杀逃敌。张才刚冲进一道干河沟，突然从沟里冲出两骑敌骑，那两个家伙乍一见张才一呆愣，张才一眼认出了他们，他大喊：“是王文轩、吴和文吧？别瞎跑了，你们被包围了，快下马投降，当解放军吧！”这两人和张才是老乡，都是土城子人。

叫王文轩的家伙见吴和文犹豫不决的样子，大叫道：“张才你别他妈糊弄人啦，我们杀过潘书声，打过柴胡栏子，背着血债哩，八路能饶了我们？”

张才说：“我敢担保没事，只要你们投过来，保你无事。”

“屌吧，老子不听你那一套。”王文轩说着，朝张才抬手一枪，接着双脚一磕马蹬夺路就跑。

张才狠骂一声，端起步枪“砰”的一枪，王文轩乘马刚翻上沟道，被一枪从马上打下来，马一溜烟跑了。

那个叫吴和文的家伙见了张才忙说：“别开枪，好歹咱们是一个营子住着的，给我一条活路中不？”

“你的活路就是投降。”张才说着催马上前就要缴他的枪，叫吴和文的土匪嘴上求饶，手里的步枪却推弹上膛，从马鞍上抬起了枪身。

“砰”的一声脆响，吴和文胸前开起一朵血花，仰面栽下马去。

是王士林在张才身后发现吴和文的诡计，抬枪击毙了这个顽匪。

连指导员乘马冲过来，他也发现了顽抗的敌人，他用马刀拨拉一下敌尸，严肃地对张才说：“敌人不投降就坚决消灭他，对这股敌人没什么仁慈可讲。”

张才和王士林互相望了几眼，两人几乎同时拔出马刀，大吼一声：“杀！”跟着指导员冲向金莲滩。

一千五六百敌骑兵逃到金莲滩，像一群羊似的乱哄哄争相逃命，当他们全部进入剿匪部队设置的口袋阵时，詹司令员一声号令，解放军炮兵开火了。五门山炮、两门“九二”步兵炮和“八二”迫击炮、“六〇”炮“咣咣咣”“咚咚咚”向敌骑兵群打出了一排排炮弹，顿时，敌群被炸得人仰马翻，四下崩散，人马的尸体残肢四下飞溅，敌人乱了，像没头的苍蝇四处乱跑。

伴随炮击，埋伏于周围的轻重机枪刮风似的射出稠密的弹雨，如同割麦子似的打翻了一片片敌骑兵，敌人狼嚎鬼叫，忙不迭地向后退怯，躲避夺命的枪炮。

在敌人惊慌失措的时候，解放军两个骑兵师出动近千名骑兵，成扇子面自东南向敌阵压过来。

解放军的铁骑兵排成两列横队，一律左臂扎白毛巾，个个将闪亮的马刀搭在右肩上，勒住马头排着标准临战阵形徐徐前进。战马体会到即将到来的搏杀，打着响鼻，前蹄急躁地锤击大地。我军阵地上，机枪手和步兵坚守阵位，随时给骑兵以火力支援，并剿杀逃窜的敌人。

被解放军火力急袭打得狼狈不堪的敌人，又发现解放军骑兵步步紧逼上来，在一阵慌乱后，敌人在军官们的叱骂中排好队形，拔刀面向解放军骑兵，发出一阵绝望的嘶吼，准备与解放军死拼。

敌人的骑兵大多数是骑马打仗的步兵，一般是打仗时下马接战，能够按严格意义上在马上使枪抡刀的骑兵不多，只有一部分曾是伪满洲国的骑兵和张家口国民党骑兵团的一部分，能够与我骑兵马上一比刀法。像白金辉的匪兵，也只有一部分匪徒能在马上与我军对攻。

颜景卿、关绍祥和白金辉等匪首见我军骑兵步步逼近，便声嘶力竭地叫喊："弟兄们，成败在此一举，想活命的都给我冲啊！"

群匪发出狼一样绝望而恐怖的嘶吼，开始向我骑兵冲击而来。

在解放军骑兵阵形到达纵马冲锋的距离时，朱德骑兵师卜云龙师长一马当先，他高举战刀大喊："为柴胡栏子牺牲烈士报仇的时候到了，杀！"

战马"咴咴"叫了两声，卜师长一马当先，率骑兵勇士们排山倒海般冲向敌阵。

"杀——"骑兵战士们发出一声怒吼，放开马缰绳，战马如同绷紧了弦的利箭，一齐向敌人飞奔而去。

从北面杀过来的骑三团勇士们见前边即将展开的搏斗，黄团长勒住战马，朝他的勇士们喊道："下马，扔掉背包，紧马肚带，机枪手、步枪手掩护，准备跟我冲锋！"

骑兵搏杀，战前要检查装备，紧马肚带，马肚带松了，搏斗时容易转鞍鞯，是很危险的。

骑兵冲锋，打掩护的机枪手、步枪手要占据掩护阵地，随时准备接应冲锋的队伍。一些刚上战场的新兵和后勤人员留在后面，避免无谓的损失。

马春雨是响当当的骑兵英雄，当然要乘马冲锋。因为张才、王士林年龄小，一般不允许他俩上阵与敌人拼马刀，今天照例命令张才、王士林在后面打掩护。

张才不干，提着马刀就往前闯，马春雨一把抓住张才的马缰绳："干什么？谁让你打冲锋的？"

"我要杀敌立功。"张才倔强地说。

"立什么功，你哪挂彩了，身上都是血！"马春雨关切地说。

张才收住神，低头看自己身上，一阵剧痛袭来，他"哎哟"一声向后倒去。

马春雨探身扶住他，招呼王士林下马，把张才扶下马来放倒在地上，看是哪受伤了。

张才的右大腿内侧正在冒血沫子，人疼得直吸凉气，卫生员跑过来包扎伤口，发现一颗子弹打穿了马鞍前轿将张才右腿跟打穿，撕开一个大口子。在追杀敌人时，借股急劲他没觉得疼，听马春雨一说，才发现，才觉得疼痛万分，站不起来了。

马春雨观察了伤口，庆幸地说："还好，没伤着骨头，要是再高一点，就把要命的家伙给打飞了。"王士林帮卫生员抬着他到后面去。

马春雨边下命令边飞上马背，拔出马刀率队冲向敌人。

这时，前方解放军骑兵已经与敌人刀对刀、枪对枪地厮杀在一起了。

铁骑兵第一排骑兵奋勇杀入敌阵，将敌人的队形冲乱了。紧接着第二队掩杀过来，与敌骑兵捉对交战。敌人有的在马上用刀拼命抵挡，有的在地面上用刺刀长枪与我军格斗，"乒乒乓乓"的撞击声，一阵接一阵的枪声，和中刀中枪者撕心裂肺的惨叫此起彼伏。敌人已是惊弓之鸟，哪里是铁骑兵的对手，纷纷成为刀下鬼。

马春雨一马当先地在敌群中劈杀着，他的雪枫式骑兵马刀又长又宽，战马所到之处，敌人纷纷倒毙。马春雨见两个使马刀的家伙合力砍杀了一个解放军骑兵，他大怒，拨马冲向敌人。

两个家伙见马春雨冲来，便相互示意，拨转马头，挥刀朝向马春雨围过来。

马春雨心中暗喝："狗日的找死！"双腿一夹，战马心领神会，加速向前冲锋，左劈右砍，快如闪电，只听"咔嚓咔嚓"两声脆响，迎面冲来的两个敌人的脑袋搬了家，无头的尸身喷着鲜血，被马拖带跑了。

马春雨勒住战马，甫一定神，"呀"的一声叫喊，一个戴着伪满洲国兵大盖帽的家伙，端着明晃晃的三八大盖枪刺冲过来。日式三八枪枪身长，刺刀也长，那小子挺机灵，刺杀稳健，是个老手。马春雨拨战马一个旋转，躲开敌人的刺刀，未等敌人收枪，马春雨顺势挥刀，"嚓"的一声，便解掉了敌人的左胳膊，接着回刀一抹，敌人的脑袋便垂到了后背上。

马春雨转过身，发现一个敌骑兵穿着蒙古袍，在马上大呼小叫，宽背大刀抡得呼呼响，接连砍伤了好几个解放军骑兵。马春雨大喝一声，两腿一夹，大红马箭一般地冲过去，没等那家伙抡起宽背大刀，马春雨已冲到近前，刀光闪处，那颗满脸大胡子的头颅已滚落在地上。

纷乱的敌人被铁骑兵围在朝天洼，被杀得丢盔卸甲，狼奔豕突，鬼哭狼嚎。几股敌人摆脱骑兵的追杀，试图夺路逃跑，被外围我军用机关枪、步枪点了名。

敌人慌不择路，一些敌骑跑进沼泽，人马都陷进去动弹不得，被一掠而过的铁骑兵砍杀或枪击而死，有的陷在那里举手哀求饶命。

这是一场在解放战争中少有的骑兵会战，数千匹战马交锋，金莲滩上人马的尸体横陈，头颅翻滚，血流遍地。

马春雨在敌阵中杀了好几个来回，他的战刀砍出了几个豁口，人马身上浸满血水。这时，大部分敌人已被消灭，但在东南方向仍有一股敌人拼命顽抗，马春雨率一队铁骑向敌人冲去。

这伙敌人簇拥着几个军官模样的家伙拼命冲阵，想突破包围夺路逃跑。

一个戴大盖帽的敌军官一手挥着手枪，一手抡着马刀逼着部下："给我打，打！"

擒贼先擒王！马春雨策马挥刀杀向敌酋。

那家伙见马春雨旋风一样的杀来，挥动手枪连打两枪，又挥刀迎上来，“当”的一声，二马一错蹬，这家伙被马春雨强劲的刀锋震得右手握不住刀，马刀脱手落地，他惊恐地“啊”了一声，拨马便跑。

“哪里走！”马春雨哪容顽敌逃跑，带马返转过来，一刀劈进了敌军官的咽喉。

“啊！颜司令死啦！”余敌惊呼着四下逃散，没有人再敢与马春雨对阵。

被马春雨刀劈的是多伦国民党保安第四总队上校总队长颜景卿。

国民党中统特务李铁夫、多伦县党部书记长李镜函、县长王家德和几个流亡县政府官员躲在一个坑凹处，蹲伏在那里，早被解放军神勇的骑兵吓得颤抖不已，举双手向解放军投降，唯恐变成刀下鬼。

伪经棚县长郭璞跟随在白金辉身边逃跑，马突然打失前蹄将他扔到草地上，他爬起来喊：“救命，等等我！”白金辉等人哪里顾得上他，早跑了。郭璞连滚带爬地往前蹽，突然，两名解放军骑兵横到他面前，大喝：“缴枪不杀！”

“我缴枪、缴枪！”郭璞说着却抬手开枪，打伤了一名解放军骑兵。

“妈的，我灭了你！”另一个骑兵战士纵马蹿上来，“呼”的一声，郭璞像一个皮球被撞飞出去几丈远。

未等他缓过神来，骑兵身形已跟了过去，郭璞刚爬起来，马刀白光一闪，“啊呀”一声惨叫，郭璞被斜肩带背砍作两段，污血喷溅，呜呼哀哉！

白金辉仗着大白马敏捷，几次躲过解放军的砍杀，与张振三等二十余人拼命逃跑。

“哒哒哒”一串冲锋枪子弹扫过，张振三的马中弹栽倒，将他甩出好远，他借势滚了几滚，跳到一个小沟槽子里。他的谍报队残余的几个人见队长趴伏在当场，都冲过来和张振三靠拢在一起，阻击解放军。

张振三见自己的手下拼命护卫自己，挺感动的，他红着眼睛说：“弟兄们不愧跟我这几年，咱们生死同在，跟共军拼了吧！”

这伙敌人仗着武器好，拼命向解放军射击，掩护了白金辉的逃跑。

追杀过来的解放军骑兵被打下几人后，马上占据有利地形，架起了机关枪和掷弹筒。一阵猛烈对射，炽烈火力压垮了张振三一伙，掷弹筒发射的炮弹打哑了敌人火力，骑兵乘势冲杀过来，在马上扔过十几枚手榴弹，在沟槽子里外一齐炸响，张振三等十几个匪徒被烟火吞没了。

骑兵战士又冲到沟槽上，用步枪、冲锋枪将还没死的匪徒打成了蜂窝。

这时候，白金辉与二十多个敌骑顺着一个小河沟，躲过了我军的阻击，乘隙逃窜。我军用机枪、步枪打掉了几个敌人，白匪窜进一片小树林拐过山湾逃跑了。

金莲滩的围歼战已经到了尾声，解放军战士正在战场上搜索残匪，偌大的塔拉里人马尸体狼藉，无主的战马“咴咴”叫唤，咸腥的血气令人作呕。战士们一边救护伤员，收殓烈士遗体，一边清点敌尸，打扫战场。突进朝天洼的敌骑兵一千六百多人，除几十个敌人逃跑外，被俘六百余人，其余一千多人尽数被歼，国民党专员郄辛田从城西北逃跑，国民党保安第四总队上校总队长颜景卿、第十团团长关绍祥、伪经棚县长郭璞、国民党九十三军谍报队长张振三被击毙，白金辉侥幸逃脱。

多伦战役总计歼敌一千余人，俘敌两千五百余人，缴获轻机枪二十挺、迫击炮四门、长短枪八百五十余支，缴获战马一千余匹，一举拔除了威胁我冀热察解放区的钉子，彻底消灭了反动分子聚集的敌匪窝点，为革命烈士报了仇。

战斗中显示了人民骑兵的军威，骑兵勇士特别勇敢、顽强，英勇杀敌，有的砍杀三四个敌人，马春雨一个人打死十五个敌人，再次为人民立下了大功。

战火洗礼过的多伦城，此时正沐浴在艳艳的阳光下，东西两座大庙琉璃屋脊闪烁着金光，高原名城自此脱离了苦海，走向新生。

詹大南司令员和指挥部的首长们登上多伦城南门城楼，见解放大军在城里城外打扫战场，扑灭敌人逃跑时放的火，帮助群众清理破坏的家业，东西大仓的喇嘛们也敲响了大钟，庆贺多伦获得解放。

司令部的参谋陪同卜云龙师长和察北蒙汉骑兵师、独七师的首长们登上城楼，报告战果。经过俘虏指认，确认匪首颜景卿、关绍祥、郭璞、张振三已被击毙，匪首郄辛田、白金辉逃走，国民党上校副专员徐振歧、中统特务李铁夫、多伦县县长王家德以及国民党正蓝旗、布里亚特旗、多伦诺尔旗，党、政、军、特人员以下两千五百余人被俘，彻底割掉了危害冀察热辽解放区的毒瘤。

詹司令员握着卜云龙师长的手说：“你们不愧是百战雄师，人民的铁骑兵，打得太好啦，我代表军区谢谢你们，并给你们请功！”

师首长们说：“只可惜七师十九团黄泽九团长、大功班长战斗英雄贺凤江，朱德骑兵师一团一连连长赵连水同志牺牲了。初步统计，我军共伤亡五百余人，其中有一百一十九名指战员牺牲。”

詹司令员深沉地说：“烈士的鲜血和生命换来了多伦的解放和新生，为人民打天下，求解放，我们的牺牲是值得的。以后，我们要在多伦建一座革命烈士陵园，让人民永远纪念为人民解放牺牲的革命烈士们！”

察北骑兵师长报告说：“只可惜，匪首郄辛田从城西北逃跑，我军追击后，消灭了布里亚特残余匪帮，郄辛田二十余人脱逃，我军正在追击中。”

卜云龙师长汇报说：“据清理战场战俘交代，白金辉、于秀成已突围逃跑。”

詹大南司令员攥着拳头说：“除恶务尽，绝不能让这两个制造柴胡栏子事件的杀人恶魔逍遥法外、死灰复燃。卜师长，你师立即派精干骑兵追剿，活要见人，死要见尸。”

“是，司令员，我已经派出骑兵队循迹追击这两个恶魔了。”卜师长回答。

“很好，你们很主动，走吧，咱们下城楼和城里的商人们见见面，帮助人民政府尽快恢复秩序。”众人随着詹司令员到城里做安抚工作，走在街上，看到军民喜气洋洋的情景，心中充满激动。

七　追杀于秀成

于秀成在朝天洼的激烈搏杀中，坐骑被击中，马一个跟头扎在草地上，把于秀成甩到地上，他被摔得七荤八素，脑袋差点栽到腔子里。他刚要爬起来，见解放军骑兵挥刀掩杀过来，赶紧顺势又倒下，伸手从旁边一具死尸身上捋一巴掌血，抹在自己脸上，躺在死尸身边装死。在解放军骑兵掠过后，他一咕噜滚到一个土坑里，四下观望，见一匹空马跑过来，他窜了出去，紧跑几步蹿上马背，向东北方向逃窜。在这过程中，他召集了几个到处乱窜的匪徒，带他们拼命突围，追杀的解放军将几个土匪打下马来，只有于秀成和两个家伙冲出包围，向蔡木山方向逃窜。

骑兵三团黄振斌团长从俘虏口中得知逃敌是惯匪于秀成，立即命令马春雨率一个排跟踪追击，不惜一切代价消灭于秀成。

马春雨和战士们把身上携带的干粮都喂了战马，然后扬鞭催马，循于匪逃跑踪迹向东北方向猛追。

于秀成和两个土匪逃出战场，他们拼命抽打马匹奔跑。他与两个手下商量，不去张家口也不去北平，还是回克什克腾旗，利用对地理民情熟悉而好藏身，然后再集合旧部，好东山再起。他气喘吁吁地说："他妈的，咱爷们碰到这么大的阵仗都大难不死，全身而退，吉星高照哩！回去后，再招兵买马，东山再起，跟共产党斗到底！"

他们一口气逃出五六十里地，马累得直打哆嗦，跑不动了。俩手下也上气不接下气地恳求于秀成："团座，不行啦，实在走不动了，得歇歇，马快累死了！"

"这一带我熟悉，再撑几里地，前头是铁公泡子，到营子找户人家吃点喝点，喂喂马，只要过了蔡木山，就进了经棚县地界。只要一进了山林，就是咱们的天下了。哈哈，我于秀成就是吃了还阳丹，还是好汉一条，共军又能把我怎么样？"

仨家伙又催马急行，到了掩映在山环里的一个村子，叫铁公泡子，有三四十户人家，于秀成勒住马说："弟兄们，进营子找一户有点门面的歇马吃喝，再带点干粮，回咱们老家去。"他庆幸逃脱了解放军骑兵的惩罚，正得意呢，回身往来路一看，见远处尘土大起，一哨人马飞一般地向他们追来。

他心中叫苦，大叫一声："不好！共军追来啦！快进营子。"疯了一般地冲进铁公泡子村。他们跑到村子当中一户门楼下，于秀成见这户人家深宅大院高门楼，认准是一户有钱人家，他跳下马，把马缰绳塞给一个手下说："兄弟，你俩牵着我的马穿村而过，直接奔东北大山，我在营子里躲一会儿，弄点吃的带上，到山上找你们。”

俩土匪哪敢违抗命令，使劲抽打马匹，急慌地穿村而过，向东北方向逃窜。

马春雨使用黄团长给他的望远镜，早就发现了于秀成三个人的身影，带全排骑兵迅疾追赶，转过山脚，发现逃匪穿村而过，继续向东逃窜，他恨恨地说：“妈的，想跑，没门儿，给我追！”

马队轰轰隆隆扬起一路烟尘向逃敌猛追，逃敌人困马乏，眼看要被追上了，俩土匪在马上转过身，“当、当”打过两枪，负隅顽抗。

马春雨见敌人顽抗，他命令战士们：“开枪，给我消灭他们！”

“达、达、达”，机枪手在马上几个点射打过去，俩土匪闻声从马上栽了下去。

马春雨催马上前，拦住了三匹马，地上倒着两个匪徒，一个身体中了枪，早蹬腿呜呼了，另一个还活着，顺嘴冒血沫子。马春雨跳下战马，用马刀尖指着他喝问：“说，另一个人呢？是不是于秀成？”

那家伙断断续续地说：“于团长，在营子里没出来……”他还没说完，头一歪咽气了。

马春雨转身跃上马背，命令道：“回村，包围这个村子，一定要挖出于秀成！”马队“哗”地转身返回铁公泡子村，在村子周围布下岗哨，马春雨带战士们瞄踪迹搜索。

在营子当中的高门楼前，马春雨他们发现了土匪踪迹，他一挥手，战士们下马封住了大门，另两个战士拍马到大墙下，从马鞍上站起来，腾身上了门楼，控制了院子前面。

马春雨提着驳壳枪“啪啪”敲打门环，一会儿听见院里有咳嗽声传来，一个苍老的声音传来：“谁呀？”

“老乡，是我们，我们是人民解放军。”

“解放军，你，你们要干啥？”

“老乡，请你开门，我们有话问你。”

“呃，是是是，这就开门，这就开门。”

“吱呀”一声，榆木黑漆大门打开了，一个模样有五六十岁的老头站在那，他的脸上挂着惊恐的表情。

马春雨注意到了，他走到近前说：“老乡，别害怕，我们是人民解放军，刚打下多伦城，正在追击逃窜的匪首于秀成，于匪逃到你们这营子了，跑没跑到你们家呀？”

“没有，没有，长官，我们安分守己过日子，从来不敢窝藏贼人。”老头说话间难以掩饰他的惊慌不安。

“老乡，如果真让土匪钻进来，那他是要造害你们的，如果你窝藏土匪，人民政府要治罪的。我们瞄踪，发现有人进了你家，我们要搜查，也是对你一家有好处的。”马春雨严肃地说。

那老头闪烁其词，嘴里说没有人来，手向院里指划一下，嘴向里努了一下，让开进院的路。

马春雨心里明白，他一挥手，七八个战士冲进院内，跟在老头身后向院里搜索。

于秀成此时已藏在东跨院的一个山药窖里。

他让两个小匪向东逃，自己敲门钻进这家掩藏。这家是本地的一个地主，儿子在张家口经商，家里还有老婆和一个长工看家。

于秀成钻进院子，枪口顶着老两口喝令他们不准声张，否则杀他全家。他又把长工叫到跟前，吩咐严把口风，不准乱说，又叫老头帮他找藏身的地方。老头把他领到东跨院的麦秸垛前，把麦秸划拉开，揭开一个木板，露出山药窨，用来贮藏土豆（当地人叫山药蛋）、萝卜等冬贮菜，这家是地主，菜窨自然要大些。

在正房门前，房主人的老婆和长工哆嗦着望着进来的解放军。

老头指指东跨院问老婆："他还在那吗？"

长工颤声回答："在，在，凶着呢！"老太婆已吓得干哆嗦，张不开嘴了。

马春雨在老头和长工的指引下，指挥战士们用叉子拔拉开秸秆和木板盖。

马春雨向山药窨里大喊："于秀成，你被包围了，赶快出来投降吧，缴枪不杀！"

菜窨里没有声音，一个战士往前跨几步，要靠近菜窨口，"当、当、当"从里面打出了三枪，险些打中那名战士。

马春雨用盒子枪朝窨里打了几枪，喝道："于秀成，你已成了瓮中之鳖，跑不了了，不要做无谓的抵抗了，不然，格杀勿论！"

"当、当"又打出来两枪，于秀成狠歹歹地咒骂："他妈的，你敢出卖我，我非杀你全家不可。共产党，老子是于秀成，老子自打拉杆子杀了你们几十口子人，早够本了，老子才不投降哪，有种你们进来。"

马春雨骂道："又臭又硬的家伙，不投降就叫你见阎王，准备手榴弹！"他从一个战士手里接过两枚手榴弹，一齐拉火，低声读秒："一、二、三！"一齐扔进了山药窨。

于秀成蹲在菜窨里的一个拐洞旁，正仰着脖子观望菜窨口，发现两枚手榴弹丢进来，"吱吱"冒烟，他忙窜过去捡起来往外扔。

"轰、轰"两枚手榴弹爆炸了，菜窨被炸塌了，浓烟窜出老高，恶贯满盈的于秀成被埋葬在烟火中。

马春雨从隐藏处过来，听听没动静，他命令战士们挖被炸塌了的山药窨。一会儿工夫，山药窨挖开了，于秀成的死尸被拖了出来，他已被炸得支离破碎，盒子枪也炸碎了，他在绑腿里的匕首被搜了出来。

作恶多端的匪首于秀成得到了应有的下场。

另一路追杀白金辉的骑兵队一路觅踪追击，发现白金辉仗着马快，经丰宁逃进了张家口，投奔张家口国民党傅作义部队，追剿部队打听到确切消息后，归队复命。

卜云龙师长说："白金辉逃得了初一，跑不过十五，他欠下的血债早晚要还，让他苟延残喘几天吧！"

剿匪指挥部命令地方部队配合地方政府组织专门队伍，追查清剿逃散的敌人，坚决把土匪都一网打尽，不留祸害。主力部队休整三天后，按照军区命令，向辽西挺进，准备发动辽西战役。

在对国民党反动派的战略反攻开始前，搜剿残匪的战斗继续进行着。

第九章　最后结局

一　王克礼避祸

王克礼收拾好这些年积攒的金银细软，从暗道逃出老营。把守暗道口的小匪讨好地问他，四爷你这是干啥去？他说是到山外探探风，好给老营打捞点东西弄回来。因为王克礼出山探听消息，倒腾东西供应山寨是经常的事，这些小匪们也都或多或少地得点红花，所以，哨兵对王克礼深信不疑。王克礼从怀里掏出一包大烟，递给把门的哨兵说："弟兄们辛苦，一定要好生把守暗道口，这可是保命的道啊!"把守暗道口的小匪们点头哈腰，忙不迭地接过来，放在鼻子下深深地吸闻几下，笑嘻嘻地说："王四爷您放心，我们绝不敢马虎。"

"那好，我从这儿出山的事，你们谁都不要说，要保守秘密，我出去几天就回来，到时给你们带回好东西来尝尝。"

"谢四爷，谢四爷，您放心，我们管保不对人说就是。"

王克礼到山坳里牵出备用的马匹，一直向南行，从坝上进入河北境内。他没进围场，顺依逊河川直奔承德。他早把家口都安置在老家了，共产党搞土改分田地，都随他去吧，他的家眷听天由命啦，共产党区政府不会滥杀无辜。

他把自己打扮成地地道道的买卖人，由于这十多年来，他游走四方做生意，对人情地理都熟悉，沿途又交了许多同道上的朋友，这一路上没碰到什么麻烦。

这时候围场等承德城周边的县城已经解放，在主力部队的支持下，共产党地方政府和民兵武装正在紧张地进行土地改革，翻身农民欢天喜地的在分给自己的农田上平整田地，施肥浇水，小麦已绿了垄沟，杨柳树也吐出了新叶，到处是一派生机勃勃的景象。

王克礼在村庄里还看到了公审枪毙土匪恶霸的公告，那告示上黑色人名上打下的粗粗的大红"×"，让他见了心惊肉跳。多亏了有买卖上的朋友作证明，他才没被沿途盘查的民兵和儿童团捉了去。但是在接近承德时，他再也不敢骑马在大路上走了，他把马送给了一个开杂货铺的朋友，由那朋友带路，他俩翻山越岭走小路才进了承德城。

据守在承德的国民党十三军，迫于中共冀热辽军区野战军的强大压力，正在准备弃城撤往北平。城里国民党政府的党政军警宪特各类机构正在忙乱地抓丁派车，装车备马准备撤退。而那些地主豪绅，特别是从四面八方逃到承德的地主恶霸、蒙古王公贵族、土匪山贼们更离不开国民党军队的庇护，个个如同热锅上的蚂蚁，张皇失措地收拾财物，准备与十三军一同撤逃北平。就连妓院的老鸨和妓女们都要哭急尿嚎地收拾包袱，满城寻找他们的老相好的，想搭伴一块走。

王克礼来到普宁寺前商街的一个朋友家，一进大门见他家也忙乱着收拾东西装大车准备走。主人一见王克礼说："哎呀，你怎么这个节骨眼进城来啦！听说共产党大兵十几万人，从平泉、隆化、滦平三面围上来了，又是大炮又是骑兵，可厉害着呢！国军十三军顶不住了，这两天在北平国军的接应下要撤退。共产党一来，哪有咱的好啊！各家商号老板都收拾东西随十三军走，哎哟，我辛辛苦苦攒下的家业哟，就这么完了！"他捶胸顿足眼泪都下来了。

"哎呀，这么说幸亏我赶来了，不然晚一天就落在共军手里啦！"王克礼失声说道。

"怎么，王老板，你也怕共军？"

"怕？谁不怕！八路打仗厉害，真碰上两军对垒，打起来，那不是引火烧身吃挂链。"

"那，兄弟，我们明天一大早就从古北口往京城搬家，你怎么办？"

王克礼心有余悸地说："我还能怎么办，我也跟你们一齐走，到北平找个落脚地，做点小买卖，再想办法把老婆孩子接出来，了此一生呗。你没见过八路，哎哟，他们太厉害啦，打仗不要命，别说骑兵厉害，就是区小队、县大队民兵也不含糊，把地主老财大户人家的田地、牲口、房子都分了，还把当家的们戴高帽子五花大绑游街示众，民愤大的都被枪毙了，穷人都翻身做主人啦！"

"哎哟，我的妈啊！可了不得，赶紧走，千万别落到共产党手里。"那高人听说后更怕啦。

王克礼在赵老板家歇息，他躺在炕上，这一宿也没睡实，一会儿想到他和白金辉策动红枪会叛乱、策动区小队叛变、设计暗杀梁敬、柴胡栏子杀人放火的事，一会儿又想到自己犯下那么多血债，干了那么多伤天害理的事，到了阴曹地府要受油炸火烤刑罚的恐怖，他头上一阵阵出虚汗，身上一阵阵冒凉气。他又庆幸自己办事还没到一条道走到黑的地步，他通过康海庭与共产党挂上了关系，向他们提供了情报，引领着八路端了白金辉的乌牛吐老营，在柴胡栏子私放了两个女解放军，他现在千盼万盼，就盼着白金辉在多伦城能被共产党打死才好呢。眼下还真不能回经棚五区，共产党搞土改，清匪反霸，我不管怎么说也是个有血债的土匪呀，自己造的孽，杀十回也不为过，罢罢罢！还是到北平老实待些日子，看看形势再说吧，毕竟国民党势大，共产党一时半刻还打不到那儿。

王克礼这一宿，像烙饼似的翻腾。早上刚睡着，赵老板把他推醒了。

"哎哟，我的兄弟，你还真睡得着，你看啥时候了，快收拾东西吃饭，赶紧跟国军走哇。"

王克礼翻身坐起，窗外已有了晨曦，听外面军车的喇叭响，马达轰鸣，骑兵"踏踏"的马蹄声和人们杂乱而沉重的脚步声，孩子女人的哭叫声、叫喊声此起彼伏，他机灵一下缓过神来，忙下地背上自己的包袱，到饭堂草草吃了口饭，就随赵老板一家赶着马拉大车汇入了撤退的人流。

三天后，他随着十三军撤到北平郊外的怀柔。

他告别了赵老板一家，临走，送给赵老板一块大烟土。

他把自己打扮成逃难的难民，辗转来到北平西南的长辛店，找到了在火车站做小买卖的把兄弟，租了一间房住了下来，又花了十块大洋托当地的警察所当警察的朋友化名填报了假户口，之后挑起了货郎挑子，在长辛店火车站附近做起了小买卖。

二　追杀鲍三疯子

却说韩星、张东阳两人率旗支队的一个班和红山子区小队查干乎的一班，以及旗公安局的干部跟踪追击悍匪鲍三疯子。他们走的路线十分崎岖凶险，先是在红山子的连绵无边的原始森林中行军，要翻过无数大山小川，然后进入浑善达克沙地，向北边达里湖西岸跟踪追剿。之所以走这条线路，是因为他们在红山子保卫战中捉到几个土匪伤兵，县支队没有虐待他们，把他们用大车拉到经棚镇，请当地名医治伤，开导教育他们。共产党的仁慈感化了他们，他们表示再也不当土匪祸害人啦，其中三人伤好后报名参加了旗支队。他们当中一人曾是鲍三疯子的手下，跟鲍三疯子几次到达里湖西办事，知道底细，并主动把关于鲍三疯子的情况向韩星做了交代。韩星对他的明智之举给予表扬，并叮嘱他不要在大伙面前讲这事。这次部队突袭白金辉老巢，与鲍三疯子交火，打着打着这个家伙没了踪影，顺地道追出来，发现这个顽匪跑了。韩星判断鲍三疯子是要跑沙漠进草原，于是带队追杀，特意带上那个解放战士，由他当向导，紧紧跟踪鲍三疯子，下决心一定追上这个恶魔，为人民除害。

鲍三疯子骑着他的大青马，与四个心腹在林间穿行。这里的大森林一片一片的，他们时而钻进白桦、山杨或杂着松柏的林子，时而又在草地上掠过，时而下坡跨越化冰开河的水沟。这一路，看似他们在没有路的旷野中漫无目标地瞎走，实际上他们是在没有路的路上向预定的目标逃窜，这就是鲍三疯子的狡猾之处。假如后面有人跟踪，管保他追不出二十里，就找不到方向，失去跟踪目标。

鲍三疯子从小就在克什克腾旗草原上游荡，他当马匪时，在西沙窝里挖地窨子当营盘，多次把追剿的官军或札萨克府的骑兵队领进西沙窝，让他们在沙漠里转向迷途，饥寒交迫，到处抓瞎后，他再用刀枪一个一个地崩了他们，宰了他们，剖开他们的胸膛捧血喝，掏出心肝放在火上烤着吃。他吃人肉吃上了瘾，甚至到营子里抢出年轻女人，玩够了再杀死，吃女人的乳房和大腿上的肉，还对同伴们大谈吃人肉的经验，人们都把鲍三疯子称作“人狼”。他被日本人招降后，先到日本关东军特务队参加侵略山西的战斗，后因军功受赏，任命为伪兴安西省克什克腾旗警察局三姓庄警察所长，驻在百岔川马架子三姓庄，日本人赏他一匹日本大洋马、一把骑兵刀、五条日本狼狗。从此，他在百岔川成了土霸王、活阎王，有事没事领着几个伪警察，带着狼狗在川中转悠，看谁不顺眼不是骂，就是用马鞭抽，再就是用马棒打，稍一反抗，便放狗咬人。那几条牛犊子般大的狼狗，跟鲍三疯子一样喜吃人肉，眼睛都是红的，发起疯来，蹿上去，几下便把人放倒，开膛破肚，一袋烟功夫便将一个活人吃得只剩骨架。一次从河北界过来一个做小买卖的，鲍三疯子挑了几样东西给他姘头，还不给钱，那人嘟囔几句，惹恼了鲍玉林，他下令手下将卖货郎绑在榆树上，一阵鞭抽棒打，硬要他承认是八路军探子，然后放出狼狗，活活给撕吃了。

鲍三疯子到哪个营子，长相有点模样的姑娘媳妇就赶紧往脸上抹锅底灰，躲得远远的，这个畜生若是相中哪个女子，当时摁倒就祸害。一次他捉住了一个姑娘，便将那可怜的女孩仰面绑在板凳上，七八个伪警察轮奸，将女孩活活给祸害死。以至于哪家娃娃哭闹，大人说声："鲍三疯子来啦！"小孩子立时吓得钻到母亲怀里不敢吱声，惊恐地看着外面。

鲍三疯子投奔白金辉后，成了白金辉的干将，他仗着蛮力，骑马功夫好，又会使刀，枪法也精准，不可一世，除了白金辉，谁都不放在眼里。他是白金辉的急先锋，这几年他参与十多起残杀八路军战士和亲属、杀害地方干部和贫农协会干部的血案，双手沾满了人民的鲜血。他狡猾奸诈，狡兔三窟，始终为自己留一手，这次见势头不对，主动请缨留守老营，心里早做好了离开白金辉出走草地的算盘。剿匪部队一攻击，他便席卷了白金辉的财产，顺地道溜出来，杀死守密道口的土匪灭口，带四名心腹向北草地逃窜。这四个心腹是他的铁杆兄弟，是他当警察所长时的手下，也都是些心狠手辣的刽子手，人人都有血债。

鲍三疯子仍沿着北上草原的路线，从天太永西边经西拉沐沦源水头，进入西沙窝子，从白土井子西奔达尔罕方向，逃向达里湖西南的道苏根。

他们转过沙山，从山根绕过沼泽地，又拐过山环进入一片沙榆林，才发现掩映在榆林里的一个宅院。院子不大，有三间土房，几间马厩，院子围墙有五尺高，大半是用石头砌成，上半部分用达里湖滩的泥筑起，湖泥很坚实，白花花的，这个小院十分隐秘，不到跟前发现不了。

鲍三疯子见了小院，在马上轻舒一口气说："妈的，总算到家了！"

他们策马来到院门口，刚下马，就见一条大狗如同闪电般扑出来，几个人吓得急忙向马身后躲。

鲍三疯子沉声喝道："黑虎，黑虎，嗨嗨！"

那大狗见到鲍三疯子，立马停下，摇着尾巴喉咙里咕噜几声伏到他的脚下。

这时，从墙里头站起了个人，他们放下平端在手里的步枪，吆喝道："是鲍爷吧！辛苦了。"一个面孔黝黑的大汉打开木栅门出来，把步枪背到肩上，紧走几步来到鲍三疯子面前，伸手接过马缰绳，欢快地说："大哥，你来啦！"

两个人热情拥抱在一起。

另外两个人从院里出来，见过鲍三疯子五个人。他俩一个是房主人胡图拉嘎的儿子，另一个是帮工。

一伙人进院，胡图拉嘎的老婆从屋里出来，见过鲍三疯子后，急忙烧奶茶给来人接风。

鲍三疯子安排两名兄弟与帮工放哨望风，其余人等坐在屋中土炕上，如狼似虎地喝了一阵奶茶，吃了一通手把羊肉、奶豆腐，又喝了一大碗酒，定住了神，打住了心慌，才一抹嘴巴子向胡图拉嘎一家人讲了事情的原委。最后鲍三疯子说：“兄弟呀，咱们这回是真让共军给打垮啦，白司令率队投奔多伦，也不见得好到哪去，老虎离了山林没威风，狼离了草原没咒念，咱们到外地人生地不熟，那不找罪受么？所以，我才在共军攻打老营时，从地道跑出来，领着几个贴心的兄弟回草原来，咱们先猫几天避避风头，等共军大部队一撤，这千里草原沙漠还不是咱们的天下吗？”

胡图拉嘎喝了一口酒，用手抹抹胡须说：“大哥说得有道理，狼行百里要归洞，鹰飞千里要回窝，还是回老家来保险。你放心，咱这地方共军找不到，即使有共军来，少了咱灭了他们，多了咱进沙窝里暂避一时，千里沙漠到处是塔拉，到处是榛草茅棵，来多少人也找不到咱们。”

鲍三疯子说：“这回咱谁也不靠了，树大招风，咱们哥们儿爷们儿几个在北草地招兵买马，积草屯粮，拉出一支队伍，过无忧无虑的日子。兄弟，这回我可发了大财了，把白司令留下的金银财宝大烟干全他妈弄到手啦。哎，只可惜没把一枝梅那小娘们弄出来，让她给我挡了子弹。”鲍三疯子又高兴又惋惜地说。他吩咐手下把几个哨马子放在炕上，从里一一把带来的东西摆在炕上，有一大包现大洋，金银首饰，好几块大烟土，还有银票、地契等等，好家伙，白金辉的家当都让他包圆了。

几个人看看半炕的财宝，个个眼里露出贪婪的光芒。

鲍三疯子对胡图拉嘎说：“这些东西加上原来积攒下的，足够咱们招兵买马用的，再不济咱们到北平去买点产业也够咱们过日子用的。”

胡图拉嘎的老婆、儿子把财宝装好，留几个人在屋里，他们则抱着财宝到后院，拨开柴草，打开地窖门，把东西都放进去。

鲍三疯子叫胡图拉嘎把保管的武器取出来，说咱们得加强防卫，一旦有共军追过来，也好抵挡。

胡图拉嘎依言打开木架子上的长条木箱，提出一挺日本歪把子机关枪，又取出一支马步枪、一支苏式冲锋枪和两把二十响盒子枪，又从另一口箱子里抱出两个弹药箱，对鲍三疯子说：“大哥，这枪保养得没错，压上子弹就能打，咱这院墙是石头砌的，用达理湖白碱土压帽子，结实，紧要处又砌好了射孔，共军人数少了根本攻不进来，你就放心吧。”

鲍三疯子拔下机关枪弹匣，边往弹匣里压子弹边说：“兄弟，不能大意，我看架势，共军在柴胡栏子吃了大亏后，调动大部队围攻白司令我们，他们发了狠要彻底收拾我们，我要看不出这架势还不跑单崩溜回来呢。我留意着老四王克礼那个狡猾的狐狸，我从地道跑出来，他也能从那出来，一旦他投了共，或者如果我原来的伙计被俘，招出我们的下落，那可就不得了啦！我们还是多加小心，加强防范为好哩。”

“那也是，大哥，咱们把家伙都预备好，真有八路来搜查，那就跟他们干呗。”

“尽量别露馅，潜伏时间越长越好，眼下共军势大，明干打不过他们。”

二人商量一阵子，与胡图拉嘎老婆清理一阵子财宝，把枪弹都抱出地窖，来到屋里，把枪、手榴弹分发给弟兄。胡图拉嘎亲自操控那挺日式歪把子机关枪，鲍三疯子则背上那支苏式冲锋枪，那枪装弹四十发，火力强劲，是他和胡图拉嘎在喇嘛庙暗杀苏联红军哨兵抢来的。几个人又把院内和屋角的火力点布设好了，把院外和后沙山的暗哨也布置好，规定几个人轮流值守放哨，才放心地睡觉。

第二天，胡图拉嘎打发儿子和帮工到达里湖南岸下网捕鱼，捎带探听一下外面的消息。

两人骑马来到达里湖南河口，用小伐子下沾网捕鱼。这个季节，河口有不少经棚和关内的人到达里湖捕鱼。过去到达里湖捕鱼必须经官府办文批准，民国时须经热河省厅批准才准许官民到达里湖捕鱼，一年就是五六月份和年底这两段时间。现在达里湖地区已成为解放区，为了活跃商埠，支援前线，克什克腾旗人民政府成立了合作社，与一部分私营商号合作打鱼，湖里盛产华子鱼、鲫鱼和鲤鱼，鲜鱼或用盐腌或晒成鱼干，政府收购后用来支援前线。五月的湖泊波光潋滟、碧蓝可人，宛如明珠镶嵌在草原上，又如草原的眼睛凝望长空。因此，这时节达里湖打鱼的人挺多，为了保护渔民商人不受土匪袭扰，旗支队回民连驻扎在达里湖畔，保护渔业生产。有了部队保护，人们的生产热情很高，达里湖上渔船星罗棋布，岸上帐篷、窝棚组成了一个村镇，湖岸苇席上晾晒着鱼干，空气中充溢着浓重的咸腥味。

胡图拉嘎的儿子扎布和帮工选偏远一点的地方下网，然后仔细观察动静，见旗支队回民连的战士骑马在湖岸渔业点上穿梭巡逻，戒备挺严。

在他们收网时，从远处过来一队回民连骑兵，还有两个地方干部模样的人一块乘马过来，扎布二人心里挺紧张。

几个骑马的过来后，那两个地方干部喊道："老乡，打的鱼多不？"

扎布强作镇定地回答："不多。"

"卖不？"

"不卖，留着自己吃呢。"

"噢，那好吧，请你过来一下，有事跟你说。"

扎布犹豫一下把小伐子划到岸边。

一个骑兵战士问他："你是这跟前的人吗？"

"是，我家就在跟前住。"

"老乡，向你通报一个大事，我们的大部队打垮了白金辉匪帮，他的一些人溃散在草原上，其中有恶匪鲍玉林鲍三疯子，这是一张通缉令，你拿好，如果发现该匪的行踪，务必向政府报告，免得土匪祸害你们。"

"呃，是，一定报去，一定报去……"扎布点头哈腰地接过告示，用汉语回答后又用蒙语嘀咕几句。

回民连里也有蒙古族战士，他听了扎布的嘀咕问："你刚才说啥？你说我们怎么就断定鲍玉林逃到了草原，你认识他么？"

扎布吓了一大跳，忙说："不认识，不认识，我们是放马放羊的，哪认识鲍玉林啊！"

"那好，如果发现马上报告，如果知情不报，那就是通匪，要严厉处置的。"

回民连是以经棚镇河西回族同胞为主建立的革命队伍，他们组织纪律性强，作战勇敢，战斗力很强，在几次剿匪作战中都立了功，土匪一听回民连便闻风丧胆落荒而逃。这次回民连到达里湖，任务一是护渔，二是搜剿残匪，他们警惕性很高。

扎布二人刚才虚惊一场，差点走了风，二人不敢多待，急忙收网，带着鱼往回赶。兜里揣的通缉令像一块烧红的烙铁，烫得他心慌急乱。

二人乘马急慌慌地往回赶，远处的苇塘里，一个望远镜定格住他俩的身影。

扎布二人快马加鞭回到家里，他一到院门口便跳下马往屋里跑，这时他阿爸阿妈正与鲍三疯子边擦枪边唠嗑，见儿子跟头流星进屋，都吓了一跳，忙问是怎么回事。扎布把经过述说一回，又递上通缉令，鲍三疯子抢过那张纸，瞪大眼珠子看内容，他识字不多，又喊来一个识字的小匪给他们念。鲍玉林听通缉令内容时手发抖，脸涨成了紫茄子，冷汗顺脸上往下淌。他下意识地把盒子枪抓在手里，嘴里嘟哝着："他妈的，到底找上门来啦！"

其他人也默不作声。

"弟兄们，收拾家伙准备见仗。"鲍玉林又开始发疯了。

"别忙别忙。"胡图拉嘎捺下鲍三疯子说，"共军只是到处发告示，说明他们并没有发觉你们到这儿，你如果到处乱跑反而暴露了行踪。你就老实在这蜇着，等风声一过就没事了，着什么急呀！"

胡图拉嘎的老婆又给鲍三疯子添了一碗奶茶说："鲍大哥呀，咱这地方僻静，他们找不着，就是来人，现往沙坑子里撤都来得及。"

鲍三疯子恢复了平静，他双眼仔细端详一阵子通缉令，然后团吧团吧扔到地上发狠说："他妈的，想逮着俺老鲍没那么容易，大不了与他们大干一场，临死也抓几个垫背的。"他吩咐手下加强外面的警戒，再过几天天气好了，到沙坑子里猫几天。

韩星、张东阳带领两个班的战士追踪鲍三疯子，到了红山子天太永，这里驻扎着旗支队和军分区三十二团的部分人马，按约定，韩星与带队的旗支队负责同志和三十二团的营长沟通情报。他们研究分析了形势，追剿小分队补充了干粮，韩星向旗委写了一封汇报信，信中要求旗委和军分区火速派部队加强封锁，配合小分队消灭鲍三疯子等散匪。旗支队骑兵快马加鞭回经棚镇送信，韩星他们继续觅踪追击。

又走了一天，他们终于接近了达里湖南沙漠里的道苏根。

韩星见天色已晚，便挥手示意同志们从沼泽地退回来，转进榆树林中休息，等天亮时再侦察前进。他担心碰上土匪暗哨，过早暴露目标，让土匪逃遁。

战士们奔波好几天，实在累极了，靠在榆树下睡得很香甜。

韩星和张东阳、查干乎几个人悄声商量明天战斗如何部署，与那个解放战士反复核实土匪窝的地理地形。

东方刚露出鱼肚白，天仍雾蒙蒙的，能见度很差，临战的战士们就喂马料，整理装备，吃干粮，做好了战斗准备。

根据分析，韩星判断土匪在沙山转弯处和沙山上会设暗哨，他带查干乎从沙山后向山上摸，张东阳领战士从沙山绕过沼泽直接包围院子。

沙山不太高，又有浓稠的雾气掩护，韩星与查干乎从后山向山上行进，先猫腰慢行，快到山顶时，二人匍匐前进，爬到山顶没发现有人，正仔细观察时却听见有人咳嗽，接着前面不到十步远的沙地上"哗啦"一声站起一个人来。他伸着懒腰，骂骂吱吱地说："他妈的，你们在屋里喝酒睡安稳觉，叫老子在这受冻，哎呀，可到了换岗的时候啦。”原来，放哨的土匪在沙山上挖了个坑，顶上盖上树枝苇草，人趴在里面放哨。这小子自己不出来，还真不好找。这家伙向四周扫视一阵子，才把大枪背上肩，背过身去解手撒尿。

韩星用手一碰查干乎，二人同时跳起来，扑向土匪。那小子正尿尿，听见风声响，未及回头，便被扑倒在地。他刚要喊，韩星一拳击在他的耳根子上，那家伙昏过去了，被拖到沙山背后。

等他醒过来，发现眼前的韩星威严地看着他，查干乎用匕首抵着他的梗嗓，他的裤腰带捆着他的双手。

“知道我们是谁吗?”韩星沉声喝道。

“不、不、不知道，你们是哪路好汉?”

“我们是人民解放军，是剿匪小分队，你被俘了，你要老实回答我的问题，不然就捅了你。”

“啊！是共军！我我我老实交代，八路爷爷饶命，我听候命令。”

“说，山下都住着什么人?”

“是，是鲍三爷和几个弟兄。”

“你们一共几个人?”

“我们五个人，加上胡图拉嘎一家四口人，共九个人。”

“都有什么武器?”

“有盒子炮、大枪，还有机关枪、连发枪。”

“你们什么时候换岗?”

“快了，快了。”

“你要老实点，听我们的命令，如果反抗，立马打死你。”

“是，是，是，不敢反抗，听军爷的。”

韩星二人押着土匪从沙山后坡下山，与张东阳他们会齐，然后押解土匪向房屋接近。

刚转过山环，听见有人唱着淫荡的小调过来。韩星一挥手，战士们迅速隐蔽在榆树林中，韩星、查干乎押着土匪迎上前。

“谁？干什么的？站住!”来人边喊边“哗啦”一声推弹上膛。

“叫什么叫，是我。”被俘的土匪因为腰眼有枪顶着，急忙搭话。

“噢，是刘四啊，你不在山上打更，到山下干啥?”

“天太冷，下山回屋暖和暖和。”

“妈的，擅离哨位，不怕鲍爷抽你。呃，那两人是谁?”

“是刚从坝上逃回的弟兄，碰上了，我领他们见鲍爷。”

“啊！什么人要见鲍爷?”那家伙打着眼罩往前凑合。

突然，被俘的土匪猛地撞向押他的查干乎，挣脱了后大喊：“八路来啦，快跑哇!”

韩星未容这小子跑出三步，抬手“砰”的一枪击中他的后脑。

对面来的家伙一激灵，抹过身子就跑，他边跑边向后甩过长枪“啪”地放了一枪。

韩星未容他再放第二枪，他向查干乎下令：“射击!”

查干乎“啪”地一枪打过去，那小子一个跟头栽在地上，后心头中弹，呜呼了。

韩星边冲边喊：“跟我上，包围院子！”

战士们“哗”地冲向独立的院落。

枪声一响，正在院外抱柴火的胡图拉嘎的老婆扔了柴火便跑回屋里，叫喊着睡在东屋的胡图拉嘎和睡在西屋的鲍三疯子等人。几个家伙爬起来，抄家伙便冲出屋门。

正在马棚里喂马的胡图拉嘎的帮工挺机灵，他见院外的解放军小分队围了上来，伸手从草屋子里抄过步枪，依托院墙向外面便开了火。

韩星下让众人散开后包围院子，向敌人还击。

胡图拉嘎和鲍三疯子等人这功夫占据了院子的有利地形，胡图拉嘎摘下东屋的呱嗒嘴窗户下半扇，将机关枪架在窗台上，鲍三疯子等人守在院子里。

韩星指挥小分队战士成扇面围向院子，与敌人展开对射。

“砰砰砰”，鲍三疯子等人射击很猛烈，战士们边闪避边还击，边打边缩小包围圈。院里的那只壮实的黑狗冲出来，要撕咬战士，被韩星连打几枪击毙了。

小分队二十多人，土匪只有七个人，火力被小分队压制住了，十几个战士边打边冲上来。

这时候，“哒哒哒……”胡图拉嘎架在窗台上的机关枪响了。接着，鲍三疯子也打响了苏式冲锋枪。密集的弹雨打倒了三个战士，其余的被死死压在地上动弹不得，又有好几个战士受伤。

韩星见敌人火力突然增强了，正面攻击受阻，他一边组织火力与敌人对射，一边下令张东阳分散包围院落，三面攻击敌人。

敌人火力虽猛，但毕竟人少，小分队三面攻击，很快就将鲍三疯子三个人压制住。小分队靠近了院墙，又扔进院子几枚手榴弹，鲍玉林的两个手下被炸死了，鲍玉林顶不住了，连滚带爬退回屋里。

韩星的小分队占据了院子的三面院墙，用猛烈的火力攻击房屋里的敌人。

胡图拉嘎的机枪打得挺刁，他以不间断的点射，把三个翻上墙头的小分队战士打了下去，非死即伤。鲍三疯子使用苏式冲锋枪连打几梭子，将攻上来的小分队战士压了回去。

韩星仔细观察这个院落，感觉一时半会攻不下这个比较坚固的房子，他对张东阳说：“别着急，只要我们把敌人困在屋里，他就跑不了了。”

战士们各自占据院墙，从三面向敌人射击，枪声阵阵，爆炸连连，战斗十分激烈。

韩星贴院墙靠近东屋，向敌人喊话：“鲍玉林，你已经被包围了，要想活命，赶快缴枪投降！”

鲍三疯子“哒哒哒”向喊话处打了一梭子，狠狠地说：“投降，哼，老子从来就不知道啥叫投降，穷八路有种你就冲进来试试。”

几个亡命徒拼命向外射击，小分队一时难以冲进院子。

韩星骂了声：“他娘的，真想找死呀！”他命令机枪和冲锋枪严密封锁敌人据守的屋子，命令查干乎率神枪手精确射击，消灭顽抗的敌人。

张东阳指挥一挺机关枪和两支冲锋枪集火射击。查干乎运动到偏西的院墙外，一枪打死胡图拉嘎的儿子扎布，他的帮工上前拽扎布也被打伤。胡图拉嘎在换弹匣时，被打伤肩膀，土匪的火力顿时减弱。

胡图拉嘎的老婆抱着儿子扎布的尸身哀号不已。

鲍玉林冲进东屋跳上炕抢过机关枪，边号叫边向外扫射。

胡图拉嘎从炕上爬起来，踉跄着走到外屋见老婆抱着儿子号哭，他摸了摸儿子，知道儿子已死了，他和老婆把儿子放在外屋地上，站起来，红着双眼对老婆说，他和鲍玉林突围，她和帮工掩护。那个女人疯了一般挥舞着枪向屋外射击。

胡图拉嘎扯过两个马褡子，把子弹和一些金银财宝装上，与鲍玉林二人从后窗户跳出。鲍玉林的大黑马和胡图拉嘎的马在后院马棚里，他们往马鞍上披上褡裢，牵马奔西墙打开一个栅栏门，打马便向西逃窜。

屋里，那个帮工抱着机关枪拼命射击，胡图拉嘎的老婆挥着盒子枪在外屋的灶台后向外射击。

小分队发现了鲍三疯子、胡图拉嘎二人逃窜，西边的几个战士追杀过来，二惯匪"哒哒哒"打过一排子弹，打伤了两名战士，然后打马拼命向西北方向的榆树林逃跑。

韩星命令张东阳带一个班围攻屋内敌人，自己带查干乎的班乘马追杀逃窜的鲍三疯子和胡图拉嘎。

张东阳边命令战士从两翼靠近屋子投手榴弹轰击敌人，又命令几个战士从房子西山墙上房压顶，用镐头刨开东屋房顶，从上面攻击顽匪。

三个战士翻上房顶，用镐头刨开东屋顶。在被打伤一个战士时，从窟窿里扔进两颗手榴弹。

"轰、轰"两声巨响，浓烟烈火从窗户里喷出来，将那个顽抗的土匪从屋里掀出窗外，机枪哑了。

胡图拉嘎的老婆也被震晕糊了，她趴在儿子身上，半天动弹不得。

这时候，张东阳和战士们从门口和窗户冲进房子，枪口对准胡图拉嘎的老婆喝令："缴枪不杀！"

那个女人低头用手擦擦儿子脸上的血污，转过脸来瞪眼瞅张东阳他们。她的头发披散着，脸上挂着血丝，面目狰狞，突然从怀里拔出一把短刀，母狼似的嚎叫一声，扑向张东阳。

"当、当、当""砰、砰、砰"——张东阳和战士们排枪齐射，将顽抗的女匪打成了蜂窝。

清理战场后，土匪被打死五人。打开地窖，缴获了鲍三疯子处心积虑积攒的财宝和军火及马匹粮食，俘获了一群牛羊。

小分队也付出不小的代价，牺牲三人，受伤七人。张东阳留下班长和五名战士进行善后处理，他率七名战士跨上战马，顺韩星他们的行踪去支援战斗。

鲍三疯子和胡图拉嘎向西北方向落荒而逃，企图从牦牛泡子南向沙漠地带逃窜。他们拼命打马，在沙地上拉起两道烟尘。

韩星率小分队骑兵跟踪追击，距离愈来愈近。

鲍三疯子二人窜到一条小河边，突然发现前方出现一队骑兵，正拉开散兵线向他们兜剿过来，二人猛勒马嚼子停住，眯眼观察对面。对面包围过来的是旗支队回民连，他们发现了土匪行踪，又接到旗委命令，正向韩星的小分队靠拢，聚歼土匪。此时迎头碰上落荒而逃的敌匪，于是散开队形向鲍匪包围过来。

鲍三疯子心中叫苦哀叹一声："完了，没跑喽！"

胡图拉嘎说："跟我来。"说着打马向西南方向跑。他熟悉地形，二人打马冲进一条干沙沟，避过打过来的子弹，顺沙沟向西南沙地窜逃。

随即，韩星的小分队和回民连如同两支利箭射向逃窜的顽匪。

西沙窝里展开了一场激烈的追击战。

胡图拉嘎仗着对地形熟悉，在沙窝里东拐西绕，企图甩脱追剿部队。他二人的马也是数一数二的宝马良驹，奔跑时十分矫健。

浑善达克沙地俗称西沙窝，广袤千里，其间有连绵无际的沙丘沙岭，夹杂大小塔拉（即小盆地），塔拉里生长茂盛的虎榛子、蚂蚱腿、西伯利亚山杏等灌木，生长着白桦、沙榆、山杨、山丁子等乔木，有的地方还生长着油松、落叶松，河沟密布沙柳、柽柳、山里红等。因为西沙窝在古代是千里松漠的主体，它的地势极其复杂，人进去既难行又易迷路，历来是土匪马贼藏身盘桓的地方。鲍玉林等之所以要进西沙窝，看中的就是这一点。只要逃进西沙窝，就如鱼入海洋、鸟入丛林、大海捞针一样难寻。

但这回，鲍三疯子失算了，一是剿匪部队衔尾急追，瞄着足迹呢；二是剿匪部队从四面八方封锁了各个通道，大大压缩了敌匪的生存活动空间；三是追剿小分队有投诚者的指引和熟悉西沙窝的战士、当地干部、牧民们当向导。土匪虽然马快，但剿匪部队呈宽大正面搜剿之式，土匪很难摆脱追杀。

韩星率马队顺鲍三疯子的马蹄印急追，他很兴奋，因为一路上土匪不但留下了马蹄印，还有点点滴滴的血迹。他判断那是马受伤滴落的血痕，而且越来越多。韩星对战士们说："快追上了，他们跑不了，马流的血越来越多。马凭一股急劲奔跑，越跑流的血越多，马淌尽了血该放躺下了。"

他们拐弯抹角攀沙丘跨沙沟越塔拉，一气追了两三个钟头，血迹也由点点滴滴到连成了血线。韩星掰开盒子枪机关，回头命令战士们："准备战斗！"部队拉开距离向前搜索。

从一道沙梁冲下一个塔拉，塔拉大部分被乔木、落木丛遮掩了。在靠阳坡的草地上，一匹红马倒卧在那里。马一路急驰，血一路流淌，终于倒卧于沙地上，它是胡图拉嘎的坐骑。胡图拉嘎从马鞍上摘下马褡子，蹿上鲍三疯子的大青马背，二人同乘一骑继续逃窜，死马却成了追剿部队的路标。

韩星命令查干乎仔细搜查，查干乎报告说看马蹄印和人脚印都挺新鲜，踩翻的沙土还新鲜，走了也就一个时辰。

韩星一咬牙命令，不怕掉队，跟踪追击，不惜一切代价追杀顽匪。战士们急催战马，向沙漠深处继续追击。

他们追呀追呀，从沙山上见前方是一列黑如镔铁的大山横亘在那里。韩星发现马蹄印向右转了，他判断鲍三疯子害怕翻越大山暴露目标，他还要在沙丘间与我军周旋捉迷藏。

他于是命令查干乎和旗公安队战士继续追踪，他带小分队和回民连的战士从现地向右前方沙海中直切过去，抄近路截杀敌人。

韩星率一队骑兵翻过两个塔拉，沿一道沙梁奋力登上一座高大的沙丘。他纵目向西北方向凝望，突然发现一骑马费力地在山下不远的沙丘间行走。他急忙用望远镜仔细观察，镜片把鲍三疯子和胡图拉嘎恐惧而狰狞的面孔拉到跟前。

“是鲍三疯子！”韩星大喊一声，“跟我来！”催马驰骋下沙山，身后的骑兵也刮起一道烟尘奔驰而下，向鲍玉林杀去。

鲍玉林的马虽说是宝马良驹，但抗不住长时间的奔跑，又驮着两个人，那马大汗淋漓，四条腿都发颤了，鲍三疯子还拼命踢打。这时他和胡图拉嘎发现沙山上解放军骑兵追杀过来，马又累得走不动了，他俩从马上滚下来，弃马奔跑，一头扎进了一个塔拉。

鲍玉林和胡图拉嘎滚进塔拉，跳起来爬到塔拉沙棱线后，用步枪、冲锋枪向冲过来的解放军“砰砰”“哗哗”地射击，立时有两名解放军骑兵被打下马来。韩星见状，一拉马缰绳向左转头，随即跳下战马，其他战士边还击边散开，并从马上跳下，寻找有利地形与顽匪对射。

韩星见敌人已无逃跑能力，他绝不丧失这一有利战机，命令战士们从四面向沙坑（塔拉）合围。

这时，跟踪追击的查干乎和回民连的战士们听到枪声也催马赶到战场，两下合兵，一百多解放军战士迅速将土匪藏身的塔拉包围啦。

韩星见包围圈已形成，他欣慰地抹了一把汗命令同志们，无论如何也不能放过鲍三疯子，不投降坚决消灭他。韩星命令部队以机枪火力压制敌人，掩护战士们向沙坑推进，压缩敌人。

这个沙坑子面积不太大，也就是百十来亩大小，沙坑子靠阴坡长满了白桦和虎榛子，阳坡长着几株碗口粗细的沙榆树，坑中心长着几簇沙柳，如同一口挺深的大锅。鲍三疯子和胡图拉嘎趴在坑沿上拼命阻击包围上来的解放军。胡图拉嘎右肩受伤，半边身子都血淋淋的，如同一个嗜血的恶狼。鲍三疯子的脸绝望扭曲着，边咒骂边打枪。

在密集火力掩护下，战士们终于攻到了沙坑（塔拉）边沿，一排排枪弹射向两个顽匪。胡图拉嘎因受伤动作迟缓而中弹，他刚要往坑里滚，又一排子弹打过来，被当场击毙。

鲍三疯子滚下沙坑，隐藏在柳丛后，手持冲锋枪打倒了冲上坑沿的几个解放军战士。

他的冲锋枪子弹打光了，他疯狂地扔掉冲锋枪，拔出盒子炮继续顽抗，还企图靠近他的大青马，准备突围逃跑。

韩星见此情景，怒火万丈，他大声命令：“投手榴弹！”

“嗖嗖嗖”数十枚手榴弹从四面被扔进沙坑子，“轰轰隆隆”一阵巨响，一团黑烟腾起，沙坑子开了锅一般。如此密集的轰炸，就是老鼠也被炸飞了。

烟尘散去，战士们的枪口齐刷刷对着沙坑子。首先发现鲍三疯子的大青马已被炸开了膛倒毙了，柳丛也被炸成了树茬子，一团血肉散落在当场。韩星和战士们围拢到眼前，见鲍三疯子已被炸得支离破碎。韩星在柴窝里找到鲍玉林的头颅，命令要把首级带回去示众。然后他向战士们高喊："同志们，罪恶滔天的鲍玉林鲍三疯子被打死啦！"

战士们齐声发出欢呼，庆祝剿匪作战的巨大胜利。

韩星率队回返达里湖边的部队驻地，向渔业队农牧民群众和商贩们报告喜讯，随后，向经棚镇凯旋。在经棚镇河西小杨树林操场，热北军分区执法处和克旗公安局核验了巨匪鲍玉林的首级，并挂在高杆上示众三天。各族百姓弹冠相庆，横行克旗二十几年的惯匪鲍三疯子终于得到应有的下场，民心振奋，为受到鲍匪残害的百姓报了仇，为革命烈士报了仇，也标志着清匪反霸斗争取得了重大胜利。

县委书记陆棣和其他领导杨宇普等代表热北军分区为韩星等剿匪斗争中有功人员颁发了奖状。庆功会上，韩星握着江波的手说："大姐，我们打死了鲍三疯子，还要消灭白金辉，来告慰赵书记的在天英灵！"

"韩星，你们是好样的，为民除害，老百姓感谢你们，大姐感谢你们，老赵、梁敬他们也安息瞑目了！我们要继续打击敌人，彻底消灭匪患，消灭白金辉，建设好解放区，迎接全国的解放……"

"大姐，这一天不会太远了！"韩星再次伸出手握住江波，两人并肩而立，兴奋地看着剿匪部队的浩荡军威。

三　巨匪下场

白金辉仗着马快，带着一伙喽啰顺山沟向南突围，被追杀的解放军骑兵枪打刀砍，只剩下十几骑跟随他逃出战场。他丧魂失魄如同惊枪的兔子一路狂奔，一头扎向丰宁县的桦皮岭，绕过丰宁县城，向张家口逃窜。

这个阴沉、歹毒、狂妄的大土匪头子，从他拉杆子起事那天起，就为自己的前途设计了几个结果：一是拉杆子起事、招兵买马投靠蒋介石国民党反动政府，使自己高官得坐，骏马得骑，光宗耀祖；二是上山为匪、占山为王，成为热北一霸；三是顶不济散伙回家，自己带着老婆孩子到北平等地方生活。他也想到过被共产党和人民军队打败，他几次遭受重挫，几次都是死灰复燃、东山再起，共产党奈何不了他。他与共产党势同水火，以前对共产党的几分好感，经过几年的搏杀，不但荡然无存，而且这种仇恨愈加深重。他如同一匹嗜血的恶狼，以吞食共产党干部和翻身农民的生命为快乐。他煽动红枪会在新井和热水叛乱，杀害乔凤山、王岩等区干部；他策动二区区小队叛变，杀害席学信等人；他杀害于凤宝、唐桂芝等农会干部；他杀害潘书声，制造南场事件，惨杀赵芝瑞、梁敬等人；他率匪队围攻红山子区政府，攻击赤西县四区政府杀害区委书记郭鹤丰等人；他一手制造了震惊全国的柴胡栏子事件，杀害了中共冀东区党委组织部长苏林燕等二十二名干部战士，他的罪行罄竹难书，他为自己投靠国民党反动派立下汗马功劳而洋洋自得，失败之后又为自己杀人越货所犯下的累累罪行而恐惧，他自己走上了一条不归路。他万万没想到的是，被他奉为神灵的蒋介石国民党军队拥有全国政权，有几百万美国装备的军队，几年下来竟是那样的外强中干，不经打。而被他看不上眼的破衣烂衫、破枪烂炮、连子弹都没多少的共产党竟越打越强，别说他的土匪队伍，就是国民党正牌军队也如同秋风扫落叶一般，被打得丧师失地、丢盔卸甲。家没了，儿子女儿死了，死党亲信死的死，逃的逃，真正的家破人亡啊，完喽！这回东山再起难喽！他在马上无精打采、唉声叹气。

跟随他逃出来的是追随他多年的匪徒，有几个身上还带着伤。他们再也不敢进村庄休息吃饭了，因为几次要进村庄，不是迎头被民兵打出来，就是被追杀的解放军包围猛打。他们只好选荒僻的地方歇息，夜里在深山拢堆火，杀马烧半生不熟的马肉填饱肚皮。白金辉嘛哒大眼皮对匪徒们说："咱们到了这步田地，得相依为命，同舟共济，谁也别溜号，你自个走啦，也得被八路抓住枪崩。谁也别起二心，想打黑枪投八路，别忘了咱们人人对共产党都有血债，共产党饶不了你。只有忍耐几天，到张家口投奔国军，咱们再拉杆子整队伍，打回经棚县。”

众人听白金辉这么说，都赶紧表态说：“白司令你放心，咱们一块从死尸堆里爬出来的，谁还三心二意啊！我们就跟白司令，是好是坏没二心，是福是祸共担着了，你上哪我们跟你上哪，别的也没路啊。”白金辉领着残兵败将如丧家之犬逃到张家口，他们从西北绕到张家口西门，见到荷枪实弹守在城门和城外工事里的国民党军，这才如释重负地说：“哎呀，总算逃过这一劫了！”

城门有张家口警备司令部的军官和国民党党部的官员，收容在多伦和其他地方战败逃归的国民党军政人员。白金辉等人到城门被国民党守城兵先缴械再盘查，交给收容溃兵的人员进行登记。白金辉名头不小，被确认身份后，立马被领进市区的一个大院。那里专门收容败逃而归的国民党军和土匪，以及地方党政机关人员，待甄别身份后，再将他们分配到相关的军队或地方机构中。

白金辉等人进院，有不少逃回的多伦战役的败兵凑上来相互打探消息。他们得到的都是令人沮丧和胆寒的信息，尤其是说起金莲滩大战，共军骑兵的骁勇善战，他们还心有余悸，说那简直是阎王降世，共军个个是夺命的判官，把国军打惨了，他娘的，下辈子宁可碰上魔鬼也别碰上共军的马刀。有几个家伙神智已混乱了，睡觉大呼小叫的，有时收容所的国民党士兵呵斥或用马鞭子抽才能维持秩序。

白金辉躺倒在炕上，像一条剥了鳞的青鱼瘫在那儿，他身心憔悴，两只眼睛瞪得像牛蛋似的瞅着顶棚，好半天不吱声。旁边的一个收容官轻言细语地安慰他：“你白司令在口里口外可是如雷贯耳，是反共先锋，你在多伦城能冲破共军铁桶般的包围，吉人自有天相，命硬啊！你好好休息几天，收集旧部，重整旗鼓，又是一条好汉啊。”白金辉听他们这么奉承，心情渐趋好转，他忽地坐起来说：“俺白某人什么风浪没经过，什么瘪子没做过，这点事算个屁，老子要重整队伍，再拉杆子，与共产党干到底。”

他又来劲了。

过了七八天，白金辉正召集几十个旧部商量重建队伍的事，外面一个手下进屋报告，说郄辛田专员来看您来啦。白金辉一听大喜，哎呀，郄专员也突围回来了，太他妈棒啦，我正愁没引荐人呢，快快迎接专员大人。

郄辛田带着布里亚特蒙古骑兵从多伦城西北方向突围逃跑，虽经历了被解放军蒙汉骑兵师的追杀，但郄辛田总算带近百人逃脱。他经过太仆寺旗一带绕了个大圈子，辗转逃回张家口。惊魂稍定，他到了国民党察哈尔张垣省党部和军统工作站报到，通过省党部引荐又到傅作义系的国民党第十一兵团司令部向孙司令官报告了多伦城失守的经过。多伦城失守，共军大兵压境，驻张家口国民党军非常惊恐，急忙收缩兵力，调兵遣将，加强张家口守备，同时，为维持秩序，扩充兵力，责成郄辛田负责设立收容站，收容多伦战斗溃散回张垣的散兵游勇，重建队伍。

郄辛田要的就是这个任命，他深知，在这个年头，手中不掌握武装力量，就没有资本在官场上混日子。他本来属于国民党中央系，原来在十三军做事，现在傅作义为总司令的华北“剿总”管辖下的政务部门工作，总觉得背后无靠山，说话无底气，做事缺实力，原来收编的那些匪队和地方保安团，不是与自己貌合神离，就是战斗力低下，一遇共军便作鸟兽散，不经打。他要借这次机会，自己亲手拉起一支队伍，然后找机会到北平投奔石觉任军长的国民党第十三军。十三军是蒋介石嫡系部队，战斗力强，是蒋介石的心头肉。即使华北吃紧，蒋介石也会把十三军调回江南，到那时自己仍然高官得坐，前程似锦。现在共军实力一天比一天强大，东北华北共军联成一体，中国北方早晚属共产党，还是早作打算为妙。

郄辛田接到指令，借助张家口警备司令部省党部的特务帮忙，在张家口一家客栈挂起了“察北反共救国军收容所”的牌子，十几天工夫，便收容散兵游勇、土匪、逃亡地主、地痞流氓三百余人。从逃回的骑兵中，郄辛田了解到他的副司令和郭璞等人已阵亡，白金辉逃脱。他估计到，白金辉等人只有逃到张家口来才有生路，他知道白金辉的能量，这家伙城府深，心狠手辣，是自己起家的得力助手，虽然白金辉桀骜不驯，但他现在已是丧家之犬，无依无靠，只有投奔他才能东山再起，下一步再投十三军，他姓白的更得听他的。想到此，郄辛田急忙派出哨探四处打探，一旦打听到白金辉的消息，他好照计划行事。

郄辛田与白金辉互相寻找，很快他俩便见面啦。

劫后余生，二人见面免不了是相拥而泣，庆幸躲过了大难一场。

郄辛田身穿国民党军官服，佩少将徽章，打扮得挺威风。他见白金辉脏兮兮的衣服，臭烘烘的味儿，忙令手下安排给白司令洗浴更衣，换上一身笔挺的国民党军官服，只是没佩戴军衔。

郄辛田扫了白金辉一眼，关切地问：“白兄，下一步不知做啥打算啊?”

白金辉长叹一口气，悲伤地说：“哎，我现在是妻离子散，家破人亡啊，有国难投，有家难归，真个到了山穷水尽的地步啦。”

“白兄不要如此悲观，胜败乃兵家常事，败了咱们再站起来，怕啥。”

“郄专员有所不知，如果在热北，咱白某人一呼百应，拉杆子建队伍不费吹灰之力，可现在热北成了共军的天下，回不去喽。在张家口这地方，咱是举目无亲，要兵没兵，要钱没钱，枪都被没收了，连吃饭都成了问题。”

“白兄不必着急，本人现在受命收容败退回来的将士，重组队伍，等待时机打回察北，收复失地。白兄，我天天等夜夜盼，就等你杀出共军重围，你我二人精诚合作，再拉队伍报仇雪恨呢。”郄辛田说。

“承蒙郄专员看得起白某人，可我现在没有这个实力啦。”

“这个白兄不用急，人、钱、枪都不成问题，只要白兄肯入伙合作，凭你我的能力，拉队伍不成问题，部队番号吗，也不成问题。只要我们人多了，我向国军要番号，傅作义不给，我们投奔中央军十三军，向他们要番号。”

“那中哇，老子现在除了与共产党干到底，别的出路也没有了。郄专员，只要你看得起我，我姓白的跟你专员大人反共到底。”白金辉蜡黄的长脸起了潮红。

“哈哈，我就知道你是一个不服输的人，要是熊包了，那就不是你白金辉啦!”郄辛田欣慰地说。

“哎，我对共产党已是血海深仇，我杀了他们那么多人，他们也杀了我的老婆、儿子、女儿，弄得我家破人亡，我不报这仇，我还是个汉子吗。”

二人坐下来又研究一番，然后，分派手下加快了收集人马拉部队的步伐。很快，他们就拉起了五百余人的队伍。

国民党第十一兵团司令部给了个“华北热西支队”的番号，郄辛田任支队长，白金辉任副支队长兼第一大队长。

这股匪徒数次向察北、热北地区窜犯。10月，郄白匪帮在锡林郭勒盟正镶白旗张盖湾村，包围了中共商化原联合县工作队。在激烈的战斗中，为掩护县领导突围，县公安局长王治华同志只身与顽匪作战，保证了工作队成功突围。王治华同志在张盖湾后山孤身一人与敌匪战斗，把最后一颗子弹留给自己，白金辉等人丧心病狂地造害王志华烈士遗体，又一次犯下令人发指的暴行。

12月，白金辉率少数人马窜回家乡百岔马架子，探望他的大老婆和小儿子，打探我解放区情况，但他的行踪已被我区乡民兵掌握。朱德骑兵师一团得到消息后，立即从河南店奔袭白岔马架子，在局子村将白金辉匪部包围，经激烈战斗，白匪被击毙十八人，活捉三人。白匪循入山林，逃回张家口，从此，再未敢窜犯解放区。

1948年底，东北全境获得解放，接着东北野战军按照毛主席、中央军委的命令，百万大军入关作战，华北国民党傅作义部队处于人民解放军东北、华北两大野战军夹击状态，已处于风雨飘摇之中。

郄辛田、白金辉匪队几经作战，队伍发展到六百多人马，都是骑兵。郄辛田与白金辉借部队换防之机，从赤城窜到延庆，又到平谷，投到国民党十三军麾下，编入十三军骑兵第二旅，白金辉任骑兵第三团上校团长，郄辛田先到十三军政训处任少将副处长，后借故南逃。

白金辉的骑兵三团主要以他的骑兵队为骨干，共有骑兵一千三百余人，负责北平城外围守备，后在人民解放军围城大军的压缩下，逐渐退向来广营北平城下，已被解放军重重包围，插翅难逃。

为减轻战争创伤，保存国家元气，保护北平文物古迹和人民生命财产，中共中央平津前线指挥部与国民党华北“剿总”总司令傅作义进行和平谈判。傅作义是一位抗日英雄，深有爱国心和正义感，他看透了国民党反动统治的腐败，在我党的政治争取下，他逐渐认清了形势，放弃了不切合实际的幻想。加上自己的亲信部队在新保安、张家口和康庄、怀来地区被消灭，自己坐困愁城，想打打不赢，想走走不了，最后，终于下了起义投诚的决心，签署了和平解放北平的协议，率所属二十多万部队接受人民解放军和平改编。傅作义将军起义，使北平故都免受战火蹂躏，为人民立下了功劳而青史留名。

为减轻起义压力，对于蒋系部队一些不愿起义的中上级军官如李文、石觉等高级军官，傅作义将军允许他们乘飞机离开北平回南京，但是绝大部分军官不管愿意不愿意都随同傅将军起义，接受和平改编。白金辉所在的骑兵旅被编入中国人民解放军部队，白金辉任投诚后的人民解放军骑兵副旅长。随后，起义部队营以上军官进解放干部学校学习两个月，白金辉在干校内胆战心惊地学习《新民主主义论》以及毛主席在七届二中全会的讲话，学习人民解放军的各项战略方针、中共城市工作方针政策。对于参加学习的大多数起义军官而言，他们获得了及时的政策教育和启蒙，庆幸自己跟随傅将军起义使自己获得了新生，思想觉悟大大提高，对国民党蒋介石腐朽政权有了初步认识。当然，他们中不乏一些投机分子。两月后，起义部队被分配到解放军部队中混编，一些基层军官也重新被分配了工作，成为人民解放军的一分子。由于年龄大和在集训班中的表现，白金辉未能在部队任职，而是继续学习，他无法隐瞒他过去的历史，更无法对人民所犯的滔天罪行作出解释。尽管解放军一再对他们讲，只要投诚起义，对过去的事情既往不咎，但是他做过的伤天害理的暴行时时折磨他内心里仅存的那一点良心。每每在睡梦中，潘书声、赵芝瑞、梁敬、苏林燕他们都横眉怒目向他索命，他醒来大汗淋漓，寝食难安。

在学习班上，解放军政治工作人员在审读他的简单而又简单的思想汇报时，目光像刀子一样盯视着他问："你就是白金辉啊，你对自己的历史要实事求是，真实准确地表述，对你的过去总要有一个公正的评价吧？"

"啊，我，我一定从实交代自己的历史，一定……"

"有些事，我们已经很清楚了，关键是你自己要争取主动，取得人民政府的谅解和宽恕。"政工干部的话再明白不过了。

白金辉衣袋里揣着起义证书，但他一点也没有其他投诚起义人员的坦然和轻松，他想要离开北平，摆脱这无尽的折磨和煎熬。于是在征求对投诚人员的工作安排意见时，他要求从部队复员，说要回老家去过日子。部队给他开具了证明信，要他回热河省民政厅办理安置手续，发给他一笔安家费，并一再叮嘱他要相信人民政府是严格执行政策，对起义投诚人员妥为安置，不会秋后算账。白金辉唯唯诺诺，走出集训班大门，凭着证明信，进入北平城，在一条街面上找到自己投资入股的商号，将自己的本金和红利尽数提出，然后，到西直门火车站踏上了西去包头的火车。

解放军为争取绥远、包头的傅作义的部队接受和平起义，没有攻击绥远，对欲回绥远的国民党军政人员也给予方便，来去自由。白金辉乘火车到归绥，他发现归绥的国民党军政人员正在酝酿和平起义，他不敢停留，便径直到了包头，想通过包头投奔宁夏马家军阀。但黄河渡口已被封锁，包头的国民党军与归绥一同准备起义，白金辉万般无奈，只好投奔包头市一家客栈的把兄弟，观察动静，暂避一时。

白金辉的这位把兄弟是早年他们在赤峰从事鸦片生意时结识的，这个人前几年用积攒的钱财买了这家客栈，不再做毒品这个刀头舔血的生意了。他想过太平日子，可是白金辉一来，打乱了他的生活，他手里攥着白金辉给的银票，心里明白这钱不好花。白金辉是干什么的，他当然清楚，他既然跟傅作义起义了，又为啥跑到千里外的包头来避难，肯定是犯了十恶不赦的弥天大罪呗。他支支吾吾地对白金辉说："白大哥，我这现在也不太平哩，你住几天可以，时间长了也会被人查的……"

"你放心，我不在你这儿长久待下去，我过些日子就到宁夏去，从宁夏到四川投奔国军去，我不住你的正屋客房，你给我找个僻静地方，我歇息几天就走，中不？"白金辉用近乎哀求的语气说话，眼睛却已放出阴冷的光芒。

那店家听出了话音看到了邪恶，赶忙说："大哥别客气，我也是为您的安全着想哩，既是这样，大哥就到后院。我把后院草屋子收拾收拾，大哥你屈驾在那里歇着，我把屋子收拾利落干净的，烧的暖暖的，保证您住的舒舒服服地，还肃净安全，您看中不？"

“听凭兄弟安排，钱一点少不了你的。”

“嗐，咱哥俩别提钱字，我马上安排。”店掌柜的急忙分派伙计收拾后院的草屋子。

白金辉这些日子身心疲惫，总算找了个落脚的地方，在第二天就搬进草屋子歇息。屋子虽简单，但收拾得挺好，他靠在炕里的行李上，长长地叹了口，对掌柜的说：“谢谢兄弟，让我总算有个安身之地，我太累了，有大烟吗？我想抽几口。”

“哎呀，大哥，好久未见大烟膏了，真的要扫大哥的兴啦。”

“有烟枪拿来使使就行。”白金辉从怀里掏出一个油纸包来。

“烟枪有，有有。”店掌柜忙不迭地从前院拿来烟灯烟枪，伺候白金辉吸大烟。

白金辉喷云吐雾吸了一阵子大烟，长了精神，他坐起来，从怀里又掏出一张银票来，请掌柜的帮他买一支短枪。他说，干我们这一行的，手里没家伙心里不踏实。

第二天，掌柜的到黑市上买回一支美式左轮手枪，说现在买枪好买，卖枪的太多了，就是价钱高得离谱，子弹也贵。

掌柜的又赚了一笔。

白金辉有了枪，睡觉踏实多了。

这天晚上，他喝多了几杯酒，又就大蒜汁吃了一盘子狗肉，浑身燥热，蹬了被子睡觉，半夜着了凉，天一亮觉得身子发烫发紧，病了。

掌柜的忙请郎中看病，开单熬药，小心地伺候。可是，白金辉却高烧不退，病情越来越重，直劲儿说胡话，哭哭笑笑的，一阵儿喊他的儿子、女儿，一阵儿恳求梁敬饶他的性命，眼瞅着人就不行啦。

这天晚上，昏昏沉沉十多天的白金辉清醒了，他把全部的财产都塞给掌柜的，请他给买一口棺材，把他埋葬了，别喂了野狗。又把自己老婆柳氏的地址告诉掌柜的。最后，请他倒一碗水放在身边。

掌柜的抹着眼泪出去置办棺木时，白金辉从怀中掏出大烟土，哆哆嗦嗦地塞进嘴里，用一碗水咽下，然后，长叹一口气说：“报应啊报应!”之后平静地躺在炕上，闭上眼睛……

四　走向胜利

伟大的人民解放战争进入1948年，全国的军事、政治形势发生了更加有利于人民解放军而不利于国民党反动派的重大变化。

中国共产党领导的各解放区经过两年多的艰苦奋战，总兵力发展到二百八十万人，机动作战能力大大加强，并且得到了强大的地方武装的支援和补充，武器装备得到改善。经过战争锻炼和新式整军运动，广大指战员士气更加旺盛，部队大规模运动战特别是城市攻坚战的能力得到很大的提高，在战略上集中兵力实施大规模会战的条件已经具备。各解放区的面积也大大扩展，经过土地改革，生产得到恢复和发展，支援战争的物质力量大大增强，人民解放军的后方日益巩固。冀察热辽解放区经过辽西战役、冀东战役和赤峰多伦战斗，解放区得到极大发展和巩固，沟通了与华北、东北解放区的联系，与东北解放区联成一体，成为全国解放战争的战略枢纽和可靠的后方根据地。

在东北人民解放军军事力量和经济力量都已超过国民党军，同东北国民党军进行战略性决战的条件已经具备的形势下，中共中央军委和人民领袖毛主席审时度势，要求各战略区指挥员树立敢于夺取国民党重兵设防的战略要点，敢于打前所未有的大歼灭战的决心，消灭国民党重兵集团，加速解放战争的进程。东北野战军在经过一阵曲折历程，立定了南下北宁线作战、攻打锦州、封闭东北大门、聚歼东北国民党重兵集团的决策。

战争的伟力之最深厚的根源，存在于民众之中。中共东北局和东北行政委员会及地方各级党政机关，对即将发动的大决战的支前工作做了周密部署。冀察热辽军区全民动员，在扩军支前工作中全力以赴，力度非常大，军区先后通过地方部队升级、组建军区独立团的形式，先后组建了东北野战军第八纵队、第九纵队和第十一纵队，并有若干个独立师参战，骑兵部队也得到扩大和加强。军区成立了支前委员会，各县、旗也成立大队，区成立中队，乡成立小队或班组，层层都有干部带队，各族人民表现出高度的支前热情和牺牲精神。克什克腾旗成立了担架队，翻身农民踊跃报名。各户响应支前号召，纷纷献粮、献畜、献畜料马草，各户把准备支前的粮食装袋拴上红布条，准备送往前线的牛羊做上标记，提前加料育肥，有的户把准备过年的猪也加料抓膘准备送到前线。妇女们争先恐后做军鞋、做棉帽，她们说不能让大老爷们儿们光脚受冻打老蒋。一些开明人士如康海庭等，更是不遗余力为支前工作出力，五区的支前工作在韩星、张东阳、康海庭等人的努力下，走在了全旗各区的前头。

克什克腾旗扩军工作在 1947 年度，旗支队有六个连八百余人。经过一年的战斗，到 1948 年底，旗支队扩编到八个连三千八百余人。5 月，旗支队全员奉命升级编入军区独立师，其中四区、五区、九区、十区区小队都编入旗支队，成为正规军的二线兵团。人民群众如此巨大的人力、物力、精神支援，不仅为人民解放战争的胜利奠定了雄厚的物质基础，而且极大地鼓舞了广大指战员的战斗热情和必胜信心。解放军民在伟大的中国共产党领导下，奏响了陷敌于人民战争汪洋大海的雄伟壮歌。

经棚镇各族百姓刚庆祝了剿匪斗争的胜利，又开展了轰轰烈烈的扩军热潮，母送子，妻送郎，兄弟双双上战场，各村都出现了敲锣打鼓、欢送青少年参军的热闹场面。参军的人戴着大红花，骑高头大马，被人们簇拥着到区里报到。他们的家门楣挂上了“光荣军属”的牌子，这个家庭每个成员都洋溢着骄傲和自豪。

张东阳经过再三申请，终于穿上了军装，带领家乡子弟兵升级转入旗支队。查干乎带着七区小队也升级进入旗支队，作为二线兵团不久便转为正规部队……这些在清匪反霸斗争中经受了生死锻炼的人们，都已成为刚强的革命战士，随时听从人民战争的号令。

韩星已升任旗委副书记兼旗支队支队长，他夜以继日地拼命工作，浑身有使不完的劲头。他已被确定为支前大队的大队长，要随时准备随军开赴前线，组建队伍，筹备车辆马匹，点验支前物资，忙的脚丫子朝上了，幸亏有江波协助他。江波和赵芝瑞的孩子已由陕甘宁边区工作团带到热河，交给江波。江波见了儿子更加悲伤哀痛，康海庭夫妇把孩子接到家里，替江波照看，然后尽力抚养。江波拼命工作，她以不停歇的工作抵消思念心爱的人牺牲的痛苦，她说要把赵芝瑞应做的革命工作由她替代完成，实现夫君未尽的革命事业。

看着江波拼命地工作而消瘦的样子，旗委陆书记十分心疼，他劝江波要保重身体，责成韩星一定要保护好江波。

韩星敬重江波，他一再对江波说：“大姐你要注意休息，不要累坏了身体啊!”江波说：“韩星，你最了解我的心情啦，只有工作起来，我的心里才实在。”韩星说：“大姐呀，赵书记不在了，还有我们，我不能让你一个人承受痛苦和悲伤，我要替你分担这个责任。”

江波看着韩星诚实的脸，体味着诚实的话，握着韩星有力的手，眼泪忍不住又如同断线的珠子流下来，滴在两个人的手上……

声势浩大的辽沈战役打响了，时间不长，前线便连续不断地传回一个又一个胜利消息，在对胜利的欢庆、亲人的惦记和捷报频传中，东北解放了，支前大队也凯旋。江波他们迎出老远欢迎支前大队回来，她迎回了韩星，两个人的心贴得更近了。

第四野战军南下入关作战，在取得了平津战役伟大胜利后，遵照伟大领袖毛主席和中央军委的命令，要南下中南扫荡国民党残余势力。为了开辟新区工作，中央中共东北局从东北、华北各老解放区抽调优秀干部组成南下工作团，准备做好新解放区的接收工作。按照中共热河省委的部署，克什克腾旗抽调杨宇普、韩星、江波等三十多名干部参加南下工作团，他们到承德集合，进行十多天的集训学习，然后随第四野战军顺平汉铁路南下，到中南六省开辟地方工作。

从经棚镇出发时，康海庭挤到韩星、江波等人身边千叮咛万嘱咐，依依惜别，康海庭说："我年纪大了，要不也报名参军，将革命进行到底。孩子就交给我抚养，江主任你就放一百个心吧，等你们到了南方站住脚，再回来接孩子，保证他又高又胖又出息。韩星啊，你可给我好好照顾江波，她重情重义又刚强，是个好女人哩，你可要把握住机会噢!"康海庭的一番话，说的江波和韩星脸通红，心扑扑地跳，二人对视了一下又赶紧移开目光。江波笑嘻嘻地说："康大叔，你放心吧，孩子交给你，我们一百个放心。"她情不自禁地拉起韩星的手说："韩星，你也给康大叔道个别吧。"韩星脸涨红着，不太自然地对康海庭说："康大叔，孩子交给你，江波交给我，我们一定在革命道路上共同进步，共同为人民努力工作……"

在激昂的锣鼓声中，在热烈的欢歌笑语中，南下工作团和转入正规野战军的旗支队的指战员同乡亲们亲切道别，在杆杆红旗引导下，铁流滚滚，奔向解放全中国的伟大事业中……